Amanda Quick

Zärtliche Teufelin

Amanda Quick

Zärtliche Teufelin

Roman

Aus dem Amerikanischen
von Uschi Gnade

Blanvalet

Die Originalausgabe erschien unter dem Titel
»Mischief« bei Bantam Books,
Bantam Doubleday Dell Publishing Group, Inc., New York

Umwelthinweis
Dieses Buch und der Schutzumschlag wurden auf
chlorfrei gebleichtem Papier gedruckt.
Die Einschrumpffolie (zum Schutz vor Verschmutzung)
ist aus umweltschonender und recyclingfähiger PE-Folie.

Der Blanvalet Verlag
ist ein Unternehmen der Verlagsgruppe Bertelsmann

1. Auflage

Satz: Uhl + Massopust, Aalen
Druck und Bindung: Graphischer Großbetrieb, Pößneck
Printed in Germany
ISBN 3-7645-0028-X

Prolog

Der schwache Schein der Kerze konnte nur wenig gegen die Flut von Dunkelheit ausrichten, die das Innere des verlassenen Herrenhauses durchströmte. Matthias Marshall, Earl von Colchester, erschien es ganz so, als hätte das riesige Haus das ureigene Wesen der Nacht in sich eingesogen. Das Gebände hatte die ungemütliche Ausstrahlung eines Grabes, eines Ortes, an dem nur Geister freiwillig hausen würden.

Die Falten des langen schwarzen Mantels, den Matthias trug, wehten um seine schlammbespritzten Stiefel, als er die Stufen hinaufstieg. Er hielt die Kerze höher, um sich den Weg zu leuchten. Niemand hatte ihn an der Tür begrüßt, als er vor wenigen Minuten eingetroffen war, und daher hatte er sich selbst Zutritt zu der enormen Eingangshalle verschafft. Inzwischen stand fest, daß sich keine Dienstboten im Haus aufhielten, noch nicht einmal eine Zofe oder ein Lakai. Er hatte sich gezwungen gesehen, sein Pferd selbst zu versorgen, da ihm aus den Ställen kein Stallknecht entgegengeeilt war.

Auf dem oberen Treppenabsatz blieb er stehen, um über das Geländer auf den Ozean der Nacht hinunterzuschauen, der die Eingangshalle durchflutete. Das Kerzenlicht konnte die Ebbe und Flut der Wogen aus Dunkelheit dort unten nicht annähernd durchdringen.

Matthias lief durch den finsteren Korridor zum ersten Zimmer links. Vor der Tür hielt er inne und drehte den alten Türknauf. Die Tür gab ein verzweifeltes Stöhnen von sich, als sie sich öffnete. Er hielt die Kerze hoch und sah sich in dem Schlafgemach um.

Es ähnelte stark dem Inneren eines Mausoleums.

Mitten im Zimmer stand ein alter steinerner Sarkophag. Matthias warf einen Blick auf die Inschriften und die Steinmetzarbeiten, die ihn zierten. Römisch, dachte er. Nichts Besonderes.

Er durchquerte das Zimmer und ging auf den Sarg zu, über den hauchdünne schwarze Vorhänge fielen. Der Deckel war entfernt worden. Der Schein der Kerze fiel auf die schwarzen Samtpolster, mit denen der Sarkophag ausgelegt war.

Matthias stellte die Kerze auf einen Tisch. Er zog seine Reithandschuhe aus und warf sie neben den Kerzenhalter. Dann setzte er sich auf den Rand des Sargs und zog seine Stiefel aus.

Nachdem dies getan war, hüllte er sich in die Falten seines Mantels und ließ sich auf den schwarzen Polstern im Innern des Sarkophags nieder.

Der Morgen graute schon, aber Matthias wußte, daß die schweren Draperien vor den Fenstern das Eindringen der Strahlen der aufgehenden Sonne in das dunkle Gemach verhindern würden.

Vielleicht hätte es manch einem Schwierigkeiten bereitet, in einer so düsteren Grabesatmosphäre einzuschlafen. Matthias wußte jedoch, daß er keine Probleme damit haben würde. Er war es gewohnt, von Geistern umgeben zu sein.

Ehe er die Augen schloß, fragte er sich noch einmal, warum er sich überhaupt die Mühe gemacht hatte, der Aufforderung nachzukommen, die die mysteriöse Imogen Waterstone an ihn hatte ergehen lassen. Doch die Antwort auf diese Frage kannte er bereits. Vor langer Zeit hatte er einen Eid abgelegt. Jetzt mußte er sein Wort halten.

Matthias brach niemals ein Versprechen. Nur so konnte er sicher sein, daß er nicht selbst zum Geist werden würde.

1

Der grauenhafte Schrei einer Frau ließ Matthias' Blut gerinnen und riß ihn unsanft aus dem Schlaf.

Eine zweite Frauenstimme, so fest wie die grünen Äpfel des alten Zamar, fiel ein und bereitete dem Entsetzensschrei ein Ende.

»Um Himmels willen, Bess«, schalt die Apfelkuchenstimme. »Mußt du denn beim Anblick jeder Spinnwebe gleich laut schreien? Das ist eine außerordentlich ärgerliche Angewohnheit. Ich habe mir für heute morgen sehr viel vorgenommen, und ich tue wirklich mein Bestes, aber ich kann es kaum schaffen, wenn du ständig hysterische Schreie ausstößt.«

Matthias schlug die Augen auf, streckte sich und setzte sich langsam in dem Sarkophag auf. Er warf gerade noch rechtzeitig einen Blick auf die offene Tür des Schlafzimmers, um zu sehen, wie ein junges Hausmädchen in einer tiefen Ohnmacht zu Boden sank. Der schwache Sonnenschein, der hinter ihr in den Korridor sickerte, sagte Matthias, daß der Vormittag schon weit vorangerückt war. Er fuhr sich mit den Fingern durch das Haar und prüfte dann seine Bartstoppeln. Es überraschte ihn nicht, daß er dem Mädchen einen Schrecken eingejagt hatte, der ausreichte, um es in Ohnmacht fallen zu lassen.

»Bess?« Wieder die knackig frischen Äpfel. Leichtfüßige Schritte im Korridor. »Bess, was um alles in der Welt ist bloß los mit dir?«

Matthias stützte einen Arm auf den Rand des steinernen

Sarges und beobachtete interessiert das Auftauchen einer zweiten Gestalt in der offenen Tür. Im ersten Moment sah sie ihn nicht. Ihre Aufmerksamkeit galt ausschließlich dem Zimmermädchen, das auf dem Fußboden zusammengebrochen war.

Der Umstand, daß es sich bei der zweiten Frau um eine Dame handelte, war nicht zu übersehen. Die lange Schürze, die sie über ihrem zweckmäßigen Kleid aus grauem Wollstoff trug, konnte den wohlgeformten Schwung ihrer Wirbelsäule ebenso wenig verbergen wie die sanfte Rundung ihrer hochangesetzten Brüste. Die entschlossene Haltung ihrer Schultern zeugte von unbeugsamem Stolz und einer angeborenen Zielstrebigkeit.

Matthias betrachtete die Dame mit wachsender Faszination, als sie, über ihr Dienstmädchen gebeugt, dastand. Er ließ einen kritischen Blick über sie schweifen und katalogisierte die diversen Attribute ihrer Gestalt auf die Art, wie er sich ein Bild von der handwerklichen Qualität einer zamaranischen Statue gemacht hätte.

Sie hatte den heldenhaften Versuch unternommen, eine enorme Masse goldbraunen Haars unter einem praktischen, kleinen weißen Häubchen einzuzwängen. Etliche Strähnen waren jedoch aus der Gefangenschaft entsprungen und tanzten um ihr zartknochiges Gesicht herum. Dieses Gesicht war teilweise von Matthias' Blickrichtung abgewandt, doch er konnte hohe Wangenknochen, lange Wimpern und eine unverwechselbare, arrogante Nase erkennen.

Ein markantes und eindrucksvolles Gesicht, schloß er. Es vermittelte das Wesen der energischen Persönlichkeit, von der es offensichtlich beseelt wurde.

Die Dame war kein junges Ding, das gerade erst die Schulbank gedrückt hatte, aber andererseits war sie auch nicht annähernd so uralt wie er. Das wiederum konnten nur die wenigsten Menschen für sich in Anspruch nehmen. In Wahrheit war er vierunddreißig, doch er fühlte sich um Jahrhunderte älter. Imogen schätzte er auf fünfundzwanzig.

Er beobachtete, wie sie ein Notizbuch mit einem Ledereinband auf den Teppich fallen ließ und sich ungeduldig neben ihr Dienstmädchen kniete. Von einem Ehering war nichts an ihrer Hand zu sehen. Aus irgendwelchen Gründen erfreute ihn dieser Umstand. Er hatte den Verdacht, daß die Apfelkuchenstimme und das gebieterische Auftreten eine ganze Menge damit zu haben mußten, daß sie anscheinend den Status einer alten Jungfer hatte.

Natürlich war das Geschmackssache. Die meisten männlichen Bekannten von Matthias zogen Honig und Schokolade vor. Er dagegen hatte schon immer eine Vorliebe für Dinge mit einem gewissen Biß gehabt, wenn es um Delikatessen zum Nachtisch ging.

»Bess, jetzt reicht es aber. Mach sofort die Augen auf, hörst du?« Imogen zog ein Riechfläschchen heraus und schwenkte es unwirsch unter der Nase des Dienstmädchens. »Es geht wirklich nicht an, daß du jedesmal schreist und in Ohnmacht fällst, wenn du in diesem Haus eine Tür öffnest. Schließlich habe ich dich im voraus gewarnt, daß mein Onkel ein sehr seltsamer Kauz war und wir wahrscheinlich auf recht eigenartige Dinge stoßen werden, wenn wir eine Bestandsaufnahme seiner Friedhofsantiquitätensammlung vornehmen.«

Bess stöhnte und rollte den Kopf auf dem Teppich. Sie schlug die Augen nicht auf. »Ich habe es gesehen, Ma'am. Das schwöre ich beim Grabe meiner Mutter.«

»Was hast du gesehen, Bess?«

»Einen Geist. Oder vielleicht war es auch ein Vampir. Ich bin nicht sicher, welches von beiden.«

»Unsinn«, sagte Imogen.

»Was hat dieser ohrenbetäubende Krach zu bedeuten?« rief eine weitere Frau vom oberen Treppenabsatz. »Stimmt dort unten etwas nicht, Imogen?«

»Bess ist in Ohnmacht gefallen, Tante Horatia. Das geht wirklich zu weit.«

»Bess? Das sieht ihr aber gar nicht ähnlich.« Weitere Schritte im Korridor kündigten das Nahen der Frau an, die mit »Tante Horatia« angesprochen worden war. »Bess ist ein robustes Mädchen. Sie neigt ganz und gar nicht zu Ohnmachtsanfällen.«

»Wenn sie nicht ohnmächtig ist, dann ist das eine ganz ausgezeichnete Imitation einer feinen Dame, die unter Schwindelanfällen leidet.«

Bess' Lider flatterten. »O Miss Imogen, es war einfach gräßlich. Eine Leiche in einem steinernen Sarg. *Sie hat sich bewegt.*«

»Sei nicht albern, Bess.«

»Aber ich habe es selbst gesehen.« Bess stöhnte noch einmal, hob den Kopf und warf einen besorgten Blick in die Schatten des Schlafzimmers hinter Imogen.

Matthias zuckte zusammen, als ihr Blick auf ihn fiel und sie erneut laut aufschrie. Bess plumpste mit der Anmut eines Fisches auf dem Trockenen wieder auf den Teppich.

Die dritte Frau erschien im Korridor vor der Tür. Sie war ebenso praktisch gekleidet wie Imogen und trug ein schlichtes Kleid, eine Schürze und eine Haube. Sie war ein paar Zentimeter kleiner als ihre Gefährtin und in der Taille und um die Hüften herum beträchtlich breiter. Ihr Haar, das von grauen Strähnen durchzogen war, hatte sie unter der Haube aufgesteckt. Sie musterte Bess durch ihre Brillengläser. »Was um alles in der Welt hat das Mädchen derart aus der Fassung gebracht?«

»Ich habe keine Ahnung.« Imogen beschäftigte sich

mit dem Riechfläschchen. »Bess hat eine Phantasie, die allzu leicht mit ihr durchgeht.«

»Ich habe dich vor den Gefahren gewarnt, als du ihr das Lesen beibringen wolltest.«

»Ich weiß, daß du mich davor gewarnt hast, Tante Horatia, aber es ist mir unerträglich, mitanzusehen, wie ein wacher Verstand durch mangelnde Bildung verkümmert.«

»Du bist genau wie deine Eltern.« Horatia schüttelte den Kopf. »Wie dem auch sei, sie wird uns nicht von großem Nutzen sein, wenn sie sich von jedem ungewöhnlichen Anblick in diesem Haus aus dem Gleichgewicht bringen läßt. Die Sammlung von kuriosen Begräbnisgegenständen, die mein Bruder zusammengetragen hat, ist seltsam genug, um jedem normalen Menschen Schwindelgefühle zu verursachen.«

»Unsinn. Onkel Selwyns Sammlung ist zwar ein wenig morbide, das gebe ich gern zu, aber auf ihre Art ist sie faszinierend.«

»Dieses Haus ist ein Mausoleum, und das weißt du nur zu gut«, gab Horatia zurück. »Vielleicht sollten wir Bess wieder nach unten schicken. Das hier war Selwyns Schlafzimmer. Zweifellos hat sie der Anblick des Sarkophags so aufgeregt. Warum mein Bruder darauf beharrt hat, in diesem alten römischen Sarg zu schlafen, übersteigt mein Fassungsvermögen.«

»Es ist eine ziemlich ungewöhnliche Schlafgelegenheit.«

»Ungewöhnlich? In jedem Menschen, der normales Feingefühl besitzt, würde es Alpträume wachrufen.« Horatia drehte sich um und lugte in die Schatten des verdunkelten Schlafzimmers.

Matthias beschloß, daß es jetzt an der Zeit war, sich aus dem Sarg zu erheben. Er stieg über den Rand des Sarkophags und stieß die dünnen schwarzen Gardinen zur Seite. Sein weiter Mantel wehte um ihn herum und verbarg die Reithose und das zerknitterte Hemd, in dem er geschlafen hatte. Mit amüsierter Resignation beobachtete er, wie Horatias Augen vor Entsetzen groß wurden.

»Gütiger Gott im Himmel, Bess hat recht gehabt.« Horatias Stimme erhob sich zu einem schrillen Kreischen. »Da ist etwas in Selwyns Sarg.« Sie wankte einen Schritt zurück. »Lauf, Imogen, lauf schnell davon!«

Imogen sprang auf. »Nicht auch noch du, Tante Horatia.« Sie drehte sich um und sah mit finsterer Miene in das verdunkelte Schlafzimmer. Als ihr Blick auf Matthias fiel, der vor dem Sarg stand, öffneten sich ihre Lippen vor Erstaunen einen Spalt weit.

»Gütiger Himmel. Da ist tatsächlich jemand.«

»Das habe ich Ihnen doch gleich gesagt, Ma'am«, flüsterte Bess heiser.

Matthias wartete mit gespannter Neugier ab, weil er sehen wollte, ob Imogen schreien oder eher ohnmächtig werden würde.

Sie tat keines von beidem. Statt dessen kniff sie die Augen zu einem unverkennbaren Zeichen ihrer Mißbilligung zusammen. »Wer sind Sie, Sir, und was denken Sie sich dabei, meine Tante und meine Zofe auf diese gemeine Art und Weise zu erschrecken?«

»Ein Vampir«, murmelte Bess. »Ich habe Geschichten darüber gehört, Ma'am. Er wird Ihnen das Blut aussaugen, ganz bestimmt. Laufen Sie weg. Laufen Sie, solange Sie noch können. Bringen Sie sich in Sicherheit!«

»Vampire gibt es nicht«, verkündete Imogen, ohne sich auch nur die Mühe zu machen, die leidgeprüfte Zofe eines Blickes zu würdigen.

»Dann ist es eben ein Geist. Laufen Sie um Ihr Leben, Ma'am!«

»Sie hat recht.« Horatia zog an Imogens Ärmel. »Wir müssen von hier verschwinden.«

»Sei nicht albern.« Imogen straffte die Schultern und musterte Matthias mit strengem Blick. »Nun, Sir? Was haben Sie zu Ihrer Rechtfertigung vorzubringen? Reden Sie, oder ich werde den Richter herzitieren und Ihnen Handschellen anlegen lassen.«

Matthias ging langsam auf sie zu und sah ihr dabei fest ins Gesicht. Sie wich nicht vor ihm zurück. Statt dessen stemmte sie die Arme in die Hüften und begann, mit der Schuhspitze eines halbhohen Stiefels auf den Boden zu pochen.

Ein seltsames und doch unverkennbares Gefühl von Vertrautheit durchzuckte ihn, fast schon ein Schauer des Wiedererkennens. *Das ist vollkommen unmöglich*. Als er jedoch nahe genug gekommen war und die überwältigende Klarheit von Imogens großen blaugrünen Augen sehen konnte, Augen von der Farbe der Meere, die das untergegangene Inselkönigreich Zamar umspülten, verstand er plötzlich. Aus irgendeinem unsinnigen Grund, den er nicht erklären konnte, ließ sie ihn an Anizamara denken, die legendäre zamaranische Göttin des Tages. Um diese mythische Gestalt rankte sich ein Großteil der Sagen des alten Zamar, und auch in dessen Kunst spielte sie eine vorherrschende Rolle. Sie war ein Geschöpf der Wärme, des Lebens, der Wahrheit und der Energie. An ihrer Macht hatte sich lediglich Zamaris messen können, der Herr der Nacht. Nur Zamaris konnte ihren brillanten Geist erfassen.

»Guten Tag, Madam.« Matthias zügelte seine phantasievollen Überlegungen, riß sich zusammen und neigte den Kopf. »Ich bin Colchester.«

»*Colchester*.« Horatia wich verblüfft noch einen Schritt weiter zurück und stand jetzt mit dem Rücken an der

Wand. Ihr Blick fiel auf sein Haar. Sie schluckte schwer. »Der Kaltblütige Colchester?«

Matthias wußte, daß sie die schneeweiße Strähne anstarrte, die sich durch sein schwarzes Haar zog. Den meisten Menschen fiel sie sofort auf. Seit vier Generationen konnte man die Männer in seiner Familie daran erkennen. »Wie ich bereits sagte, ich bin Colchester, Madam.«

Er war Viscount Colchester gewesen, als er sich den Beinamen Der Kaltblütige erworben hatte. Der Umstand, daß beide Titel demselben Namen zugeordnet werden, nämlich Colchester, ist dem Klatsch der oberen Zehntausend entgegengekommen, dachte er erbittert. Es hatte sich also erübrigt, auf den klangvollen Beinamen zu verzichten.

Horatias Lippen gerieten in Bewegung. »Was haben Sie in Upper Stickleford zu suchen, Sir?«

»Er ist hier, weil ich ihn herbestellt habe.« Imogen schenkte ihm ein strahlendes Lächeln, das ihn nahezu erblinden ließ. »Ich muß schon sagen, daß Sie sich mit Ihrem Eintreffen reichlich Zeit gelassen haben, Mylord. Ich habe meine Nachricht vor mehr als einem Monat abgesandt. Was hat Sie so lange aufgehalten?«

»Mein Vater ist vor einigen Monaten gestorben, aber ich bin erst mit Verspätung nach England zurückgekehrt. Bei meiner Ankunft hat eine ganze Reihe von Angelegenheiten, die in Zusammenhang mit seinem Nachlaß stehen, meine Aufmerksamkeit erfordert.«

»Ja, selbstverständlich.« Imogen war deutlich verlegen. »Verzeihen Sie, Mylord. Ich möchte Ihnen mein Beileid zu dem Tod Ihres Vaters aussprechen.«

»Danke«, sagte Matthias. »Aber wir haben einander nicht besonders nahegestanden. Gibt es irgend etwas zu essen in der Küche? Ich bin restlos ausgehungert.«

Das erste, was an dem Earl von Colchester auffiel, entschied Imogen, war der silberne Streifen in seinem mitternachtschwarzen Haar. Wie eine kalte weiße Flamme brannte er sich durch die unmodern lange, dunkle Mähne.

Die zweite auffällige Eigenschaft war sein Blick. Seine Augen waren kälter als das eisige Silber in seinem Haar.

Der Vierte Earl von Colchester ist eine Wucht, dachte sie, als sie ihm in der Bibliothek einen Stuhl anbot. Er wäre absolut perfekt gewesen, wenn diese Augen nicht gewesen wären. Sie glitzerten in seinem harten, asketischen Gesicht mit dem frostigen, emotionslosen Licht eines intelligenten und höchst gefährlichen Geistes.

Abgesehen von diesen gespenstisch grauen Augen entsprach Colchester genau der Vorstellung, die sie sich von ihm gemacht hatte. Seine brillanten Artikel im *Zamaranischen Boten* hatten sowohl seinen Intellekt als auch einen Charakter widergespiegelt, den lange Jahre harter Reisen in fremden Ländern gestählt hatten.

Ein Mann, der sich zum Schlafen seelenruhig in einen Sarkophag legen konnte, mußte eiserne Nerven besitzen. Genau das, was ich brauche, dachte Imogen überschwenglich.

»Gestatten Sie mir, daß ich mich und meine Tante ordnungsgemäß vorstelle, Mylord.« Imogen griff nach der Teekanne, um allen Tee einzuschenken. Sie war so aufgeregt darüber, Colchester hier zu haben, daß sie sich nur mit Mühe zusammenreißen konnte. Sehnsüchtig spielte sie mit dem Gedanken, die ganze Wahrheit herauszusprudeln, was ihre Identität anging. Aber die Vorsicht siegte. Schließlich konnte sie nicht hundertprozentig sicher sein, wie er darauf reagieren würde, und im Moment mußte sie sich seine bereitwillige Mitarbeit sichern. »Wie Sie sich zweifellos schon denken können, bin ich Imogen Waterstone. Und das ist Mrs. Horatia Elibank, die Schwester meines verstorbenen Onkels. Sie ist kürzlich verwitwet und war so freundlich, in mein Angebot einzuwilligen und meine Gesellschafterin zu werden.«

»Mrs. Elibank.« Matthias nickte ihr zu, als sie ihm vorgestellt wurde.

»Eure Lordschaft.« Horatia hockte steif auf ihrer Stuhlkante und bedachte Imogen mit einem bedrückten und ganz entschieden mißbilligenden Blick.

Imogen schaute finster. Nachdem der erste Schreck vorüber war und sie einander offiziell vorgestellt worden waren, bestand kein Anlaß mehr für Horatia, derart besorgt zu wirken. Schließlich war Colchester ein Earl. Noch bedeutsamer war, zumindest was Imogen betraf, daß er der Colchester von Zamar war; der würdige Entdecker dieses uralten, lange verloren geglaubten Inselkönigreichs, der Begründer des Zamaranischen Instituts und der renommierten Zeitschrift *Zamaranischer Bote*, und zudem noch Sachwalter der Zamaranischen Gesellschaft. Selbst wenn man Horatias strenge Maßstäbe anlegte, mußte er als außerordentlich akzeptabel gelten.

Imogen ihrerseits mußte sich gewaltig zusammenreißen, um ihn nicht anzustarren. Sie konnte immer noch nicht ganz daran glauben, daß Colchester von Zamar wie ein ganz gewöhnlicher Mensch hier in der Bibliothek saß und Tee trank.

Aber ansonsten ist kaum etwas an ihm gewöhnlich, dachte sie.

Colchester war groß, schlank, kräftig gebaut und mit einer muskulösen männlichen Eleganz ausgestattet. Die Jahre mühseligen Reisens auf der Suche nach Zamar hatten seiner Statur zweifellos zu ihrer derzeitigen bewundernswürdigen Perfektion verholfen, sagte sich Imogen.

Sie rief sich ins Gedächtnis zurück, daß Colchesters beeindruckende physische Attribute keineswegs einzigartig waren. Sie hatte schon jede Menge muskulöser Männer gesehen. Schließlich lebte sie auf dem Lande. Die meisten ihrer Nachbarn waren Bauern, die auf ihren eigenen Feldern arbeiteten. Viele von ihnen hatten breite Schultern und kräftige Beine. Dazu kam noch, daß sie nicht gänzlich unerfahren war, was die männlichen Exemplare der Gattung Mensch anging. Da war zuerst einmal Philippe d'Artois gewesen, ihr Tanzlehrer. Philippe hatte die Anmut eines Vogels im Flug besessen. Und dann war da Alastair Drake gewesen. So sportlich und gutaussehend, wie er war, hatte er gewiß nicht der Hilfe seines Schneiders bedurft, um seinem Äußeren Gerechtigkeit widerfahren zu lassen.

Aber Colchester unterschied sich von diesen Männern wie Tag und Nacht. Die Kraft, die von ihm ausstrahlte, hatte nichts mit seinen muskulösen Schultern und Schenkeln zu tun. Sie entströmte einem inneren Kern aus unbeugsamem Stahl. Seine Willenskraft stand greifbar im Raum.

Außerdem ging eine große Ruhe von ihm aus, die den Schatten eher angemessen war als dem hellen Tageslicht. Es war die geduldige Ruhe des Raubtiers. Imogen versuchte, sich auszumalen, wie er an jenem schicksalhaften Tag ausgesehen haben mußte, als er endlich das Labyrinth unter der Ruinenstadt von Zamar gemeistert und die verborgene Bibliothek entdeckt hatte. Sie hätte ihre Seele dafür verkauft, bei jenem denkwürdigen Anlaß an seiner Seite gewesen zu sein.

In dem Moment drehte Colchester den Kopf und sah sie mit einem forschenden Blick an, in dem eine Spur von Belustigung mitzuschwingen schien. Es war, als hätte er ihre Gedanken gelesen. Imogen fühlte, wie eine Woge von Verlegenheit warm über sie hinwegspülte. Die Teetasse, die sie in der Hand hielt, klapperte auf ihrer Untertasse.

Es war kühl in der Bibliothek, doch Colchester war so entgegenkommend gewesen, im Kamin ein Feuer aufzuschichten. Der Raum, der mit einer Vielzahl von bizarren Kunstgegenständen aus Mausoleen angefüllt war, würde schon bald wärmer werden.

Seit man ihr versichert hatte, daß es sich bei Colchester weder um einen Geist noch um einen Vampir handelte, hatte sich Bess wieder genügend erholt, um sich in den ausgestorbenen Küchentrakt zurückzuziehen. Dort hatte sie eine Kanne Tee und eine kalte Mahlzeit zubereitet. Die einfache Kost bestand aus nichts weiter als den Resten einer Lachspastete, etwas Brotpudding und ein wenig Schinken, aber Colchester schien zufrieden damit zu sein.

Imogen hoffte inbrünstig, daß er zufrieden damit war. Das Essen stammte nicht etwa aus den leeren Speisekammern des Herrenhauses. Am frühen Morgen war es in einen Weidenkorb gepackt und mitgenommen worden, damit die Frauen sich daran laben konnten, während sie sich an die Arbeit machten, Selwyn Waterstones Sammlung zu katalogisieren. Nach der Art zu urteilen, wie Colchester über die Speisen herfiel und sie vertilgte, bezweifelte Imogen, daß viel für Horatia, Bess oder sie selbst übrigbleiben würde.

»Ich bin natürlich hoch erfreut, Ihre Bekanntschaft zu machen«, sagte Matthias.

Plötzlich stellte Imogen fest, daß seine Stimme eine außerordentlich seltsame Wirkung auf ihre Sinne ausübte. Sie besaß eine finstere, subtile Macht, die sie zu umschlingen drohte. Sie ließ sie an mysteriöse Ozeane und an ferne, unerforschte Länder denken.

»Noch eine Tasse Tee, Mylord?« fragte Imogen eilig.

»Danke, gern.« Seine langen, wohlgeformten Finger streiften ihre, als er die Tasse entgegennahm.

Ein merkwürdiges Gefühl setzte an der Stelle ein, an der

er sie berührt hatten. Von dort aus zog es sich durch Imogens Hand und ließ ihre Haut unerklärlich warm werden. Es war, als säße sie zu dicht am Feuer. Sie stellte hastig die Teekanne ab, um sie nicht fallen zu lassen.

»Es tut mir sehr leid, daß niemand hier war, um Sie zu empfangen, als Sie letzte Nacht hier eingetroffen sind«, sagte sie. »Ich habe den Dienstboten ein paar Tage freigegeben, solange meine Tante und ich das Inventar auflisten.« Sie zog die Stirn in Falten, als sei ihr plötzlich ein Gedanke gekommen. »Ich war ganz sicher, daß ich Ihnen geschrieben habe, Sie sollten ins Waterstone Cottage kommen und sich nicht nach Waterstone Manor begeben.«

»Das haben Sie zweifellos getan«, sagte Matthias freundlich. »Aber andererseits hat Ihr Brief eine ganze Menge Anordnungen enthalten. Es kann gut sein, daß ich unterwegs ein oder zwei davon vergessen habe.«

Horatia sah Imogen erbost an. »Dein Brief? Was für ein Brief? Also, wirklich, Imogen, ich muß mir eine Erklärung ausbitten.«

»Ich werde dir nachher alles erklären«, versicherte Imogen ihrer Tante. Sie musterte Matthias mißtrauisch. Der kalte Spott in seinen Augen traf sie bis ins Mark. »Mylord, ich wüßte nicht, was an dem Inhalt meines Briefes so amüsant gewesen sein sollte.«

»Letzte Nacht fand ich ihn wirklich nicht besonders amüsant«, gestand Matthias. »Es war schon spät. Es hat in Strömen geregnet. Mein Pferd war erschöpft. Ich habe keinen Sinn darin gesehen, meine Zeit mit dem Versuch zu vergeuden, ein kleines Häuschen zu finden, wenn mir dieses riesige Haus ohnehin zur Verfügung steht.«

»Ich verstehe.« Imogen lächelte ihn beherzt an. »Ich muß schon sagen, es scheint Ihnen bemerkenswert wenig ausgemacht zu haben, eine Nacht in einem Sarkophag zu verbringen. Meine Tante und ich haben schon oft festgestellt, daß Onkel Selwyns Vorstellung von einem angemessenen Bett gewiß nicht jedermanns Geschmack entspricht.«

»Ich habe schon an schlimmeren Orten geschlafen.« Matthias nahm sich den letzten Rest Schinken und sah sich mit einem versonnenen Gesichtsausdruck um. »Ich hatte schon Geschichten über Selwyn Waterstones Sammlung gehört. Die Realität ist jedoch noch erstaunlicher als alles, was man aus den Gerüchten hätte schließen können.«

Horatia ließ sich für einen Moment ablenken und sah ihn über den Rand ihrer Brille hinweg an. »Ich nehme an, Ihnen ist bewußt, daß mein Bruder beständiges Interesse an Grabkunst und Friedhofsantiquitäten gezeigt hat, Sir.«

Matthias' verblüffende Augen verweilten nachdenklich auf einem ägyptischen Mumienschrein, der aufrecht in der Ecke lehnte. »Ja.«

»Das gehört jetzt alles mir«, berichtete Imogen ihm stolz. »Onkel Selwyn hat mir gemeinsam mit dem Haus auch seine komplette Sammlung vermacht.«

Matthias sah sie forschend an. »Sie interessieren sich für Grabkunst?«

»Nur wenn es sich um zamaranische Objekte handelt«, sagte sie. »Onkel Selwyn hat behauptet, er besäße einige zamaranische Artefakte, und ich hoffe sehr, daß das wahr ist. Aber es wird einige Zeit dauern, die Gegenstände zu finden.« Sie beschrieb mit einer ausholenden Geste den Haufen von Antiquitäten und Bestattungskuriositäten, die in der Bibliothek verstreut waren. »Wie Sie sehen können, hat meinem Onkel jedes Gefühl für das Organisatorische gefehlt. Er hat sich nie die Mühe gemacht, eine Liste der Gegenstände zu erstellen und seine Sammlung zu katalogisieren. Es kann gut sein, daß beliebig viele seltene

Kostbarkeiten nur darauf warten, in diesem Haus aufgestöbert zu werden.«

»Mit Sicherheit wird es einen Haufen Arbeit machen, sie zu finden«, sagte Matthias.

»Ja, das ist richtig. Wie ich schon sagte, habe ich vor, alle Antiquitäten zu behalten, deren zamaranischer Ursprung sich eindeutig nachweisen läßt. Den Rest werde ich anderen Sammlern anbieten oder vielleicht einem Museum überlassen.«

»Ich verstehe.« Matthias trank seinen Tee und sah sich genauer in der Bibliothek um.

Imogens Augen folgten seinen Blicken. Es ließ sich nicht bestreiten, daß ihr exzentrischer Onkel eine sehr makabre Neigung zu allen möglichen Gegenständen gehabt hatte, die mit dem Tod in Verbindung standen.

Alte Schwerter und Rüstungen aus römischen und etruskischen Grabkammern waren achtlos verstreut. Sphinxe, Chimären und Krokodilmotive, von ägyptischen Gräbern kopiert, zierten die Möbel. Vereinzelte kleine Statuen und trübe Glasflaschen, die in antiken Grabmonumenten entdeckt worden waren, füllten die Vitrinen. Grimmige Totenmasken starrten von den Wänden herab.

Die Bücherregale waren mit Dutzenden von abgegriffenen Bänden gefüllt, die sich mit frühen Bestattungspraktiken und der Kunst des Einbalsamierens befaßten. Etliche große Kisten waren an der hinteren Wand des Raumes gestapelt. Imogen hatte sie bisher noch nicht geöffnet, deshalb hatte sie keine Ahnung, was sie enthielten.

In den oberen Stockwerken sah es kein bißchen besser aus. Auch dort waren sämtliche Gemächer mit den Grabantiquitäten angefüllt, die zusammenzutragen Selwyn Waterstone die Hälfte seines Lebens zugebracht hatte.

Nachdem er sich umgesehen hatte, wandte sich Matthias wieder an Imogen. »Was Sie mit den Waterstone-Kuriositäten anfangen, ist natürlich ganz allein Ihre Angelegenheit. Lassen Sie uns wieder auf die Dinge zu sprechen kommen, die im Moment akut sind. Würde es Ihnen etwas ausmachen, mir zu sagen, warum Sie mich herbestellt haben?«

Horatia entfuhr ein leises Keuchen. Sie wandte sich abrupt zu Imogen um und kam deren Antwort zuvor. »Ich kann einfach nicht glauben, daß du das getan hast. Warum um Himmels willen hast du mir nichts davon gesagt?«

Imogen schenkte ihr ein versöhnliches Lächeln. »Die Sache ist ganz einfach die, daß ich Seine Lordschaft schon ein paar Tage vor deinem Eintreffen hier in Upper Stickleford gebeten hatte, herzukommen. Ich war nicht ganz sicher, ob er meinem Wunsch Folge leisten und hier erscheinen würde, und daher habe ich keinen Grund dafür gesehen, dir gegenüber diesen Brief zu erwähnen.«

»Das ist die reinste Torheit«, fauchte Horatia. Nachdem sie jetzt den ersten Schock überwunden hatte, schien ihr gewohntes Temperament wieder Besitz von ihr zu ergreifen. »Ist dir überhaupt klar, mit wem du es hier zu tun hast, Imogen?«

»Ja, natürlich weiß ich, wer er ist.« Imogen senkte die Stimme zu einem ehrfürchtigen Flüstern. »Er ist Colchester von Zamar.«

Matthias zog die Augenbrauen hoch, äußerte sich jedoch nicht dazu.

»Wie Sie gerade schon sagten, Mylord«, fuhr Imogen fort, »ist es jetzt an der Zeit, zum Kern der Angelegenheit vorzudringen. Soweit ich weiß, waren Sie ein guter Freund von Onkel Selwyn.«

»Ach ja?« fragte Matthias. »Das wäre mir allerdings

neu. Mir war nicht bewußt, daß Selwyn Waterstone Freunde gehabt hat.«

Panik durchzuckte Imogen. »Aber ich war in dem Glauben, daß Sie ihm einen großen Gefallen schuldig sind. Mein Onkel hat behauptet, Sie hätten gelobt, sich bei ihm zu revanchieren, falls es Ihnen jemals möglich sein sollte.«

Matthias musterte sie eine Weile schweigend. »Ja, das stimmt.«

Imogen war gewaltig erleichtert. »Ausgezeichnet. Einen Moment lang habe ich doch tatsächlich befürchtet, mir könnte ein gräßlicher Irrtum unterlaufen sein.«

»Unterlaufen Ihnen solche Irrtümer öfter, Miss Waterstone?« erkundigte sich Matthias freundlich.

»So gut wie nie«, versicherte sie ihm. »Verstehen Sie, meine Eltern haben viel Wert auf eine gute Erziehung gelegt. Ich bin von der Wiege an unter anderem in Logik und Philosophie unterrichtet worden. Mein Vater hat immer gesagt, wenn man klar denkt, macht man selten Fehler.«

»Das ist in der Tat wahr«, murmelte Matthias. »Und was Ihren Onkel angeht, so ist es wahr, daß ich meiner Ansicht nach in seiner Schuld gestanden habe.«

»Es hatte etwas mit einem alten Text zu tun, nicht wahr?«

»Vor vielen Jahren ist er auf einer seiner Reisen auf ein sehr altes griechisches Buch gestoßen«, sagte Matthias. »In dem Text waren etliche versteckte Anspielungen auf ein untergegangenes Inselkönigreich enthalten. In Verbindung mit anderen Hinweisen, die ich bereits aufgespürt hatte, haben mir diese Andeutungen einen Teil der Hinweise geliefert, die ich brauchte, um die geographische Lage von Zamar zu bestimmen.«

»Genau das hat mir Onkel Selwyn auch erzählt.«

»Ich bedaure, daß er gestorben ist, ehe ich mich bei ihm revanchieren konnte«, sagte Matthias.

»Sie können sich glücklich schätzen, Sir.« Imogen lächelte. »Zufällig hat es sich so ergeben, daß sich Ihnen eine Gelegenheit bietet, Ihr Versprechen zu halten.«

Matthias musterte sie mit einem unergründlichen Gesichtsausdruck. »Ich fürchte, ich kann Ihnen nicht ganz folgen, Miss Waterstone. Gerade eben haben Sie mir noch erzählt, Ihr Onkel sei tot.«

»Das ist er auch. Aber zusätzlich zu seiner Sammlung von Grabartefakten hat er mir auch noch eine beträchtliche Erbschaft und das Versprechen hinterlassen, das Sie ihm schuldig geblieben sind.«

Für die Dauer eines Herzschlages herrschte Stille. Horatia starrte Imogen an, als sei sie verrückt geworden.

Matthias beobachtete sie mit rätselhaften Augen. »Ich bitte um Verzeihung?«

Imogen räusperte sich taktvoll. »Onkel Selwyn hat mir das Versprechen vererbt, von dem er behauptet, Sie hätten es ihm gegeben. Aus seinem Testament geht das ganz deutlich hervor.«

»Ach, wirklich?«

Imogen stellte fest, daß diese ganze Geschichte nicht so reibungslos ablief, wie sie es sich erhofft hatte. Sie wappnete sich. »Ich wünsche, daß Sie dieses Versprechen jetzt einlösen.«

»Gütiger Himmel«, flüsterte Horatia. Es klang ganz so, als hätte sie sich mit einem grauenhaften Los abgefunden.

»Und in welcher Form gedenken Sie, die Schuld einzufordern, in der ich bei Ihrem Onkel gestanden habe, Miss Waterstone?« fragte Matthias schließlich.

»Nun, was das angeht«, sagte Imogen, »so handelt es sich gewissermaßen um eine komplizierte Angelegenheit.«

»Seltsamerweise überrascht mich das gar nicht.«

Imogen tat so, als hätte sie diese Bemerkung, die keineswegs ermutigend war, überhört. »Sind Sie mit Lord Vanneck bekannt, Sir?«

Matthias zögerte. In seinen Augen flackerte für einen Sekundenbruchteil kalte Geringschätzung auf. »Er ist ein Sammler von zamaranischen Antiquitäten.«

»Er war außerdem der Ehemann meiner engen Freundin Lucy Haconby.«

»Ist Lady Vanneck nicht vor einer Weile gestorben?«

»Doch, Mylord. Vor drei Jahren, um genau zu sein. Und ich bin der festen Überzeugung, daß sie ermordet worden ist.«

»*Ermordet?*« Zum ersten Mal ließ sich Matthias tatsächlich eine Spur von Erstaunen anmerken.

»O Imogen, du hast doch gewiß nicht etwa die Absicht...« Horatia ließ ihren Satz abreißen und schloß voller Entsetzen die Augen.

»Ich glaube fest daran, daß sie von ihrem Ehemann ermordet worden ist, von Lord Vanneck«, sagte Imogen nachdrücklich. »Aber es ist völlig unmöglich, das zu beweisen. Ich habe die Absicht, Sir, mit Ihrer Hilfe dafür zu sorgen, daß er seine gerechte Strafe bekommt.«

Matthias sagte kein Wort und starrte Imogen nur ausdruckslos an.

Horatia faßte sich wieder. »Mylord, Sie werden ihr diesen aberwitzigen Plan doch sicher ausreden.«

Imogen sah Horatia finster an. »Ich wage es nicht, noch länger zu warten. Eine Bekannte hat mir geschrieben, daß Vanneck die Absicht hat, wieder zu heiraten. Anscheinend hat er ernstliche finanzielle Verluste erlitten.«

Matthias zuckte die Achseln. »Das ist wohl wahr. Vor ein paar Monaten war Vanneck gezwungen, sein großes Stadthaus zu verkaufen und in ein wesentlich kleineres

Quartier zu übersiedeln. Aber es gelingt ihm immer noch, den äußeren Schein zu wahren.«

»Ich habe den Verdacht, daß er sich jetzt schon auf der Suche nach einer wohlhabenden jungen Erbin in den Ballsälen und Salons von London herumtreibt«, sagte Imogen. »Es kann sehr gut sein, daß er auch sie ermorden wird, sowie er ihr Vermögen an sich gebracht hat.«

»Also, wirklich, Imogen«, sagte Horatia matt. »Du darfst keine derartigen Anschuldigungen vorbringen. Du hast absolut keinen Beweis dafür.«

»Ich weiß, daß Lucy Vanneck sich gefürchtet hat«, beharrte Imogen. »Und ich weiß auch, daß Vanneck sie oft grausam behandelt hat. Als ich Lucy kurz vor ihrem Tod in London besucht habe, hat sie mir anvertraut, sie hätte Angst davor, daß er sie eines Tages ermorden könnte. Sie hat gesagt, er sei rasend eifersüchtig.«

Matthias stellte seine Tasse ab und stützte die Ellbogen auf seine Oberschenkel. Er faltete die Hände locker zwischen den Knien und musterte Imogen mit einem Ausdruck unwilligen Interesses. »Und wie gedenken Sie Ihren Plan auszuführen, Miss Waterstone?«

Horatia war außer sich vor Entsetzen. »Gütiger Himmel, Sie dürfen sie nicht auch noch dazu ermutigen, Mylord.«

»Ich muß feststellen, daß meine Neugier erwacht ist«, sagte Matthias trocken. »Ich würde mir diesen Plan gern bis in alle Einzelheiten anhören.«

»Dann ist also alles verloren«, murmelte Horatia. »Imogen hat eine Art, andere gegen ihren Willen mitzureißen und sie in ihre Pläne hineinzuziehen.«

»Ich kann Ihnen versichern, daß ich mich so schnell in nichts hineinziehen lasse«, gelobte Matthias, »es sei denn, ich lasse mich willentlich mitreißen.«

»Ich kann nur beten, daß Sie sich später noch an diese

kühnen Worte erinnern werden, Mylord«, murmelte Horatia.

»Meine Tante neigt manchmal zu übertriebener Ängstlichkeit, Mylord«, sagte Imogen. »Machen Sie sich keine Sorgen. Ich habe alles sehr gründlich durchdacht. Ich weiß genau, was ich tue. Also, wie Sie gerade selbst bemerkt haben, ist Lord Vanneck ein außerordentlich leidenschaftlicher Sammler von allem, was mit Zamar zu tun hat.«

»Na und?« Matthias' Mundwinkel verzogen sich humorlos. »Vanneck mag sich zwar für einen Experten halten, aber in Wahrheit könnte er einen echten zamaranischen Kunstgegenstand nicht von dem Hinterteil eines Pferdes unterscheiden. Sogar I. A. Stone hat einen besseren Blick dafür.«

Horatia stellte klirrend ihre Tasse ab. Ihre Blicke wanderten von Matthias zu Imogen und kehrten dann wieder zu Matthias zurück.

Imogen holte ganz tief Atem und schickte sich an weiterzureden. »Auf den Seiten des *Zamaranischen Boten* haben Sie häufig I. A. Stones Schlußfolgerungen angegriffen, glaube ich mich zu erinnern.«

Matthias bekundete höfliche Belustigung. »Sie haben unsere kleinen Wortgefechte verfolgt?«

»Oh, ja. Ich habe die Zeitung schon seit Jahren abonniert, Mylord. Ihre Artikel empfinde ich immer als ganz außerordentlich aufschlußreich.«

»Danke.«

»Aber ich finde auch, daß I. A. Stones Texte zum Nachdenken anregen«, fügte sie hinzu und bemühte sich, ihn nichtssagend anzulächeln.

Horatia zog warnend die Stirn in Falten. »Imogen, mir scheint es ganz so, als kämen wir vom Thema ab. Das soll nicht etwa heißen, daß ich versessen darauf wäre, zu dem anderen Thema zurückzukehren, aber trotzdem...«

»I. A. Stone ist nie auch nur in Zamar gewesen«, stieß Matthias zwischen zusammengebissenen Zähnen hervor. Zum ersten Mal an jenem Morgen ließ das Auflodern einer echten Empfindung seine gespenstischen Augen leuchten. »Er hat keinerlei Wissen aus erster Hand zu diesem Thema, und doch nimmt er sich die Freiheit heraus, Beobachtungen anzustellen und zu Schlußfolgerungen zu gelangen, die sich auf meine Arbeiten begründen.«

»Und auf die Arbeiten von Mr. Rutledge«, hob Imogen hastig hervor.

Die Flamme in Matthias' Augen erlosch so schnell, wie sie aufgelodert war. »Rutledge ist vor vier Jahren auf seiner letzten Reise nach Zamar gestorben. Das ist allgemein bekannt. Seine früheren Texte sind beklagenswert überholt. I. A. Stone sollte wissen, daß es keinen Sinn hat, sie für seine Nachforschungen zu verwenden.«

»Ich habe bisher den Eindruck gehabt, daß I. A. Stones Arbeiten von den Mitgliedern der Zamaranischen Gesellschaft recht gut aufgenommen worden sind«, sagte Imogen zaghaft.

»Ich gebe zu, daß sich Stone eine gewisse oberflächliche Vertrautheit mit Zamar angeeignet hat«, räumte Matthias mit huldvoller Arroganz ein. »Aber es handelt sich dabei um die Form von Kenntnissen, die man sich dadurch erschleicht, daß man die Werke eines informierten Experten gründlich studiert.«

»Die Werke eines Experten wie Sie?« fragte Imogen höflich.

»Genau. Man kann deutlich erkennen, daß Stone praktisch alles gelesen hat, was ich je über Zamar geschrieben habe. Und dann besitzt er die unglaubliche Dreistigkeit, mir in vielen Punkten zu widersprechen.«

Horatia hüstelte diskret. »Äh, Imogen?«

Imogen widerstand dem Drang, das Thema weiterzuverfolgen. Horatia hatte recht. Im Moment hatten andere Dinge Vorrang. »Ja, also, vielleicht sollten wir doch zu Vanneck zurückkommen. Ungeachtet seiner intellektuellen Beschränktheit müssen Sie doch zugeben, daß er in dem Ruf steht, von einer glühenden Leidenschaft für zamaranische Artefakte verzehrt zu werden.«

Matthias erweckte den Eindruck, als hätte er es vorgezogen, die hitzige Diskussion über I. A. Stones mangelnde Fachkenntnisse fortzusetzen. Er widersetzte sich jedoch nicht, als Imogen das ursprüngliche Thema erneut anschnitt. »Er schwärmt für alles, wovon behauptet wird, es stamme aus dem alten Zamar.«

Imogen stählte sich. »Lassen Sie mich ganz offen sein, Sir. Es wird gemunkelt, in dem Punkt seien Sie ihm ähnlich. Der Unterschied zwischen Ihnen und ihm besteht nur darin, daß Sie die unbestrittene Kapazität sind, wenn es um zamaranische Antiquitäten geht. Ich bin sicher, daß Sie Ihre Sammlung mit erlesenem Geschmack und größter Umsicht zusammengetragen haben.«

»Ich dulde nur die edelsten, die seltensten und die interessantesten zamaranischen Artefakte unter meinem Dach.« Matthias beobachtete Imogen, ohne auch nur mit einer Wimper zu zucken. »Mit anderen Worten, ich sammle nur Gegenstände, die ich persönlich ausfindig gemacht habe. Wie sind wir darauf gekommen?«

Imogen war erstaunt über den winzigen Schauer, der ihr über den Rücken lief. Es gab nur sehr wenige Dinge, die sie nervlich belasten konnten, aber Matthias' Stimme hatte irgend etwas an sich, was gelegentlich genau diese Wirkung auf sie ausübte. Sie holte tief Atem. »Wie ich bereits sagte, habe ich keine Beweise, die ich gegen Vanneck vorbringen kann, um ihn des Mordes anzuklagen. Aber ich stehe zu tief in Lucys Schuld, um zuzulassen, daß ihr Mörder gänzlich straffrei ausgeht. Drei Jahre lang habe ich mich bemüht, einen Plan zu ersinnen, um mein Ziel zu erreichen, aber erst durch Onkel Selwyns Tod habe ich endlich eine Möglichkeit gesehen, Lucy zu rächen.«

»Was führen Sie gegen Vanneck im Schilde?«

»Ich bin auf eine Möglichkeit gestoßen, sein gesellschaftliches Ansehen zu ruinieren. Wenn ich mit ihm fertig bin, wird Vanneck nicht mehr in der Lage sein, Jagd auf unschuldige Frauen wie Lucy zu machen und sie zu quälen.«

»Es scheint Ihnen vollkommen ernst damit zu sein, stimmt das?«

»Ja, Mylord.« Imogen hob das Kinn und sah ihm in die Augen, ohne auch nur mit einer Wimper zu zucken. »Es ist mir außerordentlich ernst. Ich habe die Absicht, Vanneck in eine Falle zu locken und ihn finanziell und gesellschaftlich zu ruinieren.«

»Für eine Falle braucht man einen Köder«, hob Matthias behutsam hervor.

»Stimmt genau, Mylord. Bei dem Köder, den ich zu benutzen gedenke, handelt es sich um das Große Siegel der Königin von Zamar.«

Matthias starrte sie an. »Wollen Sie etwa behaupten, Sie seien im Besitz des Siegels der Königin?«

Imogen sah ihn finster an. »Nein, natürlich nicht. Sie sollten besser wissen als jeder andere, daß das Siegel nie gefunden wurde. Aber kurz vor seinem Verschwinden hat Rutledge einen Brief an den *Zamaranischen Boten* geschickt, in dem er den Herausgebern mitteilt, er glaube fest daran, dem Siegel auf der Spur zu sein. Die Gerüchte, er sei auf der Suche danach in dem unterirdischen Labyrinth gestorben, haben den Mythos des Rutledge-Fluchs ins Leben gerufen.«

»Was natürlich Blödsinn ist.« Matthias zog eine Schulter zu einem eleganten Achselzucken hoch. »Diese verdammte Vorstellung von einem Fluch hält sich nur deshalb so beharrlich, weil es heißt, das Siegel sei außerordentlich wertvoll. Um Gegenstände von großem Wert ranken sich immer zahllose Legenden.«

»Ihre eigenen Nachforschungen bestätigen, daß das Siegel aus sehr reinem, hochkarätigem Gold angefertigt und mit wertvollen Edelsteinen verziert ist«, rief ihm Imogen ins Gedächtnis zurück. »Sie schreiben, Sie hätten Inschriften gelesen, die dieses Siegel schildern.«

Matthias' Lippen wurden schmal. »Der wahre Wert des Siegels besteht darin, daß es sich dabei um einen Gegenstand handelt, der von den besten Kunsthandwerkern eines untergegangenen Volkes angefertigt worden ist. Falls das Siegel noch existiert, ist es von unschätzbarem Wert, aber nicht etwa, weil es aus Edelsteinen und Gold gefertigt ist, sondern aufgrund der Geschichten, die es uns über das alte Zamar erzählen kann.«

Imogen lächelte. »Ich kann Ihre Gefühle nachvollziehen, Sir. Ich hätte von Ihnen nichts anderes als ebendiese wissenschaftliche Wertschätzung des Siegels erwartet. Aber ich kann Ihnen versichern, daß auf einen Mann von Vannecks niederer Veranlagung der materielle Wert dieses Gegenstandes eine weitaus größere Faszination ausübt. Insbesondere, wenn man bedenkt, wie beschränkt seine finanziellen Mittel derzeit sind.«

Ein unangenehmes Lächeln spielte auf Matthias' Gesicht. »Sie haben zweifellos recht. Was hat das mit Ihrem Vorhaben zu tun?«

»Mein Plan ist ganz einfach. Ich werde mit Tante Horatia nach London reisen und mich in Vannecks gesellschaftliche Kreise einführen lassen. Dank Onkel Selwyn habe ich das Geld dafür, und dank Tante Horatia habe ich obendrein die entsprechenden Beziehungen.«

Horatia rutschte voller Unbehagen auf ihrem Stuhl

herum. Sie sah Matthias zaghaft an. »Ich bin mütterlicherseits entfernt mit dem Marquis von Blanchford verwandt.«

Matthias zog die Stirn in Falten. »Blanchford befindet sich doch auf Auslandsreisen, oder nicht?«

»Ich glaube schon«, gestand Horatia. »Er hält sich die meiste Zeit im Ausland auf. Es ist kein Geheimnis, daß er die Londoner Gesellschaft nicht ausstehen kann.«

»In dem Punkt haben wir beide etwas gemeinsam«, sagte Matthias.

Imogen ignorierte diese Bemerkung. »Blanchford läßt sich während der Ballsaison nur selten in der Öffentlichkeit blicken. Aber das ist noch lange kein Grund dafür, daß Tante Horatia und ich ebenfalls zurückgezogen leben müßten.«

»Mit anderen Worten«, sagte Matthias, »Sie werden also die Beziehungen Ihrer Tante dafür nutzen, dieses wahnsinnige Vorhaben auszuführen.«

Horatia verdrehte die Augen zum Himmel und schnalzte mit der Zunge.

Imogen sah Matthias finster an. »Es ist kein wahnsinniges Vorhaben. Es ist sogar ein ziemlich schlauer Plan. Ich habe Wochen dafür gebraucht, ihn auszuarbeiten. Wenn ich erst einmal Zugang zu den entsprechenden gesellschaftlichen Kreisen gefunden habe, werde ich kleine Andeutungen fallenlassen, die sich auf das Siegel der Königin beziehen.«

Matthias zog lakonisch die Augenbrauen hoch. »Was für Andeutungen?«

»Ich werde in Umlauf setzen, daß ich, während wir eine gründliche Bestandsaufnahme der Sammlung meines Onkels vorgenommen haben, zufällig auf eine Landkarte gestoßen bin, die Hinweise auf den Aufbewahrungsort des Siegels gibt.«

»Heiliger Strohsack«, murmelte Matthias. »Sie haben vor, Vanneck davon zu überzeugen, daß diese nichtexistierende Landkarte ihn zu einem grandiosen Kunstgegenstand führen kann?«

»Ganz genau.«

»Ich glaub's einfach nicht.« Endlich sah Matthias hilfesuchend Horatia an.

»Ich habe mein Bestes versucht, um Sie zu warnen, Mylord«, murmelte sie.

Imogen sprang eifrig auf. »Ich werde Vanneck davon überzeugen, daß ich die Absicht habe, denjenigen, der mir dabei hilft, eine Expedition zu finanzieren, um das Siegel zu bergen, in die Hinweise einweihen werde.«

Matthias sah sie spöttisch an. »Und wozu soll das gut sein?«

»Liegt das denn nicht auf der Hand? Vanneck wird der Vorstellung nicht widerstehen können, das Siegel an sich zu bringen. Aber da es im Moment schlecht um seine Finanzen steht und er noch keine reiche Erbin gefunden hat, fehlt es ihm an den nötigen Mitteln, die Expedition selbst zu finanzieren. Ich werde ihn dazu ermutigen, ein Konsortium von Investoren zu gründen.«

Matthias musterte sie nachdenklich. »Gestatten Sie mir, eine kühne Vermutung zu äußern. Sie haben die Absicht, Vanneck finanziell in eine äußerst riskante Lage zu bringen und dann den Ast abzusägen, auf dem er sitzt, stimmt's?«

»Ich wußte gleich, daß Sie es verstehen würden.« Imogen freute sich darüber, daß er endlich begann, die wahre Genialität ihres Planes zu würdigen. »Genau das habe ich vor. Es sollte keine große Mühe kosten, Vanneck dazu zu überreden, daß er ein Konsortium ins Leben ruft, um die Expedition zu finanzieren.«

»Und wenn er das Geld des Konsortiums dafür ausgegeben hat, ein Schiff und eine Mannschaft anzuheuern und die kostspielige Ausrüstung zu erwerben, die für diese Expedition erforderlich ist, dann werden Sie ihm eine unbrauchbare Landkarte vorlegen.«

»Und er wird eine vergebliche Reise antreten«, schloß Imogen mit einer Selbstzufriedenheit, die sie gar nicht erst zu verbergen versuchte. »Vanneck wird das Königliche Siegel niemals finden. Die Expedition wird abgebrochen werden, wenn das Geld ausgeht. Die Mitglieder des Konsortiums werden wütend sein. Es wird gemunkelt werden, daß das Ganze von vornherein ein einziger großer Schwindel war, ein Betrug, der an unschuldigen Investoren begangen wurde. Ein zweiter Südseeskandal. Vanneck wird es nicht wagen, nach London zurückzukehren. Seine Gläubiger werden ihm jahrelang auf den Fersen sein. Und falls er irgendwann doch zurückkehren sollte, dann wird er nicht in der Lage sein, seinen bisherigen Platz unter den oberen Zehntausend wieder einzunehmen. Seine Chancen, sich an einer Erbin schadlos zu halten und es wieder zu Geld zu bringen, werden dann äußerst dünn gesät sein.«

Matthias wirkte versonnen. »Ich weiß nicht, was ich dazu sagen soll, Miss Waterstone. Sie haben mir den Atem verschlagen.«

Es ließ sich eine gewisse Genugtuung daraus schöpfen, eine derart elektrisierende Wirkung auf Colchester von Zamar ausgeübt zu haben, wie Imogen fand. »Es ist ein kluger Plan, finden Sie nicht auch? Und Sie sind der perfekte Partner für mich, Sir.«

Horatia wandte sich flehentlich an Matthias. »Mylord, ich bitte Sie inständig, ihr zu sagen, daß das ein dummer, leichtsinniger, gefährlicher und irrsinniger Plan ist.«

Matthias warf einen kurzen Blick auf Horatia und richtete seine kalten Augen dann wieder auf Imogen. »Ihre Tante hat recht. Ihr Plan ist all das und noch mehr.«

Imogen war bestürzt. »Unsinn. Es wird klappen. Ich bin mir ganz sicher.«

»Ich weiß, daß ich es bereuen werde, Sie gefragt zu haben, Miss Waterstone, aber eine morbide Neugier treibt mich dazu. Welche Rolle haben Sie mir in dieser grandiosen Intrige zugedacht?«

»Ist das nicht offensichtlich, Mylord? Sie sind die anerkannte Kapazität, wenn es um Dinge geht, die mit Zamar zu tun haben. Mit der möglichen Ausnahme von I. A. Stone gibt es keinen fachkundigeren Experten auf diesem Gebiet als Sie.«

»Es gibt *keine* Ausnahme«, korrigierte Matthias sie grimmig. »Und I. A. Stone ist erst recht keine Ausnahme.«

»Wenn Sie darauf beharren, Mylord«, murmelte Imogen. »Sämtliche Mitglieder der Zamaranischen Gesellschaft sind sich über Ihre herausragenden Qualifikationen einig.«

Matthias ging gar nicht erst auf diesen unbestreitbaren Tatbestand ein. »Worauf wollen Sie hinaus?«

»Ich hätte geglaubt, das wäre offenkundig, Sir. Die einfachste und wirksamste Art, Vanneck davon zu überzeugen, daß ich im Besitz einer echten Landkarte bin, die zum Siegel der Königin führt, besteht darin, daß Sie andeuten, Ihrer Meinung nach besäße ich eine solche Karte.«

Eine kurze, durchdringende Stille bemächtigte sich der Bibliothek.

»Ich will verdammt sein.« Matthias' Stimme klang nahezu ehrfürchtig. »Sie wollen, daß ich Vanneck und dem Rest der oberen Zehntausend einrede, ich sei überzeugt davon, daß Ihr Onkel Ihnen eine Landkarte des alten Zamar vermacht hat, auf der der Aufbewahrungsort des Siegels eingezeichnet ist?«

»Ja, Mylord.« Es erleichterte Imogen, daß er endlich die Grundzüge ihres Planes erfaßt hatte. »Ihr Interesse an der

Landkarte wird meiner Geschichte die erforderliche Glaubwürdigkeit verleihen.«

»Und wie haben Sie sich das vorgestellt? In welcher Form soll ich mein Interesse bekunden?«

»Das ist ganz einfach, Mylord. Sie werden so tun, als wollten Sie mich verführen.«

Matthias sagte keine Wort.

»Ach, du meine Güte«, flüsterte Horatia. »Ich glaube, mir wird schwindlig.«

Matthias sah Imogen mit ausdruckslosen Augen an. »Ich soll Sie verführen?«

»Sie werden natürlich nur so tun«, versicherte sie ihm. »Der gesamten Londoner Gesellschaft wird auffallen, daß Sie mir nachstellen. Vanneck wird daraus schließen, daß es nur einen Grund für Ihre Bemühungen um mich geben kann.«

»Er wird glauben, ich sei hinter dem Königlichen Siegel her«, sagte Matthias.

»Ganz genau.«

Horatia seufzte aus tiefstem Herzen. »Das ist unser aller Untergang.«

Matthias pochte mit einem Finger äußerst behutsam gegen den Rand seiner Teetasse. »Weshalb sollte Vanneck oder irgend jemand sonst zu der Schlußfolgerung gelangen, daß ich es nur darauf abgesehen habe, Sie zu verführen? Es ist allgemein bekannt, daß ich erst kürzlich nach England zurückgekehrt bin, um die Pflichten zu übernehmen, die mein Titel mit sich bringt. Die bessere Gesellschaft wird von mir erwarten, daß ich in der kommenden Ballsaison nach einer Ehefrau Ausschau halte, nicht nach einer Mätresse.«

Imogen verschluckte sich fast an ihrem Tee. »Machen Sie sich darüber nur keine Sorgen, Mylord. Sie laufen keinerlei Gefahr, eines Tages festzustellen, daß Sie versehentlich als verlobt mit mir gelten. Niemand wird erwarten, daß Sie mir einen Heiratsantrag machen.«

Matthias sah ihr forschend ins Gesicht. »Und was ist mit Ihrem Ruf?«

Imogen stellte ihre Tasse mit allergrößter Bedachtsamkeit ab. »Sie wissen offensichtlich nicht, wer ich bin. Ich nehme an, das ist nicht weiter erstaunlich. Während der letzten Jahre haben Sie einen Großteil Ihrer Zeit außer Landes verbracht.«

»Vielleicht wären Sie so nett, mich über Ihre wahre Identität aufzuklären?« knurrte Matthias.

»Vor drei Jahren, als ich meine Freundin Lucy in London besucht habe, habe ich mir den Spitznamen Die Unkeusche Imogen erworben.« Sie zögerte. »Mein Ruf ist in einem Maße kompromittiert worden, daß sich der Schaden nicht mehr beheben ließ.«

Matthias zog die Augenbrauen zu einem dunklen Strich zusammen, als sein Blick zu Horatia schweifte.

»Das ist leider wahr, Mylord«, sagte sie unbeirrt.

Matthias sah Imogen wieder an. »Wer war der Mann?«

»Lord Vanneck«, sagte Imogen.

»Himmel noch mal«, sagte er leise. »Kein Wunder, daß Sie auf Rache aus sind.«

Imogen straffte die Schultern. »Dieser Vorfall hat nichts damit zu tun. Mein eigener Ruf interessiert mich nicht im geringsten. Was gerächt werden muß, ist der Mord an Lucy. Ich habe Ihnen diese Geschichte nur erzählt, weil ich Ihnen verständlich machen wollte, daß die gute Gesellschaft mich nicht als eine geeignete Ehekandidatin ansehen würde. Niemand würde von einem Mann in Ihrer Position, wenn er mir nachläuft, erwarten, daß er es auf etwas anderes als eine flüchtige Affäre oder die Gelegenheit abgesehen hat, über mich an etwas Wertvolles heranzukommen.«

»Wie zum Beispiel das Königliche Siegel.« Matthias schüttelte den Kopf. »Großer Gott.«

Imogen erhob sich forsch und bedachte ihn mit einem ermutigenden Lächeln. »Ich glaube, jetzt haben Sie begriffen, worum es geht, Mylord. Heute abend können wir die Einzelheiten meines Planes beim Abendessen besprechen. In der Zwischenzeit werden wir uns wieder an die Arbeit machen, das Inventar aufzulisten. Da Sie nun schon einmal hier sind und sonst nichts weiter zu tun haben, hätten Sie vielleicht Lust, uns dabei behilflich zu sein?«

2

Horatia rückte näher zu Matthias, sowie sie allein in der Bibliothek waren. »Mylord, Sie müssen etwas unternehmen.«

»Ach ja?«

Horatias besorgte Miene erstarrte zu einem Ausdruck finsterer Mißbilligung. »Sir, mir ist durchaus bewußt, wer und was Sie wirklich sind. Zufällig habe ich vor zehn Jahren in London gelebt.«

»Tatsächlich?«

»Ich habe nicht in Ihren Kreisen verkehrt, Mylord. Aber schließlich haben das die wenigsten ehrbaren Leute getan. Trotzdem weiß ich, wie und warum Sie sich den Namen Der Kaltblütige Colchester erworben haben. Meine Nichte kennt Sie nur als Colchester von Zamar. Sie bewundert Sie schon seit Jahren. Sie ist nicht über die Aktivitäten informiert, für die Sie berüchtigt sind.«

»Warum öffnen Sie ihr dann nicht die Augen, Mrs. Elibank?« fragte Matthias scheinheilig.

Horatia wich eilig einen Schritt zurück, als rechnete sie damit, daß er sich mit entblößten Lefzen auf sie stürzen würde. »Das würde nichts nutzen. Sie würde diese Geschichten als gehässiges Geschwätz abtun. Ich kenne sie. Sie würde davon ausgehen, daß Ihr Ruf ungerechtfertigterweise ruiniert worden ist, genau wie der ihre. Sie würde zweifellos zu einer Ihrer stärksten Verbündeten und treuesten Anhängerinnen werden.«

»Glauben Sie das wirklich?« Matthias sah nachdenklich die Tür an. »Von der Sorte habe ich nie allzu viele gehabt.«

Horatia sah ihn finster an. »Von welcher Sorte?«

»Starke Verbündete und treue Anhänger.«

»Ich glaube, wir wissen beide, daß es dafür etliche gute Gründe gibt, Mylord«, fauchte Horatia.

»Wenn Sie meinen.«

»Colchester, mir ist klar, daß ich keine Ansprüche an Ihre Rücksichtnahme stellen kann, aber ich bin ziemlich verzweifelt. Meine Nichte ist wild entschlossen, diesen unausgegorenen Plan in die Tat umzusetzen. Sie sind meine einzige Hoffnung.«

»Was zum Teufel erwarten Sie von mir?« Matthias warf einen Blick über seine Schulter, weil er sichergehen wollte, daß Imogen nicht zurückgekommen war und in der Tür stand. »Nehmen Sie es mir nicht übel, Madam, aber ich bin noch nie einer Frau wie Miss Waterstone begegnet. Sie gibt einem Mann das Gefühl, er sei gerade von einer Jagdgesellschaft niedergeritten worden.«

»Ich weiß, was Sie meinen, Sir, aber Sie müssen etwas unternehmen, oder wir werden schon bald feststellen, daß wir alle im Netzwerk dieses grandiosen Racheplans gefangen sind, den sie ausgeheckt hat.«

»Wir?« Matthias zog ein Buch mit einem Ledereinband von dem Regal, das ihm am nächsten war.

»Ich versichere Ihnen, daß Imogen ihren Plan nicht aufgeben wird, falls Sie sich weigern sollten, mitzuspielen. Sie wird lediglich andere Mittel und Wege ersinnen, um ihn in die Tat umzusetzen.«

»Grob gesagt, das ist nicht mein Problem.«

»Wie können Sie das bloß sagen?« Horatia schien verzweifelt zu sein. »Schließlich haben Sie meinem Bruder dieses Versprechen gegeben, Sir. Das geht aus Selwyns Letztem Willen deutlich hervor. Es heißt, Sie hätten bisher noch jedes Versprechen gehalten. Selbst Ihre ärgsten Feinde, und meines Wissens gibt es davon reichlich viele, stellen das nicht in Abrede.«

»Es entspricht eben der Wahrheit, Madam. Ich halte immer, was ich verspreche. Aber ich tue es auf meine ganz eigene Art. Wie dem auch sei, ich habe in Selwyn Waterstones Schuld gestanden, und seiner Nichte bin ich gar nichts schuldig.«

»Sir, wenn Sie sich bei meinem geliebten verschiedenen Bruder revanchieren wollten, dann müßten Sie dafür sorgen, daß Imogen keinen Schaden erleidet.«

»Imogen erwartet Beistand in einer ganz anderen Form von mir, Madam. Sie scheint teuflisch darauf versessen zu sein, sich in ihr Unglück zu stürzen, und in Anbetracht ihrer Entschlossenheit und Seelenstärke rechne ich damit, daß sie ihr Ziel erreichen wird.«

»Sie besitzt eine ganz erstaunliche Willenskraft«, gab Horatia zu.

»Und damit beschämt sie nicht nur Napoleon, sondern auch Wellington.« Er wies mit einer Kopfbewegung auf die vollen Bücherregale. »Denken Sie zum Beispiel nur an meine derzeitige Beschäftigung. Ich habe keine klare Vorstellung davon, wie es eigentlich dazu gekommen ist, daß ich Miss Waterstone plötzlich dabei helfe, die Sammlung ihres Onkels zu katalogisieren.«

»Solche Dinge passieren ständig, wenn meine Nichte in der Nähe ist«, sagte Horatia kläglich. »Sie hat die Neigung, jede Situation an sich zu reißen.«

»Ich verstehe.« Matthias warf einen Blick auf den Titel des Buches, das er in der Hand hielt. *Ein Bericht über die seltsamen und ungewöhnlichen Objekte, die auf gewissen Südseeinseln in Gräbern entdeckt wurden.* »Ich glaube, das gehört auf Ihre Liste.«

»Sie meinen, Bücher über Grabkunst?« Horatia lief

geschäftig zum Schreibtisch und sah finster auf eine Seite des aufgeschlagenen Notizbuchs. Sie tauchte eine Feder in die Tinte und vermerkte das Buch auf der Liste. »Sie können es jetzt zu den anderen legen.«

Matthias legte den Band auf einen wachsenden Stapel vergleichbarer Titel. Geistesabwesend musterte er die übrigen Bücher, in Gedanken mit Imogen Waterstone beschäftigt, dem weitaus größeren Problem. Er sagte sich, er bräuchte genauere Informationen, ehe er entscheiden konnte, wie er weiter vorgehen würde.

»Wie hat Vanneck Ihre Nichte kompromittiert, Madam?«

Horatias Lippen kniffen sich zusammen. »Das ist eine äußerst unerfreuliche Geschichte.«

»Um Schritte zu unternehmen, muß ich genauestens über die Tatsachen informiert sein.«

Horatia beäugte ihn nicht ohne Hoffnung. »Im Grunde genommen kann ich Ihnen die Einzelheiten auch gleich selbst erzählen, ehe Sie sie von einer der Klatschbasen in London hören. Und schließlich verhält es sich ja so, daß Sie selbst ebenfalls mit einem relativ üblen Ruf belastet sind, nicht wahr, Mylord?«

Matthias sah ihr in die Augen. »Das ist durchaus wahr, Mrs. Elibank. Soviel habe ich zumindest mit Ihrer Nichte gemeinsam.«

Horatia bekundete plötzlich ein glühendes Interesse an einer alten etruskischen Totenmaske. »Nun gut, vor drei Jahren hatte Lucy Imogen gebeten, sie in London zu besuchen. Zu dem Zeitpunkt war Lady Vanneck schon seit mehr als einem Jahr verheiratet, doch es war das erste Mal seitdem, daß sie auf den Gedanken kam, Imogen einzuladen.«

»Hat Imogen bei Lord und Lady Vanneck gewohnt?«

»Nein. Lucy behauptete, sie könnte leider nicht bei

ihnen im Haus wohnen, da Lord Vanneck keine Gäste im Haushalt duldete. Daher schlug sie vor, Imogen solle sich für ein paar Wochen ein kleines Häuschen mieten. Lucy hatte alles für sie arrangiert.«

Matthias zog die Stirn in Falten. »Imogen ist ganz allein nach London gefahren?«

»Ja. Ich konnte sie beim besten Willen nicht begleiten, da mein Mann schon krank war und es ihm damals äußerst schlecht ging. Das soll natürlich nicht heißen, daß Imogen der Meinung gewesen wäre, sie bräuchte eine Gesellschafterin. Von ihrer ganzen Wesensart her ist sie sehr unabhängig.«

»Das ist mir bereits aufgefallen.«

»Ich schiebe ihren Eltern, mögen sie in Frieden ruhen, die volle Schuld in die Schuhe.« Horatia seufzte. »Die beiden haben sie heiß und innig geliebt und nur ihr Bestes gewollt, aber ich fürchte, sie hat eine extrem unkonventionelle Erziehung genossen.«

»Wie das?« fragte Matthias.

»Mein Bruder und seine Frau waren schon in fortgeschrittenem Alter, als Imogen geboren wurde. Tatsächlich hatten sogar beide jede Hoffnung darauf, eines Tages Kinder zu haben, längst aufgegeben. Als Imogen dann unterwegs war, waren sie außer sich vor Begeisterung.«

»Sie hat keine Geschwister?«

»Nein. Ihr Vater, mein ältester Bruder John, war Philosoph und hat als solcher radikale Thesen zur Erziehung junger Menschen aufgestellt. In Imogen sah er die unschätzbare Chance, seine Theorien in der Praxis zu überprüfen.«

»Und was ist mit ihrer Mutter?«

Horatia schnitt eine Grimasse. »Aletha war eine äußerst ungewöhnliche Frau. In jungen Jahren hatte sie beträchtlichen Wirbel verursacht. Sie hatte ein Buch geschrieben, in dem sie ernsthaft den Wert der Ehe für Frauen in Frage stellte. Mein Bruder verliebte sich während der Lektüre dieses Buchs sofort in sie. Die beiden heirateten auf der Stelle.«

»Und das trotz der Ansichten, die diese Dame zum Thema Ehe hatte?«

»Aletha hat immer gesagt, John sei der einzige Mann auf Erden, der einen brauchbaren Ehemann für sie hätte abgeben können.« Horatia zögerte. »Sie hat recht gehabt. Jedenfalls hat auch Aletha eine Menge äußerst seltsamer Vorstellungen davon gehabt, wie Mädchen erzogen werden sollten. Sie hat dann auch tatsächlich noch ein weiteres Buch geschrieben, in dem sie ihre Vorstellungen von Erziehungsmethoden für Mädchen schildert.«

Matthias war einen Moment lang belustigt. »Mit anderen Worten, Imogen ist das Produkt eines radikalen philosophischen Experiments?«

»Ich fürchte, genau das ist der Fall.«

»Was ist aus Ihrem Bruder und seiner Frau geworden?«

»In dem Jahr, in dem Imogen achtzehn wurde, sind sie beide einer Lungenentzündung erlegen.« Horatia schüttelte den Kopf. »Und dabei hatte ich sie so oft davor gewarnt, wie ungesund ihre Gewohnheit sei, diesen scheußlichen amerikanischen Tabak zu rauchen. Zum Glück hat Imogen diese Gewohnheit nicht von ihnen übernommen.«

»Sie wollten mir gerade erzählen, was sich vor drei Jahren abgespielt hat, als Imogen nach London gefahren ist.« Matthias unterbrach sich, als er forsche Schritte im Korridor hörte.

Imogen streckte den Kopf zur Tür herein und sah Matthias und Horatia fragend an. »Wie kommt ihr hier mit der Bestandsaufnahme weiter?«

Matthias hielt eine gebundene Ausgabe der *Vierteljah-*

resblätter für Antiquitätensammler hoch, auf die er gerade gestoßen war. »Ich glaube, wir machen zufriedenstellende Fortschritte, Miss Waterstone.«

»Ausgezeichnet.« Imogen warf einen Blick auf die Liste in ihrer Hand. »Ich habe einen Terminplan ausgearbeitet, der, wenn wir uns daran halten, dafür sorgen sollte, daß wir mit dem Inventar des ersten Stocks fertig sind, ehe wir am Donnerstag nach London fahren. Tante Horatia und ich werden uns den Rest des Hauses in Ruhe vornehmen, wenn wir in ein paar Wochen wiederkommen. Macht weiter so.« Sie hob eine Hand zu einem fröhlichen Winken und lief mit eiligen Schritten durch den Korridor.

Matthias schaute ihr versonnen nach. »Was für ein erstaunliches Geschöpf.«

»Ich fürchte, nichts kann sie von ihrem Vorhaben abbringen, Mylord«, sagte Horatia verzweifelt.

Matthias legte die gebundenen *Vierteljahresblätter für Antiquitätensammler* auf einen Tisch. »Sie waren gerade dabei, mir zu erzählen, wie es dazu gekommen ist, daß sie vor drei Jahren kompromittiert worden ist.«

»Hätte ich ihr doch bloß nach London nachreisen können! Imogen hält sich für eine Frau von Welt, aber Sie wissen ebensogut wie ich, Sir, daß sie beklagenswert unvorbereitet auf die Londoner Gesellschaft war, nachdem sie ihr ganzes Leben hier in Upper Stickleford verbracht hatte. Dazu kam noch, daß ihre Eltern die feine Gesellschaft verabscheuten. Sie haben sie in einer Menge nutzloser Fächer wie Griechisch, Latein und Logik unterrichtet, aber sie hat nichts Hilfreiches von ihnen gelernt, zum Beispiel, wie man in der Gesellschaft überlebt.«

»Ein Lamm unter Wölfen«, murmelte Matthias. »Aber ich kann mir vorstellen, daß dieses Lamm scharfe Zähne gehabt hat.«

»Ihre Freundin Lucy war ihr jedenfalls mit Sicherheit keine Hilfe«, sagte Horatia erbittert. »Lady Vanneck war ganz entschieden mitverantwortlich für diesen Zwischenfall. Aber so war Lucy nun mal. Ich weiß, daß Imogen sie als eine gute Freundin angesehen hat, aber die Wahrheit sieht so aus, daß Lucy sich nie auch nur eine Spur für jemand anderen als sich selbst interessiert hat.«

»Sie haben Lucy gekannt?«

»Ich bin ihr gelegentlich begegnet, wenn ich meinen Bruder und seine Familie besucht habe. Sie war sehr schön, und sie konnte äußerst charmant sein. Aber sie hat ihre Schönheit und ihren Charme darauf verwandt, andere zu manipulieren. Hier in Upper Stickleford hat sie die Herzen von so einigen jungen Bauern gebrochen. Wenn Sie mich fragen, hat sie sich nur deshalb mit Imogen angefreundet, weil es keine anderen jungen Damen in der Nachbarschaft gegeben hat. Sie hat sich noch nicht einmal die Mühe gemacht, mit Imogen zu korrespondieren, nachdem sie nach London gezogen ist, solange nicht ein volles Jahr abgelaufen war. Und dann hat sie Imogen aus heiterem Himmel zu sich bestellt.«

»Was ist in London passiert?«

»Eine Zeitlang ist alles gutgegangen. Imogen war in der Zamaranischen Gesellschaft tätig. Schon seit ihrem siebzehnten Lebensjahr hat sie diese Leidenschaft für Zamar. Das war das Jahr, in dem Sie und Rutledge von der ersten Expedition zurückgekehrt sind. Sie hat sich der Zamaranischen Gesellschaft schon kurz nach deren Gründung angeschlossen, aber sie hatte keine Gelegenheit, andere Mitglieder kennenzulernen, ehe sie damals nach London gefahren ist.«

»Zu meinem Bedauern muß ich sagen, daß sich die Zamaranische Gesellschaft weitgehend aus Amateuren und Dilettanten zusammensetzt.« Matthias kniff die Lippen zusammen. »Bedauerlicherweise ist Zamar in Mode gekommen.«

»Das kann schon sein. Jedenfalls war es Imogen erstmals möglich, Umgang mit anderen zu pflegen, die die gleichen Interessen hatten. Sie war außer sich vor Freude. Sie dürfen dabei nicht vergessen, daß sie nach dem Tod ihrer Eltern ganz allein war. Lucy war ihre einzige Freundin gewesen, und nachdem Lucy nach London gegangen war und Vanneck geheiratet hatte, war Imogen sehr einsam. Ich fürchte, für sie ist das Studium von Zamar zu ihrem ein und alles geworden. Es war sehr spannend für sie, anderen zu begegnen, die ähnlich gesinnt waren.«

»Wissen Sie genauer, wem sie dort begegnet ist?« erkundigte sich Matthias behutsam. Die Faszination, die Zamar ausübte, hatte die Ränge der Zamaranischen Gesellschaft mit einer Reihe von gefährlich gelangweilten jungen Leuten durchsetzt, mit heruntergekommenen Lebemännern und anderen, die nur auf Abenteuer aus waren.

»Lucy stellte Imogen einen netten jungen Mann vor, der Alastair Drake hieß.« Horatia zögerte. »Das war das einzig wirklich Anständige, was Lucy je für Imogen getan hat. Mr. Drake hat Imogens Begeisterung für das alte Zamar geteilt.«

»Ach, wirklich?«

»Nach allem, was man so hört, hat sich das Paar blendend verstanden. Freunde haben mir berichtet, Mr. Drake hätte eine Schwäche für Imogen entwickelt. Es war sogar die Rede von einem Heiratsantrag. Aber dann ist das Unglück passiert.«

Matthias tat nicht einmal mehr zum Schein so, als befaßte er sich weiterhin mit der Bestandsaufnahme. Er lehnte sich mit einer Schulter an das Bücherregal und verschränkte die Arme. »Ich nehme an, die Katastrophe ist in Form von Lord Vanneck hereingebrochen?«

Horatias Augen blickten trostlos durch die Brillengläser. »Ja. Imogen hatte nicht die leiseste Ahnung, wie man mit einem abgehärteten Frauenheld umgeht, der es darauf abgesehen hat, eine Frau zu verführen. Niemand war da, um sie zu warnen oder ihr Ratschläge zu erteilen.« Sie unterbrach sich abrupt, zerrte ein Taschentuch aus ihrer Schürzentasche und tupfte sich die Augen damit ab. »Es fällt mir schwer, auch nur über diesen Vorfall zu reden.«

»Ich muß Sie trotzdem bitten, die Geschichte zu beenden, die Sie begonnen haben, Madam«, sagte Matthias erbarmungslos. »Ich kann unmöglich entscheiden, wie ich vorgehen werde, solange ich nicht alles weiß, was es über diese Situation zu wissen gibt.«

Horatia sah ihn unsicher an und schien dann zu einem Entschluß zu gelangen. »Also, gut, Sir. Schließlich ist es ohnehin kein Geheimnis. Die ganze Stadt hat von dem Vorfall erfahren, und wenn Imogen nach London zurückkehrt, wird der Klatsch zweifellos wieder aufblühen. Kurz und gut, Imogen ist mit Vanneck in einem Schlafgemach ertappt worden.«

Aus unerfindlichen Gründen fühlte sich Matthias, als hätte er gerade einen Tritt in den Magen bekommen. Diese heftige Reaktion überraschte ihn. Er brauchte einen Moment, um zu begreifen, daß er nicht mit einem derart dramatischen Ende dieser Geschichte gerechnet hatte.

Er hatte sich etwas weitaus Unschuldigeres ausgemalt. Schließlich war nur sehr wenig vonnöten, um den Ruf einer jungen Frau in der besseren Gesellschaft zu ruinieren. Ein unbesonnener Kuß, ein Einkaufsbummel oder ein Ausritt ohne weibliche Begleitung, zu viele Walzer, die ein Mädchen mit dem falschen Mann tanzte – zahlreiche solcher harmlosen Entgleisungen konnten eine Frau in Verruf bringen. In der Londoner Gesellschaft kam es nur auf den äußeren Schein an.

Aber mit einem Mann in einem Schlafgemach ertappt zu werden, mit irgendeinem Mann, von einem Mann von Vannecks Kaliber ganz zu schweigen, war mehr als eine geringfügige Unbesonnenheit, dachte Matthias. Die Unkeusche Imogen hatte sich ihren Namen anscheinend tatsächlich verdient. Sie konnte sogar noch von Glück sagen, daß man ihr keinen schlimmeren Beinamen angehängt hatte.

»War es in Vannecks Schlafzimmer?« Es kostete Matthias einige Überwindung, sich zu der Frage durchzuringen. »Oder hatte sie ihn in ihr Haus eingeladen?«

»Nein, natürlich nicht.« Horatia wandte den Blick ab. »Aber im nachhinein betrachtet, wäre es vielleicht sogar besser gewesen, wenn sich der Zwischenfall in einer so privaten Atmosphäre ereignet hätte. Leider sind Imogen und Vanneck jedoch während eines Balls, den Lord und Lady Sandown veranstaltet haben, gemeinsam in einem der Schlafzimmer im oberen Stockwerk ertappt worden.«

»Ich verstehe.« Matthias mußte sich anstrengen, um den Zorn zu unterdrücken, der in ihm aufwogte. Was zum Teufel war bloß los mit ihm? Er kannte das Mädchen schließlich kaum. »Ihre Nichte scheint wirklich keine halben Sachen zu machen, stimmt's?«

»Es war nicht ihre Schuld«, sagte Horatia mit ergreifender Loyalität. »Vanneck hatte sie in dieses Schlafzimmer gelockt.«

»Wer hat die beiden entdeckt?«

Horatia stieß erneut einen Seufzer des Bedauerns aus. »Mr. Drake, der nette junge Mann, der kurz davorstand, ihr einen Heiratsantrag zu machen. Er hatte einen Begleiter bei sich. Selbstverständlich war nach diesem Zwischenfall keine Rede mehr von einer Heirat. Man konnte Mr. Drake wohl kaum vorwerfen, daß er daraufhin das Interesse verlor.«

»Drake hätte zumindest den Mund halten können, statt auszuplaudern, was er dort gesehen hat.«

»Ich nehme an, das hat er getan«, sagte Horatia. »Aber, wie ich schon sagte, er hatte an jenem Abend einen Begleiter an seiner Seite. Dieser andere junge Mann war offenbar bei weitem nicht ein solcher Gentleman wie er.«

Matthias atmete tief aus und erkannte erst jetzt, daß er die Luft angehalten hatte. »Ich vermute, dieser Zwischenfall, wie Sie es nennen, hat der Freundschaft zwischen Miss Waterstone und Lady Vanneck ein Ende bereitet?«

»An dem Tag, nachdem Vanneck mit Imogen ertappt wurde, hat sich Lucy das Leben genommen. Sie hat einen Brief hinterlassen, in dem stand, sie könnte nicht mit dem Wissen leben, daß ihre beste Freundin sie mit ihrem Ehemann betrogen hat.«

Matthias dachte kurz darüber nach. »Wie hat sie sich umgebracht?«

»Sie hat eine große Menge Laudanum eingenommen.«

»Dann steht also ganz eindeutig fest, daß sie Selbstmord begangen hat?«

»Für den Rest der Welt schon. Imogen ist die einzige, die fest daran glaubt, daß Vanneck Lucy ermordet hat. Ich fürchte, die Sicht meiner Nichte ist durch ihre schlimme Erfahrung mit Vanneck getrübt. Vielleicht fühlt sie sich auch schuldig. Aber das, was sich in dem Schlafzimmer abgespielt hat, war Vannecks Schuld. Daran zweifle ich nicht im geringsten.«

Matthias warf einen Blick auf die offene Tür der Bibliothek, doch dort stand niemand. »Und jetzt, drei Jahre später, hat Miss Waterstone plötzlich diese verrückte Idee entwickelt, ihre Freundin zu rächen.«

»Und dabei habe ich geglaubt, sie hätte damit abgeschlossen«, vertraute ihm Horatia an. »Aber durch ihre Mitgliedschaft in der Zamaranischen Gesellschaft korrespondiert sie mit einer ungeheuren Zahl von Leuten. Vor ein paar Wochen hat einer dieser Briefpartner ihr die Information zukommen lassen, daß sich Lord Vanneck nach einer Erbin umsieht. Mein Bruder war gerade gestorben und hatte Imogen dieses Haus und alles, was darin herumsteht, sowie auch Ihr, äh, Versprechen vermacht. Das hat Imogen inspiriert.«

»*Inspiriert* ist nicht direkt das Wort, das ich dafür gewählt hätte.« Matthias stieß sich von dem Bücherregal ab. Er zuckte zusammen, als sein Blick auf eine neuere Ausgabe des *Zamaranischen Boten* fiel. Als er das Datum las, verfinsterte sich sein Gesicht. »Verdammt noch mal.«

»Stimmt etwas nicht, Mylord?«

»Schon gut.« Er nahm die Ausgabe der Zeitschrift in die Hand und blätterte darin herum. »Das ist nur zufällig gerade die Nummer, in der die Herausgeber zwei Artikel zur Interpretation zamaranischer Inschriften veröffentlicht haben. Einer von beiden ist von mir geschrieben, der andere von I. A. Stone. Dieser Kerl verfolgt mich wie ein Spuk.«

»Ich verstehe.« Horatia beschäftigte sich mit einer Urne.

»Aus irgendwelchen Gründen haben die Herausgeber Stones Artikel beträchtliche Aufmerksamkeit geschenkt, obwohl jeder Trottel erkennen kann, daß seine Erkenntnisse absolut hirnverbrannt sind. Ich werde mit ihnen reden müssen.«

»Sie wollen sich bei den Herausgebern darüber beschweren, daß sie die Artikel von I. A. Stone abdrucken?«

»Warum denn nicht? Schließlich habe ich diese verdammte Zeitung ins Leben gerufen. Es ist meine Verantwortung, dafür zu sorgen, daß nur hochwissenschaftliche Artikel darin abgedruckt werden.«

»Ich vermute, die Schlußfolgerungen, die I. A. Stone aus

den Inschriften zieht, stimmen nicht mit Ihren eigenen überein, Mylord?« fragte Horatia strohtrocken.

»Nein, sie stimmen nicht mit meinen Schlußfolgerungen überein. Es ist insofern besonders ärgerlich, weil Stone seine Erkenntnisse, wie üblich, auf den Resultaten meiner eigenen veröffentlichten Nachforschungen aufbaut.« Matthias riß sich zusammen und brachte seine Wut wieder unter Kontrolle. Im allgemeinen begegnete er den Artikeln anderer, die über Zamar schrieben, mit absolutem Desinteresse und Herablassung. Er wußte besser als jeder andere, daß es seit Rutledges Verschwinden niemanden mehr gab, der sich auf diesem Gebiet mit ihm messen konnte.

Matthias' Autorität auf diesem Gebiet war niemals wirklich in Frage gestellt worden, bis vor achtzehn Monaten plötzlich dieser I. A. Stone aus heiterem Himmel aufgetaucht war und auf den Seiten dieser Zeitschrift seine Ergüsse veröffentlichte.

Mit wachsendem Verdruß und absolutem Unverständnis mußte Matthias feststellen, daß sich I. A. Stone als der erste Mensch seit Jahren erwies, der ihm eine heftige Reaktion entlocken konnte. Er begriff das nicht. Er war Stone nie begegnet. Bislang kannte Matthias seinen neuen Rivalen nur durch dessen Artikel. Aber schon bald, das schwor er sich in diesem Augenblick, würde er Stone ausfindig machen und ein Wörtchen mit diesem Parvenü reden.

»Mylord?« sagte Horatia behutsam. »Was wollten Sie zu unserem kleinen Problem noch sagen?«

»Verzeihen Sie, Madam, aber Stone ist für mich ein wunder Punkt.«

»Das kann ich deutlich erkennen, Sir.«

»Seit ich vor ein paar Monaten nach England zurückgekehrt bin, macht man mich immer häufiger auf seine

Artikel aufmerksam, die sich im *Zamaranischen Boten* stets in den Vordergrund drängen wollen. Die Mitglieder der Zamaranischen Gesellschaft spalten sich inzwischen tatsächlich in zwei Lager, wenn Stone und ich in gedruckter Form Meinungsverschiedenheiten haben.«

»Ich kann Ihre Gefühle nachempfinden, Sir, denn schließlich gebührt Ihnen auf diesem Gebiet die unangefochtene Führungsposition«, sagte Horatia diplomatisch.

»Die unangefochtene Führungsposition? I. A. Stone stellt meine Position bei jeder sich bietenden Gelegenheit in Frage. Aber das ist ein anderes Thema. Wir waren gerade dabei, über Imogen und ihren verrückten Plan zu reden.«

Horatia sah ihm forschend ins Gesicht. »Ja, richtig.«

»Ich nehme an, es ist unwahrscheinlich, daß dieser Zwischenfall vor drei Jahren es ihr möglich macht, wieder gesellschaftlichen Umgang zu pflegen?«

»Setzen Sie lieber nicht darauf, daß es ihr an den entsprechenden Einladungen mangeln wird«, riet ihm Horatia. »Ich fürchte, die Gesellschaft wird Imogen äußerst unterhaltsam finden. Allein schon diese Kombination – meine verwandtschaftlichen Beziehungen mit Blanchford, ihr eigenes ansehnliches Erbe, das ihr Selwyn hinterlassen hat, und noch dazu ihr Märchen von einer Landkarte, die Hinweise auf das Versteck eines zamaranischen Schatzes gibt – wird ihr das Interesse der abgestumpften oberen Zehntausend garantieren.«

»Sie kommt zwar als Heiratskandidatin nicht in Frage, aber die Leute werden sich nur zu gern von ihr unterhalten lassen«, sagte Matthias leise.

»Ich fürchte, das trifft den Nagel auf den Kopf.«

»Das kann nur zu einer Katastrophe führen.«

»Ja, Mylord, und Sie sind meine einzige Hoffnung. Wenn Sie keine Möglichkeit finden, sie von ihrem Kurs abzubringen, wird Imogen mit Volldampf geradewegs ins Meer der Katastrophen steuern.« Horatia unterbrach sich gerade lange genug, um ihren darauffolgenden Worten Nachdruck zu verleihen. »Mir scheint, wenn Sie wahrhaftig vorhaben, Ihre Schuld bei meinem Bruder zu begleichen, dann müssen Sie Imogen retten. Genau das hätte Selwyn sich gewünscht.«

Matthias zog die Augenbrauen hoch. »Auch Sie stellen sich recht geschickt an, wenn es darum geht, den Nagel auf den Kopf zu treffen, Mrs. Elibank.«

»Ich bin verzweifelt, Sir.«

»Das müssen Sie wahrhaftig sein, wenn Sie mit dem Gedanken spielen, mich zu manipulieren und das Versprechen, das ich Ihrem Bruder gegeben habe, für Ihre eigenen Ziele zu nutzen.«

Horatia keuchte, doch sie machte keinen Rückzieher. »Mylord, ich flehe Sie an, meine Nichte von dieser Wahnsinnstat abzuhalten.«

Matthias sah ihr fest in die Augen. »Sie behaupten, mit meinem Ruf vertraut zu sein, Mrs. Elibank. Wenn das der Fall ist, dann müssen Sie auch wissen, daß ich mehr dazu neige, andere zu vernichten, als sie zu retten.«

»Das ist mir durchaus bewußt, Sir.« Horatia spreizte die Finger. »Aber ich habe niemand anderen. Auf mich will sie nicht hören. Und Sie haben meinem Bruder dieses Versprechen gegeben. Alle Welt weiß, daß Der Kaltblütige Colchester immer hält, was er verspricht.«

Matthias wandte sich ohne jede Erwiderung ab. Er ging zur Tür hinaus und durchquerte die Eingangshalle, die zur Treppe führte. Er sprang zwei Stufen auf einmal hinauf.

Als er den oberen Treppenabsatz erreicht hatte, blieb er stehen, um zu lauschen. Ein lauter Knall, gefolgt von einem gedämpften Bummern, sagte ihm, daß sein Opfer im Ostflügel beschäftigt war. Mit langen, entschlossenen Schritten lief er durch den Korridor.

Er entschied, daß Imogen Waterstone bereits genug Aufruhr in seinem Leben verursacht hatte. Es war an der Zeit, daß er sein Schicksal wieder selbst in die Hand nahm. Er hielt seine Versprechen zwar immer, aber er hatte, wie er Horatia bereits mitgeteilt hatte, nun einmal seine eigenen Vorstellungen davon, wie er sie erfüllte.

Das dumpfe Poltern, das er mehrfach hintereinander vernahm, führte ihn zu der offenen Tür eines Schlafzimmers auf der linken Seite des Korridors. Matthias blieb in der Türöffnung stehen und sah sich im Zimmer um.

Der düstere Raum war in demselben an ein Begräbnis erinnernden Stil eingerichtet wie der Rest des Hauses. Schwere schwarze Vorhänge waren vor den Fenstern geöffnet worden, doch das eindringende Tageslicht konnte kaum etwas gegen die grundlegende Trostlosigkeit ausrichten. Das Bett war mit Farben bezogen, die sich für Trauerkleidung geeignet hätten. Schwarze und dunkelbraune Stoffbahnen fielen in Kaskaden von der Decke herab.

Den mit großem Abstand interessantesten Anblick in dem ganzen Raum bot jedoch Imogens reizvoll gerundetes Hinterteil. Matthias fühlte prompt einen schmerzhaften Druck in seiner Leistengegend.

Die üppige Rundung von Imogens Gesäß war in einer provozierenden Form zur Schau gestellt. Das lag an ihrer etwas peinlichen Pose, denn sie war in der Taille eingeknickt und versuchte, einen großen Koffer mit Eisenbeschlägen unter dem Bett mit den schwarzen Draperien herauszuziehen. Der Rocksaum ihres Wollkleides war hinten ein paar Zentimeter hochgerutscht und entblößte wohlgeformte Waden in weißen Strümpfen. Matthias verspürte plötzlich ein nahezu übermächtiges Verlangen, das

Territorium über dem oberen Rand dieser Strümpfe zu erkunden.

Die gewaltige Woge des Verlangens, die über ihn hinwegspülte, überrumpelte ihn. Er holte tief Atem und zwang sich, seine Aufmerksamkeit voll und ganz dem Problem zuzuwenden, das es zu lösen galt.

»Miss Waterstone?«

»Was um alles in der Welt...?« Imogen richtete sich mit einer schnellen, verblüfften Bewegung auf. Als sie sich zu ihm umdrehte, war ihr Gesicht von der Anstrengung gerötet. Sie machte eine weit ausholende Handbewegung, mit der sie die häßliche, kleine Statue einer Totengöttin traf, die auf einem Tisch in ihrer Nähe stand. Die tönerne kleine Monstrosität fiel auf den Boden und zerbrach in tausend Stücke.

»Ach, du meine Güte.« Imogen sah finster die zerbrochene Statue an.

»An diesen Gegenstand brauchen Sie Ihr Bedauern nicht zu vergeuden«, riet ihr Matthias nach einem schnellen Blick auf die Scherben. »Es war kein zamaranisches Objekt.«

»Nein, ganz bestimmt nicht, nicht wahr?« Imogen hob eine Hand, um ihr kleines weißes Häubchen geradezurükken, das schief auf ihrem Kopf saß. »Ich habe Sie nicht durch den Korridor kommen hören, Mylord. Es kann doch unmöglich sein, daß Sie in der Bibliothek schon fertig sind?«

»Nein, Madam, ich habe gerade erst begonnen. Ich bin nach oben gekommen, weil ich etwas Wichtiges mit Ihnen besprechen wollte.«

Ihre Miene hellte sich auf. »Unsere Pläne, Vanneck in eine Falle zu locken?«

»Ihre Pläne, nicht meine, Miss Waterstone. Mrs. Elibank und ich haben uns genauer über diese Angelegenheit unterhalten, und wir sind beide derselben Meinung. Ihr Vorhaben ist unklug, unbesonnen und möglicherweise sogar ziemlich gefährlich.«

Imogen starrte ihn an, und ihre Augen verfinsterten sich vor Bestürzung. »Sir, Sie können mich nicht davon abhalten.«

»Ich war fast sicher, daß Sie das sagen würden.« Er betrachtete sie einen Moment lang. »Was werden Sie unternehmen, falls ich mich weigern sollte, Ihnen behilflich zu sein und die Rolle zu spielen, die Sie mir zugedacht haben?«

Sie musterte ihn verwirrt. »Sie weigern sich, das Versprechen zu halten, das Sie meinem Onkel gegeben haben?«

»Miss Waterstone, das Versprechen, das ich Selwyn gegeben habe, war recht vage gehalten. Es bedarf einer Interpretation, und da ich dieses Versprechen abgegeben habe, werde ich es auch interpretieren.«

»Hm.« Sie stemmte die Hände in die Hüften und begann, mit der Stiefelspitze auf den Boden zu pochen. »Sie haben die Absicht, Ihr Versprechen nicht einzulösen, stimmt's?«

»Nein. Ich halte jedes Versprechen, das ich gebe, Miss Waterstone, und auch dieses wird keine Ausnahme darstellen.« Matthias geriet allmählich in Wut. »Ich bin jedoch zu dem Schluß gekommen, daß ich mich Ihrem Onkel am ehesten gefällig erweise, wenn ich verhindere, daß Sie Unfug anstellen und sich in Gefahr bringen.«

»Ich warne Sie, Sir. Sie können sich zwar weigern, mir zu helfen, aber Sie können mich nicht davon abhalten, meinen Plan auszuführen. Ich gebe zu, daß Ihre Unterstützung von unschätzbarem Wert für mich wäre, aber ich bin ganz sicher, daß ich Vannecks Aufmerksamkeit auch ohne Sie auf mich lenken kann.«

»Ach, wirklich?« Matthias trat einen Schritt weiter vor. »Und wie wollen Sie das anstellen, Miss Waterstone? Wollen Sie sich etwa wieder in einem privaten Schlafgemach mit ihm treffen, wie Sie es schon vor drei Jahren getan haben? Ich muß zugeben, daß Sie mit einem solchen Angebot zweifellos sein Interesse fesseln werden.«

Imogen war einen Moment lang sprachlos vor Verwirrung. Dann funkelten ihre Augen vor Entrüstung. »Wie können Sie es wagen, Sir?«

Matthias spürte flüchtige Gewissensbisse. Er unterdrückte sie rasch. In diesem Fall heiligte der Zweck die Mittel, beteuerte er sich selbst. Er biß die Zähne zusammen. »Ich entschuldige mich dafür, daß ich den Vorfall erwähnt habe, Miss Waterstone.«

»Das ist ja wohl das mindeste, was ich erwarten kann.«

»Aber«, fuhr er erbarmungslos fort, »mir ist trotzdem unbegreiflich, wie einer von uns beiden ignorieren kann, was in der Vergangenheit vorgefallen ist. An Tatsachen kann man nicht rütteln. Wenn Vanneck Sie schon einmal verführt hat, dann wird er es gewiß ein zweites Mal versuchen. Und wenn Sie nicht beabsichtigen, sich höchst persönlich als einen äußerst charmanten Köder anzubieten, um ihn anzulocken...«

»*Verdammt noch mal.* Vanneck hat mich vor drei Jahren nicht verführt, Sir. Er hat mich kompromittiert. Dazwischen besteht ein gewaltiger Unterschied.«

»Ach ja?«

»Im einen Fall handelt es sich um reale Fakten, im anderen lediglich um eine Frage des äußeren Scheins.« Imogen schniefte geringschätzig. »Ich hätte geglaubt, ein Mann von Ihrer Intelligenz sei in der Lage, den grundlegenden Unterschied zwischen diesen beiden Dingen selbst zu erkennen.«

Matthias' Wut loderte ohne jede Vorwarnung auf.

»Also, gut. Von mir aus können Sie ruhig Haarspalterei betreiben, wenn es Ihnen Spaß macht. Dadurch ändert sich überhaupt nichts. Das Problem bleibt trotzdem weiterhin bestehen. Sie werden feststellen, daß es nicht einfach ist, mit einem Mann wie Vanneck fertigzuwerden.«

»Ich versichere Ihnen, daß ich mit ihm fertigwerden kann und werde. Aber allmählich fange ich an zu glauben, daß Sie in einer Hinsicht recht haben, Sir. Vielleicht bedarf ich Ihrer Dienste tatsächlich nicht. Als ich ursprünglich meinen Plan geschmiedet habe, dachte ich, Sie würden von außerordentlichem Nutzen für mich sein, doch jetzt fange ich an, mich zu fragen, ob Sie sich nicht eher als ein Hindernis und keinesfalls als Hilfe erweisen würden.«

Aus völlig unverständlichen Gründen dienten Imogens vernichtende Worte nur dazu, die Flammen seines Zorns noch stärker zu entfachen. »Ach, wirklich?«

»Offensichtlich sind Sie nicht der Mann, für den ich Sie gehalten habe, Mylord.«

»Verdammt und zum Teufel. Für was für eine Sorte Mann haben Sie mich überhaupt gehalten?«

»Ich bin davon ausgegangen, fälschlicherweise, wie es scheint, daß Sie ein Mann der Tat sind, ein Mann von der Sorte, die nicht vor Gefahren zurückschreckt. Ein Mann, der in der Lage ist, sich in ein Abenteuer zu stürzen, ohne auch nur eine Sekunde zu zögern.«

»Und was hat Ihnen diesen sonderbaren Eindruck vermittel?«

»Ihre Artikel über das alte Zamar. Aus den fesselnden Schilderungen Ihrer Reisen und Erkundungen habe ich geschlossen, Sie hätten all diese Abenteuer tatsächlich bestanden.« Sie bedachte ihn mit einem spöttischen Lächeln. »Vielleicht habe ich mich geirrt.«

»Miss Waterstone, wollen Sie damit etwa andeuten, daß sich meine Artikel auf Informationen aus zweiter

Hand stützen, wie es bei diesem verdammungswürdigen I. A. Stone der Fall ist?«

»I. A. Stone ist absolut aufrichtig, wenn es um die Quellen geht, aus denen er seine Informationen bezieht, Sir. Er nimmt nicht für sich in Anspruch, all das, worüber er schreibt, aus erster Hand zu wissen und es mit eigenen Augen gesehen zu haben. Sie dagegen stellen diese Behauptung auf. Sie geben sich als einen Mann der Tat aus, aber jetzt scheint es, als wären Sie das keineswegs.«

»Ich gebe mich niemals als etwas anderes aus als das, was ich bin, Sie aufsässiges, kleines ...«

»Anscheinend verfassen Sie Romane, statt sich an die Tatsachen zu halten, Sir. Es ist schon schlimm genug, daß ich Sie für einen klugen und einfallsreichen Gentleman gehalten habe, der die verwegensten Heldentaten vollbringt. Dazu kommt aber leider auch noch, daß ich der ebenso irrigen Annahme erlegen bin, Sie wären ein Mann, bei dem eine Angelegenheit der Ehre Vorrang vor kleinlichen Bedenken im Hinblick auf Ungelegenheiten hat.«

»Stellen Sie etwa sowohl meine Ehre als auch meine Männlichkeit in Frage?«

»Weshalb sollte ich das nicht tun? Sie stehen eindeutig in meiner Schuld, Sir, und doch wollen Sie sich offenkundig davor drücken, Ihre Schuld zu begleichen.«

»Ich habe in der Schuld Ihres Onkels gestanden, nicht in Ihrer.«

»Ich habe Ihnen doch bereits erklärt, daß ich dieses Versprechen geerbt habe«, gab sie zurück.

Matthias trat einen Schritt weiter in das düstere Gemach. »Miss Waterstone, Sie stellen meine Geduld auf eine harte Probe.«

»Das würde mir nicht im Traum einfallen«, erwiderte sie mit gefährlich sanfter Stimme. »Ich bin nämlich zu der Erkenntnis gelangt, daß Sie sich als mein Verbündeter bei der Durchführung meines Planes ganz und gar nicht eignen. Hiermit entbinde ich Sie von Ihrem Versprechen. Scheren Sie sich aus dem Haus, Sir.«

»Verdammt noch mal, Weib! So leicht werden Sie mich nicht los.« Matthias ging mit zwei langen Schritten auf sie zu und grub seine Hände in ihre Schultern.

Es war ein Fehler, sie zu berühren. Seine Wut verwandelte sich im Handumdrehen in glühende Begierde.

Einen Moment lang konnte er sich nicht von der Stelle rühren. Eine kräftige Faust schien seine inneren Organe zu zerquetschen. Matthias versuchte vergeblich zu atmen, denn Imogens Duft stieg ihm zu Kopf und benebelte seinen Verstand. Er sah in die bodenlosen Tiefen ihrer blaugrünen Augen und fragte sich, ob er darin ertrinken würde. Er machte den Mund auf, um die Auseinandersetzung mit einer angemessen schlagkräftigen Bemerkung zu beenden, doch die Worte erstarben in seiner Kehle.

Die Empörung wich aus Imogens Blick. An ihre Stelle trat abrupte Sorge. »Mylord? Fehlt Ihnen etwas?«

»Ja.« Nur mit größter Mühe brachte er das Wort heraus.

»Was ist los mit Ihnen?« Sie blickte ihn alarmiert an. »Sind Sie krank?«

»Das ist gut möglich.«

»Gütiger Himmel, das war mir gar nicht klar. Zweifellos erklärt das Ihr sonderbares Benehmen.«

»Zweifellos.«

»Möchten Sie sich vielleicht für ein paar Minuten hinlegen?«

»Das erscheint mir im Augenblick nicht allzu ratsam.« Wie verlockend weich sie sich anfühlte! Er konnte die Wärme ihrer Haut durch die Ärmel ihres schlichten und praktischen Kleides fühlen. Ihm wurde bewußt, daß er sich danach verzehrte zu erfahren, ob sie im Bett denselben leidenschaftlichen Eifer an den Tag legte, mit dem sie an Auseinandersetzungen heranging. Er zwang sich, die Hände von ihren Schultern zu nehmen. »Wir sollten diese Diskussion lieber zu einem anderen Zeitpunkt weiterführen.«

»Unsinn«, sagte sie energisch. »Ich halte nichts davon, Dinge auf die lange Bank zu schieben, Mylord.«

Matthias schloß für den Zeitraum von zwei oder drei Sekunden die Augen und holte tief Atem. Als er die Lider wieder öffnete, sah er, daß Imogen ihn fasziniert beobachtete. »Miss Waterstone«, setzte er mit grimmiger Entschlossenheit an, »ich versuche lediglich, mich an die Regeln der Vernunft zu halten.«

»Dann werden Sie mir also helfen?« Ihre Lippen verzogen sich zu einem Lächeln.

»Wie bitte?«

»Sie haben es sich anders überlegt, nicht wahr? Ihr Ehrgefühl hat die Oberhand gewonnen.« Ihre Augen strahlten. »Ich danke Ihnen, Mylord. Ich habe gleich gewußt, daß Sie mich in meinen Plänen unterstützen würden.« Sie tätschelte beifällig seinen Arm. »Und was das andere angeht, so brauchen Sie sich deshalb keine Sorgen zu machen.«

»Welches andere?«

»Ihr Mangel an persönlicher Erfahrung mit Heldentaten und kühnen Abenteuern natürlich. Ich kann das gut verstehen. Es braucht Ihnen nicht peinlich zu sein, daß Sie kein Mann der Tat sind, Sir.«

»Miss Waterstone...«

»Schließlich kann es nicht nur unerschrockene Menschen geben«, fuhr sie unbekümmert fort. »Sie brauchen sich nicht zu fürchten. Falls wir bei der Ausführung meines Planes auf unerwartete Gefahren stoßen sollten, werde ich mich der Situation annehmen.«

»Allein schon der Gedanke, daß Sie sich einer gefährlichen Situation annehmen könnten, reicht aus, um mich bis ins Mark schaudern zu lassen.«

»Offensichtlich leiden Sie an einer gewissen nervlichen Schwäche. Aber wir werden es schon schaffen, uns durchzuwursteln. Bemühen Sie sich einfach nur, den Greueln nicht zu erliegen, die Ihre Phantasie Ihnen vorspiegelt, Mylord. Mir ist klar, daß Sie sich schrecklich vor dem fürchten müssen, was uns bevorsteht, aber ich versichere Ihnen, daß ich auf Schritt und Tritt an Ihrer Seite weilen werde.«

»Ach, wirklich?« Er fühlte sich benommen.

»Ich werde Sie beschützen.« Ohne jede Vorwarnung schlang Imogen die Arme um ihn und wollte ihn zweifellos zum Trost kurz an sich ziehen.

Die hauchdünne Leine, an der Matthias seine Selbstbeherrschung hielt, riß entzwei. Ehe Imogen zurückweichen konnte, zog er sie eng an sich.

»Sir?« Ihre Augen wurden vor Erstaunen groß.

»Der einzige Aspekt dieser Situation, der mir wirklich Sorgen bereitet, Miss Waterstone«, sagte er grob, »ist die Frage, wer mich vor Ihnen beschützen wird.«

Ehe sie etwas darauf erwidern konnte, preßte er seine Lippen leidenschaftlich auf ihre.

3

Imogen erstarrte. Einen Moment lang schienen all ihre Sinne zu kollidieren und ein verwirrendes Chaos zu produzieren. Sie hatte sich immer mit ihren starken Nerven gebrüstet. Nie hatte sie unter einem Schwindelanfall gelitten, nie war sie in Ohnmacht gefallen, und nie war sie einem Gefühl von Benommenheit erlegen. Aber in diesem Augenblick fühlte sie sich wie benebelt.

Der Atem stockte in ihrer Kehle. Ihre Handflächen waren plötzlich feucht. Ihre Gedanken, die noch vor einer Sekunde vollkommen klar gewesen waren, purzelten jetzt wüst durcheinander. Alles um sie herum schien plötzlich von seinem ursprünglichen Platz verrückt worden zu sein und schief dazustehen. Sie erschauerte, und dann fühlte sie, wie eine köstliche, nahezu fiebrige Wärme sich in ihr ausbreitete.

Wenn sie nicht ganz sicher gewesen wäre, daß sie sich blendender Gesundheit erfreute, dann hätte sie geglaubt, sie sei krank.

Matthias stöhnte, während er seinen Kuß vertiefte und sie noch enger an seinen harten, unnachgiebigen Körper preßte. Sie spürte, wie seine Zunge über ihre Lippen glitt, und schockiert erkannte sie, daß er sie dazu bringen wollte, den Mund für ihn zu öffnen. Eine immense Neugier ergriff Besitz von ihr. Zögernd teilte sie die Lippen. Matthias' Zunge drang fordernd in ihren Mund.

Dieser intime Kuß schockierte Imogen derart, daß ihre Knie weich wurden. Die Welt um sie herum begann, sich zu drehen. Sie klammerte sich fest an Matthias' Schultern, weil sie fürchtete zu fallen, falls er sie loslassen sollte.

Matthias unternahm jedoch keinerlei Anstalten, sie freizulassen. Statt dessen schlossen sich seine Arme fester um sie und zogen sie so eng an ihn, daß sie die besorgniserregend harte Ausbuchtung seiner enganliegenden Reithose spüren konnte. Gewiß mußte er wahrnehmen, daß sich ihre Brüste an seinen breiten Brustkorb preßten. Er verlagerte sein Gewicht ein wenig und beugte sie zurück über seinen Arm. Einer seiner Füße, die in Stiefeln steckten, glitt zwischen ihre Beine, und sie konnte die gewaltige Kraft seines Oberschenkels spüren.

Gefühle tobten in Imogen, wüste, turbulente Empfindungen, die anders als alles waren, was sie je erlebt hatte. Sie war nicht gänzlich unerfahren, wie sie sich in einem verzweifelten Ringen um ihre gewohnte Zurechnungsfähigkeit ins Gedächtnis zurückrief. Aber es ließ sich nicht leugnen, daß selbst die erfahrenen Küsse von Philippe d'Artois und die keuschen Umarmungen von Alastair Drake ihre Sinne nicht in ein derart betäubendes Chaos gestürzt hatten.

Leidenschaft. Dies also war endlich die wahre Leidenschaft. Ein Schauer prickelnder Erregung durchlief Imogen.

Mit einem leisen, wortlosen Schrei des Entzückens, der von dem Druck, den Matthias' Mund auf ihre Lippen ausübte, reichlich gedämpft wurde, schlang sie die Arme fest um seinen Hals.

»Imogen.« Matthias hob den Kopf. Sein asketisches Gesicht war angespannt. Seine Augen waren nicht mehr von einem gefühllosen, gespenstischen Grau. Sie glühten. Es war, als schaute er in eine Kristallkugel, um dort die Antworten auf unbekannte Fragen zu finden. »Was zum Teufel tue ich hier eigentlich?«

Die Realität kehrte mit niederschmetternder Nüchternheit zurück. Imogen blickte Matthias an und erkannte, daß er den vorschnellen Impuls, sie in seine Arme zu ziehen, bereits bereute.

Erbarmungslos erstickte sie das schmerzliche Gefühl des Verlusts, das in ihrem Innern aufstieg. Sie rang um Fassung, während sie verzweifelt nach angemessenen Worten für eine äußerst unangemessene Situation suchte.

»Beruhigen Sie sich, Mylord.« Sie rückte ihr Häubchen wieder zurecht. »Es war nicht Ihre Schuld.«

»Nicht?«

»Nein, keineswegs«, versicherte sie ihm atemlos. »Solche Dinge können passieren, wenn die dunkleren Leidenschaften erwachen. Meine Eltern hatten genau dasselbe Problem. Wenn es zwischen ihnen zum Streit kam, dann endete er immer auf diese Art.«

»Ich verstehe.«

»Wir beide haben uns gerade erst vor einem Moment noch gestritten, und daher nehme ich an, die Hitze des Gefechts hat vorübergehend den Sieg über Ihre Selbstbeherrschung davongetragen.«

»Ich wußte doch gleich, daß Sie eine intelligente Erklärung finden würden, Miss Waterstone.« Matthias' Augen glitzerten herausfordernd. »Fehlen Ihnen eigentlich jemals die Worte?«

Unsicherheit stieg in ihr auf. Er verspottete sie doch sicher nicht, oder? »Ich nehme an, es gibt Gelegenheiten, wenn selbst der wortgewandteste Mensch nicht mehr in der Lage ist, die richtigen Worte zu finden, Mylord.«

»Und andere Gelegenheiten, wenn nur Taten genügen.« Er legte eine kräftige Hand auf ihren Hinterkopf, hielt sie fest und senkte langsam den Kopf, um sie noch einmal zu küssen.

Diesmal war es ein vorsätzlicher Kuß, berechnend und

verheerend in seiner Wirkung. Imogen erschlaffte in Matthias' Armen und sank gegen ihn. Sie hörte, wie ihre Haube mit einem leisen Geräusch auf den Teppich fiel. Ihr Haar löste sich und floß über ihre Schultern. Matthias begrub eine Hand darin.

Imogen taumelte. Die Welt um sie herum verflüssigte sich und begann sich aufzulösen. Der einzig feste Halt in dem Chaos um sie herum war Matthias. Und er war weiß Gott ein wahrer Fels in der Brandung. Die Kraft, die er ausstrahlte, überwältigte und verzauberte sie regelrecht. Ein süßer Hunger verzehrte sie. Sie schlang die Arme wieder um Matthias' Hals und klammerte sich mit aller Kraft an ihm fest.

»Du bietest eine Überraschung nach der anderen«, flüsterte Matthias an ihrem Mund. »Das erinnert mich an Zamar.«

»Mylord.« Sie war verwirrt von seinen Worten. Ein Vergleich mit dem alten Zamar überbot schlichtweg alles. Niemand hatte ihr je ein so umwerfendes Kompliment gemacht.

Matthias drängte sie einen Schritt zurück und dann gleich noch einen. Ohne jede Vorwarnung stieß sie gegen den Wandschrank. Er umfaßte ihre Handgelenke mit seinen Händen und preßte sie an die geschnitzte Mahagonitür hinter ihrem Kopf. Dort hielt er sie fest und gab ihren Mund frei, um eine Reihe von sengenden Küssen auf ihren Hals zu drücken. Gleichzeitig zog er den Oberschenkel zwischen ihren Beinen höher. Die Röcke ihres Kleides breiteten sich über seiner Hose aus.

»Gütiger Himmel.« Imogen schnappte hörbar nach Luft. Matthias' Bein bewegte sich zwischen ihren Schenkeln noch höher nach oben. »Ich kann nicht mehr klar denken...«

»Ich im Moment auch nicht.« Er ließ ihre Handgelenke

los. Seine kräftigen, wohlgeformten Hände legten sich um ihre Kehle. Sie neigte ihren Kopf zurück.

Imogen tastete ungeschickt nach dem Türgriff des Wandschranks, um sich daran festzuhalten. Aber genau in diesem Augenblick wirbelte Matthias sie schwungvoll zum Bett herum.

Imogen vergaß, den Türgriff loszulassen. Die Schranktür öffnete sich mit einem durchdringenden Kreischen. Der große Gegenstand, der auf dem mittleren Regal stand, bebte, wankte und war im Begriff zu kippen.

Mattias löste abrupt seinen Mund von Imogens Kehle. »Was zum Teufel...«

Sie beobachtete voller Entsetzen, wie die Schale über den Rand des Regals glitt und herabstürzte. »*Oh, nein*!«

Matthias bewegte sich mit einer verblüffenden Anmut und Schnelligkeit. Er schob Imogen aus dem Weg, ließ sie los und fing mit einer einzigen geschmeidigen Bewegung die Schale auf.

»Der Teufel soll mich holen.« Er betrachtete verblüfft die Schale, die er in den Händen hielt.

Imogen stieß einen Seufzer der Erleichterung aus. »Das war wirklich knapp, Mylord. Sie sind beachtlich schnell.«

»Wenn es gute Gründe dafür gibt.« Mit einem Lächeln auf dem Gesicht musterte er die Schale.

Ihr fiel auf, daß seine Augen immer noch strahlten, aber es war nicht exakt derselbe Glanz wie noch wenige Sekunden zuvor. Sie sah sich die Schale genauer an. Sie war dünn und zart und aus einem transparenten blaugrünen Stein gemeißelt. Dieser Stein fand sich nur bei zamaranischen Gegenständen. Einer ihrer Korrespondenten hatte Imogen mitgeteilt, daß die Modewelt dieser Farbe den Namen Zamaringrün gegeben hatte. Die Schale war mit einer Inschrift versehen, deren Worte in einer flüssigen Schrift geschrieben waren, die sich an Eleganz mit dem Gefäß messen konnte. Imogen erkannte die Sprache augenblicklich.

»Zamaranisch.« Sie schaute die Schale voller Verwunderung an. »Onkel Selwyn hat mir erzählt, er besäße einzige zamaranische Kunstgegenstände, aber mir war nicht klar, daß er so schöne Objekte besitzt.«

»Wahrscheinlich stammt die Schale aus einem zamaranischen Grab.«

»Ja.« Sie beugte sich vor, um die Schale genauer anzusehen. »Ein sehr edles Stück, nicht wahr? Sehen Sie sich nur die Worte an. Eher eine zwanglose Handschrift als eine, die auf einen offiziellen Charakter hinweist. Ein persönliches Geschenk, das eine geliebte Person in der Grabkammer zurückgelassen hat, wenn ich mich nicht sehr irre.«

Matthias riß den Blick gerade lange genug von der Schale los, um Imogen zweifelnd zu mustern. »Sie können die Schrift entziffern?«

»Ja, selbstverständlich.« Eifrig nahm sie ihm die meergrüne Schale ab und drehte sie langsam in den Händen um, damit sie das großartige handwerkliche Können gebührend bewundern konnte. »*So, wie Zamaris am Ende des Tages Anizamara umarmt, sollen unser beider Seelen für alle Zeiten vereint sein*. Ist das nicht eine bezaubernde Gefühlsäußerung, Mylord?«

»Heiliger Strohsack.« Matthias starrte sie mit einer dunklen Intensität an, die sogar noch den Blick übertraf, mit dem er die Schale betrachtet hatte. »In ganz England gibt es außer mir nur einen einzigen Menschen, der diesen Satz in der zamaranischen Handschrift so schnell und so makellos hätte übersetzen können.«

Zu spät erkannte Imogen, was sie gerade angerichtet hatte. »Ach, du meine Güte.«

»Ich vermute, ich hatte gerade das Vergnügen, I. A. Stone zu küssen?«

»Mylord, ich beteuere Ihnen, daß ich nie die Absicht hatte, Sie hinters Licht zu führen.«

»Nein?«

»Nun, vielleicht ein ganz klein wenig. Ich wollte Ihnen später alles erklären.«

»Irgendwann?«

»Ja. Irgendwann. Zur rechten Zeit.« Sie bemühte sich, ein beschwichtigendes Lächeln aufzubieten. »Seit Ihrer Ankunft hier sind wir derart mit diesem und jenem beschäftigt gewesen, daß sich bisher einfach noch keine Gelegenheit dafür ergeben hat.«

Matthias ging nicht auf ihre lahme Entschuldigung ein. »Das I. als Abkürzung versteht sich von selbst. Und woher der Name Stone stammt, liegt auf der Hand, Miss Waterstone. Aber wofür steht das A. in der Mitte?«

»Für Augusta«, gestand Imogen mit einem kleinen Seufzer. »Sir, verstehen Sie mich bitte nicht falsch. Ich habe meine Identität nur deshalb geheimgehalten, weil ich genau gewußt habe, daß die Herausgeber des *Zamaranischen Boten* niemals Forschungsergebnisse veröffentlicht hätten, wenn sie gewußt hätten, daß sie von einer Frau stammten.«

»Ja, allerdings.«

»Ich wollte Ihnen ursprünglich die Wahrheit sagen, sowie wir uns offiziell miteinander bekannt gemacht hatten. Aber Sie haben sofort deutlich klargestellt, daß Sie I. A. Stone als einen Rivalen ansehen. Ich wollte nicht, daß diese Ansicht Ihre Meinung von mir und meinem Plan beeinflußt.«

»Ein Rivale?« Matthias zog die Augenbrauen hoch. »Unsinn. Ich sehe in I. A. Stone keinen Rivalen. Als Rivalen bezeichnet man jemanden, der einem gleichgestellt ist.

I. A. Stone ist ein anmaßender kleiner Schreiberling, der seine lachhaften Erkenntnisse aus meinen Artikeln zieht.«

Imogen war tief getroffen. »Darf ich Sie daran erinnern, Sir, daß eine logische Interpretation der Fakten genauso wichtig ist wie Erfahrungen aus erster Hand?«

»Es gibt keinen Ersatz für das Wissen aus erster Hand, das man sich zu einem Thema aneignet.«

»Blödsinn. Sie haben, wenn es um zamaranische Antiquitäten geht, schon mehrfach voreilige Schlußfolgerungen gezogen, die aufgrund der Indizien, auf die Sie selbst gestoßen sind, nicht gerechtfertigt waren.«

»Wie zum Beispiel?«

Imogen reckte energisch das Kinn. »Wie zum Beispiel diese gänzlich aus der Luft gegriffenen Mutmaßungen, die Sie zu den zamaranischen Hochzeitsritualen anstellen und in Ihrem letzten Artikel im *Boten* ausführlich darlegen. Es gibt absolut nichts, was Ihre Vermutungen stützen würde.«

»Ich stelle niemals Mutmaßungen auf, die sich auf nichts stützen können. Ich gelange zu logischen Schlußfolgerungen, die sich auf meinen Entdeckungen und Nachforschungen und auf meinen Beobachtungen aus erster Hand begründen.«

»Ach, wirklich?« Imogen sah ihm herausfordernd ins Gesicht. »Sie haben behauptet, die Braut hätte bei dem Ehevertrag nichts mitzureden, obwohl es sogar für einen Amateur auf der Hand liegt, daß die zamaranischen Bräute eine ganze Menge Rechte und Privilegien hatten. Eine zamaranische Dame konnte ihre Ehe sogar auflösen, falls das ihr Wunsch sein sollte.«

»Nur unter extrem seltenen Bedingungen.«

Imogen lächelte kalt. »Es stand ihr frei, die Ehe zu lösen, wenn sich ihr Ehemann als grausam oder impotent erweisen sollte. Damit ist eine große Bandbreite abgedeckt,

Mylord. Und außerdem hat sie nach der Eheschließung weiterhin frei über ihr Eigentum und über ihr Einkommen verfügen können. Somit war die Gesetzgebung des alten Zamar unseren modernen englischen Gesetzen mit Sicherheit um einiges voraus.«

»Da wäre ich mir an Ihrer Stelle nicht so sicher«, sagte Matthias. »Wenn es um die Ehe ging, haben sich die Zamaraner gar nicht so sehr von den heutigen Engländern unterschieden. Der Mann war Herr in seinem eigenen Haus. Von seiner Frau wurde erwartet, daß sie ihm eine gehorsame und gefügige Gefährtin war, die sich darum kümmerte, den Haushalt zu führen und für das Wohlbehagen ihres Mannes zu sorgen. Dagegen war es seine Verantwortung, seine Frau und seine Kinder zu beschützen.«

»Da haben wir es! Sie stellen schon wieder unbegründete Mutmaßungen an. Nach einer gründlichen Auseinandersetzung mit Ihren Schriften bin ich zu der Schlußfolgerung gelangt, daß sich zamaranische Ehen auf gegenseitige Zuneigung und geistigen Respekt gründeten.«

»Nur Fieberphantasien und ein vollständiger Mangel an persönlicher Vertrautheit mit dem Thema könnten einen dazu bringen, eine derart hanebüchene Aussage zu treffen. Zamaranische Ehen sind aufgrund von Besitz, gesellschaftlichem Rang und geschäftlichen Erwägungen geschlossen worden, genauso wie die meisten englischen Ehen.«

»Das ist nicht wahr«, gab Imogen erhitzt zurück. »Gegenseitige Zuneigung war das bedeutendste Element der zamaranischen Ehen. Was ist mit den Gedichten, die Sie in den Ruinen der Bibliothek von Zamar entdeckt haben?«

»Nun gut, dann haben eben einige zamaranische Dichter ein paar alberne romantische Verse geschrieben.« Matthias fuhr sich mit einer Hand durch das Haar, eine

Geste, die ausdrückte, daß er verärgert und angewidert war. »Das beweist jedoch noch gar nichts. Die Ehe war im alten Zamar eine geschäftliche Angelegenheit, genauso wie hier, in England.«

»Wollen Sie etwa behaupten, die Zamaraner hätten nicht an die Macht der Liebe geglaubt, Mylord?«

»*Liebe* ist ein beschönigendes Wort für Wollust, und ich würde wetten, daß diese den Zamaranern durchaus bekannt war. Schließlich hat es sich bei ihnen um ein sehr intelligentes Volk gehandelt.«

»Liebe ist nicht dasselbe wie Wollust.«

»Oh, doch, das ist es, Miss Waterstone.« Matthias kniff die Lippen zusammen. »Ich versichere Ihnen, daß ich auch diese Erkenntnis aus persönlichen Erfahrungen gewonnen habe, ebenso wie all meine anderen Erkenntnisse. Ganz im Gegensatz zu einigen anderen Leuten.«

Imogen war empört. »Ich bin nicht gänzlich unerfahren in diesen Dingen, Sir, und ich habe aus meinen eigenen Erfahrungen andere Schlußfolgerungen gezogen.«

Matthias lächelte kalt. »Sie haben persönliche Erfahrungen mit der Lust gemacht? Würde es Ihnen etwas ausmachen, mir das genauer zu erzählen, Miss Waterstone?«

»Ich denke gar nicht daran. Diese Dinge sind privater Natur.«

»Ja, allerdings. Gestatten Sie mir in dem Fall, Ihnen einige meiner persönlichen Erfahrungen zum Thema Liebe und Lust zu schildern. Ich bin das Produkt einer Verbindung, die in der Glut einer gewaltigen, lüsternen Leidenschaft begann. Aber als diese Lust sich abgekühlt hat, sind nur Erbitterung, Wut und Reue zurückgeblieben.«

Schockiertes Mitgefühl löschte die Glut des Zorns, der in Imogen entflammt war. Sie ging eilig einen Schritt auf

Matthias zu und blieb dann zögernd stehen. »Verzeihen Sie, Mylord. Mir war nicht klar, daß diese Angelegenheit derart persönlich für Sie ist.«

»Leider war es für jede der beiden beteiligten Parteien zu spät für einen fluchtartigen Rückzug.« Matthias' Stimme war jetzt frei von jedem Gefühl. »Meine Mutter war schwanger mit mir. Ihre Familie bestand auf einer Heirat. Die Familie meines Vaters war auf die Erbschaft meiner Mutter versessen. Diese Ehe ist in der Hölle geschlossen worden. Mein Vater hat meiner Mutter nie verziehen. Er hat behauptet, sie hätte ihn mit List und Tücke zu dieser Ehe gezwungen. Meine Mutter hat ihrerseits meinem Vater nie verziehen, daß er sie verführt und sich dann gegen sie gestellt hat.«

»Was für eine gräßliche Erfahrung Ihre Kindheit gewesen sein muß.«

Eisige Belustigung zeichnete sich in seinen Augen ab. »Ganz im Gegenteil. Ich erachte diese Erfahrung als heilsam, Miss Waterstone. Ich habe eine ganze Menge daraus gelernt.«

»Zweifellos haben Sie das Gefühl, eine schreckliche Lektion gelernt zu haben.« Imogen unterdrückte einen Anflug von Traurigkeit. Dann schoß ihr plötzlich ein Gedanke durch den Kopf. »Sie haben erwähnt, man würde von Ihnen erwarten, daß Sie jetzt heiraten, nachdem Sie den Titel geerbt haben. Gewiß werden Sie in Ihrer eigenen Verbindung doch nach Glück streben?«

»Dessen können Sie gewiß sein«, sagte Matthias grimmig. »Ich habe vor, eine Ehe zu schließen, die sich auf ein weitaus stabileres Fundament gründet als auf törichte romantische Vorstellungen und flüchtige Leidenschaft.«

»Ja, selbstverständlich«, murmelte Imogen.

Matthias nahm ihr die schimmernde blaugrüne Schale aus den Händen und schaute sie versonnen an. »Ich suche eine Braut, die gesunden Menschenverstand besitzt, und nicht etwa eine, deren Kopf von romantischen Gedichten benebelt ist. Eine intelligente Frau, die ihre Handlungen von Vernunft bestimmen läßt. Eine Frau, deren Ehrgefühl dafür bürgt, daß sie nicht in Leidenschaft für jeden dunkeläugigen Poeten entflammt, der ihr über den Weg läuft.«

»Ich verstehe.« Ich begreife immer noch nicht, wie ich mich derart in diesem Mann habe täuschen können, dachte sie wehmütig. Der Colchester von Zamar, den sie in ihrer Phantasie heraufbeschworen hatte, war der absolute Inbegriff eines Romantikers. Der wahre Colchester dagegen war offensichtlich eher rückständig. »Es ist wirklich seltsam, Sir, aber als ich Sie herbestellt habe, war ich der Überzeugung, wir beide hätten viel gemeinsam.«

»Im Ernst?«

»Ja. Aber jetzt sehe ich, daß ich mich gewaltig geirrt habe. Wir sind so verschieden voneinander, wie es zwei Menschen nur irgend sein können, fast schon Gegensätze, finden Sie nicht auch, Mylord?«

Er schien plötzlich auf der Hut zu sein. »In mancher Hinsicht mag das vielleicht stimmen.«

»Soweit ich sehen kann, trifft es in jedem entscheidenden Punkt zu.« Imogen lächelte ihn matt an. »Hiermit entbinde ich Sie von Ihrem Versprechen, Mylord.«

Er sah sie finster an. »Wie bitte?«

»Ich habe mich fälschlicherweise der Erwartung hingegeben, daß Sie mir bei der Durchführung meines Planes behilflich sein würden.« Imogen beobachtete, wie seine sensiblen Hände mit den langen Fingern die zamaranische Schale umfaßt hielten. »Sie haben mich davon überzeugt, daß Sie für diese Form von Abenteuern nicht geschaffen sind und daß es mir nicht zusteht, Ihre Hilfe einzufordern.«

»Ich dachte, ich hätte deutlich klargestellt, daß Sie mich so leicht nicht wieder loswerden, Miss Waterstone.«

»Sir?«

»Ich werde Sie in Ihrem Vorhaben unterstützen. Es mag zwar sein, daß ich nicht der Mann bin, für den Sie mich gehalten haben, aber ich muß feststellen, daß ich danach lechze, unter Beweis zu stellen, daß ich kein Schlappschwanz bin.«

Imogen war entsetzt. »Sir, ich wollte im Traum nicht andeuten, ich hielte Sie für einen ... einen Schlapp ...«

Er hob eine Hand, um ihren Protest abzuschneiden. »Sie haben sich klar und deutlich ausgedrückt. Sie sehen in mir einen Menschen, der von seiner Veranlagung her überängstlich und zartbesaitet ist und zudem schwache Nerven hat. Ich will nicht bestreiten, daß Ihr Bild von mir in gewisser Weise zutrifft, aber der Teufel soll mich holen, wenn ich zulasse, daß Sie mich als den reinsten Feigling abstempeln.«

»Sir, ich würde es niemals wagen, Sie als einen Feigling abzustempeln. Ein gewisser Hang zu schwachen Nerven ist doch nichts, wofür man sich schämen müßte. Zweifellos liegt es in der Familie und vererbt sich weiter wie dieses flammende Weiß in Ihrem Haar. Auf solche Dinge hat man keinen Einfluß, Mylord.«

»Zu spät, Miss Waterstone. Ich habe beschlossen, daß ich das Versprechen einlösen muß, das ich Ihrem Onkel gegeben habe. Für mich ist das die einzige Möglichkeit, einen letzten Rest an Stolz zu bewahren.«

»Ich war entsetzt, wenn du unbedingt die Wahrheit wissen willst«, vertraute Imogen Horatia zwei Tage später an, als sie in der Postkutsche nach London saßen. Sie waren allein in der Kutsche, da Matthias schon am Vorabend mit der Liste von Anweisungen aufgebrochen war, die sie ihm erteilt hatte. »Er tut das nur, um zu beweisen, daß er den Mut dazu hat. Ich fürchte, ich habe seinen Stolz verletzt. Das ist nie meine Absicht gewesen, aber du weißt ja selbst, daß ich mich manchmal mitreißen lasse, wenn mir etwas wirklich am Herzen liegt.«

»Ich würde mir um Colchesters Stolz keine allzu großen Sorgen machen«, sagte Horatia energisch. »Er besitzt mehr als genug Arroganz für den Rest seines Lebens.«

»Ich wünschte, ich könnte es glauben, aber ich bin der festen Überzeugung, daß er ein sehr sensibler Mensch mit einem ausgeprägten Feingefühl ist.«

»Sensibel? Feingefühl? Colchester?«

»Mir ist die Zunge fast erlahmt, als ich versucht habe, ihn davon abzubringen, mir zu helfen, aber wie du siehst, war mir kein Erfolg beschert.«

»Colchester scheint tatsächlich wild entschlossen zu sein, dir bei der Durchführung dieses irrsinnigen Plans zu helfen. Ich frage mich, was wohl dahinterstecken mag.«

»Das habe ich dir doch gerade erklärt. Er versucht unter Beweis zu stellen, daß er ein Mann der Tat ist. Man kann mühelos erkennen, daß er nichts dergleichen ist.«

»Hm.« Horatia strich die Röcke ihres Reisekostüms glatt und lehnte sich in die Polster zurück. Sie musterte Imogen nachdenklich. »Anfangs habe ich dir gesagt, wie außerordentlich gefährlich dein Plan ist, weil ich Lord Vannecks Reaktionen gefürchtet habe. Aber inzwischen bin ich zu der Überzeugung gelangt, daß es ein noch viel gefährlicherer Schritt war, Colchester in dieses Vorhaben hineinzuziehen.«

»Colchester ist nicht gefährlich.« Imogen rümpfte die Nase. »Ich wünschte, er wäre es, denn dann würde ich mir nicht so große Sorgen machen. So wie die Dinge stehen, werde ich nicht nur mit den Einzelheiten meines Plans alle Hände voll zu tun haben, sondern auch noch auf Colchester aufpassen müssen. Ich muß dafür sorgen, daß er sich in seinem Enthusiasmus, sich selbst etwas zu beweisen, nicht in Schwierigkeiten bringt.«

Horatia starrte ihre Nichte an. »Du willst Colchester im Auge behalten?«

»Das ist das mindeste, was ich unter den gegebenen Umständen tun kann.« Imogen schaute verdrossen zum Fenster hinaus. »Er entspricht ganz und gar nicht meinen Erwartungen, Tante Horatia.«

»Sag dir das ruhig immer wieder. Sei ehrlich, Imogen, deine Erwartungen haben sich auf einem Wunschbild aufgebaut, das du aus der Luft gegriffen hast.«

»Das ist nicht wahr. Ich habe mir aus den Artikeln, die er für den *Zamaranischen Boten* geschrieben hat, ein Bild von Seiner Lordschaft gemacht. Das beweist nur wieder mal, daß man nicht allem, was man liest, allzuviel Glauben schenken darf.«

Horatia sah Imogen durch ihre Brillengläser an. »Meine Liebe, du irrst dich gewaltig in Colchester. Ich habe versucht, dir klarzumachen, daß er sich vor fast einem Jahrzehnt einen unumstößlichen Ruf erworben hat, als er erst Anfang Zwanzig war. Ich weiß, daß du mir nicht glauben wirst, aber die Wahrheit ist die, daß er damals als extrem gefährlich und äußerst kaltblütig galt.«

Imogen schnitt eine Grimasse. »Unsinn. Man braucht keine fünf Minuten, um zu erkennen, daß sich ein solcher Ruf nicht im entferntesten mit der wahren Natur dieses Mannes vereinbaren läßt. Offensichtlich ist er das Opfer bösartiger Gerüchte geworden, genau wie ich damals vor drei Jahren.«

»Dich scheint er jedenfalls davon überzeugt zu haben«, murrte Horatia. »Ich frage mich nur, warum er das getan hat.«

»Jedenfalls sieht es ganz so aus, als müßte ich seinen

Beistand gegen meinen Willen annehmen«, sagte Imogen und fand sich resigniert mit der Situation ab. »Zweifellos wird sich herausstellen, daß er eher eine Belastung als eine Hilfe für mich sein wird.«

»Mich würde es nicht wundern, wenn er in ebendiesem Augenblick dasselbe über dich sagt, meine Liebe.«

Imogen reagierte nicht darauf. Sie wandte ihre Aufmerksamkeit wieder der Landschaft zu, die vor dem Kutschenfenster vorüberzog. Fragmente des Traums, der sie mitten in der Nacht geweckt hatte, kehrten wieder in ihr Gedächtnis zurück. Ähnliche Träume hatte sie jetzt schon seit etlichen Wochen, aber letzte Nacht waren ihre Phantasien wesentlich klarer und beunruhigender gewesen als bisher.

Sie stand in der Bibliothek von Onkel Selwyns Haus. Es war Mitternacht. Bleicher Mondschein fiel schräg durch die Fenster ein. Schatten breiteten sich in dem Zimmer und auf den Grabkunstgegenständen aus.

Sie drehte sich langsam um und hielt nach dem Mann Ausschau, von dem sie wußte, daß er da war. Sie konnte ihn nicht sehen. Sie hatte ihn noch nie gesehen. Aber sie nahm deutlich seine Gegenwart wahr. Er wartete, in tiefe Nacht eingehüllt.

Etwas oder jemand regte sich im finstersten Winkel des Raumes. Beklommen beobachtete sie, wie sich eine Gestalt aus den Schatten löste und langsam auf sie zukam. Das Gesicht des Mannes wurde von der Dunkelheit eingehüllt, aber als er in den Mondschein trat, sah sie kaltes Silber in seinem Haar schimmern.

Zamaris, der Gott der Nacht. Mächtig und verführerisch. Und sehr gefährlich.

Er kam mit ausgestreckter Hand näher.

Nein, nicht Zamaris, wie ihr jetzt aufging, sondern Colchester.

Unmöglich.

Aber aus irgendeinem unerfindlichen Grund schien sie nicht zwischen den beiden unterscheiden zu können. Colchester und Zamaris waren zu einem einzigen Geschöpf der Nacht miteinander verschmolzen.

Sie schaute auf die wohlgeformte Hand, die er ihr entgegenstreckte, und sie sah Blut von den langen, sensiblen Fingern tropfen.

Ich werde es noch bereuen, daß ich mich mit Miss Imogen Waterstone eingelassen habe, sagte sich Matthias zweifellos zum tausendsten Mal seit seiner Ankunft in London. Sie übte schon jetzt einen verheerenden Einfluß auf sein Konzentrationsvermögen aus.

Er legte die Feder aus der Hand und sah mit leerem Blick auf die Notizen, die er für seinen nächsten Artikel im *Boten* machte. Bisher hatte er weniger als eine halbe Seite mit seinen Spekulationen über zamaranische Rituale gefüllt. Gedanken an Imogens bevorstehende Ankunft in der Stadt lenkten ihn immer wieder ab.

Sie und Horatia wurden heute erwartet. Zweifellos würde sie schon in Kürze erste Schritte unternehmen, um ihren kühnen, leichtsinnigen Plan in die Tat umzusetzen. Dafür war nichts weiter erforderlich als ein paar Einladungen zu den richtigen Empfängen und Bällen. Horatia schien der Überzeugung zu sein, daß es ein leichtes war, sich diese Einladungen zu beschaffen.

Matthias stand von dem Stuhl auf und kam hinter seinem riesigen Schreibtisch aus Ebenholz hervor. Er stellte sich vor das Feuer und nahm eine tiefe, nagende Unruhe in sich wahr. Sie plagte ihn jetzt schon seit seiner Rückkehr nach London.

Es war die reinste Idiotie, sich in Imogens verrückten Plan hineinziehen zu lassen. Das einzig Positive an der ganzen Sache war für ihn, daß diese verdammungswürdige Intrige höchstwahrscheinlich zum Scheitern verurteilt war. Leider würde es zweifellos zu einigen außerordentlich kritischen Situationen kommen, ehe Imogen sich davon überzeugen ließ, ihren grandiosen Racheplan aufzugeben. Matthias machte sich verdrossen Gedanken über den Umstand, daß es an ihm liegen würde, sie vor Schwierigkeiten zu bewahren, bis sie ihre Niederlage akzeptierte.

Sie war wild entschlossen, einen Weg einzuschlagen, der mit drohenden Skandalen und Gefahren gepflastert war. Matthias ließ ihren Plan noch einmal vor seinen Augen vorüberziehen und bemühte sich dabei um Objektivität. Er glaubte nicht, daß Vanneck seine Frau tatsächlich ermordet hatte. Vanneck war ein verschlagener, leichtlebiger, prinzipienloser Schurke, der in den Bordellen und Spielhöllen in einem unerfreulichen Ruf stand, aber wie ein Mörder kam er Matthias nicht vor. Eine naive und unschuldige junge Dame wie Imogen zu verführen lag schon eher auf Vannecks Linie. Matthias' Hand, die an seiner Seite herunterhing, ballte sich unwillkürlich zur Faust.

Er schloß die Augen und dachte wieder daran, wie Imogen auf ihn reagiert hatte, als er sie in seine Arme gezogen hatte. Eine Woge von betörender, sengender Glut wallte in ihm auf und schürte das Feuer in seinen Lenden, das er schon seit seinem Aufbruch von Upper Stickleford zu ersticken versuchte. Er konnte sich nicht daran erinnern, wann der Kuß einer Frau zum letzten Mal eine derart bleibende Wirkung auf seine Sinne ausgeübt hatte. Er bemühte sich, unter Aufbietung aller Willenskraft gegen das Verlangen anzukämpfen, das in ihm entflammt war. Als das mißlang, malte er sich Imogen mit Vanneck in dem Schlafgemach über dem Ballsaal der Sandowns aus. Ein eisiger Schauer überlief ihn.

Matthias wußte genau, was geschah, und es beunruhigte

ihn, wie es schon seit langem nichts anderes vermocht hatte. Er wollte Imogen für sich allein haben. Die Vorstellung, daß der verderbte Vanneck sie angerührt hatte, reichte fast aus, um Mordgedanken in ihm heraufzubeschwören.

Er holte tief Atem, während er in die Glut des Feuers blickte und nach den Geistern suchte. Sie waren da, wie immer, und streckten die Hände nach ihm aus, als wollten sie ihn zu sich in die Flammen ziehen. Es waren so verflucht viele.

Matthias war zehn Jahre alt gewesen, als Thomas, sein Vater, zum letzten Mal im Haus herumgewütet und Elizabeth angeschrien hatte, die, wie üblich, in Tränen aufgelöst war.

Durch die Pfosten des Geländers im oberen Stockwerk hatte Matthias diesen letzten Kampf beobachtet. Das Bewußtsein seines eigenen Unvermögens, den gräßlichen Worten Einhalt zu gebieten oder die Flut der Tränen seiner Mutter zu dämmen, hatte seine Hände zittern lassen. Am liebsten wäre er weggelaufen und hätte sich versteckt. Statt dessen hatte er sich dazu gezwungen zuzusehen, wie der Vater, dem er es niemals hatte recht machen können, mit der Mutter kämpfte, die er niemals hatte trösten können.

Schon viele Male hatte er dieselben schrecklichen Vorwürfe gehört, die seine Eltern einander an den Kopf warfen, doch bei dieser Gelegenheit verstand er zum ersten Mal, worum es wirklich ging.

Nach all diesen Jahren waren die Worte immer noch in sein Gedächtnis eingebrannt.

»Du hast mich in die Falle gelockt, du gefühlloses, kaltes Miststück«, hatte Thomas geschrien, während er seiner Frau in der Eingangshalle gegenüberstand. »Du hast deinen Körper dazu benutzt, mich zu verführen, und dann hast du absichtlich dafür gesorgt, daß du schwanger wirst.«

»Du hast mir gesagt, daß du mich liebst«, hatte Elizabeth ihm daraufhin an den Kopf geworfen. »Ich war jung und unschuldig, aber du hattest keine Skrupel, mit mir zu schlafen, so war es doch?«

»Du hast mich belogen. Du hast mir gesagt, du wüßtest, wie du dich dagegen schützen kannst, ein Kind zu bekommen. Du verdammtes Miststück, ich hatte niemals vor, dich zu heiraten. Ich habe nie etwas anderes für dich empfunden als momentane Gier. Nicht mehr, als ich für eine Hure empfinden würde.«

»Du hast von Liebe gesprochen«, jammerte Elizabeth.

»Pah. Ich habe genug von dieser lieblosen Ehe. Du wolltest meinen Titel haben. Nun gut, den hast du jetzt, aber, bei Gott, Elizabeth, das ist auch alles, was du von mir bekommst.«

»Du kannst mich nicht verlassen, Thomas.«

»Ich kann dich nicht mit legalen Mitteln loswerden. Eine Scheidung kommt nicht in Frage. Aber ich bin nicht bereit, mich für den Rest meines Lebens zum Unglück verdammen zu lassen. Ich wünsche dir viel Spaß mit dem Titel, den du durch den Einsatz deines Körpers an dich gebracht hast. Du kannst dieses Haus behalten, und du wirst eine monatliche Unterstützung bekommen, aber ich werde nie mehr einen Fuß über diese Schwelle setzen. Ich werde von jetzt an meinen Wohnsitz in Londen haben. Wenn es erforderlich ist, daß du Kontakt zu mir aufnimmst, dann wirst du das über meine Anwälte tun.«

»Was ist mit Matthias?« fragte Elizabeth verzweifelt. »Er ist dein Sohn und Erbe.«

»Das behauptest du«, sagte Thomas grob. »Nach allem, was ich weiß, hast du mit der Hälfte aller Mitglieder meines Clubs geschlafen.«

»Er ist dein Sohn, du verdammter Schuft. Das kannst du juristisch nicht anfechten.«

»Darüber bin ich mir durchaus im klaren«, erwiderte Thomas. »Aber eines Tages werde ich die Wahrheit darüber erfahren, wie übel ich hinters Licht geführt worden bin. Sämtliche Männer in meiner Familie haben im Alter von zwanzig Jahren eine schlohweiße Strähne im Haar.«

»Die wird Matthias auch bekommen. Du wirst es ja sehen. Bis dahin kannst du nicht so tun, als existierte er überhaupt nicht.«

»Ich werde ihm gegenüber meine Pflicht erfüllen«, gelobte Thomas. »Es ist ohnehin höchste Zeit, daß Matthias in ein Internat geschickt wird. Wenn er auch nur noch einen Tag länger im Haus bleibt, wirst du ihn zweifellos durch deine verdammten Tränen derart an deine Schürzenzipfel fesseln, daß niemals ein Mann aus ihm wird.«

»Du kannst ihn nicht fortschicken. Er ist das einzige, was ich noch habe. Ich werde es nicht zulassen.«

»Dir bleibt gar nichts anderes übrig«, hatte Thomas daraufhin zurückgegeben. »Ich habe bereits alle Vorkehrungen getroffen. Sein Hauslehrer ist entlassen worden. Wenn wir Glück haben, werden Eton und Oxford den Schaden beheben, den du anzurichten versucht hast.«

Die Schulzeit war nicht durchweg unerfreulich gewesen. Nachdem er die ersten zehn Jahre seines Lebens mit dem Versuch zugebracht hatte, die Anerkennung seines Vaters zu erringen, setzte Matthias seine vergeblichen Bemühungen fort. Er stürzte sich in seine Studien.

Thomas hatte den schulischen Erfolgen des Jungen wenig Aufmerksamkeit geschenkt, doch während dieser Jahre trat etwas Ungewöhnliches ein. Im Gegensatz zur Mehrheit seiner Mitschüler übten die klassischen Texte, die das Kernstück des Lehrplanes bildeten, tatsächlich eine enorme Faszination auf Matthias aus. Als er älter wurde, zogen sie ihn weiterhin mit einer unerklärlichen Macht in ihren Bann. Er ahnte die Geheimnisse, die tief in ihnen verborgen waren.

In langen, melancholischen Briefen hatte Elizabeth ihn mit ihren endlosen Klagen über den egoistischen Geiz seines Vaters, über die Parties, die sie plante, und über ihre Krankheit auf dem laufenden gehalten. Matthias graute davor, in den Schulferien nach Hause zu fahren, doch er tat es, weil etwas in seinem Innern ihm sagte, daß es seine Pflicht war. Im Lauf der Jahre sah er seine Mutter oft genug, um zu erkennen, daß sie begonnen hatte, in den Zwischenräumen zwischen den Parties, die sie veranstaltete, ihre depressive Veranlagung mit zunehmenden Mengen Wein und Laudanum zu behandeln.

Von seinem Vater hatte er nur selten und in großen Abständen Briefe erhalten. Darin fanden sich in erster Linie Klagen über die hohen Kosten der Studiengebühren und wütende Tiraden über die gnadenlosen finanziellen Forderungen, die Elizabeth auf dem Umweg über den Anwalt an ihn stellte.

Elizabeth ertrank in dem Winter, in dem Matthias vierzehn war, in einem Teich auf ihrem Anwesen. Das Personal sagte aus, sie hätte an jenem Abend eine gewaltige Menge Wein zum Essen getrunken und hinterher etliche Gläser Schnaps. Sie hatte ihren Dienstboten mitgeteilt, sie wolle allein einen Abendspaziergang unternehmen.

Ihr Tod war als Unfall hingestellt worden, aber manchmal fragte sich Matthias, ob seine Mutter nicht Selbstmord begangen hatte. So oder so war er dazu verurteilt, für den Rest seines Lebens ein gewisses Maß an Schuldbewußtsein mit sich herumzutragen, weil er nicht dagewesen war, um sie zu retten. Genau das hätte Mutter sich gewünscht, dachte er sarkastisch.

Noch heute konnte er seinen Vater auf der anderen Seite

von Elizabeths Grab stehen sehen. Ihr Begräbnis war aus vielerlei Gründen ein denkwürdiger Anlaß, nicht zuletzt deshalb, weil Matthias sich selbst an jenem Tag zum ersten Mal ein ernsthaftes Versprechen gegeben hatte. Er hatte seinem Vater ins Gesicht und sich stumm gelobt, nie mehr zu versuchen, die Anerkennung seines Vaters zu erringen. An jenem Tag hatte sich irgendwo in seinem Innern eine große Kälte ausgebreitet. Sie war nie mehr aus ihm gewichen.

Thomas hatte von Matthias' Stimmung nicht das geringste bemerkt. Gleich nach dem Begräbnis hatte er ihn zur Seite genommen und ihm frohlockend seine Absicht mitgeteilt, sich wieder zu verheiraten. Thomas' Erleichterung darüber, endlich von Elizabeth befreit zu sein, aber auch seine Vorfreude auf seine bevorstehende zweite Hochzeit hatten in einem krassen Gegensatz zu den Farben der Trauer gestanden, von denen sie umgeben waren.

»Sie heißt Charlotte Poole, Matthias. Sie ist reizend und charmant und von reinem Gemüt. Ein Vorbild an weiblicher Tugend. Sie wird mich so glücklich machen, wie ich es bisher noch nie gewesen bin.«

»Wie schön für dich, Vater.«

Matthias hatte auf dem Absatz kehrtgemacht und sich vom Grab seiner Mutter entfernt. In dem Moment wußte er, daß ihr Geist ihn verfolgen würde.

Der Brief von Thomas, in dem er ihn über die Geburt seiner Tochter Patricia informierte, war ein Jahr nach der Eheschließung des Earls mit Charlotte eingetroffen. Matthias hatte sorgfältig die freudigen Worte gelesen, mit denen sein Vater seine »tiefe und beständige Zuneigung« zu seiner kleinen Tochter und deren Mutter schilderte. Dann hatte Matthias die Geburtsanzeige dem Feuer überlassen. Während er zusah, wie der Brief verbrannte, glaubte er, den Geist seiner Mutter in den Flammen zu sehen. Es sollte sich herausstellen, daß ihr Geist nur der erste von vielen anderen war.

Der Silberstreifen in Matthias' Haar tauchte fast über Nacht auf. Thomas begann, seinem Sohn zunehmend eindringlichere Briefe zu schreiben, in denen er ihn einlud, seine neue Familie zu besuchen. Matthias ignorierte diese Aufforderungen.

Als er seine Studien beendet hatte, war Matthias firm in Griechisch, Latein, Würfelspielen und Whist. Regelmäßige Ausflüge nach London mit seinen Freunden hatten zu einer intimen Vertrautheit mit den übelsten Spielhöllen und dem gesamten Inhalt des Britischen Museums geführt.

In diesem Museum war er zum ersten Mal Hinweisen auf das untergegangene Zamar begegnet. Dort hatte er auch George Rutledge kennengelernt, einen hochangesehenen Gelehrten und Experten für Antiquitäten. Rutledge hatte Matthias die Benutzung seiner privaten Bibliothek angeboten.

Rutledges beeindruckende Bibliothek enthielt weitere Hinweise auf die Existenz des untergegangenen Inselkönigreichs. Rutledge begeisterte sich ebensosehr wie Matthias für die Möglichkeit, Zamar zu entdecken. Das einzige Problem, das sich am Horizont abzeichnete, bestand darin, das Geld für eine Expedition aufzutreiben. Matthias räumte diese Schwierigkeit auf eine äußerst ungewöhnliche Art und Weise aus dem Weg, und darauf reagierte die bessere Gesellschaft mit Entsetzen und sein Vater mit Entrüstung.

Er eröffnete eine Spielhölle.

In den Jahren, die auf die Entdeckung Zamars durch Matthias folgten, erhielt er etliche Briefe von Lord Colchester, der ihn einlud, seine kleine Familie in ihrem Haus auf dem Lande zu besuchen. Matthias hatte diese Einladungen jedesmal höflich abgelehnt. Es war ihm gelungen, eine Begegnung mit seiner Stiefmutter und seiner Halbschwester zu vermeiden.

Vor ein paar Monaten war er gerade auf dem Rückweg von Zamar gewesen, als Thomas und Charlotte bei einem Kutschenunfall ums Leben gekommen waren. Das Begräbnis fand etliche Wochen vor seinem Eintreffen in England statt. Patricia war direkt nach der Beerdigung ihrer Eltern zu einem Onkel mütterlicherseits gezogen.

Matthias war nach London gekommen, um festzustellen, daß er den Titel seines Vaters geerbt hatte und einige weitere Geister.

4

Wenn die Dinge außer Kontrolle gerieten, würde er seinen einzigen Trumpf ausspielen, gelobte sich Matthias am Dienstag abend, als er den schillernden Ballsaal betrat. Wenn Imogen ihre Pläne erst einmal vom Stapel gelassen hatte, bestand für ihn immer noch die Möglichkeit, das Schiff zu versenken, indem er Vanneck und der Londoner Gesellschaft zu verstehen gab, daß es sich bei der Landkarte ihres Onkels um einen Schwindel handelte.

Das war riskant. Es gab keine Garantie dafür, daß eine solche Taktik sich bewähren würde. Schließlich war Imogen I. A. Stone. Sie war zwar entschlossen, ihre Identität streng geheimzuhalten, aber es stand ihr frei, Stones Meinungen ausführlich zu zitieren. Wenn I. A. Stone, der ein Gefolge von begeisterten und ergebenen Anhängern angelockt hatte, die seine Auffassungen respektierten, in Umlauf setzte, daß er die Landkarte für echt hielt, dann konnte es durchaus sein, daß Vanneck ungeachtet dessen, was Matthias äußerte, auf den Köder anbiß. Viele Angehörige der oberen Zehntausend hätten nur zu gern gesehen, daß Matthias sich erwiesenermaßen irrte.

Er schenkte den spekulativen Blicken und den Augenpaaren, die ihn heimlich anstarrten, keinerlei Beachtung, als er sich durch den großen Saal bewegte. Er tat so, als hörte er die geflüsterten Bemerkungen nicht, die um ihn herum aufwogten und abebbten.

Der Kaltblütige Colchester.

Der Ruf, den er sich vor einem Jahrzehnt erworben

hatte, war nie in Vergessenheit geraten. Aber andererseits hatte er sich auch nie bemüht, etwas dagegen zu unternehmen. In den vergangenen Jahren hatte er Wichtigeres zu tun gehabt. All sein Streben hatte dem verloren geglaubten Zamar gegolten. Wenigstens bis zu dem Zeitpunkt, als Imogen Waterstone ihn in diesen aberwitzigen Plan verwickelt hatte.

Matthias ignorierte die Gesellschaft weitgehend. Er machte kein Geheimnis aus seiner Geringschätzung der frivolen Modeerscheinungen und des gehässigen Klatsches, dem Lebensnerv dieser Welt. Folglich fanden ihn die oberen Zehntausend faszinierend.

Matthias nickte einem Bekannten flüchtig zu und nahm sich ein Glas Champagner von einem Tablett, das herumgereicht wurde. Er lehnte sich an eine der gräßlich überladenen und dick vergoldeten Säulen, die den Ballsaal schmückten, ehe er die Uhr aus seiner Tasche zog. Kurz vor elf. Zeit für den großen Auftritt.

In einem höchst detaillierten Schreiben, das an jenem Morgen zu einer sehr frühen Stunde in seinem Stadthaus eingetroffen war, hatte Imogen ihm Anweisungen für seine Rolle in dem Schauspiel des kommenden Abends erteilt. Sie war sogar so weit gegangen, ihm ein kurzes Drehbuch vorzulegen, um ihm Hilfestellungen für das erste Gespräch zu geben, das sie vor den Augen der Gesellschaft miteinander führen würden. Er war angewiesen worden, sich so zu benehmen, als sei er ihr nie zuvor begegnet.

Nachdem er einen flüchtigen Blick auf den lachhaften Dialog geworfen hatte, den er hätte auswendig lernen sollen, hatte Matthias das Blatt Papier ins Feuer geworfen. Er war kein Edmund Kean, und Lady Blunts Ballsaal war nicht die Drury Lane. Dennoch war er hier erschienen.

Und gegen seinen Willen war er fasziniert.

Imogens kleine Scharade war exotisch, überspannt und in einem extremen Maße verrückt. Zweifellos würde er eines Tages bitterlich bereuen, eine Rolle darin gespielt zu haben. Aber er konnte das Gefühl von Vorfreude nicht leugnen, das er empfand.

Ihm ging auf, daß er in der kurzen Zeit seiner Bekanntschaft mit ihr schon eine ganze Reihe von ungewohnten Empfindungen durchlebt hatte, die sich zwischen blanker Ungläubigkeit und einem beängstigend starken Verlangen bewegten. Zwischendurch waren ihm Gereiztheit, Erstaunen und Belustigung widerfahren, kurz und gut, mehr Empfindungen als alles, womit er sich im Lauf des vergangenen Jahrzehnts hatte auseinandersetzen müssen. Diese Frau war gefährlich.

»Guten Abend, Colchester. Das ist allerdings eine echte Überraschung. Es muß wohl etwas höchst Interessantes heute abend hier in Lady Blunts Ballsaal geplant sein. Ich kann mir jedenfalls keinen anderen Grund dafür vorstellen, daß Sie sich dazu herablassen, eine Einladung anzunehmen.«

Beim Klang dieser vertrauten, heiseren Stimme drehte sich Matthias um und sah die Frau an, die an seiner Seite aufgetaucht war. Er deutete eine Verbeugung an. »Selena.« Dann prostete er ihr mit seinem Glas zu. »Ich gratuliere Ihnen. Sie sehen so spektakulär wie immer aus.«

»Danke. Man tut, was man kann.«

»Und in Ihrem Fall ist jedem Versuch Erfolg beschert.«

Falls Selena – Lady Lyndhurst – den Anflug von Spott aus seinen Worten heraushörte, ließ sie es sich nicht anmerken. Sie nahm seine Bestätigung der offenkundigen Tatsachen lediglich mit einem kühlen Lächeln zur Kenntnis. Natürlich war sie spektakulär. Dieser Umstand wurde von allen akzeptiert.

Selena war Ende Zwanzig. Vor vier Jahren hatte sie

nach dem Tod ihres älteren Ehemannes ihren Wohnsitz nach London verlegt. Sie hatte keinerlei Neigung gezeigt, sich wieder zu verheiraten, doch gelegentlich wurde ihr Name, wenn auch noch so diskret, mit diversen Herren der besseren Gesellschaft in Verbindung gebracht. Sie war schön, modebewußt und klug und kostete in vollen Zügen die einzigartige Freiheit aus, die sie als reiche junge Witwe besaß.

Selena hatte sich der Zamaranischen Gesellschaft angeschlossen, aber Matthias war der Meinung, daß ihr Interesse an Antiquitäten nur kurzlebig sein würde. Fest stand, daß sie intelligent genug war, um sich mit diesem Thema zu befassen, aber in Wirklichkeit befaßte sie sich, und das war bei der Mehrheit der Mitglieder der Fall, nur deshalb mit dem alten Zamar, weil es in Mode gekommen war, und nicht etwa aus einer wissenschaftlichen Faszination heraus. Wenn Zamar nicht mehr amüsant genug war, würde sie sich einen anderen Zeitvertreib suchen.

Ihr helles goldblondes Haar, die himmelblauen Augen und der ausgeprägte Hang zu himmelblauen Kleidern hatten Selena den Spitznamen Der Engel eingetragen. Die Jünglinge der besseren Gesellschaft verfaßten Oden an ihren »himmlischen Aspekt« und ihre »ätherische Aura«. Die älteren Herren, die schon abgebrühter waren, konzentrierten sich lieber darauf, sie in ihr Bett zu locken. Nach allem, was er gehört hatte, wußte Matthias, daß nur die wenigsten Erfolg damit hatten. Selena war in der Wahl ihrer Liebhaber außerordentlich wählerisch.

Sein Instinkt sagte ihm, daß sie eine Frau von der Sorte war, deren Charme und Schönheit Leidenschaft in anderen entflammten, die jedoch selbst zu keiner großen Leidenschaft fähig war.

Heute abend trug sie den Blauton, den man von ihr gewohnt war. Ihr Kleid, das einen großen Teil ihres schneeweißen Busens unbedeckt ließ, war mit einem Netz aus irisierendem Gold überzogen. Die zarten Fäden glitzerten im Schein der Kronleuchter. Goldene Federn tanzten in ihrem Haar. Ihre Hände steckten in langen blauen Handschuhen. Blaue Seidenschuhe schmückten ihre Füße. Der absolute Inbegriff eines Engels, dachte Matthias. Er fragte sich, was wohl aus ihren Flügeln geworden war.

Ein Bild von Imogens goldbraunem Haar und ihren hellwachen meergrünen Augen stieg vor seinem geistigen Auge auf. Imogen Waterstone hatte nichts Ätherisches an sich. Sie war lebhaft, geistreich und eine klar umrissene Erscheinung. Das genaue Gegenteil der Geister, die er im Feuer sah. Jede Leidenschaft, der sie sich hingab, würde absolut echt sein und nicht etwa eine gekonnte Imitation des Gefühls, das von ihr erwartet wurde. Die Erinnerung an ihren Kuß durchzuckte ihn erneut.

Sein Mund verzog sich reumütig, als er einen Schluck Champagner trank. Er fühlte sich zwar nicht sonderlich zu Engeln hingezogen, aber er schien Geschmack an einer gewissen Dame gefunden zu haben, in der ein kleines Teufelchen steckte.

»Kommen Sie schon, Colchester, sagen Sie mir endlich, was Sie heute abend hierherführt.« Selena sah sich im Saal um. »Ist es wahr, daß Sie beschlossen haben, sich Ihrem neuen Titel verpflichtet zu zeigen? Werden Sie sich in diese Ballsaison stürzen, um Jagd auf eine Ehefrau zu machen?«

»Ist es das, was man sich über mich erzählt?«

»Diese Theorie herrscht im Moment vor«, gestand sie. »Sagen Sie schon, haben Sie eine der jungen Damen hier in diesem Saal ins Auge gefaßt?«

»Und was, wenn es so wäre?«

Selena gab ein Lachen von sich, das so glockenhell

klang wie das Anstoßen mit Kristallgläsern. »Falls Sie tatsächlich auf Brautfang sein sollten, könnte ich Ihnen dabei behilflich sein, etwas Passendes zu finden.«

»In welcher Form könnten Sie mir dabei helfen?«

»Indem ich Sie mit den jungen Damen bekannt mache, was denn sonst? Vielleicht haben Sie schon gehört, daß ich zu meiner Unterhaltung einen kleinen Salon eröffnet habe. Zweimal wöchentlich treffen wir uns bei mir, um das alte Zamar zu studieren. Ich lade nur junge Damen aus den besten Familien dazu ein. Sagen Sie mir, wie sie aussehen soll, welche Manieren Sie von ihr erwarten, wie alt sie sein soll und wieviel wert Sie auf eine große Mitgift legen, und ich werde ein oder zwei junge Damen auswählen, die Sie begutachten können.«

Matthias lächelte humorlos. »Das klingt ganz so, als hätte man Sie für die Auktion eines Gestüts engagiert, Selena.«

»Schließlich unterscheidet sich die Brautschau nicht allzusehr davon, sich für ein gutes Pferd zu entscheiden, meinen Sie nicht auch?«

»Dazu kann ich nichts sagen.« Matthias nahm ein zweites Glas Champagner von einem Tablett und reichte es Selena. »Ich besitze keinerlei Erfahrung in diesen Dingen. Erzählen Sie mir mehr von Ihrem zamaranischen Salon, Selena. Das scheint Ihnen gar nicht ähnlich zu sehen. Was finden Sie amüsant daran, zweimal wöchentlich eine Gruppe von jungen Damen in Ihr Haus einzuladen?«

Selenas Augen funkelten ihn über den Rand ihres Glases hinweg an. »Auf den Gedanken, daß es mir schlichtweg Spaß machen könnte, andere in die Mysterien des alten Zamar einzuweihen, kommen Sie wohl gar nicht, wie?«

»Nein«, sagte er mit schonungsloser Offenheit. »Ich halte es für viel wahrscheinlicher, daß Sie entdeckt haben, wie exzellent sich naive junge Damen dafür eignen, Sie über den neuesten Klatsch aus den angesehensten Familien auf dem laufenden zu halten.«

»Ihre schlechte Meinung von mir trifft mich natürlich tief.«

»Nehmen Sie es nicht persönlich, Selena. Ich habe eine schlechte Meinung von den meisten Spielchen, die die oberen Zehntausend spielen.«

»Es steht Ihnen wohl kaum zu, die Leute zu kritisieren, Colchester. Wenn man bedenkt, daß Sie erst vor ein paar Jahren eine Spielhölle aufgemacht haben, die ausschließlich dazu dienen sollte, die Herren dieser Kreise ihrer Erbschaft zu berauben.« Selena lachte leise. »Allein schon der Gedanke, daß Sie mich bezichtigen, Spielchen zu betreiben. Ihre Vorstellungen von einem unterhaltsamen Zeitvertreib verschlagen mir regelrecht den Atem.«

Kein einziger Mann hat jemals sein gesamtes Erbe an den Spieltischen der Verlorenen Seele eingebüßt, sagte sich Matthias. Dafür hatte er gesorgt. Er sah jedoch keinen Grund dafür, Selena eine Erklärung abzugeben. Es war ohnehin äußerst unwahrscheinlich, daß sie ihm geglaubt hätte. Schließlich gab es niemanden, der ihm das glaubte. Selbst jetzt noch, nach all den Jahren, hielten sich beharrlich die Gerüchte, daß er in der Zeit, in der er die Spielhölle besessen hatte, zahllose Familien in den Ruin getrieben hätte.

»Inzwischen ziehe ich es vor, mir mit anderen Dingen die Zeit zu vertreiben.« Matthias ließ seine Blicke über die Menschenmenge gleiten und suchte sie nach Imogen ab. Inzwischen hätte sie hier eintreffen sollen.

»Halten Sie nach einer bestimmten Person Ausschau?« erkundigte sich Selena. »Vielleicht sollte ich Sie warnen. Mir ist aufgefallen, daß Theodosia Slott heute abend unter den Gästen ist.«

Matthias unterdrückte ein Stöhnen und achtete darauf,

keine Gefühlsregung in seinen Tonfall einfließen zu lassen. »Ach, wirklich?«

»Eines Tages müssen Sie mir erzählen, was sich tatsächlich abgespielt hat, als Sie damals ihren Geliebten bei einem Treffen im Morgengrauen erschossen haben.«

»Ich habe keine Ahnung, wovon Sie reden«, sagte Matthias ausweichend. Er würde Imogen noch fünfzehn Minuten Zeit lassen, beschloß er. Wenn sie bis dahin immer noch nicht aufgetaucht war, mußte sie eben sehen, wie sie allein zurechtkam.

Kaum hatte er diesen Entschluß gefaßt, da überlegte er es sich hastig anders. Schon allein die Vorstellung, Imogen sich selbst zu überlassen, reichte aus, um sein Blut gefrieren zu lassen.

Selena warf einen neugierigen Seitenblick auf ihn. »Dann weigern Sie sich also immer noch, über das Duell zu reden, obwohl seitdem schon Jahre vergangen sind? Das enttäuscht mich sehr. Trotzdem könnte ich nicht behaupten, daß es mich überrascht. Schließlich sind Sie dafür berüchtigt, daß Sie sich weigern, über irgend etwas anderes als das alte Zamar zu reden.«

»Es gibt nur wenige andere Themen in diesen Kreisen, die ein ausführliches Gespräch lohnen würden.«

»Ich fürchte, Sie sind nicht frei von einem gewissen Zynismus.« Selena unterbrach sich, als am anderen Ende des Ballsaals ein kleiner Tumult ausbrach. »So, so. Es scheint, als sei außer Ihnen noch eine andere interessante Persönlichkeit hier aufgetaucht.«

Matthias' Augen folgten Selenas Blickrichtung. Das eifrige Murmeln, das durch die Menge ging, war unverkennbar. Die freudige Erwartungshaltung erinnerte ihn an die Atmosphäre, die kurz vor dem Beginn der Jagd über einem Rudel von Hunden schwebt. Der Geruch von Blut hing in der Luft.

Ein Name tauchte immer wieder in der Woge von Bemerkungen auf, die durch den Ballsaal schwappte. Als sie an ihm vorbeirauschte, drang der Name an Matthias' Ohren.

»Die Unkeusche Imogen. Die kleine Waterstone. Erinnern Sie sich etwa nicht mehr daran, meine Liebe?«

»Die Einzelheiten sind mir nicht mehr bekannt. Ist vor drei Jahren passiert. Es ist alles vertuscht worden, weil die Familie entfernt mit dem Marquis von Blanchford verwandt ist. Soweit ich gehört habe, ist sie durch den Tod ihres Onkels an ein ansehnliches Vermögen gekommen.«

»Ihr Name ist damals in einer äußerst unangenehmen Form mit Vanneck in Verbindung gebracht worden. Man hat die beiden bei den Sandowns gemeinsam in einem Schlafzimmer ertappt, verstehen Sie. Lady Vanneck hat sich aufgrund dieses Vorfalls das Leben genommen.«

»Ach, wirklich? Und sie wird weiterhin in vornehmen Kreisen empfangen?«

»Wenn man schon sonst nichts Gutes über sie sagen kann, dann ist Die Unkeusche Imogen trotz allem unglaublich amüsant. Und ihre Tante ist mit Blanchford verwandt.«

Selena fächelte sich mit ihrem blau und golden gemusterten Fächer Luft zu. »Die Unkeusche Imogen. Ich hatte sie schon fast vergessen. Das wird gewiß noch äußerst amüsant werden.«

»Glauben Sie?«

»Ja, allerdings. Sie sind nicht in der Stadt gewesen, als sie vor drei Jahren einen unglaublichen Wirbel entfacht hat. Sie ist ein Original, um es gelinde auszudrücken. Ein regelrechter Blaustrumpf.« Selena lächelte. »Das wird Ihnen gefallen, Colchester. Sie hat damals eine glühende Leidenschaft für das alte Zamar entwickelt.«

»So?«

»Wenn ich mich recht erinnere, hatte sie keinen Geschmack und absolut keinen Stil. Ich frage mich, ob sie es je gelernt hat, richtig Walzer zu tanzen.«

Matthias warf einen Seitenblick auf sie. »Haben Sie sie gut gekannt?«

»Nach dem Zwischenfall mit Vanneck hat *jeder* sie gekannt. Es war damals *der* Gesprächsstoff der ganzen Ballsaison. Von hier aus, wo ich stehe, kann ich sie nicht sehen. Sie sind groß genug. Können Sie über die Köpfe der Menge einen Blick auf sie erhaschen?«

»Ja«, sagte Matthias mit sanfter Stimme. »Ich kann sie deutlich sehen.«

Mit einer Mischung aus Faszination und amüsiertem Respekt beobachtete er, wie Imogen ihren Einzug in den Ballsaal hielt. Ob sie es beabsichtigt hatte oder nicht, fest stand, daß sie großes Aufsehen erregte.

Sie trug ein zamaringrünes Kleid mit einer hochangesetzten Taille. Die Farbe allein ist es nicht, was es so auffällig macht, dachte Matthias. Schließlich war Zamaringrün in dieser Saison die große Mode. Was einen dazu brachte, zweimal hinzusehen, war das Muster aus Muscheln und Delphinen, das um den tiefen Ausschnitt und die dreilagigen duftigen Volants auf ihrem Rock herumlief. Er lächelte matt. Gewiß waren diese Motive typisch für die zamaranische Kunst, aber auf einem Ballkleid nahmen sich Delphine und Muscheln doch reichlich seltsam aus.

Imogen trug einen ziemlich großen zamaringrünen Turban, der bis auf ein paar Locken, die sich daraus gelöst hatten, ihr Haar verbarg. Der Stil hätte eher einer älteren Matrone entsprochen. Eine goldene Delphinbrosche schmückte diesen imposanten Kopfputz.

Horatia, die in einem Gewand aus silbernem Damast eine blendende Figur machte, war an Imogens Seite. Sie hatte ihre gewohnte Brille gegen eine elegante Lorgnette eingetauscht.

Matthias unterdrückte ein Grinsen, als er beobachtete, wie Imogen sich einen Weg durch die Menge bahnte. Sie bewegte sich nicht etwa mit den winzigen Trippelschrittchen voran, die die meisten anderen Frauen so emsig geübt hatten, nein, sie schritt recht energisch aus.

Während er sie beobachtete, erschien es Matthias, als seien all seine Sinne plötzlich geschärft. Er nahm den Duft der Blumen wahr, der durch die offenen Terrassentüren hinter ihm hereindrang. Die Unmengen von Kerzen in den riesigen Kronleuchtern schienen auf einmal heller zu strahlen. Das Murmeln von Stimmen war vernehmlicher als noch vor wenigen Minuten. Und jeder andere Mann in der Menschenmenge erschien ihm plötzlich wie ein gieriges Raubtier. Matthias wußte, daß es sich bei der letzten seiner Beobachtungen nicht nur um ein Hirngespinst seiner übereifrigen Phantasie handelte.

»Ich frage mich, ob sie vorhat, einen Ehemann zu finden«, sagte Selena versonnen. »Vielleicht hat ihre Tante sie davon überzeugt, daß die Erbschaft, die sie kürzlich angetreten hat, ausreicht, um einen Gentleman in einer verzweifelten Lage zu einem Heiratsantrag zu verlocken. Was übrigens durchaus möglich wäre.«

Matthias knirschte fast hörbar mit den Zähnen. Imogen mußte doch wissen, daß der Skandal vor drei Jahren innerhalb von Minuten wieder aufleben würde. Die entfernte Verwandtschaft der Waterstones mit dem Marquis von Blanchford konnte ihr zwar wieder Zutritt zur besseren Gesellschaft verschaffen, aber keineswegs verhindern, daß man in diesen Kreisen über sie sprach. Inzwischen mußte ihr das Getuschel zu Ohren gekommen sein, so wie er es ebenfalls schon gehört hatte.

Er musterte sie genauer. Von dort aus, wo er stand,

hatte er den Eindruck, daß das Gerede, das um sie herum brodelte, sie kaltließ. Das bewies nur, daß es nur wenig gab, was Imogen einzuschüchtern vermochte.

Er beobachtete mit zunehmender Bewunderung, wie sie und Horatia sich einen Weg durch den Saal bahnten. Er wußte nur zu gut, was für ein Gefühl es war, einen Ballsaal zu betreten und zu hören, wie dem eigenen Namen ein unerfreuliches Beiwort angehängt wurde. Es erforderte eine gehörige Portion Mut, sich in diese Menschenmenge zu begeben. Wie zum Teufel sollte er sie davon abhalten, ihr leichtsinniges Vorhaben auszuführen, wenn sie in einem solchen Maße Nerven bewies? fragte er sich.

»Colchester?«

Matthias gab sich einen Ruck und wandte seine Aufmerksamkeit wieder Selena zu, die ihn mit einem ganz seltsamen Gesichtsausdruck ansah. »Entschuldigen Sie, ich war einen Moment lang unkonzentriert. Was haben Sie gerade gesagt?«

»Ich habe Sie gefragt, ob Ihnen etwas fehlt.«

»Ob mir etwas fehlt? Nein, ganz und gar nicht.« Matthias stellte sein halbvolles Champagnerglas auf einem Tablett in der Nähe ab. »Entschuldigen Sie mich jetzt, bitte. Ich muß dringend herausfinden, ob Miss Waterstone tatsächlich nach einem Ehemann Ausschau hält oder nicht.«

Selena sperrte verdutzt ihren hübschen Mund auf. Matthias erkannte, daß er nie einen derart verblüfften Ausdruck auf ihrem Gesicht gesehen hatte. Fast hätte er laut gelacht.

»Colchester, das kann doch wohl nicht Ihr Ernst sein!« Selena fand mit Mühe die Fassung wieder. »Was um alles auf der Welt haben Sie vor? Sagen Sie bloß nicht, daß Imogen Waterstone Sie als eine potentielle Ehefrau interessiert. Ich habe Ihnen doch gerade erzählt, daß über sie die übelsten Gerüchte im Umlauf sind.«

»Ich gebe grundsätzlich nichts auf Gerüchte, Selena. Ich habe viel zu viele Gerüchte über mich selbst vernommen, um Klatsch auch nur den geringsten Glauben zu schenken.«

»Aber sie ist mit Vanneck in einem Schlafzimmer ertappt worden, Colchester, um Himmels willen! Kein Mann in Ihrer gesellschaftlichen Position würde auch nur im entferntesten in Betracht ziehen, Der Unkeuschen Imogen einen Heiratsantrag zu machen. Schließlich verhält es sich ja nicht so, als wären Sie auf ihr Geld angewiesen. Alle Welt weiß, daß Sie inzwischen so reich sind wie Krösus.«

»Wenn Sie mich jetzt entschuldigen würden, Selena, aber ich muß mich darum kümmern, daß ich ihr vorgestellt werde.«

Er machte auf dem Absatz kehrt und lief mitten in das erste von etlichen Grüppchen von dicht zusammengedrängten Menschen hinein, die über den Saal verteilt waren. Als er näher kam, lösten sich die Verschlingungen auf seinem Pfad wie durch Zauberhand. Matthias spürte, wie sich gebannte Blicke auf ihn hefteten und ihn mit glühenden Spekulationen verfolgten, als er direkten Kurs auf Imogen und Horatia nahm.

Er erreichte im selben Augenblick wie Fletcher – Lord Vanneck – die immer dichter werdende Menge, die sich um die beiden scharte. Vanneck starrte Imogen so gebannt an, daß er Matthias erst sah, als er beinahe auf die Spitze von Matthias' blankpolierten Schaftstiefeln trat.

»Ich bitte um Verzeihung«, murmelte Vanneck, während er sich in einen günstigeren Blickwinkel zu manövrieren versuchte. Dann erkannte er Matthias. Erstaunen flackerte unter den schweren Lidern in seinen Augen auf.

»Colchester.« Der ursprüngliche Ausdruck der Verblüffung auf seinem Gesicht wurde von einer wachsamen Neugier abgelöst. »Ich habe schon gehört, daß Sie sich in der Stadt aufhalten. Was zum Teufel führt Sie hierher? Ich dachte, Sie könnten diese Art von Veranstaltungen nicht ausstehen.«

»Es scheint ganz so, als stellte mir heute abend jeder, dem ich begegne, dieselbe Frage. Allmählich empfinde ich das als monoton.«

Vanneck errötete. In seiner Wut über diese Zurechtweisung kniffen sich seine Lippen zusammen. »Tut mir leid.«

»Kümmern Sie sich nicht um mich, Vanneck. Ich habe heute abend Besseres zu tun.«

»Ach, wirklich?«

Matthias ignorierte Vannecks spekulierende Blicke. Er hatte diesen Mann noch nie leiden können. Ihre Pfade kreuzten sich gelegentlich, und das nicht nur, weil Vanneck Mitglied der Zamaranischen Gesellschaft war, sondern auch, weil er einem oder zwei der Clubs angehörte, die Matthias frequentierte.

Matthias wußte, daß Vanneck bei den Damen der besseren Gesellschaft früher einmal in dem Ruf gestanden hatte, ein gutaussehender Mann zu sein. Aber inzwischen war er Mitte Vierzig, und die Jahre des Trinkens und des ausschweifenden Lebens forderten ihren Tribut. Er hatte um die Taille herum Fett angesetzt, und sein einstmals kantiges Kinn war zwischen Hängebacken verborgen.

Matthias beobachtete, wie Imogen der Gastgeberin vorgestellt wurde, der rundlichen und heiteren Letitia – Lady Blunt. Es war deutlich zu erkennen, daß Horatia und Letty alte Freundinnen waren. Die beiden Frauen sprudelten gemeinsam über wie zwei Kochtöpfe auf einem Herd. Letty war ganz entschieden begeistert über den Aufruhr, den sie mit ihren unerwarteten Gästen ausgelöst hatte. Ihr

Ball würde am nächsten Morgen in aller Munde sein. Horatia hatte die erste Einladung sorgfältig ausgewählt.

»Imogen Waterstone«, sagte Vanneck. »Sie ist jetzt schon seit rund drei Jahren nicht mehr in der Stadt gewesen. Sie war eine Freundin meiner verstorbenen Frau.«

Matthias warf einen flüchtigen Seitenblick auf ihn. »Ja, das habe ich schon gehört.«

Vanneck sah ihn finster an. »Sie kennen sie?«

»Sagen wir ganz einfach, daß ich genug über sie weiß und ihr gern vorgestellt würde.«

»Das ist mir unbegreiflich«, murmelte Vanneck. »Diese Frau ist ein Kuriosum.«

Matthias sah plötzlich vor sich, wie dieser verlotterte, leichtlebige, zu Ausschweifungen neigende Schuft Imogen in ein Schlafzimmer gelockt hatte, und er mußte den nahezu übermächtigen Drang unterdrücken, Vannecks fleischigem Gesicht einen Fausthieb zu verpassen. Er zwang sich dazu, sich abzuwenden und sich einen Weg in die erste Reihe der Zuschauer zu bahnen.

Imogen, die höflich gelauscht hatte, während Horatia und Letty einander die Neuigkeiten berichteten, lächelte strahlend, als ihr Blick auf ihn fiel. Matthias erwiderte ihr Lächeln matt.

»Colchester.« Letty strahlte ihn an. Seine Anwesenheit auf diesem Ball war eine Sensation, und sie war sich durchaus darüber im klaren, was sie ihm schuldig war. Mit seinem Erscheinen hatte er sie über Nacht zu einer Gastgeberin gemacht, die man nicht unterschätzen durfte.

»Letty.« Matthias verbeugte sich über ihrer plumpen Hand, die in einem Handschuh steckte. »Ich beglückwünsche Sie zu einer äußerst gelungenen Einladung. Dürfte ich Sie vielleicht darum ersuchen, mich den Gästen vorzustellen, die soeben eingetroffen sind?«

Lettys rundes Gesicht strahlte vor Freude. »Aber selbstverständlich. Erlauben Sie mir, daß ich Sie mit meiner guten alten Freundin Mrs. Horatia Elibank und ihrer Nichte Imogen Waterstone bekannt mache. Meine Damen, darf ich Ihnen den Earl von Colchester vorstellen?«

Matthias schenkte Horatia, die ihn besorgt ansah, ein beruhigendes Lächeln, als er sich über ihre Hand beugte. »Es ist mir ein Vergnügen, Mrs. Elibank.« Er ließ seine Blicke über Imogens eifriges Gesicht gleiten.

»Mylord.« Horatia räusperte sich. »Gewiß interessiert es Sie zu erfahren, daß meine Nichte sich ausgiebig mit dem alten Zamar befaßt hat.«

»Ach, wirklich?« Matthias nahm Imogens Hand, die in einem Handschuh steckte. Der Dialog, den Imogen ihm in ihrem Brief an jenem Morgen hatte zukommen lassen, fiel ihm wieder ein. »Was für ein Zufall. Auch mir liegt dieses Thema sehr am Herzen.«

Imogens Augen funkelten beifällig und triumphierend, als er sich an das Drehbuch hielt. »Sir, sollte es sich bei Ihnen zufällig um *den* Lord Colchester handeln, der das verloren geglaubte Zamar wiederentdeckt und ihm zu mehr Popularität verholfen hat als dem alten Ägypten?«

»Ich bin Colchester, soviel ist gewiß.« Matthias beschloß, es sei jetzt an der Zeit, von dem Drehbuch abzuweichen. »Was Zamar angeht, so kann ich nur sagen, daß es um seiner selbst willen diese Popularität erlangt hat.«

Imogen kniff die Augen ein wenig zusammen, als er diese Zeilen improvisierte, doch sie hielt wild entschlossen an ihrer eigenen Rolle fest. »Ich bin hocherfreut, Sie kennenzulernen, Mylord. Ich bin ganz sicher, daß wir viel miteinander zu besprechen haben.«

»Kein Zeitpunkt eignet sich besser als der jetzige, um das Gespräch zu beginnen. Würden Sie mich mit diesem Tanz beehren?«

Sie blinzelte erstaunt. »Ja, selbstverständlich, Sir.«

Matthias nickte Horatia zu und streckte die Hand nach Imogens Arm aus. Er verfehlte ihn um etliche Zentimeter, da sie sich bereits in Bewegung gesetzt hatte und durch die Menschenmenge lief. Es gelang ihm, sie in dem Moment einzuholen, in dem sie die überfüllte Tanzfläche erreichte.

Imogen drehte sich abrupt um, ließ sich von ihm in die Arme ziehen und gab sich augenblicklich einem übersprühenden Walzer hin.

»Wir haben einen Anfang gemacht.« Ihre Augen leuchteten vor Aufregung. »Ich war enorm erleichtert, als ich Sie heute abend hier gesehen habe, Sir.«

»Ich habe lediglich die Anweisungen befolgt.«

»Ja, ich weiß, aber ich muß gestehen, daß ich ein klitzekleines bißchen besorgt war, Sie hätten Ihren Zweifeln an meinem Plan erliegen können.«

»Ich hatte mir eher erhofft, daß Sie inzwischen selbst Bedenken haben, Imogen.«

»Ganz und gar nicht.« Sie warf einen schnellen, suchenden Blick nach allen Seiten und dirigierte ihn dann in einen stillen Winkel der Tanzfläche. »Haben Sie Vanneck gesehen?«

»Er ist hier.« Von seiner Partnerin über die Tanzfläche geschoben zu werden war gewissermaßen eine Neuheit für ihn, sagte sich Matthias.

»Ausgezeichnet.« Imogens Hand schloß sich fester um Matthias' Finger. »Dann ist ihm doch sicher nicht entgangen, daß Sie plötzlich Interesse an mir gefunden haben?«

»Ihm nicht und auch sonst niemandem im ganzen Saal. Im allgemeinen ist es nicht meine Gewohnheit, mich bei solchen Dingen beobachten zu lassen.«

»Um so besser. Während wir hier miteinander reden, flüstert Tante Horatia Lady Blunt die Geschichte von dem Königlichen Siegel ins Ohr. Sie wird sie auch darüber informieren, daß Onkel Selwyn mir die Landkarte vermacht hat. Das wird sich schnell herumsprechen. Ich rechne damit, daß Vanneck die Gerüchte heute abend oder allerspätestens morgen früh hört.«

»Zweifellos, wenn man bedenkt, wie schnell sich Klatsch herumspricht«, stimmte Matthias ihr grimmig zu.

»Sowie er erfährt, daß ich den Schlüssel zum Königlichen Siegel besitze, wird er sich wieder daran erinnern, wie schnell Sie die Chance ergriffen haben, sich mir bei der ersten sich bietenden Gelegenheit vorstellen zu lassen.« Imogen lächelte zufrieden. »Er wird sich augenblicklich fragen, weshalb Sie sich diese Mühe gemacht haben. Dann wird er zu der Schlußfolgerung gelangen, daß es nur einen naheliegenden Grund für Sie gibt, ausdrücklich darauf zu bestehen, daß man Sie mir unverzüglich vorstellt.«

»Das Königliche Siegel.«

»Ganz genau.«

Matthias musterte sie verstohlen. »Es gibt noch einen anderen Grund dafür, daß ich Ihnen heute abend unbedingt vorgestellt werden wollte, verstehen Sie?«

Sie sah ihn entgeistert an. »Und welcher Grund wäre das, Mylord?«

»Ich sagte Ihnen doch bereits, daß man in diesen Kreisen glaubt, ich würde von jetzt an Jagd auf eine Ehefrau machen.«

Ihr Gesicht hellte sich auf. »Ja, sicher. Etwas Derartiges erwähnten Sie bereits. Aber niemand wird glauben, daß Sie sich aus diesem Grund für mich interessieren.«

»Und warum nicht?«

Sie sah ihn finster an. »Seien Sie nicht so beschränkt, Colchester. Niemand wird damit rechnen, daß Sie ernstliches Interesse an mir als Ehefrau haben. Machen Sie sich keine Sorgen, Sir. Die Leute werden sich genau das denken, was wir ihnen weiszumachen versuchen. Daß Sie hinter meiner Landkarte her sind.«

»Wenn Sie es sagen.« Da er sich bewußt war, beobachtet zu werden, lächelte Matthias, um seinen Ärger zu verbergen. »Ich vermute, es besteht keine Hoffnung, Ihnen dieses Vorhaben auszureden?«

»Nicht die geringste, Mylord. Ich bin sogar äußerst zufrieden damit, wie sich diese ganze Geschichte angelassen hat. Sie brauchen sich nicht zu fürchten. Ich werde dafür sorgen, daß Sie nicht in Gefahr geraten.«

»Wenn schon nicht die Möglichkeit besteht, Sie davon abzubringen, kann ich Sie dann wenigstens dazu überreden, mir die Führung zu überlassen?«

»Wie bitte?«

»Ich weiß, daß es irgendwie langweilig und konventionell ist, aber mir hat man beigebracht, daß ich die Führung zu übernehmen habe, wenn ich einen Walzer mit einer Dame tanze.«

»Ach so.« Imogen lief dunkelrot an. »Verzeihen Sie, Mylord. Ich bin sozusagen aus der Übung. Vor drei Jahren hatte ich einen Tanzlehrer engagiert. Er war Franzose. Die Franzosen sind in diesen Dingen sehr gewandt.«

»Das habe ich auch schon gehört.« Aus dem Augenwinkel sah Matthias, daß Vanneck sich im Hintergrund hielt. Er beobachtete Imogen mit unverkennbarem Interesse.

»Philippe hat gesagt, ich hätte eine natürliche Begabung, auf der Tanzfläche die Führung zu übernehmen.«

»Philippe?«

»Philippe d'Artois, mein französischer Tanzlehrer«, erklärte Imogen.

»Ach ja, der Tanzlehrer.«

Imogen senkte sittsam die Lider. »Philippe hat gesagt, er fände es faszinierend, einer Dame die Führung zu überlassen.«

»Ach, wirklich?«

Sie hüstelte diskret. »Er hat gesagt, das brächte das Blut

in seinen Adern in Wallung. Die Franzosen haben einen ausgeprägten Hang zur Romantik, verstehen Sie?«

»Ach, wirklich?«

Matthias wurde plötzlich von einem heftigen Verlangen verzehrt, noch sehr viel mehr über Imogen in Erfahrung zu bringen. Er mußte dringend einen Ort finden, an dem sie sich ungestört unterhalten konnten, entschied er. Vielleicht im Garten.

Unter Aufbietung roher Gewalt gelang es ihm, sie am Rande der Tanzfläche zum Anhalten zu bewegen. »Könnte ich Sie vielleicht dafür interessieren, frische Luft zu schöpfen, Miss Waterstone?«

»Danke, aber ich verspüre keinerlei Verlangen nach frischer Luft.«

»Unsinn.« Er schlang seine Finger sehr fest um ihren Ellbogen und schob sie energisch auf die Türen zu, die in den Garten führten. »Es ist wirklich sehr warm hier.«

»Also, wirklich, Sir, ich fühle mich keineswegs überhitzt.«

»Ich mich aber.«

»Wie bitte?«

»Vermutlich kommt es daher, daß Sie auf der Tanzfläche die Führung übernommen haben. Sie sagten doch gerade erst, das brächte oft das Blut zum Wallen.«

»Ach so.« Verständnis zeichnete sich auf ihrem Gesicht ab. »Ja, allerdings. Das kann ich gut verstehen. Frische Luft ist genau das, was Sie jetzt brauchen, Sir.«

Matthias bahnte sich mit Imogen im Schlepptau einen Weg durch die Menge. Kurz bevor er die Türen erreicht hatte, sah er sich gezwungen, einen Schlenker nach links zu machen, um einen Zusammenstoß mit einer Gruppe von neugierigen Schaulustigen zu vermeiden.

Anscheinend löste der plötzliche Richtungswechsel die kleine Katastrophe aus. Imogen war nicht darauf vorbereitet. Sie prallte mit einem Lakaien zusammen, der ein Tablett mit Champagnergläsern trug.

Der Lakai stieß einen lauten Ruf aus. Das Tablett entglitt seinen Händen und fiel auf den Boden. Gläser zersplitterten und brachen in Scherben. Champagner spritzte auf die Kleider der Damen, die dem Unfallort am nächsten standen.

Matthias sah, daß unter den Damen auch Theodosia Slott war. Bei seinem Anblick riß sie die Augen weit auf. Ihre Lippen öffneten sich schockiert. Sie schlug sich eine Hand auf den üppigen Busen.

»*Colchester.*« Theodosia stieß ein gedämpftes Keuchen aus, wurde blaß und sank in einer anmutigen Ohnmacht zu Boden.

»Verdammt noch mal«, knurrte Matthias.

Daraufhin brach ein Tumult aus. Die Herren schienen ratlos zu sein. Ihre Blicke schweiften von Theodosia, die in sich zusammengesunken war, zu Matthias und kehrten verwirrt wieder zu ihr zurück. Mehrere Damen schritten ein. Sie griffen schon nach ihren Riechfläschchen, während sie noch mit köstlichem Entsetzen Matthias anstarrten.

»Wenn ich es mir genauer überlege, Miss Waterstone...« Matthias unterbrach sich, als er sah, daß Imogen sich hingekniet hatte, um dem Lakaien dabei zu helfen, die Glasscherben aufzusammeln. Mühelos zog er sie wieder auf die Füße. »Ich glaube, es ist jetzt an der Zeit zu gehen. Dieser Ball wird von Minute zu Minute langweiliger. Wir werden jetzt Ihre Tante suchen und Ihre Kutsche vorfahren lassen.«

»Aber ich bin doch gerade erst gekommen.« Imogen warf einen Blick über die Schulter zurück, als Matthias sie von den Glasscherben und der ohnmächtigen Frau fortzerrte. »Wer ist diese seltsame Person? Ich glaube, sie ist tatsächlich bei Ihrem Anblick ohnmächtig geworden, Sir.«

»Mein unseliger Ruf übt auf manche Leute diese Wirkung aus.«

5

Matthias beugte sich in dem Moment in die Kutsche, in dem der Lakai die Tür schließen wollte. Im matten Schein der Kutschenlampen nagelte er Imogen mit seinen Blicken fest, und grimmige Frustration stand in seinen Augen. »Ich wünsche Sie zu sprechen, Miss Waterstone. Offensichtlich ist das heute abend nicht mehr möglich.« Er warf einen schnellen, verärgerten Blick über seine Schulter auf die Menschenmenge, die sich auf den Stufen vor Lady Blunts Haustür drängte. Dort herrschte ein gewisses Chaos, während zahlreiche Gäste eintrafen und aufbrachen. »Ich werde Sie morgen vormittag um elf Uhr aufsuchen. Sorgen Sie dafür, daß Sie zu Hause sind.«

Seine kühle Anmaßung ließ Imogen die Augenbrauen hochziehen, doch sie sagte sich, sie müsse Zugeständnisse machen. Offensichtlich war es für ihn ein nervenaufreibender Abend gewesen, obwohl sie ihrerseits fand, die Dinge hätten sich recht gut angelassen. »Ich sehe Ihrem Besuch jetzt schon freudig entgegen, Mylord.«

Sie bedachte ihn mit einem aufmunternden Lächeln, in der Hoffnung, ihm einen Teil seiner Mutlosigkeit zu nehmen, doch daraufhin verfinsterte sich der Ausdruck seiner Augen nur noch mehr. Er neigte barsch den Kopf zum Abschied. Das Lampenlicht ließ die silberne Strähne in seinem Haar wie Eis schimmern.

»Ich wünsche Ihnen beiden eine gute Nacht.« Er trat zurück und wandte sich ab. Der Lakai schloß die Tür.

Imogen beobachtete, wie Matthias in den Schatten verschwand, die auf die Straße fielen. Dann warf sie einen Blick auf die Eingangstür des großen Stadthauses. In dem Moment tauchte Vanneck auf der Treppe vor dem Haus auf. Er sah ihr in die Augen, ehe die Kutsche sich in Bewegung setzte und der Blickkontakt abrupt abriß.

Imogen hatte sich an die Polster gelehnt und saß ganz still da. Es war das erste Mal seit dem Begräbnis, daß sie Vanneck wiedergesehen hatte. Drei weitere Jahre einer zügellosen Lebensführung waren ihm nicht gut bekommen. Er schien noch böswilliger geworden zu sein.

»Ich muß schon sagen, man langweilt sich nie, wenn Colchester in der Nähe ist.« Horatia hob ihre Lorgnette, um Imogen anzusehen. »Und da man von dir dasselbe behaupten kann, meine Liebe, habe ich den Verdacht, daß uns aufregende Zeiten bevorstehen.« Diese Aussicht schien sie nicht direkt zu erfreuen.

Imogen riß ihre Gedanken von Vanneck los. »Wer war die Dame, die bei Colchesters Anblick in Ohnmacht gefallen ist?«

»Auf gewisse Frauen übt er eine sehr seltsame Wirkung aus, findest du nicht auch? Erst Bess und jetzt auch noch Theodosia Slott.«

»Bess' Reaktion war verständlich, wenn man die näheren Umstände berücksichtigt. Sie hat ihn für einen Geist oder einen Vampir gehalten. Aber was ist mit Theodosia Slott? Worauf kann sie sich berufen?«

Horatia sah sich das lebhafte Treiben an, das auf der Straße herrschte. »Das ist eine alte Geschichte, und wie bei so vielen alten Geschichten, die man sich über Colchester erzählt, habe ich keine Ahnung, wieviel Wahres daran ist und wieviel frei erfunden ist.«

»Erzähl mir alles, was du weißt, Tante Horatia.«

Horatia warf einen Blick auf sie. »Ich dachte, du wolltest keine Gerüchte über Seine Lordschaft hören.«

»Inzwischen frage ich mich, ob es nicht vielleicht ratsamer wäre, genauer über diesen Mann informiert zu sein. Man weiß nicht recht, wie man mit einer Situation umgehen soll, wenn man nicht weiß, was überhaupt vorgeht.«

»Ich verstehe.« Horatia lehnte sich mit einem versonnenen Gesichtsausdruck zurück. »Theodosia Slott war in einer früheren Ballsaison die unbestrittene Ballkönigin. Mit Mr. Harold Slott hatte sie eine ausgezeichnete Partie gemacht. Seine Familie war im Versandgeschäft. Ich glaube, wenn ich mich recht erinnere, war Mr. Slott um einiges älter als sie.«

Imogen wurde ungeduldig. »Ja, schon gut. Sprich weiter. Was ist passiert?«

»Nichts allzu Ungewöhnliches. Theodosia hat ihrem Ehemann gegenüber ihre Schuldigkeit getan. Sie hat ihm einen Erben geboren. Und dann ist sie prompt eine Verbindung mit einem schneidigen jungen Mann eingegangen, der Jonathan Exelby hieß.«

»Willst du damit sagen, daß Theodosia und Exelby ein Liebespaar waren?«

»Ja. Exelby hat in den verrufensten Spielhöllen verkehrt. Vor allem in einer, der Verlorenen Seele, von der es hieß, das sei seine Stammkneipe. Bei den jungen Herren der besseren Gesellschaft hat sie sich großer Beliebtheit erfreut. Im übrigen ist sie bis heute noch beliebt. Jedenfalls ist er dort eines Abends mit Colchester aneinandergeraten, und zwischen den beiden Männern hat sich ein hitziger Streit entfacht. Sie haben ein Treffen im Morgengrauen vereinbart.«

Imogen war außer sich vor Entsetzen. »Colchester hat sich duelliert?«

»Das wird behauptet.« Horatia tat die Angelegenheit mit einer wegwerfenden Handbewegung ab. »Natürlich wird man dafür niemals eine Bestätigung bekommen. Duelle sind illegal. Die beteiligten Parteien neigen eher dazu, das Problem zu diskutieren.«

»Aber das hätte ihn das Leben kosten können.«

»Nach sämtlichen Berichten zu urteilen, war Exelby derjenige, der dabei ums Leben gekommen ist.«

»Ich kann es einfach nicht glauben.« Imogen spürte, wie ihr Mund trocken wurde.

Horatia zuckte die Achseln. »Meines Wissens hat man Exelby nach diesem Treffen im Morgengrauen nie mehr zu sehen bekommen. Er ist schlichtweg verschwunden. Tot und in einem Grab ohne Grabstein begraben, behaupten die Leute. Er hatte keine Angehörigen, die Fragen hätten stellen können.«

»Es muß mehr hinter dieser Geschichte stecken.«

»Ja, es steckt allerdings mehr dahinter.« Horatia begann allmählich, sich für die Geschichte zu erwärmen. »Theodosia behauptet, um alles noch viel schlimmer zu machen, Colchester sei am späteren Morgen desselben Tages vor ihrer Türschwelle erschienen, um ihre Gunstbezeugungen einzuklagen.«

»*Was?*«

»Colchester hat ihr anscheinend berichtet, der Streit habe sich um sie gedreht, und da er das Duell gewonnen hatte, ging er selbstverständlich davon aus, daß ihm nun der Platz ihres Liebhabers in ihrem Bett zustünde. Sie behauptet, sie hätte ihn aus dem Haus werfen lassen.«

Im ersten Moment war Imogen sprachlos. Als es ihr gelang, sich wieder zusammenzureißen, protestierte sie heftig. »Das ist ja einfach unerhört!«

»Ich kann dir versichern, daß es *das* Gesprächsthema der Ballsaison war. Ich kann mich noch gut daran erinnern, weil der Skandal sogar die grauenhafte Geschichte der Demon-Zwillinge von Dunstoke Castle verdrängt hat, die in jenem Jahr in aller Munde war.«

Imogen ließ sich einen Moment lang ablenken. »Was war mit den Demon-Zwillingen?«

»Bruder und Schwester hatten sich miteinander verbündet, um ein Haus oben im Norden anzuzünden. Das war kurz vor Beginn der Ballsaison«, erklärte Horatia. »Anscheinend hatte der betagte Ehemann der Schwester zu dem Zeitpunkt im Bett gelegen. Es ist zu Asche verkohlt. Es wurde behauptet, die Demon-Zwillinge seien mit den wertvollen Edelsteinen des Ehemannes durchgebrannt.«

»Hat man die Zwillinge jemals erwischt?«

»Nein. Sie sind mit dem Vermögen untergetaucht. Eine Zeitlang haben sich alle gefragt, ob sie sich wohl in London zeigen und einen Versuch unternehmen würden, einen anderen wohlhabenden alten Mann zu verführen und zu ermorden, aber sie sind nie mehr aufgetaucht. Zweifellos haben sie sich auf den Kontinent abgesetzt. Jedenfalls haben die Leute, wie ich schon sagte, nach dem Colchester-Skandal aufgehört, über die Demon-Zwillinge zu reden.«

Imogen zog die Stirn in Falten. »Colchester hätte sich niemals auf eine solche Geschichte eingelassen.«

»Nun, da er sich nie die Mühe gemacht hat, die Geschichte zu bestätigen oder sie in Abrede zu stellen, ist sie bis heute im Umlauf. Und Theodosia hat diesem Vorfall jetzt noch Einladungen zu verdanken. Wie du selbst gesehen hast, arbeitet sie hart daran, das Drama am Leben zu erhalten.«

Imogen rümpfte die Nase. »Das kann man wohl sagen. Dieses Theater, das sie uns heute abend vorgespielt hat! Aber es ist zu lachhaft, um wahr zu sein. Colchester würde sich niemals auf ein Duell einlassen, ganz zu schweigen davon, daß er seinen Gegner töten und dann versuchen würde, die Geliebte des armen Kerls zu verführen.«

»Du hast Colchester damals nicht gekannt, meine

Liebe.« Horatia unterbrach sich. »Genau genommen kennst du ihn auch heute noch nicht besonders gut.«

»Ganz im Gegenteil. Allmählich glaube ich, daß ich ihn besser kenne als jeden anderen in der Stadt.«

Horatia war erstaunt. »Was bringt dich bloß auf den Gedanken?«

»Wir haben so viel gemeinsam«, erwiderte Imogen. »Und ich kann dir versichern, daß er viel zu vernünftig ist, um sich wegen einer Frau wie Theodosia Slott auf einen so albernen Streit einzulassen. Seine Nerven würden einem brutalen Kampf niemals standhalten. Und außerdem kann ich mir beim besten Willen nicht vorstellen, daß Colchester verlotterte Spielhöllen frequentiert.«

»Ach, nein?«

»Nein, selbstverständlich nicht«, sagte Imogen. »Er ist ein zartbesaiteter Mann mit gutem Geschmack und Feingefühl. Er ist schlichtweg kein Mann von der Sorte, die sich in Spielhöllen die Zeit vertreiben würde.«

»Meine Liebe, Colchester war der Besitzer der fraglichen Spielhölle.«

Das nächste Mal wird mir Imogen nicht so leicht entkommen, schwor sich Matthias, als er aus seiner Kutsche stieg. Voller Entschlossenheit stieg er die Stufen zu seinem Stadthaus hinauf. Morgen würde er die Antworten auf seine Fragen bekommen, wenn er ihr einen Besuch abstattete. Er hatte die Absicht, auf die eine oder andere Art dahinterzukommen, was sich vor drei Jahren wirklich zwischen Vanneck und Imogen abgespielt hatte. Im Moment war er geneigt zu glauben, daß die Version, die allgemein erzählt wurde, nicht ganz zutreffend war. Das war ohnehin nur selten der Fall.

Ufton öffnete ihm die Tür, ehe er angeklopft hatte. Sein kahler Schädel schimmerte im Licht der Wandlampen. Er musterte Matthias mit der gewohnten unerschütterlichen Gelassenheit. »Ich nehme an, Sie haben einen angenehmen Abend verbracht, Sir.«

Matthias zog seine Handschuhe aus und warf sie dem Butler zu. »Mein Abend war durchaus interessant.«

»In der Tat? Ich fürchte, er wird sich noch interessanter gestalten, Mylord.«

Matthias blieb mitten in der Eingangshalle stehen und drehte sich zu seinem Butler um. Er und Ufton kannten einander schon sehr lange. »Was zum Teufel soll das heißen?«

»Sie haben Gäste, Mylord.«

»Um diese nachtschlafende Zeit? Wer ist es? Felix? Plummer?«

»Nein, Ihre ... äh ... Schwester. Und deren Gesellschafterin.«

»Wenn das Ihre Vorstellung von einem guten Witz ist, Ufton, dann gestatten Sie mir, Ihnen mitzuteilen, daß Sie allmählich senil werden.«

Ufton nahm eine aufrechte Haltung ein und rang darum, tödlich beleidigt zu wirken. »Ich versichere Ihnen, Sir, daß ich nicht scherze. Tatsächlich scherze ich sogar niemals. Das sollten Sie doch am besten wissen. Sie haben mir schon oft genug vorgeworfen, mir fehlte jeder Sinn für Humor.«

»Verdammt noch mal, Mann, ich habe keine Schwester ...« Matthias ließ seine Worte abrupt abreißen. Er starrte Ufton an. »Der Teufel soll mich holen. Sie meinen doch nicht etwa meine Stiefschwester?«

»Lady Patricia Marshall, Sir.« In Uftons Augen stand ein gewisses Mitgefühl. »Und ihre Gesellschafterin, eine Miss Grice.« Er streckte die Hand aus und öffnete schweigend die Tür zur Bibliothek.

Matthias erstarrte, als er in den Raum schaute, der vom

Feuerschein erhellt war. Die Bibliothek war sein Allerheiligstes, sein Zufluchtsort, seine Höhle. Niemand hätte sich ohne seine persönliche Einladung in diesem Raum aufhalten dürfen.

Viele empfanden diesen Raum mit dem zamaranischen Dekor und den exotischen Farbtönen als seltsam und bedrückend. Andere fanden ihn faszinierend, obgleich manche sagten, diese Umgebung flöße ihnen Unbehagen ein. Matthias interessierte sich nicht für die Meinungen seiner Besucher. Die Bibliothek war so gestaltet worden, daß sie ihn an das alte Zamar erinnerte.

Jedesmal, wenn er diesen Raum betrat, begab er sich in eine andere Welt, an einen Ort, an dem die längst verlorene Vergangenheit ihn einhüllte und die Gegenwart und die Zukunft ausgesperrt waren. Dort, inmitten der Geister eines uralten Volkes, gelang es ihm gelegentlich, die Geister seiner eigenen Vergangenheit zu vergessen. Oft zog er sich stundenlang in diesen Raum zurück und vertiefte sich in die Aufgabe, die Hinweise zu entwirren, die von den Bewohnern des geheimnisvollen Zamar zurückgelassen worden waren.

Schon vor Jahren war Matthias dahintergekommen, daß er das unstillbare Verlangen ignorieren konnte, das tief unter dem Eis in seinem Innern brodelte, wenn er sich nur genügend darauf konzentrierte, das alte Zamar verstehen zu wollen.

Dieser Raum war eine perfekte Nachbildung seiner erstaunlichsten Entdeckung, nämlich der großen Bibliothek, die er, im Labyrinth unter den Ruinen der untergegangenen Stadt verborgen, gefunden hatte.

Kostbare Wandbehänge mit dichten Fransen in Zamaringrün und Gold hingen von der Decke. Auf dem Boden lag ein farblich passender Teppich. Aus den Wänden des Zimmers ragten vergoldete Säulen mit kunstvollen Schnitzereien heraus und verliehen dem Raum den Eindruck einer alten Kolonnade. Die Bücherregale waren mit Bänden in allen Formaten gefüllt. Griechisch, Latein und andere, weitaus obskurere Texte füllten die Seiten der Bücher. Auf mehreren Regalen waren Tontafeln mit Inschriften und Dokumentrollen gestapelt, die aus einem an Papyrus erinnernden Material bestanden, sich jedoch im Lauf der Jahrhunderte als haltbarer erwiesen hatte. Matthias hatte die Tafeln und die Schriftrollen aus der geheimen Bibliothek mitgebracht, als seien sie aus reinem Gold und Juwelen von unschätzbarem Wert gefertigt. Tatsächlich war ihr wahrer Wert für ihn bei weitem höher als der dieser funkelnden Schätze, für die sich Rutledge begeistert hatte.

Die Wände zwischen den verzierten Säulen wurden von gemalten Szenen der Ruinen des alten Zamar geschmückt. Steinerne Statuen, die Zamaris und Anizamara darstellten, ragten in gegenüberliegenden Ecken des Raumes auf. Die Möbelstücke waren mit den Delphinen und Muscheln verziert, die in der zamaranischen Kunst so häufig als Motive vertreten waren.

Matthias betrat zögernd den Raum, der in warmen Feuerschein getaucht war.

Zwei Frauen, eine von ihnen jung, die andere in mittleren Jahren, saßen steif auf dem Delphinsofa vor dem Kamin. Sie saßen dicht nebeneinander, da ihre Umgebung sie offensichtlich einschüchterte.

Beide Frauen trugen staubige Reisekostüme. Sie strahlten Erschöpfung und Sorge aus. Als Matthias die Bibliothek betrat, zuckten sie zusammen, als hätte die Zeit, die sie damit zugebracht hatten, auf ihn zu warten, an ihren Nerven gezehrt. Die jüngere Frau wandte Matthias ein ängstliches Gesicht zu.

Er stellte fest, daß er in silbergraue Augen sah, die das

Spiegelbild seiner eigenen waren. Sie wäre recht hübsch gewesen, wenn sie nicht ganz so verzweifelt gewirkt hätte, wie er teilnahmslos feststellte. Eine klassische Nase und ein anmutiges Kinn deuteten darauf hin, daß sich hinter der Nervosität ein gewisses Rückgrat verbarg. Ihr Haar war etwas heller als seines und wies einen dunkelbraunen Farbton auf, der zweifellos von ihrer Mutter stammte. Sie war gertenschlank und graziös. Zu seinem Erstaunen bemerkte er, daß ihre Kleidung recht abgenutzt und schäbig wirkte.

Das also war Patricia, die Stiefschwester, der er nie begegnet war und der er auch niemals hatte begegnen wollen. Das also war der andere Sprößling seines Vaters, die geliebte Tochter, die erwünscht, angebetet, beschützt und umhegt worden war; das Baby, dessen Mutter nicht gezwungen gewesen war, ihren Verführer gegen seinen erklärten Willen zu einer Eheschließung zu nötigen.

Das also ist die Tocher der Frau, die ihre Karten weitaus behutsamer ausgespielt hat als Mutter, dachte Matthias. Die Tochter des Inbegriffs weiblicher Tugend.

Er blieb mitten in der Bibliothek stehen. »Guten Abend. Ich bin Colchester. Es ist schon spät. Darf ich fragen, was Sie hierherführt?« Matthias achtete sorgsam darauf, mit einer sehr ruhigen Stimme zu sprechen. Das war ein Trick, den er schon gelernt hatte, ehe er zwanzig war, und im Lauf der Jahre war es ihm zur Gewohnheit geworden. Mit diesem Mittel ließ sich wirksam jedes Gefühl verbergen, jeder Zweifel und jede Hoffnung. Diese Stimme bat um nichts, und sie versprach auch nichts.

Seine eisige Begrüßung schlug Patricia anscheinend mit Sprachlosigkeit. Sie sah ihn mit großen, entsetzten Augen an und erweckte den Eindruck, als würde sie jeden Moment in Tränen ausbrechen.

Die ältere Frau, in deren Gesicht lange Jahre der Bitternis und der Resignation gemeißelt waren, richtete sich schließlich auf und sah ihn mit einem gewissen Maß an Entschlossenheit an. »Mylord, ich bin Miss Grice«, stellte sie sich vor. »Ich habe Ihre Schwester auf ihrer Reise nach London begleitet. Sie hat mir versichert, Sie würden für meine Unkosten aufkommen und mich für meine Dienste als Gesellschafterin entlohnen.«

»Ach, tatsächlich?« Matthias lief durch den Raum zu dem Tischchen, auf dem der Cognac stand. Er zog den Stöpsel aus der Kristallglaskaraffe und schenkte sich eine beträchtliche Menge von dem Inhalt ein. »Und weshalb bezahlt sie Sie nicht selbst? Mein Anwalt hat mir mitgeteilt, für sie sei blendend gesorgt, da mein Vater sie in seinem Testament abgesichert hat.«

»Ich kann sie nicht bezahlen, weil ich kein Geld habe«, platzte Patricia heraus. »Jedesmal, wenn meine vierteljährlichen Zahlungen eingehen, nimmt mir mein Onkel sofort alles ab und steckt es in seine Hunde, seine Pferde und seine Spielschulden. Ich habe mich gezwungen gesehen, die Halskette meiner Mutter zu versetzen, damit ich die Fahrt mit der Kutsche bezahlen konnte.«

Matthias, der das Glas gerade an seinen Mund führen wollte, hielt mitten in der Bewegung inne. »Ihr Onkel?« Ihm fiel der Name wieder ein, den der Anwalt erwähnt hatte. Ein Verwandter mütterlicherseits. »Das muß dieser Poole sein?«

»Ja. Er verwaltet meine Erbschaft, und er stiehlt sie mir. Letztes Jahr haben Mama und Papa mir meine erste Ballsaison finanziert. Mama hat gesagt, dieses Jahr würden sie mir eine zweite Ballsaison finanzieren, aber mein Onkel weigert sich, dafür aufzukommen. Mir ist klargeworden, daß er alles tut, um zu verhindern, daß ich heirate und somit seinem Haushalt entkomme. Solange ich gezwungen bin, in seinem Haus zu leben, kann er frei über mein

Geld verfügen. Seit dem Tod meiner Eltern werde ich in Devon gefangengehalten.«

»Gefangengehalten? Das schient mir doch reichlich übertrieben zu sein«, murmelte Matthias.

»Es entspricht der Wahrheit.« Patricia zog ein Taschentuch aus ihrer Handtasche und begann, in das kleine Leinenquadrat zu schluchzen. »Wenn ich Einwände dagegen erhebe, wie mich mein Onkel behandelt, dann lacht er nur. Er sagt, das Geld stünde ihm zu, weil er der einzige war, der nach dem Tod meiner Eltern bereit war, mich bei sich aufzunehmen. Er erinnert mich immer wieder daran, daß Sie nichts mit mir zu tun haben wollen, Mylord. Ich weiß, daß das der Wahrheit entspricht, aber jetzt muß ich mich Ihnen auf Gedeih und Verderb ausliefern.«

Beim Anblick ihrer Tränen bestürmten trostlose Erinnerungen Matthias' Seele. Er haßte Frauen, die in Tränen aufgelöst waren. Es mißlang ihnen niemals, die Gelegenheiten in sein Gedächtnis zurückzurufen, bei denen von ihm erwartet worden war, daß er sich den sporadischen Weinanfällen seiner Mutter gewachsen zeigte. Er hatte sich immer hilflos gefühlt, weil er sie nicht trösten konnte, und gleichzeitig hatte Wut auf seinen Vater in ihm getobt, der einfach fortgegangen war und ihn in dieser Situation im Stich gelassen hatte.

»Ich werde dafür sorgen, daß mein Anwalt sich mit Ihren finanziellen Angelegenheiten befaßt.« Matthias trank einen großen Schluck Cognac und wartete darauf, daß die Flüssigkeit ihn innerlich wärmen würde. »Da läßt sich bestimmt etwas machen.«

»Es wird nichts nutzen. Mylord, ich flehe Sie an, schikken Sie mich nicht zurück zu meinem Onkel.« Patricia ballte die Hände auf dem Schoß zu Fäusten. »Sie können sich nicht vorstellen, was dort vorgeht. Ich *kann* nicht zurückgehen. Ich fürchte mich, Mylord.«

»Wovor um Gottes willen?« Matthias kniff die Augen zusammen, als ihm ein widerwärtiger Gedanke durch den Kopf schoß. »Etwa vor Ihrem Onkel?«

Patricia schüttelte eilig den Kopf. »Nein, Mylord. Er tut die meiste Zeit ganz so, als sei ich gar nicht da. Ihn interessiert nur meine Erbschaft. Aber vor zwei Monaten ist mein Cousin Nevil bei uns eingezogen, nachdem er von Oxford entlassen worden ist.« Sie senkte den Blick auf ihre Hände, die einander eng umklammert hielten. »Er jagt mir Angst ein, Sir. Er beobachtet mich ständig.«

Matthias' Miene verfinsterte sich. »Er beobachtet Sie? Was zum Teufel soll das heißen?«

Miss Grice räusperte sich und fixierte ihn mit einem stählernen Blick. »Ich bin ganz sicher, daß Sie von selbst daraufkommen können. Mylord. Sie sind ein Mann von Welt. Denken Sie darüber nach. Ein junger Mann, der in einem äußerst anstößigen Ruf steht, zieht in den Haushalt ein. Die junge Dame, die im Haus wohnt, fühlt sich gegen unerwünschte Annäherungsversuche nicht ausreichend beschützt. Es besteht doch gewiß keine Notwendigkeit, in die Einzelheiten zu gehen. Ich bin in jüngeren Jahren selbst einmal in einer ähnlichen Situation gewesen. Eine schwierige Angelegenheit, das kann ich Ihnen versichern.«

»Ich verstehe.« Matthias stützte einen Arm auf den schwarzen Marmor des Kaminsimses und bemühte sich, seine Gedanken zu sortieren. »Sie haben doch gewiß noch andere Verwandte, Patricia? Weitere Angehörige mütterlicherseits?«

»Keiner von ihnen will mich bei sich aufnehmen, Sir.«

Matthias trommelte mit den Fingern auf den kalten Marmor. »Da wird sich doch wohl etwas machen lassen.« Er sah Miss Grice an und wartete auf eine Eingebung.

»Lady Patricia hat mich darüber informiert, daß Sie ihr Bruder sind, Mylord«, sagte Miss Grice, als sei damit alles erklärt. »Sie werden ihr natürlich zu einem anständigen Zuhause verhelfen wollen.« Sie sah sich argwöhnisch um.

Matthias konnte die Gedanken der Frau lesen, als spräche sie die Worte klar und deutlich aus. Miss Grice war sich keineswegs sicher, daß es sich bei diesem Haushalt um ein anständiges Heim handelte.

Patricia ignorierte die exotische Umgebung. Sie sah Matthias mit der Art von Hoffnung an, die nur sehr junge und naive Menschen erfolgreich heraufbeschwören können. »Bitte, Mylord. Ich liefere mich Ihnen auf Gedeih und Verderb aus. Ich flehe Sie an, mich nicht vor die Tür zu setzen. Papa hat mir gesagt, Sie hätten ihm versprochen, mir ein anständiges Heim zu bieten, falls es sich als notwendig erweisen sollte.«

»Der Teufel soll mich holen«, sagte Matthias.

»Ein Herr möchte zu Ihnen vorgelassen werden, Miss Waterstone.«

Imogen blickte eilig von der Ausgabe des *Zamaranischen Boten* auf, die sie gerade las. Mrs. Vine, die Haushälterin, die zugleich die Vermieterin war, stand in der Tür zum Salon. Bei dem Herrn, von dem sie sprach, mußte es sich um Vanneck handeln. Die Gerüchte mußten schnell zu ihm vorgedrungen sein, und genau das hatte sie sich schließlich erhofft. Aber jetzt, da der Moment gekommen war, spürte sie, daß Furcht durch ihre Adern floß. Plötzlich wünschte sie, Matthias wäre bei ihr.

So ein Unsinn, sagte sie sich im nächsten Moment. Immerhin hatte sie diesen Plan ausgeheckt. Sie hatte das Kommando übernommen, und sie war dafür verantwortlich, daß alles reibungslos ablief. Matthias hatte sie gewarnt, daß er kein Mann der Tat war.

Langsam legte sie den *Boten* hin. »Bitten Sie ihn herein,

Mrs. Vine. Und unterrichten Sie meine Tante dann davon, daß wir Besuch haben.«

»Ja, Madam.« Mrs. Vine war eine große, griesgrämige Frau von unbestimmbarem Alter. Sie nickte so leidgeprüft, als sei es eine große Zumutung, von ihr zu verlangen, daß sie einen Gast in den Salon führte.

Imogen erschien es ganz so, als verliehe ihre Position als Haushälterin und Vermieterin Mrs. Vine eine entschieden verdrehte Sicht der Verhältnisse zwischen ihr selbst und ihren Mietern.

Schritte waren im Korridor zu vernehmen. Imogen wappnete sich. Diese erste Begegnung mit Vanneck war entscheidend für den Erfolg ihres Vorhabens. Sie mußte ihren Grips zusammennehmen. Wieder einmal dachte sie sehnsüchtig an Matthias. Er mochte zwar vielleicht kein Abenteurer sein, aber er war außerordentlich klug. In einer solchen Situation würde er sich als ein nützlicher Verbündeter erweisen.

Mrs. Vine erschien wieder in der Tür zum Salon und wirkte mürrischer denn je. »Mr. Alastair Drake wünscht Sie zu sprechen, Madam.«

»*Alastair.*« Imogen sprang so eilig auf, daß sie ihre Teetasse umwarf. Zum Glück war die Tasse leer. Sie fiel auf den weichen Teppich, ohne Schaden anzurichten. »Sie habe ich nicht erwartet«, sagte sie, während sie sich bückte, um die Tasse aufzuheben. »Nehmen Sie doch bitte Platz.« Sie richtete sich schnell wieder auf, stellte ihre Tasse auf die Untertasse und rang sich zu einem Lächeln durch, als sie den gutaussehenden Mann begrüßte, der in der Tür stand. Wehmütige alte Erinnerungen brachen über sie herein.

»Guten Tag, Imogen.« Ein Lächeln breitete sich auf Alastairs Gesicht aus und verzog seine sinnlichen Lippen. »Es ist viel Zeit vergangen, nicht wahr?«

»Doch, allerdings.« Sie starrte ihn an und forschte nach Anzeichen von Veränderungen, die die vergangenen drei Jahre hinterlassen haben könnten.

Falls er sich überhaupt verändert hatte, dann war Alastair jetzt noch attraktiver, als sie ihn in Erinnerung hatte. Die Lebenserfahrung hatte ihm ein interessanteres Gesicht verliehen. Sein hellbraunes Haar war kurz geschnitten und nach der neuesten Mode mit der Brennschere gelockt. In seinen blauen Augen stand immer noch der betörende Ausdruck, der einer Kombination von hilflosem kleinen Jungen und Mann von Welt entsprang. Lucy hatte einmal zu ihm gesagt, das sei genau das, was seinen eigentlichen Charme ausmachte.

Alastair kam in den Salon geschlendert. »Es tut mir leid, daß ich Sie überrascht habe. Haben Sie vielleicht gerade einen interessanteren Besucher erwartet? Zum Beispiel Colchester? Ich habe gehört, er hätte sich Ihnen gestern abend auf dem Ball der Blunts an die Fersen geheftet.«

»Seien Sie nicht albern.« Imogen bedachte ihn mit einem Lächeln, von dem sie sich erhoffte, daß es strahlend und überzeugend war. »Ich war nur überrascht, Sie zu sehen, weil meine Haushälterin mir nicht mitgeteilt hat, um wen es sich bei meinem Besucher handelt. Möchten Sie vielleicht eine Tasse Tee?«

»Danke, gern.« Alastair musterte sie durch gesenkte Wimpern. »Wenn man bedenkt, auf welch unerfreuliche Art wir vor drei Jahren auseinandergegangen sind, dann kann ich gut verstehen, daß Sie keinen Grund haben, sich heute herzlich über meinen Besuch zu freuen.«

»Unsinn. Es freut mich wirklich, Sie wiederzusehen.« Imogen stellte erfreut fest, daß ihr Puls jetzt, nachdem sie sich von ihrem ersten Schock erholt hatte, wieder in einem normaleren Tempo schlug.

Lucy hatte einmal gesagt, Alastair sei der gutmütige

große Bruder, den sich jede Frau im Grunde ihres Herzens wünschte. Vor drei Jahren, als sie einander auf einem Treffen der Zamaranischen Gesellschaft begegnet waren, war er in Lucys gesellschaftliches Umfeld hineingezogen worden. Als Imogen zu Besuch in die Stadt gekommen war, hatte Lucy ihr Alastair vorgestellt. Die drei waren unzertrennlich gewesen.

Alastair war ihnen anfangs willkommen gewesen, weil sie sich darauf verlassen konnten, daß er sich als männlicher Begleiter anbot. Vanneck stand nur selten zur Verfügung, um an den Abenden etwas mit Lucy und Imogen zu unternehmen. Er zog es vor, seine Zeit in seinem Club oder bei seiner Mätresse zu verbringen. Lucy hatte Imogen gestanden, wie dankbar sie dafür war, daß ihr Mann seine Zeit mit einer anderen Frau verbrachte. Ihr hatte vor den Nächten gegraut, in denen er sie in ihrem Schlafzimmer aufgesucht hatte.

Weitere Erinnerungen brachen über Imogen herein. Es hatte eine Zeit gegeben, da hatte sie geglaubt, Alastair würde sich möglicherweise in sie verlieben. Er hatte sie geküßt, als sei sie zart und zerbrechlich.

Es war höchstens zu einer Handvoll von diesen Küssen gekommen, und die meisten hatte er sich während einer Soiree oder eines Balls in dunklen Gärten oder auf schattigen Terrassen geraubt. Imogen hatte ihre Freude daran gehabt.

Alastair hatte sich in diesen Dingen zwar nicht so geschickt angestellt wie Philippe d'Artois, ihr Tanzlehrer, aber schießlich war Philippe Franzose. Nicht, daß dieser Vergleich jetzt noch eine Rolle gespielt hätte, sagte sie sich. Die vagen Andeutungen eines Kusses, die sie von beiden Männern erhalten hatte, waren vor ein paar Tagen vor der Glut von Matthias' leidenschaftlicher Umarmung zu einem Nichts verblaßt.

Sie war zwar nicht in der Lage, mehr als die in alle Winde zerstreuten Überreste der wohlwollenden Gefühle herbeizuzitieren, die sie Alastair früher einmal entgegengebracht hatte, und doch fiel ihr unwillkürlich auf, daß er einen blendenden Eindruck machte. Seine Jacke und seine Hose waren hervorragend geschnitten, und sein modisch gefaltetes Halstuch war in einem Stil geknotet, von dem sie sich zu erinnern glaubte, daß man ihn als »Wasserfall« bezeichnete. Seine blaue Weste paßte ausgezeichnet zu seiner Augenfarbe. Alastair hatte schon immer jede Mode mitgemacht und war häufig sogar unter den Vorreitern gewesen.

»Ich habe meinen Ohren kaum getraut, als ich erfahren habe, daß Sie sich in der Stadt aufhalten, Imogen.« Alastair nahm seine Teetasse von ihr entgegen. Seine Augen waren beredt. »Es ist schön, Sie wiederzusehen, meine Liebe. Mein Gott, wie sehr Sie mir doch gefehlt haben.«

»Ach, wirklich?« Imogen erinnerte sich plötzlich wieder lebhaft an den Schock und die Entrüstung, die sich an dem Abend auf seinem Gesicht abgezeichnet hatten, als er sie mit Vanneck ertappt hatte. Alastair hatte ihr nie Gelegenheit für eine Erklärung gegeben. »Lucy hat mir sehr gefehlt.«

»Oh, ja. Die arme Lucy.« Alastair schüttelte den Kopf. »Was für eine betrübliche Situation. Ich denke noch oft an die wunderbaren Zeiten, die wir zu dritt miteinander verbracht haben.«

Er legte eine bedeutungsschwangere Pause ein. »Aber ich muß gestehen, daß meine liebsten Erinnerungen Ihnen gelten, Imogen.«

»So?« Sie holte Atem. »Warum haben Sie mir dann nie geschrieben? Ich hatte gehofft, ich würde nach Lucys Beerdigung von Ihnen hören. Ich dachte, wir seien zumindest Freunde.«

»Freunde?« Seine Stimme nahm abrupt einen härteren Klang an. »Wir waren mehr als nur Freunde. Ich will Ihnen gegenüber ganz aufrichtig sein, Imogen. Nach dem Zwischenfall war es mir unerträglich, alte Wunden wieder aufzureißen.«

»Wunden? Welche Wunden?«

»Ich war ... tief verletzt.« Seine Lippen wurden schmal, »Am Boden zerstört, wenn Sie unbedingt die Wahrheit wissen müssen. Es hat mich sehr viel Zeit gekostet, über den Anblick von Ihnen in Vannecks Armen hinwegzukommen.«

»Ich habe nicht in seinen Armen gelegen«, sagte sie gereizt. »Ich... ach, schon gut. Das gehört inzwischen alles der Vergangenheit an, und zweifellos ist es das beste, es dort ruhen zu lassen. Darf ich fragen, wieso Sie mir heute einen Besuch abstatten?«

»Liegt das denn nicht auf der Hand?« Alastair stellte seine Tasse ab und erhob sich. »Ich habe Sie aufgesucht, weil ich erkannt habe, daß das, was ich einmal für Sie empfunden habe, nicht vollständig erloschen ist. Das ist mir erst bewußt geworden, als ich gehört habe, daß Sie sich wieder in der Stadt aufhalten.« Er nahm sie an der Hand und zog sie auf die Füße.

»Alastair, bitte.« Imogen war derart erschüttert über seine Worte, daß ihr beim besten Willen keine taktvolle Lösung einfiel, wie sie ihm ihre Hand hätte entziehen können.

»Es gibt etwas, was ich Ihnen sagen muß. Etwas, was mich jetzt schon seit drei Jahren plagt. Sie sollen wissen, daß ich Ihnen verzeihe, was sich in dieser grauenhaften Nacht zugetragen hat.«

»Sie verzeihen mir?« Sie sah ihn finster an. »Nun, das ist sehr nett von Ihnen, aber ich kann Ihnen versichern, daß ich auf Ihre Vergebung nicht angewiesen bin.«

»Sie brauchen mir nichts zu erklären, meine Liebe. Heute spielt das alles keine Rolle mehr. Alle Welt weiß, was für eine Sorte Mann Vanneck ist. Er hat Ihre Unschuld und Ihre Naivität ausgenutzt. Auch ich war damals wesentlich jünger. Ich habe mich von den Auffassungen der Gesellschaft beeinflussen lassen.«

»Machen Sie sich deshalb keine Sorgen.« Imogen stemmte die Hände gegen seine Schultern. »Ich verstehe vollkommen, wie Sie zu der voreiligen Schlußfolgerung gelangt sind, ich sei Vannecks Geliebte. Jeder andere Gentleman hätte in Ihrer Lage nur das Schlimmste angenommen.«

»Ich war derart schockiert, daß ich nicht mehr klar denken konnte. Und als ich wieder bei Sinnen war, war es bereits zu spät. Lucy war tot. Und Sie waren fort.«

»Ja, schon gut, ich verstehe.« Imogen stemmte sich gegen seine Schultern.

»Jetzt sind wir beide älter und weiser, meine Liebe. Reife Erwachsene, die mehr Lebenserfahrung besitzen.« Er senkte den Kopf, um sie zu küssen.

Imogen wich seinem suchenden Mund aus und stieß ihn von sich. »Lassen Sie mich jetzt bitte los.«

»Sie haben doch nicht etwa vergessen, was zwischen uns gewesen ist? Diese liebevollen Umarmungen und Küsse? Und unsere intimen Plaudereien über das alte Zamar. Wenn Sie von Zamar gesprochen haben, waren Ihre Augen immer von Leidenschaft entflammt, meine Liebe.«

Ein großer, dunkler Schatten verdeckte plötzlich das Licht, das durch die Tür einfiel. »Sollte ich etwa stören?« fragte Matthias mit einer Stimme, die die Feuer der zweiten zamaranischen Hölle hätten erkalten lassen.

»Was zum Teufel soll das heißen?« Alastair ließ Imogen los und trat eilig einen Schritt zurück. »*Colchester*.«

Imogen wirbelte herum. Sie war von diesem kleinen Handgemenge atemlos und erhitzt. »Treten Sie ein, Mylord«, sagte sie mit lauter, fester Stimme. »Mr. Drake wollte sich ohnehin gerade verabschieden.«

6

Was hat Drake hier zu suchen gehabt?« fragte Matthias viel zu freundlich, als er auf dem Stuhl Platz nahm, auf dem gerade noch Alastair gesessen hatte.

»Er ist ein alter Bekannter.« Imogen streckte die Hand nach der Teekanne aus. Sie war gewaltig erleichtert darüber, daß Alastair gegangen war, doch sie war sich keineswegs sicher, ob Matthias sich als eine bedeutende Verbesserung ihrer Lage erweisen würde. Er schien nicht gerade gut gelaunt zu sein. »Ein Freund von vor drei Jahren.«

»Ein enger Freund.« Matthias betrachtete sie mit verschlossenem Gesicht.

»Ein enger Freund von Lucy und mir«, sagte sie nachdrücklich.

»Ich glaube, Ihre Tante hat ihn erwähnt.«

»Vanneck hat sich nie die Mühe gemacht, seine Frau ins Theater, zu Soireen oder auf Parties zu begleiten, und Lucy hat liebend gern derartige Veranstaltungen besucht.«

»Nachdem er sie an sich gebunden hatte, hat er ihr keine Beachtung mehr geschenkt. Ist es das, was Sie meinen?«

»Ich glaube, wenn es ihm möglich gewesen wäre, hätte er sie gemeinsam mit dem Rest seiner Sammlung in eine Abstellkammer gesperrt. Lucy hatte sich der Zamaranischen Gesellschaft nur angeschlossen, weil sie ihm eine Freude machen wollte, doch er hat über ihr Interesse nur gespottet. Dort ist sie jedoch Alastair begegnet.«

»Den sie dann mit Ihnen bekannt gemacht hat, wenn ich mich recht an das erinnere, was Mrs. Elibank mir erzählt hat«, murmelte Matthias.

»Ja, genau. Wie ich schon sagte, waren wir drei häufig miteinander unterwegs. Alastair war äußerst galant. Es hat ihm Freude gemacht, uns als männlicher Begleiter zu dienen.«

»Ich verstehe.« Matthias nahm die Tasse in seine wohlgeformten Hände und lehnte sich auf seinem Stuhl zurück. Er streckte die langen Beine vor sich aus und musterte Imogen mit unergründlichen Blicken. »Seien Sie doch so gut und lassen Sie sich nicht unterbrechen.«

Sie sah ihn verständnislos an. »Wobei?«

»Erzählen Sie mir den Rest der Geschichte.«

»Es gibt nichts weiter zu erzählen, Mylord. Gestern abend hat Alastair erfahren, daß ich mich wieder in der Stadt aufhalte. Und gerade eben hat er mir einen Besuch abgestattet, um die Bekanntschaft wieder aufzufrischen. Das ist alles, was es dazu zu sagen gibt.«

»Imogen, es ist wahr, daß ich den größten Teil der letzten Jahre in Zamar verbracht habe, und wenn ich zwischendurch in London war, habe ich sorgsam darauf geachtet, das zu meiden, was amüsanterweise als die feine Gesellschaft bezeichnet wird.« Matthias lächelte dünn. »Aber deshalb bin ich noch lange kein Vollidiot. Als ich soeben den Salon betreten habe, haben Sie in Drakes Armen gelegen: Daher komme ich zu dem klugen Schluß, daß mehr hinter dieser Geschichte steckt.«

»Was sollte denn dahinterstecken? Ich sagte Ihnen doch bereits, daß wir alte Freunde sind.«

»Aus dem, was Ihre Tante mir erzählt hat, mußte ich schließen, daß Sie sehr freizügige Ansichten über den Umgang der Geschlechter miteinander haben. Dennoch hätte ich geglaubt, daß eine derart leidenschaftliche Begrüßung etwas zu weit geht, selbst unter alten Freunden. Da ich leider gezwungen war, diesen Vorfall mitanzusehen, habe ich das Gefühl, eine Erklärung verlangen zu dürfen.«

Imogen schnaubte vor Wut. »Meine Beziehung zu Alastair ist für Sie nicht von Interesse, Sir. Sie wirkt sich in keiner Weise auf mein Vorhaben aus.«

»Da bin ich nicht Ihrer Meinung. Wenn ich Ihnen behilflich sein soll, muß ich vollständig informiert sein.«

»Beruhigen Sie sich, Mylord. Ich werde Sie über alles unterrichten, was Sie wissen müssen.«

»Offensichtlich machen Sie sich keine Vorstellung davon, wie komplex solche Angelegenheiten sein können«, sagte Matthias. »Was ist, wenn Drake es sich in den Kopf setzt, sich in diese Situation einzumischen?«

Sie starrte ihn voller Erstaunen an. »Weshalb um alles auf der Welt sollte er das wollen?«

»Er könnte beschließen, daß er das Königliche Siegel gern für sich haben würde.«

Imogen rümpfte damenhaft die Nase. »Das ist äußerst unwahrscheinlich. Ich kann Ihnen versichern, daß Alastairs Interesse an zamaranischen Antiquitäten bestenfalls oberflächlich ist. Er ist ein Dilettant, der jede Moderichtung mitmacht, kein echter Gelehrter. Er sammelt noch nicht einmal Kunstgegenstände. Alastair wird in der Hinsicht kein Problem darstellen.«

Matthias kniff die Augen zusammen. »Wenn das so ist, dann wird er vielleicht zu der Schlußfolgerung gelangen, daß es erfreulich wäre, die Verbindung wieder aufzunehmen, nachdem er vor drei Jahren in den Genuß einer intimen Partnerschaft gelangt ist?«

»Ich habe nicht die Absicht, es dazu kommen zu lassen«, sagte Imogen grimmig.

»Ach, wirklich nicht?«

»Was wollen Sie damit andeuten, Colchester?«

»Daß es ratsam wäre, überzeugender zu wirken als vor wenigen Minuten, wenn Sie Drake entmutigen wollen.«

»Weshalb bereitet Ihnen dieses Thema bloß solche Sorgen?« erkundigte sich Imogen. »Ich versichere Ihnen, daß Sie sich damit nicht zu belasten brauchen. Mit Alastair komme ich allein zurecht.«

Matthias trommelte mit den Fingern auf die Stuhllehne. Es erweckte den Eindruck, als suchte er nach einem anderen Zugang zu diesem Thema. »Imogen, ich muß auf absoluter Aufrichtigkeit zwischen uns beiden bestehen, wenn es um Dinge geht, die Ihren verwünschenswerten Plan betreffen könnten.«

»Es ist kein verwünschenswerter Plan. Es ist eine sehr klug eingefädelte Geschichte.«

»Es ist eine verrückte Idee, und wenn ich mitspielen soll, dann erwarte ich Ehrlichkeit von Ihnen. Soviel sind Sie mir für meine Hilfe schuldig. Diese Geschichte ist nicht ungefährlich. Sie könnte sogar große Gefahren bergen.«

Endlich dämmerte es ihr. Imogen seufzte verstimmt und ließ sich wieder in die Ecke des Sofas zurücksinken. »Jetzt kommen wir endlich zum Kern der Sache. Ihre übertriebene Sorge gewinnt wieder die Oberhand.«

»So könnte man es nennen.«

»Ich möchte Sie nicht verletzen, Mylord, aber es ist wirklich ein Jammer, daß Sie nicht wagemutiger sind.«

»Ich tröste mich mit dem Wissen, daß wir alle unsere Stärken und unsere Schwächen haben. Vielleicht werde ich mich schießlich doch noch als nützlich erweisen.«

»Hm.« Sie musterte ihn unter halb gesenkten Lidern hervor. Es gab Momente, in denen sie den scheußlichen Verdacht nicht abschütteln konnte, daß Matthias sich über sie amüsierte. »Also gut, wenn es dazu beiträgt,

Ihre Nerven zu beruhigen, dann werde ich Ihnen von meiner Beziehung zu Alastair Drake erzählen.«

»Ich bezweifle zwar, daß Ihre Erklärungen eine beruhigende Wirkung auf meine Nerven ausüben werden, aber ich glaube, ich möchte sie mir trotzdem anhören.«

»Um es knapp und bündig zu sagen, Alastair war der Gentleman, der Vanneck und mich vor drei Jahren in einem Schlafzimmer ertappt hat.«

»Das hat mir Ihre Tante bereits erzählt.«

»Warum zum Teufel stellen Sie mir dann überhaupt all diese albernen Fragen?« fauchte Imogen ihn an.

»Ich möchte Ihre eigene Version der Geschichte hören.«

Imogen schaute ihn finster an. »Alastair hat mich in einer kompromittierenden Situation ertappt und das Schlimmste angenommen. Das ist alles.«

Matthias betrachtete seine Teetasse, als handelte es sich dabei um ein interessantes zamaranisches Relikt. »Man muß einem Mann gewisse Mutmaßungen verzeihen, wenn er zwei Menschen zusammen im Bett erwischt.«

»Verdammt noch mal, ich war nicht mit Vanneck im Bett«, explodierte Imogen. »Ich habe mich mit ihm in einem Schlafzimmer aufgehalten. Das ist etwas ganz anderes, Sir.«

Matthias blickte von der Teetasse auf. »Ach ja?«

»Ja, selbstverständlich. Das Ganze war ein fürchterliches Mißverständnis. Oder zumindest habe ich das damals geglaubt.« Imogen knabbberte auf ihrer Unterlippe herum, als weitere Erinnerungen zurückkehrten. »Dann ist Lucy gestorben. Es war von einem Brief die Rede, den sie geschrieben haben soll. Die Leute haben behauptet, sie hätte sich das Leben genommen, weil ihr Ehemann sie mit ihrer besten Freundin betrogen hat. Eine Zeitlang war ich vollständig verwirrt.«

»Zweifellos.«

Imogen sprang auf, faltete die Hände hinter dem Rükken und begann, im Salon auf und ab zu laufen. »Als ich wieder klar denken konnte, ist mir aufgegangen, daß Vanneck mich an jenem Abend vielleicht vorsätzlich in dieses Schlafzimmer gelockt hat, weil er genau wußte, daß man uns dort entdecken würde.«

»Damit die Gerüchte über einen Betrug und einen Selbstmord nach Lucys Tod die Wahrheit verschleiern? Das erscheint mir doch recht weit hergeholt, Imogen.«

»Sie müssen zugeben, daß es nicht einer gewissen Logik entbehrt. Vanneck ist ein sehr gerissener Mann. Er hätte nicht gewollt, daß jemand ihn eines Mordes bezichtigt. Er wollte Lucys Tod als einen Selbstmord hinstellen. Das hieß, daß er einen plausiblen Grund für ihren Selbstmord liefern mußte.«

»Warum haben Sie eingewilligt, sich mit ihm in diesem Schlafzimmer zu treffen?« fragte Matthias.

»Ich hatte nicht die Absicht, mich mit ihm zu treffen. Ich bin nur hingegangen, weil mir eine dringende Nachricht überbracht worden ist, in der ich aufgefordert wurde, in dieses Schlafzimmer zu kommen.«

»Von wem hat diese Nachricht gestammt?«

»Von Lucy. Oder zumindest habe ich das damals geglaubt. Jetzt glaube ich, daß Vanneck die Nachricht selbst abgefaßt und sie mit ihrem Namen unterzeichnet hatte. Als ich das Schlafzimmer betreten habe, habe ich ihn dort vorgefunden. Er war ...« Imogen errötete heftig.

»Was war er?«

Sie räusperte sich. »Er war nicht vollständig angekleidet, wenn Sie es unbedingt wissen müssen. Er hatte sein Hemd und seine Stiefel ausgezogen und war gerade dabei, seine Hose auszuziehen, als ich kam.«

Matthias stellte die Tasse mit größter Behutsamkeit ab. »Ich verstehe.«

»Vanneck hat so getan, als erstaunte es ihn ebensosehr, mich dort zu sehen, wie mich sein Anblick erstaunt hat. Ich habe natürlich augenblicklich auf dem Absatz kehrtgemacht, um das Schlafzimmer sofort wieder zu verlassen. Aber in genau dem Moment kamen Alastair und sein Freund durch den Korridor. Sie sind an der offenen Schlafzimmertür vorbeigekommen und haben Vanneck und mich gesehen.«

»Und daraufhin hatten die beiden nichts Besseres zu tun, als in ihren Club zu sausen und ihren Kumpeln zu erzählen, daß Vanneck Sie verführt hat«, sagte Matthias trocken.

»Alastair hat nichts dergleichen getan.« Imogen funkelte ihn finster an. »Er ist ein Gentleman. Sein Begleiter dagegen war weniger taktvoll. Natürlich hat Alastair sein Bestes getan, um meinen Ruf zu retten.«

»Ja, selbstverständlich.«

Imogen sah ihn einen Moment lang forschend an, da sein Tonfall sie verunsicherte. Verspottete er sie etwa schon wieder? Sie beschloß, ihre Zweifel zu ignorieren. »Aber es war unmöglich, dem Gerede Einhalt zu gebieten, und nach Lucys Tod ließ sich das schon gar nicht mehr machen.«

»Sagen Sie mir eines, Imogen: Haben Sie Drake damals erklärt, wie Sie in diese Situation geraten sind?«

Imogen blieb vor dem Fenster stehen und schaute auf die Straße hinaus. »Alastair war außer sich. Das, was er glaubte, gesehen zu haben, hatte ihn vollständig aus der Bahn geworfen. Er ist aus dem Haus gestürzt, ehe ich ihm die Wahrheit sagen konnte. Später hat sich dann keine Gelegenheit mehr dafür ergeben.«

»Ich verstehe. Drake hat Vanneck also nicht zum Duell herausgefordert?«

Imogen errötete. »Nein, natürlich nicht. Ein Duell wäre

nicht in Frage gekommen. So etwas hätte ich niemals zugelassen.«

Matthias schwieg dazu.

»Und genutzt hätte es ohnehin nichts«, sagte sie mit ruhiger Stimme. »Es verhält sich eben ganz genau so, wie meine Eltern es immer behauptet haben: Die feine Gesellschaft legt nur Wert auf den äußeren Schein und nicht auf die Wahrheit. Und genau deshalb war es für Vanneck ein Kinderspiel, die Leute hinters Licht zu führen, als er Lucy ermordet hat. Er hat den Leuten zum Schein einen Selbstmord vorgegaukelt, und sie haben ihm geglaubt.«

Matthias zögerte. »Vielleicht ist es jetzt an der Zeit, daß wir uns dringlicheren Angelegenheiten zuwenden.«

»Ja, unbedingt, Sir.« Dieser Vorschlag erleichterte Imogen gewaltig, und sie wandte sich abrupt vom Fenster ab und ging mit forschen Schritten auf das Sofa zu.

Horatia tauchte in der Tür auf. Sie sah Matthias überrascht an. »Was hat denn das zu bedeuten? Mir war nicht klar, daß wir Besuch haben. Ich muß wirklch ein Wörtchen mit unserer Haushälterin reden. Sie hat es vollständig unterlassen, mich über Ihr Eintreffen zu informieren.«

»Imogen und ich sind gerade dabei, ihre weiteren Pläne zu besprechen.« Matthias erhob sich, um Horatia zu begrüßen.

»Ich verstehe.« Horatia kam hastig in den Salon geeilt und gab Matthias die Hand. »Dieser Plan, den Imogen ausgeheckt hat, bereitet mir wirklich gewaltige Sorgen.«

»Es erleichtert mich zu erfahren, daß ich mit meinen Bedenken nicht allein dastehe.« Matthias warf einen lakonischen Seitenblick auf Imogen. »Diejenigen unter uns, die keine Nerven wie Drahtseile haben, müssen sich zusammenschließen.«

Imogen sah die beiden vorwurfsvoll an. »Es wird alles gut ausgehen. Ich habe alles unter Kontrolle.«

»Dann hoffen wir eben auf das Beste.« Matthias setzte sich wieder. »Aber zufällig hat es sich ergeben, daß ich vor einem weiteren Problem stehe.«

Imogen runzelte die Stirn. »Und das wäre?«

»Gestern nacht stand meine Stiefschwester vor meiner Tür. Sie hat mir mitgeteilt, es gäbe keinen anderen Ort, an den sie gehen könne, und daher müsse ich sie bei mir aufnehmen.«

Imogen blinzelte. »Ich wußte gar nicht, daß Sie eine Schwester haben.«

Matthias ließ sich nicht die leiseste Gefühlsregung ansehen. »Mein Vater hat nach dem Tod meiner Mutter wieder geheiratet. Patricia ist seine Tochter aus zweiter Ehe. Um es ohne Umschweife zu sagen, ich weiß nicht, was ich mit ihr anfangen soll. Sie ist in Begleitung einer Frau nach London gereist, die jedoch nicht bleiben konnte.«

»Wie alt ist Patricia?« fragte Imogen.

»Neunzehn.«

»Dann ist sie in einem Alter, in dem sie ihren Spaß an der Ballsaison haben wird«, bemerkte Horatia.

»Und wie zum Teufel soll ich es einrichten, daß sie an der Ballsaison teilnimmt?« murrte Matthias. »Um eine junge Dame bei den oberen Zehntausend einzuführen, sind Ballkleider und die entsprechenden Einladungen erforderlich, und sie braucht eine Anstandsdame und Gott weiß was sonst noch.«

»Sie können unbesorgt sein, Colchester«, sagte Imogen. »Tante Horatia ist eine Expertin in gesellschaftlichen Angelegenheiten. Wir werden ihr Patricia anvertrauen.«

Horatias Augen weiteten sich hinter den Brillengläsern.

Matthias' Blick wanderte von Imogen zu Horatia und kehrte dann wieder zu Imogen zurück. Die Erleichterung war ihm deutlich anzusehen. »Wäre das nicht ziemlich viel verlangt?«

»Unsinn.« Imogen sah Horatia an. »Was ist, Tante? Wirst du einer jungen Dame während einer Ballsaison beratend zur Seite stehen und alles für sie organisieren?«

»Mit dem größten Vergnügen«, sagte Horatia fröhlich. »Ich wüßte nicht, was ich lieber täte, als Unmengen von schönen Kleidern zu bestellen und die Rechnungen an jemand anderen schicken zu lassen.«

Es spricht eindeutig eine ganze Menge für eine Frau, die dazu neigt, die Initiative zu ergreifen, dachte Matthias drei Tage später, als er seinen Club betrat. Im Handumdrehen hatte Imogen sich des dringlichen Problems Patricia angenommen. Mit etwas Glück würde er seine Schwester noch in dieser Ballsaison unter die Haube bringen und hätte somit das Versprechen seinem Vater gegenüber erfüllt.

Dieses Versprechen habe ich genau hier, in diesem Club, gegeben, überlegte er, als er dem älteren Portier seinen Hut und die Handschuhe reichte. Vor zwei Jahren hatte Thomas ihn in der Cafébar in die Enge getrieben. Vielleicht hat er schon damals seinen vorzeitigen Tod vorausgeahnt, dachte Matthias.

»Ich muß dich dringend sprechen«, hatte Thomas gesagt, als er Matthias gegenüber Platz genommen hatte.

»Ja, selbstverständich.« Matthias achtete immer sorgsam darauf, einen kühlen und stets höflichen Tonfall anzuschlagen, wenn er mit seinem Vater sprach. »Stimmt irgend etwas nicht?«

»Ich mache mir Sorgen, was die Zukunft angeht.«

»Tun wir das nicht alle? Ich habe für mich persönlich die Feststellung gemacht, daß es das beste ist, diese Sorgen zu ignorieren.«

»Das ist mir bereits aufgefallen. Verdammt noch mal, deine verantwortungslose Haltung gereicht dir nicht zur Ehre. Seit dem Tag, an dem du dein Universitätsstudium abgeschlossen hast, hast du einen Skandal nach dem anderen ausgelöst.« Thomas hatte sich sichtlich angestrengt, seine Wut zu beherrschen. »Aber das ist nicht der Grund, weshalb ich dich heute sprechen wollte. Mir geht es darum, Vorsorge für Patricia zu treffen, nur für den Fall, daß mir und meiner Frau etwas zustoßen sollte.«

»Soweit ich weiß, befassen sich Anwälte im allgemeinen mit diesen Dingen.«

»Die finanzielle Seite habe ich bereits geregelt. Patricia ist in meinem Testament entsprechend bedacht worden und wird keine Geldsorgen haben. Aber ihrer Mutter und mir liegt ihr Glück am Herzen.«

»Ach ja. Ihr Glück.«

Thomas sah ihn finster an. »Das ist etwas, was man seinen Kindern nicht so leicht bieten kann.«

»Das ist mir bereits aufgefallen.«

Thomas' Lippen kniffen sich zu einem dünnen Strich zusammen. »Für den Fall, daß Charlotte und mir etwas zustoßen sollte, haben wir vorsorgliche Maßnahmen getroffen und vereinbart, daß Verwandte von Charlotte Patricia bei sich aufnehmen werden.«

»Und was hat das mit mir zu tun?«

Thomas sah ihm fest in die Augen. »Für den Fall, daß sich diese Abmachungen aus irgendwelchen Gründen nicht bewähren sollten, will ich dein Wort darauf haben, daß du dich um Patricia kümmern wirst.«

Matthias hatte regungslos verharrt. »Was verlangst du von mir?«

»Daß du deine Pflicht erfüllst.« Thomas hatte ermattet die Augen geschlossen und sie dann wieder geöffnet, um Matthias fest ins Gesicht zu sehen. »Du hast deine Verpflichtungen als der Erbe meines Titels während deines gesamten Erwachsenendaseins weiß Gott mit Füßen getreten, aber dieser einen Verpflichtung wirst du dich nicht entziehen. Patricia ist deine Schwester. Du wirst für sie sorgen, falls mir etwas zustoßen sollte. Ist das klar? Ich will dein Wort darauf haben.«

»Was bringt dich auf den Gedanken, du könntest dich darauf verlassen, daß ich ein solches Versprechen auch halten würde?«

»Du hast Schande über deine Familie gebracht, als du diese verdammte Spielhölle eröffnet hast. Du hast dich auf die Suche nach dem alten Zamar begeben, statt dich nach einer angemessenen Frau zum Heiraten umzusehen und mir einen Enkel zu schenken, damit die Erbfolge des Titels gesichert ist. Manche Leute halten dich an Rutledges Tod für schuldig. Es wird behauptet, du hättest wegen einer verheirateten Frau einen Mann im Duell getötet.« Thomas' Hände ballten sich auf den Armlehnen seines Stuhls zu Fäusten. »Aber es heißt von dir, du hättest noch nie ein Versprechen gebrochen. Ich will dein Wort darauf haben.«

Matthias hatte ihn einen Moment lang angesehen. »Ich weiß, wie schwer dir das gefallen sein muß. Du hängst wohl sehr an Patricia.«

»Sie und ihre Mutter haben Licht in mein Leben gebracht.«

»Und jedesmal, wenn du mich ansiehst, dann kannst du nur das Dunkel sehen, das deine Ehe mit meiner Mutter dir gebracht hat«, hatte Matthias mit sanfter Stimme geschlossen.

Thomas war steif zusammengezuckt. Sein Blick war auf die eisige Strähne in Matthias' schwarzem Haar gefallen, ein Spiegelbild seines eigenen Äußeren. »Gott möge mir beistehen, aber jedesmal, wenn ich dich ansehe, sehe ich in dir meinen Sohn und Erben.«

Matthias lächelte humorlos. »Das muß dir doch sicher äußerst unangenehm sein.«

»Du hast nichts dazu beigetragen, mein Leben angenehmer zu gestalten, du verdammter Kerl.« Dann wich die Wut einer bedrückten Ermattung. »Nach allem, was sich zwischen uns abgespielt hat, wirst du mir das nicht glauben, aber ich bedaure es wirklich, daß wir beide nicht mehr Zeit miteinander verbracht haben, als du jünger warst. Vielleicht hätte ich dir ein ausgeprägteres Pflichtbewußtsein einimpfen können.«

Matthias sagte nichts dazu.

Thomas beobachtete ihn mit einer Intensität, die fast greifbar war. »Habe ich dein Wort darauf, daß du dich um Patricia kümmern wirst, falls mir etwas zustoßen sollte?«

»Ja.« Matthias nahm die Zeitung wieder in die Hand, die er gerade gelesen hatte, als sein Vater im Club erschienen war.

Thomas runzelte die Stirn. »Ist das alles, was du dazu zu sagen hast?«

»Ich habe dir mein Wort gegeben, was Patricia betrifft.« Matthias sah ihn an. »Wolltest du sonst noch etwas von mir?«

»Nein.« Thomas stand langsam und schwerfällig auf. »Nein. Sonst wollte ich nichts von dir.« Er zögerte. »Das ist nicht wahr. Da ist noch etwas anderes.«

»Und was wäre das?«

»Hast du die Absicht, jemals zu heiraten? Oder wirst du dich an mir rächen, indem du zuläßt, daß der Familienzweig ausstirbt?«

»Weshalb sollte ich mich in der Form rächen wollen?«

»Verdammt noch mal. Wir wissen beide, daß du mir die Schuld am Unglück deiner Mutter zuschiebst. Aber inzwischen bist du alt genug, um verstehen zu können, daß man jede Geschichte von zwei Seiten sehen kann. Falls du jemals in meine Lage geraten solltest, wirst du begreifen, warum ich so und nicht anders gehandelt habe.«

»Wenn das so ist, dann muß ich sorgsam darauf achten, niemals in deine Lage zu geraten«, sagte Matthias. »Guten Tag.«

Thomas zögerte, und es erschien ganz so, als wollte er noch etwas hinzufügen. Als er die Worte nicht finden konnte, wandte er sich ab und ging langsam davon.

Matthias sah ihm nach. Verblüfft erkannte er, wie alt sein Vater plötzlich wirkte. Aus heiterem Himmel machte sich wieder der schon seit langem unterdrückte Wunsch bemerkbar, in Thomas' Augen Anerkennung zu erringen.

»Einen Moment noch.«

Thomas drehte sich um. »Was ist?«

Matthias zögerte. »Ich habe die Absicht, in naher Zukunft meine Pflicht zu erfüllen, die der Titel mit sich bringt. Falls ich es verhindern kann, werde ich nicht zulassen, daß der Familienzweig mit mir ausstirbt.«

Etwas, was Erleichterung oder gar Dankbarkeit hätte sein können, zeichnete sich auf Thomas' Zügen ab. »Ich danke dir. Im übrigen bedaure ich, daß ich ... schon gut. Das spielt jetzt keine Rolle mehr.«

»Was bedauerst du?«

»Daß ich dir nicht das Geld gegeben habe, das du brauchtest, um deine erste Expedition nach Zamar zu finanzieren.« Thomas unterbrach sich. »Ich weiß, wieviel dir dieses Wagnis bedeutet hat.«

Matthias wußte, daß er und sein Vater an jenem Tag in diesem Club einer Versöhnung nähergekommen waren als jemals sonst in ihrem ganzen Leben. Er schloß für den Moment mit den alten Erinnerungen ab und begab sich in die Cafébar.

Er nickte ein oder zwei Bekannten zu, griff nach einem Exemplar der *Times* und machte es sich auf einem breiten Polstersessel dicht am Kamin bequem. Die Zeitung diente nur zur Tarnung. Er hatte keine Lust, sie zu lesen. Er wollte ungestört nachdenken. In den letzten Tagen war sein sonst so ruhiges und geordnetes Dasein in Aufruhr geraten.

Mit leerem Blick starrte er die Titelseite der Zeitung an und dachte dabei über Imogens Bericht nach, wie Vanneck sie damals kompromittiert hatte. Dann zwang er sich, noch einmal an das unangenehme Gefühl zurückzudenken, das ihn schmerzlich durchzuckt hatte, als er Imogen in Drakes Armen vorgefunden hatte. Was er empfunden hatte, war nicht Eifersucht, beteuerte er sich, sondern lediglich Groll. Unter den gegebenen Umständen war es sein Recht, sich zu ärgern.

Imogen, Vanneck und Alastair Drake. Zwischen den dreien bestand eine Verbindung, die Matthias in einem Maß beunruhigte wie schon seit sehr langer Zeit nichts anderes mehr. *Der Teufel soll mich holen*, dachte er. *Vielleicht leide ich tatsächlich an einer Nervenschwäche.*

Er zwang sich, die widerwärtige Vorstellung vor seinen Augen heraufzubeschwören – Imogen gemeinsam mit einem halbnackten Vanneck in einem Schlafzimmer und ein fassungsloser Alastair Drake, der in der Tür stand. Er rief sich ins Gedächtnis zurück, daß Imogen die Tochter unkonventioneller Eltern war. Seine Finger zerknitterten die Ränder der Zeitung, als seine Hände sich zu Fäusten ballten.

»Colchester. Ich dachte, ich hätte Sie vor ein paar Minuten hereinkommen sehen.«

Matthias ließ langsam seine Zeitung sinken und sah den jungen Mann mit den zusammengekniffenen Lippen an, der vor ihm stand. »Müßte ich Sie kennen?«

»Hugo Bagshaw.« Ein trotziger Schimmer funkelte in Hugos Augen. »Arthur Bagshaws Sohn.«

»Aha. Da Sie offenbar bereits wissen, wer ich bin, könnten wir dieses Gespräch vielleicht beenden. Ich würde gern in Ruhe meine Zeitung lesen.« Matthias faltete die *Times* auseinander.

»Wenn ich gewußt hätte, daß Sie Mitglied in diesem Club sind, Sir, dann wäre ich einem anderen Club beigetreten.«

»Ich kann Sie nicht davon abhalten, Ihre Mitgliedschaft hier zu kündigen.«

»Verdammt noch mal, Sir. Wissen Sie überhaupt, wer ich bin?«

Matthias faltete unwillig die Zeitung zusammen und sah in Hugos Gesicht, das vor Zorn gerötet war. Bagshaw war ein ernster, sportlich wirkender junger Mann mit groben Gesichtszügen und einem kräftigen Körperbau. Sein mit der Brennschere gewelltes braunes Haar, das extravagant gebundene Halstuch und der enganliegende Frack wiesen deutlich darauf hin, daß es sich um einen modebewußten Mann handelte. Das Brodeln in seinen ernsten braunen Augen hatte jedoch nichts von der poetischen Glut, die so viele Jünglinge der oberen Zehntausend gewaltsam nachzuahmen bemüht waren. Hier hatte man es mit echter Wut zu tun.

»Hugo Bagshaw, sagten Sie, glaube ich«, murmelte Matthias.

»Arthur Bagshaws Sohn.«

»Diese Verwandschaft erwähnten Sie bereits.«

»Sie haben meinen Vater getötet, Colchester. Sie hätten ihm ebensogut auch gleich eine Kugel in den Kopf jagen können.«

Eine lastende Stille senkte sich über die Cafébar herab.

»Ich hatte bisher den Eindruck, daß Ihr Vater selbst für seinen Tod verantwortlich war.«

»Wie können Sie es wagen, Sir?« Hugos Hände ballten sich unwillkürlich zu Fäusten. Seine Gesichtsmuskeln zuckten heftig. »Er hat sich erschossen, nachdem er in der verdammten Spielhölle, die Sie vor zehn Jahren betrieben haben, beim Kartenspiel alles verloren hatte.«

»Ich habe diese Geschichte ganz anders in Erinnerung.«

Hugo ignorierte ihn. »Ich war damals erst vierzehn Jahre alt. Zu jung, um ihn zu rächen. Aber eines Tages werde ich eine Möglichkeit finden, ihn zu rächen, Colchester. Eines Tages werden Sie für das büßen, was Sie meiner Familie angetan haben.«

Hugo machte auf dem Absatz kehrt und stolzierte zur Tür. Keiner der anderen Männer in der Cafébar blickte von seiner Zeitung auf, doch Matthias wußte, daß sie alle die Anschuldigungen gehört hatten, die Bagshaw gegen ihn vorgebracht hatte. Er atmete langsam und tief aus. Das hatte man also davon, wenn man sich einen ruhigen Ort suchte, um ungestört nachzudenken.

Er schaute in die Flammen, die im Kamin loderten, und dort sah er den Geist von Arthur Bagshaw.

»Der junge Bagshaw ist erst kürzlich in die Stadt gekommen«, ertönte Vannecks Stimme hinter Matthias' Sessel. »Ein entfernter Verwandter ist gestorben und hat ihm etwas Geld hinterlassen. Was meinen Sie, Colchester – ob wir wohl in jungen Jahren auch so emotional reagiert haben? Oder ist der Einfluß der neuen Poeten auf diese Generation von jungen Männern dafür verantwortlich, daß sie so verflucht melodramatisch sind?«

»Ich persönlich kann mich kaum daran erinnern, jemals so jung gewesen zu sein, und das wenige, woran ich mich erinnere, ist reichlich uninteressant.«

»Ich vertrete eine ähnliche Meinung wie Sie, was meine eigene Jugend angeht.« Vanneck kam um den Sessel herumgeschlendert und blieb vor dem Feuer stehen. »Ich muß Sie warnen, Colchester. Bagshaw hegt einen enormen

Groll auf Sie und könnte sich als gefährlich erweisen. Ich habe gehört, daß er bei Shrimpton's Unterricht im Boxen nimmt und bei Manton's Schießübungen macht. Er gilt als ein recht anständiger Schütze.«

»Es interessiert mich nicht besonders, wie geschickt sich der junge Bagshaw in diesen Sportarten anstellt. Im Moment muß ich mich mit dringlicheren Angelegenheiten befassen.«

»Ich verstehe.« Vanneck wärmte sich demonstrativ die Hände am Kaminfeuer. »Und sollten diese dringlicheren Angelegenheiten möglicherweise mit Miss Waterstone und einem gewissen zamaranischen Artefakt in Zusammenhang stehen?«

Matthias sah Vanneck spöttisch an. »Was bringt Sie bloß auf diesen Gedanken? Im Moment habe ich es nicht darauf abgesehen, Antiquitäten zu erwerben. Ich fürchte, ich muß mich in dieser Ballsaison nach einer Ehefrau umsehen.«

»Mir ist durchaus bewußt, daß Sie die Nachfolge des Titels Ihres Vaters angetreten haben, Sir. Sie müssen auf Teufel komm raus Ihren Verpflichtungen nachkommen, ebenso wie ich.«

»Ich habe gehört, daß auch Sie sich nach einer Ehefrau umsehen.«

Vanneck schnaubte. »Meine erste Frau hat im Traum nicht daran gedacht, mir einen Erben zu gebären. Sie hat sich nur für Parties, für Bälle und für neue Kleider interessiert. Unter uns gesagt, im Bett war sie so kalt wie ein Fisch. Sie hat mich nur um meines Titels willen geheiratet. Und ich Dummkopf bin darauf reingefallen.«

»Sie versetzen mich in Erstaunen, Vanneck. Ich hätte Sie nicht für einen Mann von der Sorte gehalten, die sich von einem hübschen Gesicht betören läßt.«

»Sie sind Lucy nie begegnet.« Vanneck unterbrach sich.

»Sie war wirklich eine echte Sensation. Aber absolut mittellos. Für mich hat dieser verfluchte Handel nicht das geringste abgeworfen. Sie hat mir das Leben zur Hölle gemacht. Aber Sie können mir glauben, daß ich diesen Fehler nicht noch einmal begehe.«

»Ach ja?«

Vanneck warf einen Seitenblick auf ihn. »Aber wir haben gerade von Ihnen gesprochen.«

»Im Ernst?«

»Sie können mir nicht einreden, daß Sie Miss Waterstone ernstlich als eine geeignete Partie ins Auge gefaßt haben.«

»Weshalb fällt es ihnen so schwer, das zu glauben?«

»Wofür halten Sie mich, Sir?« Vanneck zwinkerte ihm von Mann zu Mann vertraulich zu. »Miss Waterstone ist fünfundzwanzig Jahre alt. Schon recht betagt und angestaubt, meinen Sie nicht auch? Es fällt einem schwer, sie als errötende Braut zu sehen.«

»Ich persönlich ziehe reife Frauen vor.« Matthias blätterte die Seiten seiner Zeitung um. »Im allgemeinen kann man interessante Gespräche mit ihnen führen.«

Vanneck sah ihn finster an. »Selbst wenn ihr fortgeschrittenes Alter in Ihren Augen eine Tugend ist, dann wird doch behauptet, daß es ihr an anderen Tugenden fehlt. Man nennt sie Die Unkeusche Imogen, verstehen Sie.«

Matthias legte seine Zeitung hin und sah Vanneck fest an.»Jeder, der in meiner Gegenwart so von ihr spricht, sollte besser darauf gefaßt sein, das Gespräch mit zwei Duellpistolen weiterzuführen.«

Vanneck zuckte zusammen. »Hören Sie, Colchester, erwarten Sie bloß nicht, daß ich glaube, Sie hätten tatsächlich vor, Imogen Waterstone einen Heiratsantrag zu machen. Wenn Sie ihr nachlaufen, dann muß es dafür einen anderen Grund geben. Und mir fällt dazu nur eine einzige Möglichkeit ein.«

Matthias erhob sich. »Von mir aus können Sie glauben, was Sie wollen, Vanneck.« Er lächelte matt. »Aber ich würde Ihnen raten, Ihre Worte mit der allergrößten Sorgfalt zu wählen.«

Patricia sah sich voller Unbehagen in der Buchhandlung um. »Sind Sie auch ganz sicher, daß mein Bruder keine Einwände dagegen erheben wird, wenn ich hier etwas kaufe?«

»Colchester kannst du mir überlassen«, sagte Imogen energisch. »Falls er Einwände erheben sollte, werde ich mit ihm reden. Aber ich bezweifle, daß er etwas daran auszusetzen hat. Im Vergleich zu den Rechnungen, die für deine Kleider anfallen, sind die Kosten für ein oder zwei Bücher so jämmerlich gering, daß ich zu behaupten wage, er wird gar keine Notiz davon nehmen.«

Patricia wurde blaß. »Ich habe gleich gewußt, daß Ihre Tante bei der Modistin zu weit gegangen ist. So viele Kleider. Und aus so kostbaren Materialien. Colchester wird in Wut geraten, wenn er herausfindet, wieviel Geld wir ausgegeben haben.«

»Unsinn. Ich werde ihm alles genau auseinandersetzen, falls es nötig sein sollte.« Imogen lächelte Patricia aufmunternd zu. »Und jetzt lauf schon los und stöbere ein wenig herum. Ich will mich erkundigen, ob Garrisons neues Buch über Antiquitäten schon erhältlich ist. Wenn wir hier alles erledigt haben, wird Tante Horatia ihr Gespräch mit Mrs. Horton beendet haben. Sie erwartet uns dann in der Kutsche.

Patricia wirkte unschlüssig, doch sie lief gehorsam los, um sich die Titel auf einem Regal in der Nähe zu betrachten. Imogen ging auf den Ladentisch zu. Während sie wartete, bis der Verkäufer einen anderen Kunden bedient hatte, sah sie sich ohne allzu großes Interesse ein paar Bücher an, die auf einem Tisch in ihrer Nähe lagen. Als hinter ihr die Ladenglocke klingelte, warf sie zerstreut einen Blick über die Schulter, um zu sehen, wer eingetreten war.

Der Anblick von Vanneck, der in der Tür stand, ließ sie frösteln. Es war das erste Mal, daß sie ihm begegnete, seit sie ihn auf Lady Blunts Ball gesehen hatte.

Es konnte natürlich ein reiner Zufall sein, daß er in der Buchhandlung auftauchte, sagte sie sich. Aber es war weitaus wahrscheinlicher, daß er endlich auf den Köder angebissen hatte. *Es ist aber auch an der Zeit*, dachte sie.

»Miss Waterstone.« Vanneck lächelte sie schmierig an, als er auf den Ladentisch zuging. »Was für eine erfreuliche Überraschung. Wir haben uns seit drei Jahren nicht mehr gesehen, stimmt's?«

»Ich glaube, ja.«

»Suchen Sie ein ganz bestimmtes Buch?« erkundigte sich Vanneck höflich.

Imogen zwang sich zu einem Lächeln, von dem sie hoffte, daß es fröhlich wirkte. »Ich hatte gehofft, ich würde etwas über zamaranische Antiquitäten finden.«

»Ja, selbstverständlich. Es überrascht mich nicht, daß Sie Ihr Interesse an dem alten Zamar beibehalten haben. Wenn ich mich recht erinnere, waren Sie früher glühend für dieses Thema entflammt.« Vanneck lehnte sich lässig an den Ladentisch und musterte sie mit kaum verhohlenem Eifer. »Es ist ein Gerücht im Umlauf, das besagt, Sie hätten kürzlich eine äußerst interessante Erbschaft angetreten.«

»Ich habe großes Glück gehabt. Zusätzlich zu einem erfreulichen Einkommen hat mein Onkel mir auch noch seine komplette Sammlung von Antiquitäten vermacht. Darunter befinden sich etliche faszinierende Objekte.«

Vanneck sah sich eilig um und rückte dann näher. »Unter anderem eine gewisse Landkarte, auf der angeblich der Aufbewahrungsort eines extrem wertvollen zamaranischen Artefakts eingezeichnet ist, soweit ich gehört habe.«

»Hier in der Stadt spricht sich alles schnell herum.« Es kostete sie Mühe stillzustehen. Der Drang, vor Vanneck zurückzuweichen, war nahezu übermächtig.

»Dann ist es also wahr?« Vanneck forschte mit leidenschaftlichem Eifer in ihrem Gesicht. »Sie glauben tatsächlich, daß diese Landkarte Sie zum Siegel der Königin führen kann?«

Imogen zuckte leichtfertig die Achseln. »Das ist durchaus möglich, obwohl es im Moment für mich nur von geringem Nutzen ist. Ich kann es mir nicht leisten, eine Expedition zu finanzieren, die sich auf die Suche nach dem Siegel begibt. Aber ich habe die Hoffnung, daß meine finanziellen Probleme schon bald behoben sein werden.«

»Sie sprechen von Colchester, nicht wahr?«

»Er war so freundlich, sich dafür zu interessieren.«

»Verdammt noch mal. Dann habe ich also doch recht gehabt.« Vannecks Hand ballte sich auf der Theke zur Faust. »Ich habe mir gleich gedacht, daß er sich Ihnen deshalb an die Fersen heftet. Die ganze Stadt spricht schon darüber, wissen Sie.«

Imogen sah ihn herablassend an. »Tatsächlich, Sir?«

»Er glaubt, auf die Art käme er an Ihre Landkarte heran. Colchester täte alles, um das Königliche Siegel zu finden.«

»Es ist wohl allgemein bekannt, daß Seine Lordschaft ein begeisterter Sammler der edelsten zamaranischen Antiquitäten ist«, räumte Imogen ein.

Vanneck senkte den Kopf und sprach mit gedämpfter Stimme. »Ich weiß, daß Sie wegen dieses unseligen Vorfalls vor drei Jahren einen gewissen Groll gegen mich hegen. Aber ich versichere Ihnen, daß ich im selben Maße wie Sie ein Opfer widriger Umstände gewesen bin.«

»Da ist etwas, was ich mich schon immer gefragt habe, wenn ich an diesen Zwischenfall denke, Sir. Was hatten Sie eigentlich in diesem Schlafzimmer zu suchen?«

»Wenn Sie es unbedingt wissen müssen, ich habe jemanden erwartet. Eine bezaubernde Witwe, deren Namen ich aus naheliegenden Gründen nicht nennen werde. Mit Ihnen hatte ich jedenfalls ganz und gar nicht gerechnet. Das Ganze war ein gräßlicher Irrtum.«

»Ein Irrtum, der die arme Lucy das Leben gekostet hat.«

Vanneck schien verwirrt zu sein. »Lucy?«

»Erinnern Sie sich noch an sie, Mylord? Sie waren mit ihr verheiratet.«

»Seien Sie nicht albern.« Vanneck fuhr mit einem Finger am Rand seines Halstuchs entlang. »Natürlich erinnere ich mich an sie. Aber sie ist jetzt schon seit mehr als drei Jahren tot, und ein Mann muß sehen, wie er sein eigenes Leben weiterführt.«

»Ach, wirklich?« Imogens Hand krampfte sich fester um das Notizbuch, das sie in den Fingern hielt. Sie zwang sich, die Ruhe zu bewahren. Wenn sie ihrer Wut freien Lauf ließ, würde sie ihren sorgfältig durchdachten Plan gefährden.

Vanneck sah sie finster an. »Sie waren mit Lucy befreundet, Miss Waterstone. Es ist Ihrer Aufmerksamkeit doch gewiß nicht entgangen, daß meine Frau von einer instabilen Gemütsart war und eine Neigung zu großen Stimmungsschwankungen hatte? Jede Kleinigkeit konnte sie deprimieren. Sie dürfen sich nicht die Schuld an ihrem Tod geben.«

Imogen schnappte hörbar nach Luft. *Ich gebe dir die Schuld daran*, dachte sie. *Nicht mir.* Aber stimmte das überhaupt? fragte sie sich plötzlich. War es etwa möglich, daß ihr Anliegen, Vanneck zu bestrafen, ihrem eigenen Schuldbewußtsein entsprang und seine Wurzeln in den Vorfällen jener Nacht hatte? Sie erschauerte.

»Es ist zwecklos, in der Vergangenheit zu verweilen«, fuhr Vanneck energisch fort. »Da wir beide aufgrund Ihrer Freundschaft mit meiner Frau früher einmal recht gut miteinander bekannt waren, sehe ich es als meine Verantwortung an, Ihnen einige Ratschläge zu erteilen.«

Imogen erstarrte. »Sie wollen mir Ratschläge erteilen?«

»Ich muß Sie davor warnen, sich auf jedwede Form der Beziehung zu Colchester einzulassen.«

Dann hat er also tatsächlich auf den Köder angebissen. Imogen lächelte spröde. »Aber ich bin wild entschlossen, das Königliche Siegel zu finden, Sir. Colchester kann mir dabei helfen, die Gelder für eine Expedition aufzubringen.«

»Geschäftliche Beziehungen zu Colcheser einzugehen ist ganz so, als würde man mit dem Teufel persönlich tanzen.«

»Unsinn. Sie übertreiben doch sicher, Sir.«

»Ich sage die Wahrheit«, zischte Vanneck. »Es gibt gute Gründe dafür, daß man diesen Mann Den Kaltblütigen Colchester nennt. Wenn er sich bereit erklärt, eine Expedition zu finanzieren, um nach dem Siegel zu suchen, dann tut er das nur deshalb, weil er davon ausgeht, daß das Siegel nach seiner Entdeckung in seinen Besitz übergeht.«

»Ich bin ganz sicher, daß ich mit ihm klare Abmachungen treffen kann, die für beide Seiten zufriedenstellend sind.«

»Pah. Das hat sich der arme Rutledge zweifellos auch gedacht. Wir wissen alle, was aus ihm geworden ist.«

»Ach, wissen wir das so genau?«

»Er ist nie mehr aus dem untergegangenen Zamar zurückgekehrt«, fauchte Vanneck. »Es gibt Menschen, die glauben, Colchester wüßte genau, wie er gestorben ist.«

»Diesem lachhaften Gerücht schenke ich nicht einmal für einen einzigen Moment Glauben. Colchester ist ein Gentleman bis in die Fingerspitzen. Er hat mit Rutledges Tod nichts zu tun gehabt.«

»Ein Gentleman? Colchester?« Vannecks Augen wurden groß und kniffen sich dann zu schmalen Schlitzen zusammen, als es ihm plötzlich dämmerte. »Gütiger Gott. Sie haben sich doch wohl nicht etwa von ihm einreden lassen, er hätte eine echte Schwäche für Sie, Miss Waterstone. So naiv können Sie einfach nicht sein. Nicht in Ihrem Alter.«

Es wäre wirklich nicht nötig gewesen, daß Vanneck derart ungläubig auf die Vorstellung reagierte, Matthias könnte sich in sie verlieben, fand Imogen. »Meine Beziehung zu Colchester ist meine Privatangelegenheit.«

»Verzeihen Sie, aber ich würde meine Pflichten als ein alter Freund vernachlässigen, wenn ich Sie nicht davor warnen würde, daß Colchester unter Umständen versuchen wird, Sie zu verführen, und das nur, um die Landkarte an sich zu bringen.«

»Blödsinn. Das nehme ich Ihnen übel.«

Er starrte sie ungläubig an. »Sie glauben doch bestimmt nicht etwa, ein Mann in Colchesters Position würde einer Frau in Ihrem Alter und mit Ihrem … äh … beklagenswerten Ruf einen ehrenwerten Antrag machen?«

Imogen stemmte die Hände in die Hüften und begann, mit der Schuhspitze zu wippen. »Um ganz ehrlich zu sein, Sir, ich interessiere mich nicht annähernd so sehr für eine Heirat wie dafür, jemanden zu finden, der mir dabei helfen kann, meine Expedition zu finanzieren. Und im Augenblick sehe ich nicht allzu viele Alternativen zu Lord Colchester. Er ist unter den Gentlemen, die ich kenne, der einzige, der es sich leisten kann, eine Expedition zu finanzieren, und der zudem noch Interesse daran hat, das zu tun.«

»Es gibt noch andere Methoden, eine Expedition zu finanzieren«, sagte Vanneck eilig. »Methoden, die weitaus weniger gefährlich wären, als sich mit Dem Kaltblütigen Colchester einzulassen.«

Imogen schürzte die Lippen »Glauben Sie das tatsächlich? Ich habe eine Zeitlang mit dem Gedanken gespielt, ein Konsortium zu bilden, aber ich besitze weder die Kenntnisse noch die Verbindungen, um ein derart komplexes geschäftliches Wagnis in Angriff zu nehmen.«

Vanneck blinzelte. Seine Augen glühten vor Aufregung. »Für mich wäre es ein Kinderspiel, ein Konsortium zu bilden, Miss Waterstone. In geschäftlichen Angelegenheiten habe ich enorm große Erfahrung.«

»Tatsächlich? Das ist ja hochinteressant.« Gütiger Gott, werde ich bei diesem tückischen Walzer etwa die Führung übernehmen müssen, damit er auch tatsächlich einen Fuß vor den anderen setzt? fragte sich Imogen. Sie blickte demonstrativ auf das Zifferblatt der kleinen Uhr, die an ihrer Jacke steckte. »Es wird schon spät. Wenn Sie mich jetzt entschuldigen würden, Sir, aber ich bin in Eile. Meine Tante erwartet mich schon.«

Vanneck schaute finster. »Ich kann doch davon ausgehen, daß wir uns heute abend sehen?«

»Vielleicht. Wir haben zahlreiche Einladungen erhalten. Ich bin noch nicht sicher, welche wir annehmen werden.« Imogen lächelte verschwommen und entfernte sich vom Ladentisch. »Guten Tag, Sir.«

»Bis heute abend.« Vanneck nickte ihr zu. Dann machte er auf dem Absatz kehrt und ging mit einem grimmig entschlossenen Gesichtsausdruck auf die Ladentür zu.

»Miss Waterstone?« Patricia kam mit einem Buch in der Hand auf sie zu. »Ich habe meine Wahl getroffen.«

»Ausgezeichnet.« Imogen beobachtete, wie sich die Tür hinter Vanneck schloß. Dann schaute sie zum Fenster hinaus. »Ich glaube, ich sehe gerade, wie Tante Horatia in die Kutsche steigt. Laß uns jetzt gehen. Wir müssen dich nach Hause bringen, damit du deine Einkäufe auspacken kannst. Das Kleid, das du heute abend tragen wirst, wird um fünf Uhr geliefert. Ehe es eintrifft, ist noch viel zu tun.«

»Glauben Sie wirklich, daß das Kleid rechtzeitig fertig sein wird?« fragte Patricia. »Wir haben der Modistin herzlich wenig Zeit gelassen.«

Imogen grinste breit. »Tante Horatia hat Madame Maud das Lösegeld für einen König zugesichert. Du kannst beruhigt sein. Es ist fest damit zu rechnen, daß es rechtzeitig geliefert wird.«

Patricia wirkte keineswegs beruhigt. Sie schien sogar tatsächlich besorgter denn je zu sein. »Sind Sie auch ganz sicher, daß mein Bruder nicht in Wut gerät, wenn er erfährt, wieviel Geld wir heute ausgegeben haben?«

»Colchesters Einstellung zu deinen Ausgaben scheint dir übertriebene Sorgen zu bereiten. Was bringt dich auf den Gedanken, daß er wütend werden könnte?«

»Er haßt mich«, flüsterte Patricia.

Imogen starrte sie an. »Das ist unmöglich.«

»Es ist wahr, Miss Waterstone. Er verabscheut mich dafür, daß ich die Tochter der zweiten Frau unseres Vaters bin.«

»Du irrst dich bestimmt.«

»Mama hat mir all das an dem Tag erklärt, an dem sie mir erzählt hat, daß ich einen älteren Bruder habe. Sie hat gesagt, ich dürfte niemals etwas von Colchester erwarten. Sie hat mir erzählt, er sei sehr gefährlich und er hätte keine zarteren Gefühle.«

»Blödsinn. Um Himmels willen, Patricia, das ist ja einfach lachhaft.«

»Sie hat mir erzählt, daß er kaum vierundzwanzig war, als man ihm den Namen Der Kaltblütige Colchester gegeben hat.«

»Ich versichere dir, Colchester ist böswilligem Klatsch zum Opfer gefallen.«

Patricia suchte verzweifelt nach einem Taschentuch. »Vor zwei Jahren hat Papa mir dann gesagt, falls ihm und Mama jemals etwas zustoßen sollte und ich das Gefühl hätte, im Haus meines Onkels nicht glücklich zu sein, dann sollte ich mich an Colchester wenden. Papa hat gesagt, er hätte ihm versprochen, sich um mich zu kümmern.«

»Und dieses Versprechen wird er auch halten.«

»Papa hat gesagt, das einzig Gute an Matthias sei, daß er in dem Ruf stünde, sein Wort zu halten.«

»Das ist nur zu wahr.«

»Aber ich weiß, daß er mich nicht in seinem Haus haben will, Miss Waterstone. Ihm wird jeder Vorwand recht sein, um mich loszuwerden. Wenn er die Rechnungen für meine Kleider bekommt, kann er ohne weiteres beschließen, daß ich ihn zuviel koste. Und wohin soll ich dann gehen? Ich wage es nicht, ins Haus meines Onkels zurückzukehren. Bestimmt werde ich im Arbeitshaus landen, wenn es nicht noch schlimmer kommt. Vielleicht werde ich eines Tages gezwungen sein, mich auf der Straße zu verkaufen.«

»Irgendwie glaube ich nicht, daß es dazu kommen wird«, murmelte Imogen.

»O Miss Waterstone, Mama und Papa fehlen mir so sehr.«

Mitgefühl wogte in Imogen auf. Sie war im selben Alter wie Patricia gewesen, als sie ihre eigenen innig geliebten

Eltern verloren hatte. Sie erinnerte sich noch viel zu gut an die Einsamkeit und das Gefühl, einen unersetzlichen Verlust erlitten zu haben. Sie hatte so gut wie keinen Trost gefunden, außer bei Lucy. Horatia war es nicht möglich gewesen, sie öfter zu besuchen, da die Anforderungen, die ihr kränklicher Ehemann an sie stellte, sie in Yorkshire festhielten. Ihr Onkel Selwyn war ganz und gar in seiner Beschäftigung mit Antiquitäten aufgegangen. Ja, dachte Imogen. Sie wußte genau, was Patricia empfand.

Imogen schenkte den mißbilligenden Blicken der Kunden in der Buchhandlung keinerlei Beachtung, sondern schlang einen Arm um Patricia und drückte sie liebevoll an sich. »Jetzt wird alles anders werden, Patricia. Du bist nicht mehr allein.«

7

Der Trubel, der in der Eingangshalle ausbrach, lockte Matthias an die Tür der Bibliothek. Dort lehnte er sich in den Türrahmen und beobachtete verständnislos die Rückkehr der unerschrockenen Damen von ihren Einkäufen in Pall Mall und Oxford Street. Sie mußten wie der Wirbelwind durch sämtliche Geschäfte gefegt sein.

Kartons und Päckchen aller Art wurden gerade aus der Kutsche ausgeladen. Ufton bezog einen Posten etwas weiter abseits. Ein stoischer Ausdruck stand auf seiner versteinerten Miene, als er zusah, wie Imogen das Kommando an sich riß. In einem zamaringrünen Straßenkleid mit einem Muster aus kleinen Zweigen und einem enormen Hut, den Muscheln schmückten, stand sie auf der Treppe vor dem Haus und wirkte äußerst munter.

Mit der forschen Präzision eines Berufsoffiziers erteilte sie den Lakaien Anweisungen. Horatia lief geschäftig umher und inspizierte die Pakete, die in die Eingangshalle getragen wurden. Patricia hielt sich im Hintergrund, und in ihrem Gesicht drückte sich, wie üblich, große Ängstlichkeit aus. Immer wieder warf sie besorgte Blicke in Matthias' Richtung.

Seine Schwester hielt sich erst seit wenigen Tagen in seinem Haus auf, doch schon jetzt zermürbten ihn ihre Nervosität und ihre Neigung, beim geringsten Anlaß zu weinen. Sie erinnerte ihn an ein verschrecktes Karnickel.

»Ja, ja, tragen Sie alles ins Haus.« Imogen fuchtelte forsch mit ihrem Sonnenschirm, dessen Griff wie ein Delphin geformt war, durch die Luft. »Und dann bringen Sie die Sachen nach oben, in Lady Patricias Schlafzimmer. Meine Tante wird Sie begleiten und das Auspacken überwachen. Sie hat Erfahrung darin, wie man edle Stoffe und dergleichen sorgfältig behandelt und so verstaut, daß sie geschützt sind.« Sie warf Horatia einen Blick zu. »Das übernimmst du doch sicher gern, nicht wahr? Ich möchte mit Colchester reden.«

»Ja, selbstverständlich.« Horatia lächelte beseligt. »Und außerdem müssen wir die Sachen herauslegen, die Patricia heute abend für ihren ersten Auftritt in der Öffentlichkeit benötigt.« Sie winkte Patricia zu sich. »Kommen Sie, meine Liebe. Wir haben noch viel zu tun.«

Horatia lief auf die Treppe zu. Patricia warf einen letzten zaghaften Blick auf Matthias und eilte dann hinter ihr her.

Imogen wandte sich entschlossen und selbstsicher an Colchester. »Könnte ich Sie vielleicht einen Moment unter vier Augen sprechen, Mylord? Es gibt etwas, was ich gern mit Ihnen bereden würde.«

»Ich stehe Ihnen gern zu Diensten, Miss Waterstone.« Matthias trat höflich zur Seite, damit sie eintreten konnte. »Wie immer.«

»Danke, Sir.« Imogen löste die Schnüre ihres überdimensionalen Huts, als sie an ihm vorbeilief und auf die Bibliothek zuging. »Es wird nicht lange dauern. Ich möchte nur ein kleines Mißverständnis aus dem Weg räumen.«

»Schon wieder?«

»Diesmal hat es mit Ihrer Schwester zu tun.« Imogens Worte rissen ab, als sie voller Erstaunen und Begeisterung nach Luft schnappte. Verzückt und fasziniert sah sie sich in der Bibliothek um. »Gütiger Himmel. Das ist ja einfach umwerfend.«

Matthias beobachtete sie, als sie gleich hinter der Tür abrupt zum Stehen kam. Er erkannte, daß er ihre Reaktion mit Spannung erwartet hatte. Schließlich handelte es sich hier um I. A. Stone, den einzigen anderen Menschen in ganz England, der entsprechend zu würdigen wußte, was er in diesem Raum erschaffen hatte. Das unverhohlene Staunen, das sich auf ihrem Gesicht ausdrückte, flößte ihm tiefe Zufriedenheit ein.

»Gefällt es Ihnen?« fragte er beiläufig, während Ufton leise die Tür hinter ihm schloß.

»Es ist einfach wunderbar«, flüsterte Imogen. Sie legte den Kopf in den Nacken, um die grüngoldenen Deckenbehänge zu mustern. »Etwas ganz Besonderes.«

Sie setzte sich langsam in Bewegung, lief durch den Raum und blieb hier und dort stehen, um die exotischen Landschaften an den Wänden genauer zu betrachten und die Vasen, die auf geschnitzten Sockeln standen.

»Sie haben die Quintessenz des alten Zamar eingefangen. Ich schwöre, daß der Geist des Landes in diesem Raum lebt und atmet.« Sie blieb vor der riesigen Statue von Anizamara stehen, der Göttin des Tages. »Einfach großartig.«

»Ich habe sie erst von meiner letzten Reise mitgebracht. Ich habe sie, ebenso wie die Statue von Zamaris, im Grab eines Prinzen entdeckt.«

»Es ist einfach phantastisch, Mylord.« Sie ließ ihre Hand, die in einem Handschuh steckte, liebevoll über den Rücken von einem der beiden identischen Delphine gleiten, die das Sofa trugen. »Absolut umwerfend. Ich beneide Sie maßlos.«

»Ich würde nicht so weit gehen zu behaupten, es handelte sich hierbei um eine perfekte Nachbildung der Bibliothek von Zamar.« Matthias bemühte sich, einen Anschein von Bescheidenheit zu wahren, doch es fiel ihm nicht leicht. Er lehnte sich an die Kante seines Schreibtischs, schlug seine Stiefel an den Knöcheln übereinander und verschränkte die Arme. »Aber ich muß zugeben, daß ich mit dem Ergebnis recht zufrieden bin.«

»Unglaublich«, murmelte Imogen. »Absolut unglaublich.«

Plötzlich zeichnete sich vor Matthias' Augen eine Vision von Imogen ab, wie sie nackt auf dem Delphinsofa lag. Er konnte das Bild qualvoll deutlich vor sich sehen. Er sah das goldbraune Haar, das auf ihre Schultern herabfiel, und ihre zarten Rundungen waren in den Feuerschein getaucht, ein Knie anmutig angewinkelt. Er spürte, wie sich in seinem Unterleib ein nahezu schmerzliches Verlangen breitmachte.

»Sie können sich glücklich schätzen, daß es Ihnen gelungen ist, diese wunderbare Umgebung für sich selbst nachzubilden.« Imogen bückte sich, um die Schrift auf einer Tontafel zu lesen. »Verse. Wie ungewöhnlich.«

»Ich bin in einem Grab darauf gestoßen. Bei den meisten zamaranischen Totentafeln, von denen London derzeit überschwemmt ist, handelt es sich um ziemlich langweilige Niederschriften von geschäftlichen Transaktionen. Rutledge hat dafür gesorgt, daß sie zu Hunderten nach England geschickt werden. Er hat geglaubt, der Verkauf dieser Tafeln würde ihm ein Vermögen einbringen. Und das war auch der Fall.«

»Da wir gerade von finanziellen Angelegenheiten reden, habe ich eine Frage an Sie.« Imogen sah ihn aufmerksam an. »Sagen Sie mir eines, Colchester: Haben Sie Die Verlorene Seele ins Leben gerufen, um von den Einnahmen Ihre Expedition nach Zamar zu finanzieren?«

Er zog die Augenbrauen hoch. »Ja, genauso war es.«

Sie nickte, und man konnte ihr deutlich ihre Zufriedenheit ansehen. »Ich dachte mir gleich, daß das der

Grund gewesen sein könnte. Nun, das erklärt natürlich alles.«

»Ich habe meinen Vater um die notwendigen Mittel gebeten«, sagte Matthias zögernd. Es war das einzige, worum er seinen Vater als Erwachsener jemals gebeten hatte. »Er hat sich geweigert, mir das Geld zur Verfügung zu stellen. Daher habe ich die Spielhölle eröffnet.«

»Das liegt doch auf der Hand. Schließlich mußten Sie sich etwas einfallen lassen, um das Geld aufzutreiben. Zamar war Ihnen schlichtweg zu wichtig.«

»Ja.«

Imogen berührte mit zarten Fingerspitzen eine Vase. »Und was war mit Mrs. Slott?«

Matthias schnitt eine Grimasse. »Ich habe Jonathan Exelby, ihren Geliebten, eines Abends in der Verlorenen Seele dabei erwischt, wie er beim Kartenspiel betrogen hat. Ich sagte ihm, er müsse unverzüglich das Lokal verlassen. Er war empört. Er behauptete, ich hätte seine Ehre in Zweifel gezogen, was ich zweifellos getan habe. Er forderte mich zum Duell heraus, überlegte es sich jedoch anders, nachdem er wieder nüchtern war. Er hatte beschlossen, sein Glück statt dessen in Amerika zu suchen. Er hat sich nie mehr in London blicken lassen, aber es haben sich zahllose Gerüchte um seinen Tod gerankt.«

Imogen lächelte ihn heiter und unbeschwert an. »Ich dachte mir gleich, daß sich der Vorfall so ähnlich abgespielt haben muß. Dann können wir uns ja den anderen Themen zuwenden. Ich möchte mit Ihnen über Ihre Schwester reden, Sir.«

Matthias schaute finster. »Was ist mit ihr?«

»Aus irgendeinem seltsamen Grund scheint sie das Gefühl zu haben, daß sie in diesem Haushalt nicht willkommen ist. Sie zerfleischt sich sogar regelrecht vor Angst.«

»Das ist ja lächerlich. Weshalb sollte sie sich fürchten?«

»Vielleicht sind schwache Nerven in Ihrer Familie erblich, Sir. Es ist nicht ungewöhnlich, daß man auf solche familiären Eigenheiten stößt, auf eine gewisse Disposition, die von einer Generation zur anderen vererbt wird. Oft drücken sich diese Dinge auch nur in einem Kinn oder in einer Nase aus, oder«, sagte sie und warf einen Blick auf die eisige Strähne in seinem Haar, »in anderen charakteristischen Merkmalen, die man von einem Elternteil erbt.«

»Schwache Nerven?« Matthias entschied, daß er es jetzt satt hatte, sich Imogens Theorie über sein Naturell anzuhören. »Wie zum Teufel kommen Sie auf einen derart idiotischen Gedanken?«

»Lady Patricia scheint eindeutig Ihre Neigung zu bösen Vorahnungen und Ihre Furcht vor dem Ungewissen geerbt zu haben.«

»Ich finde, hiermit haben wir meine Schwester genügend abgehandelt«, sagte er kühl. »Um sie brauchen Sie sich keine Sorgen zu machen. Ich habe Sie lediglich gebeten, ihr zu einem Start in ihre zweite Ballsaison zu verhelfen.«

Imogen ignorierte seine Worte. Sie faltete die Hände hinter dem Rücken und begann, nachdenklich auf dem grünen Teppich mit dem goldenen Muster herumzulaufen. »Ich bin der Meinung, Sie müssen sich energischer darum bemühen, daß sie sich hier zu Hause fühlt. Das arme Mädchen glaubt tatsächlich, sie würde hier nur geduldet und könnte keine rechtmäßigen Ansprüche an Ihren Beistand stellen.«

Wut loderte ohne jede Vorwarnung tief in seinem Innern auf. Mit Sturmstärke brauste sie auf und siegte gegen seine Selbstbeherrschung, ehe Matthias erkannte, was passiert war. Er löste seine verschränkten Arme, ließ sie sinken und stieß sich von seinem Schreibtisch ab. »Ich wünsche keinen Rat in dieser Angelegenheit!«

Diesmal verfehlte sein Tonfall nicht seine Wirkung auf Imogen. Sie blieb abrupt stehen, drehte sich zu ihm um und starrte ihn an. »Aber, Mylord, Sie scheinen sich über Patricias überängstliche Veranlagung nicht im klaren zu sein. Ich versuche doch lediglich, Ihnen zu erklären, daß auch sie außerordentlich sensibel ist, ganz so, wie Sie es selbst sind, und daß sie ...«

»Ihre Nerven interessieren mich nicht die Bohne«, stieß Matthias zwischen zusammengebissenen Zähnen hervor. »Ich habe meiner Stiefschwester gegenüber meine Pflicht erfüllt. Ich habe ihr ein Dach über dem Kopf gegeben. Und nach allem zu urteilen, was ich vorhin dort draußen in der Eingangshalle beobachtet habe, werde ich in Kürze etliche enorm hohe Rechnungen bezahlen. Ich bin bereit, eine angemessene Mitgift für sie auszusetzen, wenn sie heiratet. Mehr kann man nicht von mir verlangen.«

»Aber, Sir, Sie reden ausschließlich von finanziellen Verpflichtungen. Ich gestehe Ihnen gern zu, daß diese Dinge wichtig sind, aber sie sind dennoch nicht annähernd so bedeutend wie Freundlichkeit und brüderliche Liebe. Und das ist es, was Ihre Schwester im Moment mehr als alles andere braucht.«

»Wenn das so ist, dann hätte sie sich nicht hilfesuchend an mich wenden sollen.«

»Aber Sie bringen Ihr doch bestimmt ein gewisses Maß an liebevoller Zuneigung entgegen.«

»Ich habe ihre Bekanntschaft erst vor ein paar Tagen gemacht«, sagte Matthias. »Ich kenne sie so gut wie gar nicht.«

»Sie ihrerseits weiß ganz entschieden viel zu viel über Sie, Sir, und es scheint mir ganz so, als sei alles, was sie über Sie erfahren hat, unzutreffend.« Imogen schnaubte verächtlich. »Sie glaubt tatsächlich, es gäbe gute Gründe für diesen unerhörten Spitznamen, den man Ihnen gegeben hat. Können Sie sich das vorstellen? Es liegt an Ihnen, den unzutreffenden Eindruck zu korrigieren, den Ihre Schwester von Ihnen hat.«

Matthias brauchte dringend Bewegung. Er zwang sich, langsam und bedächtig ans Fenster zu treten. Als er es erreicht hatte, blieb er stehen und schaute mit leerem Blick in den Garten hinaus. »Woher nehmen Sie die verdammte Sicherheit, daß es sich um einen unzutreffenden Eindruck handelt?«

»Seien Sie nicht albern, Mylord. Sie sind Colchester von Zamar.« Mit einer ausholenden Handbewegung beschrieb sie die Bibliothek und deren Schätze. »Ein Mensch mit Ihrem verfeinerten Geschmack, Ihrem Sinn für Kunst und Ihrem Einfühlungsvermögen in die Geschichte des alten Zamar, mit Ihrer Leidenschaft für dessen Wunder... nun ja. Einem solchen Menschen kann es unmöglich an tiefen Empfindungen und an Feingefühl ermangeln.«

Er drehte sich um und sah sie an. »Ich warne Sie. Sie kennen mich nicht annähernd so gut, wie Sie mich zu kennen glauben. Ein Mangel an Informationen kann sich als äußerst gefährlich erweisen.«

Seine harten Worte schienen Imogen eher verwirrt als abgeschreckt zu haben. Dann wurde ihr Blick milder. »Ich kann gut verstehen, daß das ein schmerzliches Thema für Sie ist, Sir.«

»Es ist nicht schmerzlich. Es langweilt mich.«

Sie lächelte verschmitzt. »Ganz wie Sie wünschen. Aber ich bitte Sie inständig, nicht zu vergessen, daß Ihre Schwester vor Kummer außer sich ist. Aus meinem heutigen Gespräch mit ihr habe ich geschlossen, daß sie mutterseelenallein auf Erden dasteht. Sie sind der einzige Mensch, an den sie sich wenden kann. Es wäre mir lieb, wenn Sie sich zwei Dinge gut merken würden, Mylord.«

»Ich habe das dumpfe Gefühl, daß ich dieses verfluchte Gespräch über mich ergehen lassen muß, weil Sie keine Ruhe geben werden, solange Sie mir diese beiden Punkte nicht in allen Einzelheiten klargelegt haben. Und jetzt machen Sie schon.«

»Zuerst einmal sollten Sie immer daran denken, daß Patricia unschuldig ist, ganz gleich, was auch passiert sein mag. Ebenso unschuldig daran wie Sie selbst. Und zweitens sollten Sie sich merken, daß Sie nicht nur der einzige Angehörige sind, den sie auf Erden hat, sondern daß sie auch Ihre einzige Angehörige ist, Mylord. Ihre Schwester und Sie müssen zusammenhalten.«

»Verdammt noch mal. Wer hat Ihnen die Geschichte meiner Familie erzählt?«

»Ich weiß nichts Genaueres darüber«, sagte Imogen. »Aber nach allem, was ich heute nachmittag von Patricia gehört habe, nehme ich an, daß es nach dem Tod Ihrer Mutter zu einem Bruch zwischen Ihnen und Ihrem Vater gekommen ist.«

»Sie haben recht, Imogen. Sie haben wirklich keine Ahnung, worum es hier geht. Ich schlage vor, daß Sie sich in Zukunft nicht mehr einmischen. Ich habe das Versprechen gehalten, das ich meinem Vater gegeben habe, und das hat zu genügen.«

»Sie können beide von großem Glück sagen, daß Sie einander haben, verstehen Sie«, sagte Imogen leise. »In den ersten Monaten nach dem Tod meiner Eltern hätte ich meine Seele dafür verkauft, einen Bruder oder eine Schwester zu haben.«

»Imogen ...«

Sie drehte sich um und ging zur Tür. Dort blieb sie, mit der Hand auf dem Türknauf, noch einmal kurz stehen. »Fast hätte ich es vergessen. Es gibt noch etwas anderes, was ich Ihnen erzählen wollte.«

Matthias beobachtete sie mit einer grüblerischen Faszination. »Nur keine falschen Hemmungen, Miss Waterstone.«

»Ich bin Vanneck heute in einer Buchhandlung begegnet. Ich kann unbesorgt vermelden, daß er auf den Köder angebissen hat. Er ist jetzt schon dabei, die Bildung eines Konsortiums zu planen. Die Dinge sind bereits im Gange.«

Sie ging zur Tür hinaus. Ufton schloß sie hinter ihr.

Matthias schloß die Augen und stöhnte. Seine zarten Nerven würden diese Geschichte nicht unversehrt überstehen. Er konnte sich glücklich schätzen, wenn er nicht in eine Anstalt gesperrt wurde, ehe das alles vorüber war.

Matthias trat an das Geländer der Galerie und schaute auf die Menschenmenge im Ballsaal hinunter. Es war schon kurz vor Mitternacht, und die Soiree war in vollem Schwung. Die Kronleuchter warfen einen hellen Schein über die elegant gekleideten Herren und Damen unten im Saal. Sein Mund verzog sich angewidert. Er konnte mit dieser ganzen Gesellschaft nichts anfangen.

Er brauchte nicht lange, um Imogen auf der Tanzfläche ausfindig zu machen. Sein Blick fiel auf sie, als sei sie die einzige Frau im ganzen Saal. Einen Moment lang gestattete er sich, ihren Anblick zu genießen. Die grünen Seidenröcke ihres Kleides spielten kokett um ihre Knöchel. Sie trug farblich passende Ballerinaschuhe und lange grüne Handschuhe. Goldbraune Ringellöckchen schauten unter einem riesigen Abendturban heraus.

Sie hätte einen faszinierenden Anblick geboten, dachte Matthias, wenn nicht der Umstand gewesen wäre, daß sie in Alastair Drakes Armen lag. Sein einziger Trost bestand darin, daß Drake offensichtlich Schwierigkeiten damit hatte, das Gleichgewicht zu wahren. Sogar von seinem erhöhten Standort auf der Galerie konnte Matthias sehen, daß Imogen den Kurs bestimmte. Er grinste spöttisch und fühlte, wie seine Stimmung sich aufhellte.

Dann riß er seine Aufmerksamkeit von Imogen los und hielt nach seiner Schwester Ausschau. Es überraschte ihn zu sehen, daß Patricia von einer Schar von männlichen Bewunderern umgeben war. Sie wirkte atemlos und aufgeblüht. Ihr rosa und weiß gemustertes Kleid war ein Inbegriff dessen, was sich für eine wohlerzogene, modebewußte junge Dame geziemte.

Horatia stand pflichtbewußt in ihrer Nähe und lächelte wie eine stolze Glucke, die ihr einziges Küken vorführt. Sie plauderte mit Selena – Lady Lyndhurst –, die in einem blaßblauen Gewand wie üblich einem Engel glich.

Nun, damit ist wenigstens eines meiner Probleme gelöst, dachte Matthias. Dank Imogen und Horatia war seine Schwester ein voller Erfolg. Mit etwas Glück würde sein Anwalt schon im Juni einen Ehevertrag aufsetzen

Das Gefühl von Zufriedenheit, das er gerade noch verspürt hatte, verblaßte abrupt, als ihm auffiel, daß der junge Hugo Bagshaw sich einen Weg durch die Menge bahnte und zielsicher auf Patricia zuging. Seine Hand schloß sich fester um die Brüstung. Er nahm sich vor, seine Schwester vor Bagshaw zu warnen, damit sie seine Aufmerksamkeiten nicht ermutigte.

Matthias sah sich wieder nach Imogen um, die gerade den Walzer mit Drake beendet hatte. Er konnte ihr deutlich ansehen, daß sie sich begeistert über ein Thema ausließ, höchstwahrscheinlich über das untergegangene Zamar. Sie fuchtelte energisch mit ihrem Fächer durch die Luft, um ihren Worten Nachdruck zu verleihen. Sie war derart in ihre Ausführungen vertieft, daß sie keine Notiz von einem Lakaien in ihrer Nähe nahm, der ein Tablett mit Gläsern trug. Leider schien auch Drake nichts von der drohenden Katastrophe wahrzunehmen, ehe es zu spät war.

Matthias zuckte zusammen, als Imogen mit ihrem Fächer einen weiten Bogen beschrieb und etliche Champagnergläser auf den Boden fielen. Dann beugte er sich vor, um das Spektakel zu beobachten, zu dem es daraufhin kam. Die Gäste, die das Pech hatten, sich in unmittelbarer Nähe des Geschehens aufzuhalten, sprangen eilig zur Seite.

Der Lakai warf Imogen einen vorwurfsvollen Blick zu und kniete sich dann hin, um die Glasscherben aufzusammeln. Imogen, die außerordentlich betrübt wirkte, bückte sich, um ihm behilflich zu sein. Drake, der sie hastig vom Ort des Geschehens fortzerrte, hinderte sie gewaltsam daran.

Innerhalb von Sekunden war die Ordnung wiederhergestellt. Matthias lächelte in sich hinein, als er sich abwandte und auf die Treppe zuging.

Er brauchte mehrere Minuten, um zu Imogen vorzudringen, die jetzt mit Patricia, Horatia und Selena zusammenstand. Als er das Grüppchen erreichte, wichen die jungen Männer, die sich in der Nähe versammelt hatten, eilig zurück, um ihn in den Mittelpunkt des Kreises vorzulassen, den sie um die Damen bildeten. Er konnte sehen, daß Hugo, der sich am äußeren Rand seines Gesichtsfeldes befand, ihn beobachtete.

Imogen war die erste, die Matthias entdeckte. »Ach, da sind Sie ja, Colchester. Wir haben schon auf Sie gewartet. Patricia ist ein riesiger Erfolg. Horatia und ich haben uns gezwungen gesehen, ihre Verehrer mit Stöcken zu vertreiben.«

Einige der jungen Männer lachten verlegen und hielten ihre besorgten Blicke auf Matthias gerichtet.

»Ach, wirklich?« Matthias musterte Patricia, die ihn so ängstlich anlächelte, als erwartete sie seinen Urteilsspruch.

Imogen trat mit der Schuhspitze gegen Matthias' Knöchel. Er drehte sich zu ihr um und konnte ihr deutlich ansehen, daß weitere Äußerungen von ihm erwartet wurden. »Ich kann sehr gut nachvollziehen, warum Miss Waterstone und ihre Tante dich beschützen mußten, Patricia. Heute abend bist du ein Diamant erster Güte.«

Patricia blinzelte erstaunt. Ihre Wangen röteten sich, und ihre Augen leuchteten vor Erleichterung. Sie gewann sichtlich ein gewisses Maß an Zuversicht zurück. »Ich danke Ihnen, Sir.«

Selena stieß ein heiseres Lachen aus. »Es wird behauptet, deine charmante Schwester hätte bereits jeden Tanz vergeben, Colchester.«

»Ausgezeichnet.« Matthias sah Imogen an. »Das wäre also geregelt. Dürfte ich um diesen Tanz bitten, Miss Waterstone?«

»Selbstverständlich, Mylord. Es ist mir eine große Freude.« Imogen machte auf dem Absatz kehrt und lief ihm zur Tanzfläche voraus.

Seufzend streckte Matthias einen Arm aus, umfaßte ihren Ellbogen und zog daran, bis sie zum Stehen kam. Sie sah ihn verblüfft an.

»Stimmt etwas nicht? Sollten Sie es sich anders überlegt haben, Mylord?«

»Ganz und gar nicht. Ich fände es nur angenehmer, an Ihrer Seite die Tanzfläche zu betreten, statt Ihnen wie ein Hund an einer Leine nachzulaufen.«

»Oh. Das tut mir leid. Lassen Sie sich ruhig Zeit, Sir. Ich wollte Sie nicht hetzen. Gelegentlich vergesse ich, daß Sie kein sportlicher Typ sind.«

»Ich bin Ihnen dankbar für Ihr Verständnis.« Matthias führte sie mit einem festen Griff um ihren Ellbogen zur Tanzfläche und zog sie in seine Arme. »Sie scheinen heute abend gut in Form zu sein.«

»Ich erfreue mich einer blendenden Gesundheit, Sir. Das war schon immer so.«

»Es freut mich, das zu hören.« Matthias setzte ausreichend Kraft ein, um sie beim Walzer zu führen. Das erwies sich als eine schwierige Aufgabe. »Allerdings habe ich mich nicht auf Ihre Gesundheit bezogen, sondern auf Ihr Aussehen. Dieses Kleid macht sich an Ihnen außerordentlich attraktiv.«

Imogen sah an sich herunter, als hätte sie vergessen, was sie anhatte. »Oh, ja, es ist ein recht hübsches Kleid, nicht wahr? Madame Maud hat es genäht. Horatia sagt, sie sei sehr exklusiv.« Sie blickte auf. »Sicher freut es Sie zu hören, daß Horatia der Meinung ist, Patricia sei heute abend blendend angekommen. Zweifellos wird es morgen Einladungen regnen.«

»Ich bin Ihnen und Ihrer Tante zu großem Dank verpflichtet, weil Sie sich Patricias angenommen und sie in die Gesellschaft eingeführt haben.«

»Das hat uns gar keine Mühe bereitet. Horatia hat mir erzählt, daß Lady Lyndhurst Patricia zu ihrem zamaranischen Salon eingeladen hat, der morgen zusammentrifft. Das ist ein großer Erfolg. Dort wird sie jede Menge junge Damen in ihrem Alter kennenlernen.«

»Ich bezweifle jedoch, daß sie viel über das alte Zamar in Erfahrung bringen wird«, sagte Matthias trocken. »Selenas Salon ist nichts weiter als ein modisches Hobby.«

»Ich verstehe.« Imogens Augenbrauen zogen sich zu einem konzentrierten Stirnrunzeln zusammen, als sie versuchte, Matthias in eine andere Richtung zu lenken. »Aber schaden kann es nicht.« Ihre Stimme klang ganz so, als schien sie von der Anstrengung ein wenig atemlos zu sein.

»Vielleicht nicht.« Matthias warf einen Blick über Imogens Schulter und sah, daß Hugo Patricia auf die Tanzfläche geführt hatte. »Aber mit den Aufmerksamkeiten des jungen Bagshaw könnte es ein Problem geben. Ich werde morgen mit Patricia über ihn reden.«

Imogens Augen wurden groß. »Was um alles auf der Welt ist gegen Mr. Bagshaw einzuwenden? Er scheint ein sehr ehrenwerter junger Mann zu sein.«

»Ich habe den Verdacht, hinter seinem Interesse an Patricia verbirgt sich weniger die reine Bewunderung, sondern in erster Linie der Wunsch, sich an mir zu rächen.«

»Wovon reden Sie, Sir?«

»Das ist eine lange Geschichte.« Matthias wirbelte sie in einem weiten Bogen herum, der sie in die Nähe der Terrassentüren brachte. »Es sollte genügen, wenn ich sage, daß der junge Bagshaw mir den Entschluß seines Vaters zur Last legt, sich mit einer Kugel das Gehirn auszupusten und es auf den Wänden seines Arbeitszimmers zu verspritzen.«

»Das kann nicht Ihr Ernst sein. Was ist passiert?«

»Arthur Bagshaw verlor den größten Teil seines Vermögens, weil er in ein Versandunternehmen investiert hatte, das Konkurs gemacht hat. An dem Abend, an dem er von seinen Verlusten erfuhr, kam er in Die Verlorene Seele. Er war schon sehr betrunken und hatte sich tiefer Melancholie anheimgegeben. Vermutlich spielte er mit dem Gedanken, seine Verluste an meinen Spieltischen wieder wettzumachen. Ich habe ihm die Spielerlaubnis verweigert.«

»Das war sehr anständig von Ihnen, Sir. Bagshaw konnte es sich offenbar nicht leisten, das letzte Geld zu verlieren, das ihm noch geblieben war.«

»Ich weiß nicht, wie anständig ich gehandelt habe«, sagte Matthias trocken. »Bagshaw und ich haben miteinander gestritten. Dann ist er nach Hause gegangen und hat zur Pistole gegriffen. Mehr gibt es dazu nicht zu sagen.«

»Lieber Gott«, flüsterte Imogen. »Der arme Hugo.«

Matthias zwang sie abrupt, anzuhalten. »Hugo gibt mir die Schuld an diesem Vorfall. Er glaubt fest daran, daß sein Vater sein Vermögen in der Verlorenen Seele verspielt hat.«

»Sie müssen diese Vorstellung augenblicklich zurechtrücken, Sir.«

»Ein anderes Mal.«

»Aber, Matthias, das ist wirklich zu ...«

»Ich sagte bereits, daß ich mich dieser Angelegenheit ein andermal annehmen werde. Im Moment möchte ich mit Ihnen sprechen.«

»Gewiß, Mylord.« Imogen faltete ihren Fächer auseinander. Sie begann, emsig damit durch die Luft zu wedeln. »Es ist ein wenig überheizt hier, finden Sie nicht auch?«

»Sehen Sie sich mit dieser Waffe vor.« Matthias zog sie durch die Terrassentüren ins Freie. »Ich habe gerade erst vor kurzem beobachtet, wie zerstörerisch sie sein kann.«

»Was?« Sie sah stirnrunzelnd ihren Fächer an, und dann hellte sich ihr Gesicht auf. »Oh, ich vermute, Sie haben mein kleines Mißgeschick vor ein paar Minuten mitangesehen. Es war nicht meine Schuld, Sir. Der Lakai hat direkt hinter mir gestanden. Wir haben einander erst bemerkt, als es schon zu spät war. Solche Dinge kommen häufig vor. Deshalb nennt man sie Mißgeschicke.«

»Ach, wirklich?« Matthias musterte die bunten Lampions, mit denen die Terrasse geschmückt war, und dann beschloß er, Imogen die Stufen hinunter in die Gärten zu führen, die in tiefe Nacht gehüllt waren.

»Nun, Sir? Worüber wollten Sie mit mir reden?« fragte sie, als er hinter einer hohen Hecke anhielt.

Matthias zögerte und lauschte, um ganz sicherzugehen, daß sie allein waren. »Ich komme gerade aus meinem Club. Sie haben recht gehabt, was Vanneck angeht. Er hat tatsächlich auf Ihren Köder angebissen. Es sind Gerüchte über die Bildung eines Konsortiums im Umlauf, das die Suche nach dem Königlichen Siegel finanzieren soll.«

»Aber das ist ja wunderbar, Sir. Warum sind Sie bloß so besorgt?«

»Imogen, mir gefällt das gar nicht. Vanneck hält das ganze Projekt streng geheim.«

»Ja, selbstverständlich. Genau damit war doch zu rechnen. Er wird nicht wollen, daß ein solches Projekt in der ganzen Stadt ausposaunt wird.«

»Der einzige Grund, warum ich von seinen Plänen erfahren habe, ist der, daß er an einen Bekannten von mir herangetreten ist, der mir berichtet hat, was sich hier tut. Ich habe den Verdacht, Vanneck bemüht sich zielstrebig, mich im dunkeln tappen zu lassen.«

»Beruhigen Sie sich, Colchester.« Imogen pochte mit ihrem zusammengefalteten Fächer auf den Ärmel seines Fracks, eine Geste, die sicherlich dazu dienen sollte, ihn zu beruhigen und ihm Mut einzuflößen. »Wir haben alles unter Kontrolle.«

»Das sagen Sie immer.«

»Weil es wahr ist. Mein Plan entwickelt sich genauso, wie ich es mir vorgestellt habe.« Zufriedenheit gab ihren Augen Glanz.

Matthias betrachtete ihr Gesicht im Mondschein und spürte, wie sich Verlangen in ihm regte. »Imogen, besteht wirklich keine Chance, Ihnen klarzumachen, wie gefährlich dieses Vorhaben ist? Gibt es eine Möglichkeit, Ihnen auszureden, daß Sie diesen Plan weiterverfolgen?«

»Es tut mir leid, Colchester«, sagte sie liebevoll. »Ich weiß, wie nervös Sie sind, aber ich bin schon zuweit gegangen. Um Lucys willen kann ich mein Trachten nach Gerechtigkeit nicht aufgeben.«

»Lucy hat Ihnen viel bedeutet, nicht wahr?«

»Sie war meine beste Freundin«, sagte Imogen. »Im Grunde genommen war sie nach dem Tod meiner Eltern der einzige Mensch, den ich noch hatte.«

»Was war mit Drake?« Es kostete ihn Mühe, sich zu dieser Frage durchzuringen.

Sie blinzelte. »Wie bitte?«

Er nahm ihr Gesicht in seine Hände. »Auch er war Ihr Freund. Träumen Sie noch manchmal von ihm? Fragen Sie sich, was zwischen Ihnen hätte sein können, wenn er Sie nicht mit Vanneck in diesem Schlafzimmer gesehen hätte?«

Sie erstarrte. »Nein. Niemals.«

»Sind Sie ganz sicher?«

»Was auch immer ich für Alastair empfunden haben mag, meine Gefühle sind in der Nacht gestorben, in der er sich, angewidert von dem, was er zu sehen glaubte, von mir abgewandt hat.« Sie kniff die Augen zusammen. »Er hat mir nie eine Chance gegeben, ihm zu erklären, was wirklich vorgefallen ist. Er hat seine eigenen Schlußfolgerungen nicht ein einziges Mal in Frage gestellt. Ich könnte nie im Leben einem Mann Zuneigung entgegenbringen, der so wenig Vertrauen in mich hat.«

Matthias bog ihren Kopf zurück, damit er im Mondschein in ihre Augen sehen konnte. »Glaubst du, du könntest es lernen, mir Zuneigung entgegenzubringen?«

Ihre Lippen öffneten sich schockiert. »Matthias! Was sagen Sie da?«

»Ich habe den Verdacht, ich rede zuviel. Vielleicht ist es jetzt an der Zeit zu handeln.« Er senkte den Kopf und bedeckte ihren Mund mit seinen Lippen.

Das Verlangen, das in ihm gebrodelt hatte, brach ohne jede Vorwarnung explosionsartig aus.

Ihr Mund schmeckte so süß und exotisch, wie er sich den Geschmack der schäumenden Quellen von Zamar vorstellte. Matthias riß sie eng an sich, von der verzweifelten Sehnsucht getrieben zu spüren, wie sich die festen, zarten Rundungen ihrer Oberschenkel an ihn preßten.

Imogen stieß einen kleinen erstickten Schrei aus. »Matthias!«

Einen Moment lang fürchtete er, sie würde sich von ihm losreißen. Er wurde von einer entsetzlichen Verzweiflung gepackt, von einem Verlangen, das aus den tiefsten, kältesten Regionen seines Innern herausströmte.

Plötzlich hatte er das Gefühl, als hinge sein künftiges Schicksal von diesem aufwühlenden Augenblick ab.

Und dann schlangen sich ihre Arme eifrig um seinen Hals. Erleichterung durchflutete ihn. Er gab ihren Mund lange genug frei, um in ihre Augen zu sehen. Ein vertrautes Gefühl wogte tosend in ihm auf. Genau das hatte er empfunden, als er die grandiosen Säulen entdeckt hatte, die den Eingang zu den alten Ruinen des untergegangenen Zamar bildeten.

»Imogen?«

Sie lächelte ihn voller Sehnsucht und lockender weiblicher Verheißung an.

Er preßte seinen Mund auf ihre Lippen. Sie zitterte und erwiderte den Kuß mit einer Inbrunst, die ihm den Atem zu verschlagen drohte. Die Musik und das Gelächter aus dem Ballsaal wichen in den Hintergrund zurück. Matthias spürte, wie alles um ihn herum verblaßte, bis das einzige, was noch zählte, Imogen war, der seine gesamte Konzentration galt.

Ohne den Mund von ihren Lippen zu lösen, zog er die Handschuhe von seinen Fingern und warf sie achtlos auf den Boden. Dann legte er die Hände auf ihre Schultern und schob langsam die winzigen Ärmel ihres Kleides hinunter.

Sie erschauerte, als das kleine Mieder ihres Kleides mit

der hochangesetzten Taille herabrutschte und ihre wohlgeformten Brüste entblößte.

»Matthias?«

»Du bist wunderschön«, flüsterte er. »Du erinnerst mich an die Bilder von Anizamara, die auf die Wände der Bibliothek von Zamar gemalt sind. Voller Leben und Wärme.«

Sie lachte unsicher und begrub ihr Gesicht an seiner Schulter. »Sie werden es mir nicht glauben, Sir, aber ich habe in der letzten Zeit die seltsamsten Träume. In meinen Träumen scheinen Sie Zamaris zu werden, oder er verwandelt sich in Sie. Ich kann nicht sagen, wer zu wem wird.«

»Es scheint ganz so, als teilten wir unser Interesse an Zamar sogar in unseren Träumen.« Er legte seine Hände um ihre Taille und hob sie hoch, bis ihre Brüste in Höhe seines Mundes waren. Hungrig nahm er eine feste Brustwarze zwischen seine Lippen und saugte zart daran.

»*Matthias.*« Sie umklammerte seine Schultern und hielt sich daran fest, als hinge ihr Leben davon ab. »Was tun Sie da?« Ihre Stimme wurde schriller, als er ihre Brustwarze mit der Zungenspitze umkreiste und dann ganz zart zubiß. »Das ist doch … das ist doch gewiß …« Sie verhaspelte sich und verstummte atemlos.

Er gab die zarte Frucht frei und wandte seine Aufmerksamkeit der anderen Brustwarze zu. Er spürte, wie ihre Finger sich in seine Schultern gruben. Das Stöhnen, das sich ihr entrang, erregte ihn so sehr, wie ihn noch nie zuvor irgend etwas erregt hatte.

Imogen begann, einen Schauer von kleinen Küssen in sein Haar zu hauchen.

Matthias sah sich um und entdeckte eine Sitzgelegenheit. Er trug Imogen zu der steinernen Bank und setzte sich mit ihr in seinen Armen hin. Ihre Röcke breiteten sich über seiner Hose aus. Er zog die Volants ihres Kleides bis über ihre Knie hoch.

»Was hat das alles zu bedeuten?« erkundigte sich Imogen atemlos, als er eine Hand zwischen ihre warmen Schenkel gleiten ließ. »Ist das irgendeine seltsame zamaranische Technik des Liebesspiels?«

»Was?« Ihr Geruch stieg ihm zu Kopf. Er schien sich nicht auf ihre Worte konzentrieren zu können.

»In einem Ihrer Artikel im *Zamaranischen Boten* haben Sie auf eine Schriftrolle angespielt, die Sie entdeckt haben. Sie sagen, dort würden gewisse Bräuche aus den Schlafzimmern von zamaranischen Ehepaaren geschildert.«

»Könnten wir darüber vielleicht später diskutieren, meine Süße?« Er hauchte einen Kuß auf ihre Kehle.

»Ja, natürlich.« Imogen vergrub ihr Gesicht in seinem Frack und klammerte sich an seinem Revers fest. »Mir kommt das nur alles so befremdlich vor.«

»Ganz im Gegenteil.« Er knabberte an ihrem Ohrläppchen. »Es ist ein unglaublich schönes Gefühl.«

»Ich habe mir oft gewünscht, Sie hätten genauere Informationen zu dem Thema veröffentlicht, was Sie über die ehelichen Beziehungen im alten Zamar herausgefunden haben. Den einzigen Artikel, den Sie zu diesem Thema geschrieben haben, habe ich mehrfach gründlich durchgelesen, aber ich stand jedesmal wieder vor der offenen Frage, was Sie tatsächlich mit der Andeutung gemeint haben, die Zamaraner seien recht hemmungslos gewesen.«

»Küß mich, Imogen.«

»Oh. Ja, natürlich.« Sie hob den Kopf und öffnete die Lippen.

Er ergriff erneut Besitz von ihren Lippen, während er gleichzeitig seine Hand zu dem heißen, feuchten Fleisch zwischen ihren Beinen wandern ließ.

Imogen stieß einen leisen Ruf des Erstaunens aus. Matthias' Lippen schluckten diesen Laut. Unbeholfen versuchte Imogen, die Beine zusammenzupressen, doch es gelang ihr nur, seine Hand dort gefangenzuhalten. Er tastete sich behutsam vor, und sie entspannte sich, als eine Woge von pulsierender Erregung sie durchströmte.

Er ließ einen Finger in ihre weiche Höhle gleiten. »Du bist so warm und so eng.«

Sie erschauerte in seinen Armen. Winzige Muskeln spannten sich zart um seinen Finger. Er befürchtete, jeden Moment den letzten Rest an Selbstbeherrschung zu verlieren, der ihm noch geblieben war.

»Matthias, das ist so... so...« Sie schnappte keuchend nach Luft und spannte sich an. Ihr Kopf fiel zurück. Der Turban rutschte von ihrem Haar und fiel ins Gras.

Immer wieder ließ Matthias seinen Finger tief in sie hineingleiten, stieß ihn durch die enge Passage, die sich wie ein Handschuh anfühlte. Gleichzeitig bearbeitete er mit dem Daumen ihr verborgenes kleines Juwel.

Imogen stieß einen verblüfften Schrei aus, als ein Zittern durch ihren Körper lief und sich köstliche Glut in ihrem Schoß ausbreitete.

Er hielt sie eng an sich gepreßt und schwelgte genüßlich in ihrer Reaktion. Er stand zwar kurz davor, vor Erregung zu bersten, doch es gelang ihm, sich in Schach zu halten. Später, tröstete er sich, während er sie leidenschaftlich in seinen Armen wiegte. Er würde später an die Reihe kommen. Im Moment zählte ausschließlich, daß sie in seinen Armen Befriedigung erlangt hatte.

Nach einer Weile hörte Imogen auf zu zittern, doch sie hielt sein Revers immer noch so fest umklammert, daß sie den kostbaren Stoff zerknitterte.

Soviel war ihm jetzt schon klar, und gleichzeitig nahm

er geistesabwesend zur Kenntnis, daß sein Halstuch sich irgendwie gelöst haben mußte. Imogens Haar ergoß sich über ihre Schultern.

Matthias fiel auf, daß er sich trotz seines schmerzlich ungestillten Verlangens so jung und frei fühlte wie schon seit Jahren nicht mehr.

Imogen hob langsam den Kopf und sah ihn mit großen Augen an. Ihr sinnliches Erwachen stand ihr ins Gesicht geschrieben. Lächelnd blieb sie in seinen Armen liegen. »Das war mit Abstand das Erstaunlichste, was mir je...«

Stimmen, die einem Mann und einer Frau gehörten, unterbrachen Imogen, und Matthias erfuhr nicht mehr, was sie hatte sagen wollen.

Die Realität der prekären Lage traf Matthias mit der Wucht eines Hagelschauers. Er begriff, daß dieses andere Paar nur wenige Meter von ihnen entfernt war. Alles, was zwischen Imogen und ihrer Entdeckung stand, war die hohe Hecke.

»Verflixt und zugenäht«, flüsterte er.

Er stand mit Imogen in seinen Armen auf und stellte sie eilig auf die Füße. Es erübrigte sich, sie zu warnen. Er konnte ihr ansehen, daß auch sie die Stimmen gehört hatte. Sie mühte sich vergeblich damit ab, das Mieder ihres Kleides wieder über ihre nackten Brüste heraufzuziehen.

Die Stimmen kamen näher. Das leise Lachen einer Frau. Eine gemurmelte Bemerkung, die von einem Mann stammte.

Matthias wollte sich gerade bücken, um seine Handschuhe aufzuheben, als er sah, daß Imogen Schwierigkeiten damit hatte, ihr Kleid zurechtzurücken.

»Komm schon, überlaß mir das.« Es gelang ihm, die winzigen Ärmel wieder auf ihre Schultern zu ziehen. Ihre Brüste verschwanden aus seiner Sicht. Ihr Haar war jedoch weiterhin gelöst, und auch ihr Turban, der ins Gras gefallen war, war nicht in ihrer Reichweite. Das Bild, das sie bot, war der Inbegriff einer Frau, die gerade noch in einer hemmungslosen sinnlichen Umarmung gelegen hatte.

»Komm.« Er nahm sie an der Hand, da er schleunigst mit ihr verschwinden wollte, ehe das andere Paar die Hecke umrundete. Imogen stolperte, als sie nach seiner Hand griff.

»Colchester.« Selena bog, gefolgt von Alastair Drake, um die Hecke. »Und Miss Waterstone. Was habt ihr beide... ach, du meine Güte.« Ein vielsagendes Lächeln zog ihre Mundwinkel langsam hoch. »Schon gut. Ich kann mir ein klares Bild davon machen, was ihr hier zu suchen habt.«

»Imogen.« Alastair starrte sie mit einem schockierten Gesichtsausdruck an.

Matthias unternahm einen vergeblichen Versuch, sich schützend vor Imogen zu stellen, damit sie sich hinter ihm verbergen konnte, doch er wußte selbst, daß sich der Schaden nicht mehr ungeschehen machen ließ. Er sah, wie Alastairs Blick auf einen zierlichen Ballerinaschuh und den Turban fiel, der neben seinen achtlos abgeworfenen Handschuhen im Gras lag.

Selena warf einen Blick auf Matthias' Halstuch, dessen Knoten sich gelöst hatte. Sie brach in schallendes Gelächter aus. »Na, so was. Ich glaube tatsächlich, wir haben ein äußerst interessantes Tiefenforschungsprojekt gestört, das sich gewiß um das alte Zamar gedreht hat, Mr. Drake.«

Alastair kniff die Lippen zusammen. »Es scheint ganz so«, murmelte er wortkarg.

»Sie haben uns tatsächlich bei einer äußerst interessanten Frage gestört«, sagte Matthias. »Aber es hat sich in dem Fall nicht um wissenschaftliche Forschungen gehandelt. Miss Waterstone hat gerade eingewilligt, sich mit mir zu verloben. Sie haben die Ehre, uns vor allen anderen dazu gratulieren zu dürfen.«

8

Sie stand in der Bibliothek ihres Onkels. Diesmal konnte sie einen kühlen Windhauch spüren. Sie sah, daß das Fenster offenstand und die Nacht ungehindert in das Zimmer strömen konnte. Ein steinerner Sarkophag zeichnete sich in der Dunkelheit ab. Sie war ganz sicher, daß er das letzte Mal nicht dort gewesen war. Der Deckel war entfernt worden. In diesem Sarg befand sich etwas. Etwas Gefährliches.

Sie ging auf den Sarkophag zu und blieb dann stehen, als sie fühlte, wie die Härchen in ihrem Nacken zu prikkeln begannen. Sie wußte, daß er sich auch diesmal wieder mit ihr in diesem Raum aufhielt. Sie drehte sich langsam um und sah Matthias/Zamaris. Der Mondschein schimmerte auf dem eisigen Silber in seinem Haar. Seine hageren Züge waren im tiefen Schatten verborgen.

Er hielt ihr eine gepflegte Hand hin. Blut glitzerte auf seinen Fingern. »Lügen«, flüsterte er mit einer dunklen, sinnlichen Stimme. »Glaub nicht an diese Lügen. Komm zu mir.«

»Es ist die reinste Katastrophe.« Imogen schob die Erinnerung an ihren jüngsten verwirrenden Traum von sich und zwang sich, ihre Aufmerksamkeit auf die Krise zu konzentrieren. »Er hat alles zunichte gemacht. Meine Pläne hat er restlos über den Haufen geworfen.«

»So beruhige dich doch, meine Liebe.« Horatia, die mit ihrem Stickzeug auf einem Sessel saß, sah sie über den

Rand ihrer Brillengläser an. »Ich bin ganz sicher, daß Colchester weiß, was er tut.«

»Blödsinn.« Imogen fuchtelte mit den Armen in der Luft herum und stürmte durch das Arbeitszimmer. »Ich sage dir, es ist wahrhaftig eine Katastrophe. Heute morgen wiegt sich die gesamte Londoner Gesellschaft in dem Glauben, Colchester und ich seien verlobt.«

»Ihr seid miteinander verlobt, meine Liebe. Durch die Bekanntgabe gestern abend hat eure Verlobung einen offiziellen Charakter angenommen.«

Imogen holte mit einer Hand zu einer Geste aus und fegte dabei versehentlich ein Duftglas vom Regal. Es fiel auf den Teppich und rollte unter den Schreibtisch. Die getrockneten Kräuter und Blütenblätter, die darin aufbewahrt wurden, flatterten auf den Boden. Imogen blieb kurz stehen, um das kleine Häufchen aus verblichenen Rosen und Lorbeerblättern mißmutig anzusehen.

»Wie konnte er mir das bloß antun?« fragte sie und wandte sich dabei an das Universum im großen und ganzen.

Horatia dachte über ihre Frage nach. »Offensichtlich hat er das Gefühl gehabt, ihm bliebe gar nichts anderes übrig. Für dich war diese Situation ganz außerordentlich kompromittierend. Viel schlimmer als beim letzten Mal, da nicht nur dieser nette Mr. Drake, sondern außerdem auch noch Lady Lyndhurst euch gesehen hat. Selena ergötzt sich königlich an dieser Form von Klatsch. Es wäre ein Ding der Unmöglichkeit gewesen, den Vorfall zu vertuschen.«

Imogen zuckte zusammen. »Vermutlich hast du recht.«

Sie war ziemlich sicher, daß Alastair sich dazu hätte überreden lassen, den Mund zu halten. Schließlich war er ein alter Bekannter, der früher einmal mehr als nur ein

Freund gewesen war. Es bestand jedoch kein Grund zu der Annahme, daß Lady Lyndhurst diskret geschwiegen hätte.

»Colchester hat das einzige getan, was ein wahrer Gentleman unter den gegebenen Umständen hätte tun können.« Horatia zog die Stirn in Falten. »Ich muß schon sagen, daß mich das ziemlich überrascht. Sein Ruf legt es nicht gerade nahe, ehrenwertes Verhalten von ihm zu erwarten.«

»Du täuschst dich, Tante Horatia. Colchester ist ein Gentleman von genau der Sorte, die alles versuchen würde, um meinen Ruf zu retten. Ich fürchte nur, er hat sich nicht die Zeit gelassen, die Folgen seines Handelns im voraus zu bedenken.« Imogen fing wieder an, im Zimmer umherzulaufen.

»Du urteilst zu streng über ihn, meine Liebe.« Horatia nahm ihre Stickerei wieder auf. »Colchester fällt es bestimmt nicht leichter als dir, sich mit der Lage abzufinden.«

»Aber meine Pläne sind damit ruiniert worden, nicht seine. Wenn ich die Verlobung löse, bin ich erledigt, was meine gesellschaftliche Stellung angeht. Und du weißt selbst, daß in solchen Situationen immer die Dame die Schuld auf sich nimmt.«

»Ja, ich weiß, meine Liebe.«

»Eine Auflösung dieser Verlobung geht über die Grenzen des Erlaubten hinaus. Man wird mich in Zukunft nicht mehr einladen.«

»Ja, meine Liebe.«

»Und wie soll ich dann meine Pläne in die Tat umsetzen und Vanneck in die Falle locken?«

»Ich habe keine Ahnung, meine Liebe.«

»Eben. Ich sitze in der Falle.« Imogen schlug im Vorbeigehen mit der Handfläche auf den Schreibtisch. Das Tintenfaß bebte. »Man könnte fast glauben, Colchester hätte es absichtlich getan.«

Horatias Nadel hielt mitten in der Luft inne. »Absichtlich?«

»Du weißt sehr wohl, daß er von Anfang an gegen meinen Plan war.«

»Nun, er hat anfangs zugegeben, daß ihm diese ganze Geschichte die allergrößten Sorgen bereitet«, räumte Horatia ein.

»Genau.« Imogen runzelte die Stirn. »Vielleicht war seine Rolle bei der Sache eine derart große nervliche Belastung für ihn, daß er beschlossen hat, meinem Vorhaben auf diese hinterhältige Art ein Ende zu bereiten.«

»Ich weiß nicht, wie oft ich es dir schon gesagt habe, Imogen, aber Colchester ist kein Mann, dessen Nerven leicht zu strapazieren sind.«

»Und ich weiß nicht, wie oft ich dir schon erklärt habe, daß er hochgradig sensibel ist. Menschen dieser Art leiden oft unter schwachen Nerven.« Imogen kniff die Augen zusammen, als ein Verdacht in ihr aufkeimte. »Gestern abend, kurz bevor diese Katastrophe über uns hereingebrochen ist, hat er mir berichtet, Vanneck versuchte bereits, ein geheimes Konsortium zu bilden. Mein Plan stand kurz davor, Früchte zu tragen. Ich konnte Colchester deutlich anmerken, daß diese Neuigkeiten ihn bis ins Mark erschüttert haben. Offenbar ist mir im ersten Moment entgangen, wie übel ihn das mitgenommen hat.«

»Ach, wirklich?«

»Er muß in Panik geraten sein.«

»In Panik? Colchester?«

»Vielleicht war er derart beunruhigt, daß er drastische Schritte unternommen hat, um meinen Plan zunichte zu machen, ehe ich ihn noch weiter verfolgen kann.«

Horatia dachte darüber nach. »Ich vermute, durch

diese Verlobung gestaltet sich dein Vorhaben tatsächlich komplizierter.«

»Jetzt ist die Lage absolut verfahren«, fauchte Imogen. »Es ging darum, Vanneck in dem Glauben zu wiegen, daß er in Colchester einen Rivalen hat.«

»Ich weiß.«

»Ich wollte, daß er glaubt, ich würde mit demjenigen eine Partnerschaft eingehen, der als erster bereit ist, eine Expedition nach Zamar zu finanzieren. Ich wollte, daß Vanneck glaubt, seine Chancen, mich dazu zu überreden, daß ich ihn als Partner akzeptiere, stünden gut.« Imogen holte mit einem Arm aus und verfehlte eine Blumenvase nur um wenige Zentimeter. »Jetzt wird er wahrscheinlich keinen Gedanken mehr an die Bildung seines Konsortiums vergeuden.«

»Wie wahr. Unter den gegebenen Umständen wird Vanneck selbstverständlich davon ausgehen, daß er keine Chancen mehr hat, an das Königliche Siegel zu kommen. Colchester hat ihn elegant ausgestochen, nicht wahr? Keine Dame kann eine geschäftliche Partnerschaft von der Sorte, wie sie dir vorgeschwebt hat, mit einem Mann eingehen, wenn sie mit einem anderen verlobt ist und ihn zu heiraten gedenkt. Das gehört sich nicht.«

»Richtig.« Imogen blieb neben ihrem Schreibtisch stehen und trommelte mit den Fingern auf die polierte Tischplatte. »Das gehört sich nicht. Die Loyalität der Dame hat ihrem zukünftigen Ehemann zu gehören, der ihre geschäftlichen Angelegenheiten fortan verwalten wird. Das weiß Colchester ganz genau. Und gerade deshalb drängt sich mir der unangenehme Verdacht auf, daß es sich von seiner Seite aus um eine verzweifelte List handelt. Ich fürchte, es könnte geklappt haben. Er hat meine Pläne erfolgreich zerstört.«

Horatia sah Imogen über den Rand ihrer Brille an. »Du

stellst es ganz so hin, als sei alles nur Colchesters Schuld. Ein ruchloses Komplott, um dir einen Strich durch die Rechnung zu machen.«

»Ich habe den Verdacht, genauso hat es sich verhalten.«

»Dürfte ich fragen, wie es ihm gelungen ist, dich ohne dein Zutun zu kompromittieren? Hat er dich etwa in einen abgeschiedenen Winkel des Gartens gelockt und dir dort seine Aufmerksamkeiten aufgezwungen?«

Imogen errötete heftig. »Nicht direkt.«

Die Erinnerungen an Matthias' intime Berührungen hatten sie fast die ganze Nacht lang wach gehalten. Die Empfindungen, die sie in seinen Armen kennengelernt hatte, hatten größte Verwirrung und Benommenheit bei ihr ausgelöst. Die Mischung aus Erregung und gänzlich ungewohnten Gefühlen war sogar für ihre starken Nerven beinah zuviel gewesen.

Stundenlang hatte sie die Decke angestarrt und sich gefragt, wie sich diese seltsamen Empfindungen wohl auf Matthias ausgewirkt haben mochten. Sie war nicht hundertprozentig sicher, ob er auch nur irgend etwas dabei verspürt hatte. Er war ihr in hohem Maße gefaßt erschienen, als Lady Lyndhurst und Alastair plötzlich aufgetaucht waren.

Imogen unterdrückte einen kleinen Seufzer. Sie fürchtete, daß das, was Matthias letzte Nacht empfunden hatte, noch nicht einmal annähernd an den Tumult heranreichte, der in ihr getobt hatte. Der Traum kurz vor dem Morgengrauen hatte auch nicht gerade dazu beigetragen, ihr das Gefühl des Unbehagens zu nehmen und sie zu beruhigen.

Bei Tagesanbruch hatte sich der Aufruhr in ihrem Inneren jedoch wieder gelegt, und mit der Ruhe kam die klare Erkenntnis dessen, was alles verloren war. Und Tante Horatias behutsamer Vorwurf einer Komplizenschaft machte alles nur noch schlimmer. Es stimmte schon, daß ich Matthias bereitwillig geküßt habe, dachte Imogen. Aber weiter wären die Dinge nicht gegangen, wenn er nicht exotische zamaranische Techniken des Liebesspiels angewandt hätte, um ihre Sinne zu benebeln.

»Nun, meine Liebe, was ist?« half ihr Horatia auf die Sprünge.

Imogen räusperte sich und straffte ihre Schultern. »Ich habe dir doch schon erzählt, daß wir in den Garten gegangen sind, um über die Fortschritte zu reden, die mein Vorhaben inzwischen gemacht hat. Dabei sind wir von Lady Lyndhurst und Alastair Drake ertappt worden.«

»Wenn man euch lediglich gemeinsam im Garten erwischt hätte, dann hätte sich daraus noch lange nicht die Notwendigkeit einer Verlobung ergeben. Nicht in deinem Alter, meine Liebe.«

»Das ist mir durchaus bewußt.« Imogen suchte nach Mitteln und Wegen, das Thema zu wechseln. Sie wollte die Vorfälle des gestrigen Abends nicht bis in alle Einzelheiten erörtern. »Ich fürchte, Lady Lyndhurst und Alastair haben das Schlimmste angenommen.«

»Den Gerüchten, die sich wie ein Lauffeuer im Ballsaal herumgesprochen haben, war zu entnehmen, daß die beiden euch in einem absolut nicht präsentablen Zustand angetroffen haben«, sagte Horatia mit ungewohnter Rücksichtslosigkeit. »Ich habe gehört, dein Haar wäre ganz zerzaust gewesen. Dein Kleid sei zerknittert gewesen, und du hättest einen deiner Schuhe verloren. Das Mieder deines Kleides hätte den Eindruck erweckt, als sei ihm übel mitgespielt worden. Einem anderen Bericht zufolge sollen Colchesters Handschuhe und dein Turban im Gras gelegen haben.«

Imogen war entsetzt. »Du hast all diese gräßlichen Einzelheiten gehört?«

»Das und noch mehr.« Horatia seufzte. »Noch sehr viel mehr. Sie nennen dich wieder Die Unkeusche Imogen, meine Liebe. Du wärst heute morgen ruiniert gewesen, wenn Colchester nicht einen Zauberstab geschwenkt und öffentlich verkündet hätte, daß ihr beide euch verlobt habt.«

Imogen ließ sich auf den Stuhl hinter ihrem Schreibtisch fallen und schlug die Hände vors Gesicht. Sie bemühte sich, ihre Gedanken zu ordnen, um wieder logisch und zusammenhängend denken zu können, aber in ihrem Kopf herrschte das reinste Chaos.

»Verdammt und zum Teufel«, murmelte sie. »Was soll ich jetzt bloß tun?«

»Du mußt wirklich etwas mehr auf deine Ausdrucksweise achten, solange wir uns in der Stadt aufhalten, meine Liebe«, ermahnte Horatia sie. »Mir ist durchaus klar, daß du die Gewohnheit zu fluchen von deiner Mutter übernommen hast, aber ich muß dich trotzdem daran erinnern, daß sie als sehr unkonventionell gegolten hat.«

Imogen sah Horatia durch ihre Finger finster an. »Es tut mir leid, Tante. Aber *verdammt und zum Teufel* scheint mir im Moment die einzig adäquate Ausdrucksweise zu sein. Jedenfalls fällt mir nichts Besseres dazu ein.«

»Unsinn. Eine Dame findet zu jedem Anlaß die angemessenen Worte.«

Ein kurzes, herrisches Klopfen an der Tür riß Imogen aus ihren Gedanken, ehe ihr eine passende Antwort eingefallen war. Mrs. Vine öffnete die Tür zum Arbeitszimmer. Ihr plumpes Gesicht trug den gewohnt mürrischen Ausdruck.

»Eine Nachricht für Sie, Miss Waterstone.« Sie hielt ein zusammengefaltetes Blatt Papier in einer Hand, der man die Hausarbeit deutlich ansehen konnte. »Ein Junge hat sie vor ein paar Minuten in der Küche abgegeben.«

Imogen ließ eilig die Hände sinken und faltete sie auf ihrem Schreibtisch. »Würden Sie mir die Nachricht bitte geben, Mrs. Vine?«

Die Haushälterin trottete in den Raum und legte die Nachricht auf den Schreibtisch. Dann machte sie kehrt und stapfte wieder zur Tür.

»Einen Moment noch, Mrs. Vine.« Imogen nahm das Blatt Papier in die Hand und faltete es auseinander. »Es könnte sein, daß ich ein Antwortschreiben schicken möchte.«

»Wie Sie wünschen, Madam.« Mrs. Vine wartete stoisch in der Tür.

Imogen überflog die kurze Nachricht.

Meine liebe Imogen,

ich werde heute nachmittag um fünf kommen, um Dich zu einer Spazierfahrt im Park abzuholen. Ich freue mich schon darauf, Dich zu sehen. Du darfst nicht zulassen, daß die jüngsten Ereignisse Dich allzusehr aufregen. Wir werden schon eine zufriedenstellende Lösung für die Angelegenheit finden.

Herzlichst,
Colchester

Das ging entschieden zu weit. »Aufregen?« murrte Imogen. »Ich mich? Ich bin hier schießlich nicht diejenige mit den schwachen Nerven.«

Horatia sah sie fragend an. »Wie bitte?«

»Schon gut.« Imogen zerknüllte die Nachricht. »Ja, Mrs. Vine. Ich möchte ganz entschieden ein Antwortschreiben absenden.«

Sie zog unwirsch ein Blatt Papier aus der Schublade, tauchte die Feder in die Tinte und kritzelte hastig ihre Nachricht hin.

Colchester,
ich habe Ihre Nachricht erhalten. Zu meinem Bedauern werde ich nicht in der Lage sein, Sie heute auf eine Spazierfahrt durch den Park zu begleiten. Ich bin anderweitig beschäftigt.

Herzlichst,
I. A. Waterstone

P. S. Im Gegensatz zu manchen anderen Leuten, die unter schwachen Nerven leiden, neige ich nicht dazu, mich über bedauerliche Vorfälle aufzuregen.

Imogen faltete den Brief sorgsam zusammen, versiegelte ihn und reichte ihn dann Mrs. Vine.

»Sorgen Sie bitte dafür, daß diese Nachricht augenblicklich überbracht wird.«

»Ja.« Mrs. Vine schüttelte den Kopf, als sie den Brief entgegennahm. »Nachrichten, die kommen und gehen und gehen und kommen. Da fällt mir eine andere Mieterin ein, die ich vor ein paar Jahren hatte. Eine kleine Halbseidene. Jemand Vornehmes hatte sie hier für ein paar Monate einquartiert. Die beiden haben ständig Nachrichten hin- und hergeschickt. Das heißt, natürlich nur dann, wenn sie gerade mal nicht im Bett herumgetollt haben.«

Imogen war einen Moment lang verwirrt. »Sie haben in diesem Haus einmal eine Mätresse bei sich aufgenommen, Mrs. Vine?« fragte sie dann.

»Ein charmantes Dingelchen, das muß ich schon sagen. Aber sie war Französin, Sie wissen schon. Nebenbei hat sie sich noch eine Liebelei gegönnt. Auch jemand aus der feinen Gesellschaft.« Mrs. Vine seufzte. »Geschmack hat sie gehabt, das muß man ihr lassen. Aber ihre erste Geliebte, die zuerst da war und die Miete bezahlt hat, hat die beiden zusammen im Bett ertappt. Und einen Anfall bekommen. Zieht einfach eine Pistole aus der Handtasche und schießt dem kleinen Fratz eine Kugel in die Schulter. Das war vielleicht eine Schweinerei, diese Laken zu waschen, das kann ich Ihnen sagen. Das nächste, was ich weiß, ist, daß die beiden ...«

»Einen Moment mal, Mrs. Vine.« Horatia sah die Haushälterin durchdringend an. »Wollen Sie damit etwa sagen, es hätte sich bei dem Mitglied der Gesellschaft, das die Miete für diese Frau von zweifelhaftem Ruf bezahlt hat, um eine Dame gehandelt?«

»Ja. Lady Petry. Und sie hat immer pünktlich die Miete bezahlt.«

»Was ist passiert?« erkundigte sich Imogen fasziniert.

»Tja, also, die kleine Halbseidene war nicht schlimm verwundet. Ich habe ihr einen Verband angelegt, und dann haben sie alle drei angefangen, zu weinen und sich zu entschuldigen und fürchterlich aufeinander einzureden. Bevor ich noch wußte, was geschah, baten sie mich, ihnen im Salon Tee zu servieren. Als ich aus der Küche zurückgekommen bin, hatten sie längst alles geregelt.«

»Geregelt?« fragte Horatia.

»Da stellt sich doch glatt heraus, daß Lady Petry und Lady Arlon, das ist die Dame, die mit Lady Petrys kleinem Fratz im Bett gelegen hat, beide schon seit Jahren heimlich ineinander verliebt waren.«

»Gütiger Himmel«, hauchte Horatia. »Lady Petry und Lady Arlon?«

»Keine von beiden hatte der anderen jemals etwas davon gesagt«, erklärte Mrs. Vine. »Tja, schließlich haben sie der süßen Göre dann einen Batzen Geld gegeben und sie weggeschickt. Die hat bei der Geschichte gut abgeschnitten und war es zufrieden. Hat sich von dem Geld ein Geschäft eingerichtet und sich als Schneiderin niedergelassen. Madame Maude nennt sie sich. Sehr exklusiv.«

Die zweite Nachricht von Colchester traf innerhalb von einer Stunde ein. Als Mrs. Vine sie im Arbeitszimmer abgab, warf Imogen einen schiefen Blick darauf. Etwas sagte ihr, daß sie diese Nachricht nicht lesen wollte. Zögernd faltete sie das knisternde Blatt Papier auseinander.

Liebe Imogen,
ich rate Dir, die Verabredung für den Nachmittag, die Du in Deinem Schreiben erwähnt hast, abzusagen. Falls Du nicht zu Hause sein solltest, wenn ich Dich um fünf Uhr abhole, werde ich davon ausgehen, daß Dir ein schreckliches Unglück zugestoßen ist. Diejenigen unter uns, die unter schwachen Nerven leiden, nehmen immer nur das Schlimmste an. Ich werde dann auch tatsächlich nicht ruhen können, solange ich Dich nicht ausfindig gemacht und mir mit eigenen Augen bestätigt habe, daß Dir nichts zugestoßen ist. Glaube mir, ich werde Dich finden, selbst wenn ich gezwungen sein sollte, ganz London nach Dir abzusuchen.

Herzlichst,
Colchester

Horatia blickte erwartungsvoll auf. »Das Schreiben ist von Seiner Lordschaft?«

»Ja.« Imogen zerknüllte die zweite Nachricht. »Wer hätte gedacht, daß ein Mann, der unter schwachen Nerven leidet, sich derart geschickt dabei anstellt, andere einzuschüchtern?«

Patricia kehrte an jenem Nachmittag um halb fünf von ihren ersten Besuchen zurück. Matthias hielt sich gerade in seiner Bibliothek auf. Er war dabei, letzte Notizen für einen öffentlichen Vortrag zu Papier zu bringen, den er in den Räumen der Zamaranischen Gesellschaft halten sollte. Er hörte, wie Ufton die Haustür öffnete und seine Schwester begrüßte.

Einen Moment später klopfte Ufton an die Tür der Bibliothek. Matthias legte seine Feder hin. »Herein.«

Ufton öffnete die Tür. Patricia, die eines ihrer neuen Nachmittagskleider trug, kam hereingeeilt. Sie wirkte verstört.

»Matthias, ich muß mit dir reden.«

»Hat das nicht Zeit bis später? Ich wollte gerade aus dem Haus gehen, weil ich eine Verabredung habe. Miss Waterstone und ich werden heute nachmittag eine Spazierfahrt im Park unternehmen.«

»Es dreht sich um Miss Waterstone«, sagte Patricia. Sie wirkte erstaunlich entschlossen.

Matthias lehnte sich auf seinem Stuhl zurück und sah seine Schwester an. »Zweifellos beziehen sich deine Fragen auf meine Verlobung mit ihr.«

»Gewissermaßen.« Patricia nahm ihren Hut ab und umklammerte ihn fest mit beiden Händen. »Ich komme gerade von Lady Lyndhurst. Sie war so freundlich, mich heute nachmittag einzuladen.«

»Ich weiß. Sicher hat es dir dort gefallen.«

»Ja, sehr. Verstehst du, sie hat einen Salon gegründet. Die Mitglieder befassen sich eingehend mit Zamar. Es ist wirklich sehr interessant. Ich bin aufgefordert worden, mich diesem Kreis anzuschließen.«

»Ach, wirklich?«

»Aber das ist es nicht, worüber ich mit dir reden wollte.« Patricia holte tief Atem und nahm all ihren Mut zusammen, ehe sie sich zu ihren nächsten Worten aufraffte. »Ich muß dir berichten, daß ich heute außerordentlich beunruhigende Dinge über Miss Waterstone erfahren habe.«

Matthias erstarrte. »Wie bitte?«

»Ich sage dir das nicht gern, Colchester, aber Miss Waterstone war eines der Gesprächsthemen des Salons. Ich fand, das solltest du wissen.«

»Ein Gesprächsthema.« Matthias schlang die Hände um die geschnitzten Lehnen seines Stuhls. »Willst du damit etwa sagen, daß du dir üblen Klatsch über meine Verlobte angehört hast?«

Sein Tonfall ließ Patricia erbleichen. »Ich fand, du solltest wissen, daß ihr Name in aller Munde ist. Anscheinend hat sie eine gewisse Vorgeschichte. Du wirst es nicht glauben, aber man nennt sie tatsächlich Die Unkeusche Imogen.«

»Niemand wagt es, sie in meiner Gegenwart so zu nennen.«

»Matthias, alle sind sich darüber einig, daß du dich nur deshalb verpflichtet gefühlt hast, deine Verlobung bekanntzugeben, weil Miss Waterstone sich gestern abend mit dir kompromittiert hat.«

»Was gestern abend zwischen Miss Waterstone und mir vorgefallen ist, geht niemanden außer uns beiden etwas an«, sagte Matthias mit gesenkter Stimme.

»Das verstehe ich nicht.« Patricias Verblüffung wirkte echt. »Ich dachte, die Neuigkeit, daß Miss Waterstones Ruf befleckt ist, würde dich ebensosehr schockieren wie mich.«

»Was mich angeht, so ist ihre Ehre unbefleckt, und jeder, der etwas anderes behauptet, wird sich mir gegenüber dafür verantworten müssen. Habe ich mich klar genug ausgedrückt?«

Patricia wich voller Unbehagen einen Schritt zurück, reckte jedoch das Kinn in die Luft. »Ja, allerdings. Du mußt tun, was du für richtig hältst.«

»Genau.« Matthias stand auf und ging um seinen Schreibtisch herum.

»Wenn du dich darauf versteifst, mit einer Frau von fragwürdiger Tugend verlobt zu sein, dann ist das deine Angelegenheit«, sagte Patricia trotzig. »Aber du kannst nicht von mir erwarten, daß ich mich weiterhin mit Miss Waterstone und ihrer Tante sehen lasse. Schließlich muß ich auch an meinen eigenen Ruf denken.«

Wut loderte in Matthias auf. »Solange du beschließt, unter meinem Dach zu weilen, wirst du Miss Waterstone und ihre Tante respektvoll behandeln.«

»Aber, Matthias ...«

»Übrigens kann ich dir, da wir anscheinend gerade über angemessenen Umgang reden, bei dieser Gelegenheit gleich sagen, daß ich dir ernstlich davon abrate, dich mit Hugo Bagshaw anzufreunden. Mach ihm bloß keine falschen Hoffnungen.«

Patricia war fassungslos. »Mr. Bagshaw ist ein vollendeter Gentleman. Er ist über jeden Vorwurf erhaben.«

»Hugo Bagshaw haßt mich. Er könnte durchaus versuchen, dich für seine Zwecke zu benutzen, da er sich an mir für etwas rächen will, wovon er glaubt, ich hätte es vor vielen Jahren verbrochen. Halte dich von ihm fern, Patricia.«

»Aber ...«

Matthias stand in der Tür. »Und jetzt mußt du mich entschuldigen. Ich habe eine Verabredung.«

Imogen kochte vor Wut. Matthias wunderte sich darüber, daß sie seinen Frack nicht in Brand steckte, als sie funkensprühend neben ihm in der Kutsche saß. Er lächelte kläglich in sich hinein, während er das Gespann von blendend aufeinander eingespielten Grauschimmeln durch die steinernen Säulen lenkte, die den Eingang des Parks markierten.

Auf den Wegen wimmelte es bereits von eleganten Equipagen. Es war in Mode gekommen, sich um fünf Uhr bei einer Spazierfahrt sehen zu lassen. Matthias schätzte die bessere Gesellschaft nicht, aber er kannte ihre Spielregeln. Ihm war, im Gegensatz zu Imogen, klar, wie entscheidend es war, daß die beiden sich an jenem Nachmittag miteinander blicken ließen. Die High Society würde geschlossen nach ihnen Ausschau halten.

»Sie sind sich doch sicher im klaren darüber, daß Sie mir mit Ihrer ängstlichen Natur einen gewaltigen Strich durch die Rechnung gemacht haben«, sagte Imogen unwirsch.

»Ich bedaure es, dir mit unserer Verlobung Ungelegenheiten bereitet zu haben.«

Sie bedachte ihn mit einem flammenden Blick. »Im Ernst, Sir? Das frage ich mich tatsächlich. Mir ist inzwischen nämlich aufgegangen, daß Sie das gestrige Debakel durchaus vorsätzlich inszeniert haben könnten. Es könnte sich dabei um einen plumpen Versuch gehandelt haben, meine Pläne im Keim zu ersticken.«

»Wie kommst du denn auf den Gedanken?« Matthias neigte den Kopf einen knappen Zentimeter, um einen Bekannten in einer vorüberfahrenden Kutsche zu begrüßen.

»Ganz einfach. Zu diesem Schluß bin ich gelangt, als mir klargeworden ist, daß Sie geheime zamaranische Liebestechniken an meiner Person erprobt haben.«

Matthias hätte fast die Zügel fallen lassen. »Wovon zum Teufel redest du?«

»Versuchen Sie bloß nicht, mir etwas weiszumachen, Mylord. Daraus wird nämlich nichts.« Imogens Hände ballten sich grimmig um ihren geschlossenen Fächer. Sie sah starr vor sich hin. »Ich bin nicht so dumm, wie Sie glauben. Mir ist durchaus bewußt, daß Sie gewisse mysteriöse Techniken angewandt haben, die dazu gedacht waren, meine Sinne restlos zu verwirren.«

»Ich verstehe. Und du glaubst, ich hätte diese ... äh ... exotischen Praktiken im Verlauf meiner Studien des alten Zamar erlernt?«

»Woher sollten sie denn sonst stammen? Es hat sich mit Sicherheit nicht um normale Methoden gehandelt, die in der Liebe angewendet werden. Diese Tatsache war mir sofort klar.«

Eine widerwillige Faszination erfüllte Matthias. »So verhält sich das also? Woher nimmst du diese Gewißheit?«

Sie warf einen mißmutigen Blick auf ihn. »Ich bin schließlich nicht ganz und gar unerfahren, Mylord.«

»Ach, wirklich?«

»Ich bin schon zahllose Male geküßt worden, und daher weiß ich, daß Ihre Küsse nicht zu der normalen Sorte zählen.«

»Könntest du mir vielleicht genauer sagen, inwiefern sich meine Küsse von den anderen Küssen unterscheiden, mit denen du Erfahrung hast?«

»Sie wissen ganz genau, worin der Unterschied besteht, Sir.« Imogens Tonfall war jetzt entschieden frostig. »Ihre Küsse haben meine Knie so weich werden lassen, daß ich kaum noch stehen konnte. Und sie haben ein höchst unnatürliches Pulsrasen ausgelöst. Außerdem bin ich sicher, daß sie ein vorübergehendes Fieber haben aufkommen lassen.«

»Fieber?« Matthias dachte sehnsüchtig daran, wie sie in seinen Armen erschauert war.

»Mir war viel zu warm.« Sie sah ihn grimmig an. »Aber der schlagendste Beweis ist der, daß Ihre Küsse meine Fähigkeit zu logischem Denken vollständig ausgerottet haben. Gerade war ich noch bei klarem Verstand und konnte rational denken und mich auf meine Pläne konzentrieren, Vanneck in eine Falle zu locken, und im nächsten

Moment ist in meinem Gehirn das reinste Chaos ausgebrochen.«

Matthias richtete den Blick auf die Spitzen der Pferdeohren. »Du sagst, du hättest nie dieselben Reaktionen an dir wahrgenommen, wenn andere Männer dich geküßt haben?«

»Absolut nicht.«

»Wie viele Männer haben dich geküßt, Imogen?«

»Das ist meine Privatangelegenheit, Sir. Ich dächte im Traum nicht daran, Ihnen eine Zahl zu nennen. Eine Dame spricht nicht über solche Dinge.«

»Ich bitte um Verzeihung. Ich respektiere den Umstand, daß du nicht eine Frau von der Sorte bist, die Männer küßt und es dann überall herumerzählt. Aber falls Alastair Drake dein einziger Vergleichsmaßstab ist, dann habe ich das Gefühl, ich sollte dir sagen...«

»Mr. Drake ist nicht mein einziger Vergleichsmaßstab.« Imogen drehte sich abrupt zu ihm um. »Zu Ihrer Information, Mylord, mich hat auch schon ein anderer Mann geküßt.«

»Ach, was? Tatsächlich?«

»Und noch dazu ein Franzose«, fügte sie triumphierend hinzu.

»Ich verstehe.«

»Alle Welt weiß, daß die Franzosen sich in der Liebe sehr geschickt anstellen.«

»Und wie hast du diesen Franzosen kennengelernt?« fragte Matthias.

»Wenn Sie es unbedingt wissen müssen, es war Philippe d'Artois, mein Tanzlehrer.«

»Ach, ja, der Tanzlehrer. Dann sieht die ganze Angelegenheit natürlich schon ein wenig anders aus. Ich nehme an, ich muß dir zugestehen, daß du tatsächlich gewisse Vergleiche ziehen kannst.«

»Ja, allerdings«, gab Imogen zurück. »Und ich weiß ganz genau, daß die heftigen Gefühle, die ich letzte Nacht am eigenen Leib erlebt habe, nicht das Ergebnis gewöhnlicher Liebestechniken waren. Gestehen Sie es, Sir. Sie haben exotische zamaranische Techniken angewandt, um meine Sinne zu verwirren.«

»Imogen...« Ein lautes Knacken war zu vernehmen. Matthias ließ seinen Satz abreißen und warf einen Blick auf Imogens Fächer. Wie er sehen konnte, hatte sie ihn so fest umklammert, daß sie die zarten Stäbe versehentlich durchgebrochen hatte. »Ich wollte gerade sagen, daß es noch eine andere Erklärung für die starken Gefühle gibt, von denen du behauptest, du hättest sie gestern abend erfahren.«

»Blödsinn. Wie sollte eine andere Erklärung dafür lauten?«

»Es ist gut möglich, daß du so intensiv reagiert hast, weil du eine gewisse Schwäche für mich entwickelt hast«, schlug er behutsam vor. »Mit anderen Worten, zwischen uns beiden hat sich ein gewisses Maß an Leidenschaft eingestellt.«

»Unsinn.« Sie zeigte plötzlich außerordentlich reges Interesse an einer vorbeifahrenden Kutsche. »Wie könnte sich... wie könnte sich ein derart immenses Maß an Leidenschaft ohne Liebe einstellen?«

»Diese Bemerkung ist ganz außerordentlich naiv, Imogen.«

Hufe klapperten auf dem Pfad. Vanneck ritt neben dem leichten Zweispänner her. Matthias konnte aus dem Augenwinkel sehen, wie Imogen sich zu einem angespannten Lächeln zwang.

»Ich wünsche Ihnen beiden einen schönen Tag«, sagte Vanneck grimmig.

Er griff seinem tänzelnden Hengst in die Zügel. Der

Braune legte die Ohren flach an den Kopf, als sich das Zaumzeug schmerzhaft in seine Nüstern grub. »Soweit ich gehört habe, darf man gratulieren.«

»Richtig«, sagte Matthias.

»Vielen Dank, Lord Vanneck«, murmelte Imogen gepreßt. Sie begann, mit dem zerbrochenen Fächer auf ihr Knie zu klopfen.

Vannecks dünnes Lächeln reichte nicht bis zu seinen Augen, die schnell von Matthias zu Imogen glitten und sich dann wieder Matthias zuwandten. In diesem Blick schwang ein Element von verschlagener, gieriger Wachsamkeit mit. Matthias fühlte sich an ein Frettchen erinnert.

»Manche Leute behaupten, Ihre zukünftige Frau brächte eine äußerst interessante Mitgift in die Ehe«, bemerkte Vanneck.

»Miss Waterstone hat es nicht nötig, sich durch eine Mitgift interessant zu machen«, sagte Matthias. »Sie ist an sich schon faszinierend genug.«

»Das bezweifle ich nicht, Sir. Bis später.« Vanneck nickte barsch und entfernte sich in einem leichten Galopp.

»Verflixt und zugenäht«, flüsterte Imogen. »Ich habe wirklich dicht davor gestanden. Er ist in meine Falle gegangen. Ich hätte sie nur noch zuschnappen lassen müssen.«

Matthias schaute finster. »Gib es auf, Imogen. Es ist aus und vorbei.«

»Nicht unbedingt«, sagte sie bedächtig.

Der Ausdruck, der jetzt in ihre Augen getreten war, ließ Matthias plötzlich mißtrauisch werden. »Imogen ...«

»Mir ist gerade etwas aufgegangen, Colchester. Vielleicht besteht doch noch die Möglichkeit, meinen ursprünglichen Plan teilweise zu retten.«

»Das ist ganz ausgeschlossen. Nachdem du jetzt mit mir

verlobt bist, kannst du keine partnerschaftlichen Geschäftsbeziehungen mehr mit Vanneck eingehen. So etwas gehört sich nicht.«

»Es ist wahr, daß Sie meine ursprünglichen Pläne zunichte gemacht haben.«

»Es tut mir leid, Imogen, aber ich habe das Gefühl, es ist besser so.«

»Noch ist nicht alles verloren«, murmelte sie, als hätte sie kein Wort von dem gehört, was er gesagt hatte. »Ich bin nämlich gerade eben auf eine neue Idee gekommen.«

»Verdammt noch mal.«

»Es ist zwar wahr, daß ich jetzt nicht mehr in der Lage bin, eine geschäftliche Partnerschaft mit Vanneck einzugehen, aber Ihnen in Ihrer Rolle als meinem Verlobten steht das weiterhin offen.«

»Wovon zum Teufel sprichst du denn jetzt schon wieder?«

»Das ist ganz einfach, Mylord.« Sie lächelte ihn strahlend an.

»Sie werden Vanneck sagen, daß Sie nicht gewillt sind, einen großen Teil Ihrer eigenen Mittel zu riskieren, um eine Expedition zu finanzieren. Sie werden ihm jedoch die Chance einräumen, sich als Ihr Partner zu beteiligen. *Vorausgesetzt, er kann seinen Anteil an den Kosten aufbringen.«*

»Gütiger Gott.« Matthias war gegen seinen Willen tief beeindruckt.

»Verstehen Sie denn nicht, worauf das hinausläuft? Damit erreichen wir genau dasselbe, was ich ursprünglich beabsichtigt hatte. Vanneck wird auch unter den gegebenen Umständen ein Konsortium bilden müssen, um an das Geld zu kommen, das er braucht. Und wenn die Expedition scheitert, ist er ruiniert. Genauso, wie ich es von Anfang an geplant hatte.«

Matthias sah sie versonnen an. »Rückst du jemals von einem Vorhaben ab, Imogen?«

»Nein, nie, Mylord. Meine Eltern haben mich dazu erzogen, beharrlich und ausdauernd zu sein.«

9

Ich werde nicht erst lange um den heißen Brei herumreden, Mylord.« Licht funkelte zornig auf Horatias Brillengläsern, als sie Matthias an seinem Schreibtisch gegenübertrat. »Ich bin heute nur hergekommen, weil ich herausfinden will, was für ein Spiel Sie mit meiner Nichte treiben.«

Matthias preßte die Spitzen seiner gespreizten Finger zusammen und sah Horatia mit einem spöttischen Lächeln an. »Ein Spiel?«

»Als was würden Sie diese Bekanntmachung einer Verlobung denn bezeichnen?«

»Und ich dachte, Sie würden sich freuen, Madam. Diese Verlobung wird dem gefährlichen Vorhaben Ihrer Nichte ein Ende bereiten. Genau das wollten Sie doch, oder etwa nicht?«

»An Ihrer Stelle wäre ich nicht so sicher, daß diese Angelegenheit damit aus dem Weg geräumt ist«, gab Horatia zurück. »Sie wissen sehr wohl, daß sie jetzt schon neue Möglichkeiten ausheckt, Vanneck zu ruinieren.«

»Ja, aber ihr jüngstes Vorhaben erfordert weit mehr als nur meinen Beistand. Es setzt meine uneingeschränkte Mitwirkung an einem fingierten Betrugsgeschäft voraus. Ich habe nicht die Absicht, mich darauf einzulassen.«

Horatia sah ihn finster an. »Wie meinen Sie das?«

»Ich habe nicht die Absicht, Vanneck unter Vorspiegelung falscher Tatsachen zu einer Partnerschaft zu überreden. Und selbst wenn ich bereit wäre, ihm eine Partnerschaft anzubieten, dann bezweifle ich, daß er ein solches Bündnis auch nur in Erwägung ziehen würde. Noch nicht einmal dann, wenn es darum geht, das Königliche Siegel an sich zu bringen. Wir sind von Natur aus Feinde, Vanneck und ich, und nicht etwa Verbündete. Beruhigen Sie sich. Es wird alles gut ausgehen.«

»Erzählen Sie mir bloß nicht, daß ich mich beruhigen soll. Aus Ihrem Munde klingt das so, als kämen diese Worte von Imogen.«

Matthias zuckte die Achseln. »Damit wäre diese ganze Geschichte erledigt, Horatia.«

»Erledigt? Um Gottes willen, Sie haben öffentlich Ihre Verlobung bekanntgegeben, Colchester. Sie wissen genau, was das heißt. Was soll aus Imogen werden?«

»Was soll aus ihr werden? Sie ist verlobt.«

Sie starrte ihn mit zunehmender Wut an. »Erlauben Sie sich keine Scherze mit mir, Sir. Hier ist von einer jungen Frau die Rede, deren Ruf ohnehin schon reichlich angeschlagen ist. Was glauben Sie wohl, wie es ihr ergehen wird, wenn Sie die Verlobung lösen?«

»Irgend etwas sagt mir, daß Imogen die Auflösung unserer Verlobung blendend überleben würde. Ihr mangelt es niemals an Einfällen, stimmt's? Aber zufällig habe ich keineswegs die Absicht, diese Verlobung zu lösen. Und ich habe auch nicht vor, ihr zu gestatten, daß sie die Verlobung löst.«

Horatias Mund sprang auf und schloß sich wieder. Und dann preßten sich ihre Lippen zu einem dünnen Strich zusammen. »Wollen Sie damit etwa andeuten, Ihre Absichten seien ... seien ...«

»Ehrenwert?«

»Was ist?« fragte sie ihn barsch. »Sind Ihre Absichten ehrenwert?«

»Sie brauchen mich gar nicht so bestürzt anzusehen.

Die Antwort lautet ja.« Matthias warf einen kurzen Blick auf die zamaranische Schriftrolle, mit der er sich gerade befaßt hatte, als Horatia vor ein paar Minuten in die Bibliothek geführt worden war. Dann sah er ihr fest in die Augen. »Jedenfalls halte ich meine Absichten für ehrenwert.«

»Sie haben die Absicht, Imogen zu heiraten?«

»Weshalb überrascht Sie das so sehr?«

»Sir, trotz Ihrer betrüblichen Vergangenheit und Ihres noch unerfreulicheren Rufes sind Sie der Earl von Colchester. Es ist allgemein bekannt, daß Sie ein enormes Vermögen besitzen und von makelloser Herkunft sind. Um es rundheraus zu sagen: Sie können weitaus Höheres anstreben als eine junge Frau wie Imogen, die von einfacher Geburt ist und kein allzu beträchtliches Vermögen besitzt, wenn Sie sich nach einer Ehefrau umsehen.«

»Sie haben mir versichert, daß Imogen auf dem Umweg über Sie mit dem Marquis von Blanchford verwandt ist.«

»Seien Sie nicht albern«, schnaubte Horatia. »Es handelt sich um eine extrem entfernte Verwandtschaft, und das wissen Sie genau. Sie wird nicht einen Penny von ihm erben. Und außerdem mangelt es ihr, dank ihrer exzentrischen Eltern, an dem Schliff im gesellschaftlichen Umgang, den man von einer Gräfin erwartet. Und zu allem Überfluß kommt noch hinzu, daß sie erst durch Vanneck und jetzt auch noch durch Sie gründlich kompromittiert worden ist. Wie können Sie erwarten, daß ich glaube, Sie hätten ernste Absichten?«

»Ich glaube, daß sie eine blendende Ehefrau für mich abgeben wird. Die einzige Schwierigkeit, die ich sehe, besteht darin, sie von dieser Tatsache zu überzeugen.«

Horatia starrte ihn an. Ihre Verblüffung war nicht zu übersehen. »Ich verstehe Sie nicht, Sir.«

»In dem Fall werden Sie mir vertrauen müssen. Ich gebe

Ihnen meinen Eid darauf, daß ich die Absicht habe, Imogen zu heiraten. Die Verlobung ist kein fauler Zauber. Zumindest nicht von meiner Seite.«

»Ist das etwa eines Ihrer berühmten Versprechen, Sir?« fragte Horatia mit tiefem Argwohn. »Von denen behauptet wird, daß Sie sie halten, koste es, was es wolle?«

»Ja. Genau so ist es«, erwiderte Matthias aus tiefster Überzeugung.

Er wartete, bis sich die Tür der Bibliothek hinter Horatia geschlossen hatte, ehe er aufstand. Er rollte die Schriftrolle behutsam wieder zusammen und legte sie zur Seite. Dann durchquerte er das Zimmer. Vor dem kleinen Tisch mit den Intarsienarbeiten, auf dem die Cognackaraffe stand, blieb er stehen.

Er schenkte sich ein Glas ein und hob es, um spöttisch der Statue des Zamaris zuzuprosten. »Leicht wird das nicht gerade werden, verstehst du? Im Moment hat sie nicht die leiseste Absicht, mich zu heiraten. Aber in einer Hinsicht habe ich ihr gegenüber einen haushohen Vorteil. Ich habe nur sehr wenige Skrupel, die mich hindern könnten, und ich besitze so gut wie keinen der Instinkte eines Gentleman. Das wird dir jeder bestätigen, den du fragst.«

Zamaris schaute mit dem vollkommenen Verständnis auf ihn hinunter, das nur ein Mann, der von Geistern umgeben in den Schatten lebt, einem anderen Mann entgegenbringen kann.

Matthias trat vor das Feuer. Er wußte nicht genau, wann der Gedanke, Imogen zu heiraten, in seiner Vorstellung aufgekommen war. Er wußte nur, daß er sie mit einer Leidenschaft begehrte, an der sich nur seine Gefühle für das untergegangene Zamar messen konnten.

Imogen war seine Anizamara, seine Göttin des Sonnenscheins, des Lebens und der Wärme. Sie war diejenige, die die Geister in Schach halten konnte.

»Und somit haben meine Nachforschungen ergeben, daß die Sitten und Bräuche des alten Zamar zwar gewiß von den Griechen und Römern beeinflußt worden sind, daß jedoch der größte Teil der Literatur und der Architektur der Bewohner dieser Insel einzigartig war.«

Matthias warf, nicht ohne ein Gefühl der Erleichterung, das letzte Blatt mit seinen Notizen auf den Tisch. Er umfaßte die Kanten des Rednerpults und schaute über das große Publikum hinaus, das sich hier versammelt hatte, um ihn zu hören. »Hiermit möchte ich meinen Vortrag über das untergegangene Zamar beenden.« Er zwang sich, höflich hinzuzufügen: »Natürlich beantworte ich gern etwaige Fragen.«

Höflicher Applaus hallte durch den vollen Vortragssaal. Mit Ausnahme von Imogen, die in der ersten Reihe saß, klatschte niemand mit allzu großer Begeisterung. Das überraschte Matthias nicht. Er war nicht hergekommen, um die Leute zu unterhalten. Er hatte es lediglich darauf abgesehen, den einzigen Menschen im Publikum zu beeindrucken, der seine Nachforschungen und seine Schlußfolgerungen zu würdigen wußte: I. A. Stone.

Ihm fiel auf, daß Imogen ihm mit einer wohltuenden Energie Beifall spendete.

Matthias graute es grundsätzlich vor solchen Veranstaltungen. Seit Zamar in Mode gekommen war, setzten sich die Menschenmengen, die sich versammelten, um ihn zu hören, in zunehmendem Maß aus den Stümpern, Amateuren und Dilettanten zusammen, die er verabscheute. Ihm war durchaus bewußt, daß das Interesse der großen Mehrheit der Leute, die vor ihm saßen, bestenfalls oberflächlich war. Aber an jenem Tag hatte er seinen Vortrag vor einem würdigen Rivalen gehalten, und Matthias sah jetzt schon freudig den Gegenbeweisen entgegen, die Imogen antreten würde.

Er schaute auf sie hinab, als der Beifall nachließ. Sie war eine strahlende Erscheinung, wie ein blinkendes Leuchtfeuer inmitten eines von trübe flackernden Kerzen erhellten Raumes. Verlangen durchzuckte Matthias mit der Glut eines Blitzes. Er würde sie für sich gewinnen. Er brauchte nichts weiter zu tun, als seine Karten vorsichtig auszuspielen. In ihrer Naivität und Unschuld standen ihre Chancen, ihm zu entkommen, so gering wie Anizamaras Chancen, sich Zamaris zu entziehen. Er holte tief Atem. Seine Hände spannten sich um die Seiten des Rednerpults. In diesem Walzer würde er die Führung übernehmen. Davon hing alles Glück ab, das zu finden ihm im Leben bestimmt war.

Imogen trug eines ihrer zahlreichen zamaringrünen Kleider und einen farblich passenden grünen Mantel, der mit Delphinen und Muscheln besetzt war. Ihr dichtes Haar steckte unter einem großen grünen Hut.

Matthias gestattete es sich, die Bewunderung genüßlich auszukosten, die er in ihren großen, intelligenten Augen sah. *Intelligent, und doch so unschuldig*. Er dachte über die faszinierenden Anschuldigungen nach, die sie gestern während der Fahrt durch den Park gegen ihn vorgebracht hatte. Statt sich die Leidenschaft einzugestehen, die jedesmal, wenn sie sich küßten, zwischen ihnen aufflackerte, hatte Imogen sich tatsächlich eingeredet, er hätte geheime zamaranische Liebestechniken angewandt.

Schließlich erstarb der letzte Beifall. Imogen beugte sich ein wenig auf ihrem Stuhl vor, faltete die Hände auf dem Schoß und beobachtete Matthias mit verzückter Aufmerksamkeit, als er sich darauf vorbereitete, Fragen aus dem Publikum zu beantworten. Seine Phantasie führte ihm flüchtig ein Bild vor Augen, und er sah überdeutlich, wie sie mit einem ähnlich verzückten Gesichtsausdruck aus den Tiefen des zamaranischen Delphinsofas in seiner Bibliothek zu ihm aufblickte. Augenblicklich war er zutiefst dankbar für das große hölzerne Rednerpult, das gewisse Teile seiner Anatomie vor den Blicken des Publikums schützte.

Ein stämmiger Mann, der ziemlich weit hinten im Raum saß, zog sich schwerfällig auf die Füße und räusperte sich übertrieben laut. »Lord Colchester, ich habe eine Frage.«

Matthias unterdrückte ein Stöhnen. »Ja, bitte?«

»Sie haben einen möglichen Einfluß Chinas auf die Sitten und Bräuche des alten Zamar in Ihrem Vortrag mit keinem Wort erwähnt.«

Matthias sah, wie Imogen die Augen verdrehte. Er wußte genau, wie ihr zumute war. Es gab kaum etwas Nervtötenderes als dumme Fragen.

»Das liegt daran, daß kein erkennbarer Einfluß vorhanden ist«, sagte er unmißverständlich.

»Aber würden Sie nicht sagen, daß die charakteristischen Merkmale der zamaranischen Schrift eine verblüffende Ähnlichkeit mit der chinesischen Schrift aufweisen?«

»Nein, nicht die geringsten.«

Der Fragesteller setzte sich murrend wieder hin.

Ein anderer Mann erhob sich. Er sah Matthias finster an. »Lord Colchester, mir konnte nicht entgehen, daß Sie es unterlassen haben, die von Watley aufgestellte Theorie abzuhandeln, Zamar sei in Wirklichkeit eine alte englische Kolonie gewesen.«

Matthias rang mit aller Kraft um Geduld. Leicht fiel ihm das nicht. »Sir, die Theorie, daß es sich bei Zamar um eine untergegangene englische Kolonie gehandelt hat, ist so irrig, so abwegig und so haarsträubend wie die Annahme, bei Ägypten habe es sich ebenfalls um einen alten Stützpunkt dieser Nation gehandelt. Kein seriöser Wissenschaftler schenkt einer dieser beiden Auffassungen Glauben.«

Imogen sprang auf. Prompt blieb sie mit dem Ellbogen in der großen Handtasche der Dame hängen, die neben ihr saß, und riß sie zu Boden. Matthias beobachtete mit Interesse, wie in der ersten Reihe ein kurzer Tumult ausbrach.

»Meine Güte«, murmelte Imogen. Sie bückte sich, um die Handtasche wieder aufzuheben. »Verzeihen Sie mir, bitte, Madam.«

»Schon gut«, sagte die Dame. »Schon gut.«

Imogen richtete sich auf und wandte ihre Aufmerksamkeit wieder Matthias zu. Ihre Augen funkelten vor Entschlossenheit. »Lord Colchester, ich möchte Ihnen eine Frage stellen.«

»Selbstverständlich, Miss Waterstone.« Matthias lehnte sich lässig an das Rednerpult und lächelte erwartungsvoll auf sie herab. »Was möchten Sie mich fragen?«

»In Ihrem Buch über die Sitten und Bräuche des alten Zamar sind etliche Skizzen enthalten, die Sie von den Wänden der Bibliothek von Zamar kopiert haben.«

»Ja, richtig.«

»Eine dieser Skizzen veranschaulicht deutlich ein Eheritual. Es scheint, als sei darauf abgebildet, wie die Braut und der Bräutigam Tafeln überreicht bekommen, in die Gedichte eingemeißelt sind. Würden Sie sagen, dieses Bild weist darauf hin, daß sich zamaranische Ehen auf dem Gedanken einer wahren Gleichberechtigung der Geschlechter begründet haben und daß zwischen Mann und Frau eine starke metaphysische Verbindung bestanden hat?«

»Nein, Miss Waterstone, zu derartigen Schlußfolgerungen würde ich nicht gelangen«, sagte Matthias. »Bei der Szene, die an der Wand der Bibliothek von Zamar dargestellt ist, handelt es sich um eine metaphorische Darstellung der zamaranischen Göttin der Weisheit, die den alten Zamaranern die Gabe des Schreibens schenkt.«

»Sind Sie ganz sicher, daß es sich nicht um ein Eheritual gehandelt hat? Mir scheint, die Inschrift auf den Tafeln in der Hand der Dame stellt eine Art Ehevertrag dar.«

»Ich hatte zufällig das Glück, Miss Waterstone, tatsächlich eine Schriftrolle zu finden, die einem zamaranischen Paar bei der Eheschließung überreicht wurde.«

Ein interessiertes Murmeln ging durch das Publikum.

Imogens Augen wurden vor Aufregung groß. »Was hat die Schriftrolle enthalten, Sir?«

Matthias lächelte. »Der Text hat eher eine Art Unterweisungscharakter besessen. Die Worte wurden von mehreren außerordentlich detaillierten Zeichnungen begleitet.«

Imogen zog die Augenbrauen fragend zu einem Stirnrunzeln zusammen. »Unterweisungen? Sie meinen wohl, daß dort die jeweiligen Rechte und Pflichten von Mann und Frau festgehalten wurden?«

»Nicht direkt«, sagte Matthias freundlich. »Der Text erteilt Anweisungen und praktische Ratschläge zu gewissen delikaten Angelegenheiten, die sich auf die intime Seite der Ehe beziehen. Persönliche Angelegenheiten, wenn Sie verstehen, was ich meine, Madam.«

Im Publikum wurde gekichert, gefeixt und verlegen gelacht. Etliche ältere Damen blickten empört. Eine Reihe von jüngeren Damen zeigte neuerwachtes Interesse an der Diskussion.

Imogen stemmte die Hände in die Hüften und begann, mit der Stiefelspitze eines halbhohen Stiefels aus Glacéleder auf den Boden zu pochen. Sie sah erst die Menschen in ihrer näheren Umgebung und dann Matthias finster an. »Nein, Mylord, ich verstehe nicht, was Sie meinen. Welche Art von Ratschlägen enthält diese Schriftrolle?«

»Der Text erteilt Ehepaaren Ratschläge zu spezifischen Techniken, die dazu gedacht sind, sicherzustellen, daß sowohl der Mann als auch die Frau im ehelichen Bett Glück und Zufriedenheit finden. Und ich habe nicht die Absicht, mich noch eingehender zu diesem Thema zu äußern, Miss Waterstone.«

Mehrere Damen im Publikum schnappten schockiert nach Luft. Das Kichern in den hinteren Sitzreihen wurde lauter. Imogen zog die Augenbrauen zusammen und erweckte den Eindruck, als bereitete sie sich gerade darauf vor, eine weitere Frage zu äußern. Matthias schritt eilig ein, um das zu verhüten.

Er zog seine Uhr aus der Westentasche und gab sich erstaunt, als er die Uhrzeit sah. »Ah, wie ich sehe, ist unsere Zeit abgelaufen. Ich bedanke mich bei Ihnen allen für Ihre geschätzte Aufmerksamkeit.« Er griff nach seinen Notizen und stieg vom Podium.

Imogen kam ihm entgegen, als er die Stufen hinunterschritt. Ihre Augen funkelten wild entschlossen. »Ein sehr aufregender Vortrag, Mylord.«

»Danke. Es freut mich, daß es dir gefallen hat.«

»Oh, ja. Ich habe großen Spaß daran gehabt. Ganz besonders beeindruckt haben mich Ihre Beobachtungen, die sich auf die Bilder an den Wänden der Bibliothek von Zamar beziehen. Wie sehr ich wünschte, ich hätte Sie begleiten können, als Sie diese Entdeckung gemacht haben.«

»Ich hätte mir liebend gern deine Meinung zu den Funden angehört«, sagte er aufrichtig.

»Diese Schriftrolle, die Sie erwähnt haben, in der es um

die Ehe geht. Die würde ich mir zu gern einmal ansehen, wenn ich darf.«

»Ich habe sie anderen Gelehrten noch nie zur Einsicht freigegeben«, sagte er bedächtig. »Aber in deinem Fall könnte ich bereit sein, eine Ausnahme zu machen.«

Imogen strahlte. »Täten Sie das wirklich, Matthias? Das wäre einfach wunderbar. Wann darf ich sie mir ansehen?«

»Ich werde es dich wissen lassen, wenn es mir gelegen kommt.«

Ihr Gesicht wurde lang. »Ich hoffe, Sie werden den Zeitpunkt nicht allzu lange hinauszögern, Mylord. Ich verzehre mich vor Ungeduld danach, diese Schriftrolle gründlich zu studieren.«

»Ein reizvoller Gedanke.«

»Wie bitte?«

»Schon gut.« Matthias lächelte. »Einstweilen könnte dich eine private Führung durch das Museum der Zamaranischen Gesellschaft vielleicht interessieren.«

»Ja, sogar sehr«, sagte Imogen. »Aber seit meiner Ankunft in London ist es für die Öffentlichkeit nicht zugänglich.«

»Das liegt nur daran, daß die Treuhänder der Zamaranischen Gesellschaft Vorbereitungen treffen, um die Sammlung in größeren Räumlichkeiten unterzubringen. Im Moment ist das Museum eher eine Art Lagerraum. Aber ich habe einen Schlüssel. Es wäre mir eine große Freude, dich dort herumzuführen.«

Jetzt strahlte Imogen wieder über das ganze Gesicht. »Das wäre einfach phantastisch.«

Er sah sich in dem Raum um, der sich zügig leerte. Nur eine Handvoll Menschen war noch da, und auch diese würden schon bald verschwunden sein. Er zog einen Schlüssel aus der Tasche.

»Ich sehe keinen Grund dafür, weshalb wir uns nicht jetzt gleich im Museum umsehen könnten.« Er unterbrach sich. »Das heißt natürlich, falls du Zeit hast.«

»Ja, sicher. Ich habe alle Zeit auf Erden, Sir.«

»Der Eingang zum Museum befindet sich gleich hier, um die Ecke.« Matthias wies mit einer Kopfbewegung in die entsprechende Richtung. »Unter der Treppe.«

»Wie aufregend.« Imogen setzte sich mit so forschen Schritten in Bewegung, daß die Röcke ihres Kleides um ihre Knöchel peitschten, als sie auf die Tür des Museums zusteuerte.

Matthias gelang es nur mit Mühe, sie an einem Arm zurückzuhalten, als sie um die Ecke bog. »Ich fürchte, du wirst auf mich warten müssen, meine Liebe. Ich habe nämlich den Schlüssel.«

»Ich hoffe, Sie werden nicht allzu lange trödeln, Sir.«

»Nein, aber ich habe auch nicht die Absicht, durch die Halle zu galoppieren.«

Sie seufzte. »Ich vergesse immer wieder, daß sportliche Betätigungen Ihnen gar nicht liegen.«

»Ich bemühe mich, das auf anderen Gebieten auszugleichen.« Matthias führte sie um die Ecke und unter die breite Treppe, die zu den oberen Stockwerken des Zamaranischen Instituts führte.

Als sie den Eingang des Museums erreicht hatten, sorgte er dafür, daß Imogen stillstand, und dann steckte er den Schlüssel ins Schloß. Er öffnete die Tür und trat zurück.

Er beobachtete Imogens ausdrucksvolles Gesicht, als sie einen ersten Blick in das schummerige Innere warf. Er wurde nicht enttäuscht. Ihre Augen erfüllten sich mit tiefer Verwunderung, und ihre Lippen öffneten sich einen Spaltweit, als erwartete sie den Kuß eines Geliebten. Bei niemand anderem als Imogen hätte man sich darauf verlassen können, daß ein Raum voller staubiger Artefakte und Geister eines längst untergegangenen Volkes ihr eine solche Reaktion entlocken würde.

»Das ist ja einfach wunderbar.« Sie betrat den Raum und sah sich unter den Objekten um, die dort in den Schatten verstreut standen. »Haben Sie die meisten dieser Antiquitäten persönlich von Zamar mitgebracht?«

»Nein. Ich gestehe, daß ich die Stücke, die ich mitgebracht habe, selbst behalten habe. Sie befinden sich jetzt in meiner Bibliothek.« Matthias zündete eine Kerze in einem Wandhalter an. »Die Gegenstände, die du hier siehst, sind die, die Rutledge nach unserer ersten Reise nach Zamar nach England transportiert hat. Wie du erkennen kannst, hat er der Größe den Vorrang vor der handwerklichen Feinarbeit eingeräumt.«

Imogen zog ein Tuch von einer drei Meter hohen Statue des Zamaris und blinzelte, als ihre Augen auf einer Höhe mit den überdimensionalen Genitalien des Gottes waren. »Ich verstehe, was du meinst.« Sie hob hastig den Blick. »Ach, du meine Güte, es scheint ganz so, als sei der Arm an der Schulter abgebrochen und dann wieder angeklebt worden.«

»Leider ist der größte Teil von Rutledges Funden durch seine jämmerlichen Ausgrabungstechniken beschädigt worden. Er hatte kein Geschick darin.« Matthias strich über die scharfen Kanten einer zerbrochenen Säule. »Und wenig Interesse an den subtilen Details der Artefakte, die wir entdeckt haben. Er hat Jagd auf Kostbarkeiten und auf Gegenstände gemacht, von denen er glaubte, er könnte sie an Sammler verkaufen.«

»Der arme Rutledge.« Imogen lief um eine Vase herum, die so groß war wie sie. »Was für ein tragisches Ende er gefunden hat. Und noch dazu unter so mysteriösen Umständen.«

»Ich möchte doch sehr hoffen, daß du mir jetzt nicht

erzählst, du glaubst an diese albernen Geschichten, die über den Rutledge-Fluch in Umlauf sind.«

»Oh, nein, natürlich nicht. Aber man kommt trotzdem nicht um die Tatsache herum, daß Rutledge seine letzte Reise nach Zamar nicht überlebt hat.«

Matthias preßte eine Handfläche an die Säule. »Mit seinem Tod hat es nichts Geheimnisvolles auf sich, Imogen. Während seiner Erkundungen des Labyrinths ist er mit der Zeit nachlässig geworden. Er hat sich das Genick gebrochen, als er eine steinerne Treppe hinuntergestürzt ist, die er im Dunkeln anscheinend übersehen hat. Ich war derjenige, der ihn gefunden hat.«

Sie sah ihn forschend an. »Wie furchtbar das für Sie gewesen sein muß.«

Ein Frösteln überlief Matthias. In dem Moment stand für ihn ohne jeden Zweifel fest, daß sie ahnte, wieviel mehr sich hinter dieser Geschichte verbarg. »Ja, das kann man wohl sagen.«

Der fragende Ausdruck in Imogens Augen wurde sofort von Mitgefühl abgelöst. Matthias stieß einen kleinen Seufzer der Erleichterung aus, als sie weiterging und vor einem großen Sarkophag stehenblieb.

»Sind die Gegenstände dieser Sammlung angemessen katalogisiert worden?« fragte sie, während sie eine Inschrift auf dem Deckel des Sarkophags musterte.

»Nein. Ich bin der einzige, der die entsprechenden Vorkenntnisse mitbringt, um diese Aufgabe zu übernehmen, und ich habe bisher nicht die Zeit gehabt, mich an diese Arbeit zu machen.« *Und auch nicht die Neigung*, fügte er stumm für sich hinzu. Alles in diesem Raum hatte mit Rutledge zu tun.

Imogen richtete sich auf und sah ihn mit sichtlicher Spannung an. »Ich könnte diese Aufgabe übernehmen, Matthias.«

»Die Sammlung katalogisieren?« Er zögerte. »Ja, du könntest es tun. Es wäre sicherlich interessant, I. A. Stones Meinung zu diesen Gegenständen zu hören.«

»Glauben Sie, die Treuhänder würden es mir gestatten, daß ich die Artefakte in diesem Raum gründlich studiere und Aufzeichnungen zu ihnen mache?«

»Ich bin der Vorsitzende der Treuhänder«, sagte Matthias. »Sie tun, was ich sage. Aber das hieße, deine Identität als I. A. Stone preiszugeben.«

Sie dachte darüber nach. »Vielleicht ist der Zeitpunkt gekommen.« Dann seufzte sie. »Aber alles der Reihe nach. Ich bin nach London gekommen, um mich mit Vanneck zu befassen. Darum muß ich mich zuerst kümmern. Haben Sie sich schon Gedanken über meinen neuen Plan gemacht, wie wir ihn dazu bringen können, auf den Vorschlag einer Partnerschaft einzugehen, Matthias?«

»Nein.«

»Ich darf nicht noch mehr Zeit vergeuden.« Imogen kauerte sich hin, um eine große Tonmaske zu betrachten, die an dem Sarg lehnte. »Ich will meinen neuen Plan so schnell wie möglich durchführen. Ehe alle Welt erfährt, daß unsere Verlobung ein abgekartetes Spiel ist.«

Matthias trat näher und stellte fest, daß er auf ihren Hut hinabschaute. »Imogen, bist du noch nicht auf den Gedanken gekommen, daß es sich bei unserer Verlobung keineswegs um ein abgekartetes Spiel handeln muß?«

»Wie bitte?« Imogen sprang verblüfft auf.

Er trat eilig zurück und schaffte es im allerletzten Augenblick, ihrer Hutkrempe auszuweichen. Imogen schwankte einen Moment auf den Füßen und streckte eine Hand aus, offenbar in der Absicht, sich am Rand des Sarkophags festzuhalten. Leider erwischte sie statt dessen den oberen Rand der hohen Vase. Sie geriet ins Wanken.

»Oh, nein«, jammerte sie.

Matthias konnte die Vase gerade noch festhalten, ehe sie umfiel und in Stücke zersprang. Er stellte sie behutsam wieder hin. Dann wandte er sich wieder Imogen zu. Sie sah ihn mit einem bestürzten Gesichtsausdruck an.

»Ich glaube, ich habe nicht recht gehört, Mylord«, sagte sie matt.

»Ich finde, wir beide passen ganz ausgezeichnet zusammen.« Er streckte die Arme nach ihr aus und zog sie an sich.

Sie packte das Revers seiner Jacke. »Matthias, was tust du da? Zwischen uns ist nie von Liebe die Rede gewesen.«

»Was uns miteinander verbindet, ist robuster und dauerhafter als all dieser metaphysische Quatsch.« Er löste die Bänder ihres Huts und warf ihn zur Seite.

Sie erforschte sein Gesicht mit einem verzweifelten Ausdruck, der drohte, etwas in seinem tiefsten Inneren zerreißen zu lassen. Er hatte das furchtbare Gefühl, über dem Abgrund einer der fünf zamaranischen Höllen zu schweben.

»Was ... was verbindet uns denn?« fragte sie.

»Zamar und die Leidenschaft.« Er senkte den Kopf und bemächtigte sich ihres Mundes mit all der glühenden Sehnsucht, die sich seit Tagen in ihm aufstaute.

Imogen stieß einen erstickten kleinen Schrei aus und schlang ihm die Arme um die Taille. Sie schmiegte sich an ihn und öffnete die Lippen. Er spürte, wie sich der Sturm in ihr zusammenbraute, während das Verlangen durch seine eigenen Adern toste.

Er warf sich leichtsinnig und rückhaltlos in den tosenden Sturm der Leidenschaft. Imogen klammerte sich bebend an ihn. Ihre weichen Hüften schmiegten sich intim an seinen harten Schaft. Als er den fiebrigen Kuß beendete, um seine Lippen auf den duftenden Spalt zwischen ihren Brüsten zu pressen, erschauerte sie heftig.

»Matthias, ich kann einfach nicht begreifen, was du mit mir tust«, murmelte sie atemlos. »Ich kann dir versichern, daß es ein ganz erstaunliches Gefühl ist.«

Es war, als prasselte plötzlich eisiger Regen aus den Sturmwolken herab und erstickte das Feuer in seinem Blut. Matthias zwang sich, seinen Mund von der seidigen Haut ihres Halses zu lösen. »Nein. So nehme ich dich nicht.«

»Was ist? Stimmt etwas nicht?«

Er nahm ihr Gesicht in seine Hände und zwang sie, ihm in die Augen zu sehen. »Wenn das vorüber ist, will ich mir nicht vorwerfen lassen, ich hätte geheime zamaranische Liebestechniken eingesetzt, um dich zu verführen.«

»Aber, Matthias...«

»Ich begehre dich so sehr, wie ich nichts anderes mehr gewollt habe, seit ich mich damals auf die Suche nach Zamar gemacht habe. Aber wenn deine Leidenschaft sich nicht an meiner messen kann, dann wird es bei dieser Umarmung bleiben und keinen Schritt weitergehen.«

»O Matthias. Du empfindest dasselbe für mich, was du für Zamar empfunden hast?«

»Ja.«

Sie hielt vollkommen still in seinen Armen. Ihre langen Wimpern senkten sich über ihre Augen und verbargen ihren Blick vor ihm. Einen entsetzlichen Moment lang glaubte Matthias, sie verloren zu haben. In dem Augenblick wußte er, welche der zamaranischen Höllen es war, die vor seinen Füßen aufklaffte. Es war die dritte Hölle, diejenige, in der ein Mann dazu verdammt war, tausend Jahre lang allein zu leben und nur Phantome zur Gesellschaft zu haben.

Imogen blickte auf und sah ihm in die Augen. Sie lächelte zaghaft. »Es war sehr ungerecht von mir, dir vorzuwerfen, du hättest zamaranische Liebestechniken angewandt, um mich zu verführen. Ich entschuldige mich dafür. Ich war nur wütend auf dich, weil du mit deiner Bekanntgabe unserer Verlobung meine Pläne zunichte gemacht hast.«

»Ich weiß.«

»In Wahrheit trifft mich die alleinige Schuld an allem, was an jenem Abend im Garten vorgefallen ist.« Sie zögerte. »In dem Moment wollte ich, daß du mich liebst, und ich will es auch jetzt wieder.«

Matthias stellte fest, daß er wieder atmen konnte. »Bist du ganz sicher?«

Sie stellte sich auf die Zehenspitzen und schlang ihm die Arme um den Hals. »Ich bin mir nie in meinem ganzen Leben so sicher gewesen.«

»Imogen.« Seine Arme schlangen sich leidenschaftlich um sie. Er wollte den Kopf senken.

Imogen hielt ihn mit einem simplen Mittel zurück: Sie legte eine Fingerspitze auf seine Lippen. »Laß mich erst etwas klarstellen.«

»Klarstellen?«

»Wir haben uns darauf geeinigt, daß wir uns im vollkommenen Einverständnis miteinander auf diese Umarmung einlassen.«

»Ja.«

»Deine Befürchtungen, daß ich dir hinterher Vorwürfe an den Kopf werfen könnte, sind ausgeräumt?«

»Das kann man wohl sagen.« Er begann, an ihren Fingerspitzen zu knabbern.

Ihre Augen schimmerten. »Unter den gegebenen Umständen sehe ich keinen Grund dafür, warum du mir nicht noch ein oder zwei der geheimen alten zamaranischen Liebestechniken beibringen solltest. Was ist mit dir?«

Erleichterung und Gelächter wogten in ihm auf. »Nein, ich sehe keinen Grund, der dagegen spricht.« Er hielt ihre

Hand fest, ehe sie sie von seinen Lippen zurückziehen konnte. Dann küßte er ihre Handfläche.

Imogen seufzte und schmiegte sich an ihn. Ihre Finger schlangen sich um seine. Matthias' Lippen glitten auf ihr empfindsames Handgelenk und kosteten genüßlich den kleinen Schauer des Verlangens aus, der sie überlief.

Sie erhob sich wieder auf die Zehenspitzen und erwiderte seinen Kuß mit hemmungsloser Leidenschaft. Er ließ seine Lippen über ihre Wange zu ihrem Ohr gleiten, während sie zärtlich ihre Finger in seinem Haar vergrub und ihm einen Seufzer entlockte.

»Wir werden ganz langsam vorgehen«, versprach er ihr.

»Ganz, wie du wünschst.« Sie löste sein Halstuch.

»Wir werden jeden einzelnen Moment auskosten. Wir werden jede Sekunde bis zur Neige ausschöpfen, ehe wir einen Schritt weitergehen.«

»Du erinnerst mich an einen der neuen Poeten.« Sie begann, sein Hemd aufzuknöpfen. »Oder sind das zamaranische Verse, die du heraussprudelst?«

»Ich möchte, daß du dich für den Rest deines Lebens an diesen Moment erinnerst«, sagte er ernst.

»Ich glaube kaum, daß ich das jemals vergessen werde.« Imogen zerrte ungeduldig an seinem Hemd. Das Geräusch, mit dem das feine Leinen zerriß, schien unnatürlich laut in der Stille des Gewölbes. »Ach, du meine Güte!«

Matthias grinste breit, doch sie konnte es nicht sehen, da sein Gesicht in ihrem Haar vergraben war.

»Es sieht ganz so aus, als hätte ich dein Hemd zerrissen. Es tut mir schrecklich leid.«

Er fühlte sich plötzlich leichtfertig und benommen. »Vergiß das Hemd. Ich habe jede Menge Hemden.«

»Welch ein Glück.«

Matthias hob ihr Gesicht zu sich und schaute auf ihren weichen Mund mit den vollen Lippen. In dem Moment verabschiedete er sich von seinem Vorhaben, sie langsam und bedächtig zu lieben. Ein unstillbarer Hunger ergriff Besitz von ihm. Er verzehrte sich glühend nach ihr, und nach ihrer Ungeduld zu urteilen, schien es Imogen nicht anders zu ergehen.

Er packte Imogen kurzerhand und trug sie zwischen den gespenstischen Überbleibseln des alten Zamar hindurch zu einer Bank, die an der Wand am hinteren Ende des Raumes aufgestellt war.

Eine Staubwolke erhob sich, als er Imogen behutsam auf das Tuch legte, mit dem die Polster abgedeckt waren. Matthias zuckte zusammen, doch sie schien keinerlei Notiz davon zu nehmen. Mit flammenden Augen blickte sie zu ihm auf. Es sprach wirklich sehr viel für eine Geliebte, die seine intellektuellen Interessen teilte, sagte sich Matthias. Höchstwahrscheinlich war er auf die einzige Frau in ganz England gestoßen, die sich nicht darüber beklagte, in einem verstaubten und schmutzigen Museum verführt zu werden.

Er küßte ihre Nasenspitze und richtete sich dann auf, um das Halstuch von seinem Hals zu ziehen. Er schleuderte es auf einen Sarkophag und befreite sich dann eilig von seinem Jackett, der Weste und dem zerrissenen Hemd. Der Anblick des Risses in dem kostbaren Leinen entlockte ihm ein flüchtiges Lächeln.

Er warf das Kleidungsstück zur Seite, und als er auf Imogen hinunterschaute, stellte er fest, daß sie ihn gebannt beobachtete. Auf ihrem Gesicht stand ein Ausdruck süßen Verlangens, der seinen Atem stocken ließ. Die Spitze ihrer kleinen rosa Zunge tauchte zwischen ihren leicht geöffneten Lippen in einem Mundwinkel auf.

»Du bist wirklich sehr schön«, flüsterte sie mit einer

leisen, heiseren Stimme. »Ich habe tatsächlich ... ich habe nie etwas dergleichen gesehen.«

Matthias stieß ein heiseres Lachen aus. »Du bist die einzig wahre Schönheit hier in diesem Raum.« Er tauchte in das Meer aus grünen Musselinröcken ein. Ihm schwirrte der Kopf, als er in den Wellen versank.

»Matthias.« Imogen umklammerte seine nackten Schultern.

Er zog sie an sich und küßte sie, bis sie erschauerte und ihr Kopf nach hinten fiel. Dann gab er widerstrebend ihren Mund frei, um den verlockenden Schwung ihrer Kehle mit seiner Zungenspitze nachzuzeichnen. Sie wand sich lustvoll unter ihm und bog sich ihm entgegen, bis er spürte, wie ihre Brüste sich an seinen Brustkorb preßten.

Als seine Küsse den reich verzierten Ausschnitt ihres Gewandes erreichten, griff er um sie herum und öffnete das Mieder. Es fiel herab und legte ein Leinenhemd frei, das dünn genug war, um den Umriß von zwei rosigen Brustwarzen erkennen zu lassen. Der Anblick bewirkte, daß sein Blut augenblicklich noch heißer durch seine Adern pulsierte.

Er senkte den Kopf und küßte ihre Brüste, bis der dünne Stoff, der sie bedeckte, feucht an ihrer Haut klebte. Imogen schrie auf und begann, seine Schultern mit wilden Küssen zu bedecken.

Voller Ungeduld packte er eine Handvoll von ihren Röcken und den Saum ihres Hemdes und zog den Stoff bis zu Imogens Taille hinauf, um das Dreieck aus goldbraunen Haaren zu entblößen, hinter dem sich ihre Geheimnisse verbargen.

Mit einem heiseren Stöhnen senkte er den Kopf und preßte einen Kuß auf die Innenseite eines seidigen Oberschenkels. Der Duft des Sonnenscheins, der auf einen zamaranischen Ozean fällt, stieg ihm zu Kopf. Ehrfürchtig schloß er die Hand um ihren Schoß und ließ sie auf ihrer Wärme ruhen.

Imogens leises Keuchen war berauschend. Er spürte, wie sie, an seine Handflächen gepreßt, flüssig dahinschmolz, und er begriff, daß ihn nichts in seinem ganzen Leben derart erregt hatte.

»Das ... das ist einfach unglaublich!« Imogens Nägel gruben sich in seine Schultern, während sie ein wilder, verzückter Schauer überlief. »Ich habe nicht das geringste dagegen, wenn du alle geheimen zamaranischen Liebestechniken anwendest, auf die du je gestoßen bist. Wenn es nach mir geht, kannst du sie mir heute nachmittag eine nach der anderen zeigen.«

»Leider fehlt es mir an der nötigen Geduld, um das gesamte Repertoire zu absolvieren.« Matthias fummelte hastig an seiner Hose herum und entblößte sich. »Aber ich verspreche dir, daß wir sie mit der Zeit alle miteinander einstudieren werden. Schling die Beine um mich, meine Süße.«

»Meine Beine?«

»Ich kann es nicht erwarten, in dir zu sein.« Er hob eines ihrer bestrumpften Beine und legte es über seine Taille. »Wenn ich noch länger warte, werde ich verrückt.«

Imogen umschlang ihn gehorsam mit ihren Oberschenkeln. »Matthias, das ist ein sehr merkwürdiges Gefühl. Hast du diese Position in der alten zamaranischen Schriftrolle entdeckt, die du vorhin erwähnt hast?«

Er streichelte sie behutsam. »Manche Dinge sind universell.«

Er spürte, wie sie nachgiebiger wurde und sich ihm öffnete. Seine Hand war feucht von der flüssigen Glut, die er ihrer engen Öffnung entlockt hatte. Er benutzte die Flüssigkeit dazu, die zarte Perle anzufeuchten, die über dem Eingang schimmerte. Imogen stöhnte.

»Gütiger Himmel, ich weiß nicht mehr... ich kann nicht mehr...« Sie brach keuchend ab.

Matthias hob den Kopf, um in ihr Gesicht zu sehen, das vor Leidenschaft benommen war. »Schau mich an, Imogen. Mach die Augen auf und sieh mich an.«

Ihre Wimpern flatterten und hoben sich dann. Als sie zu ihm aufblickte, breitete sich ein langsames Lächeln auf ihrem Gesicht aus, ein Lächeln, das mehr Geheimnisse barg als die Ruinen des untergegangenen Zamar.

Matthias überließ sich dem mächtigen Verlangen, das ihn verzehrte. Er öffnete sie behutsam mit den Fingerspitzen, kniete sich zwischen ihre Schenkel und drang behutsam in ihren heißen, engen Schoß ein.

Imogen erstarrte in seinen Armen. »Vielleicht hast du etwas falsch verstanden. Deine Übersetzung könnte fehlerhaft gewesen sein.«

Mit allerletzter Kraft klammerte er sich an seine Selbstbeherrschung und an seine Zurechnungsfähigkeit. »Wovon sprichst du?«

»Diese spezielle zamaranische Liebestechnik eignet sich offensichtlich nicht für einen Mann von deinen Proportionen, Matthias. Wir werden eine andere Technik ausprobieren müssen.«

»Du bist noch Jungfrau«, flüsterte er mit den Lippen an ihrer Nase.

»Was zum Teufel hat das damit zu tun, daß du die zamaranischen Anweisungen für diese Methode nicht richtig übersetzt hast?«

»Nichts«, gestand er.

»Ich wollte damit nicht vorschlagen, daß wir lieber aufhören sollten. Ich möchte lediglich eine andere Technik ausprobieren.«

»Wir müssen diese Technik meistern, ehe wir uns fortgeschritteneren Techniken zuwenden können.« Er streifte ihren Mund mit seinen Lippen. »Erinnerst du dich noch daran, wie es an dem Abend im Garten für dich gewesen ist?«

Sie sah mit Besorgnis in den Augen zu ihm auf. »Ja. Aber das hier ist etwas ganz anderes.«

»Warte es ab.« Er begann, sich langsam aus ihrem engen Tunnel zurückzuziehen. Es war ein ganz unbeschreibliches Gefühl, eine köstliche Folter. »Du mußt tief Atem holen.« Er zwängte eine Hand zwischen ihre beiden Körper und streichelte ihr festes kleines Juwel. Ein winziger Schauer belohnte ihn dafür.

Imogen schnappte hörbar nach Luft. Und dann begann sie, um ihn herum weicher zu werden. Sie war noch genauso eng wie vor wenigen Sekunden, aber allmählich schien die Anspannung aus ihrem Körper zu weichen. Matthias ließ sich langsam und vorsichtig wieder in ihr versinken.

Imogen seufzte und verwüstete seinen Rücken mit ihren Fingernägeln.

Er zog sich wieder ein Stück aus ihr zurück und küßte ihre Brustwarzen unter dem Leinenhemd. »Ist es so besser?« flüsterte er.

»Ja. Ja, ich... ich glaube, diese spezielle Methode könnte sich doch bewähren. Mache ich denn auch alles richtig?«

»Oh, ja.« Matthias rang darum, sich zurückzuhalten, als er langsam wieder in ihre Wärme stieß. »Noch besser könntest du es gar nicht machen.«

»Matthias.« Ohne jede Vorwarnung erbebte sie und wand sich erschauernd unter ihm.

Wogen von Verzückung schlugen über Matthias zusammen. Er fühlte sich plötzlich unglaublich lebendig, wie in hellen, warmen Sonnenschein getaucht. In diesem Augenblick war er unerreichbar für die Geister.

10

Am folgenden Abend traf Matthias kurz vor dem letzten Akt von *Othello* im Theater ein. Imogen, die bei Horatia und einer schmollenden Patricia saß, bedachte ihn mit einem vorwurfsvollen Stirnrunzeln, als er die mit Plüsch verkleidete Loge betrat. Es war ihr erstes Wiedersehen, seit er sie im Zamaranischen Institut geliebt hatte.

»Wir hatten schon fast die Hoffnung aufgegeben, daß du noch kommst«, flüsterte sie, als er ihre Hand nahm. »Du hast den größten Teil des Stückes verpaßt.«

Matthias' Mund verzog sich zu einem schwachen Lächeln. In seinen gespenstisch grauen Augen sah sie die intimen Erinnerungen an den gestrigen Tag. »Ich hoffe doch sehr, daß du nie aufgeben wirst, wenn es um mich geht, meine Liebe.« Er drückte einen Kuß auf ihren Handschuh und wandte sich dann ab, um Horatia und Patricia zu begrüßen. »Guten Abend, die Damen. Sie sehen heute abend beide ganz bezaubernd aus.«

Horatia neigte höflich den Kopf. »Mylord.«

Patricia sah ihn erbost an. »Du hast gesagt, du würdest dich hier mit uns treffen, Matthias.«

»Und ich bin ja auch gekommen, wie du siehst.«

Patricia schnippte mit ihrem Fächer. »Die Vorstellung ist nahezu beendet.«

»Ich habe festgestellt, daß man es mit einer kleinen Dosis Theatralik weit bringen kann.« Matthias nahm neben Imogen Platz. »Ich kann nur hoffen, daß du nicht anstreben wirst, Kean heute abend zu überbieten, Patricia.

Gegen ihn hast du nicht die geringste Chance. Sogar betrunken ist er noch der bessere Schauspieler.«

Patricia zuckte zusammen und wandte sich dann abrupt verärgert ab. Sie schaute grimmig auf die schillernden Gestalten, die ihnen gegenüber in den Logen saßen.

Imogen schluckte ein mattes Seufzen, denn ihr war bewußt, daß sie der Grund für diese neuerlichen Feindseligkeiten zwischen Matthias und Patricia war. Aus irgendwelchen unerfindlichen Gründen hatte sich Imogens Verhältnis zu Patricia innerhalb der allerletzten Tage rapide verschlechtert. An jenem Abend war deutlich zu erkennen gewesen, daß Patricia es verabscheute, gezwungenermaßen mit Imogen und Horatia in der Loge ihres Bruders sitzen zu müssen.

Imogen begriff nicht, was den Wandel in Patricias Haltung bewirkt hatte, doch es bereitete ihr Sorgen. Sie hatte die Absicht, dieses Thema bei der ersten sich bietenden Gelegenheit mit Matthias zu erörtern. Aber vorher stand ein noch dringenderer Punkt auf ihrem Programm. Sie hatte nämlich begonnen, den Verdacht zu hegen, daß Matthias sie bewußt mied. Und sie war ziemlich sicher, daß sie die Gründe für sein Verhalten kannte.

Imogen beugte sich zu Matthias vor und begann, sich heftig Luft zuzufächeln, um bei eventuellen Zuschauern den Eindruck zu erwecken, daß diese Unterhaltung belangloser Natur war. Sie verließ sich darauf, daß die Gespräche der anderen und die Rufe aus dem Parkett laut genug waren und niemand ihre Worte hören konnte.

»Es freut mich sehr, daß du geruht hast, doch noch hier aufzutauchen. Es war aber auch an der Zeit, daß du dich blicken läßt.«

»Du hast mir auch gefehlt«, murmelte Matthias. »Es scheint, als sei eine Ewigkeit vergangen, seit du eine derart erhebende Wirkung auf meine Stimmung ausgeübt hast.«

»Um Himmels willen, Matthias, sei ruhig.« Imogen errötete heftig und sah sich panisch nach allen Seiten um, um sich zu vergewissern, daß niemand ihr Gespräch belauscht hatte. »Das ist nicht das, worüber ich mit dir reden wollte, und das weißt du ganz genau.«

»Ich bin am Boden zerstört.« Seine Augen glänzten. Er nahm ihre Hand und küßte ihre Fingerspitzen. »Ich versichere dir, daß unser Stelldichein zwischen den Ruinen des alten Zamar das einzige ist, woran ich in den letzten vierundzwanzig Stunden gedacht habe. Tatsächlich bin ich seit jenem magischen Augenblick zu keinem rationalen Gedanken mehr fähig.«

Sie sah ihn finster an. »Was um alles auf der Welt ist bloß los mit dir?«

»Du hast mich inspiriert, meine Süße. Ich spiele mit dem Gedanken, meine wissenschaftlichen Studien zugunsten einer Beschäftigung als romantischer Dichter an den Nagel zu hängen. Was meinst du wohl, wie mir gewelltes Haar stehen würde?«

Imogen kniff die Augen zusammen. »Du versuchst alles, um das Thema zu vermeiden, stimmt's?«

»Welches Thema? Wovon sprichst du überhaupt?«

»Von meinem neuesten Plan, Vanneck in eine Falle zu locken«, zischte sie hinter ihrem vorgehaltenen Fächer.

»Ich würde dieses Thema gern als erledigt betrachten.«

»Ja, das ist mir klar, aber ich habe keineswegs die Absicht, meine Pläne bloß deshalb aufzugeben, weil wir jetzt verlobt sind.«

Matthias zog die Augenbrauen hoch. »Dann erachtest du unsere Verlobung also für eine bloße Bagatelle? Das trifft mich tief.«

Eine weitere Glutwoge überlief Imogen, und sie fächelte sich noch hastiger Luft zu. »Du weißt genau, daß es nicht das ist, was ich gemeint habe.«

»Sei vorsichtig mit diesem Fächer. Ich kann deutlich spüren, daß es zieht. Wir romantischen Dichter sind für Erkältungen sehr anfällig.«

Sie ignorierte ihn. »Matthias, mir ist es sehr ernst mit dieser Angelegenheit. Ich will dein Wort darauf, daß du mir dabei helfen wirst, Vanneck in eine Falle zu locken.«

»Dies ist nicht der richtige Zeitpunkt, um darüber zu diskutieren.«

»Aber ...« Ein kleiner Tumult brach aus und übertönte das allgemeine Stimmengemurmel im Zuschauerraum. Imogen unterbrach sich und schaute auf das Publikum hinaus. »Was ist los? Ist etwas vorgefallen?«

»Vielleicht hat Kean so tief ins Glas geschaut, daß er nicht auf die Bühne kommen kann«, schlug Horatia vor. Sie beugte sich mit einem Ausdruck größten Interesses vor und hob das Opernglas an ihre Augen.

Patricia war diejenige, die den Auslöser der neuerlichen Woge von Erregung, die sich im Publikum ausbreitete, als erste entdeckte. »Es ist Mrs. Slott. Ich glaube, sie ist ohnmächtig geworden.«

Horatia richtete ihr Opernglas abrupt auf die Loge von Theodosia Slott, die Matthias' Loge direkt gegenüberlag. »Ja, tatsächlich. Theodosia scheint auf ihrem Sitz zusammengesunken zu sein. Lady Carlsvack schwenkt ein Riechfläschchen unter ihrer Nase.«

Imogen ließ ihren Fächer sinken, um einen Blick auf das kleine Grüppchen zu richten, das in Theodosias Loge diesen Aufruhr veranstaltete. »Was ist bloß los mit dieser Frau?«

Patricia sah Matthias anklagend an. »Lady Lyndhurst sagt, Mrs. Slott fiele häufig in Ohnmacht, wenn Matthias irgendwo auftaucht. Sie sagt, in der Vergangenheit hätte sich etwas Abscheuliches abgespielt, und Mrs. Slott hätte sich nie von diesem Schock erholt.«

»Verdammter Unsinn«, knurrte Matthias.

Imogen schaute finster. »Was für ein grandioser Blödsinn.« Ihr fiel auf, daß sich überall Köpfe zu Colchesters Loge umdrehten. Mutmaßungen breiteten sich im Theater aus.

Sie faltete ihren Fächer schwungvoll zusammen und sprang auf, wild entschlossen, ein für allemal klarzustellen, daß Matthias der Klatschsucht der oberen Zehntausend nicht allein ausgeliefert war. Sie packte die Lehne ihres zarten Stuhls und begann, ihn dichter neben Matthias' Stuhl zu schieben.

Er warf einen Blick auf sie, sah, was sie vorhatte, und erhob sich zu spät. »Imogen, erlaube mir, deinen Stuhl zurechtzurücken.«

»Es ist schon in Ordnung.« Imogen biß die Zähne zusammen und stieß gegen die Armlehne. »Er scheint sich festgekeilt zu haben, aber ich schaffe das schon allein.«

»Imogen, warte ...«

Der Stuhl war schwerer, als er aussah. In ihrer Gereiztheit stieß Imogen fester dagegen. Ein zierliches kleines Stuhlbein gab plötzlich nach und zerbrach.

Der kleine Stuhl kippte um und fiel auf den roten Teppich. Imogen verlor das Gleichgewicht und stolperte, um mit Schwung auf Matthias' Schoß zu landen. Er fing sie mühelos auf und grinste, als sie heftig seine Schultern umklammerte, um die Balance wiederzufinden.

Ihr Abendturban aus Satin, den Delphine zierten, löste sich von ihrem Haar und segelte über die Brüstung der Loge. Er flatterte zu den billigen Plätzen im Parkett hinunter. Lautes Gejohle brach unter den ausgelassenen jungen Männern aus, die sich im hinteren Teil des Theaters drängten.

»Ich habe ihn.«

»Nein, er gehört mir. Ich habe ihn zuerst gesehen.«

»Sieh mal einer an, da scheint mir ein Delphin ins Netz gegangen zu sein.«

»Gib ihn her. Er gehört mir, weil ich ihn aufgefangen habe.«

Horatia sah über die Brüstung der Loge. »Ich glaube tatsächlich, sie streiten sich um deinen Turban, Imogen.«

Schallendes Gelächter brach im Theater aus.

Patricia erweckte den Eindruck, als würde sie jeden Moment in Tränen ausbrechen. »Welch eine Demütigung. Eine ganz ungeheuerliche Demütigung. Ich könnte hier in dieser gräßlichen Loge vor Scham sterben. Wie soll ich morgen in Lady Lyndhursts Salon meinen Freundinnen gegenübertreten?«

»Das schaffst du schon«, sagte Matthias herzlos. Er stand auf und stellte Imogen wieder auf die Füße.

»Ich bitte euch alle um Entschuldigung«, murmelte Imogen, während sie ihre Röcke glattstrich. »Es lag nicht in meiner Absicht, einen so lächerlichen Anblick zu bieten.«

»Du brauchst dich nicht zu entschuldigen.« Matthias grinste fröhlich. »Ich versichere dir, daß ich seit Jahren keinen so unterhaltsamen Abend mehr in einem Theater verbracht habe. Und da es unwahrscheinlich ist, daß die Darbietung auf der Bühne sich an diesem Schauspiel messen kann, schlage ich vor, daß wir jetzt alle miteinander aufbrechen.«

Kurze Zeit später stand Imogen mit Patricia inmitten der Menschenmenge, die sich im Foyer des Theaters drängte. Matthias war hinausgegangen, um seine Kutsche heranzuwinken, die als eine unter vielen in einer langen Reihe am Straßenrand geparkt war. Horatia hatte sich abgewandt, um mit einer Bekannten zu plaudern.

Imogen warf einen Blick auf Patricia, die verdrossen

schwieg. Sie beschloß, die Gelegenheit beim Schopf zu ergreifen, und trat einen Schritt näher zu ihr.

»Stimmt etwas nicht, Patricia? Ich bedaure aufrichtig, daß es vorhin zu diesem peinlichen Zwischenfall gekommen ist. Ich muß dich jedoch darauf hinweisen, daß du schon vorher verstimmt gewirkt hast, ganz so, als ärgertest du dich über mich.«

Patricias Gesicht lief dunkelrot an. Sie wich Imogens Blick aus. »Ich habe keine Ahnung, wovon Sie reden.«

»Blödsinn. Ich hatte den Eindruck, wir beide kämen recht gut miteinander aus. Mir schien es, als hätten dir unsere Einkaufsbummel Spaß gemacht und als wärst du hocherfreut über deinen gesellschaftlichen Erfolg. Aber im Laufe der letzten Tage ist es mir fast so vorgekommen, als wolltest du mich bewußt schneiden.«

Patricia wich einen Schritt zurück und richtete ihren Blick starr auf die Türen des Foyers. »Ich kann mir beim besten Willen nicht vorstellen, was Sie meinen, Miss Waterstone.«

»Dann bin ich für dich also wieder Miss Waterstone, was?« Imogen stemmte die Arme in die Hüften und begann, mit einem Fuß zu wippen. »Ich dachte, wir hätten uns darauf geeinigt, daß du mich mit meinem Vornamen ansprichst.«

»Müssen Sie unbedingt so aggressiv mit dem Fuß aufstampfen?« zischte Patricia.

»Wie bitte?«

»Sie werden schon von allen Seiten angestarrt.«

»Unsinn.« Imogen sah sich um. »Niemand sieht mich an.«

»Es ist doch wohl mehr als verständlich, daß die Leute Sie anstarren«, platzte Patricia heraus. »Sie haben das Benehmen einer Landpomeranze. Sehen Sie sich doch nur Ihre Haltung an! Glauben Sie etwa, es sei damenhaft, so dazustehen? Es ist mir äußerst peinlich, mit Ihnen in der Öffentlichkeit gesehen zu werden, wenn Sie so dastehen, die Arme ungehörig in die Hüften stemmen und derart gewöhnlich mit der Schuhspitze wippen. Ihnen fehlt es an jeglicher damenhaften Eleganz und Anmut.«

»So ist das also.« Imogen errötete und ließ eilig ihre Arme sinken. »Es tut mir leid. Vor ein paar Jahren habe ich Tanzunterricht genommen, aber ansonsten habe ich mir nie die Mühe gemacht, mich mit den Spitzfindigkeiten eines damenhaften Benehmens auseinanderzusetzen.«

»Das merkt man«, sagte Patricia verkniffen.

»Meine Eltern fanden derartige Unterweisungen unwichtig.« Imogen zuckte die Achseln. »Und, um bei der Wahrheit zu bleiben, ich hatte die Gelegenheit, sehr viel interessantere Dinge zu lernen.«

»Es scheint so.« Patricia wandte sich abrupt zu Imogen um und sah ihr ins Gesicht. Tränen der Demütigung und des Zorns glitzerten in ihren Augen. »Ich schwöre Ihnen, ich begreife einfach nicht, was mein Bruder in Ihnen sieht. Ich kann mir nicht vorstellen, was ihn dazu gebracht hat, Ihnen einen Heiratsantrag zu machen. Ich nehme an, es ist Ihnen bekannt, daß man Sie Die Unkeusche Imogen nennt?«

»Ja, das weiß ich. Ich kann dir erklären, wie ich zu diesem unerfreulichen Namen gekommen bin.«

»Das brauchen Sie mir nicht zu erklären. Ich habe all die schmutzigen Einzelheiten über Ihre Vergangenheit längst gehört.«

Imogen sah ihr forschend ins Gesicht. »Tatsächlich?«

»Man hat Sie mit Lord Vanneck in einem Schlafzimmer ertappt.«

»Wer hat dir das erzählt?«

»Eine Freundin.« Patricia biß sich auf die Unterlippe. »Jemand, den ich in Lady Lyndhursts Salon kennengelernt habe. Dort reden alle über Sie. Die Leute sagen, Matthias hätte sich zu dieser Verlobung verpflichtet gefühlt, weil Sie sich vor ein paar Tagen mit ihm kompromittiert haben.«

»Hm.«

»Die Leute sagen, Sie hätten ihm genau das angetan, was seine gräßliche Mutter meinem armen Papa damals angetan hat. Sie hätten ihn in eine Falle gelockt.«

»Wovon um alles in der Welt redest du?«

Patricia blinzelte wie eine Eule und wich einen Schritt zurück. Sie schien zu erkennen, daß sie zu weit gegangen war. »Ich bin sicher, daß Sie das nur zu genau wissen, Miss Waterstone. Hier in der Stadt scheint es kein großes Geheimnis zu sein, daß mein Vater gezwungen war, Matthias' Mutter zu heiraten, nachdem sie es bewußt so eingerichtet hatte, sich von ihm kompromittieren zu lassen.«

Imogen sah sie finster an. »Und du glaubst, Matthias sei in dieselbe Falle gelockt worden?«

»Ich kann mir keine andere Erklärung dafür denken, weshalb er ausgerechnet Sie als seine Gräfin wählen sollte«, flüsterte Patricia. »In Lady Lyndhursts Salon sagen alle, Matthias hätte in dieser Saison auf dem Heiratsmarkt die freie Auswahl gehabt. Er hätte sich für eine Frau mit einem makellosen Ruf entscheiden können. Für jemanden, der nicht Gott und der Welt als Die Unkeusche Imogen bekannt ist. Gütiger Himmel, wie demütigend das alles ist.«

»Wie ich sehe, ist das alles sehr schwierig für dich«, sagte Imogen trocken.

Die Eingangstür öffnete sich, und Matthias schlenderte in das warme Foyer des Theaters. Sein Blick fiel auf Imogen, und er ging auf sie zu. Patricia wirkte plötzlich äußerst besorgt. Sie warf einen furchtsamen Seitenblick auf Imogen.

Matthias sah seine Schwester stirnrunzelnd an. »Fühlst du dich nicht wohl, Patricia? Fehlt dir etwas?«

»Nein, mir fehlt nichts«, murmelte sie. »Bitte. Ich möchte einfach nur so schnell wie möglich nach Hause.«

Imogen lächelte nichtssagend. »Ich fürchte, Lady Patricia ist von den Ereignissen des heutigen Abends ein wenig überanstrengt. Sie leidet unter schwachen Nerven, aber das liegt schließlich in der Familie.«

Nachdem sie und Horatia zu Hause eingetroffen waren, begab Imogen sich augenblicklich in ihr Arbeitszimmer. Sie warf ihren Abendmantel über einen Stuhl, zog die langen Glacéhandschuhe aus und trat sich die Schuhe von den Füßen. Dann ließ sie sich auf das Sofa fallen und sah ihre Tante mit zusammengezogenen Brauen finster an.

»Erzähl mir alles, was du über die Ehe seiner Eltern weißt, Tante Horatia. Ich kann mich nicht mit einem Problem auseinandersetzen, wenn mir die Fakten fehlen.«

»Da gibt es nicht viel zu erzählen.« Horatia schenkte sich einen Sherry aus der Karaffe ein, die auf einem Beistelltischchen stand. »Das ist eine uralte Geschichte. Sie hat sich vor gut fünfunddreißig Jahren abgespielt, um genau zu sein. Damals war ich selbst noch eine junge Frau.«

»Hast du Colchesters Mutter gekannt?«

»Ich bin Elizabeth Dabney ab und zu begegnet, aber wir haben nicht in denselben Kreisen verkehrt.« Horatia setzte sich dicht vor das Feuer und trank einen Schluck Sherry. »Elizabeth stand in dem Ruf, ein wenig leichtlebig zu sein, wenn du es unbedingt wissen mußt. Sie konnte es sich leisten, weil sie sehr schön und charmant war und weil ihr Vater ein außergewöhnlich wohlhabender und einflußreicher Mann war. Ihre Eltern hatten sie vom Tag ihrer Geburt an in einem übertriebenen Maß verwöhnt. Sie hatte immer alles bekommen, was sie wollte.«

»Und dann beschloß sie, daß sie Matthias' Vater haben wollte?«

»Das wurde allgemein behauptet.« Horatia lächelte trocken. »Aber ich sage immer, daß zwei dazugehören. Er hieß Thomas, und er war zu dem Zeitpunkt noch Viscount. Er hatte den Titel noch nicht geerbt, weil sein Vater noch am Leben war. Er war genauso verwöhnt wie Elizabeth. Außerdem war er sehr arrogant und sehr attraktiv. Ein zügelloser Kerl. Ich bin sicher, daß er nicht damit gerechnet hat, eines Tages dafür büßen zu müssen, daß er mit Elizabeth tändelte. Ich bezweifle, daß Thomas in jungen Jahren jemals für seine Taten geradestehen mußte.«

Imogen schaute finster. »Das wirft eine interessante Frage auf. Warum mußte er dafür geradestehen? Thomas war der Erbe eines Earl. Wenn er es wirklich gewollt hätte, hätte er sich doch gewiß aus dem Netz befreien können, in dem Elizabeth ihn eingefangen hat.«

»Sein Vater war bankrott.« Horatia sah nachdenklich in das Feuer. »Das wußte damals niemand. Nach allem, was ich gehört habe, war der alte Earl begeistert, als sein Sohn in einer kompromittierenden Situation mit Elizabeth ertappt wurde. Er brauchte ihr Erbe dringend, um die Schatztruhe der Familie wieder aufzufüllen. Und Dabney wollte für seine einzige Tochter unbedingt einen Titel haben. Aus der Sicht fast aller Beteiligten war es wirklich ein großer Glücksfall.«

»Nur der junge Thomas hat das nicht so gesehen?«

»Genau. Aber er hat es nicht gewagt, sich seinem Vater zu widersetzen, weil er fürchten mußte, keinen Penny zu erben. Er hat Elizabeth geheiratet. Wie du dir denken kannst, war es keine glückliche Ehe. Aber wie viele glückliche Ehen gibt es schon?«

»Meine Eltern waren glücklich miteinander«, sagte Imogen liebevoll.

»Das ist wahr. Ich fürchte, du bist mit einem verzerrten Bild von der Realität aufgewachsen, meine Liebe. Jedenfalls hatten die beiden keine weiteren Kinder mehr miteinander, nachdem Matthias geboren war. Thomas und Elizabeth haben die meiste Zeit über getrennt gelebt. Thomas hat sich für etliche Jahre eine ganze Reihe von Mätressen hier in der Stadt gehalten. Elizabeth hat sich mit verschwenderischen Einladungen auf dem Landgut der Colchesters begnügt. In dem Jahr, in dem sie gestorben ist, hat sich Thomas anscheinend in eine junge Witwe verliebt, die Charlotte Poole hieß. Die beiden haben schon kurz nach Elizabeths Tod geheiratet.«

Imogen stützte die Arme auf die Rückenlehne des Sofas. »Und dann ist Patricia geboren worden.«

»Ja.«

»Patricia hat mir heute abend erzählt, alle würden behaupten, Matthias sei zu demselben Los verdammt wie sein Vater«, sagte Imogen leise.

Horatia sah sie an. »Patricia ist noch sehr jung und hat noch kaum Lebenserfahrung.«

»Ich dagegen bin eine reife Frau, die ganz genau weiß, was sie tut.«

»Was willst du damit sagen?«

Imogen sah Horatia in die Augen. »Ich will damit folgendes sagen: Ich darf nicht zulassen, daß Matthias mich heiratet, wenn er mich nicht wahrhaft liebt. Es wäre mir unerträglich, mit dem Wissen zu leben, daß ich ihn gezwungen habe, den Fehler seines Vaters zu wiederholen.«

Eine traurige Erkenntnis zeichnete sich in Horatias Augen ab. »Wie lange bist du schon in Colchester verliebt, meine Liebe?«

Imogen lächelte kläglich. »Ich habe den Verdacht, schon seit ich seinen ersten Artikel im *Zamaranischen Boten* gelesen habe.«

»Was für ein Durcheinander.«

»Ja.« Imogen holte tief Atem. »Und da ich hier diejenige bin, die den Gordischen Knoten geknüpft hat, liegt es auch an mir, ihn wieder zu entwirren.«

Zwei Abende später stand Imogen unbemerkt hinter einer dicht belaubten Kübelpflanze im Ballsaal von Lord und Lady Wellstead und beobachtete, wie Patricia sich in den Korridor hinausschlich.

Imogen runzelte die Stirn und wünschte, Matthias wäre dagewesen, um sich dieses unerwarteten Dilemmas anzunehmen. Leider war es ihm wieder einmal gelungen, ihr auszuweichen und sich nicht in der Öffentlichkeit zu zeigen. Seine Abneigung gegen gesellige Veranstaltungen wurde schnell zu einem Problem, da Patricia die Anstandsdamen verabscheute, die er ihr zugewiesen hatte.

Patricia hatte mißmutig eingewilligt, sich von Imogen und Horatia zu diversen Einladungen begleiten zu lassen, da Matthias ihr keine andere Wahl gelassen hatte. Doch sowie sie auf einer Soiree oder auf einem Ball eintrafen, achtete sie sorgsam darauf, so viel Abstand wie möglich zwischen sich und ihre Begleiterinnen zu legen. Ihr war deutlich anzumerken, daß die Verlobte ihres Bruders sie in größte Verlegenheit brachte, und ein Teil dieses Abscheus übertrug sich auch auf Horatia.

Imogen seufzte, als sie beobachtete, wie ihr Schützling den Ballsaal verließ. Es blieb ihr gar nichts anderes übrig. Sie würde Patricia folgen müssen.

Imogen stellte das Limonadenglas ab, das sie gerade im Vorübergehen von einem Tablett genommen hatte. Es bestand kein Anlaß zu übermäßiger Sorge, sagte sie sich. Es war ja schließlich nicht so, als hätte sich Patricia in die ausgedehnten Gartenanlagen der Wellsteads begeben, wo sich eine unschuldige junge Dame in ernsthafte Schwierigkeiten bringen konnte. Eine ganze Reihe von Paaren war bereits in dieser Schattenwelt aus hohen Hecken und dunklen Pfaden untergetaucht.

Imogen bahnte sich an der Wand entlang einen Weg zu der Tür, durch die Matthias' Schwester entkommen war. Möglicherweise wollte sich Patricia nur eine Atempause von dem Gedränge im Saal und der überheizten Atmosphäre gönnen. Ihr Verschwinden hatte jedoch eindeutig etwas Verstohlenes an sich gehabt. Patricia hatte sich sorgsam nach allen Richtungen umgesehen. Es war, als fürchtete sie, jemand könnte ihr folgen.

Gewiß würde sie es Imogen nicht danken, wenn sie ihr nachlief. Leider ließ Imogens Pflichtgefühl nicht zu, daß sie die Situation ignorierte. Die weitläufigen Herrenhäuser der High Society waren gefährliche Orte für junge Damen, die sich von der schützenden Menge entfernten. Diese Lektion hatte Imogen vor drei Jahren gelernt.

Sie eilte zur Tür hinaus und stand in einem schmalen Korridor, der ausschließlich dem Personal diente. Abgesehen von einem Servierwagen mit Hummerpasteten, war der Gang leer. Sie tastete sich voran, bog um eine Ecke und lief durch einen anderen Korridor, an dessen Ende sie auf eine schmale Wendeltreppe stieß.

Imogen blieb stehen und sah sich nach einem anderen Ausgang um, doch es gab keinen. Sie begriff, daß Patricia die Wendeltreppe ins darüberliegende Stockwerk hinaufgestiegen sein mußte. Imogen spürte ein Prickeln echter Besorgnis.

Patricia hatte eindeutig gewußt, wohin sie sich begab. Wenn sie den Ballsaal einfach nur verlassen hätte, um frische Luft zu schnappen, dann hätte sie augenblicklich kehrtgemacht, sowie sie erkannte, daß sie einen Dienstbotenausgang gewählt hatte. Ihr Verschwinden wies alle Anzeichen für ein geplantes Treffen auf.

Imogen lüpfte ihre Röcke und lief eilig die schmale Treppe hinauf. Ihre weichen Ballerinaschuhe entlockten den hölzernen Stufen keinerlei Geräusche.

Ein Wandhalter mit einer Kerze spendete gerade soviel Licht, daß sie über der Treppe eine Tür erkennen konnte. Imogen öffnete die Tür behutsam und lugte um die Ecke. Sie konnte nichts anderes als dichte Schatten erkennen, die in regelmäßigen Abständen schwach vom Mondschein aufgehellt wurden, der durch eine Reihe von hohen Fenstern drang.

Sie trat ein und schloß die Tür leise hinter sich. Es dauerte ein paar Sekunden, bis ihre Augen sich an die Dunkelheit gewöhnt hatten. Als sie wieder etwas sehen konnte, war es ihr nur mit Mühe möglich, den matten Schimmer der schweren, vergoldeten Rahmen zu erkennen, die an der Wand hingen. Und zwar zu Dutzenden. Sie begriff, daß sie sich in einer Galerie befand, die sich über die gesamte Länge des großen Hauses erstreckte.

Imogen sah sich um und forschte in der Dunkelheit nach einem Anzeichen von Patricia. Als sie am hintersten Ende der langen Galerie ein leises Geräusch hörte, wirbelte sie erschrocken herum. Sie erhaschte einen flüchtigen Blick auf rauschende helle Röcke, ehe sie in einem Alkoven verschwanden.

»Patricia? Bist du das?« Imogen schritt mit forschen Schritten aus.

Und stieß prompt mit einem Zeh gegen ein verschnörkeltes Stuhlbein, das sie im Dunkeln nicht bemerkt hatte.

»Verdammt noch mal.« Sie zuckte zusammen und bückte sich, um ihren schmerzenden Zeh zu massieren.

Ein Mann trat aus dem Schatten vor. »Miss Waterstone?«

»Wer in aller Welt...?« In ihrer Verblüffung wich sie hastig einen Schritt zurück und starrte die Gestalt an, die auf sie zukam. Als sie durch einen einfallenden Mondstrahl schritt, erkannte sie ihn. »Lord Vanneck!«

»Ich bedaure dieses melodramatische Arrangement.« Vanneck blieb stehen und sah sie mit einer unangenehmen Eindringlichkeit an. »Aber ich mußte Sie ungestört sprechen. Es war verflucht schwierig, dieses Treffen zu arrangieren.«

»Wo ist Lady Patricia?«

»Sie ist bereits auf dem Rückweg in den Ballsaal, in Begleitung einer achtbaren Dame. Patricia kann nichts zustoßen, das versichere ich Ihnen. Ihr Ruf ist nicht gefährdet.«

»Dann habe ich auch keinen Grund mehr, mich noch länger hier aufzuhalten.« Imogen raffte ihre Röcke und wollte blitzschnell an Vanneck vorbeilaufen.

»Warten Sie.« Vanneck hielt sie am Arm fest, als sie an ihm vorbeilief. Sie war gezwungen stehenzubleiben. »Es hat mich sehr viel Mühe gekostet, dieses Treffen zu arrangieren, und jetzt habe ich die Absicht, mich mit Ihnen zu unterhalten.«

»Lassen Sie mich los.«

»Nicht, ehe Sie mich angehört haben.« Vanneck unterbrach sich. »Um Lucys willen müssen Sie mich anhören.«

»Um Lucys willen?« Imogen erstarrte. »Was hat das alles mit der armen Lucy zu tun?«

»Sie waren Ihre Freundin.«

»Ja, und?«

»Verdammt noch mal, Miss Waterstone, lassen Sie mich ausreden. Es wäre Lucys Wunsch gewesen, daß ich Sie beschütze. Sie haben nie gewußt, wie man sich in der Gesellschaft zur Wehr setzt.«

»Ich brauche Ihren Schutz nicht, Sir.«

Vannecks Hand spannte sich fester um ihren Arm. »Ihnen ist doch gewiß klar, daß Colchester Sie vorsätzlich kompromittiert hat, damit er die Verlobung bekanntgeben kann.«

»Er hat nichts dergleichen getan.«

»Er ist hinter dem Königlichen Siegel her. Haben Sie ihm die Landkarte überlassen?«

»Nein.«

»Das dachte ich mir«, sagte Vanneck mit grimmiger Genugtuung. »Wenn Sie es getan hätten, hätte er die Verlobung nämlich längst gelöst. Sehen Sie denn nicht selbst, was er im Schilde führt? Er wird Sie in dem Moment sitzenlassen, in dem er die Karte an sich gebracht hat.«

Imogen lächelte kühl. »Sie machen sich keine Vorstellung davon, wie sehr Sie sich täuschen, Sir.«

Wut und Verzweiflung blitzten in Vannecks Gesicht auf. Seine Finger gruben sich schmerzhaft in ihre Haut. »Ich will dieses verdammte Siegel haben, Miss Waterstone. Rutledge hat geschrieben, daß es ein Vermögen wert ist. Es besitzt einen nahezu unschätzbaren Wert.«

»Sie tun mir weh.«

Er schenkte ihren Worten keinerlei Beachtung. »Vor ein paar Tagen habe ich begonnen, ein Konsortium zu bilden, um eine Expedition nach Zamar zu finanzieren. Leider haben die potentiellen Interessenten jegliches Interesse verloren, als sie von Ihrer Verlobung mit Colchester erfahren haben. Mit diesem schnellen Handstreich hat er meine Pläne durchkreuzt.«

Etwas in seinem Tonfall bewirkte, daß sich Imogens Nackenhaare aufstellten. »Ich habe heute abend wirklich keine Zeit, dieses Thema mit Ihnen zu diskutieren. Ich muß dringend in den Ballsaal zurückkehren.«

»Lösen Sie die Verlobung«, sagte Vanneck flammend. »Und zwar schnell. Das ist die einzige Möglichkeit. Wenn Sie sich Colchester vom Hals schaffen, werde ich das

Konsortium ins Leben rufen. Wir beide werden Partner werden. Wenn wir das Königliche Siegel finden, werden wir beide reich sein.«

Das war genau das, was sie wollte, doch in dem Moment sah Imogen die gefährliche Glut, die in diesem Menschen kochte, und plötzlich fürchtete sie sich.

»Ich muß jetzt gehen«, sagte sie eilig. »Vielleicht können wir ein anderes Mal darüber reden. Möglicherweise könnten Sie sich mit Colchester zusammentun.«

»Mit *Colchester*?«

Zu spät erkannte sie, daß sie etwas Falsches gesagt hatte. »Vielleicht...«

»Ausgeschlossen«, fauchte Vanneck. »Colchester würde niemals in eine solche Regelung einwilligen. Alle Welt weiß, daß er Rudledge ermordet hat. Wahrscheinlich würde mich dasselbe Schicksal ereilen, wenn ich mich auf eine Partnerschaft mit ihm einließe. Sie müssen die Verlobung lösen, ehe Sie ihm die Landkarte überlassen. Das ist die einzige Möglichkeit.«

Wut verdrängte die Vorsicht, und Imogen richtete sich zu ihrer vollen Größe auf. »Ich werde genau das tun, was *ich* für richtig halte, Sir. Und jetzt seien Sie so freundlich, mich loszulassen.«

»Ich lasse mich von der Laune einer Frau nicht um das Königliche Siegel bringen. Falls Sie die Verlobung nicht lösen sollten, dann werde ich das für Sie übernehmen!«

Es war, als wäre in seinem Innern eine Feder gesprungen. Imogen erkannte die Gefahr, in der sie schwebte, und sie rang verzweifelt darum, sich zu befreien. Es gab kein Entkommen.

Vanneck, der ihren Arm immer noch umklammert hielt, stieß sie grob auf ein Sofa in der Nähe. Er warf sich mit einer solchen Wucht auf sie, daß es ihr den Atem verschlug. Imogen war einen Moment lang fassungslos.

Sie konnte einfach nicht glauben, was hier geschah. Furcht wogte in ihr auf. Sie kratzte ihn mit ihren Nägeln blutig.

»Du verdammtes kleines Miststück.« Vanneck riß an ihren Röcken. »Wenn ich mit dir fertig bin, dann wirst du mich darum anflehen, daß ich deine Expedition finanziere.«

»Haben Sie Lucy auch so behandelt?« fragte sie, während sie sich heftig wehrte. »Haben Sie sie vergewaltigt, ehe Sie ihr das Laudanum eingeflößt haben?«

»Lucy? Bist du verrückt geworden? Ich habe ihr kein Laudanum eingeflößt.« Vannecks Augen waren im Schatten so hart wie Steine. »Sie hat es selbst getrunken. Diese verfluchte Frau hat ununterbrochen über ihr Nervenleiden geklagt.«

»Weshalb machen Sie sich die Mühe, mich zu belügen? Ich habe mir das Bild längst selbst zusammengesetzt. Sie haben es absichtlich so eingerichtet, daß man mich in einer kompromittierenden Situation mit Ihnen findet, damit die Leute glauben, Lucy hätte Selbstmord begangen, weil sie sich verraten und betrogen gefühlt hat. Ich weiß genau, daß Sie sie getötet haben. Ich weiß alles!«

»Du weißt gar nichts.« Vanneck zog sich auf die Ellbogen hoch. »Was geht hier überhaupt vor? Legst du mir etwa einen Mord zur Last?«

»Ja, genau das tue ich.«

»Du bist verrückt. Ich habe Lucy nicht getötet.« Vanneck starrte sie aus schmalen Augen an. »Obwohl ich weiß Gott oft genug mit dem Gedanken gespielt habe. Irgendwann wäre ich vielleicht soweit gewesen. Aber so, wie die Dinge liegen, ist sie nicht durch meine Hand gestorben.«

»Ich glaube Ihnen nicht.«

»Mich interessiert einen Dreck, was du glaubst. Das einzige, was ich von dir will, ist diese Landkarte. Und die werde ich bekommen, und wenn es das letzte ist, was ich auf Erden tue.«

Imogen erkannte, daß seine Wut und Verzweiflung ihn zerfleischten. Er wollte sie gefügig machen, indem er sich ihr gewaltsam aufdrängte. Sie erstickte einen Schrei, als sie seine klamme Hand auf ihrem nackten Bein fühlte. Er preßte eine feuchte Handfläche auf ihren Mund. Panik drohte sie zu überwältigen. Hilfesuchend blickte sie zu der Wand hinter dem Sofa auf und sah den Schimmer eines vergoldeten Rahmens.

Während Vanneck mit ihren Röcken rang und versuchte, sie über ihre Schenkel zu zerren, streckte sie einen Arm aus, und es gelang ihr, eine Ecke des Bilderrahmens zu packen.

Einen entsetzlichen Moment lang fürchtete sie, das Ding würde sich nicht von der Wand lösen. Im selben Moment, in dem Vanneck an ihrem Kleid zerrte, riß sie mit einem Ruck an dem Rahmen.

Das Bild fiel von den Haken in der Wand. Es war so schwer, daß Imogen keinen Einfluß auf seinen Fall hatte. Sie bemühte sich, es in die richtige Richtung zu lenken, als es herunterfiel, doch es traf mit einer solchen Wucht auf Vannecks Kopf und Schultern, daß ihr eigener Körper unter dem Aufprall vibrierte.

Vanneck erzitterte stöhnend und brach dann reglos auf Imogen zusammen. Sie stieß mit aller Kraft gegen ihn und bemühte sich verzweifelt, ihn vom Sofa zu werfen. Ehe sie sich von seinem erdrückenden Gewicht befreien konnte, schienen plötzlich andere Hände nach Vanneck zu greifen.

»So ein Mistkerl.« Matthias ragte wie ein Racheengel im Schatten auf. Er zerrte Vanneck vom Sofa und ließ ihn vor seine Füße fallen.

Vanneck sank zu Boden. Er schlug die Augen auf und

sah Matthias mit trüben Augen an. »Colchester? Himmel, was haben Sie denn hier zu suchen?«

Matthias zog einen Handschuh aus und ließ ihn auf Vannecks Brust fallen. »Meine Sekundanten werden sich morgen mit Ihren in Verbindung setzen. Ich bin sicher, daß sich für den darauffolgenden Tag ein Treffen vereinbaren läßt.«

»Sekundanten? *Sekundanten.*« Vanneck versuchte, sich auf einen Ellbogen zu stützen. Er schüttelte den Kopf, als versuchte er, wieder einen klaren Gedanken zu fassen. »Das kann doch nicht Ihr Ernst sein.«

Matthias hob Imogen vom Sofa und zog sie eng an sich. »Ich versichere Ihnen, daß mir noch nie in meinem Leben etwas so ernst gewesen ist.« Er wandte sich ab und lief mit Imogen in den Armen durch die Galerie.

»Aber Sie hatten doch nie die Absicht, sie zu heiraten.« Vannecks verzweifelter Ausruf hallte von den Wänden des langen Ganges wider. »Alle Welt weiß, daß die Verlobung nur ein Trick ist. Sie haben es doch nur auf die Landkarte abgesehen. Der Teufel soll Sie holen, Colchester. Sie ist kein Duell wert. Das hier ist eine geschäftliche Angelegenheit.«

Matthias sagte kein Wort. Imogen blickte in sein Gesicht auf, als er sie durch die dunkle Galerie trug. Ein Schauer, der nichts mit dem Kampf zu tun hatte, den sie gerade geführt hatte, überlief sie.

In dem Moment erkannte sie in ihm die dunkle, geheimnisvolle Gestalt ihrer Träume. Sie lag in den Armen von Zamaris, dem Gott der Nacht.

11

Imogen kam nicht gegen ihr Zittern an. Sie schmiegte sich eng an Matthias und suchte seine Kraft und seine Wärme, als er sie eine Treppe hinunter und durch einen Gang trug. Sie hielt das Gesicht weiterhin an seine Schulter gepreßt und kniff die Augen fest zu, in einem vergeblichen Versuch, die Tränen zurückzuhalten.

Stimmen, in denen sich zum Teil echte Sorge ausdrückte, teilweise aber auch nur gelangweilte Neugier, folgten ihnen, als Matthias mit schnellen Schritten auf die Haustür zulief.

»Hören Sie, Colchester, geht es Miss Waterstone nicht gut?« erkundigte sich ein Mann.

»Sie ist nicht in bester Verfassung«, sagte Matthias in einem nichtssagenden Tonfall. »Ihre Nerven sind überstrapaziert. Die Aufregung über die Verlobung und all das, Sie wissen schon.«

Der Mann lachte. »Ja, selbstverständlich. Sie lassen sich bestimmt etwas einfallen, um sie zu beruhigen.«

Imogen hätte gern protestiert, sie hätte viel zu starke Nerven, um sich von etwas so Banalem wie einer Verlobung aus dem Gleichgewicht bringen zu lassen, doch sie wagte es nicht, ihr Gesicht von Matthias' Schulter zu heben, denn dann hätte der Mann ihre Tränen gesehen.

»Soll ich einen Arzt rufen, Sir?« erkundigte sich ein Lakai.

»Nein, ich werde sie nach Hause bringen. Sie braucht nichts weiter als Ruhe.«

»Ich werde Ihre Kutsche vorfahren lassen, Mylord.«

»Danke.«

Imogen fühlte kühle Luft auf ihrer Haut. Sie waren endlich im Freien angelangt. Es würde nur noch einen Moment dauern, bis Matthias sie in seiner Kutsche in Sicherheit gebracht hatte.

Hufeisen und Räder klapperten auf den Pflastersteinen. Sie konnte hören, wie eine Kutschentür geöffnet wurde. Matthias stieg mit Imogen auf seinen Armen ein. Er ließ sich auf den gepolsterten Sitz sinken und schmiegte sie an sich.

»Beruhige dich.« Er preßte sie eng an sich, als die Kutsche in die Nacht hinausfuhr. »Es ist alles in Ordnung, mein Liebes. Es ist ausgestanden. Jetzt kann dir nichts mehr passieren.«

»Aber dir kann etwas zustoßen.« Da sie endlich vor neugierigen Blicken sicher war, löste sich Imogen aus seiner Umarmung. Sie packte seine Schultern und versuchte, ihn zu schütteln. »Was in Gottes Namen hast du getan, Matthias?«

Matthias rührte sich nicht von der Stelle. Er schien nicht zu bemerken, daß ihre Finger den edlen Stoff seines schwarzen Mantels zerknitterten. Er beobachtete sie mit schimmernden Augen, die unergründlich waren. »Dieselbe Frage wollte ich dir auch gerade stellen.«

Sie ignorierte diesen Einwand, da ihre Aufmerksamkeit ausschließlich der gräßlichen Lage galt, in die er sich gebracht hatte. »Du hast Vanneck zu einem Duell herausgefordert. Gütiger Himmel, Matthias, wie konntest du so etwas nur tun?«

»Unter den gegebenen Umständen schien mir das die einzig angemessene Reaktion zu sein.«

»Aber mir ist nichts passiert.«

Matthias nahm ihr Kinn in die Hand. »Und dafür kann

ich Gott und deiner eigenen Beherztheit nur danken. Du bist wirklich ganz erstaunlich, meine Liebe. Ich glaube fast, du hättest Vanneck mit diesem Bilderrahmen beinah umgebracht.«

»Wenn das so ist, dann war es doch sicher nicht nötig, ihn zu einem Duell herauszufordern«, sagte sie verzweifelt.

Matthias strich mit dem Daumen über ihren Mundwinkel. Seine Augen glänzten im Dunkeln. »Der Umstand, daß es dir gelungen ist, dich zu retten, bedeutet noch lange nicht, daß ich Vanneck ein Duell ersparen kann. Mir bleibt sogar gar nichts anderes übrig, als mich mit ihm zu duellieren.«

»Das ist nicht wahr.« Wieder stiegen Tränen in ihren Augen auf. Sie wischte sie mit ihrem Handrücken ab. »Er ist es nicht wert. Ich kann nicht zulassen, daß du dein Leben bei einem Duell aufs Spiel setzt. Ich weigere mich, meine Einwilligung zu geben. Du wirst dich nicht mit ihm treffen.«

Matthias bog ihr Kinn ein wenig zurück und sah ihr mit einem seltsam versonnenen Ausdruck ins Gesicht. »Ich glaube tatsächlich, diese Tränen gelten mir.«

»Weshalb sollte ich denn sonst weinen?« fragte sie verdrossen.

»Es wäre verständlich, wenn du über das weinen würdest, was dir heute abend zugestoßen ist. Sogar eine Dame mit deinen starken Nerven hätte allen Grund, sich Tränen zu ...«

»Blödsinn. Mir bereitet viel größere Sorgen, was dir zustoßen könnte, weil du diese idiotische Herausforderung ausgesprochen hast.« Sie nahm sein Gesicht in ihre Hände. »Matthias, das darfst du nicht tun, hörst du? Ich kann es nicht zulassen.«

Er schlang die Finger um ihr Handgelenk und drückte es

sanft. »Es ist schon gut, Imogen. Es wird alles gut werden.«

»Es könnte dich das Leben kosten.«

Er lächelte schwach. »Offensichtlich bedrückt dich diese Vorstellung.«

»Verdammt und zugenäht, Matthias, der Gedanke bringt mich um den Verstand.«

»Und warum das?«

Frustration und Furcht bemächtigten sich ihrer. *»Weil ich dich liebe.«*

Eine große Stille senkte sich über das Innere der Kutsche herab. Es war, als hätte ein Zauberer einen Bann gewebt und die Zeit stillstehen lassen. Imogen nahm vage Stimmen in der Ferne und das Getöse der Kutschenräder und der Pferdehufe auf der Straße wahr. Gelegentlich blinkten in der Dunkelheit die Lampen von vorbeifahrenden Kutschen. Die Welt außerhalb der Kutsche war in Bewegung, doch im Innern rührte sich nichts.

»Du liebst mich?« wiederholte Matthias sehr leise.

»Ja.«

»Dann heirate mich morgen mit einer Sondergenehmigung.«

Imogen sperrte den Mund auf. »Wie kannst du von Heirat reden, wenn dein Leben auf dem Spiel steht?«

»Irgendwie«, sagte Matthias, während er sie wieder in seine Arme zog, »ist eine Heirat das einzige Gesprächsthema, das mir wichtig erscheint.«

»Aber, Matthias...«

»Sag, daß du mich heiraten wirst, ehe mich mein Schicksal ereilt.« Er drückte zarte Küsse auf ihre feuchten Augen und ihr zerzaustes Haar. »Das ist alles, worum ich dich bitte.«

»Du kannst von mir alles haben, was du willst, wenn du deine Verabredung im Morgengrauen absagst.«

»Das kann ich nicht tun, Imogen. Ich kann dir nur versichern, daß ich fest damit rechne, dieses Duell zu überleben und hinterher mit dir zu frühstücken.«

Imogen hörte seinen unnachgiebigen Tonfall, und sie wußte, daß weitere Proteste zwecklos waren. Mit kleinen Fäusten hämmerte sie auf seine Schultern ein. »Matthias, ich bitte dich ...«

»Heirate mich. Morgen.«

Sie ließ sich an ihn sinken, ermattet von ihrer hilflosen Wut. Dann verbarg sie ihr Gesicht in seiner Jacke, um eine neuerliche Flut von Tränen zu verströmen. »Wenn du es dir wirklich wünschst.«

»Es ist mein einziger Wunsch. Mehr will ich nicht.«

In dem Moment konnte sie ihm nichts abschlagen. »Also gut.« Ihre Stimme wurde von seiner Jacke gedämpft. »Ich werde dich morgen heiraten.«

»Muß das denn unbedingt so klingen, als würdest du jeden Moment in die Kolonien abtransportiert?«

»O Matthias.«

»Schon gut, ich weiß.« Er strich ihr über das gelöste Haar. »Ich kann dich verstehen.«

Wieder senkte sich Schweigen herab. Imogen gestand sich nur noch einen kurzen Moment lang zu, ihrer Verzweiflung nachzugeben. Sie faßte sich wieder, auf seltsame Art beschwichtigt von dem Gefühl seiner Hände in ihrem Haar, und wandte ihre Aufmerksamkeit produktiveren Tätigkeiten zu. Sie mußte einen Plan aushecken, um das Duell zu unterbinden.

Aber noch ehe ihr etwas einfiel, was ihr durchführbar erschienen wäre, wurde sie von einer noch dringlicheren Angelegenheit aus ihren Gedanken herausgerissen.

»Gütiger Himmel, fast hätte ich es vergessen.« Sie richtete sich so abrupt auf, daß ihre Schädeldecke an Matthias' Kinn prallte. »Autsch!«

»Vanneck hat im Grunde genommen nicht die geringste Chance gehabt, stimmt's?« Matthias zuckte zusammen und rieb sich den schmerzenden Kiefer. »Wenn du ihm nicht mit dem Bilderrahmen beinah den Schädel eingeschlagen hättest, dann wäre dir bestimmt etwas anderes zu deiner Rettung eingefallen.«

»Es tut mir ja so leid. Ich wollte dir nicht weh tun.«

»Ich weiß.« Seine Zähne blitzten, als sein Gesicht sich zu einem verblüffend munteren Lächeln verzog. »Was ist dir denn so plötzlich wieder eingefallen?«

»Patricia. Wo ist sie?«

»Patricia fehlt nichts. Sie ist an Horatias Seite und läßt es sich gutgehen. Ich habe die beiden vorhin noch zusammen gesehen, ehe ich mich nach oben in die Galerie begeben habe, um dich zu suchen. Ich werde die Kutsche zurückschicken und die beiden abholen lassen, nachdem ich dich nach Haus gebracht habe.«

»Deine Schwester ist mit meiner Tante zusammen?«

»Ja.«

Imogen dämmerte eine grausige Erkenntnis. »Woher hast du überhaupt gewußt, daß du mich in der Galerie finden würdest?«

»Patricia hat mir erzählt, sie hätte bemerkt, daß du nach oben gegangen bist, um dir die Gemälde anzusehen.«

»Ich verstehe«, flüsterte Imogen.

Sie zerbrach sich den Kopf über diese neue Erkenntnis, während die Kutsche durch die Straßen rumpelte. Es würde keinem nützen, wenn sie Matthias ihren neuesten Verdacht anvertraute. Er hatte im Moment bereits genug Sorgen. Es hätte seine ohnehin schon stark belasteten Nerven nur noch mehr strapaziert, wenn er jetzt auch noch erfahren hätte, daß seine Schwester höchstwahrscheinlich Vannecks Komplizin gewesen war und sie in die Galerie gelockt hatte.

Imogen lehnte sich an Matthias und sah zum Fenster hinaus. Ihr schwirrte schon wieder der Kopf. Sie beschloß, noch einen letzten Versuch zu unternehmen, Matthias das Duell auszureden.

»Versprich mir, daß du dir diesen vorschnellen Entschluß, dich mit Lord Vanneck zu duellieren, noch einmal durch den Kopf gehen läßt. Ich weiß, daß manche Gentlemen glauben, ein Duell wäre die einzig mögliche Form, um eine Ehrensache zu regeln, aber in meinen Augen ist das der Gipfel der Idiotie. Und du bist schließlich alles andere als ein Idiot. Daher...«

»Das reicht jetzt, Imogen«, sagte er mit ruhiger Stimme. »Die Abmachungen sind bereits getroffen. Und außerdem wirst du keiner Menschenseele auch nur ein Wort davon sagen, hast du verstanden?«

»Aber...«

»Es handelt sich hierbei um eine reine Männersache. Es ist die Verpflichtung der beteiligten Herren, die ganze Angelegenheit streng geheimzuhalten. Und du wirst nichts ausplaudern, denn damit würdest du den Klatschmäulern einen saftigen Leckerbissen vorsetzen.«

Imogen war entgeistert. »Ich würde nicht im Traum daran denken, mich über einen derart... derart schwachsinnigen, haarsträubenden Fall von männlicher Dummheit auszulassen!«

»Ausgezeichnet.« Er vergrub eine Hand in ihrem wirren Haar. »Ich wußte doch gleich, daß ich mich auf deine Verschwiegenheit verlassen kann, meine Liebe.«

»Imogen, mußt du denn ständig im Zimmer herumlaufen?« Horatia goß Tee in zwei Tassen. »Ich schwöre dir, mir wird vom bloßen Zusehen schwindlig.«

»Was soll ich denn sonst tun?« Imogen blieb vor dem Fenster ihres Arbeitszimmers stehen und schaute trübsinnig auf den regengepeitschten kleinen Garten hinaus. »Ich komme mir vor wie ein Bündel Feuerwerkskörper, das jeden Moment über Vauxhall Gardens in die Luft gesprengt werden könnte. Es ist ein gräßliches Gefühl.«

»Das sind die Nerven, meine Liebe. Ich habe den Verdacht, du erfährst zum ersten Mal am eigenen Leib, was überstrapazierte Nerven bedeuten.«

»Blödsinn. Du weißt nur zu gut, daß ich für Nervosität nicht anfällig bin.«

»Du bist ja auch noch nie mit der Aussicht auf eine Eheschließung konfrontiert gewesen.« Horatia schnalzte mit der Zunge. »Ich begreife nicht, warum Seine Lordschaft darauf beharrt, die Dinge derart zu überstürzen, aber in Anbetracht der Situation hält er es vermutlich für das beste.«

»Welche Situation?« brachte Imogen mit erstickter Stimme heraus. Einen Moment lang fragte sie sich, ob Horatia etwas von dem Duell wußte. »Was meinst du?«

»Nimm es mir nicht übel, meine Liebe, aber unter den gegebenen Umständen plant man keine große, elegante Hochzeitsfeier. Und Seine Lordschaft hat ohnehin nicht viel Interesse an gesellschaftlichen Ereignissen dieser Art.«

Imogen entspannte sich ein wenig. »Nein, wohl kaum.« Sie schaute weiterhin auf den Garten hinaus. Die gesamte Welt schien über Nacht grau geworden zu sein. Im Morgengrauen waren die Straßen in dichten Nebel eingehüllt gewesen. Einer der verwirrenden Träume, die sie in der letzten Zeit plagten, hatte sie aus ihrem ohnehin unruhigen Schlaf gerissen. In diesem Traum hatte sie sich bemüht, Matthias vor einer unsichtbaren Gefahr zu retten, doch ihre Zeit war zu knapp bemessen. Sie hatte ihn in dem steinernen Sarkophag gefunden. Alles war mit Blut verschmiert gewesen.

Panik nagte an den Rändern ihres Bewußtseins, während sie den dunstverhangenen Garten betrachtete. Ihr blieb weniger als ein Tag, um eine Möglichkeit zu finden, wie sie diesem Irrsinn Einhalt gebieten konnte.

»Imogen?«

»Entschuldige bitte.« Imogen warf einen Blick über ihre Schulter und sah ihre Tante an. »Hast du etwas gesagt?«

»Ich habe dich gefragt, ob du deine Zofe angewiesen hast, sich um das Packen zu kümmern.«

»Ich muß ihr wohl irgendwelche Anweisungen erteilt haben. Ja, ich bin sicher, daß ich das getan habe.« Imogen schaute finster. »Aber in Wahrheit war ich in Gedanken weit weg. Jetzt, da du es erwähnst, bin ich keineswegs sicher, ob ich ihr überhaupt mitgeteilt habe, daß ich heute abend in Colchesters Stadthaus einziehe.«

Horatia lächelte ihr aufmunternd zu, während sie von ihrem Stuhl aufstand. »Setz dich und trink deinen Tee, meine Liebe. Ich werde nach oben gehen und mit dem Mädchen reden.«

»Ich danke dir.« Imogen ging auf den kleinen Tisch zu, auf dem der Tee für sie bereitstand. Sie nahm die Tasse in die Hand und trank einen großen, kräftigen Schluck.

Die Tür schloß sich hinter Horatia, und Imogen blieb allein im Arbeitszimmer zurück. Das Ticken der großen Standuhr schien ungewöhnlich laut in dem stillen Raum. Als Imogen das Geräusch nicht mehr ertragen konnte, fing sie wieder an, nervös auf und ab zu wandern.

Im Laufe der Jahre waren ihr gelegentlich Gerüchte über Duelle zu Ohren gekommen. Sie hatte dem Gerede nicht viel Aufmerksamkeit geschenkt, da sie keinen Anlaß gehabt hatte, sich mit dem Thema zu beschäftigen. Sie war ziemlich sicher, daß außer den beiden Hauptpersonen noch eine Reihe von anderen Leuten beteiligt war. Nach einem der Berichte zu urteilen, die Imogen gehört hatte, waren die Sekundanten der Herren anwesend und manchmal auch ein Arzt. Außerdem mußte es noch weitere Anwesende geben, dachte sie sich. Die Männer, die die Kutschen lenkten. Vielleicht ein Diener oder zwei. Ein Gentleman unternahm selten etwas allein. Die feinen Herren waren immer in Begleitung von Kutschern und Dienern und ein oder zwei engen Freunden unterwegs.

Mrs. Vine klopfte an und öffnete die Tür. »Eine Dame möchte Sie sprechen, Miss Waterstone.«

Imogen drehte sich so schnell um, daß Tee über den Rand ihrer Tasse auf die Untertasse schwappte. »Wer ist es?«

»Sie hat sich als Lady Patricia Marshall vorgestellt, Ma'am.«

Imogen knallte ihre Tasse auf den Tisch. »Führen Sie sie sofort zu mir, Mrs. Vine.«

»Ja, Ma'am.« Mrs. Vine seufzte tief und ging.

Einen Moment später erschien Patricia. Sie blieb in der Tür stehen und wies nur noch wenig Ähnlichkeit mit der lebhaften jungen Dame auf, die sie gestern abend noch gewesen war. Ihr Gesicht war vor Anspannung verzerrt. Ihre grauen Augen blickten ängstlich. Offensichtlich war sie den Tränen nahe.

»Ich muß mit Ihnen reden«, flüsterte Patricia, als Mrs. Vine die massive Tür schloß.

»Setz dich«, sagte Imogen unwirsch. Sie trat hinter ihren Schreibtisch und ließ sich auf ihren Stuhl sinken. Sie faltete die Hände auf dem blankpolierten Mahagoni der Tischplatte und musterte Patricia forschend. »Was hast du mir zu sagen?«

»Matthias hat mir beim Frühstück mitgeteilt, daß er Sie heute heiraten wird.«

»Das hat er tatsächlich getan?«

»Ja. Und außerdem hat er die Absicht, sein Leben morgen früh in einem Duell aufs Spiel zu setzen.« Patricias Worte endeten in einem Schluchzen. Sie wühlte in ihrer kleinen Handtasche herum, um ihr Taschentuch herauszuholen. »So hätte das alles nicht kommen sollen.«

Imogen war sprachlos. »Wie hast du von dem Duell erfahren?«

»Ich komme gerade von Lady Lyndhurst.« Patricia schneuzte sich in ihr Taschentuch. »Sie hat mir erzählt, daß sich die Neuigkeit schon in der ganzen Stadt herumgesprochen hat.«

Soviel zu der angeblichen Fähigkeit der beteiligten Herren, ihre lächerlichen Geheimnisse für sich zu behalten, dachte Imogen. Offenbar hatte jemand nicht dichtgehalten. Vielleicht einer der Sekundanten, deren Aufgabe es war, die Einzelheiten des Treffens im Morgengrauen zu regeln.

»Und dann besitzen sie die Frechheit zu behaupten, daß Frauen die Angewohnheit hätten, alles auszuplaudern«, murmelte Imogen vor sich hin.

Patricia sah sie fragend an. »Wie bitte?«

»Schon gut. Patricia, da du anscheinend bestens über die entsetzliche Notlage informiert bist, in der wir uns befinden, wärst du vielleicht so freundlich, *mir verdammt noch mal zu sagen, was zum Teufel du gestern abend angestellt hast?*«

Patricia zuckte zusammen. Dann verzog sich ihr Mund voller Zorn. »Ich habe lediglich versucht, meinen Bruder aus Ihren Krallen zu retten. Aber irgendwie ist alles schiefgegangen.«

»Ah.« Imogen schloß die Augen und ließ sich auf ihrem Stuhl zurücksinken. »Ich hatte mich schon gefragt, ob das dein Ziel gewesen sein könnte. Allmählich beginne ich zu verstehen, was hier vorgeht.«

»Lady Lyndhurst hat gesagt, wenn Colchester Sie mit

einem anderen Mann in einer kompromittierenden Situation ertappt, hätte er ausreichend Gründe dafür, die Verlobung zu lösen. Sie hat gesagt, das ließe sich leicht einrichten.«

»Ach, wirklich? Dann war das also Lady Lyndhursts Idee?«

Patricia putzte sich die Nase und sah Imogen dann wütend ins Gesicht. »Ich habe mich ganz genau an meine Anweisungen gehalten. Ich wußte, daß Sie mir aus dem Ballsaal in die Galerie folgen würden. Schließlich versuchen Sie ja immer, die Anstandsdame zu spielen, obwohl Sie selbst von anständigem Benehmen nicht mehr verstehen als ein... ein Floh.«

»Ein Floh?«

»Ich habe Sie in die Galerie gelockt und bin dann mit Lady Lyndhurst wieder in den Ballsaal zurückgekehrt. Als Matthias erschienen ist und sich nach Ihnen erkundigt hat, habe ich ihm gesagt, daß Sie sich die Bilder betrachten wollten. Er hat sich auf die Suche nach Ihnen gemacht. Lady Lyndhurst hat gesagt, alles sei genauso abgelaufen, wie wir es geplant hatten.« Patricias Stimme wurde schrill. »Aber sie hat behauptet, daraufhin würde Matthias die Verlobung lösen, und das hat er nicht getan.«

»Du dumme Göre.« Imogen sprang auf und schlug mit der flachen Hand auf den Tisch. »Machst du dir überhaupt eine Vorstellung davon, wieviel Unheil du angerichtet hast?«

»Aber ich wollte doch nur versuchen, ihn zu retten.« Frische Tränen strömten über Patricias Wangen. »Ich wollte nicht, daß er dasselbe Schicksal wie Papa erleidet. Ich wollte nicht, daß er sein Leben ruiniert.«

»Ich hoffe, du bist rundum zufrieden mit dem Schaden, den du angerichtet hast.« Imogen kam um ihren Schreibtisch herum. »Es scheint mir ganz so, als müßte deine gute

Freundin Lady Lyndhurst einen großen Teil der Schuld auf sich nehmen.«

»Sie hat doch nur versucht, mir zu helfen.«

»Blödsinn. Ich habe das sichere Gefühl, daß Lady Lyndhurst nicht der Typ ist, der sich Umstände machen würde, um anderen zu helfen. Sie betreibt ihre Spielchen, weil sie sich nur für sich selbst interessiert.«

»Das ist nicht wahr. Sie ist sehr gut zu mir gewesen. Ich sehe sie als eine echte Freundin an.«

»Mit Sicherheit hat sich erwiesen, daß sie sehr ungewöhnliche Vorstellungen von Freundschaft hat.« Imogen grübelte darüber nach. »Ich frage mich, welche Interessen sie damit verfolgt. Vielleicht hat auch sie es auf das Siegel abgesehen.«

»Ich habe keine Ahnung, was Sie da faseln«, sagte Patricia gereizt. »Aber Sie müssen etwas unternehmen. Was ist, wenn Matthias in dem Duell mit Lord Vanneck ums Leben kommt?«

»Beruhige dich, Patricia. Ich werde mir einen Plan ausdenken.«

Patricia zögerte. »Sie könnten sich weigern, meinen Bruder zu heiraten. Mir ist klar, daß die Leute dann über Sie reden würden, aber ich wüßte nicht, wie die Auflösung einer Verlobung dem Ruf einer Dame noch mehr schaden könnte, wenn sie ohnehin schon als Die Unkeusche Imogen bekannt ist.«

»In dem Punkt könntest du recht haben, aber ich versichere dir, daß eine Weigerung meinerseits, ihn zu heiraten, Colchester nicht von dem Duell mit Vanneck abbringen würde.«

»Weshalb sollte er ein Duell wegen einer Dame austragen, die sich geweigert hat, ihn zu heiraten?«

»Du kennst deinen Bruder anscheinend nicht allzu gut, stimmt's?« sagte Imogen. »Glaube mir, er hat die Absicht, dieses Duell auszutragen, komme, was da wolle. Er hat sich dazu verpflichtet. Sein Ehrgefühl schreibt ihm vor, sich mit Vanneck zu duellieren. Aber wie dem auch sei, ich habe ihm mein Wort gegeben, ihn heute zu heiraten. Das war Colchesters einzige Bitte. Ich konnte sie ihm nicht abschlagen.«

»Lady Lyndhurst hat gleich gesagt, Sie täten alles, um an seinen Titel zu kommen«, platzte Patricia heraus.

Imogen sah sie zornentbrannt an. »Wenn du das nächste Mal in Versuchung gerätst, Lady Lyndhursts Meinung wiederzukäuen, dann solltest du lieber daran denken, daß sie diejenige ist, die uns allen diese Bescherung eingebrockt hat.«

Patricia starrte sie an, vorübergehend sprachlos. Schluchzend fand sie die Stimme wieder. »Nein, das ist nicht wahr. Dieses Ergebnis hat sie keinen Moment lang beabsichtigt. Sie wollte mir doch nur helfen.«

»Ich habe keine Zeit, dieses leidige Thema mit dir zu erörtern. Lady Lyndhurst wird warten müssen. Im Moment muß ich mich mit wichtigeren Dingen befassen.« Imogen ging zur Tür, öffnete sie und rief in den Korridor: »Mrs. Vine? Würden Sie bitte augenblicklich herkommen?«

Patricia sah sie bestürzt an. »Was haben Sie vor?«

»Das geht dich nichts an«, fauchte Imogen. Sie war wütend und angewidert. »Du hast schon genug angerichtet. Ich schlage vor, daß du jetzt nach Hause gehst und versuchst, nicht noch mehr Unheil anzurichten, solange diese ganze Geschichte noch nicht ausgestanden ist.«

»Was haben Sie vor?«

»Verschwinde, Patricia. Ich habe noch eine ganze Menge zu tun, ehe ich heute nachmittag deinen Bruder heirate.«

Patricia erlag einem neuerlichen Tränenschwall.

»Wenn Matthias morgen früh stirbt, dann werden Sie als eine extrem reiche Witwe dastehen. Das ist nicht gerecht.«

Imogen drehte sich auf dem Absatz um und kam wieder ins Zimmer. Sie packte Patricia an den Ellbogen und zerrte sie auf die Füße. »Darum also geht es? Du machst dir nur deshalb Sorgen um deinen Bruder, weil du fürchtest, falls er morgen früh ums Leben kommen sollte, werde ich sein Vermögen erben, und du wirst mittellos dastehen?«

Patricia schien gelähmt zu sein. Sie riß die Augen weit auf. »Nein, so habe ich das nicht gemeint. Ich will nicht, daß meinem Bruder etwas zustößt, weil er das einzige ist, was mir auf Erden noch geblieben ist. Mir graut davor, daß er in dem Duell getötet werden könnte.«

»Ist das wahr?« Imogen sah ihr forschend ins Gesicht und ließ sie nicht aus den Augen. »Machst du dir wirklich etwas aus ihm?«

»Wenn Sie mich fragen, ob ich ihn so liebe, wie eine Schwester ihren Bruder lieben sollte, dann muß ich zugeben, daß das nicht der Fall ist.« Patricias Finger umschlangen ihr Taschentuch. Ihr Mund verzog sich erbittert. »Wie kann ich Matthias lieben, wenn ich weiß, daß er jedesmal, wenn er mich ansieht, seine eigene unglückliche Vergangenheit vor Augen hat?«

»Ich bin ganz sicher, daß das nicht wahr ist, Patricia. Vielleicht war er bestürzt, als du plötzlich auf seiner Schwelle erschienen bist, aber ...«

»Sie wissen ganz genau, daß er mich nur bei sich aufgenommen hat, weil sein Ehrgefühl ihm vorgeschrieben hat, sein Versprechen zu halten, das Papa ihm abgenommen hat. Wie könnte ich ihm tiefe Zuneigung entgegenbringen, wenn ich doch selbst weiß, daß es sein Ziel ist, mich so schnell wie möglich zu verheiraten?«

»Er wird dich nicht zu einer Heirat zwingen.«

»Papa hat immer zu mir gesagt, wenn alle Stricke reißen, würde Matthias sich um mich kümmern. Aber wenn er in einem Duell stirbt, dann werde ich gezwungen sein, ins Haus meines Onkels zurückzukehren. Und... und dort wohnt mein gräßlicher Cousin. Er wird versuchen, mich zu betatschen und, o Gott, ich darf mir gar nicht vorstellen, was passieren wird.«

»Hm.« Imogen tätschelte geistesabwesend Patricias Schulter, während sie mit einer Schuhspitze auf den Teppich pochte.

Patricia wischte sich die Augen trocken. »Was sollen wir bloß tun?«

»Du wirst überhaupt nichts tun. Ich werde diese ganze Angelegenheit in die Hand nehmen. Guten Tag, Patricia.« Imogen gab ihr einen Schubs in Richtung Tür.

Patricia rieb sich die Augen und trat betäubt in den Korridor. Trotz all der Probleme, die sie verursacht hatte, empfand Imogen plötzlich Mitgefühl mit ihr. »Patricia?«

»Ja?« Patricia blieb stehen und sah sich um. Sie wirkte niedergeschmettert.

»Wenn all das vorüber ist, dann werden wir beide uns in Ruhe miteinander unterhalten. Bis dahin darfst du dich nicht von deinen Nerven aufreiben lassen. Ich habe schon genug Schwierigkeiten am Hals.«

Mrs. Vine kam endlich angetrabt. Sie trocknete sich die Hände an ihrer Schürze ab und führte Patricia mürrisch in die Eingangshalle und zur Haustür. Dann wandte sie sich widerstrebend an Imogen.

»Sie wollten etwas von mir, Ma'am?«

»Ja, Mrs. Vine. Ich möchte, daß Sie den nächstgelegenen Mietstall benachrichtigen. Teilen Sie dem Besitzer mit, daß ich Kleidung zu erwerben wünsche, die sich für einen Stallknecht eignet. Sorgen Sie dafür, daß die Kleidungsstücke einer Person von meinen Maßen passen.«

Mrs. Vine sah Imogen an, als hätte sie den Verstand

verloren. »Sie wollen Kleidung für einen Stallknecht kaufen? Aber wir haben doch gar keinen Stall. Und auch keine Stallknechte, wenn wir schon dabei sind.«

Imogen rang sich ein kühles Lächeln ab. »Ich habe vor, einen Maskenball zu besuchen, Mrs. Vine. Ich fand, es wäre eine amüsante Idee, wenn ich mich als Stallknecht verkleide.«

»Also, viel schlimmer als die Anweisungen, die ich vor ein paar Jahren von einem Mieter bekommen habe, ist das auch nicht.« Mrs. Vines Worte klangen erstaunlich philosophisch. »Der hat mich losgeschickt, damit ich ihm Damenkleidung besorge. Und zwar mit allem Drum und Dran. Mit schicken Schuhen, Hüten und Perücken. Alles, was eine echte Dame tragen würde.«

Imogen war einen Moment lang gebannt. »Sie haben einen Mieter gehabt, der als Dame verkleidet Maskenbälle besucht hat?«

»Oh, nein, er hat in dieser Aufmachung keine Maskenbälle besucht. Er hat die hübschen Sachen gern abends hier im Haus getragen, wenn er Besuch von feinen Herren empfangen hat. Er hat gesagt, in Frauenkleidern fühlte er sich wohler. Federn und edle Seidenstrümpfe hat er ganz besonders gern gemocht. Seine Freunde sind auch alle in Damenkleidern und mit hübschen Hüten hier erschienen. Sie haben ihren Spaß gehabt, das kann man wohl sagen. Und der Herr hat immer schön rechtzeitig seine Miete bezahlt.«

»Ach, wirklich?« Imogen dachte einen Moment lang darüber nach. »Nun ja, jedem das Seine.«

»Das sage ich mir auch immer. Solange ich meine Miete bekomme, macht es für mich keinen Unterschied, wie die Leute sich kleiden.« Mrs. Vine schlurfte zur Küche.

Matthias hörte, wie die Tür der Bibliothek ganz leise geöffnet wurde. Er unterschrieb gerade das letzte der Dokumente, die er am Vormittag von seinem Anwalt hatte aufsetzen lassen. Dann legte er es ganz oben auf den Stapel von Papieren, der mitten auf seinem Schreibtisch lag. »Ja, Ufton? Was ist?«

»Ich bin es«, sagte Imogen leise. »Nicht Ufton.«

Matthias legte die Feder aus der Hand. Er blickte auf und sah Imogen an der Tür lehnen. Sie hatte die Hände hinter sich auf dem Türknauf liegen. Sie trug einen Morgenmantel aus Chintz und ein Paar weiche Pantoffeln. Ihr Haar war unter einer kleinen weißen Haube aufgesteckt. Sie wirkte ganz so, als gehörte sie ins Bett.

Die Vorfreude, die den ganzen Tag über in ihm gebrodelt hatte, kochte plötzlich über. Seine Frau. Seine Anizamara. Seit fast vier Stunden war er mit ihr verheiratet, doch seit der schlichten Trauung war das die erste Gelegenheit, die sich ihnen bot, miteinander allein zu sein. Wenn ein Mann gezwungen war, sich innerhalb von vierundzwanzig Stunden sowohl auf eine Hochzeit als auch auf ein Duell vorzubereiten, dann mußte er feststellen, daß er erstaunlich viel zu tun hatte.

Matthias lächelte sie an. »Geh wieder nach oben, Imogen. Ich bin so gut wie fertig hier. Ich komme gleich nach.«

Sie ignorierte ihn. »Was tust du da?«

»Ich erledige nur noch schnell ein oder zwei Kleinigkeiten.«

Imogen kam auf den Schreibtisch zu und schaute auf den Packen Papiere herunter, der vor ihm lag. »Was für Kleinigkeiten?«

»Das Übliche. Ich habe meinen Gutsverwalter ein paar Anweisungen erteilt. Ein paar Einträge in mein Rechnungsbuch gemacht. Mein Testament auf den neuesten

Stand gebracht. Nichts weiter, was von besonderer Bedeutung wäre.«

»Dein *Testament?*« Panik flammte in Imogens Augen auf. Sie grub die Hände fest in das Revers ihres Morgenmantels. »Gütiger Himmel, Matthias, du rechnest doch gewiß nicht etwa damit, daß du... daß du...«

»Nein. Ich rechne voll und ganz damit, daß ich wieder zu Hause bin, ehe du auch nur aus dem Bett aufgestanden bist. Deine Sorge ist rührend, meine Süße, aber gänzlich unangebracht.«

»Sie ist nicht unangebracht, Matthias. Du hast mir oft genug gesagt, daß du keinen Hang zu gefährlichen und abenteuerlichen Betätigungen hast. Du bist ein sehr sensibler Mann. Du weißt ganz genau, daß du keine starken Nerven hast.«

Er grinste und stellte fest, daß er auffallend fröhlich war. »Falls es dir ein Trost ist, man erzählt sich, Vannecks Nerven seien noch schwächer als meine.«

»Was soll denn das schon wieder bedeuten?«

»Das soll heißen, es ist äußerst unwahrscheinlich, daß er zum festgesetzten Zeitpunkt erscheint. Er ist ein Feigling, Imogen.«

»Aber du kannst dich nicht auf seine Feigheit verlassen.«

»Ich glaube schon, daß wir uns darauf verlassen können.« Matthias unterbrach sich. »Mein Ruf ist gelegentlich von Vorteil.«

»Aber, Matthias, was ist, wenn er weiß, daß dein Ruf als Der Kaltblütige Colchester sich auf unzutreffenden Gerüchten und hohlem Klatsch begründet? Was ist, wenn er weiß, daß du nicht der Mann bist, für den dich die Gesellschaft hält?«

»Dann werde ich mich eben gezwungen sehen, meine Hoffnung darauf zu setzen, daß meine armen schwachen

Nerven der Belastung gewachsen sind und mich die ganze Angelegenheit durchstehen lassen.«

»Verflucht noch mal, ich finde das gar nicht komisch.«

Er stand auf und kam um seinen breiten Schreibtisch herum. »Du hast vollkommen recht. Schließlich ist das unsere Hochzeitsnacht. Wir sollten sie zweifellos mit einem gewissen Maß an Feierlichkeit begehen.«

»Matthias ...«

»Genug jetzt.« Er hob sie auf seine Arme. »Nun wird nicht mehr über Duelle geredet. Wir haben weitaus wichtigere Angelegenheiten miteinander zu besprechen.«

»Was könnte noch wichtiger sein?« fragte sie flammend.

»Ich glaube, ich würde gern noch einmal von dir hören, daß du mich liebst.«

Sie riß die Augen weit auf. »Das weißt du doch schon.«

»Ach, wirklich?« Er trug sie zu der geschlossenen Tür.

»Ja, natürlich. Um Himmels willen, andernfalls hätte ich niemals eingewilligt, dich zu heiraten.«

Er lächelte matt. »Wärest du jetzt so freundlich, die Tür zu öffnen?«

»Was? Ach so, ja.« Sie streckte eine Hand aus und drehte den Türgriff um. »Aber wir müssen wirklich miteinander reden, Matthias. Es gibt sehr viel, was ich dir sagen möchte.«

»Zweifellos. Aber ich würde mir all das lieber im Bett anhören.«

Er trug sie durch die offene Tür und durchquerte mit ihr die Eingangshalle, die zu der breiten Treppe führte. Schuldbewußtsein durchzuckte ihn, als er mit ihr die Stufen hinaufstieg.

Ihm war durchaus bewußt, daß er die heftige Gemütsbewegung des Augenblicks dazu genutzt hatte, Imogen zu einer Heirat zu überreden. Ihr graute vor dem Risiko, von dem sie glaubte, er würde es im Morgengrauen eingehen. Am Vorabend hatte Vannecks tätlicher Angriff ihr die Fassung geraubt. Ihre Gefühle waren in Aufruhr gewesen. Sie hätte in alles eingewilligt, was er von ihr verlangte. *Weil sie ihn liebte.*

Er hatte die Situation skrupellos ausgenutzt. Jetzt gehörte sie ihm. Aber Matthias wußte, daß nach dem überstandenen Duell nicht nur das Leben wieder in den gewohnten Bahnen verlaufen würde, sondern daß auch Imogens Gefühle wieder abklingen würden.

Er fürchtete, dann würde sie ihm nicht allzu dankbar dafür sein, daß er sie durch reine Manipulation in diese Ehe getrieben hatte. Ihm fiel wieder ein, was er im Museum zu ihr gesagt hatte. *Die Leidenschaft und Zamar.*

Das würde genügen, gelobte er sich. Es mußte genügen.

12

Matthias hielt sich zurück, bis sie sich an ihn klammerte, ihn anflehte und von ihm verlangte, daß er die Versprechen einlöste, die er ihr mit seinen Händen und mit seinem forschenden Mund gegeben hatte. Er schmiegte sich zwischen ihre herrlich geformten Beine und küßte die Innenseiten von Imogens bebenden Oberschenkeln. Der intensive Duft ihres Verlangens berauschte ihn. Die Glut ihres feuchten Eingangs verbrühte seine Finger.

Für den Fall, daß im Morgengrauen alles schiefgehen sollte, wünschte er sich, daß Imogen sich für den Rest ihres Lebens an diese Nacht erinnern würde.

»Matthias. Nein. *Ja.* Gütiger Himmel, das kannst du nicht mit mir machen. Das darfst du nicht tun. Bestimmt handelt es sich dabei wieder um eine deiner geheimen zamaranischen Liebestechniken. Ich halte das nicht aus.«

Ihre atemlosen Worte und ihr leises Stöhnen setzten sich zu der erotischsten Melodie zusammen, die Matthias je gehört hatte. Von dieser mitreißenden Musik konnte er einfach nicht genug bekommen. Er preßte eine Reihe von Küssen auf die Innenseiten ihrer Oberschenkel, bis er die fleischigen Blütenblätter erreicht hatte, die ihre Geheimnisse hüteten. Er entfaltete sie behutsam und senkte den Kopf, um die feste kleine Knospe zwischen seine Lippen zu ziehen.

»Gütiger Himmel, Matthias.« Imogen grub ihre Finger in sein Haar und bäumte sich ihm entgegen. »Bitte. *Bitte.* Ja.« Sie erschauerte und schrie auf.

Matthias hörte, wie das Blut in seinen Adern rauschte. Er hob den Kopf, um Imogens Gesicht zu betrachten, während sie in seinen Armen ihre Befriedigung verlangte.

Die Dinge würden im Morgengrauen nicht schiefgehen, gelobte er sich stumm, während er sich auf sie legte. Er mußte zu Imogen zurückkehren. Nichts anderes war ihm so wichtig, noch nicht einmal die Schätze des alten Zamar.

Sie wand sich derart unter ihm, daß er ihre Hüften mit einer Hand festhalten mußte, die von ihrem Tau schimmerte. Er sorgte dafür, daß Imogen stillhielt, damit er sich behutsam durch die straffen Muskeln stoßen konnte, die den glühenden Tunnel bewachten. Sie schloß sich um ihn herum. Der letzte Rest an Selbstbeherrschung fiel von ihm ab.

»Sag mir noch einmal, daß du mich liebst«, flüsterte er heiser, als er in sie eintauchte.

»Ich liebe dich. Ich liebe dich.« Sie klammerte sich im Dunkeln an ihn.

Matthias verlor sich in ihrer sinnlichen Wärme und gestattete sich den Genuß, in einem sonnenbestrahlten Meer zu schwimmen.

Er tauchte tiefer in Imogens bereitwilligen Körper ein. Ihre winzigen Zuckungen hatten bisher noch nicht nachgelassen.

Die Schauer, die ihn schließlich marterten, gefährdeten bedrohlich sein labiles Gleichgewicht auf dem schmalen Grad zwischen Schmerz und Euphorie. Sie raubten ihm den Atem und ließen ihn feucht, ermattet und mit dem Gefühl gestillten Verlangens zurück.

Und lebendig, unglaublich lebendig.

Wieder einmal hatte er sich den Krallen der schattenhaften Phantome seiner Vergangenheit entziehen können.

Matthias wartete, bis Imogen endlich in einen tiefen, erschöpften Schlaf versank, ehe er aus der Wärme des Bettes glitt. Das erste fahle Licht eines nebelverhangenen Morgengrauens kauerte draußen vor dem Fenster. Die gespenstische Beleuchtung enthüllte Imogen, wie sie unter der Steppdecke zusammengerollt lag. Ihr Haar war wie ein Fächer auf dem Kopfkissen ausgebreitet. Irgendwann im Laufe der Nacht war die kleine weiße Haube auf den Fußboden gefallen. Ihre langen, dunklen Wimpern lagen federleicht auf ihren hohen Wangenknochen.

Wieder erschütterte ihn das Wunder Imogen bis ins Innerste. Es war gut möglich, daß sie bereits sein Kind in sich trug.

Eine weitere Woge von heftigen Gefühlen spülte über ihn hinweg. Diesmal handelte es sich um einen glühenden Beschützertrieb. Einen Moment lang stand er da, während er auf Imogen hinabblickte und die frischen Feuer schürte, die die Erinnerungen an die vergangene Nacht und seine Träume für die Zukunft in ihm entfacht hatten.

Ihm ging auf, daß er seit seiner ersten Begegnung mit Imogen mehr und mehr an die Zukunft und immer weniger an die Vergangenheit dachte.

Widerstrebend wandte sich Matthias von dem Bett ab und begab sich ins Ankleidezimmer. Er lächelte vor sich hin, als ihm die endlosen Auseinandersetzungen, das Flehen und die Drohungen wieder einfielen, die er im Laufe der Nacht über sich hatte ergehen lassen. Mit Sicherheit war es wohltuend zu wissen, wie sehr Imogen dagegen war, daß er seinen Kopf riskierte, und noch nicht einmal die Aussicht, endlich die Rache üben zu können, die sie schon so lange anstrebte, hatte ihre Ängste um ihn besiegt.

Er war in Versuchung gewesen, ihr zu versichern, daß seine Nerven der Aufgabe, sich mit einem Mann wie Vanneck zu befassen, durchaus gewachsen waren, doch er hattte diesem Drang widerstanden. Er bezweifelte ohnehin, daß sie ihm geglaubt hätte. Imogen war der festen Überzeugung, daß er ein äußerst sensibler Mann war. Er sah keinen Grund dafür, sie von dieser Vorstellung abzubringen.

Das größte Unbehagen verursachte ihm der Gedanke, Imogen könnte eines Tages klar erkennen, daß sein Ruf sich auf Fakten begründete und nicht etwa auf reinen Phantasiegespinsten. Matthias graute es weitaus mehr vor dem Anbruch jenen Tages als vor dem, was ihm an diesem Morgen bevorstand.

Im Ankleidezimmer zündete er eine Kerze an und griff nach seiner Hose. Es bestand keine Notwendigkeit dafür, seinen Kammerdiener zu wecken. Für einen solchen Anlaß benötigte ein Mann weder ein tadellos gefaltetes Halstuch noch sein bestes Leinenhemd.

Er zog sich mit flinken Bewegungen an und stieg dann in seine Stiefel. Mit dem Kerzenhalter in der Hand verließ er das Ankleidezimmer. Zu seiner Erleichterung stellte er fest, daß Imogen noch immer in seinem breiten Bett schlief. Sie hatte sich die Steppdecke über den Kopf gezogen, aber er konnte vage den Umriß ihres Körpers unter der Zudecke erkennen.

Er hatte die Absicht, nach Hause zurückzukehren, ehe sie erwachte.

In dem Stadthaus herrschte die Stille eines zamaranischen Grabes. Matthias lief die Treppe hinunter. Das Poltern von Rädern und Pferdehufen auf der Straße sagte ihm, daß sein Kutscher die Anweisungen befolgt hatte, die er ihm am Vorabend erteilt hatte.

Matthias stellte die Kerze auf einen Tisch in der Eingangshalle. Er holte seinen Mantel aus dem kleinen Raum unter der Treppe, warf ihn sich über den Arm und öffnete die Haustür.

Eine dichte graue Nebeldecke hüllte die Straßen ein. Die Kutsche am unteren Ende der Treppe war nur mit Mühe zu erkennen. Die Pferde waren Geistererscheinungen im Dunst.

Wenn er den Treffpunkt erreichte und der Nebel sich bis dahin noch nicht gelichtet hatte, würde es ihm und Vanneck große Schwierigkeiten bereiten, einander auf zwanzig Schritte zu erkennen. Das setzte natürlich voraus, daß Vanneck überhaupt erschien, was äußerst unwahrscheinlich war.

Matthias überraschte es ein wenig, daß er keine Nachricht von seinen Sekundanten erhalten hatte, das Duell sei abgesagt worden. Seine Freunde waren der wohlerwogenen Meinung, Vanneck würde eher London verlassen, als sich zu einem Treffen im Morgengrauen einzufinden. Der Mann war nicht gerade berühmt für seinen Mut. Es war jedoch keine Nachricht eingetroffen.

Matthias sah zu seinem Kutscher auf, als er die Stufen hinunterlief. »Cabot's Farm, Shorbolt.«

»Wird gemacht, Mylord.« Shorbolt, der sich gegen die Kälte in ein Cape aus vielen Lagen gehüllt und den Hut bis über die Augen ins Gesicht gezogen hatte, gestikulierte und sagte zu dem jungen Stallknecht, der die Pferde an den Köpfen hielt: »Laß sie jetzt los, Junge. Seine Lordschaft hat es eilig.«

»Ja, klar.« Der Junge, dessen Gesicht hinter einem schmuddeligen Schal und unter einer verbeulten Kappe verborgen war, sprang zurück und kletterte neben Shorbolt auf den Kutschbock.

Matthias schwang sich in die Kutsche und lehnte sich auf dem Sitz zurück. Shorbolt klatschte mit den Zügeln und trieb die Pferde an.

Auf den Straßen von London herrschte nie wirkliche Stille, noch nicht einmal im Morgengrauen. Elegante

Equipagen voller betrunkener Gentlemen, die aus den Bordellen und Spielhöllen zurückkehrten, fuhren an Matthias vorüber. Der erste Wagen eines Bauern vom Lande war bereits zu den Märkten der Stadt unterwegs. Die letzten Nachtarbeiter, deren Karren mit dem Inhalt von Senkgruben beladen waren, fuhren auf dem Weg zum Stadtrand vorbei. Gelegentlich wurden die widerlichen Gerüche ihrer Fracht herübergeweht.

Aber schließlich wichen die geschäftigen Straßen Feldern und Wiesen, die in trübe Nebelschleier gehüllt waren. Cabot's Farm lag nicht weit außerhalb der Stadt. Im Laufe der Jahre hatte sich dieser Ort einen zweifelhaften Ruf als ein geeigneter Treffpunkt im Morgengrauen erworben.

Matthias schaute aus dem Fenster, als Shorbolt die Pferde am Rand einer Wiese zum Stehen brachte. Nebelfetzen trieben über die Kulisse und verwandelten unbelaubte Bäume in gespenstische Skelette. Auf der anderen Seite des Feldes war in der Ferne ein Zweispänner mit einem Grauschimmelpaar zu erkennen.

Vanneck war also doch erschienen. Matthias spürte, wie sich tief in seinem Innern Kälte ausbreitete.

Der Stallknecht kletterte vom Kutschbock, um sich der Pferde anzunehmen. Etwas prallte mit einem dumpfen Schlag auf den Boden.

»Paß besser auf, du ungeschickter Kerl«, murrte Shorbolt. »Du hast gerade meinen Werkzeugkasten in den Schmutz geworfen.«

»Tut mir leid«, sagte der Knabe so leise, daß es schon fast ein Flüstern war.

»Du brauchst gar nicht so nervös zu sein«, fuhr Shorbolt mit mürrischer Freundlichkeit fort. »Schließlich bist du nicht derjenige, der sich heute morgen auf eine Kugel ins Herz gefaßt machen muß.«

»Ja, Sir. Ich weiß.« Die Stimme des Knaben war kaum hörbar.

»Seine Lordschaft weiß sich schon zu helfen. Du brauchst nicht zu fürchten, daß du dich heute nachmittag nach einer neuen Stellung umsehen mußt. Und jetzt reich mir den Werkzeugkasten, und dann wirst du ein guter Junge sein und die Viecher an den Köpfen festhalten. Die armen Geschöpfe machen sich nicht besonders viel aus dem Geräusch von Schüssen.«

»Kann man ihnen wohl kaum verübeln«, murmelte der Junge.

Matthias schenkte dem Wortwechsel zwischen Shorbolt und dem Stallknecht keine weitere Beachtung. Er öffnete die Tür der Kutsche und stieg aus. Niemand öffnete den Verschlag des Zweispänners. Das Verdeck der kleinen zweirädrigen Kutsche war gegen die Kälte hochgeklappt. Matthias konnte das Gesicht des Mannes nicht erkennen, der in der Kutsche saß. Von Vannecks Sekundanten war nirgends etwas zu sehen. Die Pferde standen friedlich da und rupften Gras, als stünden sie schon seit einer ganzen Weile dort.

Matthias wollte gerade seine Uhr herausziehen, als er das Rumpeln einer sich nähernden Kutsche hörte. Er blickte auf, als sie durch den Nebel kam und in sein Blickfeld fuhr. Der Kutscher brachte die Pferde dicht neben ihm zum Stehen. Eine vertraute Gestalt riß die Tür auf und sprang auf das feuchte Gras.

»Colchester.« Fairfax lächelte Matthias strahlend an, als er auf ihn zukam, um ihn zu begrüßen. Er war groß und schlank und nach der neuesten Mode gekleidet. »Du bist früh dran. Ich nehme an, du hast es eilig, wieder zu deiner Frau zurückzukehren, was?«

»Ja, sogar sehr.« Matthias warf einen Blick auf die hölzerne Schatulle mit den edlen Schnitzereien, die Fairfax in den Händen hielt. »Du hast doch gewiß überprüft, ob das Pulver trocken ist?«

»Mach dir keine Sorgen. Ich habe bestens für deine Pistolen gesorgt.« Fairfax wies mit einer Kopfbewegung auf die Kutsche. »Jeremy und ich haben den Doktor mitgebracht, für den Fall, daß er gebraucht wird.«

»Wo ist Jeremy?«

»Hier bin ich.« Jeremy Garfield, ein kleingewachsener Mann mit fröhlichen Augen und einem dichten blonden Schopf, stieg gemessen aus der Kutsche. »Guten Morgen, Colchester. Ich verlasse mich darauf, daß du diese Angelegenheit schnell hinter dich bringst, damit ich nach Hause fahren und mich ins Bett legen kann. Ich bin die ganze Nacht aufgeblieben. Warum müssen solche Angelegenheiten eigentlich immer im Morgengrauen bereinigt werden? Eine gottlose Tageszeit für derartige Dinge.«

»Die Angelegenheit selbst ist ja auch gottlos«, warf Fairfax heiter ein. »Aber wenigstens hat sich der Nebel soweit gelichtet, daß Colchester Vanneck gut genug erkennen kann, um sein Ziel genau anzupeilen. Vorausgesetzt, er kommt, womit natürlich nicht zu rechnen ist.«

Matthias wies mit einer Kopfbewegung auf die zweirädrige Kutsche in der Ferne. »Es scheint ganz so, als sei Vanneck noch mehr als ich darauf versessen, die Angelegenheit hinter sich zu bringen.«

Jeremy schnaubte, als er die kleine Kutsche sah. »Dann ist er also doch erschienen. Das überrascht mich allerdings. Wo stecken seine Sekundanten?«

Fairfax musterte die Kutsche. »Seine Sekundanten haben mir den Eindruck vermittelt, Vanneck würde eher die Stadt verlassen, als dir gegenüberzutreten.«

Matthias ging auf das Karriol zu. »Laßt uns nachsehen, was ihn aufhält.«

»Wahrscheinlich seine Angst.« Jeremy trabte im Dauerlauf neben Matthias her, um mit ihm Schritt halten zu können. »Alle Welt weiß, daß Vanneck keinen Mumm in den Knochen hat. Der Mann ist durch und durch feige. Er muß die Nacht mit einer Flasche zugebracht haben, um daraus Mut zu schöpfen.«

Matthias reagierte nicht darauf. Er musterte geistesabwesend den Stallknecht, als er an seiner Kutsche vorbeikam. Unter dem Schirm der verbeulten Kappe musterten ihn die Augen des Knaben gebannt. Der Schal war immer noch um sein Gesicht geschlungen, um die kühle Morgenluft abzuwehren.

Plötzlich beschlich Matthias ein enormes Unbehagen. Ein Frösteln, das nichts mit dem Nebel zu tun hatte, ließ ihn die Stirn in Falten ziehen. Er bemühte sich, den jungen Stallknecht einzuordnen. Schlagartig war er ganz sicher, daß er diesem Jungen bisher noch nicht in seinen Ställen begegnet war. Und doch strahlte dieser Knabe etwas beunruhigend Vertrautes aus. Es hatte mit seinen Bewegungen und mit seiner Kopfhaltung zu tun.

»Äußerst merkwürdig, wenn du mich fragst«, sagte Fairfax.

Matthias ließ sich für einen Moment von dem Rätsel ablenken, das ihm der Stallknecht aufgab und das ihn nicht in Ruhe ließ. Er sah seinen Freund an. »Was ist merkwürdig?«

»Die ganze Geschichte.« Fairfax sah sich um. »Jeremy und ich haben uns gestern abend mit Vannecks Sekundanten getroffen. Sie haben beide behauptet, falls Vanneck die Stadt nicht verlassen sollte, würden sie hier erscheinen, um die Pistolen zu inspizieren.«

Matthias hörte leise, zaghafte Schritte hinter sich. Er sah über seine Schulter und stellte fest, daß der Stallknecht die Pferde im Stich gelassen hatte, um den drei Männern zu folgen, als sie auf Vannecks Kutsche zugingen.

»Was hast du da zu suchen, Junge?« rief Shorbolt ihm nach. »Komm sofort zurück. Was hier geschieht, geht dich nichts an.«

Der Knabe blieb stehen und sah sich nach Shorbolt um. Das Gefühl der Vertrautheit, das Matthias verspürt hatte, vertiefte sich. Ihm fiel der kühne Schwung der Wirbelsäule auf, den selbst der alte Mantel des Jungen nicht verbergen konnte. Einen Moment lang weigerte er sich, seinen eigenen Augen zu trauen. Und dann schlug seine Ungläubigkeit in blanke Wut um.

»Heiliger Strohsack«, flüsterte Matthias.

Fairfax sah ihn besorgt von der Seite an. »Stimmt etwas nicht, Colchester?«

Er holte tief Atem. »Nein. Es ist schon in Ordnung.« Er durchbohrte Imogen kurz mit einem Blick, um ihr die Wut zu zeigen, die in ihm brodelte. Ihre Augen wurden groß, als sie begriff, daß er sie erkannt hatte.

»Du gehst jetzt mit Jeremy zu Vanneck. Ihr beide werdet mit ihm reden«, sagte Matthias leise zu seinem Freund. »Findet heraus, was ihn noch länger aufhält. Ich muß kurz etwas wegen der Pferde besprechen.«

»Wir sind gleich wieder da«, versprach Fairfax. »Komm mit, Jeremy. Laß uns sehen, ob Vannecks Mut sich bereits verflüchtigt hat.«

Matthias wartete, bis die beiden außer Hörweite waren. Dann drehte er sich abrupt um und sah, daß Imogen dicht hinter ihm stand. Langsam und bedächtig ging er auf sie zu und rief sich bei jedem Schritt ins Gedächtnis zurück, daß es vor allem galt, ihre Identität vor Vanneck und den anderen geheimzuhalten.

Die Flammen der Wut, die in ihm loderten, wurden nicht nur von dem Wissen gespeist, daß Imogen ihren Ruf wieder einmal aufs Spiel gesetzt hatte. Matthias wußte, daß seine Wut in erster Linie einem Gefühl von quälender

Verzweiflung entsprang, das immer mehr zunahm. Imogen würde die Wahrheit über ihn erfahren, wenn sie sah, wie er seine Pistole auf Vanneck abfeuerte. Dann würden all ihre reizenden Illusionen hinsichtlich seiner großen Sensibilität und seiner schwachen Nerven ein für allemal zerstört werden.

Imogen wich einen einzigen Schritt zurück, als Matthias sie erreicht hatte. Dann raffte sie ihren Mut zusammen und reckte energisch das Kinn. »Matthias, bitte. Ich mußte einfach mitkommen.«

»Was zum Teufel hast du hier zu suchen?« Am liebsten hätte er sie geschüttelt. »Bist du verrückt geworden? Machst du dir auch nur die geringste Vorstellung davon, was aus deinem Ruf wird, wenn dieser faule Zauber ans Licht kommt?«

»Mein Ruf ist mir noch nie besonders wichtig gewesen.«

»Aber mir ist er wichtig.« Es war das einzig logische Argument, das er in diesem trostlosen Moment finden konnte. »Du bist jetzt die Gräfin von Colchester, und du wirst dich entsprechend benehmen, verdammt noch mal. Steig sofort in die Kutsche.«

»Aber, Matthias...«

»Ich habe gesagt, du sollst dich in die Kutsche setzen und dort warten, bis alles vorüber ist, hast du gehört? Mit dir werde ich mich später befassen.«

Imogen nahm eine aufrechte Haltung ein, die Matthias inzwischen schon allzu bekannt war. »Ich lasse nicht zu, daß du dich auf dieses blödsinnige Duell einläßt.«

»Und wie gedenkst du das zu verhindern?«

Sie sah ihn finster an. »Ich werde Vanneck dazu überreden, daß er sich entschuldigt. Wenn er das tut, wirst du gezwungen sein, deine Herausforderung zurückzuziehen. Ich habe mich eingehend mit den Regeln befaßt, die Duellen zugrunde liegen, und ich weiß ganz genau, daß mit einer Entschuldigung alles aus dem Weg geräumt ist.«

»Es gibt nichts, was Vanneck vorbringen könnte, um mich zu überzeugen. Ich denke gar nicht daran, ihn ungestraft mit dem davonkommen zu lassen, was er dir antun wollte«, sagte Matthias mit leiser Stimme. »Daran führt kein Weg vorbei.«

»Aber, Matthias...«

»Steig in die Kutsche.«

»Ich kann nicht zulassen, daß du das tust.«

»Du kannst mich nicht davon abhalten.«

»*Colchester*«, rief Fairfax über die Wiese. »Du solltest besser herkommen und dir das selbst ansehen.«

Matthias warf einen unwilligen Blick auf seinen Freund. »Worin um Himmels willen besteht das Problem?«

»Hier ist etwas in Unordnung geraten, Colchester«, rief Jeremy. »Das ändert alles.«

»Verdammt noch mal.« Matthias wandte sich noch einmal kurz zu Imogen um. »Warte in der Kutsche auf mich.« Er setzte sich in Bewegung, ohne sich erst noch zu vergewissern, daß sie ihm gehorcht hatte.

Die Grauschimmel, die vor die Kutsche gespannt waren, fraßen weiterhin unbeirrt Gras, als das kleine Grüppchen sich um sie drängte. Matthias sah, daß die Pferde an einen abgebrochenen Ast gebunden worden waren. In Jeremys Gesicht drückte sich Sorge aus. Sogar Fairfax wirkte ernster als sonst.

»Wo ist Vanneck?« fragte Matthias, als er die beiden erreicht hatte.

Jeremy räusperte sich. »In der Kutsche.«

»Was zum Teufel tut er dort? Setzt er sein Testament auf?«

»Nicht direkt«, sagte Fairfax.

Matthias warf einen Blick in das Gefährt und sah die Gestalt, die auf dem Sitz in sich zusammengesackt war. Vannecks Kopf war auf eine Seite gefallen. Seine Augen waren offen, starrten jedoch blicklos ins Leere. Er trug einen Umhang, doch er bedurfte des Schutzes gegen die Kälte nicht mehr. Eine große Menge Blut verfärbte seine Hemdbrust.

»Man kann nur hoffen«, sagte Matthias, »daß er sein Testament bereits gemacht hat.«

»Aber wer hat ihn erschossen?« fragte Imogen, als Colchesters Kutsche sich in Bewegung setzte und Cabot's Farm hinter sich zurückließ. Sie war immer stolz auf ihre robusten Nerven gewesen, sah sich jedoch gezwungen zuzugeben, daß der schwindelerregende Lauf der Ereignisse und Empfindungen, die in den letzten Stunden über sie hereingebrochen waren, sie erschütert hatte.

»Woher zum Teufel soll ich das wissen?« Matthias lehnte sich auf der Bank in seine Ecke und musterte Imogen mit einem finsteren und grüblerischen Gesichtsausdruck. »Wenn man seinen schlechten Charakter bedenkt, habe ich den Verdacht, daß jede Menge Kandidaten in Frage kommen. Ich würde dem Betreffenden einen Blumenstrauß schicken, wenn mir seine Identität bekannt wäre.«

»Ganz gleich, wer es auch gewesen ist – derjenige muß von dem Duell gewußt haben. Der Mörder hat sich die Mühe gemacht, Vannecks Kutsche aus der Stadt hinauszufahren und seine Leiche hier zurückzulassen, damit du sie entdeckst.«

»Die Liste der Leute, die etwas von dem Duell gewußt haben, schließt zweifellos die Hälfte der oberen Zehntausend ein.«

»Aber weshalb sollte jemand Vannecks Leiche an dem Ort zurücklassen, an dem das Duell vereinbart war?«

Matthias zuckte die Achseln. »Fairfax hat zweifellos recht gehabt. Er hat den Verdacht geäußert, Vanneck sei kurz nach seinem Eintreffen hier von einem Straßenräuber überfallen worden. Jeremy ist seiner Meinung. Diese Vermutung ist nicht abwegiger als jede andere.«

»Ein Straßenräuber? Ich nehme an, das wäre eine Möglichkeit.«

»Ja, ganz entschieden.«

Imogen dachte darüber nach. »Mir erscheint das alles äußerst seltsam.«

»Ja, allerdings. Fast so seltsam wie die Erkenntnis, daß man eine Frau geheiratet hat, die dazu neigt, sich als Stallknecht zu verkleiden.«

Sie blinzelte erstaunt. »Also, wirklich, Matthias, im Vergleich zu dem Mord an Vanneck ist das doch völlig belanglos.«

»In meinen Augen nicht.«

»Ich kann nicht begreifen, wie dich solche banalen Kleinigkeiten beschäftigen können, wenn wir vor einer derart ernsten und verwirrenden Frage stehen.«

»Es würde dich wundern, wie sehr mich Banalitäten beschäftigen können.« Matthias' einschmeichelnder Tonfall war bedrohlich. »Ich besitze eine spezielle Begabung, mich auf Bagatellen zu konzentrieren.«

Mitgefühl wogte in Imogen auf. »Mir ist klar, daß du heute morgen viel durchgemacht hast. Wir haben beide sehr viel durchgemacht. Ich muß gestehen, daß selbst meine Nerven ein wenig angegriffen sind. Es ist absolut verständlich, daß dich ziemlich erschüttert hat, was passiert ist. Kein Wunder bei deiner ängstlichen Veranlagung. Trotzdem ...«

»Erschüttert?« Matthias' Hand erinnerte an die Pfote einer Katze auf Mäusejagd, als er sie bewegte. »Das trifft meine derzeitige Verfassung nicht im entferntesten. Falls es deiner Aufmerksamkeit entgangen sein sollte, ich bin verdammt wütend.«

Imogen blinzelte. »Wütend?«

»Du scheinst dir keine Vorstellung von dem Schaden zu machen, den du hättest anrichten können. Zum Glück hat nur mein Kutscher mitgekriegt, daß es sich bei dir nicht um einen Stallknecht handelt, und da er seinen Posten behalten möchte, wird er den Mund halten. Aber du kannst von teuflischem Glück sagen, daß Fairfax und Jeremy Garfield in ihrem Erstaunen über den Anblick von Vannecks Leiche entgangen ist, daß du dich für einen Maskenball herausgeputzt hast.«

»Matthias, bitte...«

»Ein noch größeres Glück für dich war es, daß Vanneck bereits tot war und daß seine Sekundanten nicht auf dem Schauplatz erschienen sind. Ich darf mir den Klatsch gar nicht vorstellen, der die Runde gemacht hätte, wenn sie dich entdeckt hätten.«

Endlich dämmerte es Imogen. »Darin besteht also das Problem.«

Er bedachte sie mit einem vernichtenden Blick. »Du siehst kein Problem in deinem Feuereifer, ständig Schindluder mit deinem Ruf zu treiben?«

Imogen drehte sich um und sah zum Fenster hinaus. Sie bemühte sich vergeblich, den Schmerz zu unterdrücken, den seine Worte ihr zufügten. »Als du mich geheiratet hast, wußtest du, daß mich Konventionen und meine Stellung in der Gesellschaft nicht weiter interessieren. Und außerdem habe ich geglaubt, du gäbest auch nichts auf die Meinung deiner Mitmenschen.«

»Verflucht noch mal, Imogen, das geht wirklich zu weit.«

Verletzt und wütend drehte sie sich wieder zu ihm um und sah ihm ins Gesicht. »Wenn du dir wirklich eine Frau gewünscht hast, die den Vorstellungen der oberen Zehntausend von einer Gräfin entspricht, dann hättest du nicht Die Unkeusche Imogen heiraten sollen.«

»Verdammt noch mal, du bist die einzige Frau, die ich heiraten wollte.« Matthias bewegte sich so flink, daß Imogen seine Absichten erst erkannte, als seine Hand sich um ihr Handgelenk schloß. Er zog sie vom Sitz und schmiegte sie an seine Brust.

»Matthias.«

Seine Arme schlangen sich wie eiserne Bänder um sie. »Was du heute morgen angestellt hast, hat mich weit mehr Nerven gekostet als die Aussicht, mich mit Vanneck zu duellieren. Hast du mich verstanden?«

»Das einzige, was dir am Herzen zu liegen scheint, ist mein Ruf.«

»Findest du es etwa seltsam, daß ein Mann etwas dagegen haben könnte, wenn seine Frau bei einem Duell anwesend ist?«

»Ich habe es gleich gewußt.« Imogen spürte, wie Tränen in ihre Augen traten. »Du hättest dir eine passendere Dame zur Frau nehmen sollen. Wir sind zum Scheitern verurteilt, du und ich, und das ist alles nur deine Schuld. Ich habe versucht, dich zu warnen.«

»Zum Scheitern verurteilt?«

»Hör endlich auf, mir ständig ins Wort zu fallen, Colchester. Mir reichen deine Strafpredigten allmählich.« Sie fummelte in den Taschen der ungewohnten Hose herum und suchte vergeblich nach einem Taschentuch. »Du hast dich für den Rest deines Lebens an eine Frau gekettet, mit der du dir nichts anderes als Skandale und Demütigungen einhandeln wirst.«

Er riß ein kleines Leinenquadrat aus einer seiner eigenen Taschen und drückte es ihr in die Hand. »Was ich fürchte, das sind nicht Skandale und Demütigungen.«

»Oh, doch, genau das ist es. Das hast du selbst gerade gesagt. Du hast mir gesagt, uns verbänden Zamar und die Leidenschaft, aber das genügt offensichtlich nicht.« Imogen schneuzte sich in das Taschentuch. »Das genügt sogar bei weitem nicht.«

»Imogen, du verstehst mich falsch.«

»Mir ist durchaus bewußt, daß ich einen Teil der Schuld an dieser Katastrophe auf mich nehmen muß. Ich hätte den Mut und den gesunden Menschenverstand aufbieten müssen, deinen Heiratsantrag abzulehnen. Aber ich habe zugelassen, daß mein Herz den Sieg über meinen Verstand davongetragen hat, und jetzt muß ich den Preis dafür bezahlen.«

Matthias' Augen wurden hart. »Dann bereust du also, daß du mich geheiratet hast?«

»Wie ich bereits sagte, wir sind zum Scheitern verurteilt. Der Untergang ist uns so sicher wie dem alten Zamar.«

»Genug jetzt.« Matthias packte sie an den Armen. »Ich habe gelogen, als ich gesagt habe, ich hätte um deinen Ruf gefürchtet.«

Sie blickte mißtrauisch zu ihm auf. »Wie meinst du das?«

Sein Kiefer hätte aus Stein gemeißelt sein können. »Hör mir gut zu, Imogen, denn ich werde es dir nur dieses eine Mal erklären. Nach dem, was er dir angetan hat, war ich gezwungen, Vanneck zum Duell herauszufordern. Ich hatte keine andere Wahl. Aber in Wahrheit habe ich fest daran geglaubt, daß er sich als ein viel zu großer Feigling erweisen würde, um heute morgen hier zu erscheinen. Ich habe fest damit gerechnet, mit der Neuigkeit zu dir zurückzukehren, daß es nicht zu einem Duell gekommen ist.«

Sie zog die Stirn in Falten. »Ich verstehe.«

»Ich habe mich für ziemlich klug gehalten, wenn du es unbedingt wissen mußt. Ich bin davon ausgegangen, daß Vanneck sich gezwungen sehen würde, London aufgrund der Vorfälle zu verlassen. Das hätte seinen gesellschaftlichen Ruin nach sich gezogen, genau das, was du ursprünglich beabsichtigt hattest. Und das ganze Problem hätte sich aus der Welt schaffen lassen, ohne dich in Gefahr zu bringen.«

»Gütiger Himmel«, sagte Imogen tief beeindruckt. »Das war in der Tat sehr klug, Matthias.«

»Aber als ich Vannecks Kutsche gesehen habe, mußte ich annehmen, mein Plan sei vereitelt worden. Ich wußte, daß ich mich entgegen allen Erwartungen doch mit ihm duellieren mußte. Und dann habe ich erkannt, daß du, als Stallknecht verkleidet, anwesend bist. Ich mußte dem Tod und der Aussicht auf einen großen Skandal gleichzeitig ins Auge blicken, und, nun ja, ich fürchte, du hast recht gehabt. Das war zuviel für meine schwachen Nerven. Ich habe die Fassung verloren.«

»Tod und Skandal.« Sie ließ sich augenblicklich erweichen. »O Matthias, das kann ich gut verstehen. Mir hätte klar sein müssen, was für eine schreckliche Belastung das für dich war.« Sie rang sich ein mattes Lächeln ab. »Ich muß gestehen, daß ich in den letzten vierundzwanzig Stunden auch recht besorgt war.«

Matthias legte eine Hand auf ihre Wange. »Falls Vanneck Lucy getötet hat, dann ist sie jetzt gerächt worden. Es ist alles ausgestanden und vorüber, Imogen.«

»Ja. Es ist wirklich vorbei, nicht wahr?« Diese Erkenntnis erschien ihr seltsam, nahezu unwirklich. Sie hatte so lange Zeit mit dem Verlangen gelebt, Lucy zu rächen, daß es ihr jetzt schwerfiel zu glauben, die Rache hätte ihn endlich in Gestalt eines Straßenräubers ereilt. »Ich habe allerdings nie vorgehabt, dein Leben in Gefahr zu bringen, damit Vanneck seine gerechte Strafe erhält.«

»Ich weiß.« Matthias schlang einen Arm um sie und zog sie an sich.

»Ich wollte dich beschützen.«

»Ich bin nicht in Gefahr, mein Liebes.«

»Aber du bist der Gefahr nur knapp entronnen.«

»Nicht wirklich.«

»Oh, doch«, beharrte sie. »Nach allem, was wir wissen, hatte Vanneck die Absicht, zu dem Treffen zu erscheinen. Schließlich war seine Kutsche da. Er muß vorgehabt haben, dich ...«

»Psst.« Matthias streifte ihren Mund mit seinen Lippen. »Wir werden niemals erfahren, was er beabsichtigt hat, und das spielt jetzt auch keine Rolle mehr. Wie ich schon sagte, es ist ausgestanden.«

Imogen wollte gerade Einwände erheben, doch in dem Moment hielt die Kutsche mit einem Ruck vor dem Stadthaus an. »Wir sind zu Hause.«

»Wenn wir etwas Glück haben, schläft der ganze Haushalt noch, und wir können uns unbemerkt wieder ins Bett legen«, sagte Matthias. »Ich persönlich könnte jedenfalls noch ein paar Stunden Schlaf gebrauchen, damit sich meine strapazierten Nerven wieder erholen können.«

»Vielleicht würde eine Tasse Tee dazu beitragen, dich zu beruhigen.« Imogen warf einen Blick aus dem Kutschenfenster und sah, wie sich über den Stufen die Haustür öffnete. Ufton erschien auf dem oberen Treppenabsatz. »Ach, du meine Güte.«

Ufton war nicht allein. Zwei Lakaien, die Köchin, die Haushälterin und ein Zimmermädchen drängten sich dicht hinter ihm. Auf sämtlichen Gesichtern stand ein Ausdruck von banger Sorge, als das Personal darauf wartete, daß die Kutschentür sich öffnete.

»Verflixt und zugenäht«, sagte Matthias, als einer der Lakaien die Treppe hinuntergerast kam, um die Kutschentür aufzureißen. »Der ganze verfluchte Verein ist schon wach.«

Patricia tauchte unter den Angestellten auf. Imogen sah den furchtsamen Ausdruck auf ihrem Gesicht, als sie darauf wartete, daß die Kutschentür aufgerissen wurde.

»Deine Schwester ist offensichtlich sehr um dein Wohlergehen besorgt«, sagte Imogen voller Zufriedenheit. »Das wußte ich gleich.«

»Wahrscheinlich sorgt sie sich viel mehr um die Zukunft ihrer monatlichen Wechsel und das Dach über ihrem Kopf. Zweifellos hat sie gefürchtet, sie könnte gezwungen sein, wieder zu ihrem Onkel zu ziehen, wenn ich heute morgen auf Cabot's Farm ins Gras gebissen hätte.«

Imogen sah ihn finster an. »Also, wirklich, Matthias, das ist ungerecht. Du bist ihr Bruder, und es liegt auf der Hand, daß sie sich Sorgen gemacht hat.«

Matthias warf einen hämischen Blick über die Schulter, als er aus der Kutsche stieg.

»*Matthias.*« Patricia kam die Stufen hinunter. »Fehlt dir auch nichts?«

»Natürlich fehlt mir nichts. Mir geht es blendend. Mache ich vielleicht nicht den Eindruck?«

»Doch, gewiß.« Patricia blieb unbeholfen vor ihm stehen. Ihre Blicke glitten von Matthias zu Imogen, die noch in der Kutsche saß. Sie biß sich auf die Unterlippe und wandte sich wieder zu ihrem Bruder um. »Ich ... ich habe die Gerüchte gehört. Ich habe mir große Sorgen gemacht.«

»Ach ja?« erkundigte sich Matthias höflich.

Patricias Gesicht drohte, aus der Façon zu geraten.

Imogen lächelte ihr durch das Kutschenfenster tröstlich zu. »Ich bin sicher, wenn meine Tante hier wäre, würde sie sagen, unter den gegebenen Umständen sei es durchaus vertretbar, wenn du deinen Bruder umarmst, Patricia. Gegen einen kleinen Beweis schwesterlicher Zuneigung wird er gewiß nichts einzuwenden haben, obwohl das Personal zusieht. Das stimmt doch, Matthias?«

»Wovon zum Teufel redest du? Also so was.« Matthias' Worte rissen abrupt ab, als Patricia die Arme um ihn schlang und ihn schnell an sich drückte.

»Ich bin sehr froh, daß du noch am Leben bist.« Patricias Worte wurden von Matthias' Mantel gedämpft. Sie ließ ihn los, ehe er etwas sagen konnte. Dann blinzelte sie mehrfach verlegen.

Matthias seinerseits schien tief verwirrt zu sein. Er riß sich jedoch mit der gewohnten Selbstsicherheit zusammen und sah den versammelten Haushalt finster an. »Habt ihr denn alle nichts zu tun?«

»Doch, selbstverständlich, Mylord«, murmelte Ufton. »Aber dürfte ich vorher vielleicht noch im Namen des gesamten Personals bemerken, daß es uns alle außerordentlich freut, Sie bei so ... bei so ...«

»So exzellenter Gesundheit anzutreffen?« half Matthias ihm strohtrocken aus der Verlegenheit. »Danke. Aber es entzieht sich meiner Vorstellung, was dieser ganze Wirbel soll. Ein Mann kann doch gewiß mit seiner frisch angetrauten Ehefrau eine frühmorgendliche Spazierfahrt unternehmen, ohne unter seinen Angestellten gleich die fürchterlichsten Sorgen auszulösen.«

Ufton räusperte sich. »Ja, Mylord. Uns war nicht klar, daß Lady Colchester Sie begleitet hat.«

»Natürlich habe ich ihn begleitet, Ufton«, sagte Imogen, als Matthias sie aus der Kutsche hob. »Ich zähle zu den Frühaufstehern.«

Ufton und das übrige Personal nahmen voller Erstaunen den bizarren Anblick ihrer Herrin zur Kenntnis, die wie ein Stallknecht gekleidet war.

Imogen lächelte die kleine Schar, die sich auf der Treppe versammelt hatte, strahlend an. »Ich schwöre Ihnen, diese kühlen Ausfahrten am frühen Morgen regen den Appetit gewaltig an. Ist das Frühstück schon fertig?«

13

Ein amüsantes Gerücht macht heute die Runde, Colchester.« Alastair Drake ließ sich behende auf dem Stuhl Matthias gegenüber nieder.

Natürlich muß es Drake sein, der mir den neuesten Klatsch berichtet, dachte Matthias. Alastair war Mitglied der Zamaranischen Gesellschaft, doch bis vor kurzem hatte Matthias ihn schlichtweg als einen der zahlreichen Dilettanten abgetan, die sich nur deshalb mit dem alten Zamar befaßten, weil es in Mode gekommen war.

Die Feststellung, daß Alastair früher einmal mit Imogen in Verbindung gestanden hatte, hatte jedoch bewirkt, daß Matthias' Haltung ihm gegenüber von vollständiger Gleichgültigkeit in absoluten Abscheu umgeschlagen war. Das hatte an sich noch nicht viel zu besagen. Matthias hegte tiefen Abscheu gegen die meisten derjenigen, die sich für die grausamen und unbarmherzigen Spielchen der oberen Zehntausend begeisterten.

»Ich schenke Gerüchten nur selten Beachtung.« Matthias blickte nicht von der *Morning Post* auf. »Ich muß immer wieder feststellen, daß sie sowohl unrichtig als auch langweilig sind.«

An den Maßstäben der Stadt gemessen, war es noch früh, kaum elf Uhr. Im Club ging es noch ruhig zu. Bis zu Alastairs Eintreffen war nur das gelegentliche Klirren von Besteck und Porzellan zu hören gewesen, während den wenigen hartgesottenen Individuen, die sich um diese Tageszeit schon außer Haus aufhielten, Kaffee und Tee serviert wurden. Die meisten Clubmitglieder waren erst kurz vor Anbruch des Morgengrauens von ihren diversen nächtlichen Vergnügungen nach Hause zurückgekehrt. Sie schliefen noch ihre Brummschädel aus, die sie den nächtlichen Exzessen zu verdanken hatten. Andere schlugen jetzt gerade die Augen auf und erinnerten sich vage daran, beim Kartenspiel ein Vermögen verloren zu haben.

»Genaugenommen treiben heute morgen zwei Gerüchte auf der Themse«, fuhr Alastair fort. »Das erste besagt, Sie hätten Miss Waterstone gestern nachmittag mit einer Sondererlaubnis geheiratet.«

»Das ist kein Gerücht.« Matthias blickte kurz von seiner Zeitung auf. »In der *Morning Post* findet sich eine Vermählungsanzeige.«

»Ich verstehe.« Alastairs Blick war unergründlich. »Herzliche Glückwünsche.«

»Danke.« Matthias wandte sich seiner Zeitung wieder zu.

»Das zweite Gerücht ist fast so erstaunlich wie das erste.«

Matthias erkundigte sich nicht nach dem zweiten Gerücht. Er wußte, daß Alastair der Versuchung, es ihm brühwarm zu erzählen, ohnehin nicht widerstehen konnte.

»Es wird behauptet, Vanneck hätte heute im Morgengrauen eine Verabredung gehabt«, sagte Alastair.

»Ach, wirklich?« Matthias blätterte die Seite um. Er konnte nur hoffen, daß Imogens Name nicht mit der Geschichte in Verbindung gebracht wurde.

»Es wird behauptet, Vanneck hätte die Verabredung eingehalten.«

»Erstaunlich.«

»Das mag schon sein, aber noch erstaunlicher ist, daß

das Duell ausgetragen wurde, ehe auch nur einer der Sekundanten dort auftauchte. Das ist wirklich äußerst ungewöhnlich.« Alastair unterbrach sich. »Anscheinend hat Vanneck den Vorfall nicht überlebt.«

Verdammt noch mal, dachte Matthias. In *die* Richtung liefen die Gerüchte also. Zumindest war Imogens Anwesenheit mit keinem Wort erwähnt worden. »So was kann bei einem Duell vorkommen.«

»Ja, allerdings. Vor allem, wenn keine Zeugen anwesend sind, die dafür sorgen, daß alles vorschriftsgemäß abläuft. Es wird behauptet, der arme Vanneck sei erschossen worden, ehe er auch nur aus seiner Kutsche ausgestiegen ist. Sein Gegner hat anscheinend kein Risiko eingehen wollen, was den Ausgang des Duells angeht.«

Matthias nahm die unvermeidlichen Schlußfolgerungen nahezu erleichtert zu Kenntnis. Er hatte sich solche Sorgen um Imogens Ruf gemacht, daß er seinen eigenen Ruf ganz vergessen hatte. Der Kaltblütige Colchester hatte wieder einmal zugeschlagen, hieß es jetzt bestimmt in der guten Gesellschaft.

Die Gerüchte, er hätte Vanneck kaltblütig erschossen, würden zweifellos in den kommenden Tagen als saftige Leckerbissen serviert werden, doch schon bald würden sie abklingen. Es gab keine Beweise, um die Geschichte zu untermauern, und es war sehr unwahrscheinlich, daß jemand von Vannecks Tod in einem Maße betroffen war, das die Geschichten über einen längeren Zeitraum am Leben gehalten hätte. Die Gerüchte würden das Schicksal erleiden, das vor ihnen schon alle anderen Geschichten über Den Kaltblütigen Colchester erlitten hatten. Matthias hatte derartigen Klatsch in der Vergangenheit unbeschadet überstanden. Er würde ihn auch diesmal wieder überstehen. Wichtig war nur, daß Imogen nicht gezwungen war, weitere gehässige Bemerkungen über sich ergehen zu lassen. Er war jetzt ihr Ehemann. Es war sein Recht und seine Pflicht, sie vor solchen Dingen zu beschützen.

Alastair wartete noch einen Moment, während er Matthias mit brennender Neugier anstarrte. Schließlich seufzte er und stand auf, als keine Reaktion kam. »Wie ich sehe, interessieren meine Neuigkeiten Sie nicht, Colchester, und daher werde ich Sie jetzt mit Ihrer Morgenzeitung allein lassen. Seien Sie so freundlich, der frischgebackenen Lady Colchester meine Grüße auszurichten.«

»Ich werde Ihre Glückwünsche übermitteln, Drake.« Matthias blätterte die nächste Seite um und richtete Alastair in Gedanken Grüße an den Hades aus.

Er hatte nicht die Absicht, Drake gegenüber Imogen zu erwähnen. Er war immer noch unsicher, was ihre Gefühle für Alastair betraf. Kein Anzeichen wies darauf hin, daß sie für ihn entflammt war, aber es war sinnlos, sich überflüssige Scherereien zu machen.

Matthias faltete seine Zeitung nicht zusammen, solange Alastair sich noch im Frühstücksraum aufhielt. Als er das Gefühl hatte, wieder allein vor dem Feuer zu sitzen, warf er die Zeitung auf einen Beistelltisch. Er stützte die Ellbogen auf die Armlehnen seines Sessels, faltete die Hände und blickte gedankenverloren in die tanzenden Flammen.

Imogen hatte ihm ihre Liebe zugesichert, aber Matthias wußte, daß er sich darauf nicht allzu sehr verlassen durfte. Schließlich hatte er sie mehr oder weniger durch Erpressung zu dieser Heirat gezwungen, und das auch noch in einem Moment, in dem sie um sein Leben gebangt hatte. Er war lange Zeit in der Welt herumgereist. Er wußte sehr gut, daß intensive Empfindungen es an sich hatten, Menschen zu allen erdenklichen kühnen und leichtsinnigen Äußerungen zu verleiten. Falls, oder vielleicht sollte er lieber sagen, *wenn* Imogen die Wahrheit über ihn herausfand, dann konnte es gut sein, daß sie sich gegen ihn stellte.

Er schaute in die Tiefen des Feuers und sah, wie ihn die alten Geister mit ihren skelettartigen Fratzen angrinsten. Sie wußten ganz genau, wie instabil sein neu gefundenes Glück war und wie leicht es sich zerstören ließ. Und wenn um ihn herum alles einstürzte und er gezwungen war, sich wieder in die Schatten zurückzuziehen, dann würden sie ihn schon erwarten.

Er ballte eine Hand auf der Stuhllehne zur Faust. Es gab immer noch die Leidenschaft, sagte er sich. Und es gab immer noch Zamar. Vielleicht würde sich das als genug erweisen.

Vielleicht aber auch nicht.

Lange Zeit später, als Fairfax von der Tür aus seinen Namen rief, starrte er immer noch in den Kern der Glut.

»Colchester. Ich dachte mir, hier könnte ich dich vielleicht finden.« Fairfax hatte den gewohnten vergnügten Gesichtsausdruck, der jedoch nicht seine Besorgnis verbergen konnte. »Stimmt etwas nicht mit dir?«

»Wieso?« Matthias blickte zu ihm auf. »Mit mir ist alles in Ordnung. Warum fragst du?«

»Du hattest diesen seltsamen Gesichtsausdruck, als ich reingekommen bin, das ist alles.« Fairfax wärmte sich die Hände am Feuer. »Schon gut. Ich bin nur gekommen, um dir zu sagen, daß in der ganzen Stadt Gerüchte über Vannecks Tod in Umlauf sind.«

»Spar dir den Atem. Ich habe sie bereits gehört. Sie werden schnell genug wieder abflauen.«

Fairfax räusperte sich. »Das könnte durchaus wahr sein. Unter normalen Umständen.«

»Was bringt dich darauf, daß die derzeitigen Umstände nicht normal sein könnten?«

»Die neue Lady Colchester«, sagte Fairfax lakonisch. Er beugte sich vor und senkte die Stimme, obwohl niemand in der Nähe war. »Ich will dir nicht in deine Privatangelegenheiten hineinreden, aber hast du dir schon einmal überlegt, wie sie reagieren wird, wenn ihr diese Geschichte zu Ohren kommt?«

Matthias ging mit großer Verspätung ein Licht auf. Er hatte Imogen gewarnt, niemandem gegenüber zuzugeben, daß sie auch gerüchteweise etwas von einem Treffen im Morgengrauen gehört hatte, ganz zu schweigen davon, daß sie ihn zu Cabot's Farm begleitet hatte. Er hatte ihr jedoch nicht ausdrücklich gesagt, wie sie zu reagieren hatte, falls sie zufällig hören sollte, wie andere über die Gerüchte redeten.

Das Problem mit Imogen bestand darin, daß man ihr außerordentlich genaue Anweisungen erteilen mußte. Sie hatte so eine Art, unerwartete Seitenwege einzuschlagen.

Matthias umklammerte mit den Händen die Armlehnen seines Sessels und zog sich auf die Füße. »Entschuldige mich, bitte, Fairfax. Ich muß dringend nach Hause. Ich will mich mit meiner Frau unterhalten.«

»Ich fürchte, für einen ehelichen Plausch beim Frühstück bist du etwas zu spät dran.«

»Wovon redest du?«

In Fairfax' Grimasse drückten sich Mitgefühl und Belustigung zugleich aus. »Ich habe kurz bei dir zu Hause reingeschaut, ehe ich hierhergekommen bin. Ufton hat mir erzählt, Lady Colchester sei gerade zu einem Einkaufsbummel aufgebrochen.«

»Gütiger Gott.« Die grauenhaften Möglichkeiten, die sich abzeichneten, lähmten Matthias für einen Moment.

»Man kann nur hoffen, daß der Klatsch die ehrbaren Damen noch nicht erreicht hat.« Fairfax holte seine Uhr heraus und las die Zeit ab. »Sie werden sich bereits jetzt, noch während wir hier miteinander reden, wie ein Lauffeuer in der Oxford Street und Pall Mall verbreiten.«

»Du glaubst allen Ernstes, daß die Gerüchte den Damen noch nicht zu Ohren gekommen sind? Bist du wahnsinnig?« Matthias eilte mit großen Schritten auf die Tür zu. »Die Neuigkeiten werden ihnen schon mit ihrer heißen Schokolade im Bett serviert worden sein.«

»Ich habe mir ja solche Sorgen gemacht, als ich feststellen mußte, daß Matthias das Haus schon verlassen hattte, ehe sonst jemand im Haushalt aufgestanden war«, vertraute Patricia Imogen an, während sie neben ihr herlief. »Ich war ganz sicher, daß er das Duell nicht überleben würde. Ich schwöre dir, diese ganze Geschichte wird mich noch wochenlang in meinen Alpträumen verfolgen.«

»Unsinn. Es ist alles aus und vorbei, und je weniger darüber geredet wird, desto besser.« Die Vorfälle des Morgens hatten ein zartes neues Band zwischen Patricia und ihr geknüpft, wie Imogen erkannte. Das war nicht weiter erstaunlich, fand sie. Schließlich mochten sie beide Matthias. »Denk immer daran, was Colchester gesagt hat. Wir müssen uns so benehmen, als sei nichts Außergewöhnliches vorgefallen.«

»Ich verstehe. Aber was ich immer noch nicht begreife, ist, warum du bei ihm warst, als er zurückgekommen ist. Und warum um alles in der Welt warst du als Stallknecht verkleidet?«

»Ich bin natürlich mitgefahren, um dafür zu sorgen, daß das Duell nicht stattfindet«, erklärte Imogen. »Ich konnte unmöglich zulassen, daß Colchester meinetwegen sein Leben riskiert.«

»Aber was hättest du tun können, um es zu verhindern?«

»Ich hatte mir eine ganze Reihe von Plänen zurechtgelegt«, versicherte ihr Imogen. »Aber so, wie sich alles ergeben hat, hat es sich erübrigt, und ich war nicht gezwungen, einen meiner Pläne in die Tat umzusetzen.«

»Und all das nur, weil Vanneck schon vorher von einem Straßenräuber oder von einem Wegelagerer erschossen worden ist.« Patricia schauderte. »Was für eine bizarre Geschichte.«

»Ja, wirklich sehr bizarr. Aber ich werde jedenfalls nicht um ihn trauern.«

»Imogen?«

»Ja?«

»Danke«, flüsterte Patricia.

Auf der Oxford Street herrschte reges Leben. Es war schon kurz vor Mittag, eine hervorragende Tageszeit für wichtige Angelegenheiten wie Einkäufe. Elegant gekleidete Damen stolzierten auf der Suche nach der neusten Mode von einem Schaufenster zum anderen. Sie hatten Zofen und Lakaien in ihrem Gefolge, die mit Päckchen und Paketen beladen waren.

»Lady Colchester.« Eine Frau in mittleren Jahren, die ein kostspieliges Kleid und einen modischen Hut trug, bedachte Imogen mit einem kühlen Lächeln. Glühende Neugier stand in ihren leuchtenden kleinen Augen. »Ich gratuliere Ihnen zu Ihrer Hochzeit, Madam. Ich habe die Anzeige in den Morgenzeitungen gelesen.«

»Ich danke Ihnen, Lady Benson.« Imogen wollte weitergehen.

»Ich habe aber auch gehört, daß sich im Zusammenhang mit einem gemeinsamen Bekannten ein höchst sonderbarer Vorfall abgespielt hat«, fuhr Lady Benson eilig fort. »Man hat Lord Vanneck heute erschossen aufgefunden. Am frühen Morgen, glaube ich. Haben Sie das schon gehört?«

»Es tut mir leid, aber ich weiß nicht das geringste darüber. Ich fürchte, im Moment habe ich keine Zeit zum Plaudern. Sie müssen uns jetzt entschuldigen, Lady Benson.« Imogen stieß Patricia zur nächsten Ladentür. »Wir haben eine Verabredung mit... äh.« Sie warf einen Blick auf das kleine hölzerne Aushängeschild über ihrem Kopf. »Mit Madame Maud. Eine ganz ausgezeichnete Modistin, Sie wissen schon. Ich bin sicher, daß wir uns heute abend wiedersehen.«

»Ja, selbstverständlich.« Lady Bensons Augen wurden schmal. »Sie und Colchester werden heute abend ganz entschieden die Hauptattraktion der besten Parties sein. Vielleicht gelingt es uns, später miteinander zu reden.«

»Vielleicht.« Imogen zog Patricia eilig durch die Tür des Modesalons. Zu ihrer Erleichterung stellte sie fest, daß keine Kunden vor dem kleinen Laden standen.

»Wir haben doch gar keinen Termin bei Madame Maud«, flüsterte Patricia.

»Das ist mir durchaus klar.« Imogen drehte sich um und sah zum Fenster hinaus. »Aber ich wollte mich nicht auf ein ausgedehntes Gespräch mit Lady Benson einlassen. Sie ist eine berüchtigte Klatschbase. Genau die Sorte, die Colchester Sorgen bereitet.«

»Ja, das weiß ich«, sagte Patricia mit leiser Stimme. »Lady Lyndhurst hat sie erwähnt. Imogen, wo steckt bloß die Besitzerin dieses Geschäfts? Hier ist niemand.«

»Madame Maud ist zweifellos mit einer Kundin bei der Anprobe.« Imogen stieß einen Seufzer der Erleichterung aus, als Lady Benson sich in Bewegung setzte und weiterging. »Gut. Sie ist endlich gegangen. Jetzt können wir die Handschuhmacherin aufsuchen. Laß uns gehen. Ich möchte noch in die Buchhandlung reinschauen, ehe wir uns wieder auf den Heimweg machen.«

In dem Moment ertönte aus dem Hinterzimmer eine schrille Frauenstimme. »Sag bloß nicht, Colchester hätte

Vanneck kaltblütig ermordet, Theodosia. Ich glaube dir kein Wort.«

»Er wird nicht umsonst Der Kaltblütige Colchester genannt, Emily«, erwiderte Theodosia daraufhin in einem Tonfall, in dem sich morbide Erregung ausdrückte. »Ich persönlich bin mir nur allzu deutlich über die Tatsache im klaren, daß er mühelos in der Lage ist, einen Mann zu töten. Lord Vanneck war nur einer von vielen. Und dann war da mein guter Jonathan. Und du mußt doch die Gerüchte über Rutledges mysteriösen Tod gehört haben.«

»Ja, natürlich habe ich das gehört. Der Rutledge-Fluch und all das. Aber, Theo, Jonathan Exelby ist schon vor Jahren getötet worden. Und Rutledge ist im fernen Zamar gestorben. Diese Geschichte mit Vanneck hat sich heute morgen gleich hier am Stadtrand abgespielt.«

»Ich kenne Colchesters wahre Natur besser als jeder andere, und ich kann dir versichern, daß ... *autsch*. Passen Sie doch besser auf mit diesen Stecknadeln, Maud. Sie haben mich gestochen.«

»Pardon, Madam«, murmelte die Modistin.

»Es heißt, Colchester sei ein ganz ausgezeichneter Schütze«, bemerkte Emily nachdenklich. »Weshalb also hätte er Vanneck vor dem Duell töten sollen? Warum nicht einfach warten und ihn vor Zeugen töten?«

»Wer weiß? Vielleicht ist es zu einem Streit zwischen den beiden gekommen, ehe die Sekundanten eingetroffen sind«, sagte Theodosia. »Eines steht jedenfalls fest. Colchester wird für seine Verbrechen niemals an den Galgen kommen. Er ist verschlagen und viel zu gerissen.«

»Und er ist ein Earl«, bemerkte Emily pragmatisch. »Da wir gerade von verschlagen reden, ich frage mich, was für ein unduchsichtiges Spiel er mit Der Unkeuschen Imogen betreibt. Die Verlobung war noch verständlich. Alle Welt weiß, daß er vor nichts zurückscheuen würde, um ein wertvolles zamaranisches Artefakt an sich zu bringen. Aber die Heirat?«

»Eine Ehe muß nicht ewig dauern«, sagte Theodosia grimmig. »So schwierig ist es nun auch wieder nicht, sich einer Ehefrau durch einen Mord zu entledigen.«

Das ging zu weit. Imogen geriet in Weißglut. »Wie können sie es wagen, so über ihn zu reden?«

Patricia warf einen besorgten Blick auf den Vorhang, der den Anproberaum vom Empfangsraum im vorderen Teil des Geschäfts trennte. »Vielleicht sollten wir jetzt gehen.«

»Nicht, ehe ich ein paar Worte mit Theodosia Slott gewechselt habe.« Imogen lief um die Theke herum und in Richtung Anproberaum.

Patricia eilte hinter ihr her. »Imogen, warte. Ich bin nicht sicher, ob meinem Bruder das recht wäre. Du weißt ganz genau, daß er uns gewarnt hat, kein Wort über diese Angelegenheit zu verlieren.«

»Was zu weit geht, geht zu weit.« Imogen packte den schweren Vorhang und riß ihn zur Seite. Sie wurde von einem verblüfften Keuchen begrüßt, das einstimmig aus drei Kehlen aufstieg.

Theodosia stand vor einem Spiegel. Ihre Freundin Emily saß auf einem Stuhl und sah zu, wie Theodosia ein neues Ballkleid anprobierte.

Madame Maud, die extrem gehetzt wirkte, kniete auf dem Fußboden, um den Saum des Kleides ihrer Kundin abzustecken.

»Einen Moment, *s'il vous plaît*, Madam«, sagte die Modistin um die Stecknadeln in ihrem Mund herum.

»Wir haben es nicht eilig.« Imogen sah Theodosias Spiegelbild in die verblüfften Augen. »Ich hatte lediglich den Wunsch, Mrs. Slott zu korrigieren. Sie setzt unzutreffende Informationen in Umlauf.«

»Miss Waterstone.« Theodosias Mund sprang auf und schloß sich dann bestürzt wieder. »Ich meine, Lady Colchester. Ich habe Sie gar nicht hereinkommen hören.«

»Nein, offensichtlich nicht«, fauchte Imogen. »Sie hatten viel zuviel damit zu tun, Lügen über meinen Mann zu verbreiten.«

Patricia zupfte an Imogens Ärmel. »Ich glaube, wir sollten jetzt gehen.«

Imogen ignorierte sie. Sie wandte sich an Theodosias Begleiterin. »Guten Tag, Mrs. Hartwell.«

»Guten Tag, Miss... äh, Lady Colchester.« Emily Hartwell lächelte schwach. »Ich gratuliere Ihnen zu Ihrer Eheschließung.«

»Danke.« Imogen fixierte jetzt wieder Theodosia im Spiegel. »Und jetzt zu diesen Lügen, die Sie über Colchester in Umlauf setzen.«

»Das sind keine Lügen.« Theodosia hatte sich inzwischen von ihrem ersten Schock erholt. Sie reckte trotzig das Kinn in die Luft. »Niemand wird es je beweisen können, aber jeder, der mit Colchesters Charakter vertraut ist, weiß, wie hoch die Wahrscheinlichkeit dafür ist, daß er den armen Vanneck erschossen hat, ehe das Duell vorschriftsmäßig stattfinden konnte.«

»Das ist absoluter Unsinn, Mrs. Slott«, sagte Imogen. »Zufällig gibt es für diese ganze Geschichte Zeugen, die nur zu gern die Unschuld meines Mannes bestätigen werden, falls sich das als notwendig erweisen sollte.«

Emily schnappte nach Luft und schlug sich eine Hand auf die Kehle. »Mir war nicht klar, daß Zeugen anwesend waren.«

»Imogen, bitte, wir müssen uns jetzt wirklich auf den Weg machen.« Patricias Stimme klang gehetzt. »Wir haben Termine, das weißt du doch.«

»Einen Moment noch, Patricia.« Imogen funkelte

Theodosia finster an. »Es wird sich aber gar nicht erst als notwendig erweisen, daß jemand Colchesters Unschuld bestätigt, denn schon allein die Vorstellung, er könnte sich schuldig gemacht haben, ist absolut lachhaft.«

»Dessen sollten Sie sich nicht zu sicher sein, Lady Colchester«, gab Theodosia zurück. »Alle Welt weiß, daß Ihr Mann in dem Ruf steht, sehr gefährlich zu sein.«

Emily war außer sich vor Entsetzen. »Theodosia, bitte, was sagst du da? Colchester wird wütend werden, wenn er hört, daß du ihm einen Mord unterstellst. Du mußt dich in acht nehmen.«

»Ja, Mrs. Slott«, sagte Imogen honigsüß, »ich würde Ihnen raten, äußerst vorsichtig mit Ihren Beschuldigungen zu sein.«

Theodosia blinzelte mehrfach. Ein Teil der rechtschaffenen Entrüstung in ihren Augen wurde von einem Anflug von Unsicherheit abgelöst. Sie warf einen schnellen, bedrückten Blick auf ihre Begleiterin. »Ich bringe keine Beschuldigungen vor. Ich äußere mich lediglich zu dem, was auf der Hand liegt.«

»Ach, wirklich?« Imogen stemmte die Hände in die Hüften und pochte mit einer Schuhspitze auf den Boden. »Ich wüßte nicht, was hier auf der Hand liegen sollte, abgesehen davon natürlich, daß Sie ebenso gute Gründe wie jeder andere hatten, Lord Vanneck zu erschießen. Sogar noch mehr als die meisten anderen.«

»*Was?*« Theodosia sperrte entrüstet den Mund auf.

»Das kann doch nicht Ihr Ernst sein.« Emily starrte Imogen entsetzt an.

Die Modistin, die immer noch die Stecknadeln im Mund hatte, erstarrte mitten in der Bewegung.

»Imogen«, flüsterte Patricia mit zunehmender Verzweiflung. »Bitte. Wir müssen gehen.«

Ehe sich jemand von der Stelle rühren konnte, ertönte

aus dem Empfangsraum im vorderen Teil des Ladens eine vertraute Stimme.

»Fahren Sie doch bitte in Ihren Ausführungen fort, Lady Colchester«, murmelte Selena, während sie durch den Vorhang in den Anproberaum glitt. »Ich kann es kaum erwarten zu erfahren, warum Theodosia Vanneck vor dem Duell getötet hat.«

»Lady Lyndhurst.« Die Modistin geriet allmählich in Panik. »Einen Moment, bitte.«

Alle, die in dem kleinen Raum anwesend waren, drehten sich zu Selena um.

»Ich habe niemanden getötet«, jammerte Theodosia.

Imogen schaute finster. »Ich habe nicht behauptet, Theodosia hätte Vanneck erschossen. Ich habe lediglich hervorgehoben, daß sie ebenso gute Gründe dafür gehabt hätte wie viele andere auch. In Anbetracht dieses Umstands sollte sie vorsichtiger damit sein, Beschuldigungen gegen andere vorzubringen.«

»Ich habe nie behauptet, Colchester hätte Vanneck ermordet«, rief Theodosia aus. »Ich habe nur gesagt, er *könnte* es getan haben. Das ist alles.«

Selena lächtelte Imogen matt an. »Weshalb hätte Theodosia ihn kurz vor dem Duell erschießen sollen?«

»Um den Anschein zu erwecken, daß Colchester ihn kaltblütig ermordet hat«, sagte Imogen seelenruhig.

Theodosias Gesicht verzerrte sich in ihrer verzweifelten Wut. »Aber weshalb sollte ich so etwas tun?«

Imogen schürzte die Lippen und dachte über diese Frage nach. »Vielleicht, weil Sie sich davon erhofft haben, der Klatsch über diesen Vorfall könnte Colchester aus London vertreiben.«

»Was soll das heißen?« fragte Theodosia.

»Für Sie stellt es doch eine gewisse Peinlichkeit dar, daß er sich hier aufhält, nicht wahr, Theodosia? Jedesmal, wenn er sich in der Öffentlichkeit zeigt, besteht für Sie die Gefahr, daß er die Wahrheit ans Licht bringt.«

Selena zog die Augenbrauen hoch. »Und wie sollte diese Wahrheit aussehen, Imogen?«

»Natürlich so, daß Theodosia seit Jahren Unwahrheiten verbreitet, um sich interessant zu machen«, sagte Imogen. »Ihretwegen ist niemals ein Duell ausgetragen worden. Ihr Freund Mr. Exelby hat die Stadt verlassen, um in Amerika sein Glück zu suchen, nachdem er in der Verlorenen Seele dabei ertappt wurde, wie er beim Kartenspiel betrogen hat. Und was diesen Unsinn angeht, Colchester hätte es darauf abgesehen gehabt, Exelbys Platz in Ihrem Bett einzunehmen, so kann ich nur sagen, daß das einfach lächerlich ist.«

Theodosia sah sie wutentbrannt an. »Wie können Sie es wagen anzudeuten, ich hätte meine Freunde belogen?«

»Der einzige Mensch, der möglicherweise den Wunsch verspüren könnte, dieses Bild zurechtzurücken, ist Colchester persönlich«, fuhr Imogen fort. »Das können Sie doch keinesfalls riskieren, nicht wahr, Theodosia?«

»Was soll das heißen?« fragte Theodosia barsch.

»Solange er sich der Gesellschaft ferngehalten hat, war Ihr Geheimnis sicher. Aber in der letzten Zeit verkehrt Colchester wieder in Ihren Kreisen. Überlegen Sie sich doch nur, wie sehr er Ihrem gesellschaftlichen Ansehen schaden könnte, wenn er plötzlich anfinge, sich zu den wahren Begebenheiten zu äußern, die dazu geführt haben, daß Exelby aus London verschwunden ist. Dann würden Sie als lächerliche Figur dastehen.«

»Das ist eine Ungeheuerlichkeit«, brüllte Theodosia. »Ich denke gar nicht daran, das zu dulden.«

»Und ich lasse nicht zu, daß Sie weiterhin diese albernen Beschuldigungen gegen meinen Mann erheben«, sagte Imogen kühl. »Wenn Sie das nächste Mal der Versuchung erliegen, anzudeuten, er könnte Vanneck getötet haben, dann sollten Sie vorher erst einmal in Ruhe darüber nachdenken, daß es ein leichtes wäre, Sie als die schuldige Partei hinzustellen.«

»Das können Sie mir nicht antun«, zischte Theodosia.

Imogen bedachte sie mit einem verächtlichen Blick und wandte sich dann an eine sprachlose Patricia. »Komm mit. Wir müssen noch die Handschuhmacherin aufsuchen, und dann will ich der Buchhandlung einen Besuch abstatten.«

Sie machte abrupt auf dem Absatz kehrt. Und prallte frontal mit Matthias zusammen, der sich im Eingang des Anproberaums herumtrieb.

»Na, so was.« Imogen geriet ins Wanken. Eine Sekunde lang konnte sie nichts anderes als grünes Stroh sehen. Dann erkannte sie, daß ihr Hut bei dem Zusammenprall verrutscht war und über ihren Augen saß. Sie packte die Krempe und schob sich den Hut aus dem Gesicht.

Matthias lächelte matt und streckte eine Hand aus, um ihren Hut zurechtzurücken. »Gestattest du?«

»Gütiger Himmel, Colchester.« Imogen schnürte hastig ihre Hutbänder wieder zu. »Ich habe dich gar nicht gesehen. Was um alles in der Welt hast du in Madame Mauds Geschäft zu suchen?«

Matthias warf mit funkelnden Augen einen Blick auf das effektvolle Tableau, das in dem Anproberaum erstarrt war. »Vielleicht ist in mir plötzlich ein Interesse an Modefragen erwacht.«

Selena schien enorm belustigt zu sein. Emily warf ängstliche Blicke nach allen Richtungen, als suchte sie nach einem Fluchtweg.

Theodosia stieß einen ganz seltsamen erstickten Laut aus und bot einen alles andere als malerischen Anblick, als sie auf dem Fußboden zusammenbrach.

»Hm.« Imogen warf einen Blick auf die gestürzte Frau. »Ich glaube tatsächlich, diesmal ist ihre Ohnmacht echt. Vielleicht sollten Sie besser Ihr Riechfläschchen herausholen, Mrs. Hartwell.«

Die große Standuhr tickte laut in einer Ecke der Bibliothek. Aus irgendwelchen Gründen nahm Matthias dieses Geräusch überdeutlich wahr, als er seiner Frau und seiner Schwester an seinem Schreibtisch gegenübersaß. Er musterte die beiden und dachte darüber nach, wie er seine Strafpredigt am besten beginnen sollte.

Patricia wird mir keine Probleme machen, dachte er. Sie wirkte jetzt schon sehr bedrückt und schien sich Sorgen über den Ausgang dieser Unterhaltung zu machen. Matthias hatte den Verdacht, ihre größte Befürchtung sei die, er könne sie vor die Tür setzen, da sie unabsichtlich gegen seine Anweisungen verstoßen hatte, nicht über das Duell zu reden.

Mit Imogen dagegen verhielt es sich ganz anders. Sie saß ihm mit einem mißmutigen Gesichtsausdruck gegenüber, der nichts Gutes verhieß. Falls sie sich auch nur die geringsten Sorgen machte, waren diese unter ihrem Gefühl von rechtschaffener Entrüstung begraben.

Matthias faltete die Hände auf dem Schreibtisch. Er sah Imogen an. »Vielleicht habe ich mich heute morgen nicht klar genug ausgedrückt.«

»Du hast dich sehr klar ausgedrückt«, beteuerte sie ihm großmütig. »Du hast gesagt, ich sollte mit niemandem über die Ereignisse reden, die in Verbindung mit Vannecks Tod stehen.«

»Dürfte ich fragen, weshalb du dich entschlossen hast, meinen Anweisungen zuwiderzuhandeln?«

Sein Tonfall bewirkte, daß Patricia zusammenzuckte. Matthias ignorierte sie.

Imogen bedachte ihn mit einem frostigen Blick. »Ich habe deinen Anweisungen nicht zuwidergehandelt.«

»Dann sei doch bitte so freundlich, mir zu erklären, worüber zum Teufel du dich in dem verdammten Anproberaum dieser Schneiderin unterhalten hast.«

Patricias Finger gruben sich in das Taschentuch, das sie in der Hand hielt.

Imogen brauste auf. »Es war schließlich nicht meine Schuld, daß ich Theodosia Slott zufällig dabei ertappt habe, wie sie Lügen in Umlauf setzt. Ich habe nichts weiter getan, als ihr Einhalt zu gebieten, indem ich hervorgehoben habe, es gäbe zahllose Menschen außer dir, denen man den Mord an Vanneck anlasten könnte.«

»Verdammt noch mal, du bist fast so weit gegangen, sie des Mordes an Vanneck zu beschuldigen.«

»Nicht direkt.«

»Doch, genauso war es.«

»Selbst dann, wenn man meine Worte in dieser Form auslegen könnte, hat sie nur bekommen, was sie verdient hat.« Imogens Miene verfinsterte sich grimmig. »Tante Horatia versicherte mir, daß Mrs. Slott schon seit Jahren alle erdenklichen böswilligen Geschichten über dich in Umlauf setzt. Und sie hat dir in diesem Anproberaum mehr oder weniger unterstellt, Vanneck ermordet zu haben. Stimmt das etwa nicht, Patricia?«

Patricia zuckte zusammen, als sie hörte, daß ihr Name in die Diskussion eingeworfen wurde. Zu Matthias' gelindem Erstaunen brachte sie es jedoch fertig, Imogens Frage zu beantworten.

»Doch«, sagte sie sehr leise. »Es ist wahr.«

»Hast du das gehört?« Imogen sah ihn triumphierend an. »Wenn ich nicht eingegriffen hätte, hätte sich dieses Gerücht schon vor dem heutigen Abend in der ganzen Stadt herumgesprochen.«

»Die Gerüchte haben sich bereits in der ganzen Stadt herumgesprochen. Du magst zwar brillant sein, wenn es darum geht, die Schriftrollen des untergegangenen Zamar zu entziffern, aber du bist hoffnungslos naiv, wenn es um deine Mitmenschen geht.«

Imogen ließ sich einen Moment lang ablenken. »Brillant?«

Matthias preßte die Hände flach auf den Tisch und stand auf. Es fiel ihm nicht leicht, sie dafür auszuschimpfen, daß sie zu seiner Verteidigung herbeigeeilt war, aber es mußte sein. »Verdammt noch mal, Imogen, ich habe dir ausdrücklich gesagt, daß du alles ignorieren sollst, was dir über Vannecks Tod zu Ohren kommt.«

»Ich konnte die Beschuldigungen nicht ignorieren, die Theodosia Slott vorgebracht hat. Ich wollte nicht, daß diese Dinge noch weitere Kreise ziehen.«

»Niemand, mich inbegriffen, interessiert sich einen Dreck für Theodosias Meinung«, stieß Matthias zwischen zusammengebissenen Zähnen hervor. »Verstehst du das denn nicht? Dein Ruf bereitet mir viel größere Sorgen.«

»Ich sagte dir bereits, daß mir mein Ruf völlig egal ist.«

»Mir ist er aber nicht egal. Wie oft muß ich dich noch daran erinnern, daß du jetzt meine Frau bist? Und entsprechend wirst du dich auch benehmen.«

»Ist das wirklich alles, woran du denken kannst?« warf sie ihm an den Kopf. »Wie sich die neue Lady Colchester benehmen sollte?«

»Verflixt und zugenäht. Ich lasse nicht zu, daß dein Name mit Vannecks Tod in Verbindung gebracht wird.«

»Und ich dulde ebensowenig, daß dein Name damit in Verbindung gebracht wird.«

»Die einzige Möglichkeit, mit dem unvermeidlichen Gerede umzugehen, besteht darin, es zu ignorieren«, sagte Matthias. »Glaube mir, auf diesem Gebiet bin ich Experte.«

»Ich bin nicht deiner Meinung. Meiner Auffassung nach muß man harte Geschütze auffahren, wenn man gegen harte Geschütze angehen will.«

»Wir werden dieses spezielle Gefecht mit meinen Waffen austragen«, sagte Matthias unverblümt. »Mit der Zeit werden die Geschichten in Vergessenheit geraten. So ist es schon immer gewesen. Und fortan wirst du dich buchstabengetreu an meine Anweisungen halten. Du wirst außerhalb dieses Hauses niemandem gegenüber auch nur ein weiteres Wort über Vanneck oder seinen Tod äußern. Hast du mich verstanden?«

Patricia sprang auf. »Hör endlich auf, sie anzuschreien, Matthias.«

Matthias sah sie erstaunt an. Imogen war nicht minder erstaunt.

Auf Patricias Gesicht drückte sich eine Mischung aus Furcht und Entschlossenheit aus. Sie ballte die Hände zu kleinen Fäusten. »Ich finde es äußerst unfair von dir, in dieser Form mit Imogen zu reden, Colchester. Sie hat doch nur versucht, dich zu verteidigen, als sie Mrs. Slott angegriffen hat.«

»Das ist nicht deine Angelegenheit, Patricia«, sagte Matthias. »Setz dich.«

»*Patricia.* Wie nett von dir.« Imogen sprang von ihrem Stuhl auf. Sie schlang die Arme um Patricia. »Niemand hat mich je in einer solchen Form verteidigt. Wie kann ich dir dafür danken, daß du dich für mich eingesetzt hast?«

Patricia wirkte entgeistert. Sie klopfte Imogen etwas unbeholfen auf die Schulter. »Ist schon gut, Imogen. Ich habe mich gezwungen gesehen, den Mund aufzumachen.

Colchester hat sich dir gegenüber äußerst unfair verhalten.«

»Da soll mich doch der Teufel holen.« Matthias ließ sich matt auf seinen Stuhl sinken.

Imogen ließ Patricia los und trat einen Schritt zurück. Sie fischte ein Taschentuch aus ihrer Handtasche. »Ihr müßt mich entschuldigen.« Sie tupfte sich die Augen ab. »Diese Aufregung ist einfach zuviel für mich.«

Sie eilte auf die Tür zu und verschwand in der Eingangshalle.

Matthias trommelte mit den Fingern auf der Schreibtischplatte, als die Tür sich hinter Imogen schloß. »Sie besitzt wirklich großes Geschick darin, ein Gespräch zu beenden, das ihr nicht paßt.«

»Du hättest ihr wirklich keine so üble Strafpredigt halten dürfen«, murrte Patricia. »Schließlich hat sie nur versucht, dich zu verteidigen.«

Matthias musterte sie mit versonnenem Interesse. »Seit wann hältst du zu Imogen? Ich dachte, du hättest etwas gegen sie.«

»Ich habe meine Meinung über sie geändert«, sagte Patricia steif.

»Ich verstehe. Wenn das so ist, dann scheint es ganz so, als hätten wir ein gemeinsames Ziel.«

Patricia sah ihn mißtrauisch an. »Und das wäre?«

»Wir müssen beide viel Mühe darauf verwenden, sie davor zu bewahren, daß sie sich in Schwierigkeiten bringt.«

»Ich glaube, das wird nicht leicht sein«, sagte Patricia versonnen.

»Nichts ist jemals einfach, wenn es um Imogen geht.«

14

An jenem Abend gelangte Imogen während des Balls bei den Reedmores plötzlich zu dem Schluß, daß mit Patricia etwas nicht stimmte.

Alastair lächelte Imogen galant an und gab jeden Versuch auf, sie in einem weiten und eleganten Bogen über die Tanzfläche zu wirbeln. »Ich vermute, Sie haben Colchester die Landkarte zum Hochzeitsgeschenk gemacht, auf der das Versteck des Siegels der Königin verzeichnet ist. Sagen Sie mir eines: Hat er sich entsprechend dankbar dafür erwiesen?«

»Wenn Sie es genau wissen wollen, wir haben noch gar nicht über die Landkarte geredet.« Imogen lächelte Alastair nichtssagend an und warf einen Blick zur Seite, weil sie sehen wollte, mit wem Patricia diesmal tanzte.

Hugo Bagshaw. Schon wieder.

Imogen knabberte auf ihrer Unterlippe herum. Es war schon das zweite Mal an diesem Abend, daß Hugo Patricia auf die Tanzfläche führte. Das würde Matthias gar nicht gefallen.

Die Klänge des Walzers schwebten von der Terrasse des Ballsaals herein, auf der die Musiker tapfer gegen die Hitze ankämpften, die von Hunderten von Kerzen in den Kronleuchtern und von einer fast ebenso großen Zahl von Menschen verströmt wurde. Der Ball galt jetzt schon als der bisher größte Erfolg der Saison, und das war das höchste Lob, das von der feinen Gesellschaft gezollt werden konnte.

Imogen wußte, daß Horatia Patricia als einen noch größeren Erfolg betrachtete. Sie hatte Imogen gegenüber bereits geäußert, wie sehr es sie erleichterte, daß die jüngsten Gerüchte, die sich um Colchester drehten, ihr nicht geschadet hatten. Tatsächlich hatten der neueste Klatsch über das Duell und die überstürzte Heirat sogar dazu gedient, den Colchester-Frauen in den Augen der gelangweilten und abgestumpften oberen Zehntausend noch mehr Faszination zu verleihen.

»Imogen?« Alastairs Stimme klang ungeduldig.

»Ich bitte um Verzeihung.« Imogen zwang sich, ihn anzulächeln. Irgendwie langweilte es sie, mit Alastair zu tanzen, aber wenigstens war es nie ein Kampf. Wenn sie dagegen mit Matthias tanzte, hatte das immer etwas von einem Scharmützel.

Imogen hatte Alastairs Aufforderung zum Tanzen mit der Selbstverständlichkeit angenommen, mit der sie schon vorher eingewilligt hatte, mit einer Reihe von anderen Herren zu tanzen. Sie tat das nur, weil sie somit Gelegenheit hatte, Patricia mühelos im Auge zu behalten. Horatia hatte sich am früheren Abend besorgt über die Bemühungen gewisser junger Roués geäußert, Patricia in die Gärten zu locken.

Imogen äußerte sich gegenüber Horatia oder Matthias nicht dazu, aber seit dem Duell machte sie sich immer mehr Sorgen um Patricia. Sie strahlte eine Niedergeschlagenheit aus, die Imogen alarmierte. Sie wußte, daß es den Colchesters im Blut lag, eine Neigung zu düsteren Phantasien aufzuweisen, doch Patricias derzeitiges Verhalten erschien ihr besorgniserregender denn je.

Imogen hatte bereits angefangen, sich zu fragen, ob sie mit Matthias darüber reden sollte. Der einzige Grund, aus dem sie bislang davor zurückgescheut hatte, war der, daß sie wußte, wie ungern er sich auf Gespräche über den in seiner Familie vererbten Hang zu bösen Vorahnungen und schwachen Nerven einließ.

Alastair mußte erkannt haben, daß Imogens Aufmerksamkeit nicht mehr ihm galt. Ein Anflug von Verärgerung flackerte vorübergehend in seinen Augen auf. Er verschwand jedoch schnell wieder und wurde von blanker Belustigung abgelöst. »Es erstaunt mich, daß Colchester noch keine Pläne für die Suche nach dem Königlichen Siegel geschmiedet hat.«

»Ich nehme an, wir werden demnächst auf diese Angelegenheit zu sprechen kommen«, sagte Imogen achtlos. Sie versuchte, noch einen Blick auf Patricia und Hugo zu erhaschen. Das Paar war verschwunden, von der Menge auf der Tanzfläche verschluckt. »Verdammt noch mal.« Sie führte Alastair energisch quer über die Tanzfläche.

Alastairs Lippen preßten sich gereizt zusammen. »Was haben Sie gesagt?«

»Sie sind größer als ich, Mr. Drake. Können Sie Colchesters Schwester sehen?«

Alastair ließ einen flüchtigen Blick über die Menge gleiten. »Nein.«

»Ich hoffe wirklich, daß der junge Bagshaw genug Verstand besitzt, um sie nicht in die Gärten zu zerren.« Imogen kam mitten auf der Tanzfläche abrupt zum Stehen und erhob sich auf die Zehenspitzen, um über die Köpfe der Tänzer sehen zu können. »Aha. Da haben wir es. Die beiden verschwinden gerade. Sie müssen mich jetzt entschuldigen, Alastair.«

»Der Teufel soll dich holen«, murmelte Alastair, der wütend darüber war, daß sie ihn mitten auf der Tanzfläche hatte stehenlassen. »Du hast nicht die geringste Ahnung von gesellschaftlichem Benehmen. Lucy hat recht gehabt. Über dich kann man sich wirklich nur lustig machen, Lady Colchester.«

Die Nennung von Lucys Namen ließ Imogen so abrupt anhalten, wie nichts anderes es bewirkt hätte. Sie machte auf dem Absatz kehrt und starrte Alastair an. »Was haben Sie gerade gesagt?«

»Nichts.« Die Wut, die momentan in Alastairs Augen aufgeflackert war, legte sich schnell wieder. Er sah sich voller Unbehagen um, und seine Lage war ihm offensichtlich peinlich. »Laufen Sie ruhig los und übernehmen Sie Ihre Pflichten als Anstandsdame.«

»Was haben Sie gerade über Lucy gesagt?« Imogen geriet ein wenig ins Wanken, als ein anderes Paar, das die Richtung nicht schnell genug ändern konnte, sie anrempelte. Sie sah das Paar finster an. »Ich versuche gerade, ein Gespräch zu führen.«

»Ja, das können wir selbst sehen, Lady Colchester«, sagte der Herr trocken. »Vielleicht wäre es einfacher für Sie, wenn Sie dieses Gespräch nicht ausgerechnet auf der Tanzfläche führen würden.« Die Dame in seinen Armen wirkte herablassend und belustigt.

Imogen errötete. »Ja, selbstverständlich.« Als sie sich wieder umdrehte, mußte sie feststellen, daß Alastair in der Menge untergetaucht war. »Verdammt noch mal. Wo ist der Kerl bloß hingegangen?«

Matthias' kräftige, schmale Finger schlangen sich fest um ihr Handgelenk. »Vielleicht kann ich behilflich sein.«

»Matthias.« Imogen lächelte erleichtert, als er sie in seine Arme zog. »Was hast du denn hier zu suchen? Ich dachte, du hättest vor, den Abend in deinem Club zu verbringen.«

»Ich hatte plötzlich Lust, mit meiner Frau zu tanzen.« Matthias sah sich über ihren Kopf hinweg im Saal um. »Was ist zwischen dir und Drake gerade vorgefallen?«

»Was? Oh, nichts von Bedeutung. Er hat etwas über Lucy gesagt. Ich wollte, daß er es noch einmal wiederholt, aber als ich mich umgedreht habe, um mit diesen Leuten zu reden, die mich angerempelt haben, ist er verschwunden.«

»Ich verstehe.«

»Ich glaube, er hat sich über mich geärgert, weil ich ihn mitten auf der Tanzfläche habe stehenlassen«, gestand Imogen.

»Das kann ich mir mühelos vorstellen«, sagte Matthias. »Aber mich interessiert, warum du ihn stehengelassen hast. Hat er etwa versucht, die Führung zu übernehmen?«

»Nein, das war es nicht. Ich wollte mich auf die Suche nach Patricia machen. Ich hatte sie gerade in der Menschenmenge aus den Augen verloren.«

»Sie steht mit Hugo Bagshaw am Büffet. Ich habe sie gerade eben dort gesehen.«

»Ach so.« Imogen sah forschend in sein Gesicht. »Ich nehme an, das gefällt dir nicht.«

»Nein, das gefällt mir gar nicht.«

»Ich weiß, daß du der Überzeugung bist, Mr. Bagshaw sei darauf aus, sich an dir zu rächen, aber ich verlasse mich darauf, daß du heute abend keine Szene machst. Patricia wäre zutiefst gekränkt. Ich glaube, sie ist auf dem besten Wege, sehr zarte Gefühle für ihn zu entwikkeln.«

»Wenn das der Fall ist, sollte ich keine Zeit verlieren.«

»Matthias, du darfst die Dinge nicht überstürzen.«

Matthias zog die Augenbrauen hoch. »Was schlägst du denn vor?«

»Ich finde, du solltest dich unter vier Augen mit Mr. Bagshaw unterhalten.«

»Eine ausgezeichnete Idee. Ich werde ihn zur Seite nehmen und ihn warnen, daß er sich von Patricia fernhalten soll.«

»Nein, das war doch nicht die Form von Gespräch, die ich meinte. Um Himmels willen, Matthias, es wird nichts nutzen, ihn zu warnen.«

»Da könntest du recht haben.« Er wurde nachdenklich. »Ich glaube tatsächlich, daß er immer leichtsinniger wird und Patricia allzu deutlich seine Aufmerksamkeit erweist.«

»Das Entscheidende ist, daß das, was hier vorgeht, Patricia nicht schadet. Ich finde, du solltest Mr. Bagshaw die volle Wahrheit über den Tod seines Vaters erzählen.«

»Ich bezweifle, daß er auch nur einen Funken Interesse an der Wahrheit hat. Er ist mit Lügen groß geworden.«

»Ich glaube, daß du ihn dazu bringen könntest, der Wahrheit ins Gesicht zu sehen, Matthias. Eines Tages muß er die Tatsachen akzeptieren, oder er wird sein Leben lang einen Haß auf dich hegen, der an seiner Seele zehren wird.«

Matthias' Arm schlang sich enger um sie. Seine Augen waren grimmig. »Was bringt dich auf den Gedanken, ich könnte den jungen Bagshaw dazu zwingen, sich mit der Wahrheit über seinen Vater auseinanderzusetzen?«

»Du kannst es, weil du mit deinem eigenen Vater eine ähnliche Situation durchgemacht hast«, sagte Imogen sanft. »Du kannst besser als jeder andere einen Teil dessen nachvollziehen, was in ihm schwärt. Du weißt, was es heißt, von deinem Vater zurückgewiesen zu werden.«

»Bagshaw ist von seinem Vater nicht zurückgewiesen worden. Sein Vater hat aufgrund seiner finanziellen Probleme Selbstmord begangen.«

»Ich habe den Verdacht, für Hugo ist das auf dasselbe hinausgelaufen. Die Ablehnung kann viele Formen annehmen. Du und Hugo, ihr seid beide in sehr jungen Jahren auf euch selbst gestellt gewesen, und ihr mußtet mit den Folgen des Handelns eurer Väter allein fertig werden.«

Matthias sagte nichts.

Imogen sah ihm in die Augen. »Du hast deine Rettung in der Suche nach Zamar gefunden. Ich fürchte, Hugo wird nicht soviel Glück haben wie du. Du mußt ihm beistehen, Matthias.«

»Ich habe Besseres zu tun, als mich darum zu bemühen, den jungen Bagshaw zur Vernunft zu bringen.«

Imogens Blick fiel auf Patricia und Hugo, die am Rand der Tanzfläche standen. Sie sah den schüchternen und eifrigen Ausdruck, der auf Patricias Gesicht stand, und dann sah sie, wie Hugo einen Blick auf Matthias warf. Die lodernde Wut in den Augen des jüngeren Mannes war unverkennbar.

»Nein, Matthias«, sagte Imogen sanft. »Ich glaube nicht, daß du Besseres zu tun hast.«

Matthias lehnte mit verschränkten Armen in der Tür des Spielzimmers der Verlorenen Seele und beobachtete, wie Hugo die Würfel rollen ließ. Ein heiserer Schrei ertönte, als ein anderer Spieler den Gewinn einkassierte. Hugo ballte die Hand zur Faust. Sein Gesicht war eine Maske aus Wut und Leichtsinn. Er war dabei zu verlieren.

Es war schon spät, und in der Spielhölle drängte sich eine Mischung aus Jünglingen, Gecken und abgestumpften Lebemännern. Ein rauchiger Dunst aus Spielleidenschaft und ungesunder Erregung schwebte über den Tischen. Schweiß, Bier und Parfüm. Es hat sich kaum etwas verändert, seit das Lokal mir gehört hat, sagte sich Matthias versonnen. Vielleicht waren Spielhöllen von ihrer Natur her unveränderlich.

»Guten Abend, Matthias. Bist du zum Spielen gekommen, oder willst du nur ein paar alten Orten einen Besuch abstatten?«

Matthias warf einen Blick auf den kleingewachsenen,

rundlichen Mann, der neben ihm in der Tür stand. »Hallo, Felix. Du mußt heute abend gut gelaunt sein. Hier ist einiges los.«

»Ja, allerdings.« Felix faltete die Hände auf dem kunstvoll verzierten Knauf seines Gehstocks. Sein engelhaftes Lächeln ließ in seinen dicken Backen Grübchen erscheinen und heitere Lachfalten um seine gerissenen Augen herum entstehen. »Heute abend wird mir die Arbeit einen ordentlichen Gewinn einbringen.«

Vor zehn Jahren hatte Matthias Felix Glaston als Geschäftsführer der Verlorenen Seele engagiert. Felix besaß eine nachtwandlerische Begabung im Umgang mit Zahlen. Außerdem verstand er sich unglaublich gut darauf, Informationen zusammenzutragen. Die Verbindung dieser beiden Talente hatte ihn für Matthias nahezu unentbehrlich gemacht. Gemeinsam hatten sie eine der verrufensten und beliebtesten Spielhöllen von ganz London aufgebaut. Ihr Erfolg hatte sie beide sehr reich gemacht.

Als Matthias die Gelder aufgetrieben hatte, die er benötigte, um die erste Expedition seiner Suche nach Zamar zu finanzieren, hatte er Die Verlorene Seele an Felix verkauft. Seitdem hatte Glaston in der Rolle des Besitzers Reichtümer angehäuft. Jetzt führte er das Leben eines wohlhabenden Kaufmannes.

Zwischen den beiden Männern, deren soziale Herkunft sich drastisch unterschied, hatte sich eine Freundschaft entwickelt, die nach wie vor Bestand hatte. Es war eine Verbindung, die die bessere Gesellschaft noch heute schockierte. Ein Gentleman mochte zwar sein Vermögen in einer Spielhölle verlieren, aber er hätte im Traum nicht daran gedacht, mit dem Besitzer einer solchen Umgang zu pflegen.

Ein weiterer Schrei ertönte an dem Tisch, an dem Hugo stand. Hugos Gesicht wurde noch starrer.

»Es sieht ganz so aus, als sei der junge Bagshaw spätestens im Morgengrauen in der Bredouille«, bemerkte Felix.

»Wirst du einschreiten?«

»Selbstverständlich.« Felix lachte in sich hinein. »Ich habe deine weise Taktik beibehalten, einem Kunden niemals zu gestatten, seinen Grundbesitz oder sein gesamtes Vermögen an einem meiner Tische zu verlieren. Das hat sich schon immer als gut für die Geschäfte erwiesen.«

»Spielt der junge Bagshaw immer so zügellos?«

»Nein. Nach allem, was ich höre, spielt er in Wahrheit sogar nur sehr selten. Und schon gar nicht hier. Du weißt doch, daß er der Verlorenen Seele immer noch den Tod seines Vaters vorwirft.«

»Das ist mir durchaus bewußt.«

»Ja, natürlich. Schließlich mußt du das besser wissen als jeder andere«, murmelte Felix. »Soweit ich gehört habe, hast du eine turbulente Woche hinter dir, Colchester. Übrigens gratuliere ich dir zu deiner Hochzeit.«

»Danke.«

»Und auch dazu, daß du wieder einmal ein Duell überlebt hast.«

Matthias lächelte grimmig. »Das war diesmal nicht schwierig.«

»Soweit ich gehört habe, hat Vanneck noch nicht einmal einen Schuß abgegeben. Er war schon tot, als du Cabot's Farm erreicht hast, hat man mir berichtet.«

»Deine Informationen sind, wie immer, erstaunlich korrekt, Felix.«

»Ich zahle eben genug dafür.« Felix tat den Kommentar mit einer wegwerfenden Bewegung seiner dicken Hand mit den vielen Ringen ab. »Trotzdem kommt mir das alles etwas seltsam vor.«

»Inwiefern?«

»Insofern, als Vanneck überhaupt erschienen ist. Nach allem, was ich aus meinen Quellen gehört habe, hat er gestern nachmittag ohne jede Vorwarnung sein gesamtes Personal entlassen. Anscheinend hatte er vor, eine ausgedehnte Reise auf den Kontinent zu unternehmen.«

»Das ist ja hochinteressant.«

»Ich nehme an, ein sozial gesinnter Wegelagerer oder ein Straßenräuber war dafür verantwortlich, Vanneck aus dieser Welt der Sterblichen hinauszubefördern?«

»Da wäre ich mir nicht so sicher.«

Felix sah ihn von der Seite an. »Wieso zweifelst du daran?«

»Weil er immer noch seine Ringe getragen hat, als wir ihn in seinem Karriol aufgefunden haben.«

»Merkwürdig.«

»Allerdings.«

Felix zog die Stirn in Falten, als Hugo wieder nach den Würfeln griff. »Ich nehme an, ich muß mich wirklich um den jungen Bagshaw kümmern. Ich bezweifle, daß er für diese Art von Spielen das Durchhaltevermögen und die entsprechende Mentalität besitzt. Ich frage mich, was ihn heute nacht zu diesem Leichtsinn antreibt.«

»Ich glaube, heute ist der Jahrestag des Selbstmords seines Vaters.«

»Ach so, ja. Das würde natürlich alles erklären.«

Matthias beobachtete, wie Hugo die Würfel mit fiebriger Schnelligkeit warf. Er konnte fast hören, wie Imogen ihm ins Ohr flüsterte. *Du hast deine Rettung in der Suche nach Zamar gefunden. Ich fürchte, Hugo wird nicht soviel Glück haben.*

Matthias dachte an den Ausdruck, den er auf Patricias Gesicht gesehen hatte, als sie mit Hugo am Büffet gestanden hatte. Es stand außer Zweifel, daß sie eine Schwäche für Bagshaw entwickelt hatte.

Auf die eine oder andere Weise mußte er die Angelegenheit mit Hugo regeln.

Matthias gelangte zu einem Entschluß. »Ich werde dir Bagshaw heute abend abnehmen und mich selbst um ihn kümmern, Felix.«

Felix zuckte die Achseln. »Tu, was dir beliebt.«

Matthias bahnte sich einen Weg durch die Menge an den Tisch, an dem Hugo stand und gerade wieder würfeln wollte.

»Wenn Sie nichts dagegen haben, würde ich mich gern mit Ihnen unterhalten, Bagshaw«, sagte Matthias leise.

Hugo zuckte steif zusammen. »Colchester. Was zum Teufel wollen Sie von mir?«

Matthias sah in Hugos wutentbrannte Augen und stieß dort auf einen weiteren Geist. Dieses spezielle Gespenst unterschied sich von denen, die er gewohnheitsmäßig in den Flammen sah. Es handelte sich um eine Erscheinung, die er gelegentlich im Rasierspiegel vor sich sah.

»Man hat mir berichtet, wir beide hätten etwas gemeinsam«, sagte Matthias.

»Lassen Sie mich in Ruhe, Colchester. Ich habe nichts mit Ihnen zu bereden.« Hugo wollte sich dem Spieltisch wieder zuwenden. Dann hielt er in der Bewegung inne, und sein Mund verzog sich zu einem hämischen Lächeln. »Es sei denn, Sie sind hergekommen, um mich zu einem Duell herauszufordern. Soweit ich gehört habe, regeln Sie Ihre Begegnungen im Morgengrauen auf recht ungewöhnliche Art.«

Ein unvermitteltes Schweigen senkte sich über den Tisch herab. Die anderen Spieler beobachteten Matthias und Hugo mit wachsendem Interesse.

»Sie werden jetzt mit mir kommen«, sagte Matthias mit gesenkter Stimme. »Oder wir werden dieses Gespräch hier vor Ihren Begleitern führen.«

Hugo bedachte ihn mit einem Hohnlächeln. »Ich wette, es dreht sich um die Aufmerksamkeiten, die ich Ihrer Schwester erweise. So, so. Ich frage mich schon länger, wann Sie wohl feststellen werden, daß sie und ich sehr gute Freunde geworden sind.«

»Es dreht sich um Ihren Vater.«

»*Um meinen Vater*?« Hugo ließ die Würfel fallen. Sie kullerten über den grünen Filz. »Wovon zum Teufel reden Sie?«

Matthias nutzte Hugos Schock aus, um ihn am Arm zu packen. Er führte den jüngeren Mann aus der heißen, verräucherten Spielhölle und in die klare, frische Nacht hinaus, in der die Mietsdroschke wartete.

»Matthias wird den armen Hugo zum Duell herausfordern«, jammerte Patricia, als Colchesters Kutsche sich einen Weg durch die verstopften Straßen bahnte. »Wie konnte er so etwas bloß tun? Es ist mehr als unfair. Hugo hat nicht die geringste Chance gegen ihn. Matthias wird ihn töten.«

»Unsinn«, sagte Horatia mit fester Stimme. »Ich bin ganz sicher, daß Colchester nicht die Absicht hat, jemanden zu erschießen, und am allerwenigsten den jungen Mr. Bagshaw.«

»Richtig, Tante Horatia.« Imogen beugte sich auf dem Sitz vor. »Hör mir jetzt gut zu, Patricia. Ich habe dir bereits mehrfach gesagt, daß Matthias Mr. Bagshaw nicht herausfordern wird. Er wird sich lediglich mit ihm unterhalten.«

»Ihm drohen. Das klingt viel wahrscheinlicher.« Tränen funkelten in Patricias Augen. »Er wird Hugo sagen, daß er nie mehr mit mir tanzen oder mich ansprechen darf.«

»Nein, das glaube ich nicht.«

»Woher willst du wissen, was Colchester tut? Er hält nichts von Hugo. Er hat mich gewarnt, ich solle mich von ihm fernhalten.«

»Die Freundschaft, die sich zwischen Ihnen und Mr. Bagshaw herausgebildet hat, bereitet Colchester Sorgen, weil er an Mr. Bagshaws Motiven zweifelt«, sagte Horatia. »Und zwar keineswegs grundlos, wenn ich das so sagen darf. Die Sorgen Ihres Bruders sind berechtigt.«

»Hugo macht sich etwas aus mir«, sagte Patricia. »Das ist sein einziges Motiv. Und er ist durch und durch ehrbar. Matthias hat kein Recht, Einwände zu erheben.«

Imogen verdrehte die Augen. »Ich habe dir doch schon erklärt, daß Hugo Matthias die Schuld an dem zuschiebt, was seinem Vater vor etlichen Jahren zugestoßen ist. Matthias wird heute abend versuchen, Hugo die Wahrheit beizubringen.«

»Und was ist, wenn Hugo ihm nicht glaubt?« flüsterte Patricia. »Dann werden sie sich streiten. Du weißt doch selbst, wie Männer sind. Einer von beiden wird den anderen herausfordern, und dann wird es zu einem Duell kommen.«

»Es wird nicht zu einem Duell kommen«, entgegnete Imogen. »Das lasse ich nicht zu.«

Patricia schien sie nicht gehört zu haben. »Das ist der Fluch.«

»Der Fluch?« Horatia zog die Stirn in Falten. »Wovon um Himmels willen reden Sie?«

»Der Rutledge-Fluch«, sagte Patricia. »Wir haben uns in Lady Lyndhursts Salon gründlich damit befaßt.«

»Der Rutledge-Fluch ist absoluter Blödsinn«, sagte Imogen mit fester Stimme. »Wir haben es hier nicht mit einem Fluch zu tun.«

Patricia wandte den Kopf um und sah sie an. »Ich fürchte, in dem Punkt täuschst du dich, Imogen.«

Matthias musterte Hugos wütendes, trotziges Gesicht im flackernden Schein der Kutschenlampe. Er suchte nach einem Ansatzpunkt für ein Gespräch, das ihm persönlich sinnlos erschien.

»Ich habe im Laufe der Jahre festgestellt, daß es oft befriedigender ist, jemand anderen für eine Ungerechtigkeit verantwortlich zu machen, die uns widerfahren ist, als die wahren Fakten zu akzeptieren«, sagte er.

Hugos Lippen wurden dünn. »Falls Sie mir einreden wollen, Sie hätten nichts mit dem Tod meines Vaters zu tun gehabt, dann können Sie sich den Atem sparen. Ich werde Ihnen nicht ein einziges Wort glauben.«

»Da wir jetzt schon einmal zusammen hier sitzen, kann ich ebensogut auch sagen, was ich Ihnen mitzuteilen habe. Hier haben Sie die nackten Tatsachen, die dem Tod Ihres Vaters vorausgegangen sind. Sie können damit anfangen, was Sie wollen. Er hat sein Vermögen nicht beim Kartenspiel verloren. Er hat sein Geld in ein schlechtes Geschäft investiert und alles verloren. Er war einer von vielen.«

»Das ist eine Lüge. Meine Mutter hat mir die Wahrheit erzählt. Mein Vater hat an dem Abend vor seinem Tod in der Verlorenen Seele Karten gespielt. Sie haben sich mit ihm angelegt. Streiten Sie das bloß nicht ab.«

»Ich streite es nicht ab.«

»Nachdem er von diesem Kartenspiel nach Hause gekommen ist, hat er sich eine Kugel in den Kopf gejagt.«

Matthias sah ihn an. »Ihr Vater hat in jener Nacht sehr viel getrunken. Er hat sich zu mehreren anderen Herren an einen Tisch gesetzt. Er wollte in ihr Spiel einsteigen. Ich habe ihn aufgefordert, den Club zu verlassen, weil ich gesehen habe, wie betrunken er war. Er konnte nicht einmal mehr seine verdammten Karten in der Hand halten.«

»Das ist nicht wahr.«

»Es ist wahr. Ich wußte auch, daß er an ebenjenem Tag über einen ernstzunehmenden finanziellen Verlust informiert worden war. Zu seiner Betrunkenheit kam daher auch noch seine Niedergeschlagenheit hinzu. Er war an jenem Abend nicht in der Verfassung, sich in Glücksspielen zu beteiligen.«

»Sie haben seinen Zustand ausgenutzt«, sagte Hugo zornig. »Er hat es anderen erzählt.«

»Ihr Vater war wütend auf mich, als er den Club verlassen hat, weil er vorgehabt hatte, seine Finanzen an meinen Spieltischen wieder aufzubessern. Aber ich kann Ihnen versichern, daß er noch mehr verloren hätte, als er bereits in dem Versandgeschäft eingebüßt hatte, wenn er an jenem Abend um Geld gespielt hätte.«

»Ich glaube Ihnen kein Wort.«

»Ich weiß.« Matthias zuckte die Achseln. »Ich habe meiner Frau gleich gesagt, daß Sie mir in dem Punkt keinen Glauben schenken werden. Aber sie hat darauf beharrt, daß ich versuche, Ihnen zu erklären, was damals wirklich vorgefallen ist.«

»Und warum das?«

»Sie macht sich Sorgen, Patricia könnte darunter zu leiden haben, falls Sie versuchen sollten, sich auf dem Umweg über sie an mir zu rächen.«

Hugos Hand ballte sich um den Griff seines Spazierstocks. Er starrte zum Fenster hinaus. »Ich habe nicht die Absicht, Lady Patricia zu schaden.«

»Es freut mich, das zu hören.« Matthias öffnete und schloß geistesabwesend die Finger. »Falls meiner Schwester nämlich etwas zustoßen sollte, wäre ich gezwungen einzugreifen. Ich trage die Verantwortung für sie.«

Hugo drehte eilig den Kopf um und starrte Matthias an. »Wollen Sie mich damit etwa warnen, mich von Lady Patricia fernzuhalten?«

»Nein. Ich gestehe, daß ich genau das beabsichtigt hatte, aber Lady Colchester hat mir davon abgeraten. Ich warne Sie jedoch, meine Schwester für irgendwelche Rachepläne zu benutzen, die Sie ersonnen haben könnten. Falls Sie das Gefühl haben, mir die Verantwortung für den Selbstmord Ihres Vaters aufbürden zu müssen, dann wenden Sie sich direkt an mich. Lassen Sie uns diese Angelegenheit von Mann zu Mann regeln. Verstecken Sie sich nicht hinter den Röcken einer Dame.«

Hugo errötete. »Ich verstecke mich nicht hinter Patricias Röcken.«

Matthias lächelte flüchtig. »In dem Fall haben wir nichts mehr miteinander zu besprechen. Ich werde meiner Frau mitteilen, daß wir diese nette kleine Unterhaltung miteinander geführt haben. Vielleicht läßt sie mich dann in Ruhe.«

»Erzählen Sie mir bloß nicht, Sie hätten das nur getan, um Ihrer Frau Gemahlin einen Gefallen zu tun. Das sieht Ihnen gar nicht ähnlich, Colchester.«

»Was wissen Sie denn schon von mir?« fragte Matthias leise.

»Ich weiß das, was meine Mutter mir nach dem Tod meines Vaters erzählt hat. Ich weiß von den Gerüchten, die über Ihre Verbindung mit Rutledge im Umlauf sind. Ich weiß, daß Sie als rücksichtslos und grausam gelten. Und daß Sie vor etlichen Jahren einen Mann namens Exelby erschossen haben. Manche Leute behaupten, gerade erst heute morgen hätten Sie Vanneck kaltblütig ermordet. Ich weiß eine ganze Menge über Sie, Sir.«

»Meine Frau ebenfalls«, sagte Matthias versonnen. »Sie hat sämtliche Geschichten gehört, die auch Sie gehört haben. Aber sie hat mich dessenungeachtet geheiratet. Was glauben Sie wohl, was sie dazu veranlaßt hat?«

Hugo schien entgeistert zu sein. »Woher soll ich das

wissen?« Er räusperte sich. »Es heißt, Lady Colchester sei ein Original.«

»Das ist wahr. So etwas gibt es ganz entschieden kein zweites Mal. Und ich vermute, über Geschmack läßt sich streiten.« Matthias riß sich aus seinen verträumten Gedanken. »Sie hat mir gesagt, wir beide, Sie und ich, hätten etwas gemeinsam.«

»Was könnte uns wohl verbinden?« fragte Hugo höhnisch.

»Väter, die sich weigerten, die Verantwortung für ihre Söhne zu übernehmen.«

Hugo starrte ihn an. »Das ist ja ungeheuerlich. Das ist die größte Ungeheuerlichkeit, die ich je gehört habe.«

»Vor einer Stunde habe ich noch zu meiner Frau gesagt, sie rede Unsinn. Aber jetzt, nachdem ich mir eine Zeitlang Gedanken darüber gemacht habe, glaube ich, an dem, was sie sagt, ist etwas dran.«

»Und was soll das sein?«

»Ist Ihnen jemals aufgegangen, Bagshaw, daß sowohl Ihr Vater als auch meiner es ihren Söhnen überlassen haben, die Scherben dessen aufzusammeln, was sie selbst angerichtet haben?«

»Mein Vater hat nichts angerichtet, und er hat auch keinen Scherbenhaufen hinterlassen«, gab Hugo inbrünstig zurück. »Sie haben ihn beim Kartenspiel ruiniert.«

»Ich habe Imogen gleich gesagt, daß das die reinste Zeitverschwendung ist.« Matthias sah zum Fenster hinaus und erkannte die Gegend. Der Kutscher hatte seine Anweisungen genau befolgt.

»Das kann man wohl sagen«, bemerkte Hugo.

Matthias pochte an das Dach der Kutsche, um dem Kutscher zu bedeuten, daß er anhalten sollte. »Ich glaube, ich mache mich jetzt zu Fuß auf den Weg. Ich brauche dringend frische Luft.«

Hugo sah verwirrt aus dem Fenster. »Hier wohnen Sie doch gar nicht.«

»Das ist mir durchaus bewußt.«

Die Kutsche kam rumpelnd zum Stehen. Matthias öffnete die Tür und stieg aus. Dann drehte er sich noch einmal zu Hugo um. »Merken Sie sich gut, was ich Ihnen gesagt habe, Bagshaw. Verfolgen Sie Ihre Rachepläne, wenn Sie das Gefühl haben, es müßte sein. Aber benutzen Sie meine Schwester nicht als Schutzschild. Sie sind nicht Ihr Vater. Etwas sagt mir, daß Sie robuster sind als er. Sie können Ihre Probleme so in Angriff nehmen, wie man es von einem Mann erwarten sollte.«

»Der Teufel soll Sie holen, Colchester«, flüsterte Hugo.

»Sie könnten zum Beispiel damit beginnen, daß Sie ein paar Erkundigungen bei dem alten Anwalt Ihres Vaters einholen. Er kann Ihnen sagen, was tatsächlich aus dem Familienvermögen geworden ist.« Matthias wollte die Kutschentür schließen.

»Warten Sie, Colchester.«

Matthias blieb stehen. »Was ist?«

»Sie haben ganz vergessen, mich davor zu warnen, Ihrer Schwester den Hof zu machen.«

»Ach, wirklich?«

Hugo sah ihn finster an. »Nun, was ist?«

»Was soll schon sein? Ich habe heute abend noch einiges andere zu erledigen, Bagshaw. Sie müssen mich jetzt entschuldigen.«

»Soll das etwa heißen, daß ich in Ihrem Haus willkommen bin?«

Matthias lächelte matt. »Warum statten Sie uns nicht einen Besuch ab und finden es selbst heraus?« Er schlug die Tür zu und lief los, ohne sich noch einmal umzusehen.

Er befand sich in einer ruhigen, anständigen Gegend. Zwischen zwei Reihen von bescheidenen Stadthäusern erstreckte sich die dunkle Fläche eines langen, schmalen Parks. Einige Häuser lagen schon im Dunkeln, doch in den meisten brannte noch Licht in den Fenstern. In einem Punkt waren die Gerüchte korrekt gewesen, sagte sich Matthias. Vannecks finanzielle Lage hatte sich enorm verschlechtert. Bis vor ein paar Monaten hatte Vanneck in einem wesentlich größeren Haus in einer vornehmeren Gegend gelebt.

Auf den Gedanken, Vannecks Haus einen spätnächtlichen Besuch abzustatten, war er am Nachmittag gekommen, als er noch einmal über die Ereignisse des frühen Morgens nachgedacht hatte. Matthias hatte Imogen nichts von seinem Vorhaben berichtet, da er befürchtet hatte, sie würde sonst darauf bestehen, ihn zu begleiten.

Er blieb stehen und betrachtete die Häuserreihen zu beiden Seiten. Das Haus, in dem Vanneck gelebt hatte, lag im Dunkeln.

Matthias blieb lange Zeit auf der Straße stehen und dachte über die diversen Möglichkeiten nach, die sich ihm boten. Schließlich bog er um die Ecke und fand die finstere Gasse, die ihn zum Hintereingang von Vannecks Stadthaus führen würde.

Im Mondschein konnte Matthias mühelos seinen Weg zu dem Tor finden, das in den kleinen Garten führte. Die Angeln quietschten in der Dunkelheit.

Er schloß das Gartentor so behutsam wie möglich und lief durch den Garten zur Küchentür. Zum Glück konnte er nachts sehr gut sehen. Diese Fähigkeit hatte sich im Lauf der Jahre schon öfter als nützlich erwiesen.

Zu seinem Erstaunen stellte er fest, daß die Küchentür offen war. Das Personal hatte anscheinend vergessen, sämtliche Türen zu verriegeln und sie abzuschließen, als sich die Angestellten nach Hause begeben hatten.

Matthias betrat die Küche und blieb stehen, bis seine

Augen sich an das tiefe Dunkel gewöhnt hatten. Dann zog er die Kerze, die er mitgebracht hatte, aus der Manteltasche. Er zündete sie an.

Er hielt eine Hand schützend vor die schwache Flamme, als er durch den langen Korridor lief. Er war nicht sicher, wonach er suchte, aber er hatte vor, seine Suche in Vannecks Arbeitszimmer zu beginnen. Das schien ihm logisch zu sein, der naheliegendste Ort.

Auf der linken Seite des Korridors fand er den vollgestellten Raum. Papiere lagen in einem wirren Durcheinander auf Vannecks Schreibtisch herum. Matthias warf einen Blick auf das Tintenfaß und stellte fest, daß der Deckel geöffnet war. Daneben lag eine Feder. Es war, als sei Vanneck dabei unterbrochen worden, einen Brief zu schreiben oder eine Nachricht zu verfassen.

Matthias stellte die Kerze hin und nahm das oberste Blatt Papier in die Hand. Etliche kleine, dunkle Flecken fielen ihm auf. Er hielt das Papier näher an das Licht. Das waren keine Tintenflecken. Es war möglich, daß es sich bei den getrockneten Tröpfchen um verschütteten Tee oder Bordeaux handelte, aber Matthias glaubte nicht, daß das der Fall war.

Er war nahezu sicher, daß es sich bei den Flecken um getrocknetes Blut handelte.

Als er den Blick auf den Boden senkte, sah er einen wesentlich größeren und unheilvoller wirkenden Fleck auf dem Teppich, dicht neben seiner Stiefelspitze.

In dem Moment, in dem er sich bückte, um den dunklen Fleck näher zu begutachten, stellten sich seine Nackenhaare auf. Das nahezu unhörbare Scharren eines Schuhs auf dem Teppich wäre gar nicht mehr nötig gewesen, ihn zu warnen, daß er sich nicht allein in dem Arbeitszimmer aufhielt.

Er warf sich in dem Augenblick zur Seite, in dem ein

harter, massiver Gegenstand auf seinen Kopf geschmettert wurde. Das Splittern von Holz war zu hören, als ein schwerer Kerzenhalter auf die Schreibtischkante krachte.

Matthias verrenkte sich und sprang in dem Moment aus der Hocke auf, in dem sein Angreifer den Kerzenhalter hob, um zu einem zweiten Schlag auszuholen.

15

Matthias konnte dem zweiten Schlag nur um Haaresbreite ausweichen, doch er ließ seinem Angreifer keine Zeit für einen dritten Anlauf. Mit einer blitzschnellen Bewegung, die er aus einer alten Abhandlung über zamaranische Kampfmethoden gelernt hatte, glitt er zur Seite.

Ehe sein Gegner den Kurs ändern konnte, trat Matthias nach ihm. Der Tritt mit seinem Stiefel schleuderte seinen Angreifer mit dem Rücken auf die Schreibtischplatte. Feder, Papier und Tintenfaß stürzten auf den Boden.

Der Angreifer ächzte vernehmlich und wälzte sich herum, um vom Tisch zu springen, wurde jedoch von seinem Umhang mit einem dicken Wollschal behindert, den er sich um die untere Gesichtshälfte geschlungen hatte. Sein Haar war unter einer Kappe verborgen, die fest auf seinem Kopf saß.

Ein Rascheln im Korridor warnte Matthias in dem Moment, in dem er sich auf den Schreibtisch werfen wollte. Außer seinem Angreifer befand sich noch eine zweite Person im Haus. Das Gesicht der zweiten Gestalt war unter der Kapuze ihres Umhangs verborgen und ebenfalls mit einem Schal verhüllt.

Noch während Matthias hinsah, hob der Neuankömmling einen Arm, und in seiner dick behandschuhten Hand schimmerte der Lauf einer Pistole im Kerzenschein. Ohne zu zögern, packte Matthias den Kerzenhalter, der ihm beinahe den Schädel zertrümmert hatte, und schleuderte ihn der Gestalt in der Tür entgegen.

Plötzich ging ein Schuß los, genau in der Sekunde, in der der schwere Kerzenhalter an die Brust seines zweiten Angreifers prallte. Matthias hörte, wie die Kugel in die Eichentäfelung hinter ihm drang, und er wußte, daß er jetzt etwas Zeit gewonnen hatte. Es würde seinen zweiten Angreifer ein paar Minuten kosten, die winzige einschüssige Pistole wieder zu laden.

Matthias sprang über die Schreibtischplatte und landete auf dem ersten Mann, der gerade versuchte, wieder auf die Füße zu kommen.

Der Aufprall schleuderte beide Männer der Länge nach auf den Teppich. Sie prallten brutal gegen einen Stuhl und wälzten sich dann wieder zum Schreibtisch zurück. Matthias wich einer geballten Faust aus und hob selbst die Hand zum Schlag. Erst im letzten Moment nahm er das Nahen des zweiten Gauners wahr.

Wieder griff er auf eine der zamaranischen Kampftechniken zurück, die er jahrelang geübt hatte. Er wand sich zur Seite, schnellte in die Höhe und landete auf beiden Füßen. Plötzlich zuckte kaltes Feuer durch seinen Arm.

Doch er ignorierte den Schmerz und schwang einen Fuß in einem flinken, brutalen Bogen. Sein Tritt erwischte den ersten Mann in dem Moment, in dem er vom Fußboden aufstand, und schleuderte ihn hart gegen den Schreibtisch.

Matthias bereitete sich auf den nächsten Angriff vor, aber zu seinem Erstaunen machten beide Gegner urplötzlich kehrt und eilten aus dem Arbeitszimmer. Ihre Schuhe hallten auf den Fliesen des Korridors, als sie zum Hintereingang des Hauses rasten.

Matthias, der sich gegen einen weiteren Angriff gewappnet hatte, ließ sich sekundenlang von der Flucht seiner Gegner aus der Fassung bringen.

Er stürzte aus dem Arbeitszimmer und rannte durch den

Gang, doch er wußte, daß er zu spät kam, als er hörte, wie die Küchentür hinter seiner Beute zuschlug.

»Heiliger Strohsack.«

Haltsuchend stützte er sich mit einer Hand an der Wand ab, während er mehrmals tief Atem holte. Er fühlte sich seltsam benommen.

Matthias zog die Stirn in Falten. Was zum Teufel war bloß los mit ihm? Der Kampf hatte nicht mehr als ein paar Minuten gedauert, und er war seines Erachtens in einer ganz ausgezeichneten körperlichen Verfassung.

Ihm ging auf, daß das Feuer in seinem linken Arm keine eisige Flamme mehr war. Es loderte jetzt höllisch heiß. Er sah an sich herunter und stellte fest, daß der Ärmel seines Mantels aufgeschlitzt worden war. Der Schein der einzigen Kerze, die noch im Arbeitszimmer brannte, genügte, um die Farbe seines eigenen Blutes zu sehen, mit dem der kostbare Stoff getränkt war.

Seine Gegner hatten sich mit Waffen ausgerüstet. Einer hatte eine Pistole bei sich gehabt. Der andere war offensichtlich mit einem Messer bewaffnet gewesen. Was auch immer sie in Vannecks Haus gesucht haben mochten, es mußte ihnen sehr wichtig gewesen sein.

Matthias fragte sich, ob sie es wohl gefunden hatten.

Er riß sich das Halstuch herunter, band es schnell um seinen blutenden Arm und nahm sich dann erneut Vannecks Arbeitszimmer vor. Er zwang sich, wieder so zu denken, wie er es sich anerzogen hatte, als er die gespenstischen Ruinen des alten Zamar durchsucht hatte.

Eine Stunde später ruhte Matthias auf dem Delphinsofa in seiner eigenen, komfortablen Bibliothek und lauschte, wie Imogen die Treppe hinuntergerannt kam. Er grinste trotz des Unbehagens, das Ufton ihm verursachte, als er die Stichwunde nähte.

»*Verletzt?*« Imogens Stimme drang mühelos durch die geschlossene Tür der Bibliothek. Es hätte Matthias nicht gewundert, wenn selbst die Passanten draußen auf der Straße sie gehört hatten. »Was zum Teufel soll das heißen – er ist verletzt? Wo ist er? Wie schlimm ist er verletzt? Hat Ufton einen Arzt holen lassen?«

Imogens schneller Schwall von Fragen wurde vom Stakkato ihrer Schritte auf der Treppe begleitet. »Ufton behandelt ihn? *Ufton*? Ufton ist Butler, um Himmels willen, und kein Arzt.«

»Madam ist besorgt«, bemerkte Ufton, während er behutsam den weißen Verband um Matthias' Arm wickelte.

»Es scheint so.« Matthias schloß die Augen und ließ den Kopf auf das Sofa zurücksinken. Er lächelte vor sich hin. »Seltsam, plötzlich eine Ehefrau im Haus zu haben.«

»Nehmen Sie es mir nicht übel, Mylord, aber Lady Colchester ist eine Spur seltsamer als die meisten Ehefrauen.«

»Ja, ich habe den Verdacht, das ist richtig«, sagte Matthias.

Er lauschte selbstzufrieden, während Imogen Befehle erteilte und genauere Informationen verlangte.

»Sorgen Sie dafür, daß sein Bett sofort für ihn bereitgemacht wird«, sagte sie zu jemandem. »Ja, Sie, Charles. Sie persönlich. Improvisieren Sie eine Art Tragbahre, damit wir Seine Lordschaft nach oben bringen können.«

Matthias rührte sich und schlug widerstrebend die Augen auf. »Ich nehme an, einer von uns sollte ihr besser Einhalt gebieten, ehe sie das gesamte Haus in ein Krankenhaus verwandelt.«

Ufton erbleichte. »Ich bitte Sie, Sir, verlangen Sie nicht von mir, Lady Colchester von ihrem Tun abzubringen.«

»Ich habe noch nie erlebt, daß es Ihnen an Mut und Nervenstärke gefehlt hätte, Ufton.«

»Ich bin auch bisher noch nie gezwungen gewesen, mit einer Dame von Madams eigentümlichem Temperament umzugehen.«

»Damit sind wir zu zweit.«

Draußen in der Eingangshalle wurde Imogens Stimme schriller. »Das ist doch Blut, was ich hier auf den Fliesen sehe, oder etwa nicht? Colchesters Blut. Gütiger Gott. Bringen Sie Verbände. Und Wasser. Und Nadel und Faden. Um Gottes willen, so eilen Sie sich doch.«

»Machen Sie sich auf etwas gefaßt, Ufton.« Matthias warf einen Blick auf die Tür. »Gleich ist es soweit.«

Ufton seufzte, während er den Verband anlegte.

Die Tür zur Bibliothek wurde aufgerissen, und Imogen kam in einem Morgenmantel aus Chintz und einem kleinen weißen Rüschenhäubchen in den Raum gestürzt. Ihre vor Sorge weit aufgerissenen Augen fielen sofort auf das Sofa. Matthias bemühte sich, heroisch und tragisch zugleich zu wirken.

»Matthias, was um alles auf der Welt ist passiert?« Sie kam dicht vor dem Sofa abrupt zum Stehen. Ihr Blick fiel auf den weißen Verband, der um seinen linken Arm gewickelt war, und dann auf das zerrissene, mit Blut befleckte Hemd, das zusammengeknüllt auf einem Tablett lag. Matthias hätte schwören können, daß sie erbleichte.

»Es ist alles in Ordnung, Imogen«, sagte er. »Beruhige dich, meine Liebe.«

»Gütiger Himmel, das ist alles meine Schuld. Ich hätte dich niemals so spät am Abend allein in einer Mietsdroschke losschicken dürfen. Es ist ja so gefährlich auf den Straßen. Wärest du doch bloß mit uns nach Hause gefahren. Was habe ich mir bloß dabei gedacht, als ich dir gesagt habe, du solltest mit Mr. Bagshaw reden?«

Matthias hob beschwichtigend die Hand. »Du darfst dir deshalb keine Vorwürfe machen, meine Liebe. Wie du siehst, stehe ich nicht an der Schwelle des Todes. Ufton hat mit diesen Dingen bereits einige Erfahrung. Er ist weitaus kompetenter als ein durchschnittlicher Londoner Arzt, das kann ich dir versichern.«

Imogen sah Ufton argwöhnisch an. »Was sind das für Erfahrungen?«

Ufton senkte bescheiden die Augen. »Ich habe Seine Lordschaft auf der Suche nach dem alten Zamar auf seinen Reisen ins Ausland begleitet. Unfälle und Abenteuer aller Art waren durchaus an der Tagesordnung. Ich habe ein beträchtliches Geschick darin entwickelt, Wunden, Knochenbrüche und dergleichen zu behandeln, die Verletzungen eben, die sich unsere Begleiter sowohl an Bord des Schiffs als auch während der Ausgrabungen zugezogen hatten.«

»Ach so.« Imogen schien einen Moment lang vollständig verblüfft zu sein. Dann nickte sie und schien sich mit dieser Erklärung zufriedenzugeben. »Nun, wenn Sie ganz sicher sind, daß Sie wissen, was Sie tun, dann nehme ich an, wir können uns auf Sie verlassen, Ufton.«

»Ja, das können wir«, versicherte ihr Matthias. »Ufton hat schon immer ein feines Gespür für medizinische Fragen besessen. Auf unseren Reisen hat er sich alle möglichen interessanten Techniken und Rezepte für Medikamente angeeignet.«

»Was für Techniken? Und welche Art von Rezepten?» fragte Imogen.

Ufton räusperte sich. »Ich habe beispielsweise Schnaps in die Wunde Seiner Lordschaft gegossen, ehe ich sie genäht habe. Viele Matrosen und Soldaten glauben fest daran, daß hochprozentiger Alkohol gegen Infektionen vorbeugt.«

»Das ist ja hochinteressant.« Imogen schnupperte behutsam. »Ich vermute, daß Sie auch in die Kehle Seiner

Lordschaft Schnaps gegossen haben. Gehört das auch zur Behandlung?«

»Unbedingt«, murmelte Matthias.

Ufton hüstelte diskret. »Im übrigen habe ich die Nadel mitten in eine Flamme gehalten, ehe ich die Wunde genäht habe. Das ist eine Technik, die man im Osten schätzt.«

»Davon habe ich schon gehört.« Imogen ging in die Hocke, um den weißen Verband auf Matthias' Arm zu begutachten. »Die Blutung scheint gestillt zu sein.«

»Es war keine besonders tiefe Schnittwunde«, sagte Ufton. Seine Stimme wurde etwas freundlicher, als er Imogen mürrisch beschwichtigte. »Seine Lordschaft wird sich in ein oder zwei Tagen wieder recht gesund fühlen.«

»Das sind wirklich wunderbare Nachrichten. Ich bin ja so erleichtert.« Imogen sprang auf und schlang die Arme um Ufton. »Wie kann ich Ihnen je dafür danken, daß Sie Colchester das Leben gerettet haben?«

Ufton erstarrte, und ein Ausdruck akuten Entsetzens trat auf sein Gesicht. »Äh, Madam. Wenn Madam vielleicht so freundlich wären, aber das ist äußerst... äußerst unüblich.« Er ließ seinen Satz abreißen und sah Matthias mit flehentlichen Blicken hilfesuchend an.

»Ich glaube, du solltest ihn jetzt besser wieder loslassen, Imogen.« Matthias konnte nur mit Mühe ein Grinsen unterdrücken. »Ufton ist derartige Dankbarkeitsbezeugungen nicht gewohnt. Verstehst du, ich habe ihn bisher immer mit Geld belohnt. Ich glaube, er zieht diese Regelung vor.«

»Ja, sicher. Natürlich.« Imogen ließ Ufton los und trat eilig einen Schritt zurück. »Ich bitte um Verzeihung, Ufton. Ich wollte Sie nicht in Verlegenheit bringen.« Sie lächelte ihn strahlend an. »Aber Sie müssen wissen, daß ich für das, was Sie heute abend hier getan haben, tief in

Ihrer Schuld stehe. Falls ich jemals etwas für Sie tun kann, dann brauchen Sie es mir nur zu sagen.«

Uftons Gesicht nahm wieder einen seltsamen rötlichen Ton an, und er schluckte schwer. »Vielen Dank, Madam, aber ich versichere Ihnen, daß meine langjährige Verbindung mit Seiner Lordschaft ein derartiges Angebot absolut überflüssig macht. Er täte genau dasselbe für mich, wenn die Situation umgekehrt wäre, was bei ein oder zwei Gelegenheiten auch tatsächlich schon der Fall gewesen ist.«

Imogen war eindeutig fasziniert. »Er hat Ihnen eine Wunde zugenäht?«

»Das ist schon einige Jahre her. Ein betrüblicher Unfall in einem Grab.« Ufton wich hastig zur Tür zurück. »Dann gehe ich jetzt wohl besser. Ich bin sicher, daß Sie einiges mit Seiner Lordschaft zu besprechen haben.«

Ufton machte auf dem Absatz kehrt und floh.

Imogen wartete, bis sich die Tür hinter ihm geschlossen hatte. Erst dann ließ sie sich neben Matthias auf das Sofa sinken. »Erzähl mir alles. Bist du von einem Wegelagerer überfallen worden?«

»Ich glaube, *Wegelagerer* ist keine treffende Bezeichnung.«

Imogens Augen weiteten sich vor Entsetzen. »Erzähl mir bloß nicht, daß der junge Mr. Bagshaw in Wut geraten ist und dich angegriffen hat.«

»Nein.«

»Dem Himmel sei Dank. Einen Moment lang habe ich mich doch tatsächlich gefragt, ob er vielleicht durchgedreht hat, als du mit ihm gesprochen hast.«

»Soweit ich weiß, ist Bagshaw einigermaßen klar im Kopf. Das, was ich ihm zu sagen hatte, hat ihn jedoch absolut nicht interessiert.«

»Ach, du meine Güte.« Imogen seufzte. »Und dabei

hatte ich mir so sehr erhofft, er würde es verstehen... Aber das macht nichts. Das ist ein ganz anderes Problem. Erzähl mir die ganze Geschichte, Matthias.«

»Es ist eine lange Geschichte.« Er nahm eine andere Haltung auf dem Sofa ein und zuckte zusammen, als sein verletzter Arm protestierte.

Imogens Augen waren beredt. »Hast du sehr starke Schmerzen?«

»Ich glaube, ich könnte noch einen Schnaps gebrauchen. Für die Nerven, du weißt schon. Wärest du so nett, mir ein Glas einzuschenken?«

»Ja, selbstverständlich.« Imogen sprang vom Sofa auf und eilte zu dem Tisch, auf dem der Cognac stand. Sie packte die Karaffe mit einem solchen Schwung, daß der elegante Stöpsel aus Kristallglas herausflog und auf dem Teppich landete. Sie schenkte diesem Zwischenfall keinerlei Beachtung und schenkte nicht etwa einen doppelten Cognac ein, sondern zwei.

Sie brachte die Gläser zum Sofa zurück, reichte eines Matthias und setzte sich neben ihn. »Ich schwöre es dir, diese ganze Geschichte hat mich ziemlich beunruhigt.« Sie trank einen großen Schluck Cognac aus ihrem Glas und fing prompt an zu husten.

»Aber, aber, meine Liebe.« Matthias schlug leicht mit der Hand zwischen ihre Schulterblätter. »Der Cognac wird deine überstrapazierten Nerven beruhigen.«

Sie sah ihn über den Rand ihres Glases hinweg finster an. »Meine Nerven sind nicht überstrapaziert. Ich habe außerordentlich starke Nerven. Das habe ich dir doch schon mehrfach erklärt.«

»In dem Fall wird er vielleicht meinen Nerven guttun.« Matthias trank einen kräftigenden Schluck. »Wo soll ich anfangen? Ach, ja. Ich habe also mit Bagshaw geplaudert, wie ich dir bereits sagte. Als unser Gespräch beendet war, bin ich aus der Kutsche gestiegen und stand zu meinem allergrößten Erstaunen vor Vannecks Haus. Vor seinem früheren Haus, sollte ich vermutlich sagen.«

»Du bist rein zufällig in dieser Gegend ausgestiegen? Das ist wirklich sehr seltsam.«

»Ich war selbst äußerst überrascht. Jedenfalls entschied ich mich, daß ich mich eigentlich mal in Ruhe in seinem Arbeitszimmer umsehen könnte, wenn ich sowieso schon in der Gegend war.«

Imogen hätte beinah ihr Glas fallen lassen. »Was hast du getan?«

»Es besteht kein Anlaß dafür, mich in dieser Form anzuschreien, meine Liebe. Dir ist doch sicher klar, daß ich aufgrund meiner jüngsten nervenaufreibenden Erlebnisse in einer sehr angegriffenen Verfassung bin.«

»Ich wollte dich nicht anschreien. Es lag nur daran, daß ich so verblüfft war. Matthias, vielleicht solltest du lieber nicht aufrecht dasitzen. Zweifellos wird dir schwindlig werden. Warum legst du nicht den Kopf auf meinen Schoß?«

»Eine ganz ausgezeichnete Idee.«

Imogen legte einen Arm um seine Schultern und ließ seinen Kopf behutsam auf ihre Beine sinken. »So. Das ist schon viel besser.«

»Unsäglich viel besser.« Matthias schloß die Augen und genoß es, ihre warmen, üppig gerundeten Oberschenkel unter seinem Kopf zu spüren. Verstohlen atmete er ihren Duft ein. Seine Lenden reagierten augenblicklich. »Wo war ich stehengeblieben?«

»Bei Vannecks Arbeitszimmer.« Imogen sah ihn finster an. »Was um alles in der Welt hattest du dort zu suchen?«

»Ich hatte einfach nur das Bedürfnis, mich dort umzusehen. Die näheren Begleitumstände seines Todes haben mich beunruhigt. Du weißt doch, wie leicht ich mich aufrege.«

Imogen massierte sanft seine Schläfen. »Du hättest mit mir darüber reden sollen, ehe du etwas Voreiliges unternehmen würdest.«

»Ich wußte nicht, ob es überhaupt einen Grund zur Sorge gab. Und genau deshalb habe ich mich, wie ich schon sagte, in Vannecks Arbeitszimmer umgesehen.«

»Hast du etwas Ungewöhnliches entdeckt?«

»Blutflecken.«

Imogens Hand auf seiner Stirn hielt abrupt inne. »Blutflecken? Bist du ganz sicher?«

»Ziemlich sicher. In Vannecks Arbeitszimmer ist in der letzten Zeit eine beträchtliche Menge Blut vergossen worden. Auf dem Teppich war ein großer Fleck. Niemand hat sich die Mühe gemacht, ihn zu entfernen, was darauf hinweist, daß es kurz vor seinem Tod dazu gekommen sein muß.« Matthias unterbrach sich. »Und wahrscheinlich erst, nachdem er sein Personal schon entlassen hatte.«

»Er hat sein Personal entlassen? Wann denn das?«

»Gestern nachmittag, hat man mir berichtet.«

»Aber, Matthias, das heißt, daß er zweifellos die Absicht hatte, lieber die Stadt zu verlassen, als sich mit dir zu duellieren.«

»Ja. Aber, um meinen Bericht fortzusetzen, auf einem der Papiere auf seinem Schreibtisch habe ich etliche Blutspritzer vorgefunden. Zufällig hat das Blatt ein Datum getragen. Es sah ganz so aus, als hätte Vanneck gerade begonnen, einen Brief zu schreiben, als er unterbrochen wurde.«

»Welches Datum hat auf dem Blatt gestanden?«

»Das gestrige. Das Datum des Tages vor dem Duell.«

»Wirklich erstaunlich.« Imogen saß ganz still da und starrte ins Feuer. »Glaubst du, daß er letzte Nacht dort, in seinem eigenen Arbeitszimmer, erschossen worden ist, ehe er sich in Cabot's Farm mit dir treffen sollte?«

»Ich würde sagen, das ist eine naheliegende Möglichkeit.« Matthias' Augen folgten ihren Blicken. Gedankenverloren fragte er sich, ob Vannecks Geist wohl in den Flammen auftauchen würde, doch dann entschied er, daß es diesmal nicht dazu kommen würde. Diese eine Geistererscheinung würde ihm erspart bleiben, sagte er sich.

»Aber das würde bedeuten, daß er nicht von einem Wegelagerer oder von einem Straßenräuber getötet worden ist. Könnte es vielleicht ein Einbrecher gewesen sein?«

»Ein gewöhnlicher Dieb oder Räuber würde sich doch sicher nicht die Mühe machen, sein Opfer an den vereinbarten Ort des Duells zu befördern«, sagte Matthias. »Er hätte noch nicht einmal etwas von Vannecks Treffen im Morgengrauen gewußt.«

»Wie wahr.« Imogen schaute finster. »Aber das würde heißen ...«

»Genau.« Matthias bewegte den Kopf auf ihren Oberschenkeln, weil er hoffte, ihre Aufmerksamkeit damit wieder auf seine Schläfen zu lenken. »Ich halte es für ziemlich wahrscheinlich, daß Vanneck von jemandem getötet worden ist, der ihn gut genug gekannt hat, um von dem Duell zu wissen. Wahrscheinlich hat der Mörder Vannecks Leiche auf Cabot's Farm geschafft, weil er mir die Schuld zuweisen wollte.«

Imogen stach einen Finger in Matthias' unversehrte Schulter. »Aber das heißt, daß jemand aus Vannecks Bekanntenkreis der Mörder sein muß.«

Matthias zögerte. »Ich glaube, daß zwei Personen daran beteiligt waren.«

»Zwei? Wie kommst du denn darauf?«

»Als ich heute abend Vannecks Haus betreten habe«, sagte er, »habe ich dort zwei Leute bei der Durchsuchung der Räume gestört. Sie waren schon vor mir da, und mein Erscheinen hat ihnen gar nicht in den Kram gepaßt.«

Imogens Finger umklammerten plötzlich seinen verletzten Arm. »So hast du dir die Wunde zugezogen? Einer von den beiden hat dir einen Messerstich verpaßt?«

Matthias schnappte keuchend nach Luft. »Ich weiß deine Sorge zu schätzen, meine Süße, aber das ist mein verletzter Arm.«

»O mein Gott!« Sie ließ ihn augenblicklich los. »Es tut mir ja so leid. Das hatte ich ganz vergessen. Deine Neuigkeiten haben mich überwältigt.«

»Das kann ich gut verstehen. So etwas passiert eben, wenn man zu nervös ist.«

»An meinen Nerven ist nichts auszusetzen. Und jetzt erzähl deine Geschichte weiter.«

»Sagen wir einfach, daß es zu einem außerordentlich unwürdigen Handgemenge gekommen ist, in dessen Verlauf eine der beiden Personen im Haus mit einem Messer auf mich losgegangen ist. Ich konnte keinen von den beiden Schurken identifizieren, da beide weite Umhänge trugen und ihre Gesichter mit Schals verhüllt hatten. Zu meinem Bedauern muß ich sagen, daß sie beide entkommen sind.«

»Matthias, das hätte dich das Leben kosten können!«

»Hat es aber nicht. Das war der langweilige Teil der Geschichte. Der interessantere Teil dreht sich darum, was ich entdeckt habe, nachdem meine beiden Begleiter in die Nacht hinaus geflohen sind.«

Ich habe den Cognac nicht wegen der Schmerzen in meinem Arm gebraucht, dachte Matthias. Sondern um den Mut zu finden, alles auf eine Karte zu setzen und meine Zukunft zu riskieren. Er wußte, was für ein Dummkopf er war. Es war, als wäre er ein hirnloser Falter, der der Flamme nicht widerstehen konnte.

»Du bist noch dageblieben, um das Haus zu durchsuchen, nachdem du schon verletzt warst? Colchester, wie konntest du eine solche Dummheit begehen? Du hättest dich sofort auf den Heimweg machen müssen.«

Es war keine Dummheit, das Arbeitszimmer zu durchsuchen, dachte Matthias. *Die eigentliche Dummheit begehe ich erst jetzt.*

»Ich habe mich nicht mehr lange in Vannecks Arbeitszimmer aufgehalten. Nur noch ein paar Minuten«, sagte er. »Lange genug, um dieses Tagebuch zu finden.«

Imogen zog die Augenbrauen streng zusammen. »Welches Tagebuch?«

»Es liegt neben dir auf dem Tisch.«

Sie warf einen Blick auf das dünne Buch mit dem Ledereinband. »Ist das Vannecks Tagebuch?«

»Nein. Es hat deiner Freundin Lucy gehört.«

»*Lucy*?« Imogen warf einen verblüfften Blick auf das Tagebuch. »Das verstehe ich nicht.«

»Vanneck hatte es geschickt in einem Geheimfach seines Schreibtischs versteckt.«

»Aber weshalb hätte er es verstecken sollen?«

»Ich habe keine Ahnung.« Matthias sah sie nachdenklich an. »Aber mir ist aufgegangen, daß die beiden Personen, die ich in Vannecks Haus überrascht habe, eventuell danach gesucht haben.«

»Warum denn das?«

»Die Antwort auf diese Frage werden wir erst finden, wenn es einer von uns beiden liest.« Matthias biß die Zähne zusammen. »Da Lucy deine Freundin war, schlage ich vor, daß du ihr die Ehre erweist.«

Imogen wirkte besorgt. »Hältst du es für richtig, ihr Tagebuch zu lesen?«

»Sie ist tot, Imogen. Wie könnte es sie noch verletzen?«

»Nun...«

»Wir beide haben es uns zur Aufgabe gemacht, die Botschaften jener zu studieren, die schon lange tot und begraben sind.«

»Du sprichst von den Berichten, die die alten Zamaraner hinterlassen haben. Lucy war nicht aus Zamar.«

»Wo ist da der Unterschied? Die Toten sind tot. Es spielt keine Rolle, wie lange sie schon nicht mehr unter uns weilen.« *Ihre Geister dagegen können uns ein Leben lang verfolgen.*

Imogen streckte eine Hand nach dem Tagebuch aus und berührte es. »Es ist, als würden wir irgendwie in Lucys Privatsphäre eindringen, wenn wir ihr Tagebuch lesen.«

»Das werden wir mit Sicherheit tun. Aber ich will wissen, warum Vanneck dieses Tagebuch für wichtig genug gehalten hat, um es zu verstecken, und warum zwei andere Personen sein Haus heute nacht nach diesem Tagebuch durchsucht haben.«

»Aber, Matthias ...«

»Laß mich ganz offen sein, Imogen. Wenn du das Tagebuch deiner Freundin nicht lesen willst, dann werde ich es an deiner Stelle lesen.«

Die Tür zur Bibliothek wurde geöffnet, ehe Imogen etwas darauf erwidern konnte. Matthias drehte den Kopf um und sah Patricia in der Tür stehen. Sie starrte ihn mit einem Ausdruck von Verzweiflung an.

Und dann schrie sie. Ein schriller, hoher Schrei, der einem das Blut gerinnen lassen konnte. Matthias hatte das Gefühl, daß er förmlich die Dachbalken erzittern ließ. Er zuckte zusammen und preßte sich die Hände auf die Ohren.

»Es ist schon gut, Patricia«, sagte Imogen forsch. »Matthias wird sich schnell wieder davon erholen.«

»Es ist der Fluch.« Patricia faßte sich mit einer Hand an die Kehle. »Blut ist vergossen worden. *Genauso, wie es der Fluch vorausgesagt hat.*«

Sie machte kehrt und floh durch die Eingangshalle. Matthias beobachtete durch die offene Tür, wie sie die Treppe hinaufrannte, als seien sämtliche Dämonen von Zamar hinter ihr her.

»Ich habe den Eindruck, daß meine Schwester zu einer grandiosen Bühnenkarriere berufen ist«, murmelte Matthias. »Was zum Teufel sollte das eben? Und was hat es mit diesem Unsinn auf sich und mit diesem Fluch?«

»Sie hat heute am früheren Abend schon einmal davon gesprochen.« Imogen zog die Stirn in Falten. »Anscheinend haben sie und die anderen jungen Damen, die Lady Lyndhursts Salon besuchen, sich genauer mit dem Rutledge-Fluch befaßt.«

»Heiliger Strohsack. Ich hätte Selena mehr Verstand zugetraut.«

»Ich bezweifle, daß Lady Lyndhurst selbst daran glaubt«, sagte Imogen. »Ich bin sicher, daß es für sie nichts weiter als ein amüsantes Spielchen ist. Aber junge Damen in Patricias Alter sind manchmal äußerst empfindsam und nehmen solche Dinge viel zu ernst.«

»Diese verdammungswürdige Sensibilität«, sagte Matthias seufzend. »Immer wieder bereitet sie denjenigen unter uns Probleme, die davon betroffen sind.«

Imogen lag noch lange wach, nachdem Matthias eingeschlafen war. Sie wälzte sich unruhig herum und suchte eine bequemere Lage in dem großen Bett. Minuten zogen sich wie Ewigkeiten dahin. Der eisige Strahl des Mondscheins, der durch das Fenster strömte, bewegte sich langsam über den Teppich. Sie war sich intensiv Matthias' Anwesenheit bewußt, der friedlich neben ihr schlummerte, dennoch fühlte sie sich sehr allein, als sie über die Aussicht nachgrübelte, Lucys Tagebuch zu lesen. Aus irgendwelchen Gründen, die über die Frage der Privatsphäre hinausgingen, widerstrebte es ihr, das Buch aufzuschlagen.

Aber sie wußte auch, daß sie überhaupt keinen Schlaf finden würde, wenn sie sich nicht mit dem Tagebuch auseinandersetzte. Wenn sie es nicht tat, würde Matthias es lesen. Jeder Versuch, das Unausweichliche zu vermeiden, war zwecklos.

Imogen glitt aus dem warmen Bett. Sie zog ihren Morgenmantel über und schlüpfte in ihre Hausschuhe, dann drehte sie sich um und warf einen Blick auf Matthias. Er lag auf dem Bauch und hatte das Gesicht von ihr abgewandt. Seine nackten Schultern nahmen sich auf dem weißen Laken geschmeidig und kräftig aus. Der Mondschein funkelte auf dem silbernen Feuer in seinem schwarzen Haar. Sie konnte sich des Eindrucks nicht erwehren, daß er etwas an sich hatte, was ihn zu einem Geschöpf der Nacht zu machen schien.

Ein Schauer der Sorge überlief sie. Sie erinnerte sich wieder an die dunkle Gestalt ihrer Träume, an ihn, der Matthias und Zamaris zugleich war. Ein Mann, gefangen in der Dunkelheit.

Sie wandte sich eilig vom Bett ab und lief durch den kalten Mondschein in ihr eigenes Schlafzimmer, wo sie sorgsam die Verbindungstür hinter sich schloß.

Lucys Tagebuch lag auf dem Tisch am Fenster. Imogen nahm es in die Hand und sah es lange Zeit grüblerisch an. Ihr Widerwille, es aufzuschlagen, schien sich immer mehr zu verstärken, als sie den schmalen Band jetzt in den Händen hielt. Es war, als versuchte eine unsichtbare Macht, sie davon abzuhalten.

Verärgert über ihre eigenen finsteren Phantasien, setzte sie sich auf den Lesesessel und zündete die Lampe an.

Matthias wartete, bis er gehört hatte, wie sich die Verbindungstür leise schloß. Dann drehte er sich auf den Rücken, legte den unverletzten Arm unter seinen Kopf und blickte zur dunklen Zimmerdecke auf.

Er wußte, daß Imogen in ihr eigenes Schlafzimmer gegangen war, um Lucys Tagebuch zu lesen. Falls dieser Band Antworten enthielt, dann würde sie auf sie stoßen.

Nach allem, was Horatia gesagt hatte, nahm Matthias an, daß es sich bei Lucy keineswegs um eine so gute Freundin gehandelt hatte. Es war offensichtlich, daß Lady Vannecks Güte Imogen gegenüber eine dunkle Kehrseite hatte. Er sagte sich, das Schlimmste, was passieren konnte, sei, daß Imogen gezwungen war, sich einige unerfreuliche Wahrheiten über Lucy einzugestehen.

Aber er wußte selbst, daß er sich etwas vormachte. Das Schlimmste, was dabei herauskommen konnte, war nicht etwa, daß sie die Wahrheit über Lucy erfuhr.

Sondern daß Imogen die Wahrheit über *ihn* erfahren würde.

Matthias zögerte, bis er es einfach nicht mehr aushielt. Die gräßliche Stille, die aus dem Nebenzimmer drang, drohte ihn um den Verstand zu bringen. Er stieß die Decke von sich und stand aus dem Bett auf. Das Gefühl, dringend etwas unternehmen zu müssen, traf ihn wie ein Schlag ins Gesicht. Er hatte eine enorme Dummheit begangen. Vielleicht war es noch nicht zu spät, und es bestand noch eine Möglichkeit für ihn, seine Haut zu retten.

Er fand seinen schwarzen Morgenmantel und mühte sich kurze Zeit mit dem Versuch ab, den Ärmel über seinen verletzten Arm zu ziehen. Dann gab er es auf. Er warf sich den Morgenmantel wie ein Cape um die Schultern und ging auf die Verbindungstür zu.

Dort blieb er stehen und holte tief Atem, ehe er die Tür öffnete.

Ein eisiger Schauder unsäglicher Reue überlief ihn bei Imogens Anblick. Sie saß auf dem Sessel am Fenster. Lucys Tagebuch lag aufgeschlagen auf ihrem Schoß. Auch ohne erst zu fragen, wußte Matthias sofort, daß sein Verdacht, was den Inhalt dieses abscheulichen Buches anging, richtig gewesen war. Er stand da, den Türknauf in der Hand, während ihn das trostlose Gefühl überwältigte, dem drohenden Verhängnis nicht entgehen zu können.

»Imogen?«

Sie drehte sich zu ihm um. Auf ihren Wangen schimmerten feuchte Tränen.

»Was ist?« flüsterte er.

»Lucy hat eine Affäre gehabt.« Imogens Stimme ging in ein Schluchzen über. »Ich nehme an, wenn man bedenkt, wie unglücklich ihre Ehe war, dann ist das nicht weiter erstaunlich. Und ich kann ihr auch nicht vorwerfen, daß sie ihr Glück anderswo gesucht hat. Ich werfe es ihr wirklich nicht vor. O Matthias, aber warum hat sie mich in diesem Zusammenhang benutzt? Ich habe immer geglaubt, sie wäre meine Freundin!«

Er spürte, wie sich seine Eingeweide verkrampften. Er hatte gewußt, daß etwas dergleichen ans Licht kommen mußte. »Lucy hat dich benutzt?«

»Deshalb hat sie mich vor drei Jahren zu Besuch eingeladen.« Imogen tupfte mit einem Taschentuch ihre Augen ab. »Das war tatsächlich der einzige Grund, weshalb sie mich hier in London haben wollte. Sie hatte sich erhofft, auf diese Weise verhindern zu können, daß Vanneck etwas von ihrer Affäre erfährt, verstehst du. Sie hatte Angst, er würde ihr kein Geld mehr geben. Sie vielleicht sogar gegen ihren Willen aufs Land schicken und sie dort versauern lassen. Er war ohnehin schon wütend auf sie, weil sie ihm keinen Erben geschenkt hatte.«

Matthias ging langsam auf Imogen zu. »Ich verstehe.«

»Lucy schreibt, Vannecks Berührungen seien ihr unerträglich gewesen. Sie hat ihn nur um seines Titels und um seines Geldes willen geheiratet.« Sie schüttelte den Kopf, als könnte sie einfach nicht begreifen, was sie gerade in Erfahrung gebracht hatte. »Sie äußert sich sehr freimütig zu all diesen Dingen.«

Matthias blieb vor Imogen stehen. Er sagte kein Wort.

»Sie hat geglaubt, solange sie in mir eine ständige Begleiterin hier in der Stadt hätte, würde Vanneck denken, die Aufmerksamkeiten ihres Liebhabers gälten mir.«

Matthias setzte die Teile des kleinen Puzzels mühelos zusammen. »Alastair Drake.«

»Was?« Imogen warf einen Seitenblick auf ihn, während sie sich die Nase putzte. »Ach so, ja. Natürlich war es Alastair. Er war ihr Geliebter. Sie scheint ihn leidenschaftlich geliebt zu haben. Sie schreibt, sie hätte die Absicht gehabt, mit ihm durchzubrennen, doch bis der richtige Zeitpunkt dafür gekommen war, wollte sie so viel Zeit wie möglich in seiner Gesellschaft verbringen.«

»Und du hast es ihr ermöglicht, ständig an Drakes Seite zu sein, ohne Vannecks Verdacht zu erregen.«

»Ja.« Imogen trocknete sich mit der Handkante die Augen. »Alastair hatte ein Komplott mit ihr geschmiedet, um den Anschein zu erwecken, ich sei die Frau, der er zugetan ist. Vanneck und alle anderen, einschließlich mir selbst, haben es ihm geglaubt. Er hat seine Rolle wirklich ... überzeugend gespielt. Eine Zeitlang habe ich sogar geglaubt ... aber das spielt jetzt keine Rolle mehr.«

»Es tut mir leid, daß du auf diese unerfreuliche Art die Wahrheit erfahren mußtest.«

»Mach dir keine Vorwürfe, Matthias. Du konntest nicht wissen, worauf ich in Lucys Tagebuch stoßen würde.« Sie sah ihn mit einem kleinen, traurigen Lächeln an. »Ich sehe mich zu der Schlußfolgerung gezwungen, daß du recht gehabt hast. Es scheint, als sei ich in mancher Hinsicht ziemlich naiv. Und leichtgläubig.«

»Imogen ...«

»Es ist erstaunlich, wenn ich jetzt darüber nachdenke. All die Zeit, die ich in Alastairs Gesellschaft verbracht habe, und ich habe nie auch nur geahnt, daß er in Lucy verliebt war. Ich hätte nie vermutet, daß er mich dafür benutzt hat, sich in der Öffentlichkeit, aber auch insgeheim mit ihr zu treffen. Kein Wunder, daß sie immer so gut gelaunt war, wenn wir drei gemeinsam durch die Gegend gezogen sind.«

»Es tut mir leid«, flüsterte Matthias. Ihm fiel nichts anderes ein, was er sonst hätte sagen können. Er streckte die Arme nach ihr aus und zog sie behutsam von ihrem Sessel.

»Matthias, wie konnte ich bloß so dumm sein?« Imogen lehnte den Kopf an seine Brust. »Sie hat gemeine Dinge über mich geschrieben. Sie hat sich über mich lustig gemacht. Es ist, als hätte ich Lucy nie gekannt.«

Matthias fand keine Worte, die Imogen oder ihn selbst hätten trösten können. Er zog sie eng an sich und schaute in die Nacht hinaus.

Er fragte sich, ob er tatsächlich schwache Nerven hatte. Aber andererseits war dieses Gefühl von rasender Verzweiflung, das ihn innerlich zu Eis hatte erstarren lassen, der Preis, den man dafür bezahlte, die empfindsame Blume der Unschuld zu zertrampeln.

16

Zwei Tage später lief Imogen unruhig mit einer Teetasse in der Hand in Horatias kleinem Wohnzimmer auf und ab. »Ich kann immer noch nicht ganz glauben, daß ich mich in meinem Urteil über sie derart geirrt haben soll.«

»Ich weiß, daß du nicht schlecht über Lucy denken willst.« Horatia, die auf dem Sofa saß, beobachtete Imogen mit tiefer Sorge in den Augen. »Du hast sie als eine Freundin betrachtet, und es liegt in deiner Natur, absolut loyal gegenüber jenen zu sein, die dir etwas bedeuten.«

»Sie war meine Freundin. Das habe ich mir nicht nur eingebildet.« Imogen blieb vor dem Fenster stehen und sah auf die Straße hinaus. »Sie ist nett zu mir gewesen, als wir früher noch Nachbarn in Upper Stickleford waren.«

»Du bist nett zu ihr gewesen. Immer wieder hast du sie eingeladen, über Nacht zu bleiben.«

»Sie hat mir ihre Kleider geschenkt.«

»Aber erst, nachdem sie aus der Mode gekommen waren«, murrte Horatia.

»In Upper Stickleford hat Mode keine Rolle gespielt.«

»Für Lucy schon.«

Imogen ignorierte diese Bemerkung. »Sie ist oft zu Besuch gekommen und hat Tee mit mir getrunken, nachdem meine Eltern tot waren.«

»Sie hat dich besucht, weil sie ständig kurz davor war, vor Langeweile einzugehen. Das Landleben war nicht nach ihrem Geschmack.«

»Wir haben über das alte Zamar geredet.«

»Du hast geredet«, sagte Horatia bedächtig. »Ich fürchte, Lucy hat lediglich Interesse an Zamar geheuchelt.«

Imogen drehte sich so flink zu ihr um, daß ihre Teetasse auf der Untertasse klapperte. »Warum sagt du das?«

Horatia stieß einen kleinen Seufzer aus. »Ich gebe gern zu, daß ich deine Freundin Lucy nicht besonders gut gekannt habe, aber das, was ich über ihren Charakter erfahren habe, hat nicht gerade für sie gesprochen.«

»Gerüchte«, beharrte Imogen. »Nichts weiter als das Geschwätz der Leute.«

»Es tut mir leid, meine Liebe, aber alles hat darauf hingewiesen, daß sie eigensüchtig, arglistig und leichtfertig war und noch dazu von Natur aus unberechenbar und launisch.«

»Sie konnte es kaum erwarten, endlich aus dem Haus ihres Onkels auszuziehen. George Hanconby war ein äußerst unangenehmer Mann. Meine Eltern haben ihn nie gemocht.«

»Ich weiß«, gab Horatia zu.

Imogen erinnerte sich wieder an Lucys Augen an jenem Abend, an dem sie zum ersten Mal an die Tür geklopft und gefragt hatte, ob sie über Nacht bleiben könne. »Sie hat sich vor Haconby gefürchtet, vor allem dann, wenn er zu tief ins Glas geschaut hat. Es ist oft vorgekommen, daß sie mich gefragt hat, ob sie bleiben könnte, weil sie nicht mit ihm allein sein wollte.«

»Und du hast sie bei dir aufgenommen.« Horatia zog eine Schulter in einem angedeuteten Achselzucken hoch. »Imogen, ich möchte mich wirklich nicht mit dir über diese Angelegenheit streiten. Lucy ist tot. Es führt zu nichts, zu einem so späten Zeitpunkt in ihrer Vergangenheit herumzustöbern.«

»Das ist vermutlich wahr.«

Horatia sah sie mit einem Ausdruck finsterer Mißbilligung an. »Du sagst, du hast durch Lucys Tagebuch von dieser Liaison zwischen ihr und Mr. Drake erfahren?«

»Ja. Ich weiß, daß es nicht richtig war, es zu lesen, aber Colchester war der Überzeugung, es könnte Hinweise darauf enthalten, warum Vanneck erschossen worden ist. Ich habe zwei Drittel der Lektüre hinter mich gebracht, aber bisher bin ich auf keine Informationen gestoßen, die einen Mord erklären würden.«

Horatia zog die Stirn in Falten. »Ich dachte, Vanneck sei von einem Straßenräuber getötet worden.«

»Wir sind nicht restlos davon überzeugt. Jedenfalls hat Colchester gesagt, wenn ich das Tagebuch nicht lese, würde er es lesen. Ich hatte das Gefühl, ich sei Lucy gegenüber dazu verpflichtet, ihre persönlichen Aufzeichnungen vor den Blicken eines Fremden zu schützen.«

»Ach, wirklich? Und darf ich fragen, wie Colchester dieses Tagebuch an sich gebracht hat?«

Imogen räusperte sich. »Er ist darauf gestoßen, als er Lord Vannecks Haus einen Besuch abgestattet hat.«

»Was um alles in der Welt hatte er in Vannecks Haus zu suchen?«

»Die näheren Umstände von Vannecks Tod haben ihm gewisse Sorgen bereitet«, erklärte Imogen. Dann dachte sie schnell nach. »Er hat geglaubt, er würde der Wahrheit etwas näher kommen, wenn er sich mit einigen der Hausangestellten unterhielte.«

»Ich verstehe.«

Horatias skeptischer Tonfall gefiel Imogen gar nicht. »Das ist doch nur natürlich, wenn man seine augenblickliche Lage bedenkt«, sagte sie eilig. »Schließlich sind Gerüchte im Umlauf, die Colchester mit dem Mord an Vanneck in Verbindung bringen. Aber ich wünschte wirklich, er hätte mich vorher in seine Absichten eingeweiht.«

Horatias Augenbrauen schossen in die Höhe. »Ich gestehe dir zu, daß Colchester in eine ziemlich peinliche Situation geraten ist. Aber für ihn ist das schließlich nichts Neues.«

Imogen funkelte sie finster an. »Er wollte seinen Namen reinwaschen und dem Gerede ein Ende bereiten.«

»Ich fürchte, das ist ein unmögliches Vorhaben, und ich habe den Verdacht, er weiß es auch«, sagte Horatia trokken. »Die Leute haben schon immer gern über Den Kaltblütigen Colchester geredet. Daran wird eine Kleinigkeit wie die Wahrheit wohl kaum etwas ändern.«

»Nenne ihn bitte nicht kaltblütig.«

»Entschuldige bitte.« Horatias Tonfall klang keineswegs geknickt. Sie schien sogar insgeheim erbost zu sein.

Imogen zog bestürzt das Gesicht in Falten. »Tante Horatia? Was hast du bloß?«

»Nichts weiter, meine Liebe«, sagte Horatia ausweichend. »Laß uns zu unserem ursprünglichen Thema zurückkehren. Du sagst also, Colchester hätte Lucys Tagebuch entdeckt und es dir zum Lesen gegeben?«

»Ja. Ich habe die Absicht, es heute abend zu Ende zu lesen. Aber ich bezweifle, daß ich noch mehr erfahren werde als das, was ich ohnehin schon weiß. Die arme Lucy muß von Alastair Drake besessen gewesen sein. Sie war wild entschlossen, mit ihm durchzubrennen. Sie hat davon geträumt, nach Italien zu gehen, weil sie glaubte, dort stünde es den beiden frei, ihre Liebe hemmungslos auszuleben.«

»Ich nehme an, es war Lucys Wunsch, während ihrer Zeit in Italien den Lebensstil weiterzuführen, an den sie sich hier gewöhnt hatte.«

»Sie hat in ihrem Tagebuch festgehalten, daß Alastair anscheinend blendende Einkünfte hatte.«

»Tatsächlich?«

»Aber er war nicht bereit, mit ihr nach Italien zu gehen.« Imogen erinnerte sich wieder an den Tonfall zunehmender Verzweiflung in Lucys Tagebucheintragungen. »Das hat sie tief getroffen. Sie hat ihn sehr geliebt, verstehst du.«

»Ach, wirklich?«

»Sie hat geschrieben, Vanneck hätte oft vor Wut getobt, weil sie versuchte, sich ihm zu verweigern, wenn er seine ehelichen Rechte geltend machen wollte. Mehrfach hat er sich ihr gewaltsam aufgezwungen.« Imogen schauderte. »Das kann ich mir nur zu gut vorstellen. Einmal unternahm sie sogar Schritte, um Vannecks Baby loszuwerden, das sie nicht zur Welt bringen wollte. In dem Tagebuch steht etwas über ein beratendes Gespräch mit einer Frau in Bird Lane, die solche Dienste angeboten hat.«

»Ich verstehe.«

»Ich glaube, daß Vanneck entweder von der Abtreibung erfahren hat oder hinter ihr Vorhaben gekommen ist, ihn zu verlassen.«

»Und daraufhin ist er so wütend geworden, daß er sie ermordet hat?«

»Ja.« Es war eine knappe Zusammenfassung der Ereignisse, sagte sich Imogen. Aber jedesmal, wenn sie die Worte im Geist wiederholte, mußte sie daran denken, wie vehement Vanneck bestritten hatte, etwas mit Lucys Tod zu tun gehabt zu haben.

»Tja, wenn Vanneck Lucy ermordet hat, dann hat er jetzt für sein Verbrechen gebüßt«, sagte Horatia.

»Ja, aber wer hat *ihn* getötet?« fragte Imogen mit ruhiger Stimme.

»Das werden wir wahrscheinlich nie erfahren.«

»Vermutlich hast du recht.« Imogen schaute auf die Reihe von Stadthäusern auf der gegenüberliegenden Straßenseite hinaus.

»Bedrückt dich sonst noch etwas, meine Liebe?«

»Ich lasse mir jetzt schon seit zwei Tagen eine Theorie zu Lucys Verhalten durch den Kopf gehen«, sagte Imogen zögernd.

»Und die wäre?«

»Ich habe das Gefühl, sie könnte krank gewesen sein.«

»Krank?«

»Vielleicht eine Form von Wahnsinn.« Imogen drehte sich zu Horatia um, und ihre Gewißheit verstärkte sich immer mehr. »Das würde so vieles erklären. Ihren Leichtsinn. Ihre Verzweiflung. Ihre seltsamen Stimmungsumschwünge.«

»O Imogen, ich glaube wirklich nicht...«

»Es ist doch einleuchtend, Tante Horatia. Ich habe den Verdacht, daß sie sehr viel von ihrem Onkel zu erleiden hatte, vielleicht sogar noch mehr, als sie je zugegeben hat. Möglicherweise hat sich das auf ihr Gemüt niedergeschlagen. Zweifellos hat es sich um ein Leiden gehandelt, das sich im Laufe der Jahre allmählich verschlimmert hat. Kein Wunder, daß sie derart verändert wirkte, nachdem sie Upper Stickleford verlassen hatte.«

»Ich bin keineswegs sicher, daß sie sich derart verändert hatte«, sagte Horatia.

Imogen schenkte ihr keine Beachtung. Sie war von einer wachsenden Begeisterung über ihre neue Theorie gepackt. »Jetzt verstehe ich auch, warum sie das Komplott geschmiedet hat, mich dafür zu benutzen, ihre Affäre mit Alastair Drake zu vertuschen. Siehst du das denn nicht selbst, Tante Horatia? Als ich sie damals hier in London besucht habe, war Lucy verzweifelt. Sie war nicht mehr sie selbst.«

Horatia sah sie lange Zeit an. »Vielleicht hast du recht, meine Liebe.«

»Das ist der einzige einleuchtende Grund«, sagte Imogen mit fester Stimme. »Lucy ist nie besonders stark gewesen. Die gräßliche Behandlung, die sie erfahren hat, erst durch ihren Onkel und dann durch ihren Ehemann, hat bei ihr zweifellos unerträgliche Ängste und Beklemmungen ausgelöst. Schließlich haben diese Ängste sie dann zerstört, so zielsicher wie das Laudanum. Ja. Mit einer Gemütskrankheit läßt sich alles erklären.«

Ein Gefühl von Frieden senkte sich über Imogen herab. Sie hatte sich also doch nicht in ihrer Freundin getäuscht. Lucy war krank, verzweifelt und unglücklich gewesen. Sie war nicht bei gesundem Verstand gewesen, als sie diese grausamen Dinge über Imogen in ihr Tagebuch geschrieben hatte.

Imogen sprang aus der Kutsche und stieg die Stufen zu dem Stadthaus leichten Herzens hinauf. Sie fühlte sich jetzt wieder wesentlich unbeschwerter als am Morgen, als sie sich auf den Weg zu ihrer Tante gemacht hatte. Nichts würde Lucy wieder unter die Lebenden zurückbringen, doch die warme Erinnerung an ihre Freundschaft ruhte jetzt wieder unangetastet in ihrem Herzen. Die arme Lucy. Wie sehr sie doch gelitten hatte.

Die Tür über der Treppe öffnete sich. Ufton erschien in der Türöffnung.

»Willkommen zu Hause, Madam.«

»Danke, Ufton.« Imogen lächelte ihn an, während sie ihre Hutschnur löste. »Ist Colchester in der Bibliothek?«

»Nein, Madam. Seine Lordschaft ist aus dem Haus gegangen.«

Imogen war augenblicklich besorgt. »Er ist nicht da? Wohin ist er gegangen?«

»Das hat er nicht gesagt, Madam.«

»Aber was ist mit seiner Verwundung? Er sollte doch gewiß zu Hause bleiben und sich ausruhen.«

Ufton schloß die Tür hinter ihr. »Seine Lordschaft neigt nicht dazu, in solchen Angelegenheiten Ratschläge anzunehmen, Madam.«

»Darüber werde ich mit ihm reden, sowie er zurückkommt.«

»Ja, selbstverständlich, Madam.« Ufton zögerte. »Werden Sie heute nachmittag die Kutsche benötigen?«

Imogen blieb mit einem Fuß auf der untersten Treppenstufe stehen und drehte sich zu ihm um. »Nein. Ich habe nicht vor, noch einmal auszugehen. Warum fragen Sie?«

Ufton neigte den Kopf. »Ich wollte lediglich sichergehen, daß Sie keines Transportmittels bedürfen. Lady Patricia hat erwähnt, sie wünschte Lady Lyndhurst einen Besuch abzustatten. Ich dachte, unter Umständen bräuchten wir heute zwei Kutschen.«

»Das wird nicht nötig sein.« Imogen lächelte und eilte die Treppe hinauf.

Als sie den oberen Treppenabsatz erreicht hatte, lief sie über den weichen Teppich des Korridors zu ihrem Schlafzimmer. Sie war entschlossen, Lucys Tagebuch noch am selben Nachmittag auszulesen. Da sie sich jetzt eine klare Vorstellung von Lucys Krankheit machen konnte, würde es ihr möglich sein, die Aufzeichnungen nüchterner auszuwerten, denn schließlich fühlte sie sich nicht mehr persönlich betroffen. Was sie irrtümlich für Lucys Verrat an ihrer Freundschaft gehalten hatte, hatte sie in eine solch tiefe Melancholie versinken lassen, daß sie zu keinem klaren Gedanken mehr fähig gewesen war.

Sie öffnete die Tür zu ihrem Schlafzimmer und eilte hinein. Dann warf sie ihren Hut auf das Bett und blieb verblüfft stehen.

Sie war nicht allein im Zimmer. Patricia stand am Fenster und hatte Lucys Tagebuch an sich gepreßt. Sie sah Imogen mit bestürzter Miene an.

»Patricia?« Imogen ging einen Schritt auf sie zu. »Was um alles auf der Welt hast du hier zu suchen? Und was willst du mit diesem Tagebuch? Es gehört mir.«

»Imogen, bitte verzeih mir. Ich weiß, daß du schrecklich schlecht über mich denken mußt, aber ich kann nur beten, daß du mich verstehen wirst, wenn ich dir sage, daß ich gar keine andere Wahl habe.«

»Wovon sprichst du?«

»Von dem Rutledge-Fluch.«

»Komm mir jetzt bloß nicht wieder mit dieser albernen Geschichte.«

»Verstehst du es denn nicht? Dieser Fluch hätte Matthias gestern abend um ein Haar das Leben gekostet. Ich bin die einzige, die alledem einen Riegel vorschieben kann, ehe jemand stirbt.«

»Blödsinn.«

»Es ist alles wahr, Imogen. Wir haben alle gelobt, nicht darüber zu reden, aber ich bin so beunruhigt, daß ich es nicht mehr aushalten kann. Alles spielt sich genauso ab, wie es die Inschrift auf der Tafel vorhersagt.«

»Welche Tafel?« fragte Imogen mit scharfer Stimme.

»Lady Lyndhurst besitzt ein paar alte zamaranische Tontafeln. Auf eine von ihnen ist der Fluch eingemeißelt.«

»Das ist ganz ausgeschlossen. Beruhige dich, Patricia.« Imogen ging einen weiteren Schritt auf sie zu und blieb dann abrupt stehen, als ihr ein Gedanke durch den Kopf schoß. »Was hat der Rutledge-Fluch mit dem Tagebuch meiner Freundin zu tun?«

»Ich habe gehört, wie ihr darüber geredet habt, Matthias und du. Ich weiß, daß er es an dem Abend, an dem er verwundet worden ist, aus Vannecks Haus geholt hat. Deshalb wäre er auch beinahe gestorben.«

»Was glaubst du, was passiert ist?« fragte Imogen behutsam.

»Verstehst du es denn nicht? Vanneck ist dem Rutledge-Fluch zum Opfer gefallen. Dieses Tagebuch hat mit ihm zu tun. Matthias hat es aus seinem Haus geholt und wäre dabei fast ums Leben gekommen, weil dem Tagebuch der Fluch anhaftet. Alles, was Rudledge gehört hat, ist mit dem Fluch behaftet.«

»Um Himmels willen, Patricia...«

»Ich darf nicht zulassen, daß es so weitergeht. Jemand muß etwas dagegen unternehmen. Lady Lyndhurst hat zamaranische Flüche studiert. Sie wird wissen, was zu tun ist.«

»Dummes Zeug.« Imogen ging auf das Bett zu, um ihren Hut wieder aufzusetzen. »Ich habe diesen Unsinn über den angeblichen Fluch allmählich gründlich satt. Es ist an der Zeit, diesem dummen Geschwätz ein Ende zu bereiten.«

Patricia sah verwirrt zu, wie Imogen ihre Hutbänder wieder zuschnürte. »Was hast du vor?«

»Liegt das denn nicht auf der Hand?« Imogen lächelte sie ermutigend an. »Ich werde heute gemeinsam mit dir Lady Lyndhursts Salon besuchen, Patricia. Ich will mir mit eigenen Augen den Fluch ansehen, der in diese Tontafel eingeritzt ist.«

Als Matthias nach Haus kam, war die Colchester-Kutsche gerade abgefahren. Er hatte versucht, sich von seiner Niedergeschlagenheit abzulenken, erst in seinem Club und dann bei Tattersall's Pferdeauktion. Aber selbst die erstklassigen Pferde, die der eifrigen Schar von Käufern vorgeführt worden waren, hatten seine Stimmung nicht heben können.

Er war enttäuscht, aber zugleich auch tief erleichtert, als er erfuhr, daß Imogen nicht zu Hause war. Er lechzte danach, sie in seinen Armen zu halten, aber ihm graute auch davor, ihr in die Augen zu sehen. Er fürchtete den ersten Lichtschimmer der Wahrheit weit mehr als die Schatten der Nacht. Schließlich war er den Umgang mit Geistern gewohnt.

Er begab sich in seine Bibliothek und war verärgert über den wüsten Strudel unvertrauter Emotionen, der in ihm aufwogte. Ihm ging auf, daß er seit dem Tag, an dem er Imogen zum ersten Mal begegnet war, eine bemerkenswerte Vielfalt an seltsamen Gefühlen und Stimmungen durchgemacht hatte.

Er löste sein Halstuch, warf es zur Seite und setzte sich an seinen Schreibtisch. Er schlug einen dicken griechischen Text auf, der Hinweise auf eine geheimnisvolle Insel enthielt, von dem Bedürfnis getrieben, sich ganz in seinen Nachforschungen zu verlieren. Er war der festen Überzeugung, daß es sich bei der fraglichen Insel in Wirklichkeit um das alte Zamar handelte. Falls sich herausstellen sollte, daß er recht hatte, dann würde das einige seiner Vermutungen über den Handel der Griechen mit den Zamaranern bestätigen.

Doch die griechischen Worte, die er ebenso mühelos wie Englisch lesen konnte, schienen wirr auf der Seite herumzutanzen. Er ertappte sich dabei, daß er immer wieder zum Anfang zurückkehren und den Absatz ein zweites und ein drittes Mal lesen mußte. Er war unruhig und abgelenkt, während er versuchte, sich auf den Text zu konzentrieren.

Es heißt, daß das Volk dieser fernen Insel im Studium der Mathematik bewandert ist. Dort stellt man Berechnungen an, um die Höhe von Gebäuden und Bergen zu bestimmen. Man sagt dort Ebbe und Flut voraus.

Es war zwecklos. Jedesmal, wenn er auf die Worte vor sich sah, sah er im Geist wieder Imogens gequälten Ausdruck vor sich, als sie ihm erzählte, was sie in dem Tagebuch gelesen hatte. Er konnte nahezu die Feuchtigkeit der Tränen spüren, die sie vergossen hatte. Matthias hatte in den beiden letzten Nächten lange wach gelegen, gequält von einer Ahnung drohenden Verhängnisses. Ein Verhängnis, das er selbst auf sich herabbeschworen hatte.

Warum hatte er Imogen bloß gezwungen, das Tagebuch zu lesen? Immer wieder stellte er sich dieselbe verfluchte Frage. Doch er wußte keine Antwort.

Matthias schlug das Buch auf seinem Schreibtisch zu und rieb sich den Nacken. Ein Gefühl enormer Mattigkeit beschlich ihn. Wenn es um die Beschäftigung mit dem alten Zamar ging, war er ein bedächtiger, absolut logisch denkender Mann. Sein eigenes Tun dagegen schien er nicht begreifen zu können. Was zum Teufel war bloß mit ihm los? fragte er sich.

Das Klopfen an der Tür der Bibliothek riß ihn aus seinen grimmigen Gedanken.

»Herein.«

Ufton öffnete. »Mrs. Elibank möchte Sie sprechen, Sir.«

»Horatia? Ich frage mich, was sie von mir will. Schikken Sie sie herein, Ufton.«

Auf Horatias Gesicht stand ein Ausdruck kaum verhohlener Wut, als sie in die Bibliothek gerauscht kam. Sie wirkte so furchteinflößend, wie Matthias sie noch nie erlebt hatte. Er stand langsam und nicht ohne einen gewissen Argwohn auf.

»Mylord.«

»Guten Tag, Horatia.« Er musterte sie, als sie ihm gegenüber an seinem Schreibtisch Platz nahm. »Hat Ufton Ihnen mitgeteilt, daß Imogen sich nicht im Haus aufhält?«

»Ich bin gekommen, um mit Ihnen zu reden, Colchester.«

»Ich verstehe. Ist etwas vorgefallen?«

»Ich werde gar nicht erst um den heißen Brei herumreden, Mylord«, sagte Horatia kühl. »Warum haben Sie Imogen Lucys Tagebuch gegeben?«

»Wie bitte?«

»Sie haben gehört, was ich gesagt habe. Sie haben Lucys Tagebuch gefunden, nicht wahr?«

»Ja.«

»Und Sie haben es Imogen gegeben«, sagte Horatia. »Sie müssen doch geahnt haben, daß sie keinen Trost darin finden wird und daß die Dinge, die sie dort erfährt, verletzend für sie sein könnten. Warum haben Sie ihr diese Lektüre gegeben?«

Nur die Macht der Gewohnheit und die Übung eines ganzen Lebens befähigten Matthias, eine unergründliche Miene zu bewahren. Er nahm bewußt eine lässige Haltung auf seinem Stuhl ein. »Lucy war Imogens Freundin. Es erschien mir naheliegend, daß Imogen diejenige sein sollte, die ihr Tagebuch liest.«

»Blödsinn. Sie haben Imogen dieses Tagebuch gegeben, weil Sie ihre Illusionen in bezug auf ihre Freundin zerstören wollten. Sie können sich die Mühe sparen, das zu leugnen.«

Matthias sagte nichts.

»Genau das dachte ich mir.« Horatia beugte sich vor und fixierte ihn mit einem wutentbrannten Blick. »Was haben Sie sich davon erhofft, Imogens Bild von Lucy zu zerstören? Welchen grausamen Zweck haben Sie damit verfolgt?«

»Sie waren die erste, die mir gegenüber erwähnt hat,

Lucy sei nicht die hehre, edelmütige Freundin gewesen, für die Imogen sie gehalten hat. Seit meiner Rückkehr in die Stadt habe ich selbst ein paar diskrete Nachforschungen angestellt. Mir ist von allen Seiten bestätigt worden, was Sie in Hinblick auf Lucys Charakter gesagt haben.«

»Na und?«

Matthias spielte mit einem Federhalter. »Es ist immer ratsam, der Wahrheit ins Auge zu sehen, meinen Sie nicht auch? Schließlich muß man sich irgendwann damit auseinandersetzen.«

»Lucy war die einzige Freundin, die Imogen nach dem Tod ihrer Eltern hatte. Imogen wäre in Upper Stickleford absolut auf sich allein gestellt gewesen, wenn Lucy nicht gewesen wäre. Sie hat ein Recht auf ihre Illusionen in bezug auf Lucy.«

»Lucy und dieser verfluchte Alastair Drake haben Imogen dazu benutzt, ihre unzulässige Liaison zu tarnen. Das nennen Sie Freundschaft?«

»Nein, keinesweg.« Horatia verengte die Augen zu Schlitzen. »Aber wozu soll es gut gewesen sein, Imogen zu diesem späten Zeitpunkt die Wahrheit aufzuzwingen?«

»Es gibt im Zusammenhang mit Vannecks Tod einige Fragen, die beantwortet werden müssen.« Matthias musterte die Feder. »Ich dachte mir, Lucys Tagebuch könnte uns einige dieser Antworten geben.«

»Sie hätten dieses Tagebuch ohne weiteres heimlich lesen können, Mylord. Es hat keinerlei Notwendigkeit dafür bestanden, Imogen etwas davon zu erzählen, ganz zu schweigen davon, daß Sie sie erpreßt haben, damit sie es selbst liest.«

Eine schmerzliche Empfindung, bei der es sich um Seelenqualen oder auch Wut hätte handeln können, durchzuckte Matthias. »Ich habe sie nicht erpreßt, dieses verfluchte Tagebuch zu lesen.«

»Mir sieht das ganz nach einem Fall von Bestechung aus, Sir. Sie hat gesagt, Sie hätten damit gedroht, es selbst zu lesen, falls sie es nicht täte. Ihr Anliegen war es, Lucys Privatsphäre zu wahren.«

»Verdammt noch mal, Horatia. Ich habe nur das getan, was ich für das beste gehalten habe. Imogen mußte die Wahrheit über Lucy erfahren.«

»Pah. Um die Wahrheit geht es hier nicht. Sie haben sich bewußt bemüht, Imogens teure Erinnerungen an ihre einzige Freundin zu zerstören. Sir, gestatten Sie mir, Ihnen zu sagen, daß Sie den Namen Der Kaltblütige Colchester zu Recht tragen. Was Sie getan haben, war gefühllos und hartherzig. Ich habe mich schon gefragt, wann Ihre wahre Natur sich wohl zeigen wird. Leider ist sie zu spät ans Licht gekommen, um meine Nichte vor einer Ehe zu bewahren, die sich zweifellos als eine Katastrophe erweisen wird.«

Die Feder brach in der Mitte entzwei. Matthias schaute verblüfft auf die zerbrochenen Stücke hinunter, die er in den Fingern hielt. Er legte die beiden Teile äußerst behutsam auf den Schreibtisch. »Sie haben natürlich ein Recht auf Ihre persönliche Auffassung, Mrs. Elibank.«

»Was Ihre Motive angeht, kann ich nur rätseln.« Horatia erhob sich und sah ihn herablassend an. Das sehr alte und sehr blaue Blut, das in ihren Adern floß, trat ganz deutlich zutage. In diesem Augenblick war es nicht schwer zu erkennen, daß sie mit dem Marquis verwandt war.

Matthias sprang auf. Er sah Horatia über seinen Schreibtisch hinweg in die Augen. »Ich hatte kein anderes Motiv, als die Wahrheit ans Licht zu bringen.«

»Das glaube ich Ihnen keine Sekunde. Verdammt noch mal, Sir, Sie hatten mich tatsächlich davon überzeugt, daß Sie sich etwas aus meiner Nichte machen. Wie konnten Sie ihr das bloß antun?«

Matthias ballte eine Hand zur Faust, drehte sich im Kreis und schlug mit der anderen Hand gegen die Wand. »Sind Sie vielleicht jemals auf den Gedanken gekommen, Madam, daß ich es satt habe, mit meiner eigenen Frau eine verdammte Lüge zu leben?«

Eine kurze, lastende Pause entstand.

»Wie um Himmels willen meinen Sie das?« fragte Horatia dann mit ruhiger Stimme.

Matthias rang um Fassung. Er holte tief Atem und verbarg sich hinter dem Panzer der Selbstkontrolle. »Schon gut. War nicht weiter wichtig. Ich wünsche Ihnen noch einen schönen Tag, Mrs. Elibank. Ufton wird Sie zur Tür bringen.«

Horatia starrte ihn einen Moment lang an, ehe sie sich wortlos abwandte und zur Tür ging.

Matthias rührte sich erst wieder, nachdem Horatia gegangen war. Dann trat er ans Fenster und schaute lange Zeit auf den Garten hinaus.

Er hatte endlich die Antwort auf die Frage gefunden, die er sich gestellt hatte. Jetzt wußte er ganz genau, warum er Imogen Lucys Tagebuch gegeben hatte.

Er hatte Imogen nicht etwa deshalb den Schleier von den Augen gerissen, weil er sie hatte zwingen wollen, der Wahrheit über Lucy ins Gesicht zu sehen. Er hatte es getan, weil er wollte, daß sie die Wahrheit über ihn erfuhr.

Was er gerade eben in einem frustrierten Wutanfall zu Horatia gesagt hatte, war die schmerzliche Wahrheit gewesen. Er konnte es nicht mehr ertragen, eine Lüge mit Imogen zu leben. Er mußte wissen, ob sie ihn auch dann noch liebte, wenn sie seine wahre Natur erkannt hatte. Er mußte dringend wissen, ob sie Den Kaltblütigen Colchester lieben konnte.

Imogen war zu intelligent, um nicht zu erkennen, was er über sich selbst ausgesagt hatte, als er sie gezwungen hatte, das Tagebuch zu lesen. Schließlich war sie I.A. Stone.

Imogen ließ ihren Blick über die Gesichter der übrigen Mitglieder des zamaranischen Zirkels schweifen, als sie im Halbkreis um ihre elegante Gastgeberin herumsaßen. Das erste, was ihr an der Gruppe auffiel, war, daß es sich mit Ausnahme von Selena ausschließlich um sehr junge Damen handelte. Imogen war gewillt, die Vermutung zu wagen, daß keine einzige der elegant gekleideten Frauen älter als neunzehn war. Viele waren sogar noch jünger und waren gerade erst in die Gesellschaft eingeführt worden.

Selena, die ein blaues Kleid trug, das mit blauen Röschen besetzt war, bedachte ihre Gäste mit einem holden Lächeln, während ihre Haushälterin den Tee servierte.

Imogen erkannte, daß sie Selena bis zu jenem Tag nur aus der Ferne oder am späten Abend gesehen hatte, wenn sie in den sanften Schein eines Kronleuchters gebadet war.

Es war kein Geheimnis, daß das Kerzenlicht einer Dame weitaus mehr schmeichelte als die Sonne. Dennoch überraschte es Imogen, daß Selena im grellen Sonnenschein mehr einbüßte als die meisten anderen Frauen. Das Tageslicht verlieh der Dame, die Der Engel genannt wurde, mehr Härte und Kälte, als man erwartet hätte. Ihre himmelblauen Augen ließen Imogen eher an glitzernde Saphire als an den Himmel denken.

Die Gäste waren offenkundig fasziniert von ihrer modebewußten Gastgeberin. Sie plauderten miteinander, kicherten und schwatzten aufgeregt, während sie darauf warteten, daß Selena den Beginn des nachmittäglichen Programms signalisieren würde.

Selena hielt hof wie eine Märchenkönigin, umgeben von der Ausstaffierung eines philosophischen Zirkels mit hehren Zielen. Etliche beeindruckende Bände, die in Leder gebunden waren, stapelten sich auf einem kleinen Tisch. Eine hölzerne Schatulle, die Tonscherben und alte Glasflaschen enthielt, war neben den Büchern arrangiert, daneben lag ein Gegenstand, der in schwarzen Samt gehüllt war. Vereinzelte zamaranische Artefakte, die nach Imogens Auffassung ausnahmslos unbedeutend waren, waren kunstvoll im Salon verstreut. Neben dem Fenster stand eine ziemlich erbärmliche Kopie einer Statue der Anizamara.

Patricia beugte sich zu Imogen vor und senkte die Stimme. »Lady Lyndhurst bewahrt die Tafel, in die der Fluch eingemeißelt ist, in dieser samtenen Hülle auf. Sie sagt, es sei das wertvollste Stück ihrer Sammlung.«

»Ich verstehe.« Imogen warf einen Blick auf die samtverhüllte Tontafel, während sie von der Haushälterin eine Tasse Tee entgegennahm.

Selena klatschte leise in die Hände, und das kleine Grüppchen versank in respektvolles Schweigen. Sie bedachte Imogen mit einem kühlen Lächeln.

»Lady Colchester, was für eine freudige Überraschung. Ich bin begeistert, daß Sie sich uns heute anschließen konnten. Darf ich fragen, was Ihre Aufmerksamkeit auf unsere kleine Zusammenkunft gelenkt hat?«

»Schlichte Neugier«, sagte Imogen. »Lady Patricia hat mir erzählt, wieviel Freude sie an Ihrem zamaranischen Salon hat.«

»Wir können wohl kaum mit den Entdeckungen und Schriften Ihres gelehrten Gatten konkurrieren«, murmelte Selena. »Ich hatte sogar den Eindruck, Colchester sei der Meinung, nur modebewußte Dilettanten und Amateure besuchten Salons wie den meinen.«

»Ich werde nicht lange bleiben.« Imogen stellte ihre Teetasse ab. »Lady Patricia hat mir erzählt, daß Sie sich mit dem Rutledge-Fluch befaßt haben.«

»Das ist richtig.« Selenas Blick fiel auf Patricia. Etwas,

was durchaus Zorn hätte sein können, flackerte in ihren eisblauen Augen auf. Es verschwand jedoch augenblicklich wieder hinter einer Maske aus kühlem Charme. »Aber diese Nachforschungen hätten geheim bleiben sollen.«

Patricia rutschte verlegen auf ihrem Stuhl herum und warf einen besorgten Blick auf Imogen.

Imogen sah Selena stirnrunzelnd an. »Sie dürfen Patricia keine Vorwürfe machen. Ich bin heute nachmittag zufällig auf die Wahrheit gestoßen. Wie Sie wissen, habe ich ein gewisses Interesse an Dingen, die mit Zamar in Zusammenhang stehen.«

»Sie meinen wohl das Königliche Siegel und die Landkarte, die Ihr Onkel Ihnen testamentarisch vermacht hat.« Selenas Lächeln war spöttisch.

»Ja, allerdings. Aber da ich jetzt mit Colchester von Zamar verheiratet bin, geht mein Interesse weit über das Siegel hinaus. Ich möchte mir gern die Tafel ansehen, in die der sogenannte Rutledge-Fluch eingemeißelt ist. Soweit ich weiß, befindet sie sich in dieser samtenen Hülle.«

Lastende Stille senkte sich über den Salon herab. Die eleganten jungen Damen wechselten beunruhigte Blicke miteinander. Offensichtlich waren sie es nicht gewohnt, daß Selenas Autorität in Frage gestellt wurde.

Selena zögerte, dann zuckte sie anmutig mit den Achseln. »Solange Sie hier sind, können Sie sich gern damit befassen. Aber ich muß Sie warnen, daß der Fluch in der zamaranischen Schrift verfaßt ist. Nur eine Handvoll Menschen in ganz England können sie entziffern.«

»Das ist mir klar.« Imogen stand von ihrem Stuhl auf, ging mit zwei großen Schritten auf den Tisch zu, der vor Selena stand, und nahm die schwarze Samtschatulle in die Hand, ehe auch nur irgend jemand ihre Absicht durchschaut hatte.

Die Zuschauer schnappten schockiert nach Luft, als Imogen die Tafel auspackte.

Selena kniff die Augen zusammen, als sie beobachtete, wie Imogen die alte Tontafel enthüllte. »Wie ich sehe, entsprechen die Gerüchte über Ihr reichlich exzentrisches Benehmen der Wahrheit.«

Imogen ignorierte sie. Sie sah auf die schwere Tafel hinab. »Erstaunlich. Es handelt sich tatsächlich um eine echte zamaranische Tafel.«

»Was haben Sie denn geglaubt?« fauchte Selena.

»Ich war auf die Erkenntnis vorbereitet, daß es sich um eine Fälschung handelt. Aber diese Tafel ist ganz entschieden echt.«

»Ich danke Ihnen für Ihre Meinung«, sagte Selena kühl. »Wenn Sie jetzt vielleicht ...«

»Aber ich bin noch nicht fertig.« Imogen blickte von der Tafel auf. »Die Tafel stammt eindeutig aus dem alten Zamar. Das ist wohl nicht weiter erstaunlich. Soweit ich gehört habe, ist es in Mode gekommen, jede Bibliothek um eine oder zwei dieser Tafeln zu bereichern. Aber bei der Inschrift handelt es sich keinesfalls um einen Fluch.«

»Was soll das heißen?« fauchte Selena.

»Ich fürchte, Sie sind einer betrüblichen Fehlinformation zum Opfer gefallen, Lady Lyndhurst.«

Selena errötete heftig. »Woher wollen Sie denn wissen, was die Inschrift besagt?«

»Ich kann sowohl die zamaranische Druckschrift als auch die Schreibschrift lesen.« Imogen lächelte kühl. »Es wäre wirklich amüsant, wenn nicht manche Menschen die Existenz dieses Fluchs viel zu ernst genommen hätten.«

»Amüsant?« Selena war erbost. »Was soll das heißen?«

»Es handelt sich bei dieser Tafel um nichts weiter als eine Quittung für ein getätigtes Geschäft«, verkündete Imogen. »Um es genau zu sagen, hier wird festgehalten, daß zwei Maß Weizen gegen einen Ochsen eingetauscht worden sind.«

»Das ist eine Lüge.« Selena sprang von ihrem Stuhl auf und erhob die Stimme. »Wie können Sie es wagen zu behaupten, Sie könnten die zamaranische Schrift lesen?«

In der offenen Tür rührte sich etwas. Alle Anwesenden drehten sich um und sahen Matthias dort stehen. Seine Haltung war täuschend lässig.

»Meine Frau kann die alte zamaranische Schrift ebenso gut lesen wie ich«, sagte er seelenruhig.

Imogen drehte sich so schnell zu ihm um, daß ihre Handtasche, die an einem Band aus Satin hing, in einem weiten Bogen um sie herumflog. Sie traf eine Teetasse, die daraufhin auf den Teppich fiel. Etliche junge Damen, die von dem Tee bespritzt wurden, sprangen mit empörten Ausrufen auf.

»Colchester.« Imogen lächelte. »Ich habe dich gar nicht gesehen. Vielleicht wärest du so nett, deine Meinung zu dieser albernen Tontafel zu äußern?«

Matthias neigte den Kopf zu einem huldvollen Nicken, in dem sich sowohl Belustigung als auch Respekt ausdrückten. »Deine Übersetzung ist korrekt. Es handelt sich bei dieser Tafel um ein zamaranisches Dokument. Um eine Quittung, die einen Verkauf bestätigt.«

17

Matthias sprang in die Kutsche und nahm Imogen und Patrica gegenüber Platz. Er warf einen versonnenen Blick auf die Tür von Selenas Stadthaus, als das Fahrzeug sich in Bewegung setzte. Auf seiner Suche nach Imogen und Patricia hatte er zum ersten Mal einen Fuß in das Haus des Engels gesetzt. Er kam sich vor, als hätte er Imogen und Patricia gerade aus einem Spinnennetz befreit.

»Das ist aber wirklich eine Überraschung«, sagte Imogen fröhlich. »Wie kommt es, daß du uns gesucht hast? Ist etwas vorgefallen?«

»Nein.« Matthias lehnte sich in die Polster zurück und drehte sich zu ihr um. Er zwang sich, sie genauer zu betrachten und nach Anzeichen auf Melancholie, Wut oder Ablehnung zu forschen.

Er fand nichts dergleichen. Zu seinem allergrößten Erstaunen schien Imogens gewohnte gute Laune wiederhergestellt zu sein. Die Schatten, die ihre Augen in den letzten zwei Tagen verdunkelt hatten, hatten sich wundersamerweise in nichts aufgelöst. Offensichtlich hatte sie sich von dem verheerenden Schlag, den er ihr versetzt hatte, blendend erholt. Er war nicht sicher, was er davon halten sollte.

Patricia sah erst Imogen und dann Matthias an. Verwirrung und Hoffnung standen in ihren Augen. »Hat es sich bei der Inschrift wirklich um nichts anderes als eine Quittung gehandelt?«

Imogen tätschelte Patricias Hand, die in einem Handschuh steckte. »Ja. Die meisten zamaranischen Tontafeln, mit denen die modische Gesellschaft ihre Arbeitszimmer und Bibliotheken schmückt, halten geschäftliche Transaktionen oder ähnlich banale Dinge fest.« Sie sah Matthias an. »Das stimmt doch, Colchester?«

»Ja.« Matthias warf einen Blick auf Patricia. »Ich versichere dir, daß Imogen eine Expertin ist, wenn es sich um das Lesen von zamaranischer Schrift dreht. Von da aus, wo ich gestanden habe, habe ich die Symbole für Weizen und für einen Ochsen selbst erkennen können. Es handelt sich bei dieser Inschrift ganz entschieden nicht um einen Fluch.«

»Ich verstehe das nicht«, flüsterte Patricia. »In der letzten Zeit sind so viele gräßliche Dinge passiert. Das Duell. Lord Vannecks Tod. Und dann bist du vorgestern beinah ums Leben gekommen, Matthias. Ich war ganz sicher, daß Lady Lyndhurst recht hatte, als sie sagte, der Rudledge-Fluch hätte wieder zugeschlagen.«

»Der Rudledge-Fluch ist der reinste Blödsinn«, sagte Matthias. »Er ist von einer Gruppe von hohlköpfigen Dilettanten erfunden worden, Mitgliedern der Zamaranischen Gesellschaft, kurz nachdem es sich herumgesprochen hatte, daß Rutledge in dem Labyrinth gestorben war. Man kann nur hoffen, daß das alte Zamar die feine Gesellschaft bald langweilen wird und sie ihr Interesse wieder Ägypten zuwendet.«

»Das ist unwahrscheinlich«, sagte Imogen spöttisch. »Wie könnte das alte Ägypten mit dem untergegangenen Zamar konkurrieren? Außerdem wissen wir bereits alles, was es über das alte Ägypten zu wissen gibt.«

Matthias ließ sich von dieser Vorstellung für einen Moment ablenken. »Da wäre ich mir nicht so sicher. Falls es jemals jemandem gelingen sollte, die Inschriften auf diesem schwarzen Basaltblock zu dechiffrieren, den sie den

Rosetta-Stein nennen, könnte das Interesse am alten Ägypten durchaus wieder aufleben.«

Imogen rümpfte die Nase. »Ich werde immer die Wunder von Zamar vorziehen.«

»Deine Loyalität übertrifft alles, meine Liebe«, sagte Matthias liebevoll.

Patricia sah auf ihre Hände hinunter. »Lady Lyndhurst hat behauptet, sie könnte die zamaranische Schrift übersetzen. Sie hat gesagt, sie könnte die Inschrift auf dieser Tontafel lesen. Weshalb sollte sie in diesen Dingen lügen?«

»Lady Lyndhurst betreibt liebend gern ihre kleinen Spielchen.« Matthias bemühte sich gar nicht erst, seinen Abscheu zu verbergen. »Ihr werdet euch fortan beide von ihr fernhalten.«

Patricia erschauderte. »Ich habe nicht den Wunsch, ihren Salon weiterhin zu frequentieren.«

Imogen zog die Augenbrauen zusammen. »Patricia, du hast doch vorgehabt, Lucys Tagebuch heute nachmittag zu dem Zirkel mitzunehmen, nicht wahr?«

Matthias fröstelte innerlich. »Was höre ich da?«

Sein Tonfall ließ Patricia steif zusammenzucken. »Das mit dem Tagebuch tut mit sehr leid. Ich dachte, es wäre nur zum besten, wenn ich es tue.«

Matthias machte den Mund auf, um noch einmal eine Erklärung zu verlangen, doch Imogen brachte ihn mit einem angedeuteten Kopfschütteln zum Schweigen. Widerstrebend hielt er den Mund. Ihm war in der letzten Zeit mehrfach aufgegangen, daß Imogens Methoden im Umgang mit Patricia wirksamer waren als seine eigenen.

Imogen lächelte Patricia beruhigend zu. »Ist schon in Ordnung. Schließlich ist kein Schaden angerichtet worden. Ich habe mich lediglich gefragt, ob du das Tagebuch jemandem gegenüber erwähnt hast, seit es... äh... in unseren Besitz gelangt ist.«

Matthias zog die Augenbrauen hoch, als er ihre taktvolle Beschreibung dessen hörte, was manche Leute als einen klaren Fall von Diebstahl bezeichnet hätten.

»Oh, nein«, versicherte ihr Patricia. »Ich habe niemandem etwas davon erzählt.«

Imogen sah sie gespannt an. »Niemand hat vorgeschlagen, daß du das Tagebuch heute nachmittag zu Lady Lyndhursts Salon mitbringst?«

Patricia schüttelte nachdenklich den Kopf. »Nein, natürlich nicht. Wie hätte jemand wissen können, daß Matthias es in Lord Vannecks Haus gefunden und mitgenommen hat?«

»Da hast du allerdings recht«, sagte Imogen auffallend beiläufig. »Wer außer uns dreien hätte davon wissen können?«

Patricia entspannte sich sichtlich. »Ich bin zu dem Entschluß gelangt, daß ich das Tagebuch zu Lady Lyndhurst mitnehmen mußte, nachdem ich eine Nachricht von einer meiner Freundinnen erhalten hatte, die ebenfalls den Salon besucht.«

Diese Neuigkeit war zuviel für Matthias' Selbstbeherrschung. Er fiel über Patricia her, ehe Imogen ihn zurückhalten konnte. »Jemand hat dir eine Nachricht zukommen lassen, in der es um das Tagebuch gegangen ist? Wer war das?«

Patricias Augen wurden groß. »Ich bin nicht sicher. Die Nachricht, die ich heute morgen erhalten habe, hat keine Unterschrift getragen. Aber sie war mit dem geheimen Siegel versiegelt, das die Mitglieder des Salons immer benutzen, wenn sie schriftlich miteinander verkehren.«

»Ein geheimes Siegel?« Matthias zuckte zusammen. »Was für ein Unsinn. Weshalb zum Teufel hast du mir diese verdammte Nachricht nicht gezeigt? Wann hast du sie bekommen? Hast du die Handschrift erkannt?«

Patricia wich auf ihrem Sitz in die hinterste Ecke zurück. Sie warf Imogen einen flehentlichen Blick zu.

Imogen sah Matthias finster an. »Ich bitte dich, jetzt endlich still zu sein. Du machst die Dinge nur noch komplizierter.«

»Verdammt noch mal.« Matthias hätte Patricia am liebsten geschüttelt, um die Antworten aus ihr herauszuholen. Da diese Methode entschieden nicht in Frage kam, ließ er seine Ungeduld an Imogen aus. »Täusch dich bloß nicht. Ich bin fest entschlossen, dahinterzukommen, was hier vorgeht.«

»Das weiß ich, und du sollst es ja auch erfahren«, erwiderte Imogen mit fester Stimme. »Aber wir können diese ganze Geschichte viel schneller abwickeln, wenn du mir gestattest, die Angelegenheit in einer ruhigen und vernünftigen Form mit deiner Schwester zu besprechen.«

Matthias trommelte mit den Fingern gegen das Kutscheninnere. Sie hatte recht, und er wußte es. »Also, gut. Jetzt mach schon weiter.«

Imogen wandte sich wieder an Patricia. »Schenk ihm keine Beachtung. Männer neigen zur Ungeduld. Und jetzt laß uns auf diese Nachricht zurückkommen, von der du sagst, du hättest sie erhalten. War darin ausdrücklich die Rede von dem Tagebuch?«

»Nein, natürlich nicht.« Patricia war offensichtlich perplex. »Wie hätte jemand wissen können, daß es in unserem Besitz ist?«

»Das frage ich mich allerdings auch«, sagte Matthias trocken. »Vielleicht hast du deine Freundinnen, die du vom Salon kennst, davon benachrichtigt? Natürlich nur in Briefen, die mit dem geheimen Siegel versiegelt sind.«

Tränen schimmerten in Patricias Augen. »Ich habe dir doch schon gesagt, daß ich keiner Menschenseele etwas davon erzählt habe.«

Imogen funkelte Matthias erneut wütend an, um ihn zum Schweigen zu bringen. »Wenn du auch nur die Hälfte der Intelligenz besitzt, die ich dir bisher immer zugetraut habe, dann wirst du jetzt aufhören, uns zu unterbrechen.«

Matthias biß die Zähne zusammen, aber er hielt den Mund.

Imogen lächelte Patricia ermutigend an. »Und jetzt erzähl uns von der Nachricht, die du erhalten hast.«

Patricia musterte Matthias mißtrauisch, da sie zweifellos fürchtete, er würde seine aggressiven Bemühungen fortsetzen, ihr die gewünschten Informationen zu entringen. Als er nichts sagte, sah sie Imogen an. »In der Nachricht wurde behauptet, wir müßten uns alle vor dem Rutledge-Fluch hüten, damit er nicht den Haushalt eines der Mitglieder des zamaranischen Salons trifft. Mir ist sofort klar gewesen, daß Matthias das letzte Opfer war.«

»Ja, selbstverständlich. Eine absolut logische Schlußfolgerung«, sagte Imogen.

Matthias sah sie finster an, doch er zwang sich, hinunterzuschlucken, was ihm auf der Zunge lag.

»Hat sonst noch etwas in der Nachricht gestanden?« fragte Imogen eilig.

»Nur, daß jeder, der einen Gegenstand besitzt, der früher einmal Vanneck gehört haben könnte, in größter Gefahr schwebt.« Patricia zögerte. »Der Fluch haftet allem an, was er besessen hat, verstehst du.«

»Das kann man wohl kaum als subtil bezeichnen«, sagte Matthias höhnisch. »Heiliger Strohsack, jemand weiß von dem Tagebuch.«

Imogen bedachte ihn mit einem weiteren warnenden Blick, ehe sie ihre behutsame Inquisition fortsetzte. »Dir ist also klargeworden, daß sich tatsächlich ein Gegenstand, der früher einmal in Vannecks Besitz war, unter unserem Dach befunden hat, nicht wahr, Patricia? Nämlich das Tagebuch.«

»Ja.« Patricia schien bestürzt zu sein. »Ich wußte, daß keiner von euch beiden, weder du noch Matthias, mir glauben würde, wenn ich versucht hätte, euch das mit dem Fluch zu erklären. Ihr beide tut das als reinen Unsinn ab. Deshalb mußte ich etwas unternehmen. Matthias wäre beinah ums Leben gekommen. Wer hätte wissen können, in welcher Form der Fluch das nächste Mal zuschlägt? Ich dachte mir, Lady Lyndhurst würde sich schon etwas einfallen lassen, was mit dem Tagebuch zu geschehen hat, da sie eine Expertin in puncto Zamar ist und da sie an den Rutledge-Fluch glaubt.«

»Verflucht noch mal«, murmelte Matthias. »Selena ist höchstens auf dem Gebiet der Mode Expertin.«

Imogen richtete ihre Aufmerksamkeit weiterhin auf Patricia. »Ich verstehe, daß du das Gefühl hattest, etwas unternehmen zu müssen. Aber dein Bruder hat ganz recht. Der Rutledge-Fluch ist Unsinn. Ich fürchte, Lady Lyndhurst hat mit dir und den anderen Mitgliedern ihres Salons ein ziemlich häßliches Spiel getrieben.«

Patricia seufzte. »Aber, Imogen, ich kann das einfach nicht verstehen. Wenn es keinen Fluch gibt, wie lassen sich dann all diese seltsamen Vorfälle in der letzten Zeit erklären?«

»Das war purer Zufall«, sagte Imogen unbeschwert. »Zufälle ereignen sich ständig.«

»Der Teufel soll diese sogenannten Zufälle holen«, murrte Matthias zwanzig Minuten später, als er hinter Imogen die Bibliothek betrat. »Diese Sache beruht auf sehr viel mehr als nur auf Zufall, und das weißt du ganz genau.«

»Ja, Matthias, aber ich sehe keinen Grund dafür, Patricia in Panik zu versetzen.« Imogen warf einen Blick auf die geschlossene Tür der Bibliothek, als sie ihren Hut und ihre Handschuhe ablegte. »Sie ist ohnehin schon überängstlich. Und in Anbetracht der Neigung zu gräßlichen und schauerlichen Wahnvorstellungen, die bei euch in der Familie liegt, halte ich es für das beste, wenn wir sie nicht noch mehr aufregen.«

»Ich habe den Verdacht, daß es in diesem Fall guten Grund für gräßliche und schauerliche Wahnvorstellungen gibt.« Matthias ließ sich auf den Stuhl hinter seinem Schreibtisch fallen und sah mit grüblerischen Blicken zu, wie Imogen im Zimmer umherlief. »Was hat das alles zu bedeuten?«

»Ich bin mir nicht sicher. Aber es ist offensichtlich, daß Lucys Tagebuch für jemanden von allergrößter Bedeutung ist.«

Matthias kniff die Augen zusammen und versuchte, seinen Gedanken freien Lauf zu lassen, um Zusammenhänge zwischen Geschehnissen und Personen herzustellen, die anscheinend in keiner Beziehung zueinander standen. »Selena?«

»Sie zählt mit Sicherheit zu den potentiellen Verdächtigen.« Imogen schien es keinerlei Schwierigkeiten zu bereiten, seiner sprunghaften Logik zu folgen. »Schließlich ist sie diejenige, die so getan hat, als würde sie den Rutledge-Fluch interpretieren.«

»Weshalb sollte sie das verdammte Ding an sich bringen wollen?«

»Ich habe keine Ahnung. Soweit ich weiß, waren Lucy und Selena vor drei Jahren nur flüchtig miteinander bekannt. Lucy hat mir nie etwas über sie erzählt, von gelegentlichen Randbemerkungen abgesehen.«

»Ach, wirklich?«

Imogen warf einen forschenden Blick auf Matthias.

»Siehst du vielleicht eine Verbindung, die mir entgangen ist?«

»Erinnerst du dich noch an den Abend, an dem wir in einem gewissen Garten eine äußerst denkwürdige Umarmung genossen haben?«

Imogen errötete ganz reizend. »Ja, selbstverständlich. Aufgrund dieser Umarmung hast du darauf bestanden, daß wir uns verloben.«

»Ich habe nicht lediglich wegen dieser Umarmung auf unserer Verlobung bestanden, auch wenn sie noch so ein Genuß war.«

Imogen unterbrach ihre Wanderung durch den Raum. »Du hast darauf bestanden, weil wir von Selena und Alastair Drake ertappt worden sind.«

»Genau. Viel gibt uns das zwar nicht in die Hand, aber es ist immerhin eine interessante Information am Rande.«

»Aber es war doch nichts weiter als ein reiner Zufall, daß die beiden an jenem Abend einen Spaziergang im Garten unternommen haben und uns in einer... in einer derart...« Imogen räusperte sich. »In einer derart kompromittierenden Situation vorgefunden haben.«

»Wie ich vorhin schon sagte, neige ich nicht zu dem Glauben, daß an dieser ganzen Geschichte auch nur irgend etwas zufällig ist.«

»Gut, dann laß uns anfangen, diverse Mutmaßungen aufzustellen.« Imogen faltete die Hände auf dem Rücken und lief wieder auf und ab. »Jemand weiß, daß du das Tagebuch aus Vannecks Haus entfernt hast. Dieser Unbekannte bemüht sich, Patricia mit einer List dazu zu bewegen, daß sie es heute zum Salon mitbringt. Bei der betreffenden Person könnte es sich durchaus um Selena gehandelt haben, obwohl kein Grund zu der Annahme besteht, daß sie auch nur das geringste Interesse an dem

Tagebuch haben könnte oder daß sie gewußt haben könnte, daß es sich in unserem Besitz befindet.«

»Vielleicht handelt es sich bei der Person, die dahintersteckt, um eines der anderen Mitglieder des Salons.«

Imogen schüttelte den Kopf. »Das ist äußerst unwahrscheinlich. Du hast die Mädchen selbst gesehen, Matthias. Es handelt sich ausnahmslos um junge Damen in Patricias Alter. Für die meisten ist es ihre erste Ballsaison, in der sie in die Gesellschaft eingeführt werden. Vor drei Jahren haben sie noch die Schulbank gedrückt. Keine dieser jungen Damen kann auch nur entfernt mit Lucy bekannt gewesen sein.«

»Vielleicht steckt ein Verwandter einer der jungen Damen dahinter?«

»Das wäre möglich.« Imogen zog die Stirn in Falten. »Aber es ist unwahrscheinlich. Wir stehen wieder vor demselben Problem. Wie hätte eine von ihnen wissen können, daß du das Tagebuch in Vannecks Arbeitszimmer gefunden und es mitgenommen hast?«

»Du vergißt, daß sich an jenem Abend außer mir noch zwei weitere Personen in Vannecks Haus aufgehalten haben«, sagte Matthias. »Ich konnte ihre Gesichter nicht sehen, weil sie sich reichlich angestrengt hatten, sich zu maskieren, um nicht erkannt zu werden. Aber sie müssen mich erkannt haben.«

»Gütiger Himmel. Du hast vollkommen recht.«

»Und sie könnten auf die Idee gekommen sein, daß ich das Tagebuch gesucht habe, weil sie es selbst darauf abgesehen hatten«, fuhr Matthias fort. »In ihren Augen war es wertvoll, und daraus haben sie wahrscheinlich gefolgert, auch ich sei über seine Bedeutung informiert.«

»Aber du hast nichts von seinem Wert geahnt.«

»Ich bin an jenem Abend nicht in Vannecks Haus gegangen, weil ich nach etwas Bestimmtem gesucht habe, aber das können die beiden Personen, denen ich dort begegnet bin, unmöglich gewußt haben. Ich habe dieses verdammte Tagebuch nur mitgenommen, weil Vanneck es ganz offensichtlich gut versteckt hatte.« Matthias zögerte. »Und weil ich gesehen habe, daß es deiner Freundin Lucy gehörte.«

»Du besitzt eine bemerkenswerte Fähigkeit, verborgene Dinge aufzuspüren«, sagte Imogen versonnen.

»Jeder von uns besitzt seine kleinen Spezialbegabungen. Dieses Geschick hat mir auf der Suche nach dem untergegangenen Zamar gute Dienste erwiesen.« Matthias fragte sich bedrückt, ob sie seine Unterlassungsgründe witterte und deutlich wahrnahm, was er ihr verschwieg. Er hatte das Tagebuch nicht nur deshalb mitgenommen, weil es so gut versteckt gewesen war, und auch nicht deshalb, weil es Lucy gehört hatte. Er hatte es mitgenommen, weil er genau gewußt hatte, daß sein Schicksal in irgendeiner Form damit verknüpft war.

Imogen schien jedoch versessen darauf zu sein, die Logik des Problems zu ergründen, das hier zur Diskussion stand, und nicht etwa die verwirrende Frage, warum er so darauf erpicht war, seinen eigenen Untergang herbeizuführen.

»Die beiden Schurken, die dich angegriffen haben, könnten, nachdem du gegangen bist, noch einmal in das Haus zurückgekehrt sein, um ihre Suche fortzusetzen«, schlug sie vor. »Und als das Tagebuch nirgends aufzufinden war, könnten sie zu der Schlußfolgerung gelangt sein, du hättest es entdeckt und mitgenommen.«

»Vielleicht haben sie schlicht und einfach vor dem Haus gewartet und beobachtet, wie ich mit dem Tagebuch in der Hand herauskam. Es war eine mondhelle Nacht, in der man ziemlich gut sehen konnte.«

»Ich weiß nicht recht, Matthias. Nichts von alledem

ergibt einen Sinn, es sei denn, Lucys Tagebuch enthält eine Information von großer Wichtigkeit. Aber was könnte das sein? Vanneck war der einzige, dem Lucys Affäre mit Alastair Drake etwas ausgemacht hätte. Nach so langer Zeit interessiert sich doch gewiß niemand sonst dafür. All das ist schließlich vor drei Jahren passiert.«

Matthias stählte sich für die Frage, die er ihr stellen mußte. »Hast du das Tagebuch ausgelesen?«

»Fast.« Sie schaute zum Fenster hinaus auf den Garten. »Ich fürchte, ich bin nur langsam vorangekommen. Es war teilweise schmerzlich für mich, Lucys Aufzeichnungen zu lesen.«

Matthias nahm das kleine Messer in die Hand, das er zum Anspitzen seiner Federkiele benutzte. Er spielte nervös damit herum. »Imogen, ich zweifle daran, daß du mir glauben wirst, aber ich bedaure es, daß ich dich dazu gezwungen habe, dieses verfluchte Tagebuch zu lesen.«

»Unsinn.« Sie lächelte ihn beschwichtigend an. »Du hast getan, was du für das beste gehalten hast, und du hast vollkommen recht gehabt. Wir müssen wissen, was in diesem Tagebuch steht, damit wir erkennen können, weshalb es für einen anderen Menschen so großen Wert besitzt.«

Er warf das Messer auf die Schreibtischplatte. »Du bist wirklich erstaunlich, ist dir das überhaupt klar? Absolut erstaunlich. Gütiger Gott, kannst du der Wahrheit nicht ins Gesicht sehen, wenn sie dir regelrecht unter die Nase gerieben wird? Schließlich bist du I. A. Stone.«

Sie blieb mitten im Raum stehen und starrte ihn an. Ihr Mund stand offen vor Verwunderung. »Was ist los? Warum bist du so wütend?«

»Wie kannst du einerseits so verdammt intelligent und anderseits so unglaublich naiv sein?«

Sie sah ihn mit einem seltsamen Lächeln an. »Hast du

dir schon einmal Gedanken darüber gemacht, daß ich vielleicht gar nicht so naiv bin, wie du glaubst, Matthias? Ich betrachte einige Wahrheiten ganz einfach aus einer anderen Perspektive als du.«

»In jeder vorgegebenen Situation kann es nur eine einzige Wahrheit geben.«

»Ich bin nicht deiner Meinung. Denk doch nur daran, wie oft wir beide, du und ich, in gedruckter Form über einen speziellen Punkt in der Geschichte von Zamar gestritten haben. In diesen Fällen haben wir beide schriftliche Überlieferungen identisch interpretiert, ihnen aber unterschiedliche Bedeutung zugemessen. Zwei Sichtweisen ein und derselben Wahrheit.«

»Verstehst du es denn nicht?« stieß er zwischen zusammengebissenen Zähnen hervor. »Das hat nichts mit dem alten Zamar zu tun. Solange wir über die Wahrheit diskutieren, wollen wir eines zwischen uns beiden klarstellen.«

»Und das wäre?«

Matthias war entsetzt über das, was er tat. Er sollte augenblicklich damit aufhören, sagte er sich. Es war die reinste Dummheit, auch nur noch ein weiteres Wort zu sagen. Anscheinend war er, was das Tagebuch anging, noch einmal mit knapper Not davongekommen. Er hätte seinem Glücksstern dafür danken und sofort aufhören sollen, eine bodenlose Grube für sich selbst zu graben.

Imogen hatte sich eingeredet, daß er ihr das Tagebuch zu lesen gegeben hatte, weil es keine Alternative dazu gab. Wenn er auch nur einen Funken Verstand besaß, mußte er zulassen, daß sie weiterhin an diese Erklärung glaubte. Es war die reinste Torheit, sein Glück in dieser absurden Form aufs Spiel zu setzen. Aber für ihn gab es kein Halten mehr. Er sprang mit einem Satz in den finsteren Abgrund, den er ausgehoben hatte.

»Dir ist doch sicher klar, daß mir bewußt war, was du

wahrscheinlich über Lucys Charakter in Erfahrung bringen würdest, als ich dir ihr Tagebuch gegeben habe«, sagte er.

»Du hast gewisse Mutmaßungen über Lucy angestellt, die sich auf alten Gerüchten begründen. Du bist davon ausgegangen, daß ich nach der Lektüre ihres Tagebuchs dieselben Mutmaßungen anstellen würde.«

»Es waren nicht nur Mutmaßungen. Das, was du gelesen hast, hat dich verletzt. Verdammt noch mal, Imogen, ich habe deine Tränen selbst gesehen.«

Sie neigte den Kopf auf eine Seite und musterte ihn nachdenklich. »Tante Horatia hat heute zum ersten Mal zugegeben, daß auch ihr Lucys seltsames Benehmen aufgefallen ist.«

»Ihr seltsames Benehmen?« Matthias lachte ohne jede Spur von Humor. »Diese Formulierung entstellt die Sachlage in einer viel zu netten Form. Sie war ein herzloses und abgebrühtes Miststück.«

»Sie hat in einer tiefen Krise gesteckt. Ich war etliche Jahre lang mit ihr befreundet, ehe sie nach London gegangen ist. Ich streite nicht ab, daß eine gewisse Veränderung mit ihr vorgegangen war, nachdem sie Upper Stickleford verlassen hatte.«

»Veränderung?«

»Ich gestehe, daß ich mir Sorgen gemacht habe, vor allem, als sie aufhörte, mir zu schreiben. Aber ich habe geglaubt, diese Veränderungen seien durch ihre Ehe ausgelöst worden.«

Etwas in ihrer Stimme ließ Matthias aufhorchen. »Du hast deine Meinung geändert? Du glaubst nicht mehr, daß Vanneck für Lucys Unglück verantwortlich war?«

»Vanneck hat einen großen Teil der Schuld getragen«, versicherte ihm Imogen. »Aber ich glaube jetzt, daß Lucy auch noch andere Probleme hatte.«

»Wovon zum Teufel redest du denn jetzt schon wieder?«

»Ich habe mir Gedanken über das gemacht, was ich bisher in ihrem Tagebuch gelesen habe. Wie ich Tante Horatia bereits mitgeteilt habe, bin ich zu der Schlußfolgerung gelangt, daß Lucy krank war.«

Matthias war fassungslos. »Krank?«

»Ich glaube nicht, daß man ihren Geisteszustand als gesund hätte bezeichnen können. Sie hatte schon immer unter einer gewissen Überspanntheit gelitten. Zeitweise haben sie Anfälle von Melancholie geplagt. Aber nachdem sie Vanneck geheiratet hatte, wurden ihre Stimmungsumschwünge immer unberechenbarer. Im Tonfall ihres Tagebuchs spiegelt sich ihre zunehmende Erregbarkeit wider. Und es besteht kein Zweifel daran, daß sie von Alastair Drake besessen war.«

Matthias sah sie mit unverhohlenem Unglauben an. »Ich möchte sicher sein, daß ich das voll und ganz verstehe. Du bist zu der Schlußfolgerung gelangt, daß Lucy verrückt gewesen sein könnte?«

»Nicht in dem Sinne wie die armen Seelen, die im Tollhaus enden. Sie hat keine Wahnvorstellungen gehabt, und sie hat auch keine seltsamen Stimmen gehört. Die Eintragungen in ihrem Tagebuch sind bei klarem Verstand verfaßt worden. Und als ich sie damals hier in London besucht habe, schien sie mir durchaus vernünftig. Aber jetzt erkenne ich, daß mit ihr etwas nicht gestimmt hat. Sogar ganz und gar nicht. Die glühende Leidenschaft, mit der sie sich nach Mr. Drake verzehrt hat, erscheint mir nicht...« Imogen zögerte und suchte offensichtlich nach dem treffenden Begriff. »Normal.«

»Sie hat Ehebruch begangen«, bemerkte Matthias spöttisch. »Vielleicht hat ihr das Sorgen bereitet. Schließlich hatte sie Vanneck den gewünschten Erben noch nicht geschenkt. Er wäre wütend geworden, wenn er von ihren Unbedachtheiten erfahren hätte. Die braven Ehefrauen der oberen Zehntausend sorgen immer zuerst dafür, daß der Herr Gemahl seinen Erben hat, bevor sie sich in ihre Affären stürzen.«

»Nein, es steckte mehr dahinter als nur die Sorge, Vanneck könnte hinter ihre Liaison kommen. Sie wollte Alastair Drake mit einer Zielstrebigkeit haben, die mir nicht normal erscheint. Sie war furchtbar wütend, weil er nicht eingewilligt hatte, mit ihr durchzubrennen.«

Matthias erhob sich hinter seinem Schreibtisch. »Wenn ich mir dieses dumme Geschwätz noch länger anhöre, werde ich wahrscheinlich selbst noch verrückt. Imogen, deine Tante hat mir heute einen Besuch abgestattet.«

»Tante Horatia hat dich besucht?« Imogen sah ihn fragend an. »Wenn das nicht seltsam ist. Ich bin heute morgen bei ihr gewesen. Sie hat mit keinem Wort erwähnt, daß sie die Absicht hatte, mit dir zu reden.«

»Zweifellos hat dein Besuch bei ihr dazu geführt, daß sie mich aufgesucht hat.« Matthias' Kiefer schmerzte, so verkrampft war er. »Nachdem du mit ihr geredet hast, ist ihr augenblicklich klargeworden, was ich angerichtet habe, als ich dir Lucys Tagebuch gegeben habe.«

»Das begreife ich nicht.«

»Das merke ich.« Matthias öffnete und schloß die Finger. Dann preßte er die Hände flach auf die Platte seines Schreibtischs. Er beugte sich vor und zwang sich, fest in Imogens klare Augen zu sehen. »Ich habe dich dazu gebracht, Lucys Tagebuch zu lesen, weil ich wollte, daß du gewisse Wahrheiten über deine sogenannte Freundin erkennst. Ich wollte dich dazu zwingen, das in ihr zu sehen, was sie wirklich war. Gott steh mir bei, aber ich habe dich regelrecht erpreßt, dieses verdammte Buch zu lesen, obwohl ich wußte, daß die Wahrheit dich verletzen wird. Das war grausam und hartherzig von mir.«

Imogen sah ihm fest in die Augen, ohne auch nur mit einer Wimper zu zucken. »Ich glaube dir kein Wort.«

»Verdammt noch mal, es ist die Wahrheit«, sagte Matthias grimmig. »Sieh mich an, Imogen. Sieh der Wahrheit ins Gesicht. Du mußt doch begreifen, daß ich dir das Maß meiner Kaltblütigkeit überdeutlich demonstriert habe, als ich dir Lucys Tagebuch gegeben habe.«

»Matthias ...«

»An dem Tag, an dem wir uns zum ersten Mal begegnet sind, hast du gesagt, ich sei nicht der Mann, für den du mich gehalten hättest. Du hast vollkommen recht gehabt.« Matthias löste seinen Blick keinen Moment lang von ihrem Gesicht. »Damals hast du nicht gewußt, wie recht du doch hattest.«

Ein gräßliches Schweigen senkte sich über die Bibliothek herab.

Plötzlich war der Raum mit Geistern gefüllt. Sie umzingelten Matthias von allen Seiten, verspotteten ihn mit ihren stimmlosen Mündern und verhöhnten ihn mit ihren leeren Augenhöhlen. Ihr lautloses Gelächter hallte in seinen Ohren.

Weshalb mußtest du ihre Illusionen zerstören? Schließlich haben sie dir gute Dienste erwiesen, oder etwa nicht? Du hast nicht davor zurückgeschreckt, deine eiskalte Seele an der Glut ihrer süßen Leidenschaft zu wärmen. Du hast dich an dem unwahren Bild deiner selbst ergötzt, das du in ihren Augen gesehen hast. Warum konntest du es nicht dabei belassen? Jetzt hast du alles zerstört.

Matthias hätte die alten Gespenster aus seiner Vergangenheit, die ihn wie ein Spuk verfolgten, gar nicht erst gebraucht, um zu begreifen, welche Dummheit er begangen hatte. Aber jetzt gab es kein Zurück mehr. Er hatte

Horatia am heutigen Morgen die Wahrheit gesagt. Er konnte keine Lüge leben. Nicht mit Imogen.

»Was versuchst du mir damit zu sagen?« fragte Imogen behutsam.

»Stell dich nicht so beschränkt an. Man nennt mich aus guten Gründen den Kaltblütigen Colchester. Ich habe mir diesen Namen verdientermaßen erworben, Imogen. Ich bin nicht der gütige, edle und feinsinnige Mann, für den du mich hältst. Ich besitze weder Zartgefühl, noch bin ich zart besaitet. Das alles habe ich bewiesen, als ich dich gezwungen habe, Lucys Tagebuch zu lesen. Ein netter, rücksichtsvoller Ehemann hätte seine Frau nicht mit erpresserischen Methoden unter Druck gesetzt, damit sie die Wahrheit über eine Frau erfährt, die sie früher einmal als ihre Freundin angesehen hat.«

Imogen musterte ihn für eine Ewigkeit mit Augen, die sich durch seine Haut zu brennen schienen. Matthias wappnete sich gegen die endlose Nacht, die nur darauf wartete, ihn zu umfangen.

Und dann lächelte Imogen. Es war das Lächeln der Anizamara, so leuchtend wie die Wärme der Sonne.

»Ich habe den Verdacht, daß du diese ganze Geschichte viel zu ernst genommen hast, Colchester«, sagte sie. »Aber vermutlich kann man von jemandem, der so sensibel veranlagt ist, nichts anderes erwarten.«

»Zu ernst?« Matthias kam blitzschnell um seinen Schreibtisch herum und packte Imogen an den Armen. »Was ist bloß los mit dir? Was für eine Art von Spiegel ist erforderlich, damit du mich so siehst, wie ich bin?«

Sie hob eine Hand und berührte mit zitternden Fingern seine Wange. »Ich habe dir doch bereits erklärt, daß wir beide die Wahrheit nicht immer im selben Licht sehen.«

Seine Hände schlossen sich fester um ihre Arme. »Welche Wahrheit siehst du, wenn du mich ansiehst?«

»Ich sehe viele Wahrheiten. Und die entscheidendste von allen ist, daß wir beide einander in einiger Hinsicht sehr ähnlich sind.«

»Um Gottes willen, wir sind krasse Gegensätze und nicht etwa verwandte Seelen.«

»Du hast mir einmal gesagt, Zamar und die Leidenschaft würden uns verbinden, falls du dich noch daran erinnerst.«

Verzweiflung und Hoffnung loderten mit der Macht eines Feuers in ihm auf, das wüst um sich griff und sich nicht eindämmen ließ. »Diese Dinge verbinden uns, aber sie machen uns noch lange nicht zu verwandten Seelen. Sie machen uns einander nicht *ähnlich*.«

»Und in genau dem Punkt täuschst du dich.« Ein unergründliches Gefühl ließ Imogens Augen strahlen. »Du bist ein Mann, der sich damit brüstet, für Logik empfänglich zu sein, und daher werden wir uns diese Frage jetzt unter logischen Gesichtspunkten vornehmen. Zuerst nehmen wir uns die Leidenschaft vor. Sie spricht für sich selbst, oder etwa nicht? Ich habe nie für einen anderen Mann empfunden, was ich für dich empfinde.«

»Du hast nie mit einem anderen Mann geschlafen. Woher willst du wissen, was du bei einem anderen empfinden würdest?« Er brachte die Worte kaum heraus. Die Vorstellung, Imogen könnte jetzt, nachdem sie sich ihm hingegeben hatte, in den Armen eines anderen Mannes liegen, verursachte ihm unsägliche Qualen.

»Du bist jetzt still.« Imogen legte ihre Fingerspitzen zart auf seinen Mund. »Ich brauche den Liebesakt nicht mit einem anderen Mann zu erleben, um zu wissen, daß das, was wir beide gemeinsam haben, einzigartig ist. Aber das genügt jetzt zu diesem Punkt. Laß uns zum Thema unseres gemeinsamen Interesses an Zamar übergehen.«

»Du glaubst, unser gemeinsames Interesse an dem alten

Zamar verbindet uns in irgendeiner grandiosen und erhabenen metaphysischen Form miteinander? Du hast zuviel Coleridge und Shelley gelesen. Es gibt hundert Mitglieder der Zamaranischen Gesellschaft, die dieses Interesse mit uns teilen. Ich versichere dir, daß ich mich mit keinem von ihnen verbunden fühle, weder auf einer metaphysischen noch auf einer sonstigen Ebene. Es interessiert mich nicht die Bohne, ob ich einen von ihnen jemals in meinem ganzen Leben wiedersehe.«

»Matthias, verstehst du denn nicht? Was deinen Geist auf einer metaphysischen Ebene mit meinem verbindet, ist nicht das gründliche *Studium* Zamars. Es ist der Umstand, daß wir beide aus demselben Grund seine Geheimnisse erkunden wollten.«

»Und was für ein Grund soll das sein?«

Imogen zog sich auf die Zehenspitzen und küßte ihn zart auf die Lippen. »Um der Einsamkeit zu entfliehen.«

Matthias verschlug es die Sprache. Die erschütternde Wahrheit ihrer schlichten Beobachtung traf ihn mit der Gewalt der Morgendämmerung auf der versunkenen Insel Zamar. Alles wurde plötzlich in ein Licht von derart spektakulärer Klarheit getaucht, daß es schon unnatürlich erschien.

Er hatte seine Erkundungen als ein Mittel benutzt, um seine Geister in Schach zu halten. Ihm war niemals aufgegangen, daß Imogen gegen ihre eigenen grauen Gespenster gekämpft haben könnte.

»Verstehst du es denn nicht?« hakte Imogen behutsam nach. »Die Suche nach den Geheimnissen des alten Zamar hat die Leere in unserem Leben ausgefüllt. Sie hat uns mit Leidenschaft erfüllt, und sie hat uns einen Sinn und ein Ziel gegeben. Was hätten wir ohne Zamar getan?«

»Imogen ...« Er schluckte schwer.

»Ich weiß, was Zamar dir bedeutet, Matthias, denn mir

bedeutet es dasselbe. Tatsächlich schulde ich dir mehr, als ich dir jemals zurückzahlen kann, weil du das getan hast, was ich nicht tun konnte. Du hast diese verloren geglaubte Insel wiederentdeckt. Deine Nachforschungen und deine Artikel und Berichte haben mir Türen geöffnet, die ich selbst niemals hätte öffnen können. Du wirst nie wissen, wieviel Gutes du mir mit deinen Erforschungen des alten Inselkönigreichs erwiesen hast. Auf diese Weise ist ein erhabenes Mysterium nach Upper Stickleford gelangt. Ich bin auf der Suche nach Erklärungen für das Rätsel Zamar aufgeblüht.«

Matthias fand endlich die Stimme wieder. »Das genügt nicht.«

Sie stand still da, während seine Hände nach wie vor ihre Oberarme umklammert hielten. »Du hast gesagt, es sei genug. Du hast gesagt, das sei eine bessere Grundlage für eine Ehe als das Fundament, auf dem die meisten Paare eine Ehe aufbauen.«

»Ich meinte, es genügt nicht, daß du mir erklärst, warum du darauf beharrst, mir eine Größe zuzuschreiben, die ich nicht besitze. Du hast mich doch gewiß nicht geheiratet, weil ich das alte Zamar entdeckt habe. Was wäre gewesen, wenn nach der zweiten Reise Rutledge zurückgekehrt wäre und nicht ich? Was wäre, wenn er dir die Türen geöffnet hätte? Hättest du ihn dann geheiratet?«

Imogen schnitt eine Grimasse. »Nein, natürlich nicht. Ich habe dir doch schon gesagt, warum ich dich geheiratet habe, Matthias. Ich liebe dich.«

»Das hast du nur gesagt, weil du geglaubt hast, ich schwebte in Gefahr, in einem Duell ums Leben zu kommen. Du warst an jenem Abend außer dir vor Sorge. Deine Gefühle waren in Aufruhr. Du hast dich gefürchtet. Und du warst aufgeregt.«

»Unsinn.«

»Und, Gott steh mir bei, ich habe deinen überreizten Zustand ausgenutzt, dich zu einer Heirat zu überreden.«

»Wie kannst du es wagen, so etwas zu behaupten? Du hast nichts dergleichen getan. Ich war durch und durch Herr über meine Sinne, als ich eingewilligt habe, dich zu heiraten. Wie oft muß ich dir noch erklären, daß ich ausgezeichnete Nerven habe? Sie sind nicht so leicht zu strapazieren, und ich neige nicht dazu, überspannt zu sein. Die schlichte Tatsache ist die, daß ich dich damals geliebt habe und daß ich dich auch jetzt liebe.«

»Aber, Imogen ...«

Ihre Augen wurden schmal. »Du bist der sturste Kerl, der mir je in meinem Leben begegnet ist. Ich kann einfach nicht glauben, daß ich dastehe und mich mit dir darüber streite, was ich für dich empfinde. Man sollte meinen, wir hätten eine Auseinandersetzung über irgendeine vage Andeutung in einer zamaranischen Schriftrolle.«

Matthias starrte sie an. »Deine Liebe zu mir ist mir weitaus unbegreiflicher als jedes Mysterium des alten Zamar.«

»Manche Wahrheiten muß man schlichtweg hinnehmen, weil sie selbstverständlich sind. Die Liebe ist eine dieser Wahrheiten. Ich habe dir meine Liebe angeboten. Wirst du sie annehmen, oder wirst du sie zurückweisen?«

Matthias schaute in ihre klaren blaugrünen Augen und sah keine Geister. »Es mag zwar sein, daß ich stur bin, aber dumm bin ich nicht. Ich nehme dein Geschenk entgegen. Gott steh mir bei, aber es ist wertvoller als alles, was ich in der Bibliothek des untergegangenen Zamar entdeckt habe. Ich schwöre dir, daß ich dieses Geschenk hüten und ehren werde.«

Sie lächelte ein rätselhaftes Lächeln, das all die Geheimnisse seiner Vergangenheit, Gegenwart und Zukunft barg.

»Ich hätte dir meine Liebe nicht geschenkt, wenn ich nicht geglaubt hätte, daß sie bei dir in den allerbesten Händen ist.«

Er vergeudete keine Zeit mehr darauf, die weiblichen Geheimnisse ihres Lächelns erkunden zu wollen. Er zog sie in seine Arme und küßte sie leidenschaftlich.

18

Imogen hörte ein rauhes, tiefes Stöhnen, und sie erkannte, daß es sich Matthias' Seele entrungen hatte. Er hob sie schwungvoll auf seine Arme und trug sie zu dem Delphinsofa. Als er sie auf die Seidenkissen legte, sah er ihr intensiv in die Augen. Sie sah den unverkennbaren Schimmer des Verlangens in seinem Blick, vermischt mit einer nahezu unerträglichen Sehnsucht.

Sie war verwundert und fasziniert zugleich. »Matthias? Was hast du vor? Du hast doch sicher nicht etwa die Absicht, mich ... mich hier zu lieben? Hier und jetzt?«

»Ich habe oft auf diesem Stuhl hinter meinem Schreibtisch gesessen und mich gefragt, welchen Anblick du wohl bieten würdest, wenn du nackt hier auf diesem Sofa lägest. Es war eine Form von selbst auferlegter Folter.«

»Gütiger Himmel.«

»Ich warte schon lange auf eine Gelegenheit, meine Phantasie in die Realität umzusetzen.« Matthias ließ sich neben ihr auf die Polster sinken und streckte die Arme nach ihr aus. »Ich glaube, heute ist der Tag gekommen.«

»Aber es ist heller Nachmittag, und wir sind in der Bibliothek.«

Matthias knabberte an ihrem Ohrläppchen, während er begann, ihr Kleid aufzuknöpfen. »Die alten Zamaraner haben sich oft am hellichten Tage geliebt.«

»Tatsächlich?«

»Ganz sicher.« Matthias löste das Mieder ihres Kleides. »Ich habe das aus sehr zuverlässiger Quelle erfahren.«

»Diese Quelle mußt du selbst sein, nicht wahr? Du bist der überragende Experte, wenn es um das alte Zamar geht.«

»Es freut mich zu hören, daß du das zugibst, I. A. Stone.« Er senkte den Kopf, um die sanfte Rundung einer Brust zu küssen.

Süße Vorfreude wogte in Imogen auf. »Liebe am Nachmittag. Wie ungewöhnlich. Aber schließlich hast du selbst geschrieben, die Zamaraner seien ein hemmungsloses Volk gewesen.«

»Nur in Ermangelung einer besseren Formulierung.« Er zog Imogens Röcke bis zu ihrer Taille hoch.

Köstliche Empfindungen regten sich in Imogen. Sie fühlte sich berauscht und beinahe schwindlig. Sie hatte Matthias ihre Liebe geschenkt, und er hatte gelobt, sie wie einen Schatz zu hüten. Colchester war ein Mann, der sein Wort hielt. Er war aber auch ein Mann, sagte sie sich, der lernen konnte zu lieben.

Es lag an ihr, es ihn zu lehren.

In dem Moment fanden seine kräftigen, sensiblen Hände die heiße, feuchte Stelle zwischen ihren Schenkeln, und jeder Gedanke an die Zukunft verließ Imogen vorübergehend. Mit inbrünstiger Hingabe kapitulierte sie vor seinen exotischen zamaranischen Liebestechniken. Matthias streichelte sie, bis sie atemlos war. Bis sie in seinen Armen bebte. Bis sie sich in seiner Umarmung wand und sich ihm verlangend entgegenbäumte.

Ungeduldig zerrte sie an seiner Hose und befreite seinen prallen Schaft. Er glitt zwischen ihre Finger, und sie erschauerte vor Lust, als sie ihn liebkoste.

»Ich liebe dich«, flüsterte sie.

»O Gott, Imogen.« Matthias rollte sich auf sie.

Er drang kraftvoll in sie ein und ließ sie in den Kissen versinken. Sie klammerte sich an ihn und schwelgte in dem

Gefühl seiner Stärke und seines Gewichts auf ihr. Seufzend vergrub sie ihre Finger in den kräftigen Muskeln seiner Schultern.

Als er tief in ihr Erlösung fand, hörte Imogen, wie er zitternd ihren Namen flüsterte.

Es genügte fürs erste.

Lucys Tagebuch endete schockierend abrupt. Eine unheilverkündende Vorahnung überkam Imogen, als sie die allerletzten Einträge las.

> Mein süßer, charmanter Alastair sieht so gut aus wie kein anderer Mann auf Erden, aber auch er leidet unter der üblichen Schwäche seiner Geschlechtsgenossen. Er redet im Bett zuviel, und sein Geschwätz dreht sich um nichts anderes als ihn selbst. Zweifellos vermutet er, daß mir sein kleiner Ausrutscher kürzlich nicht aufgefallen ist. Vielleicht glaubt er sogar, ich hätte den tieferen Sinn seiner Anspielungen nicht begriffen, als er der Trägheit erlag, die Männer nach dem Liebesspiel befällt. Möglicherweise hat er sich sogar eingeredet, er hätte die Worte nicht laut gesagt. Aber ich bin nicht dumm. Ich habe seine Worte gehört, und ich habe sie verstanden. Alastair ist meine wahre Liebe, und ich werde ihn zwingen einzugestehen, daß wir füreinander geschaffen sind. Wir werden nach Italien gehen und dort das prächtige und grandiose Leben eines Liebespaares führen, dem es bestimmt ist, vereint zu sein.
>
> Meine Aufregung ist so groß, daß ich kaum atmen kann. Meine Hand zittert, während ich diese Worte schreibe. Der Geheimpolizist, den ich angeheuert habe, damit er Nachforschungen über Alastairs kleine Unbesonnenheit anstellt, ist endlich aus dem Norden zurück-

gekehrt. Die Information, die er mir übermittelt hat, ist nützlicher, als ich zu hoffen gewagt hätte. Mein ungezogener Alastair ist keineswegs das, wofür er sich ausgibt. Ich bin sicher, daß er alles tun wird, um die Wahrheit vor der guten Gesellschaft geheimzuhalten. Aber auch wirklich alles. Wenn ich ihm den Preis für mein Schweigen nenne, wird er ihn mit Sicherheit bezahlen. Vielleicht wird er anfangs wütend sein, aber wenn wir erst einmal in Italien in Sicherheit sind, wird er zu der Erkenntnis gelangen, daß es uns bestimmt ist, bis in alle Ewigkeit zusammen zu sein. Mit der Zeit wird er mir das verzeihen, wozu ich mich jetzt gezwungen sehe. Es ist zu seinem eigenen Besten.

Ein Schauder lief Imogen über den Rücken, als sie das Tagebuch zuschlug. Lange Zeit saß sie stumm da und schaute blicklos zum Fenster ihres Schlafzimmers hinaus.

Jetzt ist alles vollkommen klar, dachte sie. Gegen Ende hatte Lucy mehr und mehr in einer seltsamen Welt gelebt, die sie selbst erschaffen hatte. Die Realität und ihre Phantasie waren in einem Ausmaß miteinander verschmolzen, daß sie nicht mehr hatte erkennen können, wo das eine endete und das andere begann. Ihre Besessenheit von Alastair Drake hatte sie jeglicher Logik und Vernunft beraubt. Vielleicht war Lucy nicht wirklich verrückt gewesen, aber sie war auch ganz sicherlich nicht vollkommen bei Verstand gewesen.

Imogen stand von ihrem Stuhl auf. Sie klemmte sich Lucys Tagebuch unter den Arm und begab sich langsam nach unten, um Matthias zu suchen.

Er war genau da, wo sie ihn vor weniger als zwei Stunden zurückgelassen hatte, nämlich an seinem Schreibtisch. Er war in einen griechischen Text vertieft. Als sie die Bibliothek betrat, blickte er auf.

»Imogen.« Er wollte sie gerade anlächeln, doch dann sah er das Tagebuch. Jede Andeutung einer Gefühlsregung schwand aus seinen gespenstisch grauen Augen. Er stand langsam auf. »Du hast es ausgelesen.«

»Ja.«

»Und?« Er beobachtete sie, als sie auf ihn zukam und ihm gegenüber auf der anderen Seite des Schreibtischs stehenblieb. »War es die Qualen wert, die du durchgestanden hast, meine Liebe?«

Imogen lächelte ihn kläglich an. »Ich habe den Verdacht, du hast größere Qualen durchlitten als ich, Matthias.«

»Das ist ziemlich unwahrscheinlich. Lucy war deine Freundin, nicht meine.«

»Ja, aber du hast dich vor Gewissensbissen förmlich zerfleischt, weil du mich dazu aufgefordert hast, ihr Tagebuch zu lesen. Freiwillig auferlegte Schuldgefühle haben außerordentlich scharfe Krallen, nicht wahr?«

Matthias zog die Augenbrauen hoch. »Ich gestehe, daß ich damit bis vor kurzem noch nicht viel Erfahrung hatte. Ich könnte jedoch nicht behaupten, daß ich die Gefühle, die dadurch hervorgerufen werden, besonders zu schätzen wüßte. Erbarme dich meiner, Imogen. Es mag zwar sein, daß ich diese Folterqualen verdient habe, aber ich hoffe, du wirst mich möglichst schnell von meinem Elend erlösen. Hast du etwas Entscheidendes erfahren, oder war alles umsonst?«

»Ich glaube, ich weiß jetzt, warum jemand hinter dem Tagebuch her ist. Und möglicherweise weiß ich auch, wer es an sich bringen will. Lucy hat ein dunkles Geheimnis über Alastair Drake in Erfahrung gebracht.«

»Drake?« Matthias runzelte die Stirn. »Was für ein Geheimnis soll das sein?«

»Ich weiß es nicht. Sie hat es ihrem Tagebuch nicht

anvertraut. Aber es muß etwas sehr Wichtiges gewesen sein, denn sie hatte einen Geheimpolizisten engagiert, damit er Nachforschungen anstellte.«

»Das ist ja hochinteressant«, sagte Matthias bedächtig.

»Ihr letzter Tagebucheintrag dreht sich um den Bericht des Konstablers. Was auch immer er ihr mitgeteilt haben mag, es scheint einen Verdacht bestätigt zu haben, den sie bereits hatte. Sie hatte die Absicht, diese Information zu benutzen, um Mr. Drake zu erpressen, damit er mit ihr nach Italien geht.«

»Was für eine arme, umnachtete Irre sie doch gewesen sein muß.« Matthias schüttelte den Kopf. »Jeder, der seine Bekanntschaft gemacht hat, kann deutlich sehen, daß Drake ein Produkt der Londoner Gesellschaft ist und sich dort heimisch fühlt. Sie ist sein Lebenselexier. Er würde niemals freiwillig dem Stadtleben den Rücken kehren.«

Imogen preßte das Tagebuch eng an sich. »Ich bezweifle, daß Lucy sich darüber im klaren war. Mir war es jedenfalls mit Sicherheit nicht klar.«

Matthias zuckte die Achseln und sagte nichts.

Imogen sah ihn finster an. »Wenn du auch nur eine einzige Bemerkung zum Thema meiner angeblichen Naivität von dir geben solltest, dann werde ich in Wut geraten.«

»Ich käme nicht im Traum darauf, auch nur ein Wort zu sagen.«

»Eine sehr weise Haltung.« Imogen räusperte sich. »Jedenfalls war Lucy, wie ich dir bereits sagte, gegen Ende nicht mehr sie selbst.«

»In dem Punkt könntest du recht haben. Mit Sicherheit hätte keine klar denkende Frau einen so verrückten Plan ausgeheckt. Sie hat keine Andeutung über das Geheimnis fallenlassen, auf das sie gestoßen ist?«

»Nein.« Imogen errötete bei der Erinnerung an das, was

Lucy niedergeschrieben hatte. »Nur daß es sich um etwas gehandelt hat, was Mr. Drake versehentlich während einer dieser merkwürdigen Phasen extremer Erschöpfung herausgerutscht ist, die Angehörige des männlichen Geschlechts nach einer, äh, Begegnung befällt.«

»Was für einer Begegnung?« Die Falten schwanden von Matthias' Stirn. »Ach so, ich verstehe. Drake hat nicht genug Grips gehabt, um den Mund zu halten, solange er keine Hose anhatte, das meinst du doch?«

»Das ist eine ziemlich derbe Ausdrucksweise.«

»Aber sie ist zutreffend, das mußt du doch selbst zugeben.«

»Vermutlich schon.« Imogen pochte mit der Fußspitze auf den Teppich. »Dir ist doch klar, was diese Information besagen könnte, oder nicht?«

Ein raubtierhaftes Funkeln war in Matthias' intelligenten Augen zu erkennen. »Ja, selbstverständlich. Deine Freundin könnte tatsächlich ermordet worden sein. Aber es wäre ohne weiteres möglich, daß es sich bei dem Mörder nicht um Vanneck, sondern um Alastair Drake gehandelt hat.«

»Ja.« Imogen ließ sich langsam auf einen Stuhl sinken. Sie starrte das Tagebuch auf ihrem Schoß an. »Mr. Drake könnte zu der Erkenntnis gelangt sein, daß er sie töten mußte, um zu verhindern, daß sie sein Geheimnis publik machte. Was für ein seltsamer Gedanke. Drei Jahre lang habe ich angenommen, Vanneck hätte Lucy ermordet. Es fällt mir schwer, mir Mr. Drake als Mörder vorzustellen.«

»Mir bereitet diese Vorstellung keine sonderlichen Probleme«, murmelte Matthias. »Aber was mich interessiert, ist dieses verfluchte Geheimnis. Ich frage mich, ob es wohl möglich wäre, den Konstabler ausfindig zu machen, den Lucy vor drei Jahren engagiert hat. Mit dem würde ich mich gern einmal näher unterhalten.«

Imogen blickte auf. »Das ist eine ganz ausgezeichnete Idee, Matthias.«

»Ich werde augenblicklich einen Boten in die Bow Street schicken.« Matthias setzte sich und griff nach einem Federhalter. »Ich glaube, in der Zwischenzeit werde ich noch jemandem einen Besuch abstatten, der etwas über diese Angelegenheit wissen könnte.«

»Du willst doch gewiß nicht etwa Mr. Drake aufsuchen? Wir haben noch nicht genügend Informationen.«

»Nein, doch nicht Drake. Dieses leuchtende Exempel zamaranischer Gelehrsamkeit, den Engel.«

»Du hast die Absicht, mit Lady Lyndhurst zu sprechen?« Imogen runzelte die Stirn. »Warum denn das?«

»Ich habe das sichere Gefühl, daß sie mit dieser ganzen Geschichte irgend etwas zu tun hat.« Matthias hatte seine kurze Nachricht verfaßt und legte die Feder hin. »Ich glaube, daß sie diejenige war, die heute nachmittag versucht hat, das Tagebuch an sich zu bringen.«

»Das ist gut möglich. Sie könnte mehr wissen als wir.« Imogen sprang auf. »Ich werde dich begleiten.«

»Nein, das wirst du nicht tun.« Entschlossenheit drückte sich auf Matthias' Gesicht aus, als er Imogen ansah. »Du wirst hier warten, bis ich zurückkomme.«

»Ich kann nicht zulassen, daß du dich ganz allein auf die Suche nach Informationen begibst, Matthias. Denk doch nur an die katastrophale Lage, in die du dich gebracht hast, als du ohne meinen Beistand Vannecks Haus durchsucht hast. Das hätte dich das Leben kosten können.«

»Ich bezweifle ernstlich, daß Selena einen Versuch unternehmen wird, mich in ihrem eigenen Salon zu ermorden.« Matthias war belustigt. »Sie ist eine Dame und nicht ein Schläger aus den Elendsvierteln. Frauen von ihrer Sorte setzen auf ihre Reize, um ihre Ziele zu erreichen.«

»Hm. Nimm es mir nicht übel, aber ich bin nicht sicher,

daß wir uns in dieser Angelegenheit auf deine Erfahrungen verlassen können. Meine Mutter hat einmal zu mir gesagt, daß Männer Frauen häufig unterschätzen.«

»Ich hüte mich immer davor, dich jemals zu unterschätzen.«

Imogen rümpfte die Nase. »Also gut. Da du darauf beharrst, daß keinerlei Gefahr besteht, gibt es nicht den geringsten Grund dafür, daß ich dich nicht zu Lady Lyndhurst begleiten sollte.«

Matthias, der gerade die Nachricht versiegelte, hielt in der Bewegung inne. »Wie ich sehe, werde ich mich mit meiner Logik in Zukunft besser vorsehen müssen.«

»Du brauchst dir deshalb keine Vorwürfe zu machen.« Sie warf einen versonnenen Blick auf das zamaranische Sofa. »Schließlich haben wir uns erst vor kurzer Zeit vom ehelichen Lager erhoben. Vielleicht hast du dich noch nicht restlos von der tiefen Erschöpfung erholt, die den männlichen Teil der menschlichen Gattung nach dem Liebesspiel befällt.«

Matthias' Zähne blitzten, als er schelmisch lachte. »Du übst tatsächlich eine beunruhigende Wirkung auf mein anfälliges Nervenkostüm aus. Also gut, du kannst mich begleiten, wenn ich Selena einen Besuch abstatte, aber du wirst mir die Gesprächsführung überlassen. Habe ich mich klar genug ausgedrückt?«

Imogen bedachte ihn mit ihrem strahlendsten Lächeln. »Selbstverständlich. Ich dächte nicht im Traum daran, die Dinge in die Hand zu nehmen, wenn du doch so offensichtlich Herr der Lage bist.«

Matthias wirkte äußerst skeptisch. »Was du nicht sagst.«

Weniger als eine halbe Stunde später öffnete eine mürrische Haushälterin die Tür zu Selenas Stadthaus. Sie sah

Imogen und Matthias finster an. »Was kann ich für Sie tun?«

»Teilen Sie Lady Lyndhurst bitte mit, daß die Gräfin und der Graf von Colchester sie in einer dringenden Angelegenheit zu sprechen wünschen«, sagte Matthias kühl.

»Lady Lyndhurst ist nicht zu Hause«, murrte die Haushälterin. »Ich weiß auch nicht, wann sie zurückkommt.«

Imogen ging auf, daß es schon kurz vor fünf war. »Hat sie vielleicht eine Spazierfahrt in den Park unternommen?«

Die Haushälterin stieß ein rauhes, bellendes Gelächter aus. »Wohl kaum, es sei denn, die Gnädigste packt neuerdings ihre Siebensachen, ehe sie in den Park fährt.«

»Wollen Sie uns damit etwa sagen, daß Lady Lyndhurst ihre Koffer gepackt und die Stadt verlassen hat?« fragte Matthias.

»Richtig, genau das.«

»Aber wir waren doch gerade erst vor wenigen Stunden noch hier«, protestierte Imogen. »Sie hat am frühen Nachmittag noch ihren zamaranischen Zirkel abgehalten.«

»In dem Moment, in dem Sie beide verschwunden sind, hat sie all die jungen Damen aus dem Haus gescheucht«, sagte die Haushälterin. »Und dann hat sie dem gesamten Personal befohlen, so schnell wie möglich zu packen. So was habe ich noch nie erlebt.«

»Hat Lady Lyndhurst zufällig das Ziel ihrer Reise genannt?« fragte Matthias.

»Mir gegenüber ganz bestimmt nicht.« Die Haushälterin zog ihre breiten Schultern zu einem Achselzucken hoch.

»Verflucht noch mal«, murmelte Matthias.

Etwas im Tonfall der Haushälterin machte Imogen stutzig. Sie erinnerte sich wieder an die Geschichten, die

Mrs. Vine über ihre früheren Mieter und deren Geheimnisse erzählt hatte. »Hat Lady Lyndhurst daran gedacht, dem Personal vor ihrer überstürzten Abreise den Lohn für drei Monate auszubezahlen?«

»Nein, die doch nicht.« Empörung flackerte in den Augen der Haushälterin auf. »Das ist mal wieder typisch für Frauen von dieser Sorte. Nachdem wir ihr drei Jahre lang treue Dienste geleistet haben, verschwindet sie und macht sich nicht einmal die Mühe, auch nur einem von uns seinen Lohn zu bezahlen.«

Imogen warf einen Seitenblick auf Matthias. »Mein Mann würde Sie mit Freuden für Ihren Verdienstausfall entschädigen, wenn Sie uns einen Anhaltspunkt geben könnten, wohin Lady Lyndhurst gegangen sein könnte.«

»Imogen, was zum Teufel hast du vor?« erkundigte sich Matthias schroff. »Ich habe mit keinem Wort gesagt...«

»Schweig, Matthias.« Imogens Aufmerksamkeit galt weiterhin ausschließlich der Haushälterin. »Also, was ist? Kommen wir ins Geschäft miteinander?«

Ein Hoffnungsschimmer zeichnete sich in den Augen der Haushälterin ab. »Ich nehme an, ihr Bruder wird wohl wissen, wohin sie gegangen ist.«

»Ihr Bruder?« Imogen sah die Frau voller Erstaunen an. »Mir war gar nicht gewußt, daß Lady Lyndhurst einen Bruder hat.«

»Das kommt daher, daß die beiden es verschweigen. Niemand weiß, daß sie Bruder und Schwester sind«, sagte die Haushälterin verschlagen. »Ich habe rein zufällig davon erfahren, schon kurz nachdem ich in Lady Lyndhursts Dienste getreten bin. Um das Personal kümmert sich niemand. Sie benehmen sich, als seien wir unsichtbar. Aber auch wir haben Augen und Ohren, genauso wie die feinen Leute. Eines Tages, als er zu Besuch gekommen ist, habe ich die beiden miteinander reden hören.«

»Wie lautet der Name von Lady Lyndhursts Bruder?« erkundigte sich Matthias mit gesenkter Stimme.

Die Haushälterin sah ihn gerissen an. »Das werde ich Ihnen mit Freuden sagen, Sir, sowie Sie mir und dem übrigen Personal den ausstehenden Lohn bezahlt haben.«

»Das wird nicht nötig sein«, erwiderte Matthias. »Ich glaube, wir können durchaus eine Vermutung wagen, was die Identität von Lady Lyndhursts Bruder angeht. Für diesen Posten gibt es wohl nur einen einzigen Anwärter.«

Imogen hatte plötzlich eine Eingebung. »Alastair Drake?«

Die Miene der Haushälterin wurde lang. »Wenn das nicht mal wieder typisch für die Reichen ist! Für Kleider und Pferde geben sie ein Vermögen aus, aber sowie es darum geht, die armen Leute zu bezahlen, die sich für sie abrackern, werden sie plötzlich knickerig.«

»Gib ihr das Geld für den vierteljährlichen Lohn«, wies Imogen Matthias an.

Er bedachte sie mit einem finsteren Blick. »Und weshalb sollte ich das tun?«

»Colchester, dies ist nicht der rechte Zeitpunkt, um sich stur zu stellen. Gib ihr das Geld.«

Er seufzte resigniert. »Also, gut.« Er wandte sich wieder an die Haushälterin. »Da ich mich gerade bereit erklärt habe, für Informationen zu bezahlen, die ich bereits habe, wären Sie vielleicht so freundlich, meinen Verdacht zu bestätigen?«

Erleichterung breitete sich auf den Zügen der Frau aus. »Es stimmt, daß Mr. Alastair Drake Lady Lyndhursts Bruder ist. Ich habe keine Ahnung, warum die beiden ihre verwandtschaftlichen Beziehungen unbedingt geheimhalten wollten. Welchen Unterschied könnte das schon für irgend jemanden machen?«

»Eine ausgezeichnete Frage«, murmelte Imogen.

»Bisher scheinen wir auf wesentlich mehr Fragen als Antworten gestoßen zu sein«, bemerkte Imogen, als Matthias sie in den leichten, vierrädrigen Zweispänner hob. »Dann sind Mr. Drake und Selena also Geschwister. Ich frage mich, ob das das Geheimnis ist, das Lucy entdeckt hatte.«

»Es kann gut sein, daß sie etwas von der Verwandtschaft der beiden erfahren hat«, sagte Matthias, als er die Zügel in die Hand nahm. »Aber das scheint noch lange kein Grund für einen Erpressungsversuch zu sein, von einem Mordmotiv ganz zu schweigen.«

»Es sei denn, Mr. Drake und Selena haben ihre verwandtschaftlichen Beziehungen verschwiegen, um ein anderes, gefährlicheres Geheimnis zu bewahren.« Imogen hielt ihren breitkrempigen Hut mit den Muscheln fest, als die Pferde sich in Bewegung setzten. »Ich wüßte zu gerne, ob Mr. Drake ebenfalls heute nachmittag die Stadt verlassen hat.«

»Das sollte sich mühelos herausfinden lassen. Ich werde auf dem Rückweg bei ihm vorbeifahren. Ich glaube, mich zu erinnern, daß er in der Hollowell Street wohnt.«

»Wie kommt es, daß du das weißt, Matthias?«

»Kurz nach unserer Ankunft in London hatte ich beschlossen, ein paar Kleinigkeiten über Drake in Erfahrung zu bringen.«

Eine immense Neugier regte sich plötzlich in Imogen. »Weshalb um alles in der Welt hast du Erkundigungen über ihn eingezogen?«

»Laß es mich ganz einfach sagen: An jenem Tag, an dem ich dir und deiner Tante einen Besuch abgestattet und dich in seinen Armen vorgefunden hatte, hat sich mir eine ganze Reihe von interessanten Fragen gestellt.«

Imogen sah ihn voller Verwunderung an. »Sag bloß nicht, du wärst eifersüchtig auf Alastair Drake gewesen, Matthias.«

»Nein, natürlich nicht.« Matthias starrte auffällig konzentriert auf die Ohren seiner Pferde. »Eifersucht ist lachhaft und unreif und geziemt sich nur für leidenschaftlich entflammte Poeten und sehr junge Männer.«

»Ja, selbstverständlich.« Er war ganz entschieden eifersüchtig gewesen, sagte sich Imogen. Sie lächelte zufrieden in sich hinein. »Was schlägst du für den Fall vor, daß Mr. Drake ebenfalls verschwunden ist?«

»Wir werden Vorsichtsmaßnahmen ergreifen.« Matthias' Augen wurden schmal. »Irgend etwas gefällt mir an dieser ganzen Sache nicht, Imogen. Ich habe das Gefühl, hier liegt einiges im argen.«

»Ich bin ganz deiner Meinung.«

Wenige Minuten später ließ Matthias die Kutsche vor der Hollowell Street Nummer zwölf anhalten. Niemand öffnete, als er an Alastairs Haustür klopfte.

Ein Blick durch die Fenster, vor denen keine Vorhänge zugezogen waren, zeigte deutlich das Chaos, das in Nummer zwölf herrschte. Alastair Drake hatte seine Habe offensichtlich in allergrößter Eile zusammengepackt.

»Sie sind beide verschwunden. Es ist einfach unglaublich«, sagte Imogen, als sie kurz darauf vor Matthias in die Bibliothek eilte. »Aber warum nur? Was hat sie derart beunruhigt, daß sie das Gefühl hatten, die Stadt verlassen zu müssen?«

»Der Umstand, daß wir das Tagebuch hatten und nicht gewillt waren, es Selena in die Hände fallenzulassen«, sagte Matthias. Er zerrte ungeduldig am Knoten seines Halstuchs. »Nach dieser Szene, zu der es heute nachmittag in Selenas Salon gekommen ist, ist sie wahrscheinlich zu dem Schluß gelangt, wir müßten entweder hinter dasselbe Geheimnis gekommen sein, das Lucy aufgedeckt hatte, oder wir wären ihm zumindest auf der Spur.«

»Sie muß Alastair benachrichtigt haben.« Imogen zog nachdenklich die Stirn in Falten. »Und beide sind in Panik geraten und haben fluchtartig die Stadt verlassen?«

»Vielleicht, vielleicht aber auch nicht.«

Sie blickte eilig auf, beunruhigt über seinen unheilverkündenden Tonfall. »Wie meinst du das?«

Matthias trat ans Fenster, und die Zipfel seines schneeweißen Halstuchs hingen jetzt lose herunter. »Alles spricht dafür, daß Drake Lucy getötet hat, weil sie hinter sein Geheimnis gekommen ist. Es könnte sein, daß er aus demselben Grund auch Vanneck erschossen hat.«

»Aber Lucys Tagebuch muß schon vor drei Jahren in Vannecks Besitz übergegangen sein. Weshalb hätte Drake so lange warten und ihn erst jetzt ermorden sollen?«

Matthias stützte sich mit einer Hand auf die Fensterbank. »Wer weiß, wann Vanneck tatsächlich auf das Tagebuch gestoßen ist oder wann er sich die Zeit genommen hat, es zu lesen?«

»Vor ein paar Monaten hat er seine große Villa verkauft und ist in ein kleineres Haus gezogen«, rief ihm Imogen ins Gedächtnis zurück. »Vielleicht ist das Tagebuch zum Vorschein gekommen, als sein Personal alles für den Umzug verpackt hat.«

»Das wäre durchaus möglich. Aber es kommt noch etwas anderes hinzu. Lucy hat ihrem Tagebuch Drakes tiefes, finsteres Geheimnis nicht anvertraut. Sie hat nur angedeutet, daß sie dahintergekommen ist, und sie hat behauptet, sie hätte vor, Drake damit zu erpressen. Worin Drakes Geheimnis besteht, ist diesem verdammten Buch nicht wirklich zu entnehmen.«

»Richtig.« Imogen begann, in der Bibliothek umherzulaufen. »Aber die Tatsache, daß Vanneck das Tagebuch in seiner Bibliothek versteckt hatte, weist darauf hin, daß er sich über seine Bedeutung im klaren war.«

»Und die Tatsache, daß Selena und Drake dieses Tagebuch an sich bringen wollen, weist darauf hin, daß die beiden glauben, Lucy hätte das Geheimnis in ihr Tagebuch geschrieben. Wie sollten die beiden wissen, daß das nicht der Fall ist, wenn sie das Tagebuch nie gelesen haben?«

»Ein ganz ausgezeichnetes Argument«, murmelte Imogen. »Was, wenn Vanneck, wie du angedeutet hast, erst kürzlich auf das Tagebuch gestoßen ist? Was, wenn er daraus entnommen hat, daß Selena und Alastair etwas zu verbergen haben, ohne jedoch zu wissen, worum es sich dabei handelt?«

»Es kann durchaus sein, daß Vanneck versucht hat, Drake zu bluffen. Möglicherweise hat er Drake gegenüber so getan, als sei ihm das Geheimnis bekannt, das Lucy aufgedeckt hatte, und er hat versucht, ihn damit zu erpressen, genauso wie es vor ihm schon Lucy getan hat. Und Drake hat ihn getötet, wie er vor ihm schon Lucy getötet hat.«

»Ja. Eine brillante Schlußfolgerung. Das ist absolut einleuchtend, Colchester.«

»Danke. Aus dem Mund von I. A. Stone fasse ich das als ein großes Lob auf.« Matthias wandte sich vom Fenster ab und ging auf seinen Schreibtisch zu. »Das einzige, was wir mit Sicherheit wissen, ist, daß das Tagebuch eine Gefahr darstellt. Solange wir nicht wissen, warum, habe ich die Absicht, dafür zu sorgen, daß sowohl dir als auch Patricia nichts zustoßen kann.«

Imogen war verblüfft. »Du glaubst doch gewiß nicht etwa, deine Schwester und ich schwebten in Gefahr? Selena und Alastair haben London verlassen.«

»Genau diesen Eindruck wollen sie bei uns erwecken. Ich habe nicht die Absicht, ein Risiko einzugehen.« Matthias wurde von einem Klopfen an der Tür zur Bibliothek unterbrochen. »Was ist, Ufton?«

»Ein Mr. Hugo Bagshaw möchte Sie sprechen, Sir«, sagte Ufton gefaßt.

»Bagshaw?« Matthias' Miene verfinsterte sich. »Dieser junge Mann besitzt eine außergewöhnliche Begabung darin, den ungünstigsten Zeitpunkt zu wählen. Sagen Sie ihm, daß ich nicht zu Hause bin.«

Hugo tauchte hinter Ufton in der Tür auf. Er hatte sich in Schale geworfen und umklammerte mit einer Hand einen kleinen Blumenstrauß. Er funkelte Matthias wütend an. »Ich habe gleich gewußt, daß Sie mir etwas vorgemacht haben, als Sie behauptet haben, Sie hätten nichts dagegen, wenn ich Ihrer Schwester einen Besuch abstatte. Warum haben Sie nicht den Anstand besessen, mir die Wahrheit ins Gesicht zu sagen? Weshalb mußten Sie mich mit all diesem Blödsinn abspeisen, wir beide, Sie und ich, hätten etwas gemeinsam?«

»Hugo.« Imogen lächelte herzlich und streckte ihm zur Begrüßung die Hand entgegen, als sie ihm durch die Bibliothek entgegeneilte. »Treten Sie doch ein. Wir freuen uns sehr darüber, Sie zu sehen. Du gibst mir doch recht, Colchester?«

»Im Moment habe ich dringendere Dinge zu tun«, erwiderte Matthias mit ruhiger Stimme. »Oder solltest du unser anderes kleines Problem vergessen haben?«

»Nein, natürlich nicht«, versicherte sie ihm. »Aber ich bin trotzdem der Meinung, wir sollten Hugo das Gefühl geben, daß er willkommen ist.«

»Ein anderes Mal«, brummte Matthias.

»Ha!« Hugos Augenbrauen zogen sich über seiner Nase zu einem Strich zusammen. »Das ist doch gar nicht Ihr Ernst. Sie versuchen lediglich, mich abzuwimmeln, Colchester.«

»*Hugo.*« Patricias Stimme, die vom oberen Treppenabsatz ertönte, klang begeistert. »Ich meine, Mr. Bagshaw.

Was tun Sie denn hier? Wollten Sie uns einen Besuch abstatten?«

»Ja, allerdings«, sagte Hugo mit sehr lauter Stimme. »Aber es scheint, als käme ich ungelegen.«

»Das ist nicht wahr«, sagte Imogen forsch. »Ufton, machen Sie bitte den Weg frei, damit Mr. Bagshaw eintreten kann.«

»Wie Sie wünschen, Madam.« Nach einem flüchtigen Blick auf Matthias trat Ufton zur Seite.

»*O Hugo*«, rief Patricia aus, während sie leichtfüßig die Stufen hinuntersprang. »Natürlich sind Sie hier willkommen.«

Imogen lächelte Ufton an. »Veranlassen Sie bitte, daß Tee in der Bibliothek serviert wird.«

»Ja, Madam.« Ufton neigte den Kopf zu der Andeutung einer steifen Verbeugung und wollte sich entfernen.

»Sparen Sie sich die Mühe.« Hugo nahm eine stolze und aufrechte Haltung an. »Ich habe das deutliche Gefühl, daß ich hier nicht erwünscht bin.«

»Ganz im Gegenteil...« Imogen warf Matthias einen drohenden Blick zu. »Ich habe Ihnen doch gerade erklärt, daß Sie uns ein willkommener Gast sind. Nehmen Sie doch bitte Platz, Hugo.« Ihr Tonfall wurde schärfer. »Und zwar sofort.«

Hugo schien ein wenig entgeistert zu sein. Er blinzelte ein- oder zweimal und trat dann zögernd näher.

Matthias fügte sich in das Unvermeidliche. Er nahm hinter seinem Schreibtisch Platz und musterte das Grüppchen, das sich in der Tür drängte, mit einem nachdenklichen Gesichtsausdruck. »Sie müssen sich unbedingt setzen, Bagshaw. So, wie die Dinge liegen, kann ich Ihre Hilfe dringend gebrauchen.«

»Meine Hilfe?« Hugo musterte ihn mißtrauisch. »Wovon zum Teufel reden Sie, Colchester?«

Matthias lächelte grimmig. »Im Moment hat Patricia einen Leibwächter weitaus nötiger als einen Verehrer. Man hat mir berichtet, Sie hätten bei Manton's eifrig Schießübungen betrieben und sich zu einem recht passablen Schützen gemausert, und Sie hätten Mr. Shrimpton engagiert, damit er Ihnen die Feinheiten des Boxens beibringt.«

Hugo lief dunkelrot an. »Was ist damit?«

»Mir ist klar, daß Sie zweifellos die Absicht hatten, Ihre neuerworbenen Fähigkeiten gegen mich einzusetzen, aber ich habe Ihnen einen weitaus nützlicheren Vorschlag zu machen. Was halten Sie davon, Bagshaw? Hätten Sie vielleicht Lust, den ritterlichen Beschützer meiner Schwester zu spielen?«

»Wovon um Himmels willen sprichst du, Colchester?« fragte Patricia.

»Ja, was soll das heißen?« erkundigte sich Imogen.

»Ganz einfach«, sagte Matthias. »Ich will nicht, daß einer von euch beiden, du oder Patricia, dieses Haus verläßt, es sei denn, ihr werdet entweder von mir persönlich oder von Bagshaw begleitet. Ufton wird einspringen, wenn Not am Mann sein sollte, aber ihm obliegen diverse andere Pflichten. Ich würde es vorziehen, wenn er sich seinen Aufgaben widmen könnte.«

Hugo starrte Matthias an, sichtlich erschüttert von dieser Wende der Ereignisse. »Soll das etwa heißen, daß die Damen dieses Haushalts in Gefahr schweben, Colchester?«

»Ja«, sagte Matthias. »Genau das will ich damit sagen. Ich weiß bisher noch nicht, wie groß diese Gefahr ist, aber ich habe die Absicht, mir so schnell wie möglich ein Bild davon zu machen. Bis dahin möchte ich des Beistands eines Mannes sicher sein, dem ich vertrauen kann. Wie lautet Ihre Antwort, Sir?«

Hugo warf einen Blick auf Patricia, die errötete. Er straffte die Schultern und reckte das Kinn in die Luft. »Es wäre mir eine Ehre, Lady Patricia beschützen zu dürfen.«

Patricia sah ihn mit einer schmachtenden Miene an. »O Hugo, wie tapfer und edelmütig Sie doch sind.«

Hugo errötete. Dann fiel ihm offenbar der Blumenstrauß wieder ein, den er in der Hand hielt. Er hielt ihn Patricia ungelenk entgegen. »Für Sie.«

»Danke.« Patricia lächelte, als sie vortrat, um die Blumen entgegenzunehmen.

Imogen rückte näher zum Schreibtisch und bedachte Matthias mit einem beifälligen Lächeln. »Gut gemacht«, murmelte sie ihm aus dem Mundwinkel zu. »Du hast zwei junge Menschen sehr glücklich gemacht.«

»Ich danke dir, meine Liebe, aber ich versichere dir, für einen Mann, der mein Feingefühl, meine Sensibilität und meinen emotionalen Tiefgang besitzt, sind solche Dinge an der Tagesordnung.«

19

Sie stand in Onkel Selwyns Bibliothek mit den schwarzen Vorhängen. Ebenholzschwarze Kerzen waren heruntergebrannt. Dunkle Stoffbahnen wehten über ihrem Kopf. Die starren Augen der Totenmasken beobachteten sie von den Wänden. Die Kulisse war ihr inzwischen erschreckend vertraut, und doch erkannte sie, daß diesmal etwas anders war.

Sie drehte sich um und suchte in den Schatten nach Matthias. Dann fiel ihr auf, daß in dem Raum plötzlich zwei Sarkophage standen. Die beiden Deckel mit den kunstvollen Steinmetzarbeiten waren entfernt worden. Sie erstarrte vor Grauen, als sich zwei Gestalten in den Särgen aufsetzten. Selena und Alastair. Sie lachten leise, und Grausamkeit und Hohn standen in ihren Augen. Dann deuteten ihre knochigen Finger auf die verhüllte Gestalt eines Mannes, der auf dem Boden lag. Imogen wurde von Grauen gepackt, als sie vortrat. Sie fürchtete sich vor der Entdeckung, die sie jeden Moment machen würde. Sein Gesicht war von ihr abgewandt, aber sie konnte den silbernen Streifen in seinem nachtschwarzen Haar erkennen.

»Es ist ganz allein deine Schuld, verstehst du«, sagte Alastair, als er aus dem Sarg stieg. »Er wäre niemals in dieses amüsante kleine Spielchen hineingezogen worden, wenn du ihm nicht eine Rolle darin zugewiesen hättest.«

»Ganz allein ihre Schuld«, pflichtete ihm Selena bei. Sie erhob sich aus ihrem Sarkophag und trat auf den Teppich.

Imogen erwachte schlagartig. Gespenstische Fragmente des fürchterlichen Traums spukten noch in ihrem Kopf herum. Ihre Haut war schweißfeucht. Sie holte mehrfach tief Atem, um das Gefühl von Panik zu unterdrücken, das von ihr Besitz ergriff. Starke Nerven, rief sie sich ins Gedächtnis zurück. Sie durfte nicht vergessen, daß ihr Nervenkostüm sehr robust war.

Einen Moment lang blieb sie regungslos in dem Bett im Dunkeln liegen. Irgend etwas stimmte nicht. Stimmte ganz und gar nicht. Dann erkannte sie, daß sie allein war. Sie konnte weder die vertraute, wohltuende Wärme von Matthias' kräftigem Körper spüren, noch das Gewicht seines muskulösen Armes auf ihren Brüsten. Furcht überwältigte sie.

»Matthias.«

»Ich bin ja bei dir, Imogen.«

Sie spürte eher, als daß sie hörte, wie er sich bewegte. Sie setzte sich eilig auf und zog sich die Decke bis zum Hals hoch. Matthias zeichnete sich als Silhouette gegen das Fenster ab. Als er durch die Dunkelheit auf sie zukam, war sein Gesicht im Schatten verborgen. Der Mondschein reichte gerade aus, um sie den silbernen Streifen in seinem Haar erkennen zu lassen. Er sah genauso aus wie in ihrem Traum.

»Es tut mir ja so leid«, flüsterte sie. Sie kniff die Lider fest zusammen, während sie darum rang, die letzten Reste des Traumes aus ihrem Gedächtnis zu löschen und die Tränen zurückzuhalten. »Es ist alles nur meine Schuld. Ich hätte dich niemals in diese ganze Geschichte hineinziehen dürfen.«

»Was ist denn das für ein verdammter Unsinn?« Er setzte sich auf die Bettkante und zog sie in seine Arme. »Beruhige dich, meine Liebe. Ist alles in Ordnung mit dir?«

»Ich hatte einen Traum. Einen Alptraum.« Sie schmiegte ihr Gesicht an seine Schulter. Die gewebte Seide seines schwarzen Morgenmantels fühlte sich tröstlich rauh an ihrer Wange an. »Er hat einem anderen Traum geähnelt, den ich früher schon mehrfach gehabt habe, aber diesmal sind Selena und Alastair darin vorgekommen.«

»Das ist unter den gegebenen Umständen nicht weiter erstaunlich.« Matthias strich über ihr Haar. »Auch mich hat dieses Paar heute nacht in Form von unerfreulichen Vorstellungen verfolgt. Der einzige Unterschied besteht darin, daß ich die Bilder vor mir gesehen habe, während ich wach im Bett gelegen habe. Aber derlei Träume werden ein natürliches Ende finden, sowie ich Drake und seine Schwester aufgespürt habe.«

»Matthias, ich hatte nie vor, dich in Gefahr zu bringen. Es war ein Fehler von mir, dich um Hilfe zu bitten. Ich hatte nicht das Recht...«

Er senkte den Kopf und brachte sie mit einem Kuß zum Schweigen.

Imogen klammerte sich zitternd an ihn.

Matthias hob den Kopf und lächelte sie an. »Ich werde dir jetzt etwas sagen, Imogen. Etwas sehr Wichtiges. Hör mir gut zu.« Er nahm ihr Gesicht in beide Hände. »Du hättest mich gar nicht aus dieser Geschichte heraushalten können.«

»Das verstehe ich nicht. Wenn ich nicht von dir verlangt hätte, das Versprechen einzulösen, das du Onkel Selwyn gegeben hattest, dann wäre all das nicht passiert. Dann wärst du jetzt in Sicherheit.«

»Von dem Moment an, in dem ich dir begegnet bin, hätte mich nichts davon abhalten können, mich in dein Leben einzumischen. Hast du das verstanden?«

»Aber, Matthias...«

»Absolut nichts.«

»Aber wenn ich dich nicht nach Upper Stickleford zitiert hätte...«

»Dann hätte ich dich kurz darauf ausfindig gemacht. Ich hatte bereits beschlossen, hinter die Identität von I. A. Stone zu kommen. Das hätte mich nicht viel Zeit gekostet. Verstehst du? Es wäre letztendlich auf dasselbe hinausgelaufen.«

»O Matthias, du meinst es ja so gut mit mir, aber ich...«

»Nein«, fiel er ihr grob ins Wort. »Ich sage diese Dinge nicht, weil ich es gut mit dir meine. Es ist nur so, daß ich dich so sehr will, wie ich nie in meinem ganzen Leben etwas gewollt habe.«

Sein Mund senkte sich wieder auf ihre Lippen und erstickte ihre Proteste mit der enormen Macht des Heißhungers seiner Sinne. Imogen setzte sich einen Moment lang gegen ihn zur Wehr, ehe sie sich mit einem kleinen Seufzen den seltenen Luxus der Kapitulation gestattete.

Manchmal ist es äußerst angenehm, Matthias die Führung zu überlassen, schoß es ihr durch den Kopf. Aber andererseits blieb ihr manchmal auch kaum eine andere Wahl. Es schien ganz so, als besäße er von Natur aus einen Hang, bei einer Vielzahl von Aktivitäten die Führung an sich zu reißen, nicht nur beim Walzer. Und da sie geneigt war, dasselbe zu tun, konnte man gefahrlos davon ausgehen, daß ihr Zusammenleben nicht langweilig werden würde.

Als Matthias den Kopf hob, leuchteten seine Augen. »Du wirst nie wieder von Reue oder Schuldgefühlen reden, hast du verstanden? Ich bereue nichts, und ich werde auch nicht zulassen, daß du Entschlüsse bedauerst.«

Imogen erschauerte und schmiegte sich enger an ihn. Er hüllte sie mit dem Umhang seiner Kraft und Wärme ein.

»Glaubst du, es wird dir gelingen, den Konstabler zu finden, den Lucy engagiert hatte?« fragte sie nach einer Weile.

»Ich hoffe, daß ich morgen etwas hören werde, aber ich habe entschieden, nicht all meine Hoffnungen auf diesen einen Versuch zu setzen. Es wäre von außerordentlichem Nutzen, wenn ich mich mit diesem Konstabler unterhalten könnte, aber es gibt noch andere Wege, um an Informationen zu gelangen. Eine dieser Quellen werde ich morgen früh auskundschaften.«

»Was hast du vor?«

»Ich werde Felix Glaston einen Besuch abstatten.«

»Deinem früheren Partner?«

»Ja. Ein Informationsstrom fließt durch die Verlorene Seele wie der Styx durch den Hades, und Felix ist ein ausgezeichneter Fischer. Er könnte in seinen Netzen etwas einfangen, was für uns von Interesse ist.«

Imogen hob den Kopf. »Ich freue mich jetzt schon darauf, Mr. Glastons Bekanntschaft zu machen. Er muß eine hochinteressante Persönlichkeit sein.«

»Du möchtest Felix kennenlernen?« Matthias war verblüfft. »Das ist unmöglich. Deine Tante würde mich bestimmt umbringen, wenn ich dich mit ihm bekannt mache. Und niemand würde sie dafür verurteilen.«

»Meine Tante hat in dieser Angelegenheit nichts mitzureden.«

»Imogen, sei doch vernünftig. Felix betreibt eine Spielhölle. Eine Dame pflegt keinen gesellschaftlichen Umgang mit Männern, die Besitzer von Unternehmen wie der Verlorenen Seele sind.«

»Du hast diese Spielhölle schließlich früher selbst betrieben.«

»Seitdem sind Jahre vergangen, und ich kann dir versichern, daß du damals auch keinen Umgang mit mir hättest pflegen können.« Seine Mundwinkel verzogen sich. »Zumindest nicht, ohne deinem Ruf irreparable Schäden zuzufügen.«

»Glaubst du etwa, das hätte mich zurückgehalten?«

Matthias stöhnte. »Nein. So wie ich dich kenne, hätte es dich nicht zurückgehalten. Aber darum geht es hier nicht. Es gehört sich einfach nicht, daß eine Dame einen Mann, der eine Spielhölle betreibt, zu Hause aufsucht.«

»Blödsinn. Seit wann bist du ein derart glühender Verfechter der herrschenden Moral und der guten Sitten?«

»Imogen ...«

»Der Kaltblütige Colchester und die Unkeusche Imogen haben schließlich einen gewissen Ruf aufrechtzuerhalten. Ich hoffe doch sehr, daß du dich jetzt, nachdem du die Verpflichtungen eines Ehemannes auf dich genommen hast, nicht in einen sittenstrengen, spießigen Tugendbold verwandelst, Matthias. Ich wäre furchtbar enttäuscht von dir.«

»Ist das dein Ernst?«

»Du weißt ganz genau, daß mich nicht interessiert, was die feine Gesellschaft sich denkt. Weshalb sollte mich das auch interessieren, nachdem sie immer eine so geringe Meinung von mir gehabt hat?«

Matthias lachte im Dunkeln. »Und wieder einmal hat deine kühne Logik gegen meinen gesunden Menschenverstand gesiegt. Also gut, ich werde dich morgen früh mitnehmen und dir Felix vorstellen. Ich habe so eine Ahnung, daß ihr beide euch prächtig verstehen werdet.«

Matthias amüsierte sich königlich über den bestürzten Ausdruck auf dem Gesicht von Felix' Butler. Der arme Kerl schluckte mehrfach schwer, ehe es ihm gelang, die Namen der Besucher zu wiederholen.

»Lord und *Lady* Colchester. Das sagten Sie doch, Sir?«

»Sie haben sich nicht verhört, Dodge«, erwiderte Matthias trocken.

»Lady Colchester?« wiederholte Dodge äußerst behutsam noch einmal. »Sind Sie ganz sicher, Sir?«

»Dodge, wollen Sie damit etwa andeuten, daß ich mir über die Identität meiner eigenen Ehefrau nicht im klaren bin?«

»Nein, selbstverständlich nicht, M'lord«, stammelte Dodge.

Imogen lächelte ihn strahlend an.

»Ich bitte um Verzeihung.« Dodge war wie hypnotisiert von Imogens Anblick. »Ich werde Sie beide augenblicklich anmelden. Wenn Sie mich jetzt entschuldigen würden.«

Dodge zog sich unter Verbeugungen in die Eingangshalle zurück und schlug Matthias und Imogen prompt die Tür vor der Nase zu.

»Mr. Glastons Butler scheint ein wenig die Nerven verloren zu haben«, bemerkte Imogen.

»Er hat mich schon oft genug vor Felix' Schwelle stehen sehen«, sagte Matthias, »aber ich kann dir versichern, daß er noch nie zuvor einer Gräfin die Tür geöffnet hat.«

Imogen warf einen Blick auf die geschlossene Tür. »Wie du selbst feststellen kannst, hat er sie mir nicht wirklich geöffnet. Oder zumindest nicht gerade lange.«

»Er war restlos verwirrt. Zweifellos wird er schon bald bemerken, daß er uns vor der Tür hat stehenlassen, und dann wird er schleunigst zurückkommen und sich bemühen, alles wiedergutzumachen.«

In dem Moment riß Dodge die Tür wieder auf. Er schwitzte gewaltig. »Ich bitte um Verzeihung. Es tut mir ja so leid. Ein peinliches Versehen. Der Wind hat die Tür zugeschlagen. Seien Sie doch so freundlich einzutreten, damit Sie nicht länger draußen in der Kälte zu stehen brauchen. Mr. Glaston wird Sie augenblicklich empfangen.«

»Danke, Dodge.« Matthias hing sich bei Imogen ein und führte sie in die prunkvolle Eingangshalle von Felix' Haus.

»Hier entlang, Madam.« Dodge blieb in der Tür der Bibliothek stehen, in der ein Kaminfeuer brannte. Er räusperte sich vernehmlich. »Lord und *Lady* Colchester, Sir.«

»Colchester.« Felix stand mit Hilfe seines Spazierstocks von seinem Stuhl auf. »Das ist aber eine Überraschung.« Er sah Imogen forschend an. »Dodge hat gesagt, daß deine Braut dich begleitet.«

»Erlaube mir, daß ich dir meine Frau vorstelle.« Matthias nahm wahr, daß eine Woge von Zufriedenheit ihn durchflutete, als er diese simplen Worte aussprach. »Imogen, das ist mein alter Freund Felix Glaston.«

»Es freut mich sehr, Ihre Bekanntschaft zu machen, Mr. Glaston.« Imogen hielt ihm die Hand hin, als sei sie gerade einem hochgestellten Mitglied der Gesellschaft vorgestellt worden. »Colchester hat mir schon viel über Sie erzählt.«

»Ich verstehe.« Erstaunen flackerte in Felix' Augen auf. Einige Sekunden lang machte er den Eindruck, als wisse er nicht recht, was er mit Imogens Hand anfangen sollte. Dann griff er eilig danach und beugte sich mit dem Gehabe eines kultivierten Höflings darüber. »Es ist mir eine Ehre. Warum seid ihr nicht so nett und setzt euch?«

Matthias rückte Imogen einen Sessel vor dem Feuer zurecht und nahm dann ihr gegenüber Platz. Er beobachtete, wie Felix zusammenzuckte, als er sich behutsam auf seinen eigenen Stuhl sinken ließ. Ihm fiel auf, daß sein Freund den Knauf des Stocks mit seinen gekrümmten Fingern sehr fest umklammerte.

»Dein Bein macht dir wieder zu schaffen?« fragte Matthias behutsam.

»Es ist das Wetter.« Felix seufzte tief, als er den Spazierstock an die Armlehne seines Stuhles lehnte. »Ich glaube, ich kann gefahrlos vorhersagen, daß es innerhalb von wenigen Stunden regnen wird.«

»Meine Tante hat ein ganz ausgezeichnetes Heilmittel gegen Rheumatismus und andere Schmerzen in den Gliedmaßen«, sagte Imogen in einem beiläufigen Gesprächston. »Ich werde sie bitten, daß sie Ihnen die Zusammensetzung aufschreibt.«

Felix blinzelte. »Das ist sehr freundlich von Ihnen, Lady Colchester.«

»Keineswegs.« Imogen lächelte. »Es handelt sich um Tante Horatias persönliche Tinktur. Sie hat sie selbst über Jahre entwickelt.«

»Sehr nett von Ihnen«, wiederholte Felix. Er legte dieselbe Verwirrung an den Tag, von der sich Dodge gerade erst erholt hatte.

Matthias schloß daraus, daß es jetzt an der Zeit war, die Situation in die Hand zu nehmen. Wenn er nicht bald eingriff, würde sich sein alter Freund wahrscheinlich in einen Vollidioten verwandeln.

»Wir sind wegen einer dringlichen Angelegenheit zu dir gekommen«, sagte Matthias.

Felix riß den Blick von Imogens Gesicht los. »Dringlich? Inwiefern dringlich?«

»Es geht um Leben und Tod«, verkündete Imogen.

Matthias schnitt eine Grimasse. »Meine Frau neigt gelegentlich zu einer übertriebenen Ausdrucksweise, aber ich kann dir versichern, daß die Angelegenheit reichlich ernst ist. Ich habe eine Frage an dich, Felix.«

Felix spreizte die Finger. »Stell sie mir, mein Freund. Falls ich die Antwort kenne, gebe ich sie dir nur zu gern.«

»Was weißt du über Alastair Drake?«

»Drake?« Felix runzelte nachdenklich die Stirn. »Ich glaube, er ist vor etwa drei Jahren hier in der Stadt aufgetaucht. Gelegentlich spielt er in der Verlorenen Seele Karten. Wenn ich es mir recht überlege, hat er sich in der letzten Zeit nicht allzuoft hier blicken lassen. Warum?«

»Wußten Sie, daß er Lady Lyndhursts Bruder ist?« warf Imogen ein.

Felix zog eine Augenbraue hoch. »Nein. Ist das von Bedeutung?«

»Wir wollen wissen, warum die beiden ihre verwandtschaftliche Beziehung geheimgehalten haben«, sagte Matthias. »Zuallererst einmal möchte ich herausfinden, wo die beiden gelebt haben, ehe sie ihren Wohnsitz in London aufgeschlagen haben.«

Imogen beugte sich eifrig vor. »Haben Sie zufällig Lord Lyndhursts Bekanntschaft gemacht, Mr. Glaston?«

Felix tauschte einen Blick mit Matthias. »Nein, das glaube ich nicht«, sagte er.

Imogen sah Matthias wieder an. »Hast du ihn gekannt, Colchester?«

»Nein«, sagte Matthias nachdenklich. »Ich bin dem Mann nie begegnet.«

»Das ist doch äußerst merkwürdig. Ich hatte geglaubt, daß ihr beide die meisten Herren der Londoner Gesellschaft früher oder später kennengelernt hättet. Soweit ich gehört habe, lassen sie sich mit der Zeit alle in der Verlorenen Seele blicken.« Imogen legte eine Pause ein. »Gehen Sie davon aus, daß es diesen Lord Lyndhurst je gegeben hat?«

Um Felix' Augenwinkel herum bildeten sich Fältchen. »Eine ganz ausgezeichnete Frage.«

»Ja, das kann man wohl sagen«, sagte Matthias. »Darauf hätte ich selbst kommen sollen.«

»Ja, wirklich.« Felix preßte die Fingerspitzen aneinander. »Du hast eine sehr kluge Frau geheiratet, Colchester. Ich gratuliere dir. Es freut mich zu sehen, daß du jemanden gefunden hast, bei dem du gelegentlich auf Draht sein mußt.«

»Ich werde mich mit Sicherheit nicht langweilen«, murmelte Matthias.

Imogen lächelte Matthias liebevoll an. »Colchester und ich haben viele Gemeinsamkeiten.«

»Das kann ich selbst sehen.« Felix nahm eine bequemere Haltung auf seinem Stuhl ein. »Ich vermute, es sollte nicht allzu schwierig sein, die Antworten auf eure Fragen in Erfahrung zu bringen. Ich werde mich augenblicklich darum kümmern.«

Imogens Augen strahlten vor Dankbarkeit und Aufregung. »Das wäre einfach wunderbar, Mr. Glaston. Wie können wir Ihnen jemals dafür danken?«

Felix musterte sie nachdenklich. »Indem Sie noch auf eine Tasse Tee hierbleiben, Lady Colchester. Ich habe noch nie in meinem Leben mit einer Gräfin Tee getrunken.«

»Ich bin sicher, daß sich das als nicht annähernd so unterhaltsam erweisen wird, wie mit dem Besitzer einer Spielhölle Tee zu trinken«, sagte Imogen. »Ich muß gestehen, daß ich wirklich gehofft hatte, wir würden Sie an Ihrem Arbeitsplatz aufsuchen, als Colchester mir mitgeteilt hat, daß wir Ihnen einen Besuch abstatten werden. Ich habe noch nie mit eigenen Augen eine Spielhölle gesehen.«

Felix starrte sie voller Erstaunen an. Dann sah er Matthias an.

Matthias zuckte die Achseln.

Felix wandte sich wieder an Imogen. »Vielleicht ein anderes Mal, Lady Colchester«, sagte er ausweichend.

Imogens Miene hellte sich auf. »Das wäre ganz bezaubernd. Wäre es Ihnen morgen recht?«

»Das kannst du dir sofort wieder aus dem Kopf schlagen«, sagte Matthias grimmig.

Imogen lächelte Felix an. »Schenken Sie ihm keine Beachtung, Mr. Glaston. Mein Mann ist überängstlich veranlagt. Er ist zu sensibel, Sie wissen schon.«

Felix lächelte wie ein Engel. »Ich habe den Verdacht, Sie werden sich stärkend auf seine Nerven auswirken, Madam.«

Die Nachricht aus der Bow Street war bereits eingetroffen, als Imogen und Matthias nach Hause kamen. Ufton teilte ihnen die Neuigkeit sofort mit, als er ihnen die Tür öffnete.

»Der Konstabler, den Sie suchen, ist vor knapp drei Jahren ums Leben gekommen, M'lord. Von einem Straßenräuber erschossen, den er verhaften wollte.«

Matthias warf einen langen Blick auf Imogen. »Es ist weitaus wahrscheinlicher, daß er von Alastair Drake ermordet worden ist.«

Ein Schauer überlief Imogen. »Ja. Nach Lucys Tod hat es sich bei ihm um den einzigen anderen Menschen gehandelt, der Drakes Geheimnis gekannt hat. Natürlich mußte er ihn aus dem Weg schaffen.«

Horatia sah sich in ihrem gemütlichen kleinen Salon um und lächelte, als ihre Blicke auf Patricia und Hugo fielen. Das Pärchen saß an einem kleinen Tisch und war in ein Kartenspiel vertieft.

»Ich muß schon sagen, daß sie ein hübsches Paar sind«, flüsterte Horatia Imogen zu. »Aber ich finde es doch ganz erstaunlich, daß Colchester Mr. Bagshaw die Erlaubnis erteilt hat, Patricia den Hof zu machen. Alle Welt war sicher, daß es zwischen Hugo und Colchester noch vor dem Ende der Saison zwangsläufig zu einem Duell kommen würde.«

»Das zeigt nur wieder einmal, wie oft sich die Leute ein falsches Bild von einer Situation machen«, sagte Imogen.

Hugo hatte die Verantwortung, die ihm übertragen worden war, sehr ernst genommen. In den letzten Tagen hatte er jederzeit als Patricias Begleiter zur Verfügung gestanden, und wenn Matthias anderweitig beschäftigt war, hatte er auch Imogen bereitwillig überallhin begleitet. Er hatte stundenlange Einkaufsbummel über sich ergehen lassen, nachmittägliche Spazierfahrten im Park und endlose Abende, die sie in muffigen Ballsälen verbracht hatten.

Patricia hatte Imogen anvertraut, daß ihr galanter Beschützer es sich zur Gewohnheit gemacht hatte, ständig eine kleine Pistole am Körper zu tragen. »Nur für alle Fälle«, hatte sie Imogen erklärt. Diese Information hatte bei Imogen ein leises Unbehagen wachgerufen, doch sie vermutete, es war eine kluge Entscheidung von Hugo, nur noch bewaffnet auf die Straße zu gehen. Sie fragte sich, ob Matthias es ebenso hielt.

All das hätte sehr aufregend sein können, überlegte sich Imogen, aber in Wirklichkeit hatte sie sich schon sehr bald in ihrer Bewegungsfreiheit eingeengt gefühlt und dieses Leben als äußerst mühsam empfunden. Patricia schien es großes Vergnügen zu bereiten, Hugo ständig als Begleiter an ihrer Seite zu haben, doch Imogen begann jetzt schon, aufmüpfig zu werden, da ihr die Einschränkungen nicht paßten, die Matthias ihr auferlegt hatte. Bisher war sie niemals gezwungen gewesen, auf die Verpflichtungen eines Mannes Rücksicht zu nehmen, bevor sie Pläne machen konnte. Auf diese Erfahrung hätte sie verzichten können.

Leider hatte es sich entgegen Felix' Voraussagen als wesentlich schwieriger erwiesen, etwas über Alastair Drake und Selena in Erfahrung zu bringen, als alle Beteiligten erwartet hatten. Es schien fast so, als sei das Paar vor drei Jahren aus heiterem Himmel in der Londoner Gesellschaft aufgetaucht und hätte sich schlichtweg aus dem Nichts heraus materialisiert. Die beiden besaßen genug Geld, um den äußeren Schein zu wahren, und der Schliff ihrer gesellschaftlichen Umgangsformen hatte dafür gesorgt, daß sie in den Salons der besten Häuser willkommen waren. Niemand hatte je das Vorleben der beiden hinterfragt.

Vier Tage waren vergangen, und sie hatten immer noch nichts Konkretes in der Hand. Es wimmelte jedoch nur so von Gerüchten, und Felix Glaston hatte ihnen mehrfach Nachrichten mit bruchstückhaften Informationen zukommen lassen. Keine dieser Informationen ließ sich offiziell bestätigen. Allmählich wirkte sich diese Anspannung auf den gesamten Haushalt aus.

Matthias wurde zunehmend unruhiger und reizbarer. Er zog sich in seine Bibliothek zurück und fauchte das Personal an. In den Nächten stand er stundenlang am Schlafzimmerfenster und schaute in die Dunkelheit hinaus. Nur in den Augenblicken unmittelbar nach dem Liebesakt schien er ein gewisses Maß an innerem Frieden zu finden. Doch selbst diese Ruhe war kurzlebig.

Imogen ihrerseits graute es inzwischen vor dem Einschlafen. Ihre Träume, in denen Blut und Sarkophage vorkamen, häuften sich und nahmen zunehmend beunruhigendere Formen an. Jede Nacht erwachte sie zwei- bis dreimal zitternd und in kalten Schweiß gebadet in Matthias' Armen.

Allmählich war die ganze Sache zum Verrücktwerden, sogar für jemanden mit starken Nerven.

An jenem Morgen hatte Matthias beim Frühstück angekündigt, er gedächte, sich mit Felix in der Verlorenen Seele zu treffen. Als Imogen erwähnt hatte, daß sie ihn gern begleiten würde, hatte er sich unerbittlich geweigert, diesen Gedanken auch nur in Betracht zu ziehen.

Da Imogen und Patricia tatenlos zu Hause herumsaßen, hatte sie augenblicklich Pläne geschmiedet, um der häuslichen Enge für ein paar Stunden zu entfliehen. Imogen hatte vorgeschlagen, das Museum des Zamaranischen Instituts zu besuchen. Sie lechzte danach, sich eine Zeitlang in ihren Studien zu verlieren. Patricia hatte geklagt, sie würde vor Langeweile umkommen, wenn sie sich gezwungen sähe, den ganzen Nachmittag zwischen den staubigen Relikten des alten Zamar zu verbringen.

Nach einer angeregten Diskussion über die Alternativen hatten sie sich darauf geeinigt, Horatia einen Besuch abzustatten. Patricia hatte Hugo benachrichtigt und ihm mitgeteilt, seine Dienste als Begleiter seien erforderlich. Er war pflichtbewußt zum genannten Zeitpunkt erschienen und hatte die Damen schleunigst zu Horatias Stadthaus gebracht.

»Was werdet ihr tun, falls es Colchester nicht gelingen sollte, Lady Lyndhurst und Mr. Drake aufzuspüren?« fragte Horatia mit Sorgenfalten im Gesicht.

»Die Situation ist auf Dauer unhaltbar«, sagte Imogen. »Ich habe jedenfalls bestimmt nicht die Absicht, mir diese Gefangenschaft noch viel länger gefallen zu lassen.«

»Gefangenschaft?« Horatia zog die Augenbrauen über ihrem Brillengestell hoch. »Das ist doch wohl reichlich übertrieben, findest du nicht auch?«

»Es wäre etwas anderes, wenn Matthias Patricia und mir dieselben Freiheiten zugestehen würde, nach Lust und Laune ein und aus zu gehen, die er sich herausnimmt«, klagte Imogen. »Das ist aber nicht der Fall.«

»Ich bin sicher, daß das alles schon sehr bald ausgestanden sein wird.«

»Das möchte ich doch sehr hoffen. Colchester hat mir im Lauf der vergangenen vier Tage schon zweimal versprochen, mich ins Zamaranische Museum zu begleiten, und beide Male hat er die Abmachung rückgängig gemacht, weil sein Freund Mr. Glaston ihm eine Nachricht hat zukommen lassen. Ich finde das alles sehr ärgerlich.«

Horatia zögerte und senkte dann die Stimme. »Wenn man von der momentanen Situation einmal absieht, bist du dann glücklich verheiratet, meine Liebe?«

»Wie bitte?« Imogen riß ihre Gedanken von Matthias los. »Was für eine seltsame Frage. Warum fragst du mich das?«

»Du bist eine ungewöhnliche Frau, Imogen. Und Colchester ist wohl kaum ein typisches Beispiel für einen Gentleman aus den höchsten Kreisen. Ich habe mir verständliche Sorgen um dich gemacht.«

»Ich bin durchaus zufrieden mit meiner Ehe. Das einzige, was berechtigten Anlaß zur Sorge gibt, ist, wie wir Alastair und Selena finden sollen. Solange das nicht erreicht ist, wird niemand in unserem Haushalt ruhig schlafen.«

»Es ist eine ziemlich alarmierende Vorstellung, daß ein Mörder frei herumläuft«, sagte Horatia.

»Ich habe mal einen Mörder gekannt«, bemerkte Mrs. Vine, die gerade mit einem Tablett zur Tür hereinkam, um den Tee zu servieren, in ihrer nüchternen Art. »Er hatte dieses Haus gemietet, vor fünf, vielleicht auch sechs Jahren. Ein richtig anständiger Herr war das. Und so sauber und ordentlich im Vergleich zu manchen anderen Mietern, die ich vorher hatte.«

Sämtliche Anwesenden im Salon drehten sich zu Mrs. Vine um und starrten sie an.

Imogen fand als erste die Sprache wieder. »Sie haben einen Mörder in Ihrem Haus beherbergt, Mrs. Vine?«

»Ja, allerdings. Das habe ich vorher natürlich nicht gewußt.« Sie stellte das Tablett auf dem Tisch ab und begann, die Tassen zu verteilen. »Und die Miete hat er immer pünktlich bezahlt. Es hat mir richtig leid getan, ihn als Mieter zu verlieren.«

»Wie haben Sie erfahren, daß es sich bei ihm um einen Mörder handelte?« erkundigte sich Hugo fasziniert.

»Eines Abends hat es sich unglücklicherweise so ergeben, daß wir einander in der Eingangshalle begegnet sind«, sagte Mrs. Vine mit einem Seufzer, in dem sich echtes Bedauern ausdrückte. »Ich hatte meinen freien Abend und war bei meiner Schwester zu Besuch gewesen. Aber statt über Nacht bei ihr zu bleiben, wie ich es im allgemeinen getan habe, hatte ich beschlossen, noch am selben Abend zurückzufahren. Und in der Eingangshalle bin ich Mr. Leversedge begegnet. Gewissermaßen unerwartet, verstehen Sie. Er war gerade erst ein paar Minuten vor mir nach Hause zurückgekommen. Und er war dabei, eine Leiche in den Keller zu zerren.«

»Gütiger Gott«, hauchte Horatia versteinert. »Er hat die Leichen im Keller versteckt?«

»Er ist seiner Arbeit in den Nächten nachgegangen, wenn ich außer Haus war, weil ich meine Schwester besucht habe. Die Leichen hat er in den Keller runtergeschleppt, um sie dort in Stücke zu schneiden, damit sie sich sauber und ordentlich in Kisten packen lassen. Dann hat er die Kisten aus der Stadt geschafft und gesehen, wo er sie loswird.«

»Mein Gott.« Patricia schlug sich eine Hand vor den Mund. Ihre Augen weiteten sich vor Entsetzen. »Was haben Sie getan, als Sie ihn mit seinem Opfer in der Eingangshalle angetroffen haben, Mrs. Vine?«

»Da ließ sich leider nicht mehr viel machen, wo er doch die Leiche dabeihatte und so.« Mrs. Vine schüttelte betrübt den Kopf. »Ich konnte schließlich nicht einfach so tun, als hätte ich nichts gesehen, selbst wenn er der beste Mieter gewesen wäre, den ich je gehabt habe. Mir blieb nichts anderes übrig, als wieder aus dem Haus zu laufen und den Wachtmeister zu holen. Aber die letzten Worte, die Mr. Leversedge an mich gerichtet hat, werde ich mein Lebtag nicht vergessen.«

»Was waren seine Worte?« fragte Imogen.

»Er hat gesagt: ›Machen Sie sich wegen dem Blut in der Eingangshalle bloß keine Sorgen, Mrs. Vine. Das werde ich schon noch aufwischen.‹ Wie ich schon sagte, ein sehr sauberer und ordentlicher Herr.«

Am Morgen des darauffolgenden Tages stand Matthias mit Imogen im Zamaranischen Museum und warf einen Blick auf die verstaubten Antiquitäten, die sich vor ihnen türmten. Hinter Imogens selbstzufriedenem Lächeln verbarg sich eine deftige Portion Triumph. Matthias wußte, woran das lag: Sie war als Siegerin aus dem kleinen Wortgefecht hervorgegangen, zu dem es am Frühstückstisch gekommen war.

Es hatte ihm widerstrebt, den Vormittag für einen Besuch im Museum zu vergeuden, aber es war ihm nicht gelungen, einen geeigneten Vorwand vorzuschieben, um das zu vermeiden. Felix hatte ihm keine Nachricht über etwaige neue Gerüchte zukommen lassen. Außerdem war deutlich zu erkennen gewesen, daß Imogen, wenn sie das Pärchen auch noch so sehr zu mögen schien, im Traum nicht daran dachte, einen weiteren Tag in Gesellschaft von Patricia und Hugo mit Einkäufen oder Besuchen zu verbringen. Schließlich hatte Matthias dann kapituliert. Er fragte sich, ob er es wohl jemals schaffen würde, Imogen etwas abzuschlagen, wenn sie es sich erst einmal in den Kopf gesetzt hatte.

»Wir werden am hinteren Ende des Raumes beginnen, Matthias.« Imogen band sich eine weiße Schürze um. »Möchtest du vielleicht Notizen machen, oder soll ich das übernehmen?«

»Ich mache die Notizen, während du dir die Gegenstände genauer ansiehst«, erklärte er, während er seinen Mantel ablegte. »Mach du dir ruhig die Hände schmutzig. Ich bin schon jetzt der Überzeugung, daß sich unter diesem Schrott, den Rutledge nach England zurückgeschickt hat, nichts von großer Bedeutung verbirgt.«

»Matthias, das kannst du unmöglich wissen, solange all diese Dinge nicht ordentlich katalogisiert worden sind.«

Sie bahnte sich zwischen den zerbrochenen Statuen und den steinernen Särgen einen Weg zu den schweren Holzkisten, die an der Wand gestapelt waren. »Wer weiß? Vielleicht werden wir in einer dieser Kisten das Königliche Siegel finden.«

»Das ist äußerst unwahrscheinlich«, sagte Matthias mit gesenkter Stimme. Er hing seinen Mantel an einen Haken. Als die Manteltasche die Wand streifte, war ein leises Klirren zu vernehmen.

»Was war das für ein Geräusch?« fragte Imogen.

»Ich habe eine Pistole in der Manteltasche stecken«, erklärte er, während er die Ärmel seines weißen Leinenhemdes hochrollte.

Imogen sah ihn stirnrunzelnd an. »Du hast es dir also auch angewöhnt, eine Pistole mit dir herumzutragen?«

»Unter den gegebenen Umständen scheint mir das eine vernünftige Vorsichtsmaßnahme zu sein.«

»Matthias, du glaubst doch nicht im Ernst, daß Alastair nach London zurückkehren wird, oder doch? Gewiß werden er und Selena sich so weit wie möglich von uns fernhalten. Ich würde wetten, daß sie auf den Kontinent geflohen sind.«

»Ich weiß nicht, was die beiden unternehmen werden, und du weißt es ebensowenig.« Matthias sah ihr in die Augen. »Es scheint ganz so, als hätten sie bisher bereits drei Morde begangen. Wir können nicht sicher sein, daß sie nicht versuchen werden, weitere Morde zu begehen.«

»Aber welchen Sinn hätte es, uns zu töten?«

»Wenn wir tot sind, dann gibt es niemanden mehr, der sie mit dem Mord an Lord und Lady Vanneck in Verbindung bringen kann, ganz zu schweigen von dem Mord an diesem Konstabler. Dann könnten sie ungehindert ihr bisheriges Leben hier in dieser Stadt wieder aufnehmen. Und ich habe dir schon bei anderen Gelegenheiten gesagt, daß Drake und seine Schwester sich unter den oberen Zehntausend Englands heimisch fühlen und den gesellschaftlichen Umgang mit ihnen lieben. Sie werden nicht freiwillig den Lebensstil aufgeben, an den sie sich gewöhnt haben.«

»Aber nach allem, was passiert ist, können sie doch gewiß nicht einfach wieder ihren Platz in der Gesellschaft einnehmen. Es mag zwar sein, daß keine Beweise für ihre Schuld vorliegen, aber es wird eine Menge Gerede geben.«

»Sie werden es unbeschadet überstehen, wenn ihnen gerüchteweise ein Mord unterstellt wird.« Matthias lächelte matt, während er sich auf den Rand des offenen Sarkophags setzte. »Ich habe es schließlich auch überstanden.«

»Da ist etwas dran.« Imogen zerrte eine große Plane von einem wirren Haufen von Tontafeln. Sie warf die Plane beiseite und nahm eine der Tafeln in die Hand. »Trotzdem muß ich dir sagen, daß ich unmöglich noch viel länger mit derartigen Einschränkungen meiner Bewegungsfreiheit leben kann. Patricia scheint das nichts auszumachen, aber ich werde bald reif fürs Irrenhaus sein.«

Matthias war belustigt. »Vielleicht interessiert es dich zu erfahren, daß die Einschränkungen, die ich dir und Patricia in der letzten Woche auferlegt habe, lediglich auf das hinauslaufen, was die meisten Damen hier in der Stadt nur allzu bereitwillig als ihre normalen Grenzen akzeptieren.«

»Ich habe ganz gewiß nicht die Absicht, solche Einschränkungen über einen längeren Zeitraum zu dulden.« Imogen beugte sich vor, um eine der Tafeln genauer zu betrachten. »Matthias, da ist etwas, was ich dich schon länger fragen wollte.«

Er betrachtete eingehend die reizvollen Rundungen ihres Hinterteils. »Frag, was du willst. Ich stehe dir heute mit jeder Antwort zu Diensten.« Er spielte mit dem Gedanken, ihre Röcke hochzuheben, solange sie eine derart einladende Stellung einnahm. Er hätte sich ohne weiteres darauf berufen können, daß es sich auch dabei um eine exotische zamaranische Stellung beim Liebesakt handele.

»Weißt du, was Rutledge tatsächlich zugestoßen ist?«

Die Frage ließ ihn überrascht zusammenzucken. Er brauchte einen Moment, um sich von dem Schock zu erholen. Dann holte er tief Atem. »Ja.«

»Ich dachte mir schon, daß das der Fall sein könnte.« Imogen richtete sich auf und begann, die Tafeln sorgfältig zu stapeln. »Was ist? Erzählst du es mir?«

Matthias schaute nachdenklich das Notizbuch an, das er mitgebracht hatte, um Imogens Beobachtungen schriftlich festzuhalten. »Rutledge hat versucht, mich zu ermorden. Der Versuch hat ihn das Leben gekostet.«

»Gütiger Himmel.« Imogen drehte sich so schnell zu Matthias um, daß ihr Ellbogen gegen die aufgestapelten Tafeln stieß. Sie streckte eilig eine Hand aus, um den Stapel festzuhalten. Ihre Augen waren auf sein Gesicht gerichtet. »Du erlaubst dir doch nicht etwa einen Scherz?«

»Nein, damit nicht. Wir waren gerade damit beschäftigt, einen der Korridore im Labyrinth zu erforschen. Ich hatte die Führung übernommen. Rutledge hat immer behauptet, daß ich mich in diesen Dingen weitaus geschickter anstelle als er.«

Matthias war ohne jede Vorwarnung auf die steinerne Treppe gestoßen. Im einen Moment hatte er sich noch in der Enge des schmalen unterirdischen Korridors befunden, und im nächsten Augenblick taumelte er über dem Abgrund einer endlosen Treppenflucht, die in das harte Gestein gehauen war.

»Was ist?« hatte Rutledge hinter ihm gefragt. Seine Stimme klang heiser und atemlos.

»Schon wieder eine Treppe.« Matthias hielt die Lampe höher, doch das Licht konnte das Dunkel am unteren Ende der Stufen nicht durchdringen. Es war, als führte diese steile Treppe bis in die Hölle hinunter. »Sie macht einen heimtückischen Eindruck. Wir werden uns für den Abstieg anseilen müssen.«

»Geh schon«, befahl ihm Rutledge. »Wir brauchen keine Seile.«

»Das ist zu gefährlich. Ich kann noch nicht einmal das untere Ende der Treppe erkennen.«

Es war das erschrockene Keuchen, mit dem Rutledge nach Luft schnappte, das Matthias alarmierte. Er fuhr herum, um zu sehen, was mit ihm los war. Rutledge stürzte sich auf ihn, einen Spaten in der drohend erhobenen Hand.

»Nein, Rutledge, nicht!«

»Ich habe doch gesagt, daß du die verfluchten Seile nicht brauchst.« Rutledges Gesicht war vor Wut verzerrt. Er ließ den Spaten durch die Luft sausen.

Matthias wich aus, doch in dem engen Gang war wenig Platz für ein solches Manöver. Daher traf der Hieb seine

Schulter, wenn schon nicht seinen Schädel. Der Schlag betäubte ihn und ließ ihn rückwärts zu der Treppe wanken. Einen Moment lang schwankte er am Rand der Ewigkeit. Dann fand er sein Gleichgewicht wieder und warf sich auf den Mann, der früher einmal sein engster Freund gewesen war.

»Stirb, du verdammter Kerl«, schrie Rutledge. »Ich kann dich nicht mehr gebrauchen. Du hast deinen Zweck erfüllt.«

Er hob den Spaten wieder in die Luft. Matthias packte den Holzgriff und riß ihn Rutledge aus den Händen.

»Du mußt sterben.« Rutledge wollte sich, blind vor Wut, auf ihn stürzen.

Matthias preßte sich flach gegen eine der steinernen Wände des Korridors. Rutledge wollte ihn packen, tastete nach ihm und griff ins Leere. Der Schwung, mit dem er Anlauf genommen hatte, trug ihn ans obere Ende der Treppe.

Einige Sekunden lang schien Rutledge dort zu schwanken und vergeblich nach einem Halt zu suchen. Matthias ging auf ihn zu, mit der Absicht, ihn zu packen und ihn in die Sicherheit des Korridors zurückzuziehen.

Er kam jedoch zu spät. Rutledge fiel über den Rand des Abgrunds und stürzte in das endlose Dunkel am Ende der steinernen Treppe. Sein gellender Schrei hallte noch lange Zeit von den Mauern des Korridors wider.

»Aber weshalb hätte er so etwas tun sollen?« fragte Imogen leise. Ihre Frage holte Matthias wieder in die Gegenwart zurück.

Er betrachtete eine höhnisch grinsende Tonmaske, die an der Seite des Sarkophags lehnte. »Er hatte sich schon seltsam gebärdet, seit ich zwei Tage vorher eine sehr wertvolle Entdeckung gemacht hatte.«

»Was war das? Die Bibliothek?«

»Nein. Etwas anderes. Das spielt jetzt keine Rolle. Wir hatten ein Abkommen getroffen. Was die einzelnen Artefakte anging, hatten wir ausgemacht, daß jeder von uns das behalten würde, was er freilegte. Aber Rutledge war auf den Gegenstand versessen, den ich gefunden hatte. Er war zu einem Mord bereit, um diesen Gegenstand in seinen Besitz zu bringen.« Matthias blickte auf und sah Imogen in die Augen. »Und dabei hätte er mich nur zu fragen brauchen, und ich hätte ihm diesen Gegenstand geschenkt.«

Imogen stemmte die Arme in die Hüften und pochte mit der Spitze ihres kleinen Halbstiefels auf den Boden. »Glaubst du vielleicht, daß Rutledge verrückt geworden ist? Daß es ihm so ergangen ist wie der armen Lucy?«

»Nein«, sagte Matthias mit ruhiger Stimme. »Ich glaube, daß er mich von Anfang an nur ausgenutzt hat. Er hatte schon vor mir erkannt, daß ich tatsächlich auf die Hinweise gestoßen sein könnte, die mich nach Zamar führen würden. Deshalb hatte er sich mit mir angefreundet. Mir seine Bibliothek zur Verfügung gestellt. Mich auf meiner Reise begleitet. Und dann hat er versucht, mich zu töten, als er keine weitere Verwendung mehr für mich hatte.«

»Aber er war doch dein Freund!«

»Ich wähle meine Freunde inzwischen sorgfältiger aus.« Matthias verzog das Gesicht zu einer Grimasse, als er an die Naivität seiner Jugend dachte. »Ich war so dumm, mich tatsächlich geehrt zu fühlen, weil Rutledge ein solches Vertrauen in meine Nachforschungen setzte. Aus irgendwelchen Gründen, die ich nie begriffen habe, hat mir viel an seiner Anerkennung gelegen.«

Liebevolles Verständnis trat in Imogens Augen. »Vielleicht hat er dir gegeben, was dein Vater...« Ein gespenstisches Scharren unterbrach sie. Es klang ganz so, als riebe sich Stein auf Stein. Sie drehte sich abrupt um und starrte die Artefakte an, von denen sie umgeben waren. »Was um alles in der Welt war das?«

Matthias legte das Notizbuch hin und erhob sich langsam. »Ich glaube, wir haben Gesellschaft.«

Alastair Drake erhob sich am anderen Ende des Raumes aus den Tiefen eines Sarkophags, dessen Deckel zur Seite geschoben worden war. »Ich habe mich schon immer gefragt, was Rutledge wirklich zugestoßen ist.«

»Drake.« Matthias beobachtete, wie Alastair dem Sarg entstieg.

»Dann haben Sie ihn also eine Treppe runtergestoßen, was, Colchester? Sehr geschickt.« Alastair lächelte. Mit demselben Lächeln, das ihn in den Salons der besten Häuser so beliebt gemacht hatte, richtete er jetzt die Pistole, die er in der Hand hielt, auf Matthias. »Ein Jammer, daß Sie nie mehr eine Gelegenheit finden werden, diese Geschichte selbst zu erzählen.«

»Alastair.« Imogen starrte ihn schockiert und mit offenem Mund an. »Was haben Sie denn hier zu suchen?«

»Ich würde meinen, das läge auf der Hand«, sagte Alastair.

»Ja, allerdings.« Matthias warf einen bedauernden Blick auf seinen Mantel, der weit außerhalb seiner Reichweite an der Wand hing. Er verfluchte sich lautlos dafür, daß er die Pistole in der Manteltasche hatte stecken lassen. »Und wo befindet sich Ihre charmante Schwester?«

»Hier bin ich, Colchester.« Selena kam mit graziösen Schritten hinter einer Plane heraus, mit der etliche Statuen abgedeckt waren. Ihre behandschuhte Hand hielt eine elegante kleine Pistole umfaßt. »Wir haben schon darauf gewartet, daß ihr beide euch uns anschließt. Wir beobachten euer Stadthaus schon seit einigen Tagen, denn wir wußten, daß sich früher oder später eine Gelegenheit bieten würde.«

Alastair lächelte Imogen an. »Ich bin sicher, daß es Sie freuen wird zu erfahren, daß Sie und Ihr Ehemann Ihre Studien des alten Zamar in einer angemessenen Form beenden werden. Sie werden als die neuesten Opfer des Rutledge-Fluchs in die Geschichte eingehen.«

20

Imogen hatte das Gefühl, ihre Brust sei zugeschnürt. Sie begriff, daß sie voller Angst den Atem anhielt. Sie sah sich besorgt nach Matthias um. Er lehnte immer noch so lässig an dem Rand des Sarkophags, als sei nichts Ungewöhnliches vorgefallen. Sein Gesicht war eine kalte, rätselhafte Maske. Dies war der Mann, der sich den Beinamen Der Kaltblütige Colchester erworben hatte. Jetzt wußte sie, warum.

Sie fragte sich, wie sie je auf die Idee hatte kommen können, Matthias hätte schwache Nerven.

Seine gespenstisch grauen Augen blickten sie flüchtig an. Die eiskalte Entschlossenheit, die er ausstrahlte, bewirkte, daß sich die Härchen in ihrem Nacken aufstellten. Sie wußte, wenn es auch nur die geringste Chance gab, dieser Situation zu entfliehen, würde Matthias es schaffen.

Das also war Colchester von Zamar. Imogen fühlte sich in gewisser Weise bestätigt. Sie hatte sich nicht getäuscht. Sie hatte schon immer gewußt, daß er ein Mann der Tat war.

Imogen fing wieder an zu atmen. Sie waren Kameraden, Gefährten, Partner. Ganz gleich, welchen Plan Matthias sich zurechtlegte – sie mußte bereit sein, ihre Rolle zu übernehmen.

»Die Hoffnung, ihr beide würdet euch auf den Kontinent absetzen, war wohl doch zu schön, um wahr zu sein«, sagte sie und betete darum, daß ihr Tonfall verächtlich klang.

»Und alles aufgeben, was wir uns so hart erarbeitet haben?« Selenas Lächeln war sehr dünn. »So dumm können Sie doch nicht sein. Mein Bruder und ich haben viel zuviel durchgemacht, um unsere derzeitige gesellschaftliche Stellung zu erringen. Wir haben nicht die Absicht, unsere neuen Rollen wegen eines lächerlichen, exzentrischen Blaustrumpfs, wie Sie es sind, einzubüßen, Lady Colchester.« Sie sah Matthias an. »Und auch nicht wegen Ihres Ehemannes, obgleich er weitaus gefährlicher ist als Sie.«

Imogen nickte ernst, als wären Selenas Worte eine Offenbarung. »Ich verstehe. Colchester hatte etwas in der Art geäußert, aber ich habe ihm gesagt, Sie wären zu klug, um sich nach allem, was vorgefallen ist, noch hier herumzutreiben.«

»Offensichtlich hast du die Intelligenz der beiden überschätzt, meine Liebe«, sagte Matthias mit ruhiger Stimme.

Wut loderte in Alastairs Augen auf. Er hob den Lauf der Pistole mit einer schnellen, ruckhaften Bewegung, die verriet, wie aufgewühlt er war. »Ruhe, Sie arroganter Mistkerl! Bald werden Sie und Ihre Frau in einem dieser äußerst praktischen zamaranischen Särge liegen. Ich denke, mit ein bißchen Drücken und Biegen könnten wir es gerade schaffen, Sie beide in ein und demselben Sarkophag unterzubringen. Eine romantische Vorstellung, finden Sie nicht auch?«

»Das haben Sie also vor?« Matthias' Mundwinkel verzogen sich zu einem Ausdruck hämischer Belustigung. »Sie haben die Absicht, uns in eines dieser Dinger zu stopfen?« Er tätschelte den Rand des steinernen Sargs.

Diese kleine Handbewegung schien Alastair zu beunruhigen. Sein Gesichtsausdruck entspannte sich, als Matthias' Hand wieder stillhielt. »Das läßt sich problemlos bewerkstelligen.«

»Sie sind ein noch größerer Idiot, als ich dachte, Drake«,

sagte Matthias. »Ich habe ein oder zwei Freunde in London, verstehen Sie. Die werden ihren Verstand benutzen und im Handumdrehen herausfinden, was passiert ist. Und dann werden sie auch wissen, wer dafür verantwortlich ist.«

»Das ist äußerst unwahrscheinlich.« Alastairs Augen verengten sich zu Schlitzen. »Selbst wenn sich jemand zusammenreimt, was passiert ist, sagen wir zum Beispiel Ihr guter Freund Felix Glaston, dann wird er nicht in der Lage sein, auch nur das Geringste zu beweisen. Es wird ihm noch nicht einmal gelingen, Ihre Leichen zu finden.«

Imogen starrte ihn an. »Was soll das heißen?«

Alastair lächelte. »Der Sarkophag, der Sie und Colchester enthält, wird heute nacht im Wagen eines Nachtarbeiters aus diesem Gemach abtransportiert. Sie werden, gemeinsam mit dem Inhalt diverser Jauchegruben, aufs Land hinausfahren. Ich habe eine Gruppe von stämmigen Gaunern aus den Elendsvierteln angeheuert, die diese Angelegenheit übernehmen werden. Das sind keine Leute von der Sorte, die Fragen stellen. Und sie werden ganz gewiß nicht den Deckel eines versiegelten Sarges aufbrechen, um einen Blick hineinzuwerfen.«

»Sie werden beide auf dem Feld irgendeines Bauern in einem Grab ohne Grabstein verschwinden«, sagte Selena. »Eine sehr einfache Lösung. Und noch dazu eine saubere.«

»So leicht wird das nicht sein«, sagte Imogen grimmig. »Unser Kutscher wird in weniger als zwei Stunden zurückkommen, um uns abzuholen. Wenn er uns nicht findet, wird er das gesamte Zamaranische Institut durchsuchen lassen.«

»Eine Nachricht, in der steht, daß Sie die Kutsche heute nachmittag nicht mehr benötigen, ist bereits in Ihrem Haus abgegeben worden.« Alastairs Augen glühten vor fiebriger Erregung. »Ihr Butler ist verständigt worden, daß Sie beschlossen haben, den Heimweg zu Fuß zurückzulegen, weil heute so ein schöner Tag ist.«

Matthias' Interesse schien für einen Moment zu erwachen. »Was bringt Sie auf den Gedanken, die Leute würden das glauben?«

Selena lächelte ihn selbstzufrieden an. »Heute nachmittag wird man beobachten, wie zwei Personen das Zamaranische Institut verlassen. Der Herr wird Ihren schwarzen Mantel, Ihren Hut und Ihre Stiefel tragen, Mylord. Die Frau wird mit Lady Colchesters unverwechselbarem zamaringrünen Gewand bekleidet sein und ihren schrecklich unmodernen Hut tragen.«

Imogen sah sie finster an. »Sie wollen unsere Kleidungsstücke tragen, wenn Sie das Institut verlassen?«

»Und in der Menge untertauchen, um nie mehr gesehen zu werden.« Selena machte mit der freien Hand eine wegwerfende Handbewegung. »Zwei weitere Opfer des Rutledge-Fluchs.«

»Es wird Gerede geben«, beharrte Imogen. »Colchester hat recht. Seine Freunde werden Fragen stellen.«

»Fragen, auf die es niemals eine Antwort geben wird«, versicherte ihr Selena. »Die feine Gesellschaft wird eine Zeitlang genüßlich Spekulationen anstellen und Gerüchte in Umlauf setzen, und dann wird die gesamte Geschichte in Vergessenheit geraten. Alastair und ich werden in ein paar Monaten in die Stadt zurückkehren und unser gewohntes Leben wieder aufnehmen. Niemand wird uns mit Ihrem Verschwinden in Verbindung bringen.«

»Und auch nicht mit dem Tod von Lady Vanneck?« Matthias verlagerte das Gewicht von einem Fuß auf den anderen, als müßte er sich einen Moment lang strecken. Sein Stiefel streifte die Tonmaske, die seitlich an dem Sarg lehnte.

Selbst diese minimale Bewegung ließ Alastair zusammenzucken. Sein Blick fiel auf Matthias' Stiefel. Dann wurde er wieder ruhiger. »So, das haben Sie sich also zusammengereimt? Mein Kompliment.«

»Das war nicht weiter schwierig, nachdem ich Lucys Tagebuch gelesen hatte«, sagte Imogen. »Sie haben sie getötet, weil sie versucht hat, Sie zu erpressen, damit Sie mit ihr nach Italien gehen.«

Alastair verzog das Gesicht zu einer Grimasse. »Lucy war nicht mehr amüsant für mich. Ich habe versucht, die Affäre auf die übliche Art zu beenden, aber sie wollte mich einfach nicht in Ruhe lassen. Sie war von der Vorstellung besessen, nach Italien zu gehen, obwohl ich sagen muß, daß es mir unbegreiflich ist, weshalb zum Teufel sie geglaubt hat, ich würde sie dorthin begleiten.«

»Zuerst hat Lucy Alastair einfach nicht in Ruhe gelassen.« Selenas Hand spannte sich fester um den Griff der Pistole. »Und dann hat sie versucht, ihn zu erpressen. Wir mußten etwas unternehmen.«

»Zum Glück ist sie nicht dahintergekommen, daß Selena und ich miteinander verwandt sind, aber es ist ihr gelungen, etwas herauszufinden, was sich oben im Norden abgespielt hat.« Alastair zuckte die Achseln. »Sie wußte einfach zuviel.«

»Es blieb uns gar nichts anderes übrig, als sie uns vom Hals zu schaffen«, erklärte Selena. »Und auch den Konstabler, den sie angeheuert hatte, damit er in ihrem Auftrag Nachforschungen anstellte.«

Imogen sah Alastair an. »Ich vermute, Sie waren der Straßenräuber, der den armen Konstabler getötet hat?«

»Ich habe einen ziemlich spektakulären Anblick geboten mit einem Cape und einem Paar Pistolen, wenn ich das von mir selbst behaupten darf«, brachte Alastair gedehnt hervor. »Aber Lucy hat ein noch größeres Problem dargestellt. Ihr Tod erforderte die entsprechende Kulisse, damit man weder Selena noch mich damit in Zusammenhang bringen konnte. Sie können versichert sein, daß wir diese Szene mit äußerster Sorgfalt geschrieben haben.«

»Und die Hauptrolle haben Sie mit mir besetzt«, sagte Imogen erbittert.

Matthias verschränkte die Arme vor der Brust. »Es ist alles genauso gewesen, wie wir angenommen haben, meine Liebe. Sie hatten alles so arrangiert, daß du und Vanneck als die Schuldigen an Lucys sogenanntem Selbstmord dastehen würdet.«

»Wenn es Ihnen ein Trost ist, Vanneck war in demselben Maße wie Sie ein ahnungsloser Mitspieler, Lady Colchester«, sagte Selena. »Er begab sich in dieses Schlafzimmer mit der Erwartung, dort seine damalige Geliebte zu treffen.«

»Könnten das zufällig Sie gewesen sein?« fragte Imogen.

»Ja, allerdings.« Selena lächelte jetzt wieder. »Durch einen glücklichen Zufall ist Lucy nie hinter meine Verbindung zu Alastair gekommen, und sie hat auch nichts von der Rolle geahnt, die ich bei dem Vorfall oben im Norden gespielt habe. Es liegt auf der Hand, daß sie mich in ihrem Tagebuch mit keinem Wort erwähnt hat, da Vanneck, nachdem er es vor ein paar Monaten gefunden hatte, nur Alastair zu erpressen versuchte.«

Imogen glaubte, aus Selenas Tonfall die Andeutung einer Frage herausgehört zu haben, als erwartete sie jetzt eine Bestätigung. Selena war sich nicht hundertprozentig sicher, daß sie in dem Tagebuch nicht erwähnt wurde, soviel wurde Imogen jetzt klar.

Imogen warf Matthias aus dem Augenwinkel einen Blick zu. Er schüttelte kaum merklich den Kopf. Er wollte nicht, daß sie Selena die gewünschte Bestätigung gab. Als könnte sie seine Gedanken lesen, begriff Imogen plötzlich, daß Matthias vorhatte, das Tagebuch für einen Tauschhandel zu benutzen, um ihrer beider Leben freizukaufen.

»An dem Abend, an dem Sie Vanneck in jenem Schlafzimmer getroffen haben«, fuhr Selena fort, »hatte Alastair es so eingerichtet, daß er in Begleitung eines Freundes im richtigen Moment in diesem Korridor auftauchte. Mein Bruder war, wie alle Welt weiß, entsprechend schockiert und entsetzt darüber, Sie in einer derart kompromittierenden Situation vorzufinden.«

Imogen wandte sich angriffslustig an Alastair. »Sie und Ihr Begleiter haben augenblicklich das Gerücht in Umlauf gesetzt, Vanneck hätte die engste Freundin seiner Frau verführt. Und dann ist es Ihnen irgendwie gelungen, Lucy dazu zu überreden, eine Überdosis Laudanum einzunehmen.«

»Das war nicht schwierig«, versicherte ihr Alastair. »Ich habe Lucy erzählt, die Flasche enthielte ein neues Stärkungsmittel für ihre Nerven. Sie war mit der Zeit extrem furchtsam und ängstlich geworden. Sie hat das Zeug genommen, ohne auch nur eine Frage zu stellen.«

»Und alle haben von Selbstmord gesprochen«, flüsterte Imogen.

»Ich gratuliere.« Alastair machte eine kleine, spöttische Verbeugung. »Endlich haben Sie begriffen.«

»Zwei verdammte Schauspieler, dieses Geschwisterpaar«, sagte Matthias mit leiser Stimme.

»Richtig.« Selena lachte. »Wie haben Sie das erraten? Alastair und ich haben tatsächlich beide oben im Norden auf der Bühne gestanden. Aber vor drei Jahren haben wir beschlossen, unsere Rollen fortan selbst zu schreiben und sie hier in London zu spielen. Wir haben brillante Darbietungen geboten, das muß ich schon sagen.«

Matthias löste seine verschränkten Arme und legte die

Hände auf den Rand des Sarkophags. Diese neuerliche Veränderung in seiner Haltung führte wieder dazu, daß Alastair steif zusammenzuckte.

Matthias musterte ihn mit belustigter Herablassung. »Als Sie Ihr zweites mörderisches kleines Stück inszenierten, haben Sie erneut versucht, Imogen und Vanneck die Hauptrollen zuzuweisen, nicht wahr? Mich haben Sie ebenfalls zu Ihrer Schauspielertruppe hinzugezogen. Ich sollte Vannecks Henker sein.«

»So hatten wir die Szene geschrieben«, sagte Selena. »Aber Vanneck hat sich geweigert, seine Rolle zu spielen.«

»Wenn einer von Ihnen auf den Gedanken gekommen wäre, meinen Rat einzuholen«, sagte Matthias, »dann hätte ich Ihnen gleich sagen können, daß Vanneck nicht der Typ war, der zum vereinbarten Zeitpunkt zu einem Duell erscheint.«

Wut blitzte in Selenas himmelblauen Augen auf. »Ich wußte, daß er schwach war, aber wie feige er wirklich war, ist mir erst klargeworden, als es bereits zu spät war. Am Abend vor dem Duell bin ich zu ihm gegangen und habe ihm die Rolle der in Tränen aufgelösten, zu Tode betrübten früheren Geliebten vorgespielt.«

»Sie wollten sich vergewissern, daß alles plangemäß abläuft«, sagte Matthias. »Ich kann mir gut vorstellen, wie ärgerlich Sie waren, als Sie feststellen mußten, daß er Vorbereitungen getroffen hat, die Stadt zu verlassen, damit er sich nicht mit mir duellieren muß.«

»Es war noch schlimmer, als Sie es sich ausmalen«, gab Selena daraufhin zurück. »Als ich kam, sah ich, daß er sich gerade hingesetzt hatte, um einen Brief an Imogen zu schreiben. Er hatte erfahren, daß sie ihn für Lucys Tod verantwortlich machte. Er hatte vor, ihr seinen Verdacht mitzuteilen, daß Alastair Lucy ermordet haben könnte. Er hat geglaubt, diese Information würde Imogen dazu bringen, Sie von dem Duell abzuhalten, Colchester. Mir graust jetzt noch bei dem Gedanken, was passiert wäre, wenn ich ihn an jenem Abend nicht besucht hätte.«

»Sie haben ihn persönlich erschossen, nicht wahr?« sagte Matthias leichthin. »In seinem eigenen Arbeitszimmer.«

»Mir ist nichts anderes übriggeblieben«, sagte Selena. »Er hatte vor, aufs Land zu fliehen.«

Imogen war empört. »Nachdem Sie Vanneck getötet haben, haben Sie Alastair geholt, und gemeinsam ist es Ihnen gelungen, die Leiche in die Kutsche zu setzen. Dann haben Sie ihn zum Ort des Duells befördert und ihn dort zurückgelassen, in der Hoffnung, alle Welt würde davon ausgehen, daß Colchester ihn kaltblütig ermordet hat.«

Alastair zuckte die Achseln. »Oder zumindest davon, daß er von einem Wegelagerer ermordet worden ist. Hauptsache, Vanneck war tot; alles andere spielte keine große Rolle.«

Matthias veränderte erneut seine Haltung. Die Spitze seines Stiefels stieß wieder an die tönerne Maske. Diesmal schien Alastair keine Notiz davon zu nehmen.

Imogen erkannte, daß Matthias in den letzten Minuten eine ganze Reihe dieser belanglosen, kleinen Bewegungen gemacht hatte. Diese Form von Rastlosigkeit vertrug sich nicht mit seiner gewohnten Ausstrahlung von beherrschter Ruhe.

Für einen flüchtigen Moment trafen sich ihre Blicke. Sie hatte keine Schwierigkeiten, die Warnung in seinen Augen zu lesen. Es war eindeutig, daß er irgendeinen verzweifelten Versuch unternehmen wollte.

In diesem Augenblick, in dem sie stumm miteinander kommunizierten, verstand Imogen plötzlich die Gründe für diese Serie von anscheinend zufälligen Bewegungen.

Matthias war bemüht, Alastair und Selena einzulullen, damit sie sich in Sicherheit wiegten und sich immer mehr an seine minimalen Bewegungen gewöhnten.

»Eines verwundert mich trotz allem«, sagte Imogen bedächtig. »Warum haben Sie so lange gewartet, ehe Sie Lord Vanneck getötet haben? Sie haben Lucy doch schon vor drei Jahren ermordet.«

Selenas Augen verfinsterten sich. »Der Mistkerl war erst vor kurzer Zeit auf Lucys Tagebuch gestoßen. Niemand hatte etwas von seiner Existenz geahnt, bis ein Zimmermädchen es zwischen Lucys Sachen gefunden hat. Es ist ans Licht gekommen, als Vanneck in sein neues Stadthaus umgezogen ist.«

»Drei Jahre lang sind Selena und ich davon ausgegangen, daß unser Geheimnis gut gehütet wird.« Alastair schnitt eine Grimasse. »Dann ist Vanneck vor ein paar Monaten auf mich zugekommen und hat gesagt, er hätte Lucys Tagebuch gefunden und wüßte jetzt, was sie gewußt hatte. Er sagte, wenn ich regelmäßige Zahlungen leiste, würde er den Mund halten. Ich war gezwungen, mich seinen Forderungen zu beugen, bis Selena und ich eine Möglichkeit fanden, ihn uns vom Hals zu schaffen.«

Selena lächelte Imogen an. »Und dann sind Sie im geeigneten Augenblick mit dieser verrückten Geschichte über eine Landkarte und ein Artefakt in London erschienen. Und zu allem Überfluß kam auch noch dazu, daß Colchester nach Ihrer Pfeife getanzt und Ihnen jeden Wunsch von den Augen abgelesen hat.«

Alastair warf einen Blick auf Matthias. »Ich muß gestehen, daß Selena und ich erstaunt waren, als Sie ernsthaftes Interesse an Imogen und ihrer Landkarte zeigten. Als Sie dann so weit gegangen sind, sie zu verführen und Ihre Verlobung öffentlich bekanntzugeben, wußten wir, daß Sie ihre Landkarte wirklich für echt gehalten habe. Eine andere Erklärung konnte es für eine derart lachhafte Verbindung einfach nicht geben.«

»Ach, meinen Sie?« fragte Matthias behutsam.

Selena schenkte seinem Einwurf keine weitere Beachtung. »Da es Ihnen offensichtlich ernst damit war, Imogen und ihre Landkarte an sich zu bringen, haben wir schon bald einen Weg gefunden, die Rivalität zwischen Ihnen und Vanneck dafür zu nutzen, Vannecks Ableben zu beschleunigen.«

»Aber das Problem des Tagebuchs hat weiterhin bestanden«, sagte Matthias. »Sie mußten es aus dem Verkehr ziehen. Sie haben Vannecks Haus durchsucht, um es zu finden.«

Alastair sah ihn finster an. »Und dort sind wir auf Sie getroffen. Aber woher haben Sie von dem Tagebuch gewußt?«

»Ah«, sagte Imogen. »Eine ausgezeichnete Frage.« Sie trat einen kleinen Schritt zurück und stand somit neben dem Stapel von Tontafeln, den sie selbst gerade erst aufgeschichtet hatte. »Und wie viele andere Menschen wissen sonst noch davon?«

»Pah. Wir werden einen Weg finden, es an uns zu bringen, wenn Sie erst einmal aus dem Weg geräumt sind.«

»Vielleicht«, sagte Matthias. »Vielleicht aber auch nicht.«

»Es sollte eigentlich keine Schwierigkeit darstellen, Ihre trauernde Schwester davon zu überzeugen, daß sie sich das Tagebuch vom Hals schaffen muß, weil ein Fluch darauf lastet«, murmelte Selena.

Matthias lächelte. »Seien Sie sich dessen nicht zu sicher. Ich habe Vorkehrungen getroffen, um dafür zu sorgen, daß das Tagebuch in die richtigen Hände fällt, falls mir oder meiner Frau etwas zustoßen sollte.«

»Ich glaube Ihnen nicht«, zischte Selena.

Matthias zog die Augenbrauen hoch, sagte aber kein Wort.

Alastair runzelte die Stirn. »Selena?«

»Er blufft nur, Alastair. Kümmre dich nicht um sein Geschwätz. Wir werden das Tagebuch bekommen.«

»Es könnte Sie interessieren zu erfahren, wie wir hinter die Existenz von Lucys Tagebuch gekommen sind«, sagte Imogen herablassend. »Verstehen Sie, es war kein Zufall.«

Alastair und Selena wandten sich ihr beide mit funkelnden Augen zu. Es war eindeutig zu erkennen, daß sie diese Frage nicht in Betracht gezogen hatten.

»Wovon zum Teufel reden Sie?« fragte Alastair barsch.

Selena funkelte sie finster an. »Vanneck muß Ihnen doch davon erzählt haben.«

»Nein, so war es nicht«, sagte Imogen. »Es war nicht Vanneck.«

»Wer denn dann?« schrie Alastair.

Selena bedachte ihn mit einem drohenden Blick. »Beruhige dich, Alastair.«

»Verdammt noch mal, Selena, begreifst du denn nicht? Es weiß sonst noch jemand von dem Tagebuch.«

»Nein. Sie lügt.«

Einen Moment lang waren Alastair und Selena von dieser neuen Sorge abgelenkt. Matthias wählte diesen Augenblick, um wieder eine Bewegung zu machen. Diesmal hatte sein Tun nichts Beiläufiges oder Ruheloses an sich.

Er bückte sich und packte die schwere Tonmaske, die an dem Rand des Sarkophags gelehnt hatte. Mit tödlicher Treffsicherheit schleuderte er sie nach Alastair.

»Was haben Sie …?« Selena reagierte als erste und wirbelte herum, um die Pistole auf Matthias zu richten. »Nein. *Alastair*. Sieh dich vor.«

Alastair wollte sich umdrehen, reagierte jedoch zu langsam. Er stieß einen unartikulierten Schrei aus und hob den Arm. Die schwere Maske wurde durch seine Verteidigungshaltung nur teilweise von ihrem Ziel abgelenkt. Sie traf ihn mit einer Wucht, die ihn rückwärts taumeln ließ. Die Pistole flog aus seiner Hand. Matthias machte einen Satz auf ihn zu.

»Mistkerl.« Selenas schönes Gesicht war vor Wut verzerrt. Sie legte auf Matthias an und machte Anstalten, den Abzug zu drücken. In dem Moment schnellte Imogens Hand vor und stieß gegen den Stapel von zamaranischen Tafeln. Der Stapel geriet ins Wanken, und die Tontafeln stürzten in Selenas Richtung. Sie war zu verblüfft, um abzudrücken.

»Du ungelenker Tolpatsch.« Selena wirbelte zu Imogen herum. »Du hast uns all diesen Ärger eingebrockt!«

Imogen fuhr herum, um zu fliehen. Dabei stieß ihr Knie gegen den Rand des Sarkophags. Sie stolperte und fiel in dem Moment, in dem Selena einen Schuß auf sie abgab.

Imogen spürte, wie etwas Kaltes ihren Arm streifte, während sie peinlicherweise vornüber in den steinernen Sarg stürzte. Hinter sich hörte sie die Geräusche eines brutalen Handgemenges. Selena stieß ein Wutgeheul aus.

Hastig setzte Imogen sich auf. Aus irgendwelchen Gründen versagte ihre linke Schulter ihr den Dienst. Sie konzentrierte sich darauf, den rechten Arm zu benutzen, um sich aus dem Sarg zu ziehen.

Zu ihrem Entsetzen sah sie, daß Alastair und Matthias einander argwöhnisch umkreisten. Licht funkelte auf der Klinge des Messers, das Alastair in der Hand hielt. Selena hatte sich hingekauert, in dem Versuch, die Pistole an sich zu bringen, die Alastair fallen gelassen hatte.

»Diesmal werde ich dich töten, Colchester«, fauchte

Alastair. Er führte einen Scheinangriff mit dem Messer durch.

Matthias riß ein Bein in einer schwungvollen, weit ausholenden Bewegung nach oben und traf Alastairs Oberschenkel mit seinem Tritt. Alastair taumelte und schrie vor Schmerz laut auf.

Imogen sah, daß Selena sich schon fast an die Pistole herangeschlichen hatte, die auf dem Boden lag. »Oh, nein, das wirst du nicht tun!« Sie sprang aus dem Sarg, warf sich auf Selena und prallte frontal mit ihr zusammen.

Imogens Angriff verlieh ihr und Selena soviel Schwung, daß sie beide gegen die riesengroße Statue des Zamaris geschleudert wurden. Der Aufprall ließ ein Zittern durch die schwere Figur laufen. Ihr Arm, der nur notdürftig wieder angebracht worden war, bekam an der alten Bruchstelle in der Schulter einen Sprung. Stein knirschte unheilverkündend an Stein.

»Imogen, paß auf! Zurück mit dir, schnell!« schrie Matthias.

Imogen rollte sich in einer wirbelnden Wolke von Röken zur Seite. Einen Sekundenbruchteil später stürzte der riesige Arm des Zamaris auf den Fußboden.

Selena schaffte es nicht, rechtzeitig auszuweichen. Der steinerne Arm fiel auf ihre Schultern, warf sie flach auf den Boden und drückte sie mit seinem ganzen Gewicht nieder. Sie stieß einen kurzen, erstickten Schrei aus und blieb dann reglos liegen.

Imogen setzte sich langsam auf. Sie nahm ein seltsames Summen in ihrem Kopf wahr, und ihre Schulter schmerzte. Sie mußte sie sich aufgescheuert haben, als sie in den Sarkophag gefallen war.

Stille senkte sich über den Raum herab. Als sie sich nach Matthias umsah, stellte sie fest, daß er sich gerade wieder aufrappelte. Alastair lag regungslos zu seinen Füßen.

»Matthias!« Imogen bemühte sich aufzustehen. »Ist alles in Ordnung mit dir?«

»Ja. Was ist mit dir?«

»Ich fühle mich einigermaßen«, setzte sie an, doch dann schnappte sie hörbar nach Luft, als ein stechender Schmerz sie durchzuckte. »...fit«, beendete sie ihren Satz.

»Meine Liebe, du überraschst mich immer wieder aufs neue.« Matthias kam auf sie zu. Sein Blick fiel auf Selena. »Ist sie tot?«

»Nein, das glaube ich nicht.« Imogen warf einen Blick auf Selena. »Aber sie scheint bewußtlos zu sein. Was ist mit Alastair?«

»Desgleichen. Es sieht ganz so aus, als würden sie es beide überleben und für ihre Verbrechen vor Gericht gestellt werden.« Matthias runzelte die Stirn. »Bist du ganz sicher, daß dir nichts fehlt, Imogen?«

»Ja, natürlich.« Es kostete sie große Willenskraft, sich auf die Füße zu ziehen. Sie war gezwungen, sich an Zamaris' Bein festzuhalten, um sich zu stützen. »Ich habe dir doch schon oft genug gesagt, daß ich keine schwachen Nerven habe.«

»Ich beneide dich um deine starken Nerven.« Matthias lächelte kläglich. »Ich persönlich fühle mich ein wenig angegriffen.«

Imogen schluckte schwer. »Erwarte bloß nicht, daß ich dir das glaube. Du hast mich ganz schön getäuscht mit deinem ewigen Gerede von deinen schwachen Nerven.«

»Ganz im Gegenteil. Das Wissen, daß du gerade eben beinahe ums Leben gekommen wärest, genügt, um mich für vierzehn Tage bettlägerig zu machen.« Plötzlich verfinsterten sich Matthias' Augen. »Imogen, deine *Schulter.*«

»Beruhige dich. Ich habe sie mir lediglich an der Kante dieses Sarkophags aufgescheuert.«

»Erzähl mir keinen Unsinn.« Matthias' Augen waren Teiche aus silbernem Eis, als er eilig auf Imogen zukam. »Selena hat auf dich geschossen.«

Imogen schaute auf ihre verletzte Schulter hinunter und sah das Blut. »Ach, du meine Güte. Ich glaube, du hast recht.« Und dann setzte schlagartig der echte Schmerz ein. Ein sengender, lodernder, betäubender Schmerz.

Zum ersten Mal in ihrem Leben schwanden Imogen die Sinne. Matthias fing sie auf, ehe sie zu Boden stürzte.

Als Imogen wieder aus dem Dunkel ihrer Ohnmacht auftauchte, fand sie sich in Matthias' Armen wieder. Sie hörte, wie er auf der Treppe des Zamaranischen Instituts zwei Arbeitern Anweisungen erteilte. Seine Worte hatten etwas damit zu tun, einen Wachtmeister zu holen und die beiden Personen im Museum in Gewahrsam zu nehmen.

Die Welt drehte sich wieder vor ihren Augen, als Matthias sie in eine Mietsdroschke hob. Sie schmiegte ihr Gesicht an Matthias' Schulter und biß die Zähne zusammen. Seine Arme schlangen sich enger um sie.

Nach einem Zeitraum, der ihr wie ein Jahrhundert voller Schmerzen vorkam, erkannte sie, daß die Kutsche angehalten hatte. Matthias trug sie die Stufen zu seinem Stadthaus hinauf. Die Haustür wurde geöffnet.

Zornig erhobene Stimmen ertönten aus der Richtung des Salons. Eine heftige Auseinandersetzung war im Gange, erkannte Imogen.

»Lassen Sie die Finger von ihr«, knurrte Hugo. »Oder ich werde Ihnen die Fresse einschlagen.«

»Sie ist meine Nichte«, brüllte ein anderer Mann. »Ich kann mit ihr tun und lassen, was ich für richtig halte!«

»Patricia wird nirgends mit Ihnen hingehen«, gelobte Hugo. »Treten Sie zur Seite. Ich bin bereit, sie mit meinem Leben zu verteidigen.«

»Ufton«, dröhnte Matthias. »Wo in Gottes Namen stecken Sie?«

»Hier bin ich, Sir«, sagte Ufton. »Tut mir leid, Sir. Ich habe Sie nicht an der Tür gehört. Uns hat sich hier ein kleines Problem gestellt.«

»Das kann warten. Auf Imogen ist geschossen worden.«

Imogen schlug die Augen auf und sah, daß Ufton sie mit tiefer Sorge musterte. »Hallo, Ufton.« Sie war verblüfft darüber, wie matt ihre eigene Stimme klang.

»Bringen Sie sie augenblicklich in die Bibliothek«, sagte Ufton.

Im Salon wurden jetzt wieder Stimmen laut.

»Das muß Mr. Poole sein, Patricias gräßlicher Onkel«, flüsterte Imogen. »Er ist hier, nicht wahr, Ufton?«

»Er sagte, er sei hergekommen, um Lady Patricia wieder nach Devon zurückzuholen«, erklärte Ufton, während er die Tür zur Bibliothek öffnete. »Mr. Bagshaw ist damit gar nicht einverstanden.«

Imogen lächelte. »Gut für Hugo.«

In dem Moment ertönte aus dem Salon ein weiterer grimmiger Schrei. Ein großer, dünner Mann mit fettigem Haar wurde durch die offene Tür geschleudert und stürzte der Länge nach in die Halle.

Einen Moment lang blieb der Mann benommen liegen. Dann schüttelte er den hageren Kopf und sah finster zu Matthias auf. Gelbe Zähne schauten unter seinem Schnurrbart heraus. Er erinnerte Imogen an eine Ratte.

»Sie müssen Colchester sein.« Der Mann setzte sich auf und rieb sich das Kinn. »Ich bin Poole, Patricias Onkel. Ich bin gekommen, um Ihnen die Göre vom Hals zu schaffen, M'lord. Dieser junge Dreckskerl dort im Salon behauptet, Sie hätten gesagt, daß sie bei Ihnen bleiben kann.«

Hugo trat in die Tür. Patricia hielt sich ängstlich hinter ihm verborgen.

»Das entspricht der Wahrheit.« Hugo massierte die schmerzenden Knöchel seiner rechten Hand, während er auf sein Opfer herunterschaute. Dann sah er Matthias in die Augen. »Sie haben Patricia doch Ihr Wort darauf gegeben, sie nicht zu diesem elenden Lumpen zurückzuschicken, stimmt's, Colchester?«

»Ja, das habe ich ihr versprochen.« Matthias trug Imogen in die Bibliothek. »Schaffen Sie ihn aus dem Haus, Bagshaw.«

»Mit dem größten Vergnügen.«

Imogen konnte verschwommen erkennen, wie Hugo sich bückte, um Poole wieder auf die Füße zu ziehen.

»Rühren Sie mich nicht an.« Poole wich hastig aus Hugos Reichweite zurück. Er kroch über die Fliesen zur Haustür. Hugo blieb ihm auf den Fersen.

Patricia eilte durch die Eingangshalle, als Hugo die Haustür hinter Poole zuschlug. »Was fehlt Imogen?«

»Lady Lyndhurst hat auf sie geschossen.« Matthias legte Imogen behutsam auf das Delphinsofa.

»Gütiger Himmel«, flüsterte Patricia. »Wird sie... wieder gesund werden?«

»Ja«, sagte Matthias. Dieses eine Wort wog soviel wie ein Schwur, den er mit seinem eigenen Blut besiegelte.

Imogen lehnte sich gegen die Armlehne des Sofas zurück und bewerkstelligte mühsam ein Lächeln, von dem sie sich erhoffte, daß es zuversichtlich wirkte. »Ich werde schon wieder gesund werden. Es ist nicht nötig, daß ihr mich alle derart besorgt anseht.«

»Sehen wir uns den Fall doch erst einmal an.« Ufton schaffte es mit großer Mühe, sich an Matthias vorbeizudrängen, damit er die Wunde untersuchen konnte.

»Nun, was sagen Sie dazu?« fragte Imogen. Die Welt

drehte sich jetzt nicht mehr vor ihren Augen. Sie hatte den Eindruck, daß es ihr von Minute zu Minute besserging.

Ufton nickte und wirkte sehr zufrieden. »Nichts weiter als eine oberflächliche Verletzung, Mylady. Sie werden sich im Handumdrehen davon erholen.« Er griff nach der Cognacflasche. »Wären Sie vielleicht so nett, einen großen, kräftigen Schluck zu sich zu nehmen, Madam?«

Imogen blinzelte. »Das ist eine ganz ausgezeichnete Idee, Ufton.«

Sie gestattete ihm, ihr eine beträchtliche Menge des hochprozentigen Alkohols einzuflößen. Die Flüssigkeit brannte wie Feuer in ihrer Kehle, doch sie sandte auch eine angenehme Wärme durch ihre Adern. Nachdem sie getrunken hatte, blinzelte sie wieder und schenkte Matthias ein bezauberndes Lächeln. Er erwiderte ihr Lächeln nicht. Wenn überhaupt, dann wurde sein Gesichtsausdruck eher noch grimmiger.

»Wenn Sie jetzt so freundlich wären, sie festzuhalten?« sagte Ufton behutsam.

Matthias setzte sich auf die Armlehne des Sofas und packte Imogen. Er stützte sie an sein Bein, und seine Hände waren sanft, aber doch unnachgiebig.

»Verzeih mir, Imogen«, sagte er.

»Was um Himmels willen?« Imogen sah finster zu ihm auf. »Du hast absolut nichts getan, woran ich Anstoß nehmen könnte. Tatsächlich hast du dich heute nachmittag sogar ausgesprochen heldenhaft benommen. Ich fand es äußerst faszinierend. Ich habe schon immer gewußt, daß du im Grunde deines Wesens ein Mann der Tat bist.«

Ufton träufelte Cognac in die offene Wunde. Imogen stieß einen schrillen Schrei aus und wurde zum zweiten Mal in ihrem Leben ohnmächtig.

21

Drei Tage später lag Imogen wieder auf dem zamaranischen Sofa und plauderte mit Horatia, als Patricia in die Bibliothek rauschte.

»Wie fühlst du dich, Imogen?« fragte sie, während sie ihren Hut absetzte.

»Danke, mir geht es blendend«, sagte Imogen. »Meine Schulter zwickt mich zwar noch manchmal, aber dank Uftons Cognacbehandlung heilt sie alles in allem recht gut.«

»Erinnere mich bloß nicht mehr daran.« Patricia schnitt eine Grimasse, als sie ihren mit Blumen geschmückten Hut auf einen Tisch in ihrer Nähe fallen ließ. »Ich schwöre dir, daß ich nie in meinem Leben Matthias' Gesichtsausdruck vergessen werde, als er dich festgehalten hat, damit Ufton den Schnaps in deine Wunde schütten konnte.«

Imogens Miene hellte sich auf. »Und wie würdest du seinen Gesichtsausdruck beschreiben?«

»Er hat den Eindruck erweckt, als lechzte er danach, einen Mord zu begehen.« Patricia setzte sich und streckte die Hand nach der Teekanne aus. »In dem Moment ist mir klargeworden, wie er zu dem Namen Der Kaltblütige Colchester gekommen ist.«

»Ich nehme an, er hat sich Sorgen um mich gemacht«, sagte Imogen. Sie hatte gehofft, Patricia würde Matthias' Gesichtsausdruck als eine Miene tiefempfundener Qual über die Schmerzen beschreiben, die ihr in dem Augenblick bevorgestanden hatten. Aber *mordlustig* genügte schließlich auch, tröstete sie sich. Es ließ auf eine große Gefühlstiefe schließen.

Horatia sah Patricia an, die übersprühend glücklich wirkte. »Du scheinst heute nachmittag blendend gelaunt zu sein, meine Liebe. Hast du die Spazierfahrt genossen?«

»Oh, ja.« Patricias Wangen röteten sich. »Sogar sehr. Hugo ist wahrhaft meisterlich im Umgang mit den Zügeln. Im Park haben wir im Mittelpunkt der Aufmerksamkeit gestanden. Übrigens, Imogen, er läßt dich grüßen und dir ausrichten, wie sehr er es bedauert, dich heute abend auf der Soiree der Sheltons nicht zu treffen.«

Imogen rümpfte die Nase. »Matthias hat mir verboten, in den kommenden vierzehn Tagen aus dem Haus zu gehen. In dem Punkt ist er absolut unerbittlich geblieben. Meinen Versuchen, ihm diesen Unsinn auszureden, war bisher kein Erfolg beschieden.«

»Er sagt, du hättest ihm einen fürchterlichen Schrecken eingejagt.« Patricia schenkte sich eine Tasse Tee ein und stellte die Kanne wieder ab. »Er hat zu mir gesagt, er befürchtet, daß sein schwaches Nervenkostüm Wochen brauchen wird, um sich davon zu erholen.«

»Hm.« Imogen trank einen Schluck von ihrem Tee. »In der letzten Zeit ist mir aufgegangen, daß Colchester nur dann behauptet, besorgt, nervös und hypersensibel zu sein, wenn es ihm gerade in den Kram paßt. Was die übrige Zeit angeht, scheint er seine schwachen Nerven vollkommen zu vergessen.«

Patricia lachte. »Ich glaube, da könntest du recht haben. Trotzdem ist es schade, daß du die Parties und Bälle dieser Woche verpassen wirst. Du und mein Bruder werdet das Hauptthema der Gespräche bei sämtlichen Veranstaltungen sein. Hugo und ich sind heute im Park schon laufend ausgefragt worden. Alle wollten mehr über die gräßlichen Vorfälle im Zamaranischen Museum hören.«

Horatia lachte. »Ich habe den Verdacht, das ist der Hauptgrund, warum Colchester darauf bestanden hat, daß Imogen vierzehn Tage lang keine Einladungen annehmen darf. Er hat kein Interesse daran, die Neugier der oberen Zehntausend zu befriedigen.«

»Sie haben vollkommen recht, Horatia«, sagte Matthias, der in der Tür zur Bibliothek stand. »Ich habe Besseres zu tun, als höfliche Konversation über eine Sache zu betreiben, die meine Nerven derart angegriffen hat.«

»Da bist du ja, Colchester.« Imogen lächelte ihn an. »Wir haben schon auf dich gewartet. Konnte dein Freund Felix dir die Information geben, die du von ihm haben wolltest?«

»Ja.« Matthias ging auf das Sofa zu und bückte sich, um Imogen schnell einen Kuß auf den Mund zu drücken.

»Welche Information?« fragte Patricia.

Imogen sah sie an. »Natürlich die Antwort auf die Frage, was sich damals oben im Norden abgespielt hat. Verstehst du, Mr. Drake und seine Schwester weigern sich zu gestehen. Sie haben ganz richtig vermutet, daß Lucy tatsächlich niemals das dunkle Geheimnis, das sie aufgedeckt hatte, in ihrem Tagebuch erwähnte.«

»Aber aufgrund der Informationen, die Imogen und ich hatten, ergänzt durch die Dinge, die Felix Glaston herausgefunden hat, ist es mir endlich gelungen, das Bild vollständig zusammenzusetzen.« Matthias setzte sich neben Imogen auf das Sofa und sah Horatia an. »Zweifellos wird Sie das sehr interessieren.«

»Wie kommen Sie darauf?« fragte Horatia.

»Erinnern Sie sich noch an die schauerliche Geschichte, die über die berüchtigten Demon-Zwillinge aus Dunstoke Castle im Umlauf war?«

»Ja, selbstverständlich.« Horatias Augen wurden

groß. »Erzählen Sie mir jetzt bloß nicht, Mr. Drake und Lady Lyndhurst seien die teuflischen Zwillinge.«

»Genauso verhält es sich«, erwiderte Matthias.

Patricia zog verwirrt die Stirn in Falten. »Aber sie sind doch gar keine Zwillinge.«

»Nicht alle Zwillinge sehen sich ähnlich wie ein Ei dem anderen«, rief ihr Imogen ins Gedächtnis zurück, während sie sich nach der Teekanne vorbeugte, um Matthias eine Tasse einzuschenken.

»Richtig.« Er blickte Imogen finster an. »Warte, laß mich das machen. Du darfst dich nicht überanstrengen.« Er nahm ihr energisch die Kanne aus der Hand. »Selena und Drake sind nicht in den Flammen umgekommen. Sie hatten das Haus des alten Lord Dunstoke angezündet, um ihn zu töten, genauso, wie es damals behauptet wurde. Aber dazu kommt noch, daß sie mit den Unmengen von kostbaren Edelsteinen entkommen konnten, die Dunstoke besessen hatte. Mit dem Geld aus dem Verkauf dieser Steine haben sie sich in den letzten drei Jahren durchgeschlagen.«

Imogens lebhafte Vorstellungskraft half ihr, die fehlenden Teile hinzuzufügen. »Sie haben sich eine neue Identität zugelegt und sind nach London gezogen. Sie hatten das Geld, um den Schein zu wahren, und die schauspielerische Begabung, die Rollen zu spielen, die sie für sich gewählt hatten. Niemand ist je auf den Gedanken gekommen, Fragen zu stellen.«

Matthias bestätigte Imogens Vermutungen, während er sich Tee einschenkte und sich dann zurücklehnte. »Aber als sie nach London kamen, erfuhren sie, daß alle Welt über die Demon-Zwillinge sprach. Das Auftauchen eines unbekannten Geschwisterpaares ausgerechnet zu diesem Zeitpunkt hätte Verdacht erregt. Daher beschlossen die beiden als eine zusätzliche Vorsichtsmaßnahme, ihr verwandtschaftliches Verhältnis zueinander geheimzuhalten.«

»Und nachdem das Gerede abgeflaut war, mußten sie ihre Verwandtschaft weiterhin geheimhalten«, murmelte Horatia. »Sie hätten nicht so ohne weiteres erzählen können, daß sie Geschwister sind, nachdem sie den Leuten monatelang etwas anderes vorgespielt hatten.«

»Ganz genau«, sagte Matthias. »Aber dann hat Drake die Affäre mit Lucy begonnen. In diesem Zusammenhang muß ihm etwas herausgerutscht sein, was ihren Verdacht erregt hat. Wahrscheinlich hat er sich zum Theater oder zu seiner eigenen schauspielerischen Begabung geäußert. Was auch immer es gewesen sein mag, es hat Lucy jedenfalls genügt, um einen Konstabler zu engagieren, der etwas Interessantes in Erfahrung gebracht haben muß.«

Imogen wurde nachdenklich. »Und drei Jahre später hat Lord Vanneck Lucys Tagebuch gefunden. Es hat ihm zwar nicht die wahre Natur des Geheimnisses enthüllt, ihn aber immerhin erkennen lassen, daß ein Geheimnis existiert. Das reichte ihm. Er brauchte dringend Geld und beschloß deshalb, Alastair zu erpressen.«

»Er überzeugte Drake davon, daß er wußte, was Lucy gewußt hatte, und damit hat er sein eigenes Todesurteil unterzeichnet«, sagte Matthias abschließend. »Drake und seiner Schwester hat der gesellschaftliche Umgang mit den oberen Zehntausend unendlich viel bedeutet. Um ihre hochangesehene gesellschaftliche Stellung nicht zu gefährden, waren sie sogar zu Mord bereit.«

Patricia schauderte. »Was meinst du, wird man sie hängen?«

»Höchstwahrscheinlich wird man sie nach Australien deportieren«, erklärte Matthias. »Da wir jetzt keine Sträflinge mehr nach Amerika verschiffen können, ist das für Verbrecher von dieser Sorte das übliche Los.«

Imogen schnitt eine Grimasse. »Ich habe das dumpfe Gefühl, daß Selena und Alastair es sich in den Kolonien sehr gutgehen lassen werden.«

Diesmal stand sie in einem Schlafzimmer mit schwarzen Draperien. Aus irgendwelchen Gründen wußte sie, daß es kurz vor Mitternacht war. Die Fenster standen offen. Kalte Nachtluft ließ die Kerzenflammen flackern. Von Matthias war nirgends etwas zu sehen. Sie drehte sich langsam um und rief seinen Namen. Sie bekam keine Antwort.

Plötzlich wurde sie von einem Gefühl von Panik ergriffen. Sie mußte Matthias finden. Sie eilte aus dem Schlafzimmer und rannte durch Onkel Selwyns gespenstisches Haus. Verzweiflung und Grauen bemächtigten sich ihrer. Wenn sie ihn nicht fand, würden sie beide für immer in diesem gräßlichen Mausoleum verloren sein ...

Sie suchte jedes einzelne der dunklen Zimmer im ganzen Haus nach ihm ab, bis nur noch die Bibliothek blieb. Sie sah auf die geschlossene Tür und fürchtete sich davor, sie zu öffnen. Wenn Matthias sich nicht in der Bibliothek aufhielt, dann würde sie ihn niemals finden. Dann würde jeder von ihnen bis in alle Ewigkeit allein sein.

Langsam streckte sie die Hand nach dem Türknauf aus und drehte ihn ...

»Guten Morgen, mein Schatz«, sagte Matthias.

Die Fragmente des Traums zersplitterten innerhalb von einem Sekundenbruchteil. Imogen schlug die Augen auf und sah Matthias am Fußende des Bettes stehen. Er hatte sich ein kleines, kunstvoll verziertes Kästchen unter einen Arm geklemmt, und in der Hand hielt er eine Ausgabe des *Zamaranischen Boten*.

»Es tut mir leid, daß ich dich geweckt habe«, sagte er. »Aber ich dachte mir, du wüßtest sicher gern, daß die neueste Ausgabe des *Boten* gerade eingetroffen ist. Du wirst niemals erraten, was dieser arrogante, anmaßende, vermessene I. A. Stone diesmal zu schreiben gewagt hat.«

Imogen gähnte, setzte sich auf und machte es sich auf den Kissen bequem. Sie musterte Matthias verstohlen. Er wirkte sehr robust und vollkommen real. Er trug ein Hemd und eine Hose. Die Sonne schimmerte auf dem eisigen Silber in seinem Haar. Seine Augen hatten das klare Grau eines frühen Morgens.

Plötzlich fiel ihr auf, daß enorm viel Licht durch das Fenster strömte. »Gütiger Himmel, wie spät ist es?«

»Noch nicht ganz zehn Uhr.« Matthias schien amüsiert zu sein.

»Das ist unmöglich. Ich war noch nie ein Langschläfer.« Sie warf einen finsteren Blick auf die Uhr, die auf der Kommode stand, und sie mußte feststellen, daß es tatsächlich fünf vor zehn war. »Das ist deine Schuld. Letzte Nacht hast du mich endlos lange wachgehalten.«

Er bedachte sie mit einem hinterhältigen Lächeln. »Deine Beharrlichkeit, die Hälfte sämtlicher Stellungen auszuprobieren, die auf meiner zamaranischen Schriftrolle für Eheleute illustriert sind, hat mich eben inspiriert, meine Süße.«

Die Erinnerung an ihrer beider Leidenschaft ließ Imogen erröten. »Es war nicht die Hälfte. Es war lediglich eine kleine Auswahl, die besonders interessant zu sein schien.«

»Wenn ich mich recht erinnere, hat es sich dabei ausschließlich um Stellungen gehandelt, bei denen die Frau oben ist.« Matthias grinste breit. »Aber nur keine Sorge, meine Liebe. Du weißt doch, wie sehr es mein Blut in Wallung bringt, wenn du die Führung übernimmst.« Er lief um das Bett herum und reichte ihr den *Zamaranischen Boten*.

»Du hast mich geweckt, um mir meinen eigenen Artikel

zu zeigen?« fragte sie, und allmählich erwachte ihr Interesse. Sie schlug den *Boten* auf.

»Nein, nicht wirklich. Das war nicht der Grund, weshalb ich dich geweckt habe.«

»Oh, sieh nur, Matthias, die Herausgeber haben meinen Artikel noch vor deinem gedruckt.«

»Ja, ich weiß«, sagte er, »aber weshalb ich dich geweckt habe, Imogen ...«

»Das ist das erste Mal, daß sie tatsächlich einen meiner Artikel noch vor deinen gesetzt haben«, sagte sie mit wachsender Begeisterung. »Vielleicht ist man dort endlich zu der Erkenntnis gekommen, daß meine Beobachtungen ebenso gründlich durchdacht und auch genauso interessant wie deine sind.«

»Ich habe vor, mich mit den Herausgebern darüber zu unterhalten. Sie scheinen vergessen zu haben, daß ich derjenige bin, der diese verdammte Zeitschrift ins Leben gerufen hat.« Matthias setzte sich auf die Bettkante. »Aber vorher wollte ich dir erst noch etwas geben, meine Liebe.«

»Einen Moment noch. Laß mich kurz nachsehen, ob Briefe zu meinem letzten Artikel über das Verhältnis zwischen Zamaris und Anizamara in der zamaranischen Mythologie abgedruckt worden sind.«

»Ich habe etwas für dich, Imogen.«

»Aha. Hier haben wir einen Brief von Bledlow, diesem Idioten. Ich habe gleich gewußt, daß er versuchen würde, meine Argumente zu entkräften.« Imogen unterbrach sich. »Was hast du gesagt?«

Matthias lächelte matt. »Ich habe ein Geschenk für dich.«

»Das ist wirklich sehr nett von dir.« Sie ahnte, daß er ihr etwas Wichtiges mitteilen wollte. »Ist es in diesem Kästchen?«

»Ja.« Er drückte ihr das geschnitzte Kästchen in die Hand.

Langsam öffnete sie den Deckel und schaute hinein.

Auf einem Polster von schwarzem Samt lag ein prachtvolles Objekt, das etwa die Größe ihrer Hand hatte. Es war aus Gold geschmiedet und trug auf einer Seite eine Inschrift in der formalisierten Schrift des alten Zamar. Die andere Seite war mit Edelsteinen und Kristallen von einzigartiger Schönheit besetzt. Die Juwelen glitzerten mit derart brillanter Leuchtkraft, daß Imogen kaum glauben konnte, was sie dort sah.

»Das Siegel der Königin«, hauchte sie.

»Du hältst das Kunstwerk in Händen, um dessentwillen Rutledge versucht hat, mich zu ermorden.«

Sie sah ihm forschend in die Augen. »Du hast es also schon die ganze Zeit über in deinem Besitz gehabt? Du hast es verborgen gehalten und zugelassen, daß sich immer mehr Legenden darum rankten?«

Er hob eine Schulter zu einem Achselzucken hoch. »Ja. Ich vermute, für mich hat es eine gespenstische Erinnerung repräsentiert. Es war so etwas wie ein Geist, der mich verfolgte.«

»Warum hast du es mir geschenkt?«

Seine Finger berührten ihre Wange. »Weil du mich vor den Geistern errettet hast. Du bist meine Anizamara.«

»O Matthias. Ich liebe dich ja so sehr.« Imogen warf das Siegel von unschätzbarem Wert zur Seite und streckte die Arme nach ihm aus.

»Ich bin sehr froh, daß du das sagst.« Matthias bekam das Siegel gerade noch zu fassen, ehe es vom Bett rutschen und auf den Boden fallen konnte. Er legte es mit der allergrößten Behutsamkeit auf den Nachttisch. »Ich liebe dich nämlich auch. Ich werde dich für den Rest meines Lebens und noch darüber hinaus lieben.«

»Ist das ein Versprechen?«

»Ja. Und zwar das wichtigste, das ich je gegeben habe.«

Überglücklich schlang Imogen ihm die Arme um den Hals und zog ihn an sich. Alle Welt wußte, daß Colchester niemals ein Versprechen brach.

Barbara Taylor Bradford

Straße der Engel

Roman

Alle glauben an Selbstmord. Doch Vivienne Trent, Ex-Frau und Vertraute des Toten, hegt einen Verdacht. Die Journalistin beginnt, Sebastian Lockes Leben zu recherchieren, und als sie in Frankreich auf die todkranke Gräfin de Grenaille stößt, weiß sie, daß hier der Schlüssel zur Wahrheit liegt. Doch es steht zu befürchten, daß die Gräfin entschlossen ist, ihr Geheimnis mit ins Grab zu nehmen...

Das faszinierende Porträt zweier außergewöhnlicher Frauen, die sich den Herausforderungen des Lebens stellen – von Barbara Taylor Bradford, der »First Lady der amerikanischen Unterhaltungsliteratur«.
(Brigitte)

Blanvalet

Judith Krantz

Im Glanz der Nacht

Roman

Die Fotografin Jazz Kilkullen hat alles erreicht – sie ist attraktiv, beruflich erfolgreich und Teilhaberin eines großen Fotostudios in Kalifornien. Doch das Leben der temperamentvollen jungen Frau nimmt eine dramatische Wende, als ihr Vater unerwartet stirbt: Jazz und ihre beiden Schwestern erben eine Ranch – ein Anwesen von großer historischer Bedeutung. Verzweifelt kämpft Jazz um ihr Elternhaus, und hat im Streit mit der Familie nur einen einzigen Verbündeten: Casey Nelson, den einstigen Verwalter der väterlichen Ranch ...

Eine mitreißende Familiensaga von Bestsellerautorin Judith Krantz – bewegend, packend und lebensnah

Blanvalet